전하와 나

박수정 장편소설

전하와 나 2

초판 1쇄 인쇄일 | 2017년 11월 15일
초판 1쇄 발행일 | 2017년 11월 23일

지은이 | 박수정
펴낸이 | 박성면
펴낸곳 | (주)동아

출판등록 | 제406-2007-000071호
주소 | 경기도 파주시 문발로 115, 세종출판벤처타운 201-A호
전화 | (031)8071-5201
팩스 | (031)8071-5204
E-mail | bear6370@hanmail.net

정가 | 14,800원

ISBN 979-11-5511-939-6 (04810)
979-11-5511-937-2 (Set)

전하와 나

박수정 장편소설

2

DONG-A ROMANCE • STORY

동아

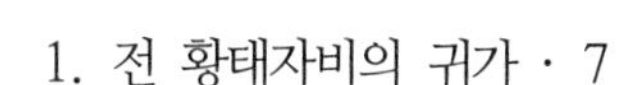

※ 본문 안에서 「 」는 영어로 진행되는 대화입니다.

1. 전 황태자비의 귀가

사랑스러운 신부의 얼굴을 바라보며 의윤은 힘들게 말을 꺼냈다.

"미안하다."

집으로 돌아오는 내내, 어떻게 꺼내면 좋을까 고민하고 또 고민했던 말을.

"우리 결혼은…… 없었던 일로 하자."

순간 미소가 움직임을 멈췄다. 동작뿐만이 아니었다. 눈동자의 움직임도, 숨소리마저도 완전히 멎었다. 굳어진 채로 의아한 듯이 자신을 바라보는 미소에게 의윤은 다시 한 번 말했다.

"나도 많이 고민했다. 하지만 아니라고 생각하면서도 결혼을 강행할 수는 없다는 생각이 들었다."

한참 만에야 미소는 목소리를 쥐어짜듯 물었다.

"왜…… 왜요? 제가 전하께 뭘 잘못했나요?"

당혹스러운 눈동자에 가슴이 아팠지만 의윤은 억지로 마음을 가다듬었다. 벌써부터 약해져서는 안 된다. 앞으로 갈 길이 멀다.

"네 잘못이 아니다. 그저…… 내 마음이 변했다고 해 두자."

어릴 적부터 거짓말이 무척 서툰 의윤이었다. 괜히 어설픈 핑계를 만들어 붙여 봤자 의심당할 게 틀림없다고 생각했다. 차라리 그냥 마음이 변했다, 로 밀어붙이는 게 최선일 것 같았다.

물론 미소는 쉽사리 받아들이지 못하는 표정이었다. 그야 바로 어제까지도 내가 너를 평생토록 행복하게 하여 주마, 약조한 남자가 갑자기 돌변해서 파혼하자 하는데 그게 이해가 갈 리가.

"왜 마음이 변하셨는데요? 네?"

매달리듯 말하는 미소의 얼굴을 차마 똑바로 바라볼 수가 없어서, 의윤은 고개를 돌리고 싸늘하게 말했다.

"마음이 변하는 것에 무슨 이유가 있단 말이냐."

"그래도 뭔가가 있으실 거 아니에요. 이유도 없이 하루아침에 갑자기 싫어질 리가 없잖아요."

미소는 의윤의 옷소매에 매달리듯 꽉 붙들고 말했다. 외면하는 의윤과 어떻게든 눈을 맞추려 노력하면서.

"뭔지 모르지만 말씀해 주세요. 제가 고칠게요, 네?"

"안다 하여 고칠 수 있는 문제가 아니다."

겉으로 딱딱하게 대꾸하며 의윤은 속으로 필사적으로 이유를 찾았다.

이유, 이유. 내가 너를 싫어하게 될 만한 타당한 이유.

이토록 사랑스러운 네게서, 내가 마음이 떠나 버릴 만한 이유.

……세상에 그런 게 존재할 리가 없지 않은가!

대답이 궁한 만큼 마음은 점점 초조해졌다. 마음이 떠난 것이 아니라는 걸, 거짓말이라는 걸 절대 미소가 눈치채게 해서는 안 된다. 그녀의 목숨이 걸려 있는 문제라고 생각하고, 의윤은 마음을 독하게 먹었다.

"무슨 문제인지 말씀이라도 해 주셔야죠!"

목소리를 높이는 미소의 얼굴을 똑바로 쳐다보고, 그는 말했다.

"도저히 네가 여자로 보이지 않는다."

미소의 눈동자가 충격에 커다래졌다.

"너를 좋아하는 마음은 거짓이 아니었다. 하지만 그게 여자로서 좋아하는 건 아니라는 걸 이제야 깨달았구나. 너와 첫날밤을 맞이할 생각을 하니 눈앞이 캄캄했다."

"전하……."

"나도 많이 노력했다. 하지만 아무리 노력해도 그저 어린애로만 보이는 것을 어찌하겠느냐."

의윤은 미소를 향해 고개까지 숙여 보였다.

"미안하다. 내 마음처럼 되는 일이 아니었다."

미소의 눈동자에서 점점 빛이 꺼져 가는 것이 보였다. 자신을 바라볼 때면 늘 별빛처럼 반짝이고 있던 그 눈동자에서.

"너와의 결혼은 취소한다."

의윤은 마지막 남은 빛마저 사라져 가는 미소의 눈을 피하지 않고 똑바로 들여다보았다. 텅 비어 가는 눈빛에 가슴이 찢어질 것 같았지만, 그쯤은 자신도 감당해야 한다고 생각했다.

어쩌면 지금 이 눈빛, 이 표정이 자신의 마지막 순간에 떠올릴 얼굴일지도 모른다. 그렇게 생각하며, 의윤은 찢어지는 마음을 얼음의 가면 뒤에 애써 숨겼다.

"그러니 최대한 빠른 시일 내에 짐을 정리해서 이화원을 나가 주기 바란다."

"어쩌고 있느냐."

방으로 들어오는 처선에게, 의윤이 물었다.

"몇 시간째 방에 틀어박혀서 나오지 않으십니다."

"식사는?"

"물론 굶으셨지요. 이 마당에 밥이 넘어가시겠습니까."

땅이 꺼져라 한숨을 내쉬는 처선을 외면하고, 의윤은 지시했다.

"적당한 집을 알아보도록 해라. 너무 좁거나 위험하거나, 혹은 외져서 나다니기 불편하지 않은 곳으로."

"내보내실 작정이십니까?"

"당연한 것 아니냐."

원래 역적이라는 것은 삼족을 멸하는 법이다. 지금이야 그렇게까지는 아니겠지만, 집안사람들도 혹독한 조사를 피하지 못할 터였다. 그래서 아예 미소를 집에서도 내보낼 참이었다. 물론 어머니인 황후에게도 알릴 것이었다. 미소와는 파혼하고 완전히 인연을 끊었다고, 그러니 나와는 전혀 상관없는 사람이라고.

"주인님. 차라리 솔직하게 말해 보시는 것은 어떨까요?"

처선이 조심스럽게 말했다.

"주인님이 결심하셨다는 것은 미소 아가씨도 이미 아시는 바가 아닙니까. 차라리 털어놓고 말씀하시고, 가짜로 헤어지는 척만 하셔도……."

"그걸 말이라고 하느냐?"

의윤이 고개를 들어 처선을 똑바로 쏘아보았다.

"내가 솔직하게 말한다 치자. 미소가 과연 거짓으로라도 내 곁을 떠나려고 할 것 같으냐?"

처선은 대답하지 못했다.

"미소까지 갈 것도 없다. 당장 너만 해도, 이 일이 잘못됐다가는 나와 함께 죽은 목숨이나 다름없다. 하지만 내가 아무리 가라 밀어내도 너는 나를 떠나지 않을 것 아니냐?"

"……."

"미소 역시 분명 그리 나올 것이다. 절대 내 곁에서 떨어지지 않겠다고, 죽어도 같이 죽고, 살아도 같이 살겠다고. 그런데 내가 어떻게 솔직하게 말한단 말이냐!"

의윤의 목소리는 울분에 차 있었다. 이것 말고, 이렇게 상처를 주어 곁에서 떼어 내 버리는 것 말고 뭔가 달리 방법이 있었다면 그리했을 것이다. 하지만 미소를 잘 아는 의윤으로서는, 그녀가 어떻게 나올지도 뻔히 알았다. 그러니 솔직하게 터놓고 말할 수가 없었던 것이다.

"제 생각이 짧았습니다, 주인님."

처선이 사과했다. 의윤은 길게 한숨을 쉬며 동요하는 마음을 애써 진정시켰다.

"빠른 시일 내에 이화원을 떠나 달라고 하였다. 그러니 나간 후에는 네가 내 대신 미소를 돌봐 주도록 해라. 부탁한다."

"예, 주인님."

"또한 그쪽에 연락을 취하도록 하라. 일간 다시 만나 이야기하자고."

의윤은 그 이상 정확히 말하지 않았지만 그쯤 알아듣지 못할 처선이 아니었다.

"알겠습니다."

처선이 방을 나갔다.

처선은 한숨을 쉬며 의윤의 방을 물러 나왔다.

저럴 수밖에 없었던 주인의 마음을 생각하자 그 역시 무척이나 가슴이 아팠다. 좋아하는 사람을 두고도 애써 밀어내야 하는 기분을, 누구보다 잘 알고 있기 때문에.

무거운 발걸음으로 1층으로 내려오던 처선은 문득 걸음을 멈췄다. 언제 왔는지, 응접실 소파에 선혜 공주가 동그마니 앉아 있지 않은가! 아뿔싸, 하고 얼른 못 본 체 도로 올라가려 했지만 이미 일은 늦어 있었다.

"김 내관님!"

등 뒤에서 공주의 목소리가 들렸다. 젠장. 처선은 속으로 한숨을 내쉬고는 돌아섰다.

"아, 공주님 오셨습니까."

일단 정중하게 인사를 하고 나서 무슨 핑계로 내뺄까 궁리하는데, 공주가 말했다.

"오늘은 집에 계셨네요. 요즘 계속 바쁘시다고 들었는데요."

"아, 예."

"저어, 잠시 시간 괜찮으신가요? 드릴 말씀이 있어서요."

처선의 심장이 빠르게 뛰기 시작했다. 반은 불안감으로, 또 나머지 반은 어쩔 수 없는 기대감으로. 어떻게 할까. 언제나처럼 도망갈까, 아니면 무슨 얘긴지 들어 볼까. 듣고 싶기도 했고, 듣고 싶지 않기도 했다. 아니, 정확히 말하면 듣고 싶었지만, 듣고 난 후의 일을 책임질 수가 없었다.

"죄송하지만 공주님, 제가 오늘은 일이 있어서……."

둘러대고 자리를 피하려고 했지만 왠지 오늘따라 공주는 강경했다.

"잠깐이면 돼요. 네?"

그렇게까지 말하는데 더 도망칠 수도 없었다. 처선은 한숨을 푹 쉬고 말했다.

"그럼 말씀하시지요."

하지만 공주는 머뭇거렸다.

"혹시 밖으로 나가서 이야기해도 될는지……."

어쩔 수 없이 처선은 선혜 공주를 데리고 정원으로 나갔다.

햇살 가득한 정원을, 두 사람은 조금 떨어진 채로 나란히 걸었다. 따가운 햇살이 여린 살갗 위로 사정없이 내리쬐는 걸 보고 싶지 않아서, 처선은 일부러 자리를 바꿔 제 몸으로 공주에게 쏟아지는 햇볕을 가려 주었다.

잠깐이면 된다던 공주는, 정원을 한참 동안이나 걸었는데도 좀처럼 말을 꺼내지 않았다.

"제게 하실 말씀이란 것이 무엇입니까."

두근거리는 가슴을 애써 억누르고, 처선은 무뚝뚝하게 물었다.

"……김 내관님께서 처음 입궁하셨을 때, 저는 열한 살이었지요."

그제야 공주가 입을 열었다.

"예, 저는 스무 살이었고요."

"김 내관님께서 저를 무척 귀여워해 주셨던 게 가끔씩 기억이 납니다."

"그야 귀여웠으니까요."

당시의 선혜 공주가 떠올라서 처선은 오랜만에 조금 웃었다.

워낙 외모가 출중한 처선이었다. 지금이야 이화원에 미소 외에는 젊은 여자라고는 없으니까 그럴 일이 없지만, 황궁에 있을 때만 해도 그야말로 인기 폭발이었다. 지나갈 때마다 궁녀들끼리 처선을 바라보며 소곤소곤하는 게 들렸다. 남의 눈을 피해 몰래 전화번호가 적힌 쪽지를 쥐여 주는 궁녀도 여럿이었다.

재미있는 것은 선혜 공주도 그중 하나라는 것이었다. 어린 것이라도 제법 보는 눈은 있는지, 제 얼굴을 보면 곧잘 수줍음을 타곤 하는 게 우습고도 귀여웠던 기억이 난다.

"참 이상합니다. 왜 공주님은 저만 보면 얼굴이 그리 사과처럼 빨개지십니까?"

도망가려는 공주를 번쩍 안아 들고 일부러 더 놀려 주곤 했다.

"공주님께서 김 내관님을 좋아하신답니다!"

공주를 모시는 궁녀들까지 함께 놀리는 바람에 어린 공주는 울 것 같은 얼굴을 했다.

"울지 마세요. 나중에 크거든 제게 시집오시면 될 것 아닙니까?"

달래느라 했던 말이었다.

무슨 생각을 했는지, 선혜 공주의 얼굴에 복숭아꽃 같은 미소가 번졌다.

"기억나십니까? 김 내관님께서 그때 제게 나중에 자라거든 시집오라 하셨던 것 말입니다."

처선은 조금 난감해졌다. 설마 공주도 그걸 기억하고 있을 줄이야.

"그야 공주님께서는 어린아이였으니까, 농으로 한 말이었지요."

문득 공주가 발걸음을 멈췄다.

"김 내관님은 아직도 제가 어린애처럼 보이십니까?"

처선은 순간적으로 허를 찔렸다.

"예?"

"저도 이제는 시집을 가도 되는 나이가 되었다는 말씀입니다."

무척 당돌한 말이었지만 역시나 목소리는 떨리고 있는 것이 느껴졌다. 발랄하고 적극적인 미소와는 달리 천성이 조용하고 수줍음을 많이 타는 선혜였다. 이 말을 꺼내기 위해서, 공주가 얼마나 단단히 마음을 먹었어야 했을지 알 것 같았다. 그래서 마음이 한층 더 쓰라렸다.

"농담으로 하셨던 10년 전 그 말씀을, 저는 여태도록 마음에 담고 있었습니다."

고운 이를 앙다물고, 공주는 처선을 똑바로 쳐다보며 말했다. 긴장한 듯이 주먹을 꽉 쥐고 있는 그녀의 손이 보였다.

"……그러니 김 내관님께서도 이제는 저를 여인으로 보아 주셨으면 좋겠습니다."

오래전부터 짐작은 하고 있었다. 그래서 일부러 피하고 밀어냈던 것이다. 하지만 짐작하고 있던 것과, 직접 상대의 입에서 듣는 것은 느낌이 전혀 달랐다. 울고 싶을 정도로 기쁘고, 또 하늘로 둥실둥실 날아갈 것처럼 행복했다. 마음 같아서는 눈앞에서 잔뜩 긴장해 있는 선혜를 꼭 껴안고, 진심을 말해 주고 싶었다.

저도 당신과 같은 마음입니다, 나의 공주님.

하지만 차마 그리 말할 수가 없었다. 의윤에게 목숨을 바치겠다 맹세한 순간부터, 그의 몸도 마음도 자신의 것이 아니었으니까. 평생토록 폐위된 황태자 곁을 지켜야 하는 자신이 어떻게 황실의 금지옥엽이신 공주의 마음을 받아들일 수 있겠는가.

하물며 지금은 의윤이 목숨을 걸고 거사에 동참하기로 결심한 마당이 아닌가. 만약에 자신이 의윤과 함께 역적으로 몰려 죽게라도 되면 공주가 얼마나 슬퍼할 것인가. 혹은 자신이 지금 어떤 일을 꾸미고 있는지 알게 되면 얼마나 마음 아파할 것인가. 그녀에게 있어서는 황제든, 황태자든, 또 의윤이든 똑같은 혈육일 텐데.

이래저래 받아들일 수 없는 입장이었다.

죽도록 갖고 싶지만, 또한 죽어도 가져서는 안 되는 사람.

처선은 마음을 독하게 먹고 입을 열었다.

"제가 착각하게 만들어 드렸다면 죄송합니다."

공주의 얼굴에서 삽시간에 핏기가 가셨다.

"제가 모시는 분의 동생이시라 저도 여동생이거니 생각하고 대했을 뿐, 한 번도 여인으로 생각해 본 적은 없습니다. 물론 앞으로도 마찬가지입니다."

작은 입술을 움직여, 공주는 겨우 물었다.

"저는…… 죽어도 안 되는 것입니까?"

처선은 단호하게 대답했다.

"예. 또한 제게는 좋아하는 사람도 있습니다."

생각과는 달리 공주는 눈물을 흘리지 않았다.

"그렇군요."

처선을 향해 살포시 미소를 지어 보이며, 공주는 조용히 말했다.

"바쁘신데 제가 그만 괜한 말씀을 드렸나 봅니다. 부디 마음에 두지 마시고 잊어 주세요."

차라리 소리 내어 엉엉 우는 게 나았을 것을. 억지로 지어 보인 공주의 그 미소가, 처선의 가슴에는 눈물보다도 훨씬 더 아프게 박혔다.

* * *

차라리 다 꿈이었으면 좋겠다고 미소는 생각했다.

얼마 전까지는 너무나 행복한 나머지 이게 다 꿈일까 봐 두려웠다. 혹시나 잠에서 깨고 나면 도로 재투성이 아가씨가 되어 있을까 봐. 하지만 지금은 정반대였다.

"도저히 네가 여자로 보이지 않는다."

행복한 결혼 준비 도중에 사랑하는 남자의 입에서 튀어나온 그 말은, 어떤 악몽보다도 훨씬 더 잔인했다. 차라리 이게 다 꿈이었으면 좋겠다. 결혼하기로 했었던 것도, 사랑에 빠졌던 것도. 아니, 애초에 의윤을 만났던 일마저도.

그러나 백 번을 눈을 감았다 떠 봐도 현실이었다. 여전히 방 한구석에 혼수품이 산더미처럼 쌓여 있는데, 결혼식 날 신을 웨딩 슈즈도 탁자 위에 곱게 놓여 있는데. 오로지 사랑하는 남자의 마음만이 여기 없었다.

"너와 첫날밤을 맞이할 생각을 하니 눈앞이 캄캄했다."

그렇게 말할 때 의윤은 무척이나 괴로운 얼굴을 하고 있었다. 얼마나 말하기 힘들었을지 알 것 같았다.

어떤 버릇이 싫다든가, 아니면 차라리 생김새가 싫다든가 하는 문제라면 어떻게든 매달려 보겠다. 버릇이야 고치면 되고, 얼굴은 수술을 해서라도 바꿀 수 있으니까. 하지만 어린애로 보인다는 데는 도저히 방법이 없었다. 잠자리를 같이할 생각에 눈앞이 캄캄하다는데, 어쩌겠는가!

문제는 상대의 마음이 변했다고 해도 제 마음은 그대로라는 것이었다. 비록 상처를 받고 피를 흘릴지언정 변하지는 않았다. 찢어지는 가슴을 억누르며 미소는 애써 냉정하게 생각하려 노력했다. 어떻게, 어떻게든 되돌릴 방법이 없을까.

'몇 년만 더 이 집에 있을 수 있다면.'

문득 그런 생각이 떠올랐다. 자신도 평생 스물한 살은 아닐 것 아닌가. 비록 나이 차이는 변하지 않는다지만, 몇 년 더 지나면 최소한 어린애처럼 보이지는 않을 것 아닌가!

미소는 벌떡 일어나 옆방으로 달려갔다.

"전하."

노크도 없이 다짜고짜 문을 열어젖히자 소파에 앉아 있던 의윤이 놀란 듯이 쳐다보았다.

"저, 앞으로 몇 년만 더 이화원에 있게 해 주세요."

당황하는 의윤 앞에 무릎을 꿇고, 미소는 그를 올려다보았다.

"제가 어린애처럼 보여서 도저히 안 되겠다 하셨잖아요. 그러면 몇 년 있다가 어른으로 보일 때, 그때 가서 다시 생각해도 되는 거잖아요."

의윤의 얼굴이 굳어졌다.

"말도 안 되는 소리!"

하지만 미소는 절박했다. 질색하는 의윤의 손을 억지로 끌어다 제 두 손으로 꼭 잡고 미소는 애원하듯 말했다.

"월급 안 주셔도 좋아요. 그때까지 저 그냥 무보수로 일할게요."

자존심 따위는 이미 버린 지 오래였다. 의윤의 곁에 있을 수만 있다면, 미소는 뭐든지 다 할 수 있을 것 같았다.

"좋아해 달라고 말 안 할게요. 그냥 전하 곁에 있고 싶어요. 그렇게만 해 주세요. 네?"

"……."

"결혼은 안 하더라도 여기가 제 집이잖아요. 절대 잊지 말라고 하셨잖아요. 제가 있을 곳도, 돌아올 곳도 여기라고, 전하께서 그렇게 말씀하셨잖아요!"

울고 싶지는 않았는데. 울면서 말하면 더 어린애같이 보일 것 같아서 참으려고 했는데. 결국 목소리가 크게 떨리고 말았다.

"곁에 있게만 해 주세요. 제발 부탁이에요……!"

의윤의 턱이 굳어지는 것이 보였다. 이를 악물고, 의윤은 미소의 손을 팽개치고 소파에서 벌떡 일어났다.

"짐은 다 챙겼느냐?"

"전하!"

"빨리 챙겨 두는 게 좋을 것이다. 임시 거처가 마련되는 대로 널 내보낼 터이니."

미소는 도저히 이해가 가지 않았다. 하루아침에 마음이 변한 것까지는 그럴 수 있다고 치자. 그런데 도대체 왜 이렇게까지 성급하게 집에서 쫓아내려고 하는 것일까.

분명 무슨 이유가 있는 것이다. 그가 말한 이유가 아닌, 다른 이유가……! 미소가 그렇게 생각했을 때, 갑자기 문이 활짝 열리고 누군가가 들어왔다.

"전하!"

한 손에 커다란 여행용 캐리어를 끌고 있는 여자가 의윤을 보고는 가방을 내동댕이치더니 반갑게 달려와서 그를 와락 끌어안았다.

"이게 대체 얼마 만이에요?"

당황한 기색이 역력한 의윤을 껴안고 여자는 그의 뺨에 가볍게 입맞춤까지 했다. 갑작스러운 일에 당황한 미소가 멍하니 쳐다보고 있는데, 문득 등 뒤에서 놀란 목소리가 들렸다.

"어? 엄마!"

연재였다.

'엄마?'

미소는 놀라서 여자를 다시 바라보았다. 그러고 보니 얼굴이 어렴풋이 기억이 났다. 눈초리가 약간 치켜 올라간 커다란 눈에 웬만한 서양인 빰치게 높은 코, 완벽한 브이 라인을 그리는 얼굴형. 화장기 하나 없는데도 불구하고 연예인처럼 화려한 느낌의 미모였다. 단지 머리가 단발로 확 짧아져서 금세 알아보지 못했지만, 다시 보니 상대는 의윤의 전 부인이 틀림없었다. 그러니까, 전 황태자비.

"엄마!"

연재가 제 엄마를 와락 끌어안고 반가워하는 것을, 미소는 넋을 잃은 사람처럼 바라보았다.

"엄마 다음 주에 온다며?"

"시간이 좀 비길래 일찍 왔어."

"왜 미리 연락 안 했어?"

"우리 연재 놀래 주려고 그랬지!"

좋아서 어쩔 줄 모르는 딸아이의 머리를, 전 황태자비가 활짝 웃으며 헝클어트리듯 쓰다듬었다.

미소는 내심 충격을 받았다. 그동안 연재가 제 엄마와 별로 사이가 좋지 않을 거라고 막연히 생각하고 있었던 것이다. 자세한 속사정을 들은 적은 없지만, 멀쩡히 친엄마가 있는데도 불구하고 굳이 새아빠와 함께 살고 있으니 당연히 그럴 거라고 짐작하고 있었는데.

그런데 이제 보니까 전혀 그런 기색이 없지 않은가. 어른스러워 보였던 연재가, 제 엄마 앞에서는 완전히 어린애가 되어 어리광을 피우고 있었다.

"그대가 갑자기 한국에는 웬일인가?"

이윽고 의윤이 물었다.

"제가 왜 왔겠어요?"

생긋 웃으며 전 황태자비는 전남편을 향해 밉지 않게 살짝 눈을 흘기고는 미소를 눈짓으로 가리키며 말했다.

"자, 전하. 제게도 소개해 주셔야죠?"

미소는 가슴이 철렁했다. 원래대로라면 곧 결혼할 사이라고 소개하는 것이 맞겠지만 지금은 일방적으로 파혼을 선언당한 상태가 아닌가. 의윤 역시 난처한 표정을 했다.

"왜요? 소개 안 해 주실 건가요?"

전 황태자비가 이상하다는 듯이 눈을 둥그렇게 뜨고 미소와 의윤을 번갈아 보았다.

다음 순간 의윤의 입에서 나온 말에 미소는 제 귀를 의심했다.

"우리 집에서 일하는 아이이니라."

놀란 것은 미소뿐만이 아니었다. 모녀가 동시에 놀란 얼굴로 의윤을 쳐다보았다.

"아빠, 그게 무슨……."

연재의 말을 가로막고, 의윤은 다시 한 번 되풀이했다.
"우리 집에서 일하는 가정부라 하였느니라."
두 번째 들었을 때는 첫 번째보다 오히려 더 충격이 컸다. 처음에는 잘못 들었나, 하고 생각했지만 두 번째는 그렇게 생각할 수도 없었으니까.
"해고하기로 통보하였으니 곧 이화원에서도 나갈 것이다. 그러니 그때까지는 연재 너도 그리 알고 저이를 대하도록 하여라."
거역할 수 없는 위엄이 깃든 목소리였다.
잠시 침묵이 흘렀다. 연재는 너무 놀란 나머지 제 아빠를 멍하니 쳐다보고 있었고, 의윤은 뭐 잘못된 거라도 있느냐는 듯 당당한 표정이었다. 미소는 도대체 이 상황에서 자신이 어떻게 행동해야 할지 알 수가 없었다. 나가야 하는지, 그냥 있어야 하는지. 웃어야 하는지, 아니면 울어야 하는지. 그저 우두커니 서 있기만 하는데 문득 손이 쑥 내밀어졌다.
"반가워요, 이화신이라고 해요."
전 황태자비가 미소를 향해 손을 내민 것이었다.
"아, 네에, 처, 처음 뵙겠습니다. 저는 윤미소라고……."
더듬거리며 손을 내밀어 맞잡는 미소에게 화신이 불쑥 말했다.
"미안하지만 내 가방 좀 연재 방에다 갖다 놔 줄래요?"
"네?"
허를 찔린 미소에게, 화신은 생긋 웃으며 다시 말했다.
"아, 오는 길에 마실 것도 한 잔."

"엄마!"

제 엄마의 손목을 끌고 방으로 들어가서 문을 쾅 닫고 난 연재가 펄펄 뛰었다.

"엄만 눈치도 없어? 말했잖아, 저 언니가 아빠랑 결혼할 사람이라니까!"

"눈치가 없는 건 연재 너지."

하지만 화신은 아무렇지도 않게 대꾸했다.

"아까 전하께서 말씀하시는 거 못 들었니? 결혼할 마음 없으신 거잖아."

"언니랑 싸우기라도 했나 보지. 그럼 화해시킬 생각을 해야지, 엄마까지 대놓고 가정부 취급을 하면 어떡해?"

"어디 전하께서 싸웠다고 저런 말씀 하실 분이니?"

"엄마!"

목소리를 높이는 딸을 향해, 화신이 딱 잘라 엄하게 말했다.

"됐으니까 넌 입 다물고 가만히 있어. 어른들 일에 끼어들지 말고."

마실 것을 가지고 올라간 미소에게, 화신은 말했다.

"고마워요. 앞으로 며칠 머물다 갈까 하는데, 그동안 잘 부탁해요."

말이 잘 부탁한다는 거지 조금도 정중한 말투가 아니었다. 아랫사람, 말 그대로 가정부에게나 할 법한 말투였다.

방을 물러 나오며 미소는 무척이나 혼란스러웠다. 화신은 자신이 누군지, 의윤과 어떤 사이인지 전혀 모르는 것일까. 그럴 리는 없다는 생각이 들었다. 연재가 사실대로 말해 줬을 테니까. 그렇다면 아무리 의윤이 가정부라고 말했기로서니 어떻게 이럴 수가 있을까.

방으로 돌아온 미소는 침대에 허물어지듯 주저앉았다. 도저히 뭐가 뭔지 알 수가 없었다. 하루아침에 변해 버린 의윤의 마음도, 갑자기 나타나서는 하녀 부리듯 하는 화신의 태도도, 제 엄마가 자신을 그렇게 대하는데도 못 본 척하는 연재도.

누군가에게 이 말도 안 되는 상황을 털어놓고 상담이라도 하고 싶었다. 이럴 때 제일 먼저 떠오르는 것은 물론 가장 친한 친구였다.

휴대폰을 꺼내 민식에게 전화를 하려던 미소는 손을 멈췄다. 얼마 전부터 계속 민식의 전화기가 꺼져 있었던 것이 떠올랐던 것이다. 무슨 일이라도 있나 싶어 슬슬 걱정이 되기 시작하던 차였는데, 의윤이 갑자기 저렇게 나오는 바람에 미처 그 이상 연락해 볼 겨를이 없었다.

잠시 망설이다 미소는 민식의 휴대폰 대신에 민식이네 집으로 전화를 했다.

–여보세요.

무척 기운 없는 목소리가 들려왔다. 민식의 어머니였다.

“안녕하세요, 아줌마. 저 미소예요.”

갑자기 민식의 엄마의 목소리가 커졌다.

–미소? 아이고, 미소야!

민식의 어머니가 갑자기 제 이름을 부르며 울음을 터뜨리는 바람에 미소는 당황했다.

“왜 그러세요, 아줌마? 민식이한테 무슨 일이라도 있어요? 네?”

–너 몰랐니? 우리 민식이가……!

* * *

유리 벽 저편의 민식을 보고 미소는 자리에서 벌떡 일어났다.

"민식아!"

제 눈으로 보고도 믿을 수가 없었다. 세상에, 내 친구 민식이가 죄수옷을 입고 감옥 안에 갇혀 있다니!

반쪽이 된 얼굴로 민식은 힘없이 말했다.

"미소 왔구나."

울지 말자고 생각했는데, 막상 몰라보게 초췌해진 민식의 얼굴을 보니 눈물을 흘리지 않을 수가 없었다.

"정말 미안해, 진작 와 봤어야 했는데. 난 너 이렇게 된 줄도 모르고……!"

민식이 갇혀 있는 줄도 까맣게 모르고 결혼 준비를 하며 행복해하고 있었던 자신이 미웠다. 왈칵 눈물을 쏟는 미소를 보고 민식이 의아한 표정을 했다.

"전하가 너한테 얘기 안 하셨어?"

"응?"

"얼마 전에 접견 왔다 가셨거든. 김 집사 오빠랑 같이."

미소는 놀랐다. 의윤이 왔었다고? 그렇다면 왜 그는 자신에게 이야기하지 않았을까. 당연히 알아야 할 일인데!

"결혼 준비 중인데 괜히 미소 너 걱정할까 봐 말씀 안 하셨나 보다."

"그게 말이나 되니? 네 목숨이 걸린 일인데 걱정할까 봐 말을 안 하다니!"

"알아 봤자 어떻게 할 수 있는 일도 아니잖아."

민식은 씁쓸하게 웃었다. 차라리 나 어떻게 하냐고 울기라도 하지. 마치 체념한 듯한 그 얼굴이 미소의 가슴을 한층 더 후벼 파 놓았다.

미칠 것만 같았다. 어떻게든 해야 하는데, 이대로 가만히 있을 수는 없는데, 자신이 할 수 있는 거라고는 아무것도 없지 않은가!

"전하가 뭐라고 말씀 안 하셨어? 응?"

매달리듯 묻자 민식이 힘없이 고개를 저었다.

"그냥 울지 말라고 위로만 해 주고 가셨어. 그분이라고 어쩔 수 있겠니."

미소는 이상하다고 생각했다. 그녀가 아는 의윤이라면 그랬을 리가 없으니까.

아무 상관도 없었던 처선이 반역죄로 갇혀 있을 때, 그를 살리고자 무서운 아버지에게도 정면으로 맞섰던 사람이 의윤이다. 하물며 평소 훈장을 주고 싶다고 말할 정도로 귀여워했던 민식이 죽느냐 사느냐 하는 마당에 그냥 포기할 리 없지 않은가.

분명히, 분명히 뭔가 생각이 있을 텐데…….

순간 벼락에 맞은 것처럼 미소의 온몸에 전율이 흘렀다. 의윤은 민식을 살리기 위해서 뭔가 꾸미고 있는 것이 아닐까!

'그래서 갑자기 나한테……?'

아무리 생각해도 그런 것 같았다. 그렇지 않으면 하루아침에 태도가 돌변할 리 없지 않은가.

대체 전하는 무슨 생각을 하고 계시는 것일까. 그게 뭐길래 나를 이렇게 모질게 밀어내시는 것일까. 생각해 봐도 당장 짚이는 것은 없었지만 한 가지만은 확신할 수 있었다. 분명 민식이 반역죄로 붙잡힌 일과, 의윤이 갑자기 파혼을 선언한 것 사이에 관련이 있으리라는 것을.

"이제 시간 거의 다 됐어. 와 줘서 고마워, 미소야. 나 재판까지는 아직 한참 걸리니까 시간 있으면 가끔 와 주라."

민식이 작별 인사를 건넸다.

"참, 곧 결혼식이지? 못 가 보게 돼서 미안해."

미소는 목이 메는 것을 꾹 참고 말했다.

"아니, 결혼식 미룰 거야. 부케 받을 사람도 없는데 무슨 결혼을 하니?"

민식이 기어이 눈물을 글썽였다.

"괜히 나 때문에 결혼 못 하고 그러지 마, 미소야. 어차피 난……."

"누가 안 한댔어?"

유리 벽 너머로 민식을 똑바로 바라보며, 미소는 말했다.

"난 무슨 일이 있어도 전하와 결혼할 거야. 그리고 내 부케는 네가 받아 줄 거고."

스스로에게 다짐하듯, 미소는 말했다.

"……그러니까, 너도 그렇게 믿어."

* * *

집에 돌아온 미소는 한동안 옷장에 고이 넣어 두었던 메이드복을 꺼냈다. 옷을 갈아입자마자, 처선이 기다렸다는 듯이 미소의 방을 찾았다.

"미소 아가씨."

처선은 미소의 눈조차 똑바로 쳐다보지 못한 채로 말했다.

"계실 곳을 마련해 놓았습니다. 짐 정리가 되시는 대로 저하고 함께 가시지요."

"가긴 어딜요? 제 집은 여기인걸요."

미소가 태연하게 대꾸하자 처선은 마음 아픈 표정을 했다.

"최대한 빨리 이화원에서 내보내라는 분부십니다. 생활에는 부족함이 없도록 해 드리라 하셨으니, 아무 걱정 마시고……."

"싫은데요."

미소는 딱 잘라 거절하고 다시 말했다.

"저 좀 보세요, 김 집사님."

그제야 처선이 눈을 들어 미소를 바라보았다. 미소가 예상했던 대로 눈동자에 고뇌가 가득 담겨 있었다.

"왜 이러시는 건지 대충 짐작은 가는데, 저 그렇게 호락호락하지 않아요."

미소는 처선을 향해 웃어 보였다.

"어디 떼어 낼 수 있으면 한번 떼어 내 보라고 하세요."

그렇게 말하고, 미소는 방을 나가서 곧바로 옆방으로 향했다.

"아가씨? 미소 아가씨!"

처선이 당황한 듯이 불렀지만 미소는 들은 체도 않고 의윤의 방문을 열어젖혔다.

"인사드리러 왔습니다, 전하."

미소를 거들떠보지도 않고 읽던 책에 시선을 고정한 채, 의윤이 대꾸했다.

"작별 인사는 되었으니 그냥 가거라. 멀리 나가지 않으마."

"아뇨, 앞으로 잘 부탁드린다고 인사하려고요."

그제야 의윤은 책장을 넘기던 손을 멈추고 미소를 쳐다보았다.

"무슨 소리를 하는 것이냐."

불쾌한 듯한 표정에도 미소는 눈 하나 깜짝하지 않았다.

"제가 전하께 이 댁에서 가정부로 계속 일하고 싶다고 부탁드렸지 않습니까. 전하께서 들어주셨으니 앞으로 잘 부탁드린다 인사드리는 것입니다."

"내 그런 부탁 들어준 기억이 없다마는?"

"전 부인 되시는 분께 저를 가정부라 소개하지 않으셨습니까?"

그제야 의윤의 얼굴에 당황스러운 빛이 번졌다.

"그러니 허락하신 걸로 알고, 앞으로 가정부로서 열심히 일하겠습니다."

그렇게 말하고 고개를 숙이려는데, 문득 등 뒤에서 목소리가 들려왔다.

"어머, 마침 잘됐네요."

돌아보자 열려 있던 방문으로 화신이 들어오고 있었다.

"굳이 내보내실 것까지 있나요? 열심히 일하겠다는데."

미소를 쳐다보며 화신이 웃어 보였다.

"이왕 한국에 왔으니 당분간 이화원에서 지내기로 했는데, 있는 동안 이것저것 잔심부름해 줄 사람이 필요했거든요. 미소 씨한테 부탁하면 딱 좋겠네."

"말도 안 되는 소리!"

의윤의 목소리가 화난 듯이 한껏 낮아져 있었다.

"그대가 끼어들 일이 아니다. 내가 내보내겠다고 말하고 있지 않은가?"

하지만 전 황태자비는 조금도 주눅 드는 눈치가 없었다. 오히려 눈을 둥그렇게 뜨고 의윤을 바라보며 되묻는 것이었다.

"연재에게 들었어요, 원래 어떤 사이셨는지. 하지만 지금은 다 끝난 이야기 아닌가요? 아니면 설마 아직도 감정이 남아 있으신 거?"

의윤이 이를 악물고 말했다.

"물론 그런 것 없다."

"그럼 됐네요."

화신이 몸을 돌려 미소를 향해 방긋 웃었다.

"듣자니까 미소 씨는 계속 여기서 일하고 싶어 하는 것 같던데. 그럼 날 좀 도와줄 수 있겠어요?"

미소의 마음이 또다시 복잡해졌다. 전하와 어떤 사이인지 모르는 것도 아니면서, 대체 이 사람은 무슨 생각으로 내게……. 하지만 길게 생각할 겨를이 없었다. 선택의 여지도 없었다. 이 집에 남아 있기로 결심한 이상, 그게 뭐든지 해야 한다.

"부족하지만 열심히 하겠습니다."

공손히 고개를 숙이는 미소를 향해, 화신이 방긋 웃어 보였다.

"그럼 앞으로 잘 부탁해요."

그렇게 말하고 숨도 돌리기 전에 화신은 곧바로 미소에게 일을 시켰다.

"일단 가서 연재 방에 놔둔 내 짐 정리부터 좀 해 줄래요?"

미소가 방을 나가고 난 후, 의윤은 화신을 정면으로 바라보았다.

"대체 그대는 무슨 생각을 하고 있는 것인가?"

목소리는 매서웠다.

"속사정을 모르는 것도 아니면서 이 무슨 망발이란 말인가. 다른 가정부들도 여럿 있는데 하필 저 사람더러 그대의 시중을 들라니!"

평소 화신에게는 한없이 너그러웠던 의윤이었다.

자신을 살리려 위장 결혼에 이어 이혼까지 해 준 여자. 우리 황태자 전하 팔자를 망쳤다며 쏟아지는 온 국민의 돌팔매를 기꺼이 얻어맞아 준 여자. 사랑한 적은 없지만, 한없이 고마운 여자. 대학교 선배인 화신은 의윤에게 있어 은인이나 마찬가지였다.

"대체 그대답지 않게 왜 이러는가?"

의윤이 처음으로 화를 내는데도 화신은 눈 하나 깜짝하지 않았다.

"저는 그저 전하를 도우려는 것입니다. 언제나 그래 왔듯이 말이지요."

"돕는다?"

"보아하니 대충 사정은 알 것 같습니다. 전하께서는 더 이상 혼인할 의사가 없으신데, 저 아가씨가 막무가내로 떨어지지 않으려 하는 것 아닌가요?"

의윤이 대답 대신에 입을 꾹 다물자, 화신이 다시 물었다.

"그래, 어째서인가요? 결혼을 며칠 남겨 두고 파혼을 선언하신 이유가."

의윤은 잠시 고뇌했다.

화신은 믿을 수 있는 사람이었다. 처선과 정 여사만큼이나. 그러니까 사실대로 이야기하고, 마음의 괴로움을 조금이라도 털어 버리고 싶은 마음이 들었다. 나도 이러고 싶지 않다고, 그녀를 진심으로 사랑한다고, 얼굴만 봐도 괴로워 미칠 것 같다고. 하지만 그녀를 지키기 위해서는 어쩔 수가 없다고.

하지만 솔직히 이야기하면 과연 화신이 제 편을 들어 줄지 자신이 없었다. 그녀 역시 자신을 위해 전 국민에게서 쏟아지는 비난을 기꺼이 감수한 여자가 아닌가. 만약에 화신이 미소에게 사실대로 얘기해 버리기라도 한다면?

"……아직 결혼하기에는 너무 어린 나이다. 여자로 보이지 않는 걸 어쩌겠느냐."

어쩔 수 없다. 미소에게 한 것과 똑같은 거짓말을, 의윤은 영혼 없이 내뱉었다. 다행히도 화신은 별로 의심하는 기색 없이 순순히 고개를 끄덕였다.

"아, 그런 이유라면 한시바삐 떼어 버려야겠네요. 여자로 보이지도 않는 여자하고 어떻게 한평생을 살겠어요?"

어쩔 수 없이 거짓말은 했지만 화신이 미소를 그런 식으로 보는 것은 싫었다. 의윤은 퉁명스레 대꾸했다.

"그대와는 상관없는 일이다. 내가 알아서 할 테니 상관하지 말라."

"전하께서 떼어 버리실 수 있으실 것 같으세요?"

화신이 재미있다는 듯이 웃었다.

"아까 보니까 그 아가씨는 죽어도 떨어지지 않을 기세던데요. 못 보셨어요? 전 부인인 제 시중을 들겠다고 선뜻 나서는 거. 웬만하면 자존심 때문에라도 그렇게 말 못 할 텐데 말이에요."

갑자기 화신이 얼굴에서 웃음기를 싹 지웠다.

"제가 떼어 드리지요."

의윤은 놀라서 전 황태자비의 얼굴을 쳐다보았다.

"그대가?"

"예. 제가 전하에게서 저 아가씨를 떼어 드리겠습니다."

의윤은 잠시 고뇌했다. 과연 이게 옳은 일인가. 하지만 화신의 말도 틀리지 않다는 생각이 들었다. 미소는 일부러 메이드복으로 갈아입고 와서까지 말했다. 앞으로 이화원의 가정부로서 열심히 일하겠다고. 화신의 말대로 절대 순순히 나가 주지 않을 기세였다.

하지만 시간이 많지 않았다. 반역죄는 변호도 형식적이거니와, 3심까지 가지도 않고 1심으로 끝나 버리기 때문에 재판의 진행이 무척 빠르다. 일이 잘못되기 전에 반역을 일으켜 민식을 구하려면 어떻게든 빨리 미소를 이화원에서 내보내야 했다.

또한 인정하긴 싫었지만, 화신의 수완이 자신보다 훨씬 나은 것도 사실이었다. 10년 전 자신이 아버지에게 죽음을 당할 뻔했을 때, 살아날 방도를 일러 준 것도 바로 화신이 아니었던가.

의윤은 한숨을 짓고 물었다.

"정말 그대가 그리해 줄 수 있겠는가?"

"물론이지요."

몰라보게 짧아진 머리를 쓸어 넘기며 화신이 자신 있게 말했다.

"대신에 제가 무슨 일을 하든 전하께서는 상관하지 마셔야 합니다. 약속하실 수 있겠어요?"

대체 뭘 어쩌려고. 불안감이 가슴을 스쳐 갔지만, 의윤은 결국 고개를 끄덕였다.

"약속하겠네."

뭐든지 미소를 위험에 빠뜨리는 것보다는 낫다고 스스로에게 다짐하면서.

2. 저 여자가 나에게 얼마나 귀한 사람인지

연재의 방에 풀어 놓은 화신의 가방을 정리하다, 미소는 이상하다는 생각이 들었다. 당분간 이화원에 있을 생각이라더니 생각보다 짐이 무척 적었다. 기껏해야 사나흘 정도 묵어가려고 온 사람처럼.

'그러면 갑자기 오래 머물기로 생각이 바뀌었다는 건가?'

대체 어째서? 미소가 생각에 잠겨 있는데 이윽고 화신이 방에 들어왔다.

"어머나, 손도 빠르네. 벌써 이렇게 정리를 싹 해 두었어요?"

감탄하듯 방을 휘 둘러본 후 화신은 불쑥 물었다.

"그래, 혹시 내가 무리한 부탁을 해서 마음 상하지는 않았고요?"

미소는 태연하게 대답했다.

"아닙니다. 저는 이 댁 가정부이고, 연재 어머님께선 이 댁 손님이

신걸요."

사랑하는 남자의 전 부인의 시중을 드는 신세라니, 물론 자존심이 상하지 않는 것은 아니었다. 하지만 의윤이 대체 무엇을 숨기고 있는지 알 때까지는 어떻게든 이 집에 붙어 있어야 했다. 그러기 위해서라면 미소는 어떤 일이든 기꺼이 감당할 셈이었다.

"뭐, 그렇게 생각해 주면 고맙고."

화신이 생긋 웃고는 소파에 앉더니 맞은편 소파를 가리켰다.

"잠깐 이리 와서 앉아 볼래요?"

미소가 시키는 대로 순순히 소파에 가서 앉자 화신이 앉은 채로 턱을 괴고 미소에게로 상체를 가까이 했다.

"우리 털어놓고 얘기 좀 해 봐요. 듣자니까 전하께서는 결혼 취소하고 나가라고 하시는 것 같던데, 미소 씨는 왜 듣지 않는 거죠? 자존심 상해서라도 나가는 게 맞지 않나?"

"그분의 진심이 아니라고 생각하니까요."

미소는 딱 잘라 말했다.

"왜 그렇게 생각해요? 나도 오래전부터 전하를 알아 왔지만, 거짓말은 안 하시는 분인데."

"해야 할 때는 하시는 분이죠. 전 국민을 상대로 거짓말을 하신 적도 있지 않나요?"

미소가 정면으로 반박하자 화신의 눈이 조금 커졌다.

"제게 이러시는 것도 뭔가 이유가 있다고 생각합니다. 그때만큼 절박한 이유가요. 저는 그게 뭔지 알 때까지 절대 전하 곁을 떠나지 않을 거예요."

선언하듯 말하는 미소의 눈을, 화신은 말없이 뚫어져라 쳐다보아

왔다. 마치 눈싸움이라도 걸어오는 것처럼.

미소가 기억하기로 화신은 의윤보다도 나이가 세 살 많았었다. 그러니 자신과는 무려 열다섯 살이나 차이가 나는 셈이다. 훨씬 나이 많은, 그것도 한때 전 황태자비였던 여자의 눈빛에서 전해져 오는 기를 정면으로 받아 내는 것은 쉽지 않은 일이었다.

하지만 미소는 단 한 순간도 시선을 피하지 않고 똑바로 화신을 마주 보았다. 그 정도 각오는 되어 있었으니까.

미소의 눈을 똑바로 바라보며, 화신은 물었다.

"미소 씨는 전하를 사랑하나요?"

"물론이죠."

"그분 대신 목숨도 버릴 수 있을 만큼?"

세상에 이런 쉬운 질문이 있나. 미소는 1초도 망설이지 않고 대답했다.

"네."

그 순간, 화신이 픽 웃으며 시선을 거뒀다.

"……잘 알았어요."

소파에서 일어나며 그녀는 갑자기 화제를 바꿨다.

"외출 준비를 해요. 나갔다 와야 하니까."

"네?"

"오늘 저녁에 요르단 대사 주최 파티가 있거든요. 거기 미소 씨와 같이 가야겠어요."

미소는 무척 당황했다.

"죄송하지만 제가 거기를 왜……."

"곁에서 시중들어 줄 사람이 필요하니까요. 한국에 있는 동안은 미소 씨가 해 주기로 아까 얘기 다 된 거 아니었던가요?"

결국 그로부터 30분 후, 미소는 화신이 운전하는 의윤의 차에 타 있었다. 차가 달려 도착한 곳은 뷰티 숍이었다.

"어……?"

화신과 미소가 들어서자 안에 있던 사람들의 시선이 두 사람에게 쏠렸다.

"저거 혹시 그 옛날 황태자비 아냐?"

"그 옆에 있는 건 저번에 황후 폐하 회갑연 중계에서 춤추던 그 여자잖아?"

몇몇이 두 사람을 알아보는 것 같았지만 화신은 전혀 개의치 않고 원장에게 부탁했다.

"파티에 처음 가는 아가씨예요. 화장은 너무 진하지 않게 해 주세요."

"저요? 아니 왜 저까지……."

미소는 깜짝 놀랐다. 잔심부름시킨다면서 화장은 또 뭔가! 하지만 화신은 태연하게 대꾸했다.

"파티라니까. 꾀죄죄한 꼴로 따라다녀서 내 얼굴에 먹칠할 셈인가요?"

얼떨떨해 있는 미소를 디자이너들이 거울 앞에 앉혔다. 그리고 미소가 뭐라고 할 겨를도 없이 머리에 헤어 롤을 말고는 메이크업을 시작했다. 이윽고 화장을 끝낸 메이크업 아티스트가 제 작품에 스스로 감탄한 듯이 손뼉을 쳤다.

"원래 예쁜 얼굴인데 화장해 놓으니까 진짜 연예인 해도 되겠네. 본인이 봐도 그렇죠?"

미소 역시 거울에서 눈을 떼지 못했다. 이게 정말 내 얼굴인가, 싶어서.

물론 스스로도 가끔씩 화장을 하기는 했지만, 아직은 서툴기 그지없었다. 그래서인지 처음으로 전문가에게 받아 보는 메이크업은 꼭 마술과도 같이 느껴지는 것이었다. 분명 그리 진하게 한 화장도 아닌데, 오히려 색조를 극도로 억제해서 청순한 느낌으로 마무리한 화장인데 거울 속의 자신은 꼭 다른 사람같이 보였다.

헤어 디자이너가 달라붙어 머리 손질까지 마치고 나자 이번에는 직원이 미소를 데리고 피팅 룸으로 이끌었다. 어깨부터 소매까지 망사 소재의 시스루로 이루어진 무릎까지 오는 길이의 연한 진줏빛 드레스는, 스물한 살의 미소에게 맞춘 듯이 딱 어울렸다. 너무 귀엽지도 않고 또 너무 나이 들어 보이지도 않으면서 사랑스러운 느낌.

"세상에, 너무 잘 어울리세요! 역시, 언니 되시는 분이라 그런지 동생분께 딱 잘 어울리는 옷으로 골라 주셨네요."

옷 갈아입는 것을 도와주고 난 직원이 칭찬을 아끼지 않았다.

"언니요?"

"네. 동생분이시라면서 예쁘게 해 달라고 신신당부하시던데요?"

가뜩이나 도깨비놀음하는 기분이었던 미소는 직원의 말에 한층 더 머릿속이 복잡해졌다. 화신은 대체 무슨 생각을 하고 있는 것일까. 시중을 들라고 하녀처럼 대하더니, 갑자기 치장을 시켜서는 파티에 데려가고. 나한테 왜 이러는 걸까. 이게 호의일까, 아니면 악의일까.

"자, 이제 나가셔야죠. 언니분께서 기다리시겠어요."

생각에 잠겨 있는 미소의 등을, 직원이 떠밀었다.

직원의 말대로 화신이 피팅 룸 앞에서 기다리고 있었다. 그녀 역시 메이크업과 헤어를 마치고 옷까지 갈아입은 상태였다. 우아하고 섹시한 느낌의 검은 이브닝드레스 차림의 화신을 보고 미소는 내심 생각했다. 역시나 대단한 미인이구나, 하고. 한때 반반한 얼굴로 황태자 홀린 구미호라는 욕을 듣던 화신은, 30대 중반이 넘은 지금도 변함없이 아름다웠다.

"와우!"

옷까지 갈아입고 나온 미소를 보더니, 화신은 눈을 동그랗게 뜨고 휘파람을 불었다. 그러고는 들고 있던 클러치 백에서 휴대폰을 꺼내 직원에게 내밀었다.

"우리 사진 좀 찍어 줄래요? 모처럼 이렇게 예쁘게 입었는데, 기념사진은 한번 찍어야지."

당황하는 미소의 어깨에 손을 얹고, 화신이 카메라를 향해 윙크를 날렸다.

* * *

"우와, 대박!"

저녁 식사 후, 의윤의 옆에 앉아 같이 TV를 보고 있던 연재가 갑자기 목소리를 높였다. 뭔가 싶어 쳐다보니 제 휴대폰을 들여다보고 하는 소리였다.

"뭔데 그러느냐?"

의윤의 물음에 연재가 기다렸다는 듯이 휴대폰을 의윤의 눈앞에 들이댔다.

"이것 좀 봐, 아빠. 엄마랑 미소 언니. 대박이지?"

휴대폰 사진을 본 의윤은 눈을 둥그렇게 떴다. 사진에 찍혀 있는 것은 분명 미소와 화신이 맞는데, 겨우 몇 시간 전에 봤을 때와는 전혀 다른 모습이었다. 둘 다 한껏 아름답게 화장을 하고 드레스를 입고 있는 것이었다.

"아니, 대체 이게 뭐란 말이냐?"

"엄마 오늘 파티 간댔잖아. 무슨 대사관 파티랬나?"

그러고 보니 오늘 파티 때문에 늦게 돌아오겠다는 얘기를 화신에게서 듣기는 한 것 같다. 거기에 미소도 함께 갈 줄은 몰랐을 뿐이지!

의윤은 사진 속의 미소를 뚫어져라 쳐다보았다. 웨딩드레스만 입었을 때도 눈부시게 아름다웠는데, 화장에 헤어까지 제대로 하고 나니 더 말할 것도 없었다. 분명 바로 옆에 화신도 찍혀 있었는데, 눈에도 들어오지 않을 지경이었다.

어떤 남자라도 미소를 보는 순간 반할 게 틀림없다고 의윤은 생각했다. 그렇지 않으면 남자도 아니지! 그런데 미소를 파티에 데려간다고? 이렇게 예쁘게 꾸며 가지고?

"그이는 대체 무슨 생각을 하고 있는 것인지!"

초조한 속마음이 저도 모르게 입 밖으로 튀어나왔다. 그 말을, 연재는 놓치지 않고 받아서 대꾸했다.

"어, 아빠 몰랐어? 엄마가 언니 남자 소개시켜 준다고 데려간 거잖아."

의윤은 제 귀를 의심했다.

"뭐라고?"

"엄마한테 들었어. 아빠 언니랑 결혼 안 하기로 했다며? 나야 미소 언니 좋아하니까 섭섭하지만, 뭐 결혼은 아빠 일이니까 존중하려고.”

연재가 아쉽다는 듯이 말했다.

“근데 미소 언니가 죽어도 안 떨어지려고 한다며. 그래서 엄마가 아빠 도와줘야겠다고, 그러려면 언니한테 다른 남자 붙여 주는 게 최고래.”

말 그대로 심장이 묵직하게 내려앉았다. 굳어진 의윤의 표정을 보고 그제야 연재가 당황한 듯이 물었다.

“미소 언니 떼어 내기로 아빠랑 합의한 거 아니었어? 난 엄마한테 그렇게 들었는데.”

그래, 물론 합의했다. 하지만 이런 식일 줄이야!

“너무 걱정 마, 아빠. 엄마가 알아서 잘해 줄 거야.”

역시 애는 애다. 그렇게 말하더니 연재는 언제 그랬냐는 듯이 다시 TV에 집중하기 시작했다. 의윤도 다시 연재를 따라 TV 화면에 시선을 고정했지만 내용은 전혀 머릿속에 들어오지 않았다.

미소에게 다른 남자가 생긴다. 나 말고, 다른 남자가!

파혼하기로 했으니 이제 내 상관할 바가 아니라고 억지로 생각하려고 노력했지만 쉽지 않았다. 만일 거사에 성공하면 그 즉시 미소에게 달려가려 했다. 내 진심이 아니었다, 평생을 두고 갚겠다고 무릎 꿇고 빌려고 했다. 빛나는 황후의 관을 머리에 씌워 주고 눈물 닦아 주려 했다. 두 번 다시 너를 울리지 않겠다고. 하지만 그 전에 다른 남자가 생겨 버리면 모두 허사가 아닌가!

의윤이 금방이라도 폭발할 것 같은 감정을 꾹 참고 있는데, 갑자기 연재가 전화를 받았다.

"여보세요, 엄마?"

화신에게서 온 전화였다. 의윤은 숨을 멈추고 귀를 기울였다.

"헐, 진짜? 미소 언니가? ……글쎄, 난 술 취한 거 본 적이 없어서 모르지. 근처에 있겠지 뭐, 잘 찾아봐. ……근데 엄마 언제 들어와? ……알았어. 이따 봐 엄마!"

"무슨 일이냐?"

숨넘어가게 묻자 전화를 끊은 연재가 대수롭지 않게 말했다.

"아, 별건 아니고 미소 언니가 좀 많이 취했나 봐. 같이 있던 남자랑 둘 다 어디 갔는지 안 보인다는데?"

* * *

대사관저의 넓은 정원에서 파티가 열리고 있었다.

잔잔하게 흐르는 현악기의 선율과 은은한 조명. 그 아래서 와인 잔을 들고 담소를 나누고 있는, 아름답게 차려입은 사람들을 보고 미소는 그저 눈이 휘둥그레졌다. 이런 파티는 생전 처음이었으니까. 물론 황후의 회갑연에도 참여해 봤지만, 그때는 사람들의 옷차림이나 상차림이나 이래저래 파티라기보다는 잔치에 가까운 분위기였다.

마치 영화 속에 들어와 있는 것 같은 분위기에 마치 못 올 곳에 온 사람처럼 안절부절못하고 있는 미소와는 정반대로, 화신은 마치 물 만난 물고기 같았다. 파티장으로 들어서자마자 많은 사람들이 그녀를 보고 반가워하면서 먼저 말을 걸어왔던 것이다.

「어머나, 에이미! 한국에는 언제 돌아오셨나요?」

「며칠 전에요. 대사 부인께서는 그간 어떻게 지내셨나요?」

외국인들 앞에서도 조금도 주눅 들지 않고 유창한 영어로 대화하는 화신을 보고, 미소는 저도 모르게 생각했다. ……멋있다.

언젠가 유학을 가겠다는 생각에 나름대로 열심히 영어 공부를 했던 미소다. 말하는 데는 별로 자신이 없어도 이야기야 대강 알아들을 수 있었다. 그런데 듣고 있자니 대화가 어딘가 특이했다.

「지난번 특집 기사는 잘 보았어요, 에이미.」

「다음에는 어디로 취재를 가시나요? 또 시리아?」

미소는 새삼스럽게 화신을 바라보았다. 기자라고? 기자라는 직업에 대해 잘 모르기는 하지만, 아름다운 드레스를 입고 화사하게 미소 짓고 있는 화신에게서 기자 같은 느낌은 전혀 들지 않았다.

이화신이라는 사람을, 점점 더 알 수가 없었다. 대체 이 사람은……. 다른 사람들과 이야기하는 화신을 물끄러미 바라보고 있는데 문득 누군가가 어깨를 살짝 건드렸다.

「잠시 실례해도 될까요?」

"어머나!"

딴생각에 빠져 있던 미소는 그만 소스라치게 놀라고 말았다. 다행히도 들고 있던 잔을 놓치지는 않았지만, 크게 움찔하는 바람에 그만 샴페인이 넘쳐서 상대의 양복이 젖고 말았다.

미소는 당황해서 사과했다.

"죄송합니다, 죄송합니다!"

어쩔 줄을 몰라 하고 있는데, 상대인 젊은 외국인 남자는 아무렇지도 않게 웃으며 손수건을 꺼내 옷을 닦았다.

"괜찮습니다. 놀라게 한 제 잘못이죠."

어, 한국말 되게 잘하네? 놀라서 바라보자 상대가 다시 말했다.

"한국말 잘해서 또 놀랐죠?"
"……!"
"맞혀서 또 또 놀랐구나."
대체 이 남자는 뭐지. 놀라서 눈만 깜빡이고 있는 미소를 보며 상대가 웃었다.
"이름이 윤미소 씨, 맞죠?"
이제는 무서워지려고 하는 찰나 남자가 재빨리 이어서 말했다.
"황후 폐하의 회갑연 때 봤거든요, 미소 씨는 기억 못 하시겠지만. 저는 영국 대사관에서 일하고 있습니다. 제임스라고 부르면 돼요. 그런데, 미소 씨의 약혼자 되시는 분은 어디 계시죠?"
갑자기 제임스라는 남자가 주위를 휘휘 둘러보며 묻는 바람에 미소는 당황했다.
"설마 같이 오지 않으신 건가요?"
"저어, 그게……."
미소가 곤란해하고 있는데 갑자기 화신이 끼어들었다.
「어머 제임스! 오랜만이에요.」
「아, 에이미. 반가워요. 그런데 지금은 여기 계신 숙녀분과 이야기 중이라, 이따가 다시 이야기해도 될까요?」
남자의 말에 당황한 것은 미소였다.
"아, 아니에요! 두 분 말씀 나누세요. 저는 괜찮아요."
하지만 화신은 반대로 갑자기 눈을 반짝였다.
「제임스, 우리 미소 씨한테 관심 있군요?」
「그렇다고 말하고 싶지만, 그러면 약혼자 되시는 분께 실례가 되겠죠.」

제임스의 말에 화신이 손을 내저었다. 별 걱정을 다 한다는 듯이.

「걱정 말고 얼마든지 이야기 나눠도 괜찮아요. 이제 이 아가씨는 자유의 몸이니까.」

미소는 당황해서 끼어들었다.

"아, 아니에요! 그런 게 아니라…… 악!"

말은 비명으로 끝났다. 왜냐하면 갑자기 화신이 미소의 옆구리를 꼬집었기 때문에!

"전하는 결혼할 생각 없다는데 왜 이렇게 바보처럼 굴어요?"

미소의 귓가에 대고, 화신이 재빨리 속삭였다.

"알고 보면 그렇게 좋은 남자도 아니야. 그만 잊어버리고 제 살 길 찾아야지!"

마치 철부지 동생을 야단치듯 엄한 목소리로 속삭이고 난 후, 화신은 언제 그랬냐는 듯이 제임스를 향해 활짝 웃어 보였다.

「여기는 사람이 많아서 미소 양이 좀 어지럽다고 하네요.」

그러더니 제임스를 향해 미소의 등을 확 떠밀었다.

「자, 그럼 제임스. 우리 미스 스마일이랑 같이 조용한 데 가서 산책 좀 하고 와 줄래요?」

뒤쪽 유리창에 '초보운전'이라고 궁서체로 써 붙인 멋진 스포츠카가 도로를 달렸다. 시속은 약 80킬로미터 정도. 고속 도로에서는 뒤차가 추월하고 싶어질 만한 속도였지만, 운전하고 있는 사람에게 있어서는 그야말로 일생일대의 폭주였다.

운전대를 잡고 앞을 노려보며 의윤은 속으로 애꿎은 처선을 탓했다. 처선이 녀석만 집에 있었어도 벌써 도착하고도 남았을 텐데, 하필이면 이럴 때 외출을 할 건 뭐란 말인가?

"미소 언니가 좀 많이 취했나 봐. 같이 있던 남자랑 둘 다 어디 갔는지 안 보인다는데?"

연재의 말을 떠올리자 저절로 운전대를 잡은 손에 힘이 들어갔다. 그렇게 꽃처럼 단장을 하고 대체 지금쯤 누구와 함께 있단 말인가. 그것도 취한 상태로!

술버릇이나 좋으면 또 모르겠다. 그런데 미소의 술버릇은, 술이 취하면 모든 남자가 다 자신으로 보이는 것 아닌가.

'어, 우리 전하 오셨네. 전하, 보고싶었어요오오오!'

그렇게 술주정을 하면서 상대의 품에 폭 안겨 들 미소를 생각하자 눈앞에서 불꽃이 튀는 것 같았다.

미소도 화신도 전화를 받지 않으니 직접 뛰쳐나올 수밖에. 나중에는 거의 시속 100킬로미터 가까이 밟은 끝에 의윤은 겨우 파티 장소에 도착했다. 그를 알아본 사람들이 여기저기서 놀란 눈으로 쳐다보았지만 개의치 않고 주위를 둘러보았다.

"어머. 전하가 여기는 웬일로 오셨어요?"

놀란 얼굴의 화신이 그를 맞이했다.

"미소는? 어디 있는가?"

일단 팔을 붙들고 구석으로 데려가서 다짜고짜 묻자 화신이 어깨를 으쓱했다.

"아까 보니까 많이 취했던데, 뭐 근처에서 술 깨려고 산책이라도 하고 있겠지요."

"취했으면 그대가 돌보았어야지. 그대가 미소를 여기 데려오지 않았는가!"

의윤은 이를 악물고 말했다.

"연재에게 들었다. 미소에게 남자를 소개시켜 주겠다고 했다면서?"

화신은 조금도 주눅 들지 않고 대꾸했다.

"전하께서는 분명 그 아가씨에게 더는 마음이 없다 하셨고, 그래서 제가 떼어 드리기로 하지 않았습니까. 그래서 한 일인데 뭐 문제라도 있나요?"

"그래도 이런 방법은 아니지 않은가!"

"어째서요? 그저 떼어만 내면 되는 거 아니었습니까?"

의윤은 그만 말문이 막히고 말았다. 화신의 말이 옳았으니까. 그는 애써 변명을 쥐어짜 냈다.

"아, 아무리 떼어 내고 싶기로서니 어찌 아무에게나 막 소개를 시킨단 말인가. 만약에 나쁜 사람이면 어찌하려고!"

화신은 의윤을 안심시키듯 말했다.

"전하도 별 걱정을. 주한 영국 대사관에서 일하는 1급 서기관입니다. 젊고 유능한 외교관이에요. 전부터 제가 아는 사람인데, 잘생겼고 성격도 좋고, 무엇보다 한국 여성과 결혼하고 싶어 해요."

결혼! 의윤의 얼굴에서 핏기가 싹 가신 것을 아는지 모르는지, 화신은 점점 더 신이 난 표정을 했다.

"보니까 마침 제임스가 황후 폐하 회갑연 때 미소 씨를 보고 한눈에 반한 눈치더라고요. 그러니까 잘만 하면 한 방에 떼어 놓을 수도……."

화신은 중간에 말을 멈췄다. 왜냐하면 의윤이 끝까지 듣지도 않고 돌아서더니 급히 어디론가 가 버렸으니까.

저만치 멀어지는 의윤의 뒷모습을 보면서, 화신은 픽 웃으며 어깨를 으쓱했다.

봄에서 초여름으로 넘어가는 밤의 날씨는 딱 알맞게 따스했다. 파티가 열리고 있는 정원에서 빠져나와, 관저 뒤편에 있는 작은 오솔길을 천천히 걷자 하루 종일 긴장해 있던 마음도 조금씩 가라앉는 것 같은 기분이었다.

미소의 걸음에 맞춰 함께 천천히 걸으며 제임스는 이런저런 이야기를 해 주었다. 자신이 하는 일에 대해서, 그리고 한국에 오게 된 계기에 대해서도.

화신에 대한 이야기로 넘어갔을 때 제임스의 입에서는 놀라운 말이 나왔다.

“종군 기자요?”

미소는 놀라서 걸음을 멈췄다.

“음, 그러니까 전쟁터를 다니면서 취재하는 기자요. 한국말로 종군 기자 아닙니까?”

“아니, 말은 맞는데요……. 정말로 이화신 씨가 종군 기자라고요?”

“맞아요. 재작년엔가 취재 중에 IS에 피랍되었다가 무사히 귀환한 사건으로 유명해졌죠.”

“세상에! 저는 전혀 몰랐어요.”

미소의 얼떨떨한 표정을 보고, 제임스가 웃었다.

“미소 씨가 몰랐던 것도 당연해요. 한국에서는 에이미의 활약에 대해서 절대 보도하지 않을 테니까요. 물론 에이미의 기사를 인용한 기사도 쓰지 못할 테고.”

미소는 새삼스럽게 언론 통제의 위력을 실감했다. 그래도 한때나마 전 황태자비였던 분의 일인데 소문조차 들은 적이 없다니.

"영국으로 돌아온 지 얼마 안 돼서 곧바로 다시 취재하러 시리아로 떠났어요. 미모가 대단해서 여기저기 광고나 TV 쇼에 섭외도 많이 들어왔다고 하는데 일절 응하지 않았어요. 언론인으로서의 사명감이 투철한 분이죠."

"멋있네요."

미소는 진심으로 말했다. 한편으로는 화신에게 미안하기도 했다. 어떤 사람인지도 모르면서, 전남편에게 자기 아이를 팽개쳐 놓고 떠나 버린 엄마라고 막연히 안 좋게 생각하고 있지 않았던가. 이제 얘기를 듣고 나니 어렴풋이 짐작이 갔다. 종군 기자라면 계속 위험한 곳을 다녀야 하니까 어린 딸을 키울 수가 없었던 건 아닐까.

"내가 보기엔 미소 씨도 멋있는데요."

갑자기 제임스가 그렇게 말하는 바람에 미소는 조금 당황해서 그를 쳐다보았다.

"저요?"

"그래요. 그때, 무대에 올라가서 춤추는 모습이 무척 멋졌어요."

제임스가 손을 들어 살짝 춤추는 시늉을 해 보이는 바람에 미소는 그만 머쓱해지고 말았다. 사실 그때는 춤을 춘다기보다는 전투에 임하는 기분이었다. 별로 즐거운 기억도 아니고.

"급하게 막춤 춘 건데 반응이 되게 좋네요. 어디 기획사에서 전화 안 오나?"

슬쩍 농담을 하며 웃어넘기려고 했는데 제임스는 왠지 진지한 얼굴을 했다.

"물론 춤도 잘 췄지만, 올라간 이유가 무척 멋있다고 생각했어요.

약혼자를 지키기 위해서 대신 올라간 거였잖아요. 그때 나도 그 자리에 있었다니까요."

제임스가 빙긋 웃었다.

"저런 여자를 약혼녀로 두다니 참 운 좋은 남자구나, 하고 생각했어요."

칭찬을 받으니 물론 기분이야 나쁘지 않았지만, 한편으로 미소는 울컥했다. 그런 나를, 전하는 이제 여자로도 보이지 않는다며 썩 나가라 하셨지. 물론 진심이 아닐 거라고 믿고는 있지만, 그렇다고 해서 상처받지 않는 것은 아니었다. 지금도 혼자 있을 때면 자꾸만 눈물이 났다. 그저 씩씩한 척하고 있을 뿐.

"하나만 물어봐도 돼요?"

눈물을 참고 있는 미소에게 제임스가 불쑥 물었다.

"아까 에이미가 그렇게 말했잖아요. 미소 씨는 이제 자유의 몸이라고. 그건 혹시, 그분과 파혼했다는 뜻인가요?"

뭐라고 대답해야 할까. 미소는 잠시 망설였다. 제임스는 좋은 사람 같아 보였지만 속사정까지는 말하기가 꺼려졌다. 일방적으로 파혼 선언을 당했어요, 하지만 그건 그분의 진심이 아니라고 믿으니까 기다리고 있는 중이에요, 하고 어떻게 처음 본 사람에게 말을 할까.

"그냥, 서로 조금 시간을 갖고 있는 중이에요."

결국 그런 애매한 대답밖에 할 수가 없었다. 이쯤에서 대강 넘어가줬으면 했지만 제임스는 오히려 더 진지한 표정을 했다.

"그러면 나한테도 기회가 있다는 뜻으로 받아들여도 될까요?"

당황한 미소에게, 제임스는 가슴을 펴고 당당하게 말했다.

"미소 씨에게 반했습니다. 그날, 첫눈에."

맙소사. 갑작스러운 고백에 미소는 어쩔 줄을 몰랐다.

"미소 씨만 괜찮다면 만나 보고 싶습니다."

부끄럽고 당황스러운 가운데 미소는 겨우 입을 열었다.

"저어, 제임스 씨. 말씀은 감사하지만…… 아시다시피 제게는 이미 그분이 계시니까요."

하지만 제임스는 쉽게 물러나려 하지 않았다.

"서로 시간을 갖기로 했다고 하지 않았습니까?"

미소는 한숨을 지었다. 이 사람은 무척이나 진지해 보인다. 그러니까 나도 진지하게 대답해 줘야 하지 않을까.

"사실 그건 그분의 생각이고, 저는 그렇지 않아요."

아랫입술을 살짝 깨물고 나서, 미소는 제 발끝을 내려다보며 중얼거렸다.

"저는 그분을 무척 사랑하니까요."

어째서일까. 말한 순간, 눈시울이 왈칵 뜨거워졌다.

"제가 올해 스물한 살이거든요? 어릴 때부터 지금까지 평생 좋아한 남자는 이유 전하 한 분뿐이었어요. 앞으로도 그럴 거고요."

정작 당사자는 알아주려고도 하지 않는 속마음을, 미소는 목이 메어 입에 담았다.

"……무슨 일이 있어도 제 마음은 변하지 않아요."

드레스에 맞춰 신은 새 구두코 위에 눈물방울이 툭 떨어졌다.

"잘 알았습니다. 더 부러워졌네요, 그분이."

가벼운 한숨과 함께 제임스는 손수건을 꺼내 건넸다.

"닦아요, 샴페인 냄새는 좀 나겠지만."

농담에 미소도 픽 웃고 말았다.

"자, 그럼 이제 슬슬 돌아가 볼까요?"

제임스가 말하고는 앞장섰다. 네, 하고 대답하고 다시 걷기 시작하려던 미소가 갑자기 크게 휘청했다. 그렇지 않아도 익숙하지 않은 구두에 아까부터 발이 편치 못했었는데, 그예 발을 헛디디고 만 것이었다.

"괜찮아요?"

제임스가 재빨리 미소를 받아 안았다. 덕분에 다행히 넘어지는 것은 면했지만, 그만 제임스의 품 안에 폭 안겨 버리는 꼴이 되고 말았다.

"네, 괜찮아요."

대답하자마자 미소는 제임스의 품에서 확 떨어져 나갔다. 누군가가 미소의 팔을 잡아 끌어당긴 것이었다. 이게 대체 무슨 일이람? 미소는 깜짝 놀라 올려다보았다가 제 눈을 의심했다.

"전하?"

미소를 한쪽 팔로 단단히 끌어안고, 의윤이 살벌하게 말했다.

"감히 누구에게 손을 대는 것이냐."

미소는 얼떨떨하기만 했다. 갑자기 전하가 여기는 어떻게?

"전하……."

"그래, 내가 진짜 네 전하니라. 알아보겠느냐?"

"예?"

당황한 미소의 얼굴을 들여다보며, 의윤은 달래듯 다정하게 말했다.

"괜찮다, 이제 안심하거라. 내가 왔으니 저 불한당이 더는 네게 아무 짓도 못 할 것이다."

아, 제임스에게 안겨 있는 걸 보고 뭔가 단단히 오해를 하셨구나.

그렇게 생각하면서도 미소는 한편으로 기뻤다. 의윤이 자신에게 이렇게 부드럽게 말해 준 것이 대체 얼마 만이던가. 어쨌든 오해는 풀고 봐야 하니까, 미소는 조심스럽게 입을 열었다.

"전하, 그런 게 아니라……."

하지만 의윤은 이미 시선을 돌려 제임스를 노려보고 있었다.

"이 여자의 술버릇이 이런 것뿐이다. 그대가 나라고 생각해서 안긴 것뿐이니, 그대는 혹시라도 착각하지 말도록 하라."

다짜고짜 추상같은 명령이 떨어졌다. 제임스는 무척 당황한 표정으로 대답했다.

"음, 그녀는 취하지 않았습니다만?"

"헛소리! 미소가 제정신으로 외간남자에게 안길 리가 없지 않은가?"

의윤이 코웃음을 쳤다. 이렇게 철석같이 믿어 주는데 좀 민망하긴 한데, 하고 생각하며 살며시 옷자락을 잡아당기자 그제야 의윤은 미소를 향해 시선을 돌렸다. 미소는 머쓱하게 말했다.

"저어, 전하. 저 안 취했는데요. 술 한 방울도 안 먹었어요."

그랬다. 아까 파티 장소에서 샴페인 잔을 들고 있기는 했지만 마실 겨를은 없었다. 제임스의 양복이 다 마셔 버리는 바람에. 의윤이 당황한 얼굴을 했다.

"아니, 그럼 맨정신으로 저 불한…… 아니 외국인에게는 왜 안겨 있었던 것이냐?"

"제가 넘어질 뻔해서 부축해 주다가 그렇게 된 거예요."

다음 순간, 하얀 종이가 서서히 물감에 물드는 것처럼 점점 의윤의 표정이 변해 갔다. 방금 전의 다정함이라고는 눈곱만치도 남아 있지 않은 화난 표정.
"날 속인 것이냐?"
"네? 속이다뇨!"
미소는 어이가 없었다. 갑자기 나타나서 자기 멋대로 착각해 놓고는 무슨 소리? 하지만 의윤은 무척 화가 난 모양이었다.
"네가 화신의 앞에서 취한 척해서 나를 불러내게 만든 것이 아니냐!"
"제가 뭘 어쨌다고 그러세요?"
너무 서러워서 눈물이 핑 돌았다. 화신이 뭐라고 말했는지 모르겠지만, 잘못 말했다면 그건 그녀의 책임이지 왜 내 탓으로 돌린단 말인가!
"대체 저한테 왜 이렇게까지 하시는데요!"
그간의 서러움이 폭발했다. 눈물을 주룩 흘리는 미소를 바라보다, 의윤은 말도 없이 등을 돌려 빠른 걸음으로 가 버렸다.
물론 그냥 보내 줄 미소가 아니었다.
"왜 도망가시는 건데요?"
얼른 쫓아가서 미소는 의윤의 앞을 가로막았다.
"제발 이제 그만하세요, 전하도 저한테 이러는 거 괴로우시잖아요!"
의윤이 이를 악물고 대꾸했다.
"저리 비키거라. 더는 네게 마음이 없다고 말하지 않았느냐?"
"거짓말. 제가 걱정돼서 여기까지 달려오셨으면서!"
미소는 고함을 질렀다.
"민식이가 반역죄로 붙잡혀 있는 거 알아요. 지금 그 일 때문에 저한테 이러시는 거죠?"

흠칫 놀란 눈을 하는 의윤을 보고 미소는 확신했다. 내 생각이 틀리지 않았구나.

"자꾸만 저 밀어내시는 거, 뭔가 이유가 있어서라는 거 알아요. 차라리 저한테 솔직하게 말해 주세요. 네?"

그동안 참고 참아 온 서러움이 한꺼번에 폭발했다. 미소는 펑펑 울면서 말했다. 흐느낌이 너무 심해서 말을 제대로 잇기조차 힘들었다.

"제발, 제발 저한테 이러지 마세요. 네? 저 너무 힘들단 말이에요. 죽을 것 같아요……!"

결국 소리 내어 엉엉 울어 버리고 마는 미소를 한참 물끄러미 바라보다, 의윤이 입을 열었다.

"그래, 나도 괴롭다. 마음 떠난 사람이 이렇게 계속 내게 미련을 거두지 못하고 주위를 맴돌고 있으니 어찌 괴롭지 않겠느냐?"

"전하!"

"돈이든 뭐든 원하는 대로 줄 테니 제발 나를 좀 놓아 다오. 이렇게 부탁한다."

고개를 깊이 숙이기까지 하는 의윤을 보고 미소는 머리를 세게 얻어맞은 것 같은 충격을 느꼈다. 의윤은 황태자였던 사람이다. 그가 누군가를 향해 고개를 숙이는 것을 본 것은 오로지 황제와 황후, 그리고 황태자가 상대였을 때뿐이었다.

그렇게까지 내가 싫으신 걸까. 뭔가 다른 이유가 있을 거라고 생각했던 것은 그저 내 착각이었던 것뿐일까. 전하의 마음이 변했다는 걸 인정하기 싫어서 내 스스로 핑계를 대고 있었던 걸까. ……그래서 도리어 괴롭혀 드리고 있었던 걸까.

하얗게 질린 미소의 얼굴을 힐끗 쳐다보고, 의윤은 그녀의 곁을 휙 지나쳐 가 버렸다. 빠르게 멀어지는 발소리가 미소의 귀에는 마치 이별의 말처럼 들렸다.

* * *

밤늦게 화신이 이화원으로 돌아왔을 때, 의윤은 우두커니 어두운 거실 소파에 앉아 있었다.

"미소 씨는요?"

"아까 먼저 돌아와서 자기 방에 올라가 있다."

테이블 위에 위스키 병과 함께 잔이 놓여 있는 것을 보고 화신의 얼굴에 엷은 미소가 떠올랐다. 술도 못 드시는 분이 혼자 저러고 계실 때는, 그만큼 상심이 크시렷다.

"아, 그렇군요. 제임스가 집까지 데려다줬나?"

들으라는 듯이 혼잣말을 하는 화신에게, 의윤이 물었다.

"그대는 왜 거짓말을 한 것인가."

"거짓말이라니요?"

영문을 모르겠다는 듯이 되묻자 의윤이 고개를 들어 화신을 바라보았다.

"내 귀에 들어가라고 일부러 연재에게 전화해서 말한 것이 아닌가, 미소가 취했다고."

화신은 속으로 뜨끔했다. 역시 영명하신 이유 전하, 웬만큼 해서는 속이기 힘들겠구나. 그러나 겉으로는 어디까지나 시치미를 뚝 뗐다.

"술 냄새가 엄청나기에 취한 줄 알았어요. 그런데 나중에 알고 보니 샴페인 잔을 엎는 바람에 그랬다더군요."

"정말 그것뿐인가?"

"물론이죠. 그럼 다른 이유가 뭐가 있겠어요?"

빤히 쳐다보는 의윤을 향해 화신은 기가 차다는 듯이 말했다.

"설마하니 제가 저 아가씨에게 호의라도 품고 있다고 생각하시는 건가요? 말도 안 되죠, 돌부처도 시앗[1]을 보면 돌아앉는다는데."

시앗이라는 말에 의윤이 울컥한 표정이 되었다.

"그대와 나는 이미 이혼했는데 그녀가 어찌 시앗이라는 것인가. 게다가 우리는 애초에 사랑해서 결혼한 사이도 아니지 않은가?"

"그건 전하 입장이시겠죠."

흠칫 놀라는 의윤을 정면으로 바라보며, 화신은 물었다.

"전하께서는 정말로 모르셨던 건가요, 제 마음?"

"……."

"하여튼, 남자들이란."

의윤은 눈을 크게 뜨고 뚫어져라 화신을 쳐다보았다.

"아무리 이혼녀기로서니, 세상에 어떤 여자가 이혼 경력을 한 번 더 늘리는 게 아무렇지 않겠어요? 그게 뭐 훈장이라고."

"그대가, 나를……?"

"제가 이화원에 왜 온 것 같으세요?"

화신은 대답을 기다리지 않고, 제 입으로 말했다.

"연재에게서 전하가 결혼하신다는 말씀을 듣고 아차 싶었어요. 그래서 어떻게든 돌이킬 여지가 없을까 싶어서 한달음에 달려왔던 거예요."

---

1) 남편의 첩

"……!"

"그런데 다행히 전하께서 이미 그 아가씨한테 마음이 떠나셨다니, 저로서야 잘된 일이지요."

굳어진 의윤을 향해 화신은 선언하듯 말했다.

"걱정 마세요, 곧 그 아가씨를 떼어 드릴 테니까. 그러고 나야 저도 제 자리를 찾지 않겠어요?"

* * *

아침에 일어나자마자 미소는 짐을 챙기기 시작했다.

"제발 나를 좀 놓아 다오. 이렇게 부탁한다."

어젯밤, 고개까지 숙여 가면서 그렇게 말하던 의윤의 모습이 꿈에서까지 나왔다.

아직도 잘 모르겠다. 정말로 마음이 떠난 것인지, 아니면 다른 이유가 있는 것인지. 하지만 한 가지만은 확실히 깨달았다. 지금 자신이 그의 곁에 있는 것이 그를 무척이나 괴롭게 만들고 있다는 것. 그렇다면 지금은 떠나 드려야지, 하는 결론을 내린 것이었다.

만약에 내 생각처럼 다른 이유가 있었던 거라면 이게 마지막은 아닐 테니까. 언제든 다시 나를 찾으실 테니까. 그렇게 생각하며 미소는 찢어지는 가슴을 애써 달랬다.

이화원에 온 후 짐이 이것저것 늘어나 있었다. 낡은 여행 가방을 열어 일단 급한 것들만 챙기고 있는데, 화신이 미소의 방을 찾았다.

"어제는 어떻게 된 거예요? 한참 찾았네."

"몸이 좀 안 좋아져서 택시 타고 먼저 와 버렸어요. 미리 말씀드리지 못해 죄송해요."

"난 또 제임스가 집에 데려다줬나 했네. 그래, 제임스는 어땠어요?"

"……좋은 분 같았어요."

확실히 좋은 사람이기는 했다. 어제 의윤에게 다짜고짜 안 좋은 말까지 들었는데도, 미소에게는 자기는 괜찮다면서 위로까지 해 줬으니까. 집에 데려다주겠다고도 했지만 거절했다. 좋은 사람이지만 남녀 사이로 얽히고 싶지는 않았으니까.

"좋은 사람이면 한번 잘해 보지 왜."

화신이 못내 아쉬운 듯해 보여서 미소는 조금 웃었다.

"죄송해요. 기껏 그렇게 꾸미고 데려가서 소개까지 해 주셨는데."

대체 화신이 자신에게 품은 것이 악의인지, 아니면 호의인지 긴가민가했는데 이제는 알 것 같았다. 호의인 거다.

스타가 될 수 있는 기회도 마다하고 전쟁터를 누비며 취재할 정도로 정의로운 마음을 가진 사람이라 했다. 그러니 일방적으로 파혼당하고, 이화원에서도 쫓겨나는 신세가 된 어린 여자애가 불쌍해 보였던 게 아닐까.

어제 제임스를 소개시켜 줄 때 화신은 미소의 귀에 대고 타이르듯 말했었다.

"알고 보면 그렇게 좋은 남자도 아니야. 그만 잊어버리고 제 살 길 찾아야지!"

그 순간, 미소는 왠지 화신이 언니처럼 느껴졌었다. 동생을 걱정하는 언니. 같이 자란 진짜 언니들에게조차 평생 받아 보지 못한, 그런 느낌이었다.

"걱정해 주셔서 고맙습니다."

화신이 문득 눈을 둥그렇게 떴다. 미소가 챙기던 가방이 그제야 눈에 들어온 모양이었다.

"잠깐. 설마 나가려는 거?"

"네. 제가 여기 더 있어 봤자 괜히 전하만 괴롭혀 드리는 것 같아서요."

순간 화신이 이맛살을 찌푸렸다.

"이건 너무 무책임한 거 아닌가?"

"네?"

"말했잖아요, 이화원에 있는 동안 내 잔심부름을 해 줄 사람이 필요하다고. 미소 씨가 하기로 해 놓고 이렇게 팽개치고 가 버리면 나더러 어쩌란 거예요?"

매서운 말투에 미소는 조금 당황했다. 어제만 해도 날 걱정하는 줄 알았는데…… 설마 그것도 내 착각이었던 건가?

"아무리 어려도 그렇지, 사람이 책임감이란 게 있어야지?"

마치 크게 잘못했다는 듯이 질책하는 바람에 미소도 조금 울컥하고 말았다.

"죄송하지만 연재 어머님. 제가 이 댁 가정부로 일하지 않기로 한 이상, 계속 시중을 들어 드릴 의무는 없지 않나요?"

"가정부 일은 가정부 일이고 약속은 약속이지. 나한테 약속했잖아요. 부족하지만 열심히 하겠다고, 미소 씨 입으로 말하지 않았어요?"

"하지만……."

"아니면 원래 이거밖에 안 되는 사람이었나?"

말문이 막힌 미소 앞에서, 화신이 픽 웃으며 혼잣말을 했다.

"……역시 전하가 사람 보시는 눈은 있으시네."

그 말이 가뜩이나 상처받은 미소의 마음을 건드렸다. 그래, 어쩌면 자신은 그렇게 괜찮은 사람이 아닐지도 모른다. 하지만 최소한 사랑하는 남자의 전 부인에게서 이런 소리를 듣고 싶지는 않았다.

미소는 이를 악물고 말했다.

"이화원에는 언제까지 계실 건가요?"

"글쎄, 그리 오래 있지는 않을 것 같은데. 앞으로 한 일주일 정도?"

일주일 정도라면, 하고 미소는 생각했다.

"그럼 가실 때까지 제가 모시겠습니다. 말씀대로 약속은 약속이니까요."

언제 화를 냈냐는 듯이, 화신이 미소를 보며 빙글빙글 웃었다.

"좋아요. 그러면 그때까지 잘 부탁해요."

홧김에 못 마시는 술까지 먹고 기절하듯 잠들었는데도, 일어난 후의 기분은 전혀 개운치 못했다. 눈뜨자마자 어제 일이 생각나서 한숨부터 나왔다.

"뭔가 이유가 있어서라는 거 알아요. 차라리 저한테 솔직하게 말해주세요. 네?"

사실대로 말하고 싶었다. 죽도록 그러고 싶었다. 네가 나를 조금만 덜 사랑했더라면, 하다못해 조금만 덜 용감한 여자였다면!

솔직하게 말하는 순간 미소는 기꺼이 반역죄도 함께 불사할 여자라는 걸 잘 알기에, 끝까지 이를 악물고 거짓말을 할 수밖에 없었다. 하지만 어떻게 마음이 편하겠는가.

"제발, 제발 저한테 이러지 마세요. 네? 저 너무 힘들단 말이에요. 죽을 것 같아요……!"

모처럼 한 화장이 엉망이 되도록 서럽게 울던 미소의 모습이 눈을 감아도 사라지지 않았다.

게다가 화신은 또 어떤가.

"전하께서는 정말로 모르셨던 건가요, 제 마음?"

화신과는 10년도 넘게 알아 왔지만 그저 마음이 통하는 친구 같은 사이일 뿐이었다. 화신은 가짜 결혼을 해줌으로써 자신의 목숨을 살렸고, 자신은 그 보답으로 그녀가 마음 놓고 전쟁터를 누비며 취재할 수 있도록 어린 연재를 대신 키웠다. 그것뿐이지, 남녀 간의 감정은 전혀 없다고 생각했는데 이제 와서 그녀는 그게 아니었다니.

물론 그렇다 해도 의윤은 그 마음을 받아 줄 수가 없었다. 사랑하는 여자는 따로 있으니까.

이래저래 마음이 복잡했다. 솔직히 아침 식사도 하고 싶지 않았지만 식사 자리에 자신이 없으면 지호가 아빠를 찾느라 밥을 제대로 못 먹을 게 뻔했다. 그동안 마음에도 없이 멀리하느라 아빠의 사랑에 무척 굶주려 있었던 아이다. 의윤이 미소의 조언을 받아 지호를 가까이하기 시작한 후로는 얼마나 아빠를 찾는지 몰랐다.

결국 의윤은 내키지 않는 발걸음을 옮겨 식당으로 내려갔다. 식탁에는 이미 식사 준비가 다 되어 있고, 가족들도 모두 앉아서 의윤을 기다리고 있었다. 연재와 지호, 처선과 정 여사, 그리고 화신에 미소까지.

차마 두 여자를 똑바로 쳐다볼 수가 없어서, 의윤은 고개를 숙인 채 자리에 앉았다.

"자, 그럼 먹자."

숟가락을 드는데 갑자기 화신이 불쑥 말했다.

"그런데 말이에요. 가족끼리 식사하는 자리에 고용인이 끼어 있는 건 좀 그렇지 않은가요?"

의윤은 순간적으로 당황했다. 누구를 말하는 것인가. 설마 처선? 아니면 정 여사? 하지만 화신의 시선은 놀랍게도 미소를 향해 있었다.

"이젠 일개 가정부 아니었던가요?"

얼굴이 굳어져 있는 미소를 향해, 화신이 말했다.

"……가정부하고 한자리에 마주 앉아서 식사하고 싶진 않은데."

순간 주위가 찬물을 끼얹은 듯이 싹 조용해졌다. 어른들은 물론이고 지호마저도 당황한 눈으로 화신과 미소를 쳐다보았다.

'사람을 면전에 두고 그 무슨 무례한 언사인가?'

의윤은 호통이 목구멍까지 올라오는 것을 겨우 참았다. 여기서 미소의 역성을 들었다가는 자칫 진심이 들키고 만다. 그녀를 밀어내기 위해 마음을 독하게 먹고 했던 거짓말들이, 다 허사가 되어 버리고 말 것이다.

흘깃 쳐다보니 처선 역시 얼굴이 굳어진 채 입을 꾹 다물고 있었다. 처선 역시 자신과 똑같은 생각을 하고 있다는 것을 의윤은 알았다. 그토록 미소를 좋아하며 따랐던 연재마저도 제 엄마의 말이라 그런지 난처한 얼굴만 하고 있을 뿐, 나서서 미소의 편을 들지 않았다.

"너무하시지 않습니까."

조용한 가운데 결국 정 여사가 입을 열었다.

"비록 주인님과는 파혼하셨다 하나, 황후 폐하께서 지극히 총애하시는 분이심에는 변함이 없습니다. 그런 식으로 고용인 취급을 하시는 것은……."

"연재 어머님 말씀이 옳아요."

말을 가로막은 것은 화신이 아니라 미소였다. 입고 있는 메이드복을 흘깃 내려다보고 그녀는 말했다.

"파혼을 했으면 도로 가정부지요. 이 옷을 입은 채 가족분들 식사자리에 끼어 앉는 것이 아니었는데, 제가 생각이 짧았습니다."

방금 모두의 앞에서 모욕을 당했음에도 불구하고 무척이나 의연한 태도였다.

"그럼 저는 주방으로 가서 식사하겠습니다. 식사들 하시지요."

미소는 제 밥그릇과 국그릇을 각각 손에 들고는 자리에서 일어나 식당을 떠났다. 말문을 잃고 있는 사람들을 향해, 화신이 숟가락을 들며 말했다.

"뭣들 하세요? 밥 먹어야죠. 얼른 먹자, 연재야. 지각하겠다."

뚫어져라 쳐다보는 의윤과 얼핏 시선이 마주친 순간 화신이 한쪽 눈을 살짝 찡긋해 보였다. 마치 '나 잘했죠?'라고 말하는 듯이.

"저도 같이 먹어도 돼요?"

그렇게 말하며 나타난 미소를 보고, 주방이 놀라서 한바탕 뒤집어졌다.

"아니, 미소가 왜 여기서 밥을 먹는대, 응? 식당에서 먹어야지!"

한때나마 미소를 안주인 마님이라 불렀던 사람들이다. 미소의 간곡한 부탁에 의윤이 전처럼 대하라고 명령한 덕분에 말은 놓고 있었지만, 공경하는 마음만은 황태자비에 준하는 것이었다.

"여기서 선배님들이랑 먹는 게 편하고 좋아서요."

미소는 애써 웃으며 얼버무렸지만 물론 그 소리에 넘어갈 사람들이 아니었다.

"주인님이 쫓아내셨어? 응?"

"에이, 아니에요."

"아니긴, 그렇지 않으면 왜 갑자기 밥그릇을 들고 주방으로 와!"

고용인들은 안타까워서 어쩔 줄을 몰랐다. 눈물까지 글썽이는 사람도 있었다.

"주인님도 참말 너무하시네."

"누가 아니래. 이렇게 예쁘고 착한 미소를 세상에나 하루아침에!"

"저러다 벌 받으시지."

의윤에게 무조건적인 충성을 바치는 사람들이 이렇게까지 말하는 것을 보고, 미소는 눈시울이 뜨거워졌다. 그들이 얼마나 안타까워하고 있는지가 느껴져서.

"얼른 먹어, 응?"

"그래, 속상할 때일수록 든든하게 먹어야 돼."

국을 다시 데워다 주랴, 맛있는 반찬 그릇은 다 미소 앞에 밀어 주랴, 부산을 떠는 사람들을 보고 미소는 한층 더 마음이 아파 왔다. 며칠 후면 이분들을 두고 떠나야 하지 않는가.

"아, 배고프다. 선배님들도 어서 드세요. 네?"

애써 밝게 말하며 미소는 숟가락을 들었다. 눈물과 함께 삼키느라 맛도 잘 모른 채 꾸역꾸역 아침 식사를 끝내고 방으로 올라오자마자 화신이 미소를 찾았다.

"이거 빨래 좀 부탁해요. 상하면 안 되는 옷들이니까 일일이 손으로 빨아야 해요."

산더미같이 안겨 오는 빨랫거리는 딱 보아도 아예 입지도 않은 옷들이었다. 일부러 괴롭히려고 하는 수작이 뻔했지만, 미소는 한마디도 항의하지 않고 순순히 빨랫거리를 받아 들었다.

"알겠습니다."

아까 아침 식사 때 모두의 앞에서 모욕을 줄 때부터 눈치채고 있었다. 화신은 자신을 괴롭히기 위해서 일부러 이화원에 남게 만든 것이다.

알 수 없는 것은, 대체 이유가 무엇인가 하는 것이었다. 자신을 싫어해서 그런다면 그냥 나가도록 내버려 두면 될 것을. 나가려는 사람을 왜 일부러 붙잡아 가면서까지 이렇게 괴롭힌단 말인가. 그냥 싫은 정도가 아니라 상당한 악의가 없이는 할 수 없는 일이었다.

빨랫거리를 품에 한가득 안고, 미소는 화신을 정면으로 바라보았다.

"연재 어머님은 왜 그렇게 저를 미워하시나요?"

이미 남아서 시중을 들기로 했으니 번복하고 싶지는 않았다. 하지만 당할 때 당하더라도 알고 싶었다. 대체 이유가 뭔지.

"제 어떤 점이 미워서 일부러 절 괴롭히시는 건지 알고 싶어요."

미소의 말에 화신은 조금 놀란 얼굴을 했다. 하지만 다음 순간, 피식 웃으며 짧은 머리를 쓸어 넘겼다.

"이렇게 된 거, 눈 가리고 아웅 할 필요 없겠네."

그러더니 미소를 똑바로 마주 보고 싸늘하게 말했다.

"……네가 감히 내 남자를 넘봤으니까."

미소는 가슴이 철렁했다.

"연재 어머님……?"

"10년 전이면 열한 살이었으니까 기억은 하겠네. 내가 그때 얼마나 전 국민에게 죽일 년이 되었었는지. 밖에 나다닐 수가 없을 정도였어. 길을 가면 계란이 여기저기서 날아왔다고요."

끔찍하다는 듯이, 화신은 몸을 살짝 떨었다.

"그렇게까지 해 가면서 살려 놓은 남자예요. 그런데 어디서 새파랗게 어린 계집애가 굴러와서는 내 자리를 차지하고 있는데, 내가 화가 안 날 수가 있어?"

미소는 당황스러웠다. 분명 의윤의 이야기로는 서로 친구 이상의 감정은 없었던 사이로 알았는데, 화신 쪽은 그게 아니었단 말인가?

"어쨌든 저는 전하께 파혼당했잖아요. 그러면 굳이 이러지 않으셔도 되는 거 아닌가요?"

안타까웠다. 같은 여자지만 정말 멋있다고 생각했는데, 이런 언니가 있으면 좋겠다 싶었는데 왜 꼭 적이 되어야 하는지 모르겠다. 하지만 미소의 안타까움을 무참하게 짓밟듯 화신은 활짝 웃어 보였다.

"다시는 전하 곁에 얼씬할 생각도 말라는 거지. 혼이 나 봐야 뼈저리게 깨닫지 않겠어요? 아, 이 남자는 건드리면 안 되는 남자구나. 감히 내가 쳐다볼 나무가 아니었구나."

웃음기 싹 가신 얼굴로 화신은 말했다.

"그럼 빨래 잘 부탁해요."

하다못해 계모의 집에서 식모살이하다시피 살았을 적에도 손빨래는 거의 해 본 적이 없었다. 걸레 정도나 손으로 빨았을까. 익숙지 않은 손빨래를 하자니 힘든 것도 힘든 것이지만 시간이 엄청나게 걸렸다. 점심도 거르고 뒤꼍에서 빨래에 여념이 없는 미소를 보고, 다른 가정부들이 발을 동동 굴렀다.

"그걸 세탁기에 돌리지 세상에나 일일이 손으로!"

"차라리 달라니까, 내가 빨아 줄 테니까."

하지만 미소는 딱 잘라 거절했다.

"아뇨, 괜찮아요. 제가 할 거예요."

화신의 마음을 알고 나니 오기 같은 것이 치솟았다. 여자 대 여자로서, 지고 싶지 않은 마음.

비록 이화원을 떠나려고 결심은 했지만 의윤에 대한 마음까지 접기로 한 것은 아니었다. 그저 당장은 그가 힘들어하는 것 같으니까 잠시 곁을 떠나 있자고 생각한 것뿐. 그런데 여기서 힘들어서 못 하겠다고 나자빠져 버리면, 진짜 화신에게 져서 물러나는 꼴이 돼 버리는 것 같아서 싫었다.

뭘 시키든 꿋꿋이 해낼 셈이었다. 절대로 의윤을 포기하지 않겠다는 걸, 나도 그렇게 호락호락한 마음이 아니라는 걸 보여 주고 싶었다.

겨우 손빨래를 마치고 빨래를 널고 나자, 한숨 돌릴 틈도 없이 다음 주문이 날아왔다.

"다림질 좀 해 줄래요?"

한낮은 이미 초여름 날씨인데, 결국 미소는 더위 속에서 다림질을 하는 신세가 되고 말았다. 설상가상으로 세탁실에는 에어컨조차 없어서 땀이 비 오듯 쏟아졌다. 어깻죽지가 떨어져 나갈 것처럼 아팠지만 이를 악물고 팔을 움직이는데 문득 시선이 느껴졌다.

지나가던 길이었을까. 고개를 들어 보니 의윤이 복도에 서서 이쪽을 물끄러미 바라보고 있었다.

"전하……."

너무 힘든 상황이어서일까. 그 와중에도 사랑하는 사람의 얼굴을 보자 미소는 자연스럽게 와락 반가운 마음이 들었다. 그러나 미소와 시선이 마주치는 순간, 의윤은 얼른 고개를 돌리고 그대로 가 버렸다. 마치 아무것도 보지 못했다는 듯이.

미소는 입술을 깨물었다. 숨 막히는 더위보다도, 떨어져 나갈 듯 아픈 팔보다도, 의윤의 무시가 훨씬 더 아팠다.

"어머나, 전하!"

그늘진 테라스에 편하게 앉아 시원한 바람을 즐기고 있던 화신이, 의윤을 보고 반색을 했다.

"이리 앉으세요. 시원하게 레모네이드 한잔 하시겠어요?"

활짝 웃어 보이는 표정이 한 대 때려 주고 싶도록 미웠다. 하다못해 얼음이 동동 뜬 레모네이드조차도 꼴 보기 싫었다. 누구는 지금 이 더위 속에서 다림질을 하고 있는데!

아침 식사 후부터 미소가 손빨래를 하고 있는 동안, 의윤은 커튼 뒤에 숨어 창밖을 백 번도 더 쳐다보며 안절부절못하고 있었다. 팔이 아플 텐데, 무척 더울 텐데, 저놈의 빨래는 대체 언제 끝난단 말인가. 저러다 쓰러지기라도 하면 어쩌나, 초조해 죽을 뻔했다. 당장 뛰쳐나가서 그만두라고 팔을 붙잡고 끌고 들어오고 싶은 자신을 백 번도 더 억눌러야 했다.

겨우 빨래가 끝났나 했더니 이번엔 다림질이었다. 커다란 유리창으로 햇살이 그대로 쏟아져 들어오는 바람에 찜통처럼 되어 있는 세탁실에서, 가느다란 팔로 무거운 다리미를 움직이고 있는 미소를 보며 의윤은 새삼 깨달았다. 가슴이 찢어질 것 같다는 표현이 괜히 생긴 게 아니라는 것을. 말 그대로 찢어질 것같이 가슴이 아플 수도 있다는 것을.

물론 미소에게 그 모든 일들을 시킨 것은 화신일 터였다. 그런데 정작 자기는 시원한 곳에서 음료수나 마시며 신선놀음을 하고 있다니!

"꼭 이렇게까지 모질게 굴어야 하겠는가."

이를 악물고 묻자 화신이 눈을 둥그렇게 뜨고 되물었다.

"모질게 구시는 것은 전하가 아닙니까? 결혼식을 며칠 남기고 일방적으로 파혼해 놓으시고는 무슨 말씀이신가요?"

말문이 막혀 버린 틈을 놓치지 않고, 화신이 매섭게 파고들었다.

"저야 전하께서 저 아가씨를 한시바삐 떼어 내고 싶어 하시니 돕는 것뿐이지요. 누군들 저렇게 예쁘고 착한 아가씨에게 모질게 구는 게 기분 좋아서 하는 줄 아십니까?"

의윤은 주먹을 꽉 쥐었다. 화신의 말이 틀리지 않았기 때문이었다. 결국 잘못한 것은 자신이다.

"파혼하겠다, 나가라 하셔 놓고도 그리 연연해 하시는 이유를 잘 모르겠습니다. 설마 아직도 저 아가씨에게 마음이 남아 있는 건가요?"

"……그렇지 않다."

애써 한 거짓말에 화신이 피식 웃었다.

"그러면 제가 어찌하든 끼어들지 마시고 그냥 잠자코 보고나 계시지요. 곧 처리해 드릴 테니."

화신이 옳다. 빨리 미소를 내보내고 안전하게 하려면 이 길밖에 없다. 당장이라도 달려가서 다리미를 빼앗아 팽개치고 싶어지는 자신을, 의윤은 입술을 깨물고 겨우 버텨 냈다.

'미안하다, 미안하다.'

의윤은 속으로 기도하듯 중얼거렸다.

'나를 용서하지 않아도 좋다. 그러니 제발 이제 그만 버텨 다오.'

물론 그 말이 미소에게 전해질 리가 없었다.

* * *

가정부 노릇이라면 어릴 때부터 익숙한 미소였지만, 화신이 시키는 일의 강도는 그보다도 훨씬 더한 것이었다. 하루 종일 화신이 시킨 일들을 해내고 나면 저녁 무렵에는 파김치가 되어 기절하듯 쓰러지기를 반복하기가 벌써 사흘째. 하지만 미소는 불평 한마디 않고 꿋꿋이 버티고 있었다. 화신을 향한 무언의 시위였다.

오늘도 종일 힘들게 일하고 방에 올라오자 그저 침대에 쓰러지고만 싶었다. 하지만 오후 늦게부터 갑자기 비가 내리는 바람에 빨래를 급히 걷느라 머리가 다 젖어 버려서 그냥 잘 수가 없었다. 자꾸만 늘어지는 몸을 이끌고 겨우 샤워를 하고 나오다가 미소는 흠칫 놀라 걸음을 멈췄다.

언제 미소의 방에 들어왔는지, 화신이 창가에 서 있는 것이었다. 창문을 열고 비 오는 바깥을 내다보면서.

“또 뭔가 시키실 일이라도 있으신가요?”

딱딱하게 묻자 화신은 고개를 저었다.

“아니, 오늘은 그만하면 됐으니까 푹 쉬어요. 그래야 내일 또 일을 하지.”

그러더니 창문을 도로 닫고는 미소를 향해 살며시 웃어 보이고는 방을 나갔다.

대체 뭐지. 미소는 영 기분이 찜찜했다. 왜 별 용건도 없이 남의 방에 멋대로 들어와서, 창문은 또 왜 열고 있었단 말인가. 밖에는 비까지 오는데. 게다가 마지막에 웃어 보이던 것이 왠지 이상하게 마음에 걸렸다.

잠옷으로 갈아입다가 문득 미소는 가슴이 철렁했다.

'내 목걸이……?'

샤워할 때 빼고는 절대 몸에서 떼 놓지 않는 목걸이. 어릴 적에 의윤이 주었던 동전을 줄에 꿰어 만든 그 목걸이. 목숨처럼 아끼는 그 목걸이가 온데간데없지 않은가!

'아까 분명히 빼서 옷 위에 놓아두었는데?'

당황해서 찾다가 문득 가슴이 철렁했다. 설마! 미소는 잠옷 바람으로 연재의 방으로 달려갔다. 문을 벌컥 열어젖히고 들어가자 연재와 침대에 나란히 누워서 잡지를 들여다보고 있던 화신이 눈살을 찌푸렸다.

"노크는?"

"제 목걸이 어디다 두셨어요?"

대꾸 대신에 다그치자 화신이 어깨를 으쓱했다.

"무슨 소린지 모르겠는데?"

"모른 척하지 마세요. 제 목걸이 가져가셨잖아요!"

미소는 고함을 질렀다. 지금껏 아무리 화가 나도 화신에게 목소리를 높인 적은 없었지만, 이렇게 되자 도저히 참을 수가 없었다. 의윤이 처음으로 준 선물이기도 했지만, 어쩌면 이제는 그를 추억할 만한 물건은 그것밖에 없을지도 모르는데!

"그러지 말고 제발 돌려주세요. 저한테는 중요한 거란 말이에요."

목소리가 벌벌 떨리는 것을 꾹 참고 매달리듯 말하자, 그제야 화신이 말했다.

"그렇게 중요한 거면 좀 잘 두지 그랬어요. 난 또 필요 없는 건 줄 알고 창밖에다 버렸지."

미소는 화신을 한껏 노려보았다. 그리고 다음 순간, 등을 돌려 밖으로 뛰쳐나갔다.

'비 한번 잘 오는구나, 꼭 내 마음같이.'

비가 주룩주룩 쏟아지는 어두운 창밖을 바라보며 의윤이 한숨을 내쉬고 있는데, 문득 이상한 것이 눈에 띄었다. 창밖 저 아래에 희미하게 무언가가 움직이는 것이 보였던 것이다.

대체 저게 뭔가 싶어서 눈을 크게 뜨고 자세히 보았다가, 의윤은 놀라서 숨을 멈췄다. 바로 미소가 아닌가! 우산도 없이 장대비를 맞으며 미소가 웅크리고 앉아 있었다. 가만히 앉아 있는 게 아니라, 풀밭을 뒤지며 빗속에서 뭔가를 열심히 찾고 있는 것 같았다.

분명 화신의 짓이 틀림없다고 의윤은 생각했다. 뛰쳐나가 연재의 방문을 박차고 들어가자, 화신이 놀란 얼굴로 일어나 앉았다.

"대체 저 아이가 밖에서 뭘 하고 있는 것인가?"

"어머, 아직도 그러고 있어요? 못 찾겠으면 그냥 들어오지, 미련하긴."

"대체 뭘 찾는단 말인가!"

"제가 낮에 풀밭에서 립스틱을 떨어뜨렸거든요. 그래서 좀 찾아오라고 시켰더니 빗속에서 저렇게 미련을 떨고 있네요."

의윤은 도저히 믿을 수가 없었다.

"그까짓 화장품 하나 때문에 사람을 저 빗속으로 몰아넣었다고?"

너무 화가 난 나머지 목소리가 부들부들 떨렸다. 하지만 화신은 아무렴지도 않게 대꾸했다.

"비 좀 맞혔기로서니 뭐가 어떻다고 그리 유난이십니까? 어차피 전하께는 이제 아무 의미 없는 사람이 아니었던가요?"

아무 의미 없는 사람. 그 말이 의윤의 심장을 아프게 때렸다.

이제 더는 참을 수가 없었다. 도저히, 더는 안 되겠다고 의윤은 생각했다.

"아무 의미 없는 사람이라 했는가."

의윤은 이를 악물고 말했다.

"아니, 틀렸다. 저 여자가 나에게, 얼마나, 얼마나……!"

얼마나 귀한 사람인지 알기나 하느냐!

목이 메어 그 뒷말을 이을 수가 없었다. 끝까지 말하는 대신에 그대로 등을 돌려 뛰쳐나갔다. 장대비가 쏟아지고 있는 정원으로 한달음에 달려 나가, 의윤은 미소 앞에 섰다.

웅크린 채 뭔가를 열심히 찾고 있던 미소가 고개를 들었다.

"전하……?"

대답 대신에 팔을 잡아 일으켜 세우자마자, 의윤은 미소를 꽉 끌어안았다.

미소는 칠흑 같은 어둠 속을 하염없이 손으로 더듬으며 목걸이를 찾고 있었다. 하다못해 희미한 달빛조차 없으니 도저히 눈으로는 아무것도 보이지 않을 지경인데, 설상가상으로 비가 너무 많이 내리는 바람에 휴대폰 플래시마저도 켤 수가 없었다.

결국 할 수 있는 거라고는 일일이 풀밭을 손으로 더듬어 찾는 것뿐. 날카로운 풀잎에 스쳐서 손이 점점 쓰라려 왔다. 한참 쭈그려 앉아서 그러고 있자니 다리도 저리고 아팠다. 젖은 몸은 추워서 덜덜 떨렸다.

하지만 미소는 목걸이를 찾는 것을 포기하지 않았다. 처음 만났을 때 의윤이 자신에게 주었던 소중한 물건이 아닌가. 내일 아침에 찾자니 이대로 큰비에 떠내려가든가 흙 속에 묻혀 버리기라도 해서 영영 못 찾게 될까 봐 두려웠다.

빗속에서 계속해서 풀밭을 손으로 더듬던 미소는 문득 뭔가가 눈앞에 어른거리는 것을 느꼈다. 뭐지, 하고 고개를 들자 희미하게 사람의 형체 같은 것이 보였다. 얼굴은 전혀 보이지 않았지만, 왠지 익숙한 느낌이 들었다.

"전하……?"

그렇게 부른 순간, 팔을 붙잡혔다. 이어서 거센 힘으로 일으켜지자마자 꽉 끌어안겼다.

몇 번이나 안겼던 품, 익숙한 체향.

……아, 전하시구나. 그렇게 느끼는 순간 눈시울이 왈칵 뜨거워졌다.

의윤은 품 안의 미소를 더욱더 으스러져라 끌어안았다. 다시는 놓치지 않겠다는 듯이.

비록 말은 한마디도 없었지만 미소는 느낄 수 있었다. 아, 이제는 전하께서도 내게 마음을 열어 주시려는 거구나. 기쁜 마음에 전하, 하고 부르며 울음을 터뜨리려는 순간, 갑자기 의윤이 미소를 품에서 확 떼어 냈다.

"이 무슨 바보 같은 짓이냐."

기대와는 달리 잔뜩 화가 난 목소리였다.

“찾을 게 있으면 날 밝고 비 그치거든 하지, 누구 보라고 이 빗속에서 미련을 떠느냔 말이다!”

의윤이 버럭 호통을 치는 순간, 무언가가 미소의 가슴속에서 폭발했다.

“전하와는 상관없는 일 아닌가요?”

미소는 울면서 소리쳤다. 가슴이 미어지도록 슬프고 원망스러웠다. 의윤이 너무나도 미웠다. 이건 너무 잔인하지 않은가. 차라리 모른 척이나 하지, 가뜩이나 힘들고 서러워 죽겠는데 일부러 와서 호통을 칠 건 뭐란 말인가! 그동안 화신이 아무리 괴롭혀도 묵묵히 참아 왔던 서러움이 한꺼번에 터져 나왔다.

“어차피 저 같은 거, 전하에게는 이제 아무것도 아니잖아요!”

미소는 목이 쉬어라 외쳤다. 차가운 빗속에서도 느껴질 정도로 뜨거운 눈물이 쉼 없이 흘러내렸다.

“그걸 지금 말이라고 하느냐.”

어둠 속에서 들려오는 의윤의 목소리가 격정에 차 있었다.

“네가 내게 얼마나 귀한 이인지, 정녕 모른단 말이냐!”

깜짝 놀라 숨을 멈춘 미소에게, 의윤이 원망스러운 듯이 말했다.

“다 네 탓이다. 이제는 네가 죽든지 살든지, 나도 모른다.”

다음 순간, 다시 세차게 끌어안겼다.

“나와 함께 죽을 수 있겠느냐?”

미소의 귓가에 대고, 의윤이 이를 악물고 말했다.

“너는 이제 겨우 스물한 살이다. 그런데 나 때문에 목숨을 잃게 돼도 상관없겠느냔 말이다.”

방금 전에 이제는 죽든지 살든지 모른다고 말해 놓고는, 정작 망설임에 찬 목소리였다.

그제야 미소는 확실하게 깨달았다. 짐작했던 대로 역시 의윤에게도 뭔가 이유가 있었다는 것을. 그럼에도 불구하고, 그가 이제 더는 자신을 밀어내지 않기로 했음을.

그걸로 족했다. 미소는 의윤의 몸을 마주 끌어안았다.

“어차피 전하 없이 살아 봐야 사는 것 같지도 않은걸요. 그러느니 그냥 함께 죽겠어요.”

한 치의 거짓도 없는 진심이었다. 설령 내일, 아니 지금 바로 죽게 된다 해도 의윤의 품 안에서라면 웃으며 죽을 수 있었다.

미소의 머리칼에 입술을 묻고, 의윤이 힘주어 중얼거렸다.

“그래. 죽어도 같이 죽고, 살아도 같이 살자꾸나.”

꽉 껴안은 두 사람 위로 아까보다도 한층 더 굵어진 빗줄기가 쏟아졌다. 하지만 이제 더는 춥지 않았다. 조금이라도 비를 덜 맞게 지켜주려는 듯, 온몸으로 껴안아 오는 사람이 있었으니까.

“네, 전하.”

속삭이며 미소는 의윤의 품 안에서 행복한 눈물을 흘렸다.

3. 이유 전하 만세

집 안에 데리고 들어와서 미소의 꼴을 제대로 본 의윤은 가슴을 후벼 파는 듯한 아픔을 느꼈다.

풀밭을 얼마나 맨손으로 헤쳐 댔는지 손끝은 흙투성이고, 풀잎에 베여서 여기저기 생채기가 나 있고, 온몸이 물에 빠진 생쥐가 되어서는 덜덜 떨고 있고. 그런 꼴을 하고 있는 주제에 제 얼굴을 보고는 또 좋다고 배시시 웃고 있다.

"너는 지금 이 상황에 웃음이 나오느냐?"

울컥하는 것을 참느라 의윤은 일부러 야단을 치듯 말했다.

"좋아서요."

"뭐가!"

"전하가 이렇게 저를 똑바로 봐 주고 계시잖아요."

진심으로 기쁘다는 듯이 미소는 웃었다.

"그동안 제일 속상했던 게, 전하가 저만 보면 눈 돌리시는 거였거든요."

자칫하면 눈물이 쏟아질 것 같아서 의윤은 이를 악물었다. 울어도 큰일이야 나지 않을 테지만, 어릴 적부터 철저히 받아 온 교육이 억지로 눈물샘을 틀어막았다. 남자가, 그것도 제왕이 될 자가 눈물을 흘린다는 것은 허용되지 않은 일이었으니까.

"수건을 가져올 테니 옷이나 갈아입고 있거라."

그렇게 말하고 도망치듯 의윤은 미소의 방을 나왔다. 그리고 욕실로 가는 길에 복도에서 화신을 마주쳤다.

"그래, 찾았다던가요?"

아무렇지도 않다는 듯이 미소 띤 얼굴에 그동안 참고 참았던 분노가 왈칵 치밀었다.

"아까 그대가 나더러, 저이를 일컬어 아무 의미 없는 사람이라 하였지."

화신을 똑바로 노려보며, 의윤은 말했다.

"아니, 틀렸다. 내게 있어서는 목숨보다 귀한 사람이다. 내가 백 번, 천 번을 죽더라도 지켜 주고 싶은 사람이다. 그런 이를 그대가……!"

호통을 치고 싶은 것을, 의윤은 꾹 눌러 참았다.

한때나마 자신과 뜻을 같이해 주었던 사람. 희생을 감수하고 자신을 도왔던 사람. 친딸보다도 더 사랑하는 딸인, 연재의 친엄마에 대한 마지막 예의였다.

"더는 그대가 저이를 핍박하는 것을 두고 보지 않겠다. 그러니 아침이 되면 짐을 챙겨 이화원을 떠나라."

싫다고 하면 강제로라도 내보내겠다고 할 참이었는데, 화신은 의외로 순순히 대답했다.

"예, 그리하겠습니다."

오히려 놀란 것은 의윤이었다. 여태까지의 태도로 보았을 때, 당연히 나갈 수 없다고 버틸 줄 알았는데?

"미소 씨에게 이것을 좀 전해 주시지요."

화신이 손에 쥐고 있던 무언가를 내밀었다. 받아서 본 의윤은 놀랐다. 바로 미소가 늘 목에 걸고 있던 목걸이가 아닌가.

"이걸 어떻게 그대가……?"

화신은 대답 대신에 살짝 웃어 보이고는 말했다.

"내일 아침 일찍 인사 여쭙고 떠나겠습니다. 그러면 편안한 밤 보내세요."

그것뿐이었다. 더 이상 반발도, 반박도 하지 않고 전 황태자비는 그대로 등을 돌렸다.

뭔가 이상한 느낌이 들었다. 이게 아닌 것 같은데. 뭔가 잘못된 것 같은데……. 복도 저편으로 멀어지는 화신의 뒷모습을 잠시 멍하니 바라보다가, 의윤은 이윽고 정신을 차려 수건을 챙겨 미소의 방으로 향했다.

그새 마른 잠옷으로 갈아입은 미소에게, 의윤은 아까 화신이 준 목걸이를 내밀었다.

"자, 받아라."

목걸이를 본 미소의 눈이 커졌다.

"이거 어디서 나셨어요?"

"연재 엄마가 주더구나. 네게 전해 주라고."

"네……?"

미소의 얼굴이 굳어졌다. 얼마나 구박을 당했는지, 화신의 얘기만 나와도 두려워하는구나. 그렇게 생각한 의윤은 얼른 미소를 안심시키려 했다.

"그이는 내일 아침에 떠나기로 했으니 걱정 말아라. 더는 너를 괴롭히지 못할 것이다."

하지만 미소는 대답하지 않았다. 그저 손에 쥔 목걸이를 물끄러미 들여다보고 있을 뿐.

* * *

다음 날 아침, 미소는 연재의 방을 찾았다. 연재는 아침 일찍 학교에 갔는지 보이지 않고, 화신이 문을 열어 주었다.

"무슨 일이죠?"

그렇게 묻는 화신의 어깨 너머로 열려 있는 여행 가방이 보였다. 짐을 꾸리는 중인 것 같았다.

"어디 가시나요?"

"연재 얼굴도 봤으니 이만 영국으로 돌아갈까 해서."

화신이 대꾸했다.

"이렇게 허무하게 가시면 안 되는 거잖아요. 연재 어머님은 전하랑 다시 잘해 보고 싶다고 하지 않으셨나요?"

"뭐, 집주인이 나가라는데 어쩌겠어요?"

어깨를 으쓱하는 화신의 목소리에는 한 점 미련도 느껴지지 않았다.

"볼일 없으면 이만 나가 줘요. 짐 챙겨야 하니까."

싸늘하게 말하고 돌아서는 화신의 등 뒤에, 미소가 물었다.

"일부러 그러신 거죠?"

화신의 어깨가 흠칫 굳어지는 것이 보였다.

"전하 보라고 일부러 저 괴롭히신 거잖아요. 그렇죠?"

화신이 천천히 미소를 향해 돌아섰다. 놀란 듯한 얼굴에 대고, 미소는 다시 물었다.

"왜 저를 도와주신 건가요? 전하께 천하에 몹쓸 여자가 되는 걸 감수하시면서까지요."

똑바로 쳐다보는 미소를, 화신이 물끄러미 바라보았다.

"……미소 씨는 그분이 난생처음 사랑한 사람이니까."

한참 후에야 화신은 한숨과 함께 중얼거렸다.

"눈만 봐도 죽도록 사랑하는 게 보이는데, 바보같이 밀어내고 계시더군요. 어차피 될 일도 아닌데 자기 마음을 속이려고 안간힘을 쓰고 계시는 걸 보기가 힘들어서 끼어들었던 거예요."

역시 그랬구나, 하고 미소는 생각했다.

그렇지 않아도 이상하다는 생각은 하고 있었다. 아무리 봐도 별로 나쁜 사람 같지 않은데 자신에게만 그렇게 모질게 구는 것이 이해가 가지 않았다. 무엇보다 자신을 그렇게 따랐던 연재가, 이 상황에 눈 딱 감고 모른 체하고 있다는 게 가장 이상했다.

그러다 깨달았다. 창밖으로 던져 버렸다던 목걸이가 멀쩡하게 돌아왔을 때.

"나는 전하가 어떤 분인지 알아요. 적당히 괴롭혀서는 무너지지 않을 것 같아서 미소 씨한테 모질게 굴었어요. 미안하게 생각해요."

한번 진심을 털어놓기 시작하자 화신은 한없이 솔직해졌다. 원래가 거짓말을 잘 못하는 성격 같았다.

"저한테라도 사실대로 말해 주셨으면 좋았잖아요."

"그러면 힘들기나 했겠어요?"

화신이 반문했다.

"미소 씨가 힘들어 죽겠다고, 서러워 못살겠다고 전하께 달려가 울며 매달리길 바랐어요. 그러면 결국 버티지 못하셨을 테니까."

"아……."

"그런데 끝까지 독하게 우는소리 한마디 않더군요."

이게 흉인가 칭찬인가, 긴가민가하는데 화신이 생긋 웃었다.

"나이는 어리지만 역시 전하의 짝이 되실 만한 분이구나, 하고 생각했어요."

기뻤다. 이 아름답고 멋진 언니에게서 인정받은 것도, 무엇보다 그녀가 자신을 진심으로 싫어하지 않는다는 것도. 하지만 한 가지, 아무래도 마음에 걸리는 부분이 남았다.

"저어, 전하에 대한 감정 말이에요. 그건 거짓말이 아니셨죠?"

미소는 머뭇거리며 물었다. 괴롭혔던 건 일부러 그랬다 해도, 왠지 그 부분만은 진심이 아닐까 하는 생각이 들었다. 역시나 화신은 담백하게 인정했다.

"좋아했어요. ……10년 전에."

"전하도 알고 계세요?"

"몰랐을 거예요, 내가 말한 적 없으니까. 내가 진심이라는 걸 알았으면 본인 목숨이야 어찌 됐든 절대 나하고 가짜 결혼 따위는 안 하셨을 분이에요."

의윤을 살리기 위해 자신의 감정을 철저히 숨겼던 화신의 마음을, 미소도 알 것 같았다. 그래서 왠지 미안해졌다. 그렇게 애틋한 마음으로 살려 놓은 남자를, 자신이 끼어들어 빼앗은 것 같은 느낌이 들어서.

그런 미소의 마음을 눈치챘는지, 화신은 안심시키듯 웃어 보였다.

"다 옛날 일이니 신경 쓸 것 없어요. 나한텐 지금 만나는 사람도 있는걸."

"정말요?"

"그래요. 물론 전하가 나를 연애 상대로 생각하지도 않으셨지만, 만일 그랬더라도 전하와는 잘되지 않았을 거예요. 내 꿈은 전 세계를 누비는 기자가 되는 거였는데, 어떻게 전하와 함께 10년씩이나 이화원에 틀어박힐 수 있었겠어요? 아무리 전하가 좋아도 난 그렇게는 못 살았을 거예요. 결국 1년도 못 버티고 뛰쳐나왔겠죠."

화신이 불쑥 손을 내밀었다.

"명색뿐이지만, 전 부인으로서 부탁할게요. 전하께는 미소 씨가 첫사랑이니까, 무슨 일이 있어도 그분 곁에 있어 주세요."

내밀어진 손을, 미소가 마주 잡았다.

"언니라고 불러도 돼요?"

"물론!"

두 여자 사이에 잠시 엷은 미소가 오갔다.

"그래, 전하께서는 대체 미소 씨한테 왜 그러셨던 건지 얘기는 들었나요?"

"아직요."

미소가 고개를 저었다.

"아까 아침 일찍 김 집사님과 함께 나가셨어요. 누굴 만나러 가시는 것 같던데, 정확히 무슨 일인지는 모르겠어요. 그냥 다녀와서 자초지종을 다 얘기해 주겠다고만 하셨어요."

화신의 표정이 심각해졌다.

"아마도 전하께서 뭔가 위험한 일에 얽혀 계신 게 아닐까 하는 생각이 드네요. 그렇지 않았으면 그토록 사랑하시는 미소 씨를 억지로 밀어낼 리 없지."

"저도 그렇게 생각해요. 제게 같이 죽을 수 있겠느냐 하셨거든요."

"세상에!"

"그래서 말인데요. 언니가 좀 더 여기 계셔 주셨으면 해요."

놀라는 화신에게, 미소는 조심스럽게 부탁했다.

"10년 전, 전하가 자칫하면 황제 폐하께 죽음을 당할 뻔했을 때 언니가 전하를 도우셨잖아요. 이번엔 그 역할을 제가 해야 하니까요. 부디 제게 지혜를 주세요."

화신의 손을 꼭 잡고, 미소는 간곡하게 말했다.

"어떻게 하면 그분을 살릴 수 있을지 말이에요."

* * *

의윤은 지난번의 그 폐업한 카페에 와 있었다. 그때 만났던 해임된 대신들도 모두 한자리에 모여 있었다.

"황태자 전하, 이제 결심이 서신 것입니까?"

그렇게 묻는 노대신에게, 의윤은 대답했다.

"우선은 그대들이 이야기하는 그 거사라는 것에 대해서 정확히 알아야겠네."

대신들은 대답 대신에 서로 얼굴을 마주 보았다. 곤란한 표정으로 미루어 보아, 뭔가 과격한 방법이라는 것을 짐작할 수 있었다.

"거사가 성공하면 황제가 될 사람도, 또 실패하면 주모자로서 목이 매달릴 사람도 내가 아닌가. 대체 무엇인지 내가 내용을 정확히 알아야 하지 않겠는가?"

거사의 필요성에 대해서는 의윤도 충분히 공감했다. 동영상 몇 개 올렸다고 반역죄로 잡아넣는, 이런 상황을 그냥 내버려 둘 수는 없었다.

하지만 이제는 미소와 생사를 함께하기로 한 몸이었다. 자신이야 대의를 위해 죽어도 좋다지만 미소는 얘기가 다르다. 그러니 섣불리 결의할 수는 없었다. 대체 어느 정도 위험한 일인지는 알아야 했다.

"사실대로 말해 주게."

긴 침묵 끝에, 대신 중 한 사람이 드디어 입을 열었다.

"황제 폐하의 장자는 황태자 전하이십니다."

뻔한 이야기를 새삼 다시 강조하는 데는 이유가 있으리라. 의윤은 조용히 귀를 기울였다.

"그러므로 적법한 황태자는 어디까지나 전하이시고, 지금 황태자라 불리는 자는 그 자리를 찬탈한 것이나 다름이 없습니다."

"그래서?"

"저희는 잘못된 것을 바로잡고자 합니다."

또 제자리다. 의윤은 눈살을 찌푸렸다.

"그래서 그 방법을 묻고 있지 않은가?"

다른 대신이 대답했다.

"감히 황태자라 참칭하고 있는 자가 사라져야만 전하께서 복위하실 수 있으실 것입니다."

의윤은 숨을 멈췄다. 황태자라 참칭하고 있는 자라는 것은 바로 동생 요가 아닌가.

"사라진다는 뜻인즉……?"

대신이 대답했다.

"말 그대로의 뜻입니다."

의윤은 제 귀를 의심했다. 혹시 잘못 이해한 것이 아닌가 싶어서 눈을 크게 뜨고 쳐다보자, 대신이 반쯤 허옇게 센 눈썹을 치켜 올리며 의윤을 똑바로 마주 보았다. 마치 뭐가 문제냐고 묻듯이.

"그러니까 그대들은 지금, 요의 목숨을 해하겠다는 것인가?"

"잘못된 일을 바로잡는 것입니다."

거침없이 돌아온 대답에 의윤은 말문이 막혀 한동안 입을 다물고 있었다. 겨우 입을 열었을 때, 그의 입에서 흘러나온 것은 노한 목소리였다.

"제정신인가? 나는 요의 친형일세!"

질책하듯 매서운 목소리에도 대신들은 눈 하나 까딱하지 않았다.

"황제란 한 사람의 형이기 이전에 만백성의 어버이이십니다."

"혁명에는 피가 따르는 법입니다. 어찌 손에 피를 묻히지 않고 뜻을 이룰 수 있겠습니까?"

옳은 말일지도 모른다. 혁명의 필요성에는 충분히 동감하고 있다. 하지만 친형제의 목숨까지 빼앗아 가면서 황제가 되다니, 상상조차 해 보지 않은 일이었다.

낮빛이 어두워진 의윤을 대신들이 하나씩 돌아가며 설득하려 들었다.

"우선 황태자의 자리부터 되찾으셔야 정통성을 가진 황제가 될 수 있습니다."

"그러고 난 후에 저희가 민심을 동요시켜 국민들로 하여금 황제 폐하에게 반기를 들게 할 것입니다. 그러면 황제 폐하의 목숨까지는 해하지 않고도 황위에 오르실 수가 있습니다."

끈질긴 설득에도 불구하고 의윤은 차마 고개를 끄덕이지 못했다. 아버지인 황제는 마음에 들지 않는 후계자인 자신의 목숨을 빼앗으려 했다. 만약에 자신이 이 계획에 동참해서 동생이 죽게 된다면, 대체 아버지와 자신이 무엇이 다르단 말인가?

의윤이 고뇌하고 있자 대신들은 더욱 끈질기게 달라붙었다.

"황실 모욕죄로 잡혀 들어간 사람들이 이제는 삼천 명을 넘었습니다. 이 중 반역죄로 기소될 사람들이 한둘이 아닐 것입니다."

"제일 처음 반역죄로 잡혀 들어갔던 대학생은 곧 재판을 앞두고 있습니다. 항소도 하지 못하므로 사형이 확정되면 구할 길이 없습니다. 죽게 두고 보실 셈이십니까?"

그 말에 의윤의 심장이 내려앉았다. 친동생을 죽게 할 수는 없다. 하지만 죄 없는 민식이 죽는 걸 두고 볼 수도 없지 않은가! 이럴 수도, 저럴 수도 없다. 그야말로 진퇴양난이었다.

한참 동안 고뇌한 끝에 의윤은 겨우 입을 열었다.

"하루만…… 딱 하루만 생각할 시간을 주게."

이화원으로 돌아온 의윤은, 자신을 맞이하러 나온 미소를 향해 애써 웃음을 지어 보였다.

"어제 비를 그리 맞았는데 몸은 좀 어떠하냐. 열은 없느냐?"

미소가 고개를 끄덕이고는 조심스레 그의 표정을 살폈다.

"저는 괜찮아요. 그런데 전하께서는 일이 뜻대로 안 되신 것 같네요."

의윤은 깊게 한숨을 내쉬었다. 역시나 내 반려가 될 이라 그런가, 내 표정만 봐도 능히 짐작하는구나. 미소의 손을 이끌어, 의윤은 제 방으로 향했다.

"이제는 모두 사실대로 이야기를 해 주마."

미소가 긴장한 얼굴로 고개를 끄덕였다.

"어머니의 회갑연 후, 조정의 대신들이 처선이를 통해서 나를 은밀히 불러냈느니라. 바로 이번 반역죄 확대 적용 시행에 반대했다가 파직을 당한 이들인데……."

이야기를 들을수록 미소의 눈이 점점 커졌다.

"그래서, 진짜로 반역을 하자는 얘기인가요?"

떨리는 목소리로 묻는 미소에게, 의윤은 고개를 끄덕였다.

"그렇다. 나도 부모를 상대로 그렇게까지 해야 하는가, 하고 고민하다가 결국 민식이 때문에 받아들이려 했다. 내가 당장 뭔가 하지 않으면 그 아이는 죽은 목숨이나 마찬가지 아니냐."

미소가 마음 아픈 얼굴을 했다.

"그래서 갑자기 저와 파혼하겠다고 하신 거군요. 제가 위험해질까 봐."

"그래. 성공하면야 황태자비든 황후든 되겠지만, 만에 하나 실패할 경우도 염두에 두지 않을 수 없었다."

의윤은 미소를 향해 고개를 숙였다.

“마음 아프게 만들어 미안하다. 내 평생을 두고 갚으마.”

하지만 미소는 고개를 저었다.

“아니에요. 전하도 얼마나 마음이 아프셨겠어요.”

의윤은 씁쓸하게 웃었다.

“아니라 하면 거짓말이 되겠구나.”

영문도 모른 채 괴로워하던 미소를 그냥 바라보기만 할 때보다, 차라리 이렇게 모두 털어놓고 난 지금이 마음은 훨씬 편했다. 이제는 죽어도, 살아도 함께하자고 약속한 사이가 아닌가.

“그래서, 오늘은 그 대신들을 만나서 확답을 하고 오시는 길인가요?”

“아니다.”

“아니, 어째서요?”

“요를 죽여서 나를 황태자로 복위시키겠다 하더구나.”

“예?”

미소도 이번에는 진짜로 놀란 듯이 눈이 휘둥그레졌다.

“아무리 상황이 이렇기로서니, 어찌 내가 황제가 되겠다고 친형제를 죽인단 말이냐.”

의윤은 마음속의 괴로움을 한꺼번에 토해 내듯 말했다.

“비록 내게 못 할 짓도 숱하게 하였다마는, 그래도 내 동생이다. 동생을 죽게 만들 수도 없고, 그렇다고 가만히 있자니 민식이가 죽을 판이다. 이미 같은 죄로 붙잡혀 들어간 이가 삼천 명이 넘는다는데, 그중에 또 얼마나 많은 사람이 죽어나겠느냐?”

눈썹을 살짝 찌푸리고 생각에 잠겨 있는 듯한 미소를 향해, 의윤은 매달리듯 말했다.

"대체 내가 어찌해야 옳단 말이냐? 대신들의 말을 따라야 하겠느냐?"

한참 동안 생각하던 미소가 이윽고 시선을 들었다. 뭔가 결심한 듯한 표정에, 의윤은 가슴이 철렁했다. 아, 미소도 희생을 감수하고 결행하자고 말하려는구나.

"물론 절대로 따르시면 안 되지요."

하지만 그녀의 입에서 나온 대답은 예상과는 정반대의 것이었다.

"그렇지? 역시 내 동생을 죽여서까지 황제가 돼서는 아니 되는 것이지?"

"솔직히 동생 되시는 분의 목숨은 나중 문제고요."

냉정할 정도로 딱 잘라 말하는 미소를, 의윤은 조금 낯선 눈으로 바라보았다. 평소의 다정하고 쾌활한 미소와는 전혀 다른 모습이었다.

"조선 시대 때 반정(反正)[2]이 두 번 있었어요. 중종반정과 인조반정이죠."

"알고 있다. 갑자기 그 이야기는 왜 꺼내느냐?"

"공통점이 뭔지 아세요?"

"무엇이냐?"

"왕이 되는 데 성공한 후, 끝없이 공신들에게 휘둘려야 했다는 거예요."

의윤은 심장이 멎는 듯한 기분을 느꼈다. 미처 생각하지 못했던 부분이 아닌가!

---

2) 왕을 폐위시키고 새 왕을 세우는 것

"신하들의 힘에 기대 왕좌에 앉게 되면 결국은 그 대가를 치러야 해요. 신하들에게 휘둘려 자기 뜻을 제대로 펼칠 수가 없게 된다고요. 전하께서는 큰 뜻을 품으신 분인데, 허수아비 황제가 되고 싶으세요?"

미소의 한마디 한마디가 날카롭게 의윤의 가슴에 파고들었다. 놀란 의윤은 말을 잃고 있다가 가까스로 입을 열었다.

"그들이 그럴 리는 없다. 모두 할아버지 때부터의 충신들이고, 무엇보다 황제 폐하의 잘못된 정책에 항의하다 파직당한 사람들이 아니냐."

"반역죄는 도모한 것만으로도 사형감이에요. 과연 그분들이 아무 대가도 바라지 않고 전하를 돕겠다고 하셨을까요?"

"하지만……."

의윤은 어떻게든 반박하고 싶었다. 미소의 말이 틀렸다고 생각해서가 아니다. 자신에게 희망을 걸어 준 사람들, 자신을 믿고 목숨을 걸겠다고 나서 준 사람들을 나쁘게 보고 싶지 않았다.

"그들은 내가 폐위된 이유도 벌써 다 눈치채고 있었다. 이미 오래 전부터 이건 아니라고 느껴 왔다고도 했단 말이다."

하지만 미소는 조금도 물러서지 않았다.

"눈치채고 있었다면 이미 10년 전에 나섰어야 옳은 것 아닌가요?"

오히려 의윤을 똑바로 쳐다보며, 더욱더 날카롭게 말하는 것이었다.

"지금에서야 나선 이유는 결국 그것뿐이잖아요. 파직당한 것에 불만을 품고, 다시 조정에 나가고 싶어서. 그 핑계로 국민을 위한다는 대의를 내세운 건 아닐까요?"

의윤은 입을 다물었다. 미소의 말을 더 이상 부정할 수 없었던 것이다.

어쩌면 그런지도 모른다. 황제의 잘못된 정치에 반기를 든 것은 진심이었을 테지만, 거기에 본인들의 욕망이 전혀 반영되어 있지 않다고도 말할 수 없다. 만약에 그렇다면, 자신이 황제가 되더라도 그들에게 휘둘리지 않기는 힘들 터다. 거기까지는 전혀 생각해 보지 않은 의윤은, 미소의 말에 한층 더 혼란스러워졌다.

"그래, 너의 말이 옳다고 하자. 그렇다면 대신들의 말을 들어서는 안 되겠지."

"절대 안 돼요."

"그럼 민식이는 그냥 죽게 내버려 두어야겠느냐?"

"그것도 안 되지요."

미소는 딱 잘라 말했다.

"민식이도 그렇지만, 앞으로 죽어 나갈 사람들이 숱하다면서요. 가만히 두고 볼 수는 없지 않겠어요? 어떻게든 구해 줘야죠."

의윤은 그만 울화를 터뜨리고 말았다. 이도 안 된다, 저도 안 된다니!

"그러면 대체 내가 어찌해야 좋단 말이냐!"

반대로 미소는 침착하기 그지없었다.

"황제가 되셔야지요. 단, 전하 스스로의 힘으로요."

"내 힘으로?"

미소가 고개를 끄덕였다.

"잠깐만 기다려 보세요, 전하."

그렇게 말하고 방을 나가더니, 놀랍게도 미소는 화신과 함께 돌아왔다. 방으로 들어서는 화신을 보고 의윤은 눈살을 찌푸렸다.

"그대는 아직도 여기 있었는가? 분명 아침 일찍 떠나라 하였을 텐데."

미소를 모질게 구박하던 화신이다. 솔직히 꼴 보기조차 싫었다. 지난날 자신을 도왔던 고마움만 아니었더라면, 이미 험한 말이 나갔을 것이다.

화신 대신에 대답한 것은 미소였다.

"언니는 떠나시겠다고 하셨는데 제가 있어 달라고 부탁드렸어요."

언니? 제 귀를 의심하는 의윤에게서 시선을 돌려, 미소는 화신을 바라보았다.

"전하께 언니의 도움이 필요해요."

"그래요. 내가 뭘 도우면 될까?"

화신이 자연스럽게 대답하는 것이 더욱더 놀라웠다.

"대체 그대들은 언제 언니 동생 하는 사이가 되었단 말인가?"

미소가 딱 잘라 대답했다.

"제 남편 되실 전하의 목숨을 살리신 분이잖아요. 당연히 제가 언니로 모셔야지요."

의윤은 어이가 없었다. 미소는 바로 어젯밤까지만 해도 화신에게서 그렇게 괴롭힘을 당하지 않았던가? 의윤의 표정을 보고, 미소가 변호하듯 말했다.

"화신 언니는 절 미워하지 않으세요. 전하께서 뭔가 감추는 게 있어서 저를 밀어내시는 거라는 걸 눈치채시고, 일부러 저를 괴롭히신 거예요. 전하께서 솔직해지시기를 바라셔서요."

화신이 고개를 숙였다.

"죄송합니다, 전하. 전하께는 미소 씨가 첫사랑이라는 걸 알기에, 차마 그렇게 보내시는 걸 두고 볼 수가 없었습니다."

어쩐지, 하고 의윤은 생각했다. 아무리 그래도 화신이 사람을 그렇게 괴롭힐 정도로 모진 성품이 아닌데 이상하다 했다.

"그만 깜빡 속아 놀아났군그래. 아무래도 그대는 기자가 아니라 배우를 했어야 하는데."

"그렇지 않아도 영국에서 데뷔하자는 요청이 많아서 고려 중입니다."

천연덕스러운 농담에 의윤도 결국은 피식 웃어 버리고 말았다. 미소까지 따라 웃자 잠시 분위기가 부드러워졌다. 그러나 미소는 금세 다시 진지한 얼굴로 돌아가서 말했다.

"어쩌면 10년 전 그때보다도, 지금이 더 위험한 상황일지 몰라요."

미소가 화신을 바라보며 말했다.

"생각해 보세요. 전하 동영상을 유포했다고 반역죄로 사람을 줄줄이 잡아들이는데, 전하 본인이라고 언제까지 무사하실 수 있겠어요?"

화신이 고개를 끄덕이고 물었다.

"그래서, 내가 정확히 뭘 도우면 되겠어요?"

미소는 간단히 화신에게 지금까지의 일을 설명했다. 반역이라는 말에는 대담한 화신도 놀람을 감추지 못했다.

"……그러니까 지금 상황은 이래요. 대신들의 말을 들을 수는 없지만, 잡혀 들어간 사람들은 구해야 해요."

"뭔가 생각이 있는 건가요?"

화신의 물음에 미소가 고개를 끄덕이고는 의윤을 바라보았다.

"저한테 계획이 있어요. 하지만 이 계획이 성공하려면 전하께서 큰 용기를 내셔야 해요."

"내가? 무슨 용기를 내야 한단 말이냐?"

"직접 황제 폐하와 독대하셔서 담판을 지으셔야 해요."

의윤은 가슴이 철렁했다. 금세 굳어지는 의윤의 얼굴을 똑바로 바라보며, 미소가 물었다.

"하실 수 있겠어요, 전하?"

자신을 죽이려 들었던 아버지와 독대라. 생각에 앞서서 본능적으로 두려운 마음부터 들었다. 심장이 터질 것 같았지만, 의윤은 이를 악물었다. 미소는 죽음을 각오하고 자신의 곁에 남아 주었는데, 화신 역시 위험을 무릅쓰고 자신을 또다시 돕겠다고 이렇게 나서 주었는데. 게다가 수많은 사람의 생사가 걸려 있는 일이 아닌가. 더는 10년 전처럼 도망가고 싶지 않았다. 이제는 맞설 때가 되었다고, 의윤은 마음을 굳게 먹었다.

"물론이니라."

미소가 그럴 줄 알았다는 듯이 생긋 웃고는 입을 열었다.

"자, 그럼 말씀드릴게요. 우선 황후 폐하께 부탁드려서……."

"그래, 정 상궁! 날세."

황후는 반색을 하며 정 상궁의 전화를 받았다.

큰아들의 결혼식에 참석하려고 옷도 새로 준비하고, 며느리에게 줄 선물까지 잔뜩 마련해 놓았는데 갑자기 결혼식을 무기한 미루게 되었다고 연락이 왔던 것이다. 아무리 이유를 물어도 정 여사는 그저 때가 되면 말씀드리겠다고만 해서, 계속 홀로 속만 태우고 있던 참이었다.

-예, 황후 폐하. 별고 없으신지요?

"나야 별일 있겠나. 그런데 대체 결혼식은 어찌 된 것인가?"

–곧 다시 날짜를 잡아 식을 올리신다 하셨습니다. 이제 한시름 놓으셔도 될 것 같습니다.

아이고 부처님, 감사합니다. 황후는 눈을 감고 입 속으로 감사의 말을 중얼거렸다.

"천만다행한 일이네만, 대체 어째서 결혼식을 미뤘던 것인가? 둘이 다투기라도 했단 말인가?"

–그럴 리가 있습니까. 두 분께서 얼마나 사이가 각별하신지, 황후 폐하께서도 직접 보시지 않으셨습니까?

"글쎄 내 눈으로 보았으니 하는 말일세. 그리 죽고 못 사는 사이면서 하루라도 빨리 결혼을 서두르지는 못할망정 도리어 왜 미뤘느냐, 이 말이야."

–나중에 아시게 될 것입니다.

정 여사는 알쏭달쏭한 말만을 하고 화제를 돌렸다.

–그리고, 주인님께서 황제 폐하를 알현하시기를 청하고 계십니다.

"뭐라? 유가 말인가?"

–예, 황후 폐하. 단둘이 뵙기를 원하십니다.

10년 동안 전혀 왕래가 없었던 부자 사이다. 그나마 얼굴을 마주한 것은 지난번 자신의 회갑연 때뿐인데, 그때조차도 둘 사이의 분위기는 최악이었다. 그런데 갑자기 유가 황제를 독대하고 싶다니. 황후는 반가운 마음과 걱정스러운 마음이 동시에 들었다.

"그래, 무슨 일로 뵙기를 청한다던가?"

–주인님께서 혼인을 앞두고 생각이 많아지신 모양입니다. 아마도 결혼식에 황후 폐하 한 분만 참석하시는 것이 마음이 아파, 황제 폐

하를 직접 만나 뵙고 참석해 주시기를 청하는 것이 아닌가 싶습니다.
황후의 귀가 번쩍 띄었다. 그러면 화해를 청한다는 뜻이 아닌가! 남편과 아들이 화해하는 것이야말로 최근 10년간 황후의 숙원이었다.
—하지만 아무리 생각해도 황제 폐하께서 주인님을 만나 주실 리가 없을 것 같습니다. 안됐지만 그냥 기대를 거두시라 말씀드려야…….
황후는 전화통에 대고 황급히 외쳤다.
"아닐세, 아니야! 내가 어떻게든 폐하를 설득해서 유를 만나 보시도록 하겠네!"
—진정이십니까?
"진정이고말고! 그저 나만 믿고 있게나."
황후는 큰소리를 쳤다. 지난번 회갑연 때도 그랬듯이, 자신이 일단 마음먹고 우기면 결국 황제도 들어주지 않을 수 없다는 것을 잘 알기 때문이었다.
"유에게 일러 입궁할 준비를 하라고 하게나. 내 금세 기별하겠네."
—예. 그럼 황후 폐하만 믿겠습니다.
전화를 끊자마자 황후는 자리에서 벌떡 일어났다.
"황제 폐하께서는 어디에 계시느냐?"
"대전(大殿)에 계시는 줄로 압니다."
궁녀의 대답을 듣자마자 방을 박차고 나서는 황후였다.
"가자, 대전으로!"

* * *

"황제 폐하께 문안 인사 올립니다."

단정하게 양복을 차려입고 입궁한 유가 황제를 향해 허리를 숙였다.

"그간 평안하셨습니까."

아들이 인사를 하는데도 황제는 높은 곳에 자리한 옥좌에 앉아 차가운 눈으로 내려다볼 뿐, 대꾸조차 하려 하지 않았다.

폐위되었다 해도 사사롭게는 부자 관계다. 어차피 단둘이 만나는 자리인데도 굳이 대전으로 들라 한 것은 이유가 있었다. 이것이 너와 나의 사이다. 마주 보는 관계가 아니라 어디까지나 우러러보고 굽어보는 관계다, 라는 것을 유에게 무언으로 보여 주기 위해서.

"유가 폐하를 뵙기를 청하고 있습니다. 아마도 폐하께 제 결혼식에 와 주십사 하려는 것 같은데, 그냥 눈 딱 감고 들어주시지요."

아무것도 모르는 황후는 그렇게 간청했지만, 황제는 뻔히 짐작하고 있었다. 아들의 용건이 절대로 그런 것이 아니라는 사실을. 어느 아들이 자신을 죽이려 했던 아버지를 결혼식에 초대하겠는가?

어쨌든 황후가 더 조르면 일이 귀찮아지기에 만나겠다고 승낙은 하였다. 그렇지 않아도 한번 만나서, 경고는 해야 할 것 같았으니까.

최근에 민심이 유에게로 흐르는 것을 모를 황제가 아니었다. 아니, 너무도 잘 알고 있기에 미리 싹을 뿌리 뽑고자, 반대하는 신하들을 여럿 제거해 가면서까지 반역죄 확대 적용을 밀어붙인 것이 아닌가.

헛된 꿈은 꾸지 마라, 그리 경고할 셈이었다. ……일단 무슨 말을 하는지부터, 들어 보고 나서.

"그래, 네가 무슨 일로 나를 보자 하였느냐?"

그렇게 묻는 황제의 목소리는 딱딱하기 그지없었다. 인사조차 무시

당하고도 유는 전혀 개의치 않는 듯했다.

"다름이 아니라 이제 얼마 후면 제가 결혼을 하게 되었습니다. 상대는 얼마 전 어머니의 회갑연에서 인사를 드렸던 그 처녀입니다."

황제는 의외라고 생각했다. 설마하니 황후의 말대로, 용건이 진짜 그거란 말인가? 하지만 유는 금세 화제를 바꾸었다.

"이번에 반역죄 확대 적용의 첫 사례로 잡혀 들어간 대학생이 있습니다. 곧 재판을 받을 예정이지요."

그것 역시 알고 있었다. 첫 사례인 만큼 직접 보고받았으니까. 나이가 너무 젊어서 사형을 선고했다가는 자칫 국민적인 반발이 예상된다는 대신들의 조언이 있었지만, 법에는 예외가 있어서는 안 된다며 절대 인정사정 두지 말라고 판사에게 전하라 명령해 둔 터였다.

"그래서, 그것이 너와 무슨 상관이냐?"

"그 대학생이 공교롭게도 저의 처 될 사람과 가장 가까운 친구 사이입니다. 그러니 부디 죄를 사해 주셨으면 합니다."

황제는 어이가 없었다. 황태자가 부탁해도 들어주지 않을 판에, 미친 것이 아닌가 하는 생각마저 들었다.

"설마하니 내가 네 부탁을 들어줄 것이라 생각하고 이야기하는 것이냐?"

물음과 함께 황제의 입술에서 피식, 하고 헛바람이 새어 나온 순간.

"부탁이 아닙니다."

그때까지 공손히 고개를 숙이고 있던 유가, 고개를 들어 황제를 똑바로 쳐다보았다.

"……협박입니다."

황제는 놀라서 눈을 크게 뜨고 큰아들을 마주 바라보았다. 그리고 내심 다시 한 번 놀랐다. 감히 자신의 눈을 똑바로 쳐다보고 있는 유의 눈에는, 두려운 기색이라고는 티끌만큼도 보이지 않았던 것이다.

"죽고 싶지 않습니다, 아버님. 제발 살려 주십시오!"

지금으로부터 10년 전, 바로 이곳으로 달려와 눈물까지 흘리며 엎드려 빌던 황태자의 모습은 어디에도 보이지 않았다.

도대체 무엇이 이 녀석에게 이렇게 터무니없는 용기를 불어넣어 준 것일까. 10년이라는 세월인가, 그렇지 않으면……. 문득 황제의 뇌리에 떠오른 것은 바로 유의 약혼녀의 모습이었다.

"허락하신다면, 혹시 제가 대신 춤을 추어도 괜찮겠습니까?"

황제와 황후가 다 있는 자리에서도 조금도 주눅 들지 않고, 당당하게 무대 위로 올라가던 모습.

"가소롭도다. 대체 너 따위가 무엇으로 나를 협박하려는 것이냐?"

황제의 얼굴에 노기가 어려도 유는 전혀 두려워하는 기색을 보이지 않았다.

"10년 전, 황제 폐하께서 저를 죽이려 하신 일을 세상에 낱낱이 밝히겠습니다."

"허어, 네 말을 누가 들어 줄 성이나 싶으냐?"

황제는 즉시 코웃음을 치며 대꾸했다.

"신문사든 방송사든, 어디 마음대로 달려가 보아라. 단 한 줄, 단 한 장면조차도 네 이야기를 내보내 주는 곳이 없을 것이다."

"물론 국내 언론이야 그러하겠지요."

하지만 유는 조금도 실망하는 기색이 없었다. 오히려 이미 예상했다는 듯, 여유롭게 미소까지 지어 보이며 되묻는 것이 아닌가.

"하지만 외국 언론이라면 어떨까요?"
황제의 낯빛이 확 변했다.
"폐하께서도 아실 테지만 저의 이혼한 전 아내, 화신이 영국의 유력 신문사에 근무하고 있습니다. 그녀 개인으로도 무척 유명한 기자지요."
황제는 속으로 아뿔싸, 하고 중얼거렸다. 전 황태자비가 어디서 무엇을 하고 사는지야 진작 알고 있었던 터다. 시키지도 않았는데 알아서 외국에 나가, 그것도 위험한 전쟁터만 골라 쏘다니고 있다니 말썽이 될 일은 없으리라 생각하여 그 후로 관심을 두지 않았던 것이 실수였다.
'진즉 입을 막아 뒀어야 하였을 것을!'
뒤늦은 후회를 하는 황제를 올려다보며, 유는 계속해서 말했다.
"지금 당장이라도 제가 그녀와 인터뷰를 해서 기사를 낼 수 있습니다."
"그래서?"
"해외 동영상 사이트 접속을 차단하셨듯이, 이번에도 어떻게든 억지로 막아 보려 하시겠지요. 하지만 대한 제국의 황제가 친아들을 죽이려 했다는 뉴스가 해외 언론에 대문짝만 하게 보도가 됐는데, 과연 그 소식이 국내로 전혀 흘러 들어오지 않을 수 있겠습니까?"
진심으로 궁금하다는 듯이 묻는 유의 얼굴을 노려보며, 황제는 주먹을 꽉 쥐었다. 분하지만 유의 말은 틀리지 않았다. 막아도 어떻게든 국내에 소식이 전해질 것이다. 그렇게 되면 망신은 물론이거니와, 그렇지 않아도 점점 위협적으로 인기가 올라가고 있는 유의 입지가 더더욱 굳어지지 않겠는가!

그것만은 절대 안 된다고 황제는 생각했다. 국민들이 진실을 알도록 내버려 둘 수는 없다.

"내가 지금 당장 사람을 불러서 황제를 협박한 죄로 너를 체포한다면? 그길로 곧바로 이화원에도 경찰을 보내서 너의 주변 인물들을 싹 다 잡아들인다면 어쩌겠느냐?"

궁지에 몰린 황제는 한 번 더 몸부림을 쳐 보았다. 역시나 유는 조금도 당황하지 않았다.

"그렇게 하신다면 화신이 미리 써서 동료 기자에게 보내 둔 기사가 바로 내일 아침 자로 영국 신문 1면에 실리게 될 것입니다. 10년 전 일은 물론, 지금 한국에서 어린 대학생이 사형 선고를 앞두고 있다는 내용까지 함께 말입니다."

어디 할 테면 해 보라는 듯한 말투였다.

"폐하께서는 국제적으로 독재자라 명성을 떨치시겠지요. 유엔에서는 뭐라고 할까요?"

하긴, 이렇게 제 발로 황궁에 걸어 들어와서 황제를 협박할 양이면 그쯤 미리 대비해 두지 않았을 리 있는가.

황제는 깨끗이 손을 들었다.

"그래서, 조건이 무엇이냐?"

"말씀드렸지 않습니까. 당장 그 대학생을 사면해 주십시오."

유가 당당하게 말했다.

"같은 죄목으로 잡혀 있는 사람이 수천이거늘, 어찌 그자 하나만 사면하겠느냐?"

"그러니 모두 다 풀어 주시면 되지 않겠습니까?"

커다래진 황제의 눈을 똑바로 쳐다보며, 유는 요구했다.

“이번에 저와 관련해서 잡혀 들어간 모든 사람들을 무죄 방면해 주십시오.”

이제는 황제도 확실히 알 수 있었다. 이것은 부탁이 아니라, 협박이다.

황제는 고뇌했다. 재위 기간 동안 황제의 절대 권력을 늘 강조해온 자신이었다. 한번 내린 명을 거두자니 도저히 자존심이 용납하지 않았다. 그러나 거두지 않았다가는 10년 전 일이 국민들에게 알려지고 만다. 그때의 진실이 밝혀지면, 유의 인기가 걷잡을 수 없이 치솟을 텐데 그를 어쩐단 말인가?

자신이 황태자였던 시절, 국민들은 으레 그렇게 말하곤 했다.

‘우리 황제 폐하께서 그저 오래오래 사셔야 할 텐데.’

그리고 자신이 황제가 되고 난 후에는 이렇게 말하기 시작했다.

‘우리 황태자 전하께서 어서 즉위하셔야 할 텐데.’

아버지와 아들만 칭송을 받았지, 정작 자신은 늘 국민들의 안중에도 없었다.

황제의 가슴속에서 오래 묵은 불안감이 되살아나 휘몰아치기 시작했다. 성군이라 칭송이 자자했던 아버지인 태상황과, 일찍부터 성군의 재목이라 불렸던 아들 황태자 사이에서 겨우겨우 자리를 붙들고 평생을 살아온 사람으로서의 오랜 습관 같은 불안감이었다.

결국 황제는 고개를 끄덕였다.

“좋다, 네 요구를 들어주마. 대신에 절대 그 일에 대해서는 함구하여야 할 것이다. 만에 하나 새 나가는 순간, 세상이 뭐라 떠들든 상관없이 반드시 대가를 치르게 하겠다.”

“약속드리겠습니다, 황제 폐하.”

"기고만장하지 말고 지금까지처럼 조용히 사는 것이 좋을 것이다."

경고하다시피 말하자 유가 쓴웃음을 지었다.

"외람되오나 앞으로는 저의 인생을 살 생각입니다."

제 인생을 살겠다니, 대체 그게 무슨 뜻이란 말인가. 황제의 심장이 불안감에 요동쳤다.

'설마하니 이 녀석이 감히 내 자리를 빼앗으려고……?'

그때, 유가 놀랍게도 마치 황제의 속을 꿰뚫어 본 듯한 말을 했다.

"너무 심려치 마십시오. 황제 폐하의 자리는 넘볼 생각이 전혀 없습니다."

흠칫 놀란 황제는 유의 말을 다시 곱씹어 보았다. 내 자리'는' 넘볼 생각이 없다니, 그렇다면 다른 자리는 넘볼 생각이 있다는 것인가? 그렇다면 그 다른 자리라는 것은?

그러나 유는 황제가 더 캐물을 여유를 용납하지 않았다.

"다시 한 번 황제 폐하의 하해와 같은 은덕에 감사드립니다. 풀려난 사람들이 입을 모아 폐하의 은혜를 칭송할 것입니다."

공손히 허리를 숙이고, 유는 용건이 끝났다는 듯이 말했다.

"그러면 저는 이만 물러가겠습니다."

허락조차 기다리지 않고 등을 돌리는 아들의 등 뒤에, 황제는 참지 못하고 물었다.

"대체 무엇이 너를 이토록 변하게 하였느냐?"

궁금해서 견딜 수가 없었다. 그토록 두려움에 떨면서 살려만 달라, 그러면 없는 듯이 조용히 살겠다고 애원했던 녀석이. 여태 10년 동안이나 저택 안에만 틀어박혀 살았던 놈이. 이제는 거꾸로 그때 일을 무기로 삼아 자신을 협박해 올 정도로 용기를 낼 수 있었던 이유가 대체 무엇일까.

유가 천천히 등을 돌려 황제를 돌아보았다.

"……이제는 제게도 지켜야 할 것들이 생겼기 때문입니다."

폐위된 황태자는 조용히 입을 열었다.

"그러니 이제는 무슨 일이 있어도 두려워하거나 숨거나, 또는 도망치지 않을 것입니다."

조용한 아들의 목소리가, 황제의 귀에는 천둥처럼 쩌렁쩌렁 울렸다.

* * *

황후의 회갑연 이후 황태자 요의 심경은 계속해서 어지러웠다.

형인 유가 이화원 안에서 한 발짝도 나오지 않고 틀어박혀 있기만 할 때에도 늘 불안했는데, 이제 형이 세상 밖으로 나오기까지 했으니 그 불안함이란 이루 말할 수 없는 것이었다. 형에게서 빼앗아 앉은 황태자의 자리는 하루도 편할 날이 없었다. 하물며 국민들에게도 사랑받지 못하고 있는 그로서는, 하루하루가 마치 가시방석에 앉아 있는 듯한 기분이었다.

그런 마당에, 이제 유는 아버지인 황제에게까지 정면으로 도전했다는 것이 아닌가.

"그러니까, 죄인이 아버님을 협박했다는 것입니까?"

요는 도저히 믿을 수가 없었다. 황제는 국민들에게 그렇듯, 친자식들에게도 결코 자애롭지 못했다. 어릴 적부터 감히 얼굴조차 똑바로 쳐다볼 수 없을 정도로 강압적이었던 아버지다. 자신도 황태자가 된 지금까지 여전히 두려움을 품고 대하는 황제인데, 감히 면전에 대고 협박을 했다니!

"그렇다. 제 요구 조건을 들어주지 않으면 10년 전에 내가 저를 죽이려 하였음을 전 세계에 모두 알리고 말겠다 하더구나."

요의 얼굴이 굳어졌다. 당시의 일은 황제가 혼자 꾸민 것이 아니라, 자신과 모의하여 추진했었다. 즉 그 일이 세상에 알려지면 낭패를 보는 것은 황제뿐만이 아닌 것이다. 황태자인 자신의 입장까지도 위태로워지고 만다.

가뜩이나 장자가 아닌 몸으로 황태자가 되어 정통성에 문제가 있다는 소리가 은근히 뒤에서 나오는 마당인데, 형이 폐위된 과정에 자신이 깊이 관여했음이 알려지면 누가 자신을 인정하고 따를 것인가?

"제게 무슨 사고라도 벌어졌다가는 자동으로 기사가 나가도록 이미 손을 써 둔 모양이었다. 그러니 녀석을 어떻게 힘으로 처리할 수도 없는 상황이다."

황제는 화가 났다기보다는 어쩔 줄 모르고 있는 것 같은 눈치였다. 무리도 아니었다. 다 죽어 간다고 생각했던 개가, 하루아침에 갑자기 늑대로 돌변하여 목덜미에 송곳니를 들이대고 있지 않은가.

"들어주셔야 하겠습니다, 아버님. 가뜩이나 민심이 흉흉한 마당에, 만약에 이 일이 알려졌다가는 아버님이나 저나 입장이 무척 곤란해집니다."

"나 역시 그리 생각한다마는, 만일 죄인이 이 일로 약점을 잡고 계속해서 협박이라도 해 오면 어쩐단 말이냐?"

"자기 입으로 요구를 들어주면 함구하겠다 하였다니 약속은 지킬 것입니다."

제 입으로 말하면서도 요는 입맛이 썼다. 형의 성정은 누구보다 잘 아는 바였다. 신의가 있고, 무엇보다 한번 말한 바는 지키는 사람이었다. 그런 점마저도 얄미웠지만.

“그러면 들어주는 수밖엔 없겠구나.”

황제가 마지못해 말했다.

“이번엔 그리 넘어간다 쳐도, 앞으로가 걱정이다.”

“죄인이 아버님께 또 뭐라고 말하였습니까?”

“앞으로는 제 인생을 살겠다 말하더구나.”

요의 가슴이 또 한 번 철렁 내려앉았다. 제 인생이라는 것은……?

“설마하니 자기 자리를 되찾겠다는 것입니까?”

“내 듣기로는 그런 뜻인 것 같더구나.”

안색이 확 변한 요를, 황제가 안심시키듯 말했다.

“너는 걱정할 것 없다. 대체 무슨 배짱인지 모르겠으나, 세상천지에 황제가 인정하지 않는 황태자가 어디 있단 말이냐?”

“하오나…….”

“모르겠느냐? 나의 후계자는 오로지 너뿐이다.”

황제의 단호한 태도에 요의 마음도 조금은 진정되었다. 친아들을, 또한 친형을 죽이기로 한 순간부터 이 두 사람은 부자인 동시에 공범이었다. 즉 한배를 탄 사이인 것이다.

“고맙습니다, 아버님.”

요를 달래 놓고 나서 황제는 혀를 찼다.

“아무래도 그 계집아이가 사달인 것 같구나.”

그 계집아이가 누구냐고 물을 필요조차 없었다. 요는 곧바로 미소를 떠올렸다.

"원래 유는 그리 독한 심성이 못 되었다. 권력욕도 그다지 없었던 녀석이 내게 대놓고 그런 소리를 할 적에는, 그 계집이 뒤에서 부추기고 있는 것이 틀림없다."

"이유가 무엇일까요?"

"그래야 제가 황태자비가 되고, 나아가 황후도 되지 않겠느냐?"

황제가 가당치도 않다는 듯이 코웃음을 쳤다.

요는 생각에 잠겼다. 황태자인 자신 따위는 하나도 두렵지 않다는 듯이 똑바로 쳐다보던 미소가 떠올랐다.

"다음에는 황태자 전하께서 효도하시는 모습도 꼭 보고 싶습니다."

그 순간 요는 강렬한 충동을 느꼈었다. 저 여자를 갖고 싶다고. 그 전에 설희가 형의 약혼녀인 줄 알고 빼앗으려 했을 때와는 달랐다. 그때는 그저 형이 사랑하는 것이니 빼앗고 싶었을 뿐이지만, 지금은 그 여자 자체가 갖고 싶었다.

제 남자를 지키기 위해서 수많은 사람들 앞에서 춤추기도 마다하지 않았던 여자. 황제고 황태자고, 세상에 두려운 것이라고는 없는 것 같았던 여자.

그 여자가 진짜로 원하는 것이 황태자비의 자리라면……?

요의 심장이 흥분으로 격렬하게 뛰기 시작했다.

"제게 맡겨 주십시오, 아버님."

"좋은 생각이라도 있느냐?"

"만약에 아버님의 말씀대로 그 여자가 죄인을 부추기고 있는 것이라면, 그 여자만 없어지면 죄인이 감히 다른 마음을 품지 못할 것이 아닙니까?"

황제가 눈살을 찌푸렸다.

“그렇기는 하다마는, 그 계집은 유와 곧 결혼할 몸이다. 자칫 신변에 위해를 가했다가는 유는 물론이거니와 네 어머니가 절대 가만히 있지 않을 것이다.”

“위해를 가하려는 것이 아닙니다.”

“그렇다면?”

요가 반문했다.

“원하는 것을 주어 버리면 되지 않겠습니까?”

* * *

며칠 안으로 민식은 풀려났다. 같은 죄목으로 잡혀 들어갔던 사람들도 모두 마찬가지였다. 신문에는 대문짝만 하게 기사가 났다.

[황제 폐하께서 하해와 같은 은덕을 베푸시어 죄인들을 방면하기로 결정하셨다. 그뿐 아니라 반역죄 확대 적용 시행 역시 전면 무효로 하기로…….]

구치소에는 민식의 부모뿐만 아니라 미소도 의윤과 함께 민식을 맞이하러 나갔다.

“아이고, 민식아!”

몰라보게 야윈 딸을 껴안고 울음을 터뜨리는 민식의 부모를 보고, 미소도 결국 눈물을 참지 못했다.

“미안해, 민식아. 정말 미안해……!”

부모만큼이야 아니겠지만 그간 미소도 무척이나 마음고생을 했다.

결국은 의윤 때문에 벌어진 일이 아닌가. 하지만 민식은 미소를 마주 껴안고 울기는커녕, 불만스러운 얼굴을 했다.

"근데 미소 너는 어떻게 빈손으로 왔냐? 언니가 빵에 갔다 나오는데 두부 한 모는 사 와야지, 의리 없는 것."

결국 미소도 픽 웃음을 터뜨리고 말았다.

구치소 앞에서 울고 웃는 것은 민식의 가족뿐만이 아니었다. 수백 명의 사람들이 저마다 풀려나온 가족과 친지, 친구를 껴안고 죽은 사람이 살아 돌아온 것처럼 기뻐하고 있었다. 여기저기 울음바다, 또 웃음바다였다.

조금 떨어진 곳에 서서 의윤이 한숨을 지으며 그 광경을 조용히 바라보고 있는데, 개중 한 사람이 의윤을 알아보았다.

"전하!"

20대 중후반 정도로 보이는 젊은 청년이었다. 청년은 먹던 두부를 내팽개치고 곧바로 의윤에게로 달려왔다.

"전하께서 여기는 어쩐 일이십니까?"

반갑기 그지없는 표정에 의윤은 내심 당황스러웠다. 나 때문에 이런 고초를 당했는데도 내가 밉지 않단 말인가?

전하라는 말에 여기저기서 사람들이 모여들기 시작했다.

"전하, 이렇게 만나 뵙게 되어 영광입니다."

"같이 사진 한 장 찍어 주시겠습니까?"

그렇게 당했으니 의윤을 보고 슬슬 피하기라도 할 법한데, 웬걸. 피하기는커녕 열광적인 반응이 쏟아졌다. 마치 전 국민의 아이돌이었던 옛날로 돌아간 것 같은 기분이었다.

어느새 의윤은 사람들에게 빙 둘러싸여 있었다. 모두가 자신을 기대에 찬 눈으로 바라보고 있었다. 뭔가 한마디 해야 할 것 같은 분위기에 의윤은 망설이다 결국 입을 열었다.

"나 때문에 이런 고초를 겪게 하여 미안하다."

너무 미안한 나머지 그 외의 말이 떠오르지 않았다. 하지만 풀려난 사람들은 하나같이 펄쩍 뛰었다.

"무슨 말씀이십니까? 잘못한 사람은 따로 있는데요!"

"전하께서 사과하실 일이 아니잖습니까?"

누구의 잘못이라고 입 밖에 내어 말하는 자는 없었지만 모두가 같은 생각인 것 같았다. 하마터면 죽을 뻔하고서도 이들은 자신이 아니라 황제를 탓하고 있었다. 그제야 의윤은 잠시 잊고 있었던 것을 떠올렸다. 애초에 이들은 자신을 옹호하다가 잡혀 온 사람들이었다는 것을.

사면된 사람들은 대부분 민식과 같은 젊은이들이었다. 그들을 보며, 의윤은 가슴이 뜨거워지는 것을 느꼈다. 그동안 그저 막연히 생각만 하던 것이 진짜로 눈앞에 보이는 기분이었다.

이들이야말로 내가 지켜야 할 나의 백성들이구나.

이런 사람들을 위해, 나는 싸워야 하는 것이구나.

"나를 믿어 다오."

저도 모르게 손아귀에 힘이 들어갔다. 주먹을 꽉 쥐고, 의윤은 주위를 둘러보며 힘주어 말했다.

"두 번 다시, 그 누구도 이런 일을 겪지 않게 하겠다."

할 수 있는 말은 단지 그것뿐이었다. 구체적인 약속도, 또한 장담도 할 수 없었다. 자신이 여기서 무슨 말을 하든 분명 황제의 귀에 들어갈 것이 뻔했으니까.

하지만 그 말만으로도 족했다.

"와아아아!"

사람들이 일제히 환호성을 터뜨렸던 것이다.

"이유 전하 만세!"

누가 먼저 선창했는지도 모르는 만세 소리가 구치소 앞에 우렁차게 울려 퍼졌다.

"만세, 만세, 만세!"

4. 아빠와 딸

"결혼식은 보고 가실 거죠? 화신 언니."

"그럼, 처음부터 결혼 축하해 주려고 왔던 건데 당연히 보고 가야지."

미소의 물음에 화신이 웃으며 대답했다.

그때, 화신의 옆에 앉아 있던 연재가 불쑥 말했다.

"엄마 영국 갈 때 나도 같이 데려가."

"응?"

놀라서 쳐다보는 화신과 미소에게, 연재는 아무렇지 않게 다시 말했다.

"나 이제 엄마랑 살래."

미소는 가슴이 철렁했다. 갑자기 이게 무슨 소리란 말인가?

화신을 쳐다보자 역시 놀란 얼굴을 하고 있는 것이, 전혀 몰랐던 눈치였다. 화신이 대답이 없자 연재가 다시 말했다.

"왜? 엄마는 나랑 사는 거 싫어?"

그제야 화신이 대답했다.

"얘는, 당연히 엄마야 언제든 환영이지!"

제 엄마를 향해 생긋 웃어 보이고, 연재는 말했다.

"됐네 그럼."

미소는 당황해서 어쩔 줄을 몰랐다. 사전에 한마디 귀띔도 없이 대체 이게 무슨 일이란 말인가?

"연재야, 혹시 아빠한테는 말씀드린 거야?"

"아뇨, 아직. 요즘 아빠 이래저래 정신없으셨잖아요. 그런 얘기 할 분위기도 아니었고."

역시나, 하고 미소는 생각했다. 의윤이 미리 알았다면 자신에게 말하지 않았을 리가 없지 않은가.

"그러니까 아빠한테는 언니가 좀 대신 말해 주세요."

연재와 무척 사이가 좋은 의윤이었다. 그런 연재가 갑자기 제 엄마를 따라가겠다고 하는 말을 들으면 의윤의 기분이 어떨까. 미소가 이 생각 저 생각 하고 있는 도중에 이미 모녀는 의논을 시작하고 있었다.

"그럼 엄마가 먼저 가서 너 다닐 학교 알아볼게. 집도 좀 더 넓은 데로 얻어야겠고."

"아냐, 나 엄마랑 같이 나갈래. 일단 여행으로 가는 건 비자 필요 없잖아?"

"아니 왜? 너도 이것저것 준비할 거 많을 텐데 천천히 정리하고 오면 되지."

하지만 연재는 단호했다.

"그냥. 이왕 가기로 한 거 빨리 나가고 싶어."

마치 더 이상 이화원에 있기 싫다는 듯한 말투였다. 그래서 미소는 차마 꼭 가야 하겠느냐고 붙잡는 말 한마디 꺼내 볼 수조차 없었다.

"연재가?"

얘기를 들은 의윤은 놀라움을 감추지 못했다.

"네. 갑자기 말하는 바람에 화신 언니도 놀라시는 눈치더라고요. 저도 그렇고요."

"그래, 연재 엄마는 뭐라고 하던가?"

"연재가 원하면 당연히 데려가겠다고요."

미소는 조금 망설이다 물었다.

"저어, 혹시 연재가 저 때문에 그러는 걸까요?"

이제 며칠 있으면 의윤과 진짜 부부 사이가 된다. 그러면 연재에게 자신은 새엄마가 되는 셈인데, 그게 싫어서 나가겠다는 게 아닌가 하는 생각이 들었다. 아니, 아무래도 그런 것만 같았다. 그렇지 않으면 갑자기 나가겠다고 할 이유가 없지 않은가.

"네가 아니라 나 때문일 것이다."

의윤은 고개를 저으며 자기 탓으로 돌렸다.

"그러고 보니 요즘에는 연재가 예전처럼 내게 학교 얘기, 친구 얘기도 잘 안 했었다. 그런데도 나는 다른 일들에만 정신이 팔려서 미처 알아차리지도 못하고……."

어두운 얼굴로 의윤은 자책했다.

"친아빠는 아니라 해도 어찌 되었든 제 아비가 결혼을 하는데 어찌 아무렇지도 않았겠는가. 그저 괜찮다는 말만 믿고 미처 그 애의 마음을 제대로 헤아리지 못한 내 탓이야."

의윤이 그렇게 말한다 해서 미소의 마음이 편해질 리 없었다.

"그게 결국 제 탓이잖아요. 저만 없었으면 아무 문제도 없었을 텐데."

이 집에 처음 왔을 무렵의 두 사람의 모습이 떠올라서 미소는 그만 눈물이 날 것 같았다.

"이 여자 완전 강적이야. 아주 따끔하게 야단쳐 줘 아빠!"

얼마나 사이좋은 부녀였던가? 그런데 결국 나 때문에…….

"결혼, 다시 생각해 봐야 하는 걸까요?"

물론 의윤을 사랑하지만, 연재가 자기 때문에 아빠를 빼앗긴 것 같은 기분을 느낀다면 어떻게 모른 척하고 결혼을 하겠는가.

울상이 된 미소를 의윤이 가볍게 꾸짖듯 말하며 품에 껴안았다.

"어림없는 소리. 너와 나는 이제 죽음도 함께하자고 맹세한 사이가 아니냐?"

"하지만 연재가……."

"너무 걱정 마라. 내가 잘 이야기해 보겠다."

의윤이 달래듯 말했지만 미소의 마음은 조금도 가벼워지지 않았다.

"연재야. 혹시 아빠한테 섭섭한 거라도 있느냐?"

의윤은 더없이 심각하게 말을 꺼냈는데, 정작 연재의 대꾸는 무척이나 가벼운 것이었다.

“무슨 섭섭? 그런 거 없는데?”

“그러면 왜 갑자기 엄마를 따라가서 살겠다는 것이냐.”

“그냥, 나도 한번 외국 나가서 살아 보고 싶어서.”

무척이나 가벼운 말투였다.

“엄마는 일이 바쁘시지 않으냐. 여기저기 취재하러 다니느라 집도 자주 비울 텐데 어쩌려고?”

“혼자 있으면 되지 뭐, 내가 어린앤가. 아빠가 벌써 나 10년 키웠잖아. 이제 어른 되려면 한 5년밖에 안 남았는데, 그때까진 엄마랑도 좀 있어 줘야지.”

그렇게 말하고 연재는 의윤을 향해 웃어 보이기까지 했다.

“걱정 마, 아빠. 방학 때는 가끔 놀러 올게.”

말투는 가벼웠지만 결심은 굳다는 것을 의윤은 느꼈다. 아무래도 생각 없이 불쑥 한 애기가 아니라 한참 전부터 마음먹었던 일인 것 같았다.

의윤은 문득 연재와 처음 함께 살게 되었던 때를 떠올렸다. 10년 전, 화신과 가짜 결혼을 했을 때 연재는 다섯 살이었다. 비록 두 달 동안의 짧은 가짜 결혼 생활이었지만 그동안 의윤은 연재를 무척 귀여워했고, 연재도 의윤을 많이 따랐다.

“아빠랑 계속 계속 같이 살았으면 좋겠다.”

친아빠와 헤어졌기 때문인지, 그 말을 입에 달고 살았다. 짧은 결혼 생활 도중에 화신이 일 때문에 일주일 동안 의윤에게 연재를 맡겨 놓고 외국에 나갔다 오기도 했는데, 그동안 연재가 한 번도 제 엄마를 찾지 않았을 정도였다.

마침 화신은 일과 육아 사이에서 고민하고 있을 때였다. 다행히도 원하던 외국 언론사에 직장은 얻었는데, 정작 싱글맘으로 아이를 키우면서 기자 생활을 할 엄두가 나지 않았던 것이다. 게다가 그녀가 원하는 것은 일반 기자도 아니고 분쟁 지역이나 전쟁터를 누비며 취재하는 종군 기자인데, 도저히 아이를 데리고 할 수 있는 일이 아니었다.

결국 의윤이 연재를 대신 키우겠다고 나섰다. 자신을 돕느라 기꺼이 국민 악녀가 되어 준 화신에게 조금이라도 보답하고 싶었다. 놀랍게도 어린 연재 역시 흔쾌히 제 엄마와 떨어져 의윤을 따라왔다.

"응, 엄마. 나 아빠랑 살래."

그때부터 연재와 의윤은 지금까지 서로에게 의지하며 살아왔다.

……그런 연재가 없어진다니.

갑자기 의윤은 마음 한구석에 커다란 구멍이 뚫린 것만 같은 허전함을 느꼈다.

나쁜 새엄마만은 절대로 되고 싶지 않았는데. 결혼한 후에도 계속 연재와 친구처럼, 언니처럼 지내고 싶었는데. 미소는 견디다 못해 속상한 마음을 화신에게 털어놓았다.

"그러지 않으려고 노력했는데, 모르는 사이에 제가 연재를 많이 섭섭하게 했는지도 모르겠어요. 연재가 저 때문에 소외감을 느꼈을 거라고 생각하니까 너무 속상해요."

"아니, 섭섭해서 저러는 게 아닐 거예요. 내 딸이지만 놀라울 정도로 생각이 깊은 아이니까."

결국 눈물을 글썽이고 마는 미소에게, 화신이 위로하듯 말했다.

"내가 전하께 연재를 맡겨 놓고 영국으로 떠나던 날, 연재가 공항에서 나한테 마지막으로 뭐라고 했는지 알아요?"

"뭐라고 했는데요?"

"나 아빠랑 잘 있을게, 엄마. 그러니까 가서 엄마 하고 싶은 거 다 해."

화신이 중얼거렸다.

"내가 저 때문에 하고 싶은 일을 못 하고 있었다는 걸 눈치채고 있었던 거지. 그때 그 애는 겨우 다섯 살짜리 꼬마였는데. 놀랍지 않아요?"

그런 아이였구나, 연재가. 미소는 가슴이 뭉클해졌다.

"연재가 자주 전화로 미소 씨 얘길 했어요. 너무 착하고 예쁜 언니라고, 아빠한테도 좋은 사람이 생겨서 참 다행이라고. 그게 거짓말은 아닐 거예요."

"제가 싫어서가 아니라면, 왜 나가려는 걸까요?"

"아마 연재는 자기가 두 사람에게 방해가 된다고 생각하는 게 아닐까 싶네요."

미소는 저도 모르게 목소리를 높였다.

"말도 안 돼요! 대체 왜 그런 생각을?"

"그러니까 말했잖아요, 생각이 무척 깊은 아이라고."

화신이 한숨을 지었다.

"나야 내 딸이랑 같이 살게 되니까 좋지만, 연재가 거기 가서 적응을 잘할지 모르겠네요. 학교 친구들하고도 이제 겨우 잘 지내게 된 모양이던데."

그렇지 않아도 미소 역시 걱정이었다. 영어도 잘 못하는 아이가 하루아침에 외국에 나가서 공부하는 게 그리 쉬운 일일 리 없지 않은

가. 연재가 정 원한다면 어쩔 수 없겠지만, 만약에 화신의 말대로 본인이 원해서가 아니라 단순히 자신과 의윤을 생각해서라면…….

저도 모르게 미소의 입에서 불쑥 말이 튀어나왔다.

"전 연재 못 보내요."

놀란 듯이 쳐다보는 화신을 똑바로 바라보고, 미소는 다시 말했다.

"언니에게는 죄송해요. 그런데 저는 연재하고 계속 같이 살고 싶어요. 물론 전하도 그렇고요."

화신이 생긋 웃었다. 그럴 줄 알았다는 듯이.

"그럼 방법을 잘 생각해 봐야 할 거예요. 우리 딸, 고집도 무척 센 애니까."

"네."

미소는 힘주어 고개를 끄덕였다.

* * *

쉬는 시간, 화장실에 갔다 온 친구들이 연재를 둘러싸고 졸랐다.

"연재야, 우리 언제 너네 집에 좀 놀러 가면 안 돼?"

"맞아, 너네 아빠 보고 싶은데."

하지만 연재는 딱 잘라 거절했다.

"미안, 요즘 아빠가 많이 바빠서."

의윤의 인기가 올라가면서 요즘 이런 소리를 많이 듣는데, 한 번도 승낙해 본 적이 없었다. 이화원 자체가 아무나 들어갈 수 있는 곳도 아니었지만, 의윤이 승낙한다 해도 어차피 이 친구들과는 곧 헤어질 사이인데 무슨 소용이 있단 말인가. 이제 겨우 친구들과도 사이가 좋아졌는데, 말도 잘 안 통하는 곳에 가서 새 친구들과 함께 지내야 할 생각을 하니 서운한 한편 눈앞이 캄캄한 것은 사실이었다.

그래도 연재는 결심을 바꾸지 않았다. 겨우 20대 초반의 나이에 피도 안 섞인 자신을 떠맡아서 여기까지 키워 준 아빠가 아닌가. 이제 겨우 좋은 사람을 만나서 행복해졌는데 손톱만큼이라도 방해가 되고 싶지 않았다.

미소 언니가 아무리 좋은 사람이라지만 신혼 정도는 단둘이서 즐기고 싶지 않겠는가. 지호야 어리니까 어쩔 수 없겠지만 자신이라도 빠져 주고 싶었다. 혹이 두 개인 것보다는 하나인 게 그나마 나을 테니까.

"에이, 그 춤신춤왕 언니도 보고 싶었는데."

영문을 모르는 친구들이 서운해했다.

"미안해. 나중에 아빠 좀 한가해지시면 한번 물어볼게."

연재는 그렇게 얼버무렸다. 나중이라는 게 없을 거라는 걸 뻔히 알면서도.

"아, 진짜 열라 거슬리네."

등 뒤에서 비아냥거리는 말이 날아온 것은 그때였다. 흠칫 놀라서 쳐다보자 저만치 뒷줄에 앉아 있던 아이 하나가 휴대폰을 들여다보며 들으라는 듯이 중얼거리는 중이었다.

"따 당한 지 얼마나 됐다고 잘난 척 나대, 나대기를."

마치 혼잣말 같았지만 물론 연재더러 들으라고 하는 말이 뻔했다. 원래 제 아빠가 무슨 회사의 사장인가 해서 아이들 사이에서 여왕벌 행세를 하던 아이인데, 요즘 의윤 때문에 아이들의 관심이 연재에게만 쏠리자 그게 못마땅한 모양이었다.

욱해서 지금 나 들으라고 한 소리냐고 따지려는 순간, 마침 수업 시작을 알리는 종이 울렸다. 어쩔 수 없이 연재는 도로 자리에 앉을 수밖에 없었다.

이윽고 교실로 들어온 것은 과목 담당이 아니라 담임 선생님이었다.

"다음 주에 있을 일일 교사 수업을, 사정상 오늘로 당겨서 하도록 하겠어요."

연재의 학교에는 일일 교사 프로그램이 있어서 한 달에 두 번씩 학부모가 와서 자신의 직업이나 전문 분야에 대해 학생들에게 이야기해 주곤 했다.

"근데 오늘은 누구네 부모님이지?"

"그러게, 못 들었는데."

의아해하던 아이들의 수군거림이, 앞문을 통해 들어오는 사람을 보고는 곧 놀라움의 비명으로 바뀌었다.

"어?"

연재도 깜짝 놀랐다. 바로 의윤이 아닌가!

"아빠?"

여중생들의 입에서 절로 환호가 튀어나왔다.

"대박사건. 실물 완전 남신이네?"

여기저기서 휴대폰을 꺼내 사진을 찍고 난리가 났다. 자신을 보고 환호하는 소녀들을, 전 황태자는 교단에 서서 미소를 띤 채 조용히 바라보았다.

"모두들 반갑구나. 연재 아빠 이의윤이라고 하느니라."

한참 후, 환호성이 잦아들고 난 후에야 의윤은 겨우 입을 열었다.

"오늘은 너희에게 조선의 역사에 대해서 이야기해 주려 한다."

부드럽게 웃으며 예스러운 말투로 말하는 전 황태자에게, 한참 감수성 예민한 나이인 소녀들은 그만 단체로 마음을 빼앗기고 말았다.

전 황태자가 직접 이야기하는 조선의 역사는 놀라울 정도로 쉽고 재미있었다. 학교에서는 전혀 배우지 않았던, 처음 듣는 내용들이 대부분이어서 더 그랬다.

"세자가 청나라에 볼모로 끌려갔었다고요?"

"진짜 우리나라 왕이 중국 황제한테 엎드려 절을 했어요?"

아이들의 눈이 휘둥그레졌다. 모두들 어찌나 집중을 잘하는지, 한 시간 가까이 이어진 수업 내내 숨소리조차 들리지 않을 정도로 교실 안이 조용했다.

한 시간 가까이 이어진 수업을 끝내며, 의윤은 말했다.

"역사를 바로 알아야 미래를 올바로 살아갈 수가 있느니라. 대한 제국의 미래를 이끌어 나갈 이들이 바로 너희들이니, 오늘 내가 해 준 이야기를 잊지 말고 잘 기억해 두도록 하여라."

열렬히 박수를 치는 소녀들을 둘러보며 의윤은 흐뭇한 미소를 지었다.

"자, 혹시 질문이 있는 사람은 손을 들고 해 보거라."

말이 떨어지자마자 기다렸다는 듯이 한 아이가 손을 번쩍 들었다. 아까 연재에게 비아냥거렸던 바로 그 아이였다.

"그래, 궁금한 것이 무엇이냐?"

뒤이어 날아온 것은 수업 내용과는 전혀 상관없는 당돌한 질문이었다.

"이연재 말이에요. 재네 엄마랑 이혼하셨는데 왜 아저씨가 맡아 키우는 거예요?"

순간 교실 안이 찬물을 끼얹은 듯 조용해졌다. 반 아이들이 힐끔거리며 연재의 눈치를 보았다. 연재는 백지장처럼 새하얘진 얼굴로 이를 악물고 있었다. 굳어진 연재의 얼굴을 쳐다보고, 질문한 아이는 기세등등하게 다시 물었다.

"혹시 재네 엄마가 키우기 싫다고 버리고 간 거 아네요?"

말이 너무 심하다고 생각했는지 몇몇 아이들이 야, 하고 말리듯 불렀지만 아이는 전혀 아랑곳하지 않았다.

"불쌍해서 아저씨가 대신 키워 주신 거, 맞죠?"

버릇없는 질문도 모자라서 말끝마다 아저씨, 아저씨! 모두들 안절부절못하고 있는데, 정작 장본인인 의윤은 전혀 화난 기색이 없었다.

"연재를 왜 내가 맡아 키웠느냔 말이지……?"

마치 정말 심오한 질문이라는 듯이, 혼잣말을 중얼거리며 이마를 약간 찌푸리고 깊이 생각에 잠긴 듯한 얼굴을 하고 있는 것이었다.

한참 후에야 겨우 전 황태자는 입을 열었다.

"……아마도 연재가 아니라 나를 위해서였던 것 같구나."

노한 기색이라고는 조금도 없는 온화한 말투였다.

"너희들은 그때 어렸으니까 잘 모르겠지만 그 당시는 내가 무척 괴로워하고 있을 때였다. 온 국민들이 다 나에게 손가락질하고 돌을 던졌지."

질문한 아이를 바라보며 의윤은 이야기했다.

"물론 그럴 만도 하였다마는, 하루아침에 온 세상에서 손가락질받는 망나니가 된 기분이란 무척이나 끔찍하더구나. 차라리 깨끗이 죽는 게 낫지 않은가, 하는 생각마저 들 정도였다."

그렇게 말하고 의윤은 시선을 돌려 연재를 바라보았다.

"그때 나를 위로해 준 게 바로 저 아이였느니라."

또다시 모든 아이들의 시선이 연재를 향했다.

"기억하느냐?"

연재에게 시선을 고정한 채, 의윤은 조용히 물었다.

"방에 혼자 틀어박혀 괴로워하고 있는 내게, 어린 네가 와서는 그 조그만 손으로 내 등을 토닥거려 주면서 그리 말하였지. ……괜찮아 아빠, 울지 마. 내가 지켜 줄게."

이를 악물고 있던 연재는 점점 눈앞이 흐려지는 것을 느꼈다.

"그때 나는 겨우 스물세 살이었다. 나라고 하루아침에 아버지가 되는 일에 두려움이 왜 없었겠느냐? 하지만 연재가 없으면 당장 내가 견디지 못할 것 같았다. 그래서 내가 키우겠다고 나섰느니라. 다른 이유가 아니라, 내가 살고 싶어서."

다시 질문했던 아이를 바라보며, 의윤은 되물었다.

"아까 나더러 연재를 왜 키웠느냐고 물었느냐?"

얼굴이 시뻘게져 있는 아이를 향해, 의윤은 조용하고도 단호하게 말했다.

"아니, 내가 연재를 키운 것이 아니다. 연재가 나를 살린 것이다."

수업이 끝난 후는 점심시간이었다. 의윤은 그냥 돌아가지 않고 연재네 반 아이들과 함께 급식실에서 점심을 먹었다.

"헐, 저거 이유 전하 아니야?"

"맞네!"

의윤을 본 다른 반 아이들의 반응도 연재네 반 못지않게 폭발적이었다. 그야 요즘 한창 인기 있는 인물이었으니까.

국민들 사이에 의윤의 인기가 날로 높아지는 데는 이유가 있었다. 온 나라를 휩쓸다시피 한 두 차례의 동영상 소동 때문도 있었지만, 황실이 탄압하고 있기 때문이기도 했다.

민심이란 힘으로 짓누른다고 막을 수 있는 것이 아니었다. 오히려 누르고 막으려 할수록 더욱더 걷잡을 수 없이 산불처럼 번져 나가는 것이었다. 해외 동영상 사이트를 차단하고, 의윤에 관한 자료를 유포하는 사람들을 닥치는 대로 반역죄로 잡아들이는 과정에서 사람들은 황실에 점점 더 반감을 품었다. 그리고 그 반감은 황실에서 쫓겨난 의윤에 대한 호감에 더욱더 불을 붙였다. 이제는 누구도 10년 전의 일에 대해 욕하는 사람이 없을 정도였다.

'저런 독재자 아버지 밑에서 황태자 노릇을 하려니 오죽 스트레스가 컸겠어?'

'그래서 젊은 혈기에 반항심이 일어 잠시 일탈하셨던 게지 뭐. 성품은 원래 바른 분이신데.'

또한 얼마 전, 반역죄로 잡혀 들어간 사람들 전원이 갑자기 사면을 받고 풀려난 연유에 대해서 한바탕 소문이 돌기도 했다.

'글쎄 이유 전하께서 직접 황제 폐하를 독대하여 간청하셨다는구먼.'

'어쩐지, 전하께서 구치소 앞에도 직접 나타나셨다더니만 그런 거였군?'

낮말은 새가 듣고 밤말은 쥐가 듣는 법이다. 황궁 안에서 벌어진 일이었는데도 불구하고 제법 정확한 소문이었다.

민심이 이렇게 훈훈한 분위기니 연재네 학교 학생들도 예외가 아니었다. 게다가 문제의 이유 전하는 연예인 뺨치는 외모의 소유자가 아닌가! 그야말로 입덕 계기가 차고 넘칠 정도였다.

또한 소녀들이 간과하고 있었던 것이 있었으니, 사실 이 전 황태자 전하께서는 한때 톱 아이돌보다도 거대한 규모의 팬클럽을 갖고 있었던 사람이라는 것이었다. 그만큼 은근히 조련에도 일가견이 있으신 분이라는 것도.

"이런, 한창 클 나이에 겨우 그만큼 먹어 쓰겠느냐?"

의윤은 자상하게 웃으며 제 식판의 소시지를 덜어서 제 옆자리 학생의 식판에 놓아 주었다.

"자, 많이 먹어라."

그 순간 소시지를 받은 학생은 물론 그 자리에 있던 수백 명의 학생들이 한꺼번에 덕통사고를 당했다.

"봤어? 나 방금 심쿵사 할 뻔."

"어떡해, 완전 멋있어!"

여기저기 방금 입덕한 소녀들의 끙끙 앓는 소리가 드높았다.

참고로 아이들은 까맣게 모르고 있었지만 사실 이 왕자님, 노리고 한 짓이었다.

점심식사 후, 연재는 아빠와 함께 나란히 교정을 거닐었다. 원래는 서로에게 비밀이 없을 정도로 가까웠던 부녀 사이인데, 요즘 들어 대화가 뜸했기 때문인지 새삼스레 어색한 기분이 들었다.

대화가 뜸했던 이유는 달리 없었다. 연재 쪽에서 은근히 아빠를 피했으니까. 의윤과 미소가 서로 사랑에 빠졌다는 걸 알았을 때부터 이미 마음의 준비를 시작한 연재였다.

"근데 아빠 나한테 말도 없이 학교엔 웬일이야? 깜짝 놀랐네."

연재의 걸음에 맞춰 옆에서 천천히 걷던 의윤이 대답했다.

"그동안 고집을 부려 집에만 틀어박혀 있느라 네가 다니는 학교에 한 번도 와 보지 못했던 게 자꾸만 마음에 걸리지 뭐냐. 그래서 한 번쯤 와서 우리 딸 기 좀 살려 주고 싶었느니라."

"고마워, 아빠."

연재는 진심으로 말했다. 의윤이 자신을 생각해 줬다는 게 기뻤다. 비록 엄마를 따라가려고 결심은 했지만, 아빠가 싫어서는 아니니까. 오히려, 그 반대니까.

부녀는 한동안 말없이 걸었다. 그리고 잠시 후 이번에는 의윤이 물었다.

"궁금한 게 있느니라."

"뭔데?"

의윤이 걸음을 멈췄다.

"네 엄마와 이혼했던 그때 말이다. 왜 엄마를 따라가지 않고 내 곁에 남았었느냐?"

다섯 살 때의 일이지만 아직도 어렴풋이 기억이 난다. 그때 자신은 하루아침에 아빠가 없어지고 엄마랑 둘이 살게 되었었다. 별로 다정한 아빠는 아니었지만, 어쨌든 아빠가 없어지니까 무척 혼란스러웠던 것 같다.

그런 와중에 나타난 것이 새아빠라는 사람이었다. 다행히도 새아빠는 무척 다정했다. 어린 눈에도 동화 속의 왕자님 같다고 생각할 정도로 잘생기기도 했고. 연재는 금세 새로 생긴 아빠를 좋아하게 됐다. 그래서 이 아빠랑은 오래오래 살았으면, 하고 진심으로 생각했었다.

너무 어릴 때 일이라 자세하게는 기억나지 않지만, 한 가지 지금도 선명하게 떠오르는 장면이 있다. 아빠가 어두운 방에 틀어박혀 혼자 울고 있었던 것. 왜 울고 있는지 이유는 몰랐지만, 소리 내어 울지도 못하고 그저 하염없이 눈물만 흘리던 모습이 어린 연재가 볼 때도 무척 슬프고 외로워 보였다. 그래서 막연히 그런 생각을 했었던 것 같다. 내가 아빠를 위로해 주고 싶다고.

"나와 이혼할 때, 네 엄마가 너에게 물었었지. 엄마 따라갈래, 아빠랑 있을래, 하고."

"……."

"흔쾌히 나 아빠랑 살래, 하고 대답하는 널 봤을 때 왠지 그런 생각이 들더구나. 마치 어린 네가 나를 가엾게 여겨서, 일부러 내 곁에 있어 주려고 하는 것 같은 느낌."

의윤이 조금 웃었다.

"너는 그때 겨우 다섯 살이었는데, 이상하게도 내게는 꼭 그런 것처럼 느껴졌지. 내 생각이 틀렸느냐?"

어려서 부모의 이혼을 겪어서였을까, 지금 생각하면 나이치고는 무척 눈치가 빨랐던 것 같다.

엄마가 자신을 무척 사랑하면서도, 한편으로는 저 때문에 하고 싶은 일을 마음껏 할 수 없어서 괴로워하고 있다는 것도 어렴풋이 눈치채고 있었다. 그래서 엄마를 보내 준 것도 있었지만, 가장 큰 이유는 역시 의윤의 말대로였다. 곁에 있어 주고 싶어서.

목이 메는 것을 참고 연재는 가까스로 대답했다.

"……그랬던 것 같아."

의윤의 얼굴에 잔잔한 미소가 어렸다. 역시 그랬구나, 하듯이.

"지난 10년, 네가 없었더라면 내 어찌 버텼을까 싶구나."

눈물이 핑 도는 순간, 의윤이 갑자기 찬물을 끼얹는 소리를 했다.

"그건 그렇고, 너 때문에 아빠 결혼 생활이 벌써부터 위태로운데 어쩌려느냐?"

눈물이 쏙 들어갔다. 연재는 서운한 마음을 애써 감추고 입술을 내밀어 보였다.

"걱정 마, 방해 안 할 테니까. 결혼식 끝나자마자 엄마랑 같이 영국으로 떠날 거야."

"미안하지만 그렇게는 안 되겠구나."

그러나 의윤은 딱 잘라 말했다.

"어젯밤에 미소가 내 방에 오더니 한참을 서럽게 울지 뭐냐. 앞으로 연재 너 없이 허전해서 어떻게 사느냐고."

"미소 언니가?"

"결혼을 앞두고 저렇게 벌써부터 신부가 눈물 바람을 하고 있으니 낸들 어쩌겠느냐? 못 가게 이화원에 꼭 붙들어 두겠다고 이미 약속하였느니라."

"하지만……."

"나 역시 네가 떠난다 생각하니 그저 허전한 마음에 한숨만 나오는구나."

웃음기 싹 가신 얼굴로, 의윤이 말했다.

"그러니 가지 말거라, 연재야."

"……어떻게 그래."

결국 연재는 흐느낌을 터뜨리고 말았다.

"피 한 방울 안 섞인 날 여태껏 키워 줬는데, 어떻게 뻔뻔하게……!"

아빠도 미소도 진심으로 좋아한다. 그러니 왜 곁에 있고 싶지 않겠는가. 하지만 아빠에게 새 가정이 생긴 이상 더는 짐이 될 수 없다는 생각에 억지로 내린 결정이었는데, 정작 의윤이 붙잡으니 참았던 눈물이 한꺼번에 터져 나왔다.

"아까 수업 시간에 한 얘기는 뭐로 들은 것이냐?"

부드럽게 꾸짖으며, 의윤이 연재의 어깨에 손을 얹었다.

"내가 너를 키운 것이 아니다. 네가 나를 살린 것이지."

"아빠……."

"그러니 가지 말고 계속 같이 있자꾸나. 아빠랑, 미소랑, 그리고 지호랑 같이."

그렇게 말하며, 의윤은 팔을 벌렸다.

"아빠……!"

의윤의 품에 안겨, 연재는 소리 내어 울음을 터뜨렸다.

어쩌면 자신은 계속 그 한마디를 기다리고 있었는지도 몰랐다.

* * *

그날 저녁에 학교에서 돌아온 연재는, 미소에게 조심스레 물었다.

"언니, 저 진짜로 계속 이화원에 있어도 돼요? 괜히 아빠랑 사이에 방해되는 거 아니에요?"

"아무 데도 가지 마, 연재야."

그런 연재를, 미소는 꼭 안아 주었다.

"약속할게. 난 절대 너한테 우리 새엄마 같은 계모는 안 될 거야!"

결국 연재 일은 한바탕 소동으로 끝났다.

"이런, 넌 엄마보다 새엄마가 더 좋단 말이니?"

화신은 그렇게 말하며 웃어 버렸다. 아마도 결국 이렇게 될 줄 미리 짐작하고 있었던 것 같은 눈치였다.

이래저래 골치 아픈 일들도 모두 지나가고, 이제 남은 것은 며칠 후로 다가온 결혼식뿐. 미소는 민식이 받을 부케나 연재와 지호가 입을 옷, 또 결혼식에 참석하는 사람들에게 선물할 답례품 등 사소한 부분까지 하나하나 직접 정성 들여 준비했다.

황궁에서 연락이 온 것은 그렇게 결혼식 막바지 준비에 정신이 없던 어느 날이었다.

"어머니가 아니라, 황제 폐하께서?"

소식을 전한 처선에게, 의윤이 확인하듯 다시 물었다.

"예. 황제 폐하께서 미소 아가씨를 들라 하신다 합니다."

"이유는?"

"그것까지는 말해 주지 않았습니다. 내일 아침에 차를 보내겠다고만 해서, 저도 일단 주인님께 여쭙고 다시 연락을 드리겠다고만 말했습니다."

미소도 놀랐다. 황제 폐하께서 왜 나를?

"가지 마라."

의윤이 딱 잘라 말했다.

"황제 폐하께는 내가 말씀드리겠다. 하실 말씀이 있거든 내게 하시라 하면 될 것이 아니냐?"

"주인님 말씀대로 하시는 게 좋겠습니다."

처선도 그렇게 말했지만, 미소는 고개를 저었다.

"아뇨, 가겠어요."

"말도 안 되는 소리! 친자식인 나를 해하려 했던 분이다. 대체 무슨 짓을 당할 줄 알고 거길 가겠다는 것이냐?"

의윤이 펄쩍 뛰었지만 미소는 태연했다.

"지금은 그때와는 다르지요. 전하가 약점을 쥐고 계신데 무슨 걱정이세요? 제게 무슨 일이 생기면 자동으로 기사가 나갈 거라는 정도는 황제 폐하도 알고 계실 테니 걱정 마세요."

"어차피 가서 좋은 소리를 들을 리 만무하지 않으냐!"

"좋은 소리든 나쁜 소리든 제게는 시아버님 되실 분이잖아요. 시아버지가 부르시는데, 며느리가 가 봐야지요."

의윤을 향해 단호하게 말하고, 미소는 처선에게 말했다.

"황궁에 연락해 주세요. 분부대로 내일 아침에 찾아뵙겠다고요."

* * *

그다음 날 아침, 미소는 황궁에서 보내온 차를 타고 입궁했다. 생전 처음 와 보는 황궁은 생각했던 것보다 훨씬 더 웅장하고 아름다웠다. 원래 조선 시대 때부터 이어져 온 건물들을 현 황제의 즉위 이후 계속해서 확장하고 보수한 탓이었다.

"기다리고 계십니다. 이쪽으로 오시지요."

단정하게 차려입은 나인 하나가 다가와서 미소에게 공손하게 말하고 앞장섰다. 궁인을 따라 복도를 걸으며 미소는 마음을 애써 진정시켰다. 아무 일 없을 거라고 의윤을 안심시키기는 했지만 상대는 황제다. 아무리 대담한 미소라 해도 긴장되지 않을 리 없었다.

“윤미소 씨 오셨습니다.”

닫힌 방문 안을 향해 나인이 조심스럽게 알리자, 이윽고 안에서 대답이 들려왔다.

“들라 하라.”

순간 미소는 흠칫 놀랐다. 들려온 목소리가 너무 젊었던 것이다. 당황하고 있는데 문이 열리고, 방 안에 앉아 있는 사람이 눈에 들어왔다.

“왜 그리 멀뚱히 서 있느냐? 이리 가까이 오지 않고.”

부드럽게 말하며 미소를 향해 손짓하는 것은 황제가 아니라 바로 황태자 요였다.

그러니까, 나를 부른 것이 황제가 아니라 황태자였단 말이지. 잔뜩 긴장했던 미소는 맥이 탁 풀렸다. 그리고 동시에 부아가 치밀었다.

황제 폐하라면 시아버님이시지만, 황태자면 결국 내 남편 될 사람의 동생 아닌가. 물론 황태자 역시 한없이 존귀하고도 어려운 자리였지만 미소에게는 조금도 그리 느껴지지 않았다. 애초에 의윤의 자리를 부당하게 빼앗아 간 것이 아닌가? 즉 미소에게 있어서 황태자는 높은 사람이 아니라 얄미운 시동생 정도의 느낌이었다.

‘용건이 있거든 제가 이화원으로 올 것이지, 누구보고 오라 가라야?’

속으로 그렇게 투덜거리며, 미소는 일부러 한껏 공손한 말투로 물었다.

“존귀하신 황태자 전하께옵서 어인 일로 미천한 계집을 찾아 계셨는지요?”

대놓고 비꼬았는데도 불구하고 요는 아는지 모르는지, 미소를 지어 보였다.

"내 네게 긴히 할 말이 있어 불렀느니라."

제법 부드러운 말투였지만 그것도 마음에 들지 않았다. 내가 아무리 나이가 어려도 그렇지, 며칠만 있으면 형수가 될 사람인데 말끝마다 반말이라니.

'하기야 형 대접도 안 하는데 형수 대접을 바라기는 무리지.'

그렇게 생각하면서 미소는 대꾸했다.

"말씀하시지요."

무슨 소린지 모르겠지만 어차피 좋은 소리는 아닐 것이 분명하다. 그러니까 빨리 듣고 빨리 나가고 싶었다.

하지만 요는 말을 꺼내는 대신에 빙긋 웃었다.

"날씨가 무척 좋구나. 나가서 산책이나 하면서 이야기하지 않겠느냐?"

요가 대답도 기다리지 않고 일어나서 앞장서는 바람에 미소는 어쩔 수 없이 뒤를 따를 수밖에 없었다.

황궁 안에서도 황태자의 거처인 동궁의 후원은 빼어나게 아름다웠다. 규모로야 당연히 황제가 기거하는 대전이 가장 크고 넓었지만, 나무나 화초의 종류, 꾸밈새에서는 역시 동궁을 따라올 수가 없었다. 녹음이 우거진 후원을, 요는 일부러 주위에 사람을 모두 물리치고 미소와 단둘이 천천히 거닐었다.

"어떠하냐, 경치가 마음에 드느냐?"

자상하게 물었지만 미소는 심드렁한 표정이었다.

"이화원의 경치도 못지않습니다."

설희와는 전혀 다른 반응에 요는 속으로 약간 감탄했다. 제법 콧대 높은 계집이로고.

"그래서, 제게 하시려는 말씀이 무엇이십니까?"

미소의 재촉에 못 이겨 결국 요는 운을 뗐다.

"며칠 후면 결혼식이라고 들었다만."

"축하의 말씀이시라면 굳이 불러서까지 하지 않으셔도 되었을 텐데요."

말 한 마디 한 마디마다 서리가 끼어 있었다.

"단도직입적으로 말하겠다."

요는 걸음을 멈추고 미소의 얼굴을 똑바로 쳐다보았다.

"너는 죄인이 다시 황태자의 자리를 되찾기를 바라느냐?"

여태까지 대담했던 미소도 이 질문에는 당황하지 않을 수 없는 모양이었다. 당혹스러운 눈으로 바라보는 미소를 향해, 요는 부드럽게 말했다.

"이미 죄인이 황제 폐하께 그리하겠다 말한 거나 다름없으니 숨겨도 소용없다. 나는 지금 너도 그것을 바라는가, 하고 묻고 있는 것이다."

잠시 후 미소는 결심한 듯이 대답했다.

"어느 여자가 황태자비가 되는 것을 마다하겠습니까?"

기다렸던 대답이다. 요는 웃음을 지었다.

"그렇다면 굳이 먼 길로 돌아갈 필요가 없겠구나."

"예?"

"내 너를 황태자비로 맞이하겠단 말이다."

미소의 눈이 커졌다.

"아직 늦지 않았다. 내게 오너라."

요는 자신이 있었다. 형과 자신은 얼굴도 닮았고 나이도 같다. 다른 모든 조건이 같다면, 어느 여자라도 당연히 황태자인 자신을 선택하지 않겠는가. 게다가 폐위된 황태자를 부추겨 황제와 맞서게 할 정도로 야심이 큰 여자라면 더욱더.

역시나 자신의 생각이 옳았던 모양이다. 한참 놀란 눈으로 쳐다보던 미소의 입가에 이윽고 의미심장한 웃음이 떠올랐던 것이다.

"그래서, 제가 전하와 혼인하면 전하께서는 제게 무엇을 주시겠습니까?"

과시하듯 요는 손짓으로 후원을 한 바퀴 빙 돌아 가리켰다.

"보아라, 아름답지 않으냐? 황태자비가 되면 이 모두가 너의 것이다."

"이 정도 경치는 이화원에도 있다고 말씀드렸지 않습니까?"

요는 조금 당황했다. 황태자비가 되게 해 주겠다는데, 그걸로도 만족할 수 없다니?

"그러면 너는 대체 무엇을 원하느냐?"

"겨우 이 정도 궁에 살자고 황태자비가 되고자 한 것이 아닙니다. 저는 훨씬 더 넓고 화려한 궁에 살고 싶습니다."

"이것도 새로 지은 지 얼마 안 되는 궁이니라. 내부야 원하는 대로 얼마든지 다시 꾸며 줄 수 있다마는 그 이상은 곤란하다. 황궁 안에는 더 지을 자리도 없고 말이다."

"황궁 안이 아니라 아예 밖에다 지으면 될 것 아닙니까?"

절대 양보할 수 없다는 듯한 말투였다.

"너도 알다시피 서울에는 그만치 넓은 땅이 남아 있지 않느니라. 게다가 황궁과 너무 떨어져서는 안 될 것인데, 사대문 안이라면 더더욱……."

어떻게든 설득하려 하는 요의 말을, 미소가 중간에서 가로챘다.

"다 밀어 버리고 그 자리에 지으면 그만이지요."

요는 제 귀를 의심했다.

"무어라 하였느냐?"

"지금 있는 건물들을 싹 다 밀어 버리고 그 자리에 지어 버리면 그만이라 하였습니다."

엄청난 말을 눈 하나 깜짝하지 않고 내뱉는 미소를 보고 요는 말문이 막혔다. 야심이 대단한 여자인 줄은 알았지만 이 정도일 줄이야!

"장차 지존이 되실 분입니다. 황태자의 권위로 그쯤 못 해서야 말이 되겠습니까?"

망설이는 요를, 미소가 부추기듯 말했다.

어이가 없으면서도 한편으로 요는 미소에게 더욱더 강한 매력을 느꼈다. 아버지보다도 더 강한, 절대 권력을 가진 전제 군주가 되는 것이 요의 꿈이었다. 이 여자가 후일 황후가 된다면 아주 좋은 반려가 되지 않겠는가?

"그리만 해 주신다면 전하의 여인이 되겠습니다."

협상 불가라는 듯이 딱 잘라 말하는 미소에게, 결국 요는 고개를 끄덕였다.

"좋다. 내 그리하마."

미소가 확인하듯 물었다.

"진정이십니까?"

황태자궁을 새로 짓겠다고 멀쩡한 건물들을 밀어 버리려면 뒤따르는 문제가 어마어마할 것이었다. 들끓는 여론을 억누르는 것도 쉽지 않을 것이고, 보상을 해 주는 데도 천문학적인 국고가 쓰일 것이다.

하지만 결국 황제인 아버지는 허락해 줄 거라고 요는 확신했다. 자신이 이 여자를 빼앗음으로써, 죄인의 날개를 영원히 꺾어 놓을 수만 있다면!

요는 고개를 크게 끄덕였다.

"그렇다. 내 황제 폐하에게 말씀드려 네 소원을 이루어 주마."

그제야 미소가 기쁜 듯이 생긋 웃었다.

"좋습니다."

옳지, 넘어왔구나! 요는 기쁨을 억누르며 물었다.

"그래, 혼인식은 언제가 좋겠느냐?"

"제 혼인식은 사흘 후입니다. 초대할 마음은 없지만, 정 오고 싶으시다면 말리지는 않겠습니다."

"뭐……?"

미소가 주머니에서 휴대폰을 꺼냈다. 녹음기 표시가 돌아가고 있는 휴대폰의 화면을 요의 눈앞에 들이대 보이며, 미소는 말했다.

"두 번 다시 제게 허튼수작할 생각은 마세요. 그러면 방금 제게 하셨던 말씀을 온 세상이 다 듣게 될 것입니다."

유유히 주머니에 휴대폰을 도로 집어넣는 미소를 보며, 요는 이를 악물었다. 네가 감히 나를 기만해?

"여봐라, 여기……!"

소리를 높여 사람을 부르려는데, 미소가 마주 소리를 쳤다.

"어디 불러 보시지요!"

그녀는 입고 있는 옷의 옷깃을 제 양손으로 단단히 붙들었다. 금세라도 찢어 버릴 기세였다.

"전하께서 제게 몹쓸 짓을 하려 드셨다고 비명을 지를 것입니다."

요는 어이가 없었다.

"동궁에서 일하는 자들은 죄다 내 사람들이다. 누가 네 편을 들어 줄 성이나 싶으냐?"

하지만 미소는 조금도 당황한 기색을 보이지 않았다.

"편을 들어 주지 않아도 소문이야 퍼지기 마련이죠. 얼마 전, 황제 폐하께서 이유 전하를 독대하셨던 일에 대해서도 이미 온 나라에 소문이 자자하게 퍼지지 않았습니까?"

요는 주춤했다. 미소의 말이 옳았던 것이다.

"형수 될 사람에게 몹쓸 짓을 했다는 소문이 퍼지면 사람들이 뭐라고 하겠습니까? 황태자 전하의 행실이야말로 폐위감이라고들 하지 않겠어요?"

요는 이를 악물었다.

원래가 황궁을 출입하는 자는 사전에 철저히 보안 검색 절차를 밟게 된다. 그러나 이번에는 미소의 마음을 얻어야 했기에, 그녀의 기분을 해치기 싫어서 몸수색을 철저히 시키지 않은 것이 실수였다.

'내 손으로 내 목을 죄다니!'

얼굴이 굳어진 요를 보고, 이윽고 미소가 옷매무시를 가다듬었다.

"그렇게 긴장하실 필요 없습니다. 앞으로 제게 이따위 허튼짓만 하지 않으신다면 이 대화도 세상에 새어 나갈 일이 없을 테니까요."

언제 소리를 쳤냐는 듯이 미소는 침착하게 말했다.

"솔직히 저는 그러고 싶지만 이유 전하께서 원하지 않으실 거예요."

그녀는 자랑스러운 듯이 유의 이름을 입에 담았다.

"비록 비열한 방법으로 빼앗긴 자리라 해도 그분은 정정당당하게 되찾으실 것입니다."

되찾으실 것입니다. 되찾으실 것입니다. 되찾으실 것입니다. 미소가 한 말의 마지막 부분이 요의 귓가에 끝없이 메아리쳤다.

"그럼 이만 물러가겠습니다."

굳어진 요에게 고개를 숙여 보이고, 미소는 뒤돌아섰다. 그러더니 미처 몇 발짝도 못 가서 뭔가 생각났다는 듯이 걸음을 멈췄다.

"아, 참."

자신보다 열두 살이나 많은 황태자를 똑바로 바라보며, 미소는 말했다.

"다음에 만날 때는 형수님이라고 불러 주시지요, 도련님. 멋대로 말 놓지 마시고."

* * *

미소가 황궁에서 돌아오자마자 의윤은 미소의 손목을 잡고 자기 방으로 이끌었다.

"괜찮으냐? 아무 일 없었느냐? 응?"

마치 매질이라도 당했을까 봐 걱정된다는 듯이 미소의 얼굴과 팔다리를 꼼꼼히 살피는 의윤의 얼굴에서 초조함이 묻어났다. 그가 얼마나 안절부절못하고 있었을지 짐작이 갔다.

“저 안 맞았어요. 멀쩡하니까 걱정 마세요, 전하.”

그래도 기어이 제 눈으로 미소의 몸에 아무 이상이 없는 것을 확인하고 나서야 의윤은 조금 안심하는 것 같았다.

“그래, 황제 폐하께서 네게 뭐라고 하시더냐?”

“황제 폐하는 뵙지도 못했어요. 알고 보니까 황제 폐하가 아니라 전하 동생분께서 부르신 거더라고요.”

미소는 의윤에게 황태자와 만난 이야기를 차근차근 들려주었다. 이를 악문 채 미소의 이야기를 다 듣고 난 의윤이, 이윽고 말했다.

“내 자리를 빼앗아 간 것도 모자라서 이제는 내 약혼녀까지 빼앗겠다?”

“단단히 경고해 두고 왔으니까 두 번 다시 그런 소리 못 할 거예요.”

달래듯 말했지만 의윤은 갑자기 엉뚱한 소리를 했다.

“혹시나 마음이 조금 흔들리지는 않았느냐?”

“예?”

어이가 없어서 미소는 의윤의 얼굴을 빤히 올려다보았다.

“녀석은 나와 얼굴이 같지 않으냐. 게다가 황태자이니까…….”

“하나도 안 같거든요?”

저도 모르게 미소는 고함을 질러 버렸다. 전혀 다르다. 달라도 너무 다르다. 그야 얼핏 보면 닮아 보일 수도 있겠다. 키나 체격, 이목구비마저도 비슷하게 생겼으니까. 하지만 의윤과 황태자 요는 전혀 닮았다고 할 수 없었다. 최소한 미소는 그렇게 생각했다.

무엇보다 가장 다른 것은 눈빛이었다. 의윤의 눈빛이 단정하고 맑으면서도 단호한 기운이 있다면, 황태자의 눈빛에서는 싸늘하고 교활한 느낌만이 전해져 왔다. 하나가 호랑이의 눈빛이라면, 하나는 뱀의 그것이었다. 그렇게 풍기는 분위기부터가 다른데 어떻게 닮았다고 할 수가 있을까.

“이렇게 말해서 죄송한데요. 전하 동생이지만 정말 싫어요.”

그렇게 말하는 미소를, 갑자기 의윤이 팔을 뻗어 품에 꽉 끌어안았다.

“네 잘못이다.”

책망하는 듯한 말투에 미소는 조금 당황했다.

“아니, 제가 뭘 잘못했다고…….”

“누가 이리 예쁘라고 하였느냐. 이러니 다른 사람도 아닌 내 동생마저 너를 욕심내지 않느냐?”

진심으로 화난 듯한 목소리에 미소는 하마터면 웃음을 터뜨릴 뻔했다.

“에이, 어디 제가 좋아서 한 얘기겠어요? 그냥 제가 전하와 결혼할 여자니까 빼앗고 싶어서 그러는 거죠. 그러니까 설희 언니한테도…….”

하지만 의윤은 들은 체도 하지 않는 것 같았다. 검은 눈동자가 절실한 빛을 담고 미소를 바라보고 있었다.

“네가 황궁에 들어가 있는 몇 시간 동안, 별의별 상상을 다 하였다. 지금쯤 대체 무슨 고초를 겪고 있을까. 혹여 고문이라도 당하고 있는 것은 아닌가.”

“…….”

“무사히만 돌아와 주면 두 번 다시 내 품에서 놓지 않겠다고 속으로 맹세하고 또 맹세했다.”

진지한 마음이 전해져 와서 미소는 가슴이 뭉클해졌다.

"전하……."

짧은 한숨과 함께 의윤은 중얼거렸다.

"빨리 결혼식 날이 되었으면 좋겠구나. 그 누구도 영원히 너를 내게서 빼앗아 가지 못하도록."

5. 불타는 첫날밤

결혼식 이틀 전, 이화원에서는 네 여자가 한 방에 모여 한창 수다를 떠는 중이었다. 예비 신부인 미소와 부케를 받을 민식, 시누이가 될 선혜 공주, 그리고 연재 엄마 화신까지.

“참, 그런데 미소야. 너희 신혼여행은 어디로 가기로 했어?”

“온양에 있는 별궁. 왜 지난번에 황후 폐하 회갑연 했던 데 있지? 거기야.”

미소의 대답에 민식은 조금 실망한 모양이었다.

“에이, 평생에 한 번밖에 없는 신혼여행인데 웬 국내 여행? 하다못해 제주도도 아니고.”

미소가 망설이며 살짝 선혜 공주의 눈치를 보자 공주가 대신 대답했다.

"어머니께서 그리하라 하셨답니다. 오라버님 부부께서 자칫 해외로 나가셨다가, 아버지께서 갑자기 입국 금지라도 명하시면 어쩌겠느냐고 하시면서요."

10년 전부터 의윤을 어떻게든 해외로 추방시키고 싶어 안달을 했던 황제다. 황후는 그 점을 염려했던 것이다.

"황실의 여러 별궁 중에서도 온양 별궁이 좋겠다고 어머니께서 직접 주선해 주셨어요. 지난번 회갑연 행사를 치르느라 대대적으로 보수 공사를 한 지 얼마 안 되었거든요. 저도 가 보았는데, 아주 아름답게 꾸며져 있었어요."

차분한 공주의 설명에 민식도 고개를 끄덕였다.

"아, 그렇군요."

그때 갑자기 엉뚱한 말을 꺼낸 것은 화신이었다.

"그런데 미소, 잠옷은 준비했어?"

"네? 무슨 잠옷이요?"

"신혼여행지에 가져갈 잠옷 말이야."

아, 하고 미소는 자신 있게 대답했다.

"당연하죠. 벌써 깨끗이 빨아서 여행 가방에 넣어 두었는데요?"

순간 화신의 표정이 오묘해졌다. 그녀는 매우 불안하다는 듯이 물었다.

"설마하니 미소, 평소에 잘 때 입는 그 핑크색 파자마 잠옷 말하는 건 아니겠지?"

"그거 맞는데요?"

천진난만하게 대답하자 삽시간에 주위가 조용해졌다. 화신은 물론 민식이, 하다못해 선혜 공주까지 마치 약속이나 한 것처럼 일제히 눈을 둥그렇게 뜨고 미소를 뚫어져라 쳐다보는 것이 아닌가!

“아니, 뭐 잘못됐어요?”

이 사람들이 갑자기 왜 이래. 미소는 조금 겁을 먹고 물었다.

“뭐가 잘못됐는지조차 모른다는 게 충격이네.”

“그러게요.”

“저도 동감이에요.”

선혜 공주까지 그렇게 말하는 바람에 미소는 더욱더 불안해졌다.

“그러니까 제가 뭘 잘못했냐니까요?”

눈을 부라리고 대꾸한 것은 민식이었다.

“너 설마하니 첫날밤에 신랑 신부가 뭘 하는지 모르는 건 아니지?”

“뭐래. 누가 어린앤 줄 알아?”

미소가 눈을 흘기자 민식이 목청을 높였다.

“그걸 아는 사람이 그래? 첫날밤에 전하랑 손잡고 쎄쎄쎄 할 것도 아니고, 세상에나 고등학교 때부터 입던 그 핑크색 잠옷을 입겠다니? 천 년의 욕정도 식어 버리겠다!”

노골적인 말에 얼굴을 붉히면서도 미소는 그제야 이들의 걱정을 이해했다.

“아, 그런가?”

이번에는 다시 화신이 물었다.

“그래서, 미소는 아이가 어떻게 생기는지는 알아?”

“네, 뭐, 그러니까, 음…… 정자와 난자가 만나서……?”

미소는 우물쭈물거리며 말을 흐렸다. 물론 알기야 알지만 어렴풋이 짐작만 할 뿐, 정확히는 몰랐던 것이다. 보통의 스물한 살 아가씨라면 성장 과정에서 어떤 경로로든 어른들의 세계를 접해 봤겠지만 미소의 경우에는 그럴 기회가 전혀 없었다. 학교 다니면서 애 키우고 밥하고 살림하느라 몸이 열 개라도 모자랄 지경이었는데 무슨 딴생각할 겨를이 있었겠는가. 제 컴퓨터도 없었고, 하다못해 고등학교 졸업할 때까지는 휴대폰도 없었는데.

어쨌든 미소의 정자 난자설을 들은 나머지 세 여자의 얼굴은 흙빛이 되었다.

"세상에, 이를 어쩌면 좋아?"

한숨을 푹 쉬는 화신에게 민식이 위로하듯 말했다.

"너무 걱정 마세요, 언니. 전하께서 알아서 다 잘해 주시겠죠."

"그렇기야 하겠지만 미소도 어느 정도는 알아야 장단을 맞출 거 아냐."

그러던 화신이 갑자기 결심한 듯이 말했다.

"좋아, 아직 결혼식까지는 이틀 남았으니까 그때까지 특별 교육을 하자."

"특별 교육이요?"

"그래. 그리고 역시 교육은 시청각 교육이 제일이지."

무슨 생각을 했는지, 화신이 씨익 미소를 지었다.

"있어 봐. 내가 이따 밤에 교육용 동영상 몇 개 보내 줄 테니까."

그날 밤, 미소는 울상을 한 채로 화신의 방으로 달려가고 있었다. 화신이 보내 준 '교육용' 동영상이 든 휴대폰을 손에 들고.

"언니, 저 이거 꼭 봐야 돼요? 도저히 민망해서 못 보겠어요!"

마음을 굳게 먹고 동영상을 재생시켰다가, 온 화면이 살색으로 가득 차는 바람에 기겁을 해서 정확히 3초 만에 꺼 버리고 달려온 것이었다.

하지만 화신은 도리어 면박을 주었다.

"그럼 아무것도 모르고 첫날밤에 신랑을 맞이할 셈이야?"

"전 그냥 몰라도 되잖아요. 어, 어차피 전하가 다 알아서 해 주실 텐데……."

부끄러움에 얼굴을 붉히며 겨우 말했는데 화신은 갑자기 정색을 했다.

"아니, 때가 어느 때인데 그게 무슨 소리야? 미소 그렇게 안 봤는데!"

"제가 뭘요?"

"전하 처분대로 하시옵소서, 하고 죽은 듯이 누워서 눈만 감고 있을 셈이야? 그건 조선 시대 때나 통하던 수동적인 여성상이지. 지금은 2017년이라고!"

화신이 너무 진지하게 말하는 바람에 미소도 진짜 그런가, 하는 생각이 들기 시작했다. 어차피 둘 외에는 아무도 없는데 갑자기 화신은 목소리를 낮추어 속삭이듯 말했다.

"그리고 말이 났으니 말인데, 전하께서 뭘 아신다고 알아서 해 주시겠어? 보나마나 전하도 미소가 처음이실 텐데!"

미소는 깜짝 놀라 화신을 쳐다보았다.

"언니 그거 어떻게 아셨어요?"

"척하면 착이지 뭘. 옛날부터 여자 보기를 돌같이 하셨던 분이란 말이야."

미소는 전에 의윤이 했던 말을 떠올렸다. 이유 전하에게 애인이 생기면 죽어 버리겠다는 열혈 팬도 많았거니와, 또 황태자라는 신분 때문에 선불리 사귀는 여자를 만들 수도 없었다고.

"그런 분이 천하의 바람둥이라고 폐위까지 당했으니, 세상 참."

한숨을 내쉬며 혼잣말처럼 중얼거리고, 화신은 다시 미소를 향해 말했다.

"어쨌든 지금 상황은, 신랑 신부 둘 다 순진해 빠진 사람들이라 이거지. 그러니까 둘 중 하나라도 뭘 좀 알고 가야 하지 않겠어?"

"무슨 말씀이신지는 알겠는데요. 그게 왜 꼭 제가 돼야 하는지……."

여전히 망설이는 미소에게, 화신이 핀잔을 주듯 말했다.

"전하는 가뜩이나 앞으로 큰일 하시느라 머리 복잡하실 텐데 이런 걸로 괴롭혀 드려야 되겠어?"

그제야 미소는 화신의 말에 동감했다. 듣고 보니까 그건 그렇네?

두 손으로 미소의 손을 꽉 잡고, 화신은 비장하게 말했다.

"그러니까 미소가 잘 공부해서, 첫날밤에 전하를 리드해 드리는 거야!"

미소도 덩달아 비장하게 고개를 끄덕였다.

"네, 언니!"

하지만 미소는 미처 몰랐다. 방문이 닫히자마자 안에서 화신이 참았던 웃음을 터뜨리고 있다는 것을.

풀벌레가 우는 초여름 밤, 의윤은 모처럼 뒷짐을 진 채 느긋하게 후원을 거닐고 있었다.

"달빛이 참 환하고 좋구나."

처선은 그림자처럼 조용히 의윤의 몇 걸음 뒤를 따르고 있었다.

"단둘이서 이야기 나누기 딱 좋은 밤이로다."

뒤도 돌아보지 않은 채 중얼거리는 의윤의 말에, 처선은 당연히 미소를 불러오라 하는 것이라고 짐작했다.

"예, 주인님. 금세 모셔 오겠습니다."

달려가려는 처선을 의윤이 만류했다.

"아니, 그게 아니다. 너와 이야기를 하고 싶구나."

처선은 의아한 눈으로 의윤을 바라보았다. 함께한 지 어언 10년. 굳이 입 밖에 내어 말하지 않아도 서로의 속내를 다 짐작하는 사이가 된 지 오래였다. 그런데 굳이 새삼스럽게 단둘이 이야기를 하자니?

"혹시 무슨 말 못 할 고민이라도 있으십니까?"

처선이 조심스럽게 묻자 의윤은 고개를 저었다.

"내 고민이 아니라 네 고민에 대해 이야기하자는 것이다."

처선은 점점 더 알 수가 없어졌다.

"제가 무슨 고민이 있겠습니까?"

"몰래 마음에 품고 있는 여인이 있지 않으냐?"

가슴이 철렁했다. 처선은 눈을 크게 뜨고 의윤을 쳐다보았다.

"주...... 주인님."

여태 아무에게도 말한 적 없는 마음이었다. 심지어 상대방에게도.

"혹 그런 것이 아닌가, 하고 전부터 어렴풋이 생각은 하고 있었느니라. 그런데 요즘 선혜가 이화원에 자주 오는데, 그때마다 차갑게 대하는 걸 보고 확실히 알았다."

그나마 밤이어서 천만다행이라고 처선은 생각했다. 달빛이 아무리 밝아도, 붉으락푸르락하는 제 낯빛까지는 보이지 않을 테니까.

"그래, 어느 정도의 마음이냐?"

처선은 마음을 독하게 다잡았다.

"어느 정도랄 것도 없습니다. 주인님께서 신경 쓰실 것도 없는 마음입니다."

"어째서?"

"제가 욕심내서는 안 될 분이니까요."

하지만 야속하게도 의윤은 정말 모르겠다는 듯이 되물었다.

"어째서 욕심내면 안 되느냐는 말이다. 내관 출신이라 하여 고자인 것도 아닌데."

"공주님이십니다."

"그게 뭐 어때서? 어차피 공주도 언젠가는 누군가에게 시집을 갈 터인데, 그 상대가 네가 되지 말라는 법도 없지 않으냐?"

이쯤 되자 속이 터지는 것은 처선이었다. 가뜩이나 안 된다, 안 된다고 억지로 감정을 눌러 죽이느라 힘들어 죽겠는데 대체 무슨 생각으로 이렇게 부추기는 것인가.

저도 모르게 처선의 목소리가 반항하듯 퉁명스러워졌다.

"저는 이미 주인님께 제 평생을 바치기로 맹세한 몸입니다. 그런데 어찌 감히 다른 마음을 품겠습니까?"

"그거하고 이거하고 무슨 상관이란 말이냐. 내게 평생을 바친다는 것이 설마하니 내게 장가를 들겠다는 뜻이었더냐?"

하지만 처선은 조금도 농담할 기분이 아니었다.

"주인님께서는 죄인의 몸이 되셨고, 그분께서는 여전히 황궁의 금지옥엽이 아니십니까."

어릴 적부터 김 내관님, 김 내관님, 하며 유독 저를 따르는 공주를 귀엽다고 생각했었다. 그런 공주가 어느새 훌쩍 커서 여자의 눈빛으로 저를 바라볼 때는 마음 깊은 곳부터 흔들렸다.

하지만 여태 이를 악물고 스스로를 채찍질해 왔다. 저이는 감히 내가 욕심낼 수 있는 분이 아니다. 여자도 아니다.

심지어 얼마 전에 선혜 공주가 고백해 왔을 때도 마찬가지였다. 이제는 여인으로 보아 주었으면 좋겠다는 말에 자신은 어떻게 대답했었던가.

"제가 모시는 분의 동생이시라 저도 여동생이거니 생각하고 대했을 뿐, 한 번도 여인으로 생각해 본 적은 없습니다. 물론 앞으로도 마찬가지입니다."

아마도 공주는 까맣게 몰랐을 것이다. 그리 말하는 처선의 마음이 훨씬 더 많이 찢어지고 있었다는 것을.

"저는 평생토록 주인님을 따를 몸인데, 어찌 그분께 욕심을 낼 수 있겠습니까?"

처선의 목소리는 피를 토하듯 절절했다. 여태 누구에게도 말하지 못하고 속으로만 꾹꾹 누르고 있었던 감정이 한꺼번에 튀어나오는 것 같았다. 하지만 의윤의 목소리는 여전히 태연했다.

"너는 나를 전혀 믿지 않는구나. 그러면서 어찌 평생을 내게 바치겠다 결심은 하였느냐?"

"예?"

"분명 말하지 않았느냐. 나는 내 자리를 되찾을 것이라고."

깜짝 놀라 쳐다보자 의윤은 진지한 표정을 하고 있었다.

"내가 내 자리를 되찾게 되면 너 역시 당당한 황태자의 최측근이 된다. 그러면 네가 선혜의 짝이 된다 하여도 아무 문제도 없을 텐데, 왜 그리 바보처럼 도망치고만 있느냔 말이다."

책망하듯 말하고 의윤은 어깨를 폈다.

"나를 믿어라. 내 너와 선혜를 위해서라도 반드시 내 자리를 되찾을 터이니."

달빛에 비친 의윤의 표정이 당당함과 자신감으로 흘러넘치고 있는 것을, 처선은 보았다.

"그러니 더 이상 나를 위해 네 마음을 희생하지 마라."

간절한 바람과 진심을 담아, 의윤은 가장 신임하는 부하의 어깨에 손을 얹었다.

"처선이 너라면 안심하고 선혜를 맡길 수 있을 것 같구나."

기어이 처선의 눈시울이 뜨거워지고 말았다.

"주인님……!"

그만 고개를 푹 숙이고 마는 처선의 어깨를, 의윤이 조용히 부드럽게 두들겼다.

잠시 후 의윤이 손을 거뒀다. 그리고 아무 일도 없었다는 듯이 뒷짐을 지고 달을 올려다보며 다시 걷기 시작했다. 몇 걸음 가다 말고, 의윤이 문득 걸음을 멈췄다. 여전히 그 자리에 서 있는 처선을 돌아보고 그는 말했다.

"……내 동생 울렸다간 국물도 없을 줄 알아라."

단단히 결심을 하고 방으로 돌아와 심호흡을 한 후, 미소는 다시 화신이 보내 준 동영상을 재생시켰다.

곧이어 화면 안에서 펼쳐지기 시작한 어른의 세계에 미소는 그만 충격에 휩싸이고 말았다. 물론 알고야 있었지만, 머리로 아는 것과 직접 눈으로 보는 것은 전혀 다른 문제였던 것이다.

'이, 이걸 내가 해야 한다고? 전하랑?'

생각만 해도 눈앞이 캄캄해졌다. 어쩌면 좋아! 민망한 나머지 금방이라도 비명을 지르며 휴대폰을 내던지고 싶었지만, 화신의 격려를 떠올리며 미소는 꾹 참았다.

"그러니까 미소가 잘 공부해서, 첫날밤에 전하를 리드해 드리는 거야!"

침을 꿀꺽 삼켜 가면서 뚫어져라 화면에 집중하고 있는데, 갑자기 등 뒤에서 청천벽력 같은 목소리가 들려왔다.

"뭘 그리 열심히 보고 있느냐?"

순간 미소는 말 그대로 혈관 속의 피까지 다 얼어붙는 듯한 느낌을 받았다. 단언컨대 세상에 태어나서 이토록 기겁을 한 적은 없었다.

"저, 전하!"

허둥지둥 휴대폰을 든 손을 등 뒤로 감췄지만 이미 의심을 산 후였다.

"뭔데 그러느냐?"

"아, 아무것도 아닙니다!"

"아무것도 아닌 게 아닌 것 같은데?"

"정말로 아무것도 아니라니까요!"

"그러니까 뭔데 그러느냔 말이다. 어디 나도 좀 보자."

잠시 실랑이가 벌어졌다. 적장을 끌어안는 논개의 심정으로, 결사적으로 휴대폰을 사수하려 했지만 결국 남자의 힘을 이길 수는 없었다. 기어이 의윤의 손에 휴대폰을 빼앗기는 순간 미소는 진심으로 기원했다. 세상이 멸망해 버리면 좋겠다. 어차피 만 년 후든 1억 년 후든 언젠가 멸망할 세상이라면, 그게 바로 지금이었으면 좋겠다!

하지만 물론 세상은 멸망하지 않았고, 대신에 휴대폰 화면을 쳐다보는 의윤의 표정에 경악이 번졌다.

난 몰라. 미소는 그만 두 손으로 얼굴을 감싸 버리고 말았다. 얼굴이 활활 불타오르는 것 같았다. 세상에 결혼식을 이틀 앞두고 이런 걸 보다가 들켰으니, 대체 전하께서 나를 어떻게 생각하실까!

잠시 후 머리 위에서 목소리가 들려왔다.

"……나 좀 보거라."

놀리는 것도, 어이없어하는 것도 아닌, 의외로 차분한 목소리였다.

"죄송해요. 지금은 전하 얼굴 못 보겠어요."

미소는 그대로 손으로 얼굴을 가린 채 대답했다.

"너와 나는 이제 내일모레면 부부가 되느니라. 내 앞에서 부끄러울 것이 뭐란 말이냐?"

의윤이 손을 뻗어 미소의 머리칼을 살며시 쓰다듬었다. 탓하는 기색이라고는 조금도 없는, 한없이 다정한 목소리에 눈물이 핑 돌았다. 하지만 이어진 다음 말에 눈물이 쏙 들어가고 말았다. 얼굴을 가린 미소의 귓가에 대고 의윤이 속삭였다.

"네게 이런 취미가 있는 줄은 미처 몰랐구나. 앞으로는 이리 좋은 것이 있거든 함께 보자꾸나. 혼자 숨어 보지 말고, 응?"

미소는 그만 폭발하고 말았다.

"저 진짜 처음이거든요?"

얼굴을 가리는 것도 잊고 미소는 눈물 어린 눈으로 의윤을 노려보았다.

"하늘에 맹세코, 아니 돌아가신 우리 아빠 엄마 걸고도 말할 수 있어요. 정말 태어나서 오늘 처음 본 거란 말이에요!"

말이야 바른 말이지, 스물한 살이 되도록 이런 거 한 번 안 본 사람이 훨씬 드물 텐데. 머리털 나고 처음 보고 있는데 하필이면 그 현장을 딱 들켜 버린 것도 모자라서 취미로까지 오해를 받다니. 세상에 이렇게 억울할 데가 있나! 미소가 눈물까지 보이자 의윤도 겨우 진짜라는 것을 깨달은 모양이었다.

"아니. 그럼 여태 평생을 안 봤던 것을, 왜 하필이면 결혼식 직전에 본다는 말이냐?"

"그, 그게…… 화신 언니가, 저어, 첫날밤에…… 제가 전하를 리드해 드려야 한다고 해서요."

"네가? 나를 말이냐? 아니 어째서?"

"전하도 처음이시니까 잘 모르실 거라고, 그러니까 둘 중 하나는 뭘 좀 알아야 된다면서 이거 보고 공부 좀 하라고……."

"뭐?"

얼굴을 굳혔던 의윤은, 그러나 잠시 후 무슨 생각을 했는지 호탕한 웃음소리를 터뜨렸다.

"하하하!"

갑자기 왜 웃고 그러신대? 의아하게 쳐다보는 미소를 향해, 이윽고 웃음을 그친 의윤이 눈초리에 배어 나온 눈물을 찍어 냈다.

"그이도 참, 별 천하에 쓸데없는 걱정을 다 하였구나."

더없이 너그러운 미소를 지어 보이며 의윤은 말했다.

"내 아무리 네가 첫 여인이기로서니 그쯤 모르겠느냐? 이리 오너라."

팔을 벌려 미소를 껴안고, 의윤은 다정하게 말했다.

"공부 같은 것 할 필요 없다. 너는 그저 아무 걱정 말고 내게 맡기고만 있으면 된다."

"전하……!"

미소는 그만 감격하고 말았다. 그렇지 않아도 교육용 동영상을 보고 나니 한층 더 눈앞이 캄캄했던 차였다. 대체 이 민망한 것을 내가 어떻게 리드까지 한담? 그런데 의윤이 이렇게 말해 주니 얼마나 마음이 놓이는지 몰랐다.

"기대하고 있거라. 평생 잊지 못할 밤으로 만들어 줄 터이니."

속삭이는 의윤에게서 어른 남자 특유의 여유가 물씬 풍겼다. 그런 그가 무척이나 섹시하다고 생각한 순간, 미소는 심장이 두근거리기 시작하는 것을 느꼈다.

시간은 한밤중. 장소는 침실. 내일모레면 어차피 결혼할 사이.

어쩌면 지금, 여기서……?

하지만 미소의 은근한 기대는 금세 무너지고 말았다. 의윤이 미소의 이마에 살짝 입을 맞추더니 그대로 몸을 일으킨 것이었다.

"자, 그러면 늦었으니 오늘은 푹 자거라."

"네, 전하. 안녕히 주무세요."

살짝 서운해지는 마음을 누르며 미소는 의윤을 배웅하고 아까와는 달리 날아갈 듯 편안해진 마음으로 잠자리에 들었다. 평생 잊지 못할 밤이라는 건 대체 어떤 것일까, 하는 달콤한 설렘을 한가득 품고.

미소의 방에서 나오자마자 의윤의 얼굴에서 웃음기가 싹 가셨다. 의윤은 그길로 잰걸음으로 처선의 방으로 향했다.

"처선아, 처선아! 자느냐? 좀 일어나 보아라!"

그새 제 방으로 돌아와서 잠들어 있었던 모양이다. 문을 쾅쾅 두드리자 처선이 눈을 비비며 안에서 나왔다.

"무슨 일이십니까, 주인님?"

"너 당장 어디든 가서 그것 좀 구해 오너라."

"예? 그것이라니요?"

처선이 이게 무슨 자다가 남의 다리 긁는 소린가, 하는 눈빛으로 쳐다보았다.

"왜 있지 않으냐, 그, 저어, 책이라든가, 아니면 영화라든가……!"

역시 눈치 빠른 처선이었다. 차마 말로는 못 하고 발만 동동 구르는 의윤을 보더니, 갑자기 아, 하는 표정을 짓고 묻는 것이었다.

"설마하니 제가 생각하는 그게 맞습니까?"

"그, 그래. 아마 맞을 것 같구나."

순간 처선이 의윤을 아주 수상한 눈빛으로 바라보았다.

"아니, 주인님. 야밤에 외로우신 심정이야 이해하겠습니다만, 이제 겨우 결혼식이 이틀 남았는데 엉뚱하게 기운을 다 빼 놓으시면 곤란하지 않겠습니까?"

의윤은 초조하게 말했다.

"그런 게 아니다. 내 방금 미소에게 큰소리를 뻥뻥 쳐 놓았단 말이다!"

그렇다. 아까 미소에게 했던 말은 그저 신부 앞에서 허세를 떨어 본 것에 불과했다. 한참 어린 신부가 첫날밤에 저를 리드해 주려고 공부까지 한다는데, 남자의 자존심 문제 아니겠는가? 다만 허세를 떨어 놓고 나니 뒤처리가 문제인 것이었다. 평생 잊지 못할 밤으로 만들어 주긴 얼어 죽을, 나도 처음인데!

처선에게 간단하게 자초지종을 설명하고, 의윤은 간곡하게 말했다.

"나도 남자다. 큰소리는 쳐 놓았으니 책임은 져야 하지 않겠느냐?

그러니 어렵겠지만 네가 좀 적당한 교재를 찾아서……."

말하다 말고 의윤은 입을 다물었다. 듣다 말고 처선이 제 방으로 쏙 들어가 버렸기 때문에.

'뭐지? 무시당한 건가?'

의윤이 그 자리에 얼어붙어 있는데, 의외로 처선은 금세 도로 나왔다.

"남자 대 남자로서 약속하실 수 있겠습니까?"

뒷짐을 진 채 처선이 다짜고짜 물어 오는 바람에 의윤은 당황했다.

"응? 뭘 말이냐?"

"죽어도 선혜 공주님께 말씀하시지 않겠다고 약속하실 수 있느냔 말입니다."

갑자기 무슨 소린가 싶었지만 의윤은 일단 지푸라기라도 잡는 심정으로 무조건 고개를 끄덕이고 보았다.

"내 약속하마. 암, 하고말고!"

그제야 처선이 등 뒤에 숨기고 있던 것을 내밀었다. 바로 태블릿 PC였다.

"바탕 화면을 보시면 '영어공부힘내자'라는 폴더가 있습니다. 그 안에 있는 것들이 적합할 듯합니다. 아, '일어공부힘내자' 폴더는 추천하지 않습니다. 초심자에게는 좀 과할 것입니다."

의윤은 입을 다물지 못했다. 영어 공부는 뭐고 일어 공부는 또 뭐란 말인가!

"처선이 너, 이런 취미가 있었단 말이냐?"

얌전한 고양이 부뚜막에 먼저 올라간다더니! 경악을 금치 못하는 의윤을 보고, 처선이 한숨을 지었다.

"죄 없는 자 있거든 제게 돌을 던지라 하십시오."
"나는 죄가 없다!"
"그러니까 주인님이 황제감이신 것이지요. 역시나 범인(凡人)[3]과는 사뭇 다르신 분입니다."
그렇게 대꾸하고, 처선은 크게 하품을 하고는 문을 닫아 버렸다.
"그럼 좋은 시간 되십시오."

* * *

결혼식 날. 누가 깨우지 않아도 저절로 아침 일찍 눈이 뜨였다.
눈을 뜨자마자 미소가 가장 먼저 한 일은 침대에서 벌떡 일어나서 창가로 달려가는 것이었다. 두 손으로 커튼을 활짝 열어젖힌 순간, 눈부신 햇살이 기다렸다는 듯이 유리창을 뚫고 한꺼번에 방 안으로 밀려들어 왔다.
온몸으로 따스한 햇살을 느끼며 미소는 눈을 가늘게 떴다. 어제 하루 종일 날이 잔뜩 흐려서 걱정하며 잠들었는데, 밤사이 이토록 맑게 개다니. 잠시 창가에 서서 해바라기를 하고 있는데 문득 노크 소리와 함께 조심스러운 목소리가 들려왔다.
"언니, 일어나셨어요?"
얼른 달려가 문을 열자 선혜 공주가 서 있었다. 공주는 오늘의 결혼식 준비를 돕기 위해서 며칠 전부터 아예 이화원에 눌러앉아 있는 중이었다.
"이거, 받아 주세요."

3) 평범한 사람

공주가 미소를 향해 불쑥 뭔가를 내밀었다.

"아침 일찍 정원에 나가서 꽃을 잘라다 만들었어요."

백합으로 만든 부케를 보고, 미소는 놀라 입을 벌렸다.

"세상에, 공주님께서 이걸 직접 만드셨다고요?"

새벽같이 일어나 정원에 나가 손수 가위를 들고 꽃을 자르고, 이파리를 일일이 다듬어 꽃다발을 만들었을 공주의 모습을 상상하니 가슴이 뭉클했다.

"물론 전문가가 만든 부케가 훨씬 아름답겠지만, 괜찮으시면 사진 촬영할 때만이라도 잠시 들어 주세요."

미소는 힘껏 고개를 저었다.

"아뇨, 저 이거 들래요. 이게 훨씬 마음에 들어요."

진심이었다. 비록 백합과 레이스만으로 이루어진 단순한 부케였지만, 오히려 미리 주문해 둔 부케보다 이쪽이 훨씬 더 어울릴 것 같았다. 미소는 살며시 눈을 감고 꽃다발의 향기를 맡아 보았다. 공주의 마음만큼이나 향기로운 냄새가 마음속 깊이까지 퍼졌다.

"정말 고맙습니다, 공주 전하!"

부케를 가슴에 안고, 오늘의 신부는 방긋 웃었다.

새파랗게 맑은 하늘 가운데, 신부의 웨딩드레스처럼 새하얀 구름이 한가로이 떠다니며 따가운 햇볕을 가려 주고 있는 선선하고 화창한 날이었다. 황실 의전 차량을 타고 이화원에 도착한 황후를 정문까지 나와 맞이하며, 한복을 곱게 차려입은 정 여사가 말했다.

"어젯밤에만 해도 달조차 보이지 않을 정도로 구름이 짙게 끼어 혹 비가 오지나 않을까 걱정을 했는데, 이리 날씨가 맑으니 얼마나 다행인지 모르겠습니다."

"그러하였는가? 나는 걱정하지 않았다네."

차창 밖으로 파란 하늘을 올려다보며 황후는 중얼거렸다.

"가엾은 내 아들이 이제야 겨우 제 짝을 찾았는데, 하필이면 결혼식 날 비가 올 리 있나. 하늘도 그렇게까지 무심하시지는 않으리라 믿었네."

잔잔하게 미소 짓는 얼굴에 그간의 회한이 짙게 어려 있었다.

평소와 달리 모두들 정장으로 단정하게 차려입은 이화원 사람들이 저택 앞에 나와 일렬로 서서 대기하고 있다가, 차에서 내리는 황후를 향해 일제히 허리를 숙였다.

"황후 폐하께 인사 올립니다."

"건강하셨습니까, 황후 폐하."

사람들의 목소리가 저마다 감격에 떨리고 있었다. 개중에는 눈물을 글썽이는 사람도 있었다. 그도 그럴 것이, 이화원의 일꾼들은 하나같이 원래 황후의 곁에서 수십 년씩 일했던 사람들이었으니까. 오랜만에 황후를 뵙고 감격하지 않을 수 없었다.

"여전들 하구나. 그래, 그동안 잘 지냈느냐?"

고운 주름이 진 황후의 눈에도 어느덧 눈물이 어렸다.

"그간 우리 유를 잘 돌보아 주어 고맙다."

"수고가 많았구나. 오늘의 기쁨은 다 너희들 덕분이니라."

황후는 가정부에서 정원사, 운전사까지 하나하나 직접 손을 잡아주며 진심으로 그들의 노고를 치하했다. 한참 그렇게 반갑게 인사를 나누고 난 황후가 이윽고 주위를 두리번거렸다.

"그래, 새아기는 어디에 있느냐?"

정 여사가 대답했다.

"2층에 있습니다. 아까 단장을 거의 마친 것까지 보았으니, 지금쯤은 아마 옷까지 다 갈아입었을 것입니다."

"그래? 내 얼른 올라가 그 아이를 보아야겠다."

대한 제국 황후의 예복을 정갈하게 차려입은 황후가, 치맛자락을 냉큼 걷어쥐고 2층으로 향하는 계단을 올랐다.

하얀 천과 꽃을 이용해 간단히 신부 대기실로 꾸며진 2층 응접실에, 곱게 단장한 들러리 여럿이 모여 의자에 앉은 신부를 둘러싸고 재잘거리며 즐겁게 웃고 있었다. 그러나 황후의 눈에 다른 여자들은 보이지도 않았다. 한가운데 있는 신부에게서 너무나 환한 빛이 뿜어져 나오고 있었기 때문에.

지난번 회갑연 자리에서 미소를 보았을 때, 무척이나 기껍고 또 어여쁘긴 하였으나 그리 미모가 대단한 아가씨라고 생각하지는 않았었다. 그저 나이에 맞게 귀엽고 예쁘장하다고 생각했을 뿐.

그러나 오늘의 미소는 놀랄 만큼 아름다웠다.

야외 결혼식에 어울리는, 마치 원피스처럼 소박하고 수수한 느낌의 웨딩드레스. 신부 화장이라고 하기에는 너무나 가벼운 화장과, 평소와 다름없이 부드럽게 풀어 헤쳐져 있는 머리카락, 또 그 머리 위에 살짝 얹힌 화관. 손에 들고 있는, 방금 정원에서 꺾어 온 것 같은 백합 꽃다발까지도 오히려 어린 신부의 청순한 매력을 자연스럽게 돋보이게 만들어 주고 있었다.

"......"

황후는 말을 거는 것도 잊고 한동안 미소를 멍하니 바라보았다. 뭐가 그리도 재미나는지, 미소를 둘러싼 여자들은 자기들끼리 소곤거리며 깔깔대느라 황후가 온 줄도 미처 모르고 있었다.

"어머니!"

개중에 가장 먼저 황후를 발견한 것은 딸인 선혜 공주였다. 선혜의 말에 주위가 삽시간에 싹 조용해졌다. 신부도 당황해서 자리에서 벌떡 일어났다.

"황후 폐하!"

황후는 엷은 미소를 지으며 미소에게 다가갔다.

"내 네가 귀엽고 영특한 줄은 미리 알았지만, 이토록 미색이 출중한 줄은 미처 몰랐구나."

미소의 하얀 뺨이 복사꽃처럼 물들었다.

"감사합니다, 황후 폐하."

"잊었느냐? 이제 너도 내 자식이라고, 어머님이라 부르라 하였는데."

부드러운 미소로 신부에게 이르던 황후의 표정이 별안간 확 굳어졌다. 미소의 곁에 서 있던 여자들 중에서 화신의 얼굴을 이제야 발견한 것이었다.

"여기가 어디라고 왔단 말이냐!"

황후는 즉시 얼굴을 차디차게 굳히고 호통을 쳤다. 어찌 보면 당연한 일이었다. 황후는 10년 전의 일에 대한 진상을 전혀 모르고 있었으니까. 남편과 작은아들이 작당해서 큰아들을 죽이려 들었던 것도, 큰아들이 살아남기 위해 폐위되려고 일부러 난봉을 부렸던 것도. 즉 의윤과 화신의 결혼이, 사실은 의윤을 살리기 위한 위장 결혼이었다는 것도 여태 모르는 것이었다.

그러니 황후의 눈에 화신은 아들의 인생을 망치고, 그것도 모자라 다른 남자와의 사이에서 낳은 딸까지 아들에게 떠맡겨 놓고 떠나 버린 천하의 구미호 정도로 보일 수밖에 없었다.

"네가 감히 내 며느리 곁에 얼굴을 들고 나타나?"

아무리 자상하고 온화한 황후라 해도 어디까지나 대한 제국의 제일가는 여인이셨다. 목소리를 높여 호통을 치자 그 위엄이 사뭇 대단하였다.

"무엇 하고 있는 게냐, 썩 물러가지 못할까!"

불같은 기세에 질린 나머지 선혜 공주마저 차마 끼어들 엄두를 못 내고 있는데, 의외로 화신은 침착했다.

"예, 황후 폐하. 심기를 불편하게 해 드려 죄송합니다."

고개를 숙여 보이고 그대로 한마디 변명조차 않은 채 자리를 떠나려 하는 화신을 붙잡은 것은 바로 신부였다.

"언니, 잠깐 계세요."

미소는 황후를 바라보며 간곡히 말했다.

"어머님, 부디 잠시만 제 말씀을 들어 주세요."

간절한 목소리에 노기충천했던 황후도 귀를 기울였다.

"화신 언니는 어머님이 생각하시는 것처럼 나쁜 분이 아닙니다."

가지 못하게 한 손으로 화신의 팔을 꽉 붙잡은 채 미소는 호소하듯 말했다.

"오히려 전하께는 은인이나 다름없는 분이세요. 언니가 전하를 위해 해 주신 일을 생각하면, 저는 평생 가도 그 빚을 다 갚을 수 없다고 생각합니다."

"은인이라?"

황후는 도저히 알 수가 없었다. 사실 방금 호통을 쳐서 화신을 쫓아내려 한 것은, 물론 진짜 화가 나기도 했지만 무엇보다 화신이 있으면 미소의 입장이 곤란할까 봐 걱정이 되어서였다. 남편의 전 부인이 결혼식에 나타났는데 좋아할 여자가 세상천지에 어디 있단 말인가?

그런데 놀랍게도 정작 미소는 필사적으로 화신을 변호하고 있는 것이었다. 그것도 언니라고까지 불러 가면서.

"그래, 어째서 이이가 우리 유의 은인이라는 것이냐?"

이유를 물었으나 미소는 고개를 저었다.

"송구하지만 지금은 사정이 있어 사실대로 말씀드리기 어렵습니다."

미소로서는 이 대답이 최선이었다. 이런 중대한 일을, 그것도 하필이면 결혼식 날 황후에게 진실을 알림으로써 충격에 빠지게 만들 수 없었다. 그렇다고 화신이 죄인 취급 받고 결혼식장에서 쫓겨나는 것도 가만히 두고 볼 수 없었다. 의윤에게 은인이면 자신에게도 은인이 아닌가.

"언젠가 사실대로 말씀드릴 날이 올 거예요. 그때까지는 그저 저를 믿어 주셨으면 합니다, 어머님."

총기 어린 눈동자가 간절하게 황후를 바라보고 있었다. 여전히 이해는 가지 않았지만, 그럼에도 불구하고 황후는 마음을 결정했다. 이 아이도 이제 내 자식이다. 부모가 자식을 믿지 않으면 누구를 믿겠는가?

"그래, 내 너를 믿으마."

황후의 말에 미소의 얼굴에 안도의 빛이 떠올랐다.

"고맙습니다, 어머님!"

이어서 황후는 화신에게로 시선을 돌렸다.

"사연은 잘 모르겠으나, 내 며늘아기가 이리 말하니 오늘은 내 이만 입을 다물겠네."

여전히 딱딱한 표정이었지만, 목소리는 아까처럼 차디차지는 않았다.

"후일 이야기를 제대로 들어 보고 혹시나 내가 자네를 오해한 것이 맞다면, 그때 가서 사과하도록 할 테니 그리 알게."

"예, 황후 폐하. 감사합니다."

화신이 공손히 고개를 숙였다.

미소와 들러리들이 2층 응접실에 있는 동안 신랑인 의윤도 자기 방에서 단장을 하고 있었다.

"어떻게, 영어 공부는 많이 하셨습니까?"

처선의 은근한 물음에 헤어 디자이너의 손에 머리를 맡긴 의윤이 대꾸했다.

"프리 토킹도 가능할 것 같다."

"겨우 이틀 동안 말입니까? 역시 전하십니다!"

감탄한 처선이 목소리를 낮추어 다시 물었다.

"그러면 혹시 일본어 공부도 좀 하셨습니까?"

"그쪽은 쳐다보지도 않았다."

의윤은 낯빛 하나 변하지 않고 당당하게 대답했다.

"황실의 일원으로 태어난 자가 어찌 왜의 것을 따라 배우겠느냐?"

둘의 대화를 듣고 있던 헤어 디자이너의 얼굴에 진심 어린 존경의 빛이 번졌다. 그야 이게 무슨 얘긴지 몰랐으니까.

의윤의 몸단장은 금세 끝났다. 신부와는 달리 메이크업도 받지 않았고, 그저 간단히 머리 모양을 매만지고 예복으로 갈아입은 것뿐인데도 마치 빛이 나는 것 같다고 처선은 새삼스레 제 주인을 바라보며 감탄했다. 타고난 미모 때문도 있겠지만, 얼굴 가득한 행복감이 의윤을 절로 빛나게 하는 것 같았다.

제 손으로 손수 의윤의 넥타이를 매 주며, 처선은 목이 메어 말했다.

"행복하십시오, 주인님."

지극히 단순한 말이었으나 그 안에 깃든 진심의 깊이를 모를 의윤이 아니었다.

"오냐."

짧은 대답에 또한 무한한 감사가 들어 있었다.

"자, 신부는 어디에 있느냐?"

넥타이를 매고 나자마자 의윤은 미소부터 찾았다.

"진작 단장을 마치고 응접실에 계실 겁니다."

처선의 대답에 의윤은 뒤도 안 돌아보고 방을 뛰쳐나갔다. 아름다운 신부의 모습을 빨리 보고 싶어 몸이 달았던 것이다.

함께 드레스를 고를 때 입은 모습을 보았기에, 미리 마음의 대비는 하고 있었다. 암, 그야 예쁘겠지. 예쁜 이가 예쁜 옷을 입고 예쁘게 단장하였을 텐데.

그러나 실제로 눈앞에 나타난 미소는 상상했던 것보다도 훨씬 더 아름다웠다. 이게 사람인가, 요정인가. 날개만 달리면 금세 날아가 버릴 것 같지 않은가. 얼이 빠져서 멍하니 쳐다보고 있는 의윤을 보고, 미소를 둘러싼 들러리들이 웃음을 터뜨렸다.

"오라버니 표정 좀 보세요."

"얼굴에 심쿵했다고 쓰여 있네요."

"아빠 입 벌린 것 좀 보래요!"

그러나 뭐라고 하든지 말든지 의윤의 귀에는 들리지도 않았다.

"이런 고얀 것. 어미를 보고도 인사도 않는 것이냐?"

황후가 웃음기 어린 목소리로 말했을 때에야 의윤은 겨우 제정신으로 돌아왔다.

"아, 어머니. 언제 오셨습니까?"

"한참 전부터 와 있었느니라. 네가 저 아이를 보느라 정신이 팔려 알아차리지 못했을 뿐이지."

황후가 말하는 동안에도 의윤의 시선은 여전히 미소에게 못 박혀 있었다.

"그리도 좋으냐?"

놀리듯 묻는 어머니의 말에, 의윤은 얼굴색 하나 변하지 않고 당당하게 대꾸했다.

"예, 좋습니다."

"전하!"

미소가 얼굴이 빨개져서 말리듯 목소리를 높였지만, 의윤은 오히려 되물었다.

"그러면 좋은 것을 좋다고 하지, 나더러 어머니께 거짓말을 하란 말이냐?"

결국 주위에서 왁자하게 웃음이 터졌다. 황후조차도 참지 못하고 결국 손으로 입을 가리고 따라 웃었다.

햇살이 본격적으로 뜨거워지기 전인 오전. 이화원의 아름다운 정원, 커다란 나무들이 줄지어 서 있는 그늘 밑에서 결혼식이 열렸다.

참석하는 사람이라고 해 봐야 처선과 정 여사를 비롯한 이화원 식구들, 황후와 선혜 공주, 민식과 화신 정도가 전부였기 때문에 총 인원은 신랑 신부를 합쳐도 채 스무 명도 되지 않았다. 흰 천이 깔린 테이블을 정원에서 꺾은 꽃으로 장식하고, 또 잔디 위에 버진 로드를 깔아 놓았을 뿐, 그 외의 다른 장식이라고는 하나도 없을 정도로 소박한 결혼식장이었다.

주례도 없었다. 전문 사진사도, 샴페인 샤워도, 또 축가도 없었다. 그러나 축하하는 마음만은, 또 경사스러운 분위기만은 어떤 호화로운 결혼식 못지않았다.

"영원토록 전하를 믿고 사랑하겠습니다."

떨리는 목소리로 맹세의 말을 하는 신부의 손에 반지를 끼워 주고 신랑은 살며시 하얀 이마에 입 맞추며 대답했다.

"나 역시 이 목숨이 다하도록 그대를 아끼고 사랑하겠다."

이윽고 신랑 신부가 손을 잡고 새하얀 버진 로드 위를 사뿐사뿐 걷자 열렬한 박수가 터졌다.

"우와, 우이 이모 예쁘다!"

귀엽게 양복을 차려입은 지호도 좋아서 팔짝팔짝 뛰었다.

다음은 부케를 던질 순서였다. 미소가 백합 부케를 들고 자리를 잡자, 미리 부케를 받기로 약속되어 있던 민식이 받을 채비를 했다.

"자, 하나 둘 셋 하면 던지는 거야."

전문 사진사 대신에, 카메라를 든 화신이 외쳤다.

"하나, 둘, 셋!"

화신의 목소리에 맞춰 미소는 등 뒤로 부케를 힘껏 던졌다. 다음 순간, 등 뒤에서 갑자기 탄성과 함께 웃음이 터져 나왔다. 뒤를 돌아보니 민식이 빈손으로 당황한 표정을 하고 있고, 조금 떨어진 곳에서 처선이 어리둥절한 표정으로 서 있었다. ……두 손에 백합 부케를 곱게 든 채로.

"아유, 우리 김 집사님 부케 받으셨으니 시집가셔야 되겠네!"

"그러게, 하하하하하!"

배꼽을 잡고 웃는 사람들 가운데를, 무슨 생각을 했는지 처선은 꽃다발을 쥔 채 성큼성큼 가로지르기 시작했다. 그러더니 한 사람 앞에서 걸음을 멈췄다.

바로 선혜 공주였다.

"김 내관님……?"

놀란 듯이 쳐다보는 공주를 향해, 처선은 방금 받은 부케를 말없이 내밀었다. 이게 무슨 상황이래? 어안이 벙벙해서 쳐다보던 사람들은, 다음 순간 한층 더 놀랐다.

공주가 살며시 손을 내밀어 부케를 받은 것이었다.

결혼식이 끝나고 나서, 풀밭에 돗자리가 깔리고 그 위에 조촐한 폐백상이 마련되었다. 결혼식도 간단히 올리는데 폐백 정도는 생략해도 좋지 않겠냐는 것이 의윤의 의견이었지만, 정 여사의 생각은 달랐다.

"결혼식이야 두 분 합의하에 얼마든지 간단히 해도 그만이지만, 폐백은 결혼해서 부모에게 첫인사를 드리는 것인데 그걸 멋대로 생략할 수는 없는 법입니다. 사가(私家)에서조차 여태 지키고 있는 예를, 어찌 황실의 어른이신 분께 생략하려 드십니까?"

결국 정 여사의 강력한 주장에 의해서 조촐하게나마 폐백 준비를 했던 것이다.

자세를 가다듬고 앉은 황후 앞에 한복으로 갈아입고 나온 신랑 신부가 나란히 섰다. 절을 드리기 직전, 의윤은 엉뚱하게도 곁에 서 있던 정 여사에게 시선을 돌렸다.

"보모도 가서 어머니 곁에 앉게."

당황하는 보모를 향해, 의윤은 차분하게 말했다.

"어릴 적부터 나를 키워 주고 여태까지 곁에 있어 준 것은 보모가 아닌가. 나는 보모도 내 부모나 다름없다고 생각하네. 그러니 내 절 받게."

"말도 안 됩니다! 제가 어떻게 주인님께 절을 받겠습니까?"

정 여사가 황급히 외쳤다. 그러나 의윤의 말을 거들고 나선 것은 다름 아닌 황후였다.

"유의 말이 옳네. 나야 낳아 놓은 공밖에 없지만 자네는 어릴 적부터 유를 직접 젖 먹이고 업어 키우지 않았는가. 지금도 여전히 유의 곁을 지켜 주고 있고. 나보다도 자네가 더 어미 자격이 있네."

"황후 폐하……."

"무엇 하는가? 어서 이리 와서 앉지 않고."

하지만 어찌 감히 황후의 곁에 가서 덥석 앉아 전 황태자의 절을 받겠는가. 어쩔 줄 몰라 하고 있는 정 여사의 등을, 처선이 떠밀었다.

"정 여사님 아니셨으면 신랑 신부는 애초에 만나지도 못했을 겁니다. 그러니까 순순히 절 받으세요."

결국 반강제로 정 여사는 황후 옆에 앉혀지고 말았다.

이윽고 한복으로 곱게 차려입은 신랑 신부가 날아갈 듯 큰절을 올렸다. 절을 받는 두 여인의 눈에 약속이나 한 듯이 눈물이 고였다.

황후에게 있어 의윤은 지켜 주지 못해 마음 아픈 아들이었다. 또한 젖먹이 친자식을 사고로 잃은 정 여사에게, 잃은 제 자식 대신에 그 젖을 먹여 키운 의윤은 역시나 아들이나 다름없었다.

"잘 살겠습니다, 어머님. 앞으로 제가 전하께 잘할 테니 어머님께서는 아무 걱정 마세요."

절을 하고 난 미소가 황후를 안심시키듯 말했다. 황후에게 있어 의윤이 얼마나 아픈 손가락인지, 얼마나 애틋한 아들인지 잘 알기 때문에. 하지만 황후는 무슨 생각을 했는지 고개를 젓고는 아들을 향해 말했다.

"네가 미소에게 잘해야 한다. 너 하나 믿고 온 사람이니 행복하게 해 주어야 하지 않겠느냐?"

진심 어린 당부에 의윤이 힘주어 대답했다.

"예, 어머니. 반드시 그리할 것입니다."

미소의 치마폭에 밤과 대추를 한 움큼 집어 던진 황후가 자상하게 말했다.

"앞으로 나를 말로만 어머님이라 부르지 말고, 진짜 네 어미라 생각하거라. 나도 너를 선혜나 진배없이 내 딸로 여기도록 하마."

"예, 어머님."

"비록 네가 황태자비는 아니라 하여도 틀림없는 대한 제국 황제의 며느리다. 그러니 부디 어디 가서도, 누구 앞에서도 기죽지 말고 당당해야 하느니라."

어깨를 반듯이 펴고 황후는 위엄 있게 말했다.

"네 뒤에 내가 늘 있음을 잊지 말거라."

친정이 없는 내가 기죽을까 봐 걱정해 주시는구나. 시어머니의 깊은 마음을 깨닫고 눈시울을 붉히는 신부였다.

* * *

정원에 마련된 테이블에, 황궁의 요리사들과 이화원 주방 담당들이 함께 준비한 맛있는 요리들이 가득 차려졌다. 신랑 신부를 비롯한 모두가 즐겁게 음식을 먹으며 왁자지껄 떠들고 있는 동안, 살짝 자리를 빠져나온 사람들이 있었다. 바로 아까 부케를 받은 사람과, 또 그 사람에게서 부케를 선물 받은 사람.

이화원 한편에 있는 조용한 숲길을 두 사람은 한참 말없이 걸었다. 이윽고 먼저 입을 연 것은 백합 꽃다발의 향기를 맡던 선혜 공주였다.

"저어, 김 내관님. 왜 제게 부케를 주셨나요?"

두근거리며 물었는데 정작 처선은 별것 아니라는 듯이 대꾸했다.

"민식 양은 아직 어리지 않습니까. 결혼하려면 멀었죠."

속으로 은근히 기대하고 있었던 공주는 조금 실망했지만 금세 마음을 다잡았다. 하긴, 고백했다 거절당한 지 얼마나 됐다고.

"어머나, 저도 그분과 동갑이에요. 시집가려면 저 역시 멀었는걸요?"

실망한 마음을 감추려 애써 웃어 보이자 처선이 마주 빙긋 웃었다.

"아니, 공주님은 금세 시집가게 되실 것입니다."

"예?"

"제가 데려갈 테니까요."

공주는 걸음을 멈췄다.

"지금 뭐라고……."

"지난번에 공주님께서 제게 말씀하셨지요. 이제는 시집을 가도 되는 나이가 되셨다고."

놀란 토끼처럼 둥그레진 공주의 눈을 들여다보며 처선은 말했다.

"허락하신다면 제가 공주님을 맞이하고 싶습니다."

공주는 도저히 믿을 수가 없었다. 오랜 짝사랑이, 그것도 한 번 거절당했던 마음이 갑자기 이런 식으로 이루어질 줄이야.

"김 내관님……!"

"하지만, 지금 당장은 아닙니다."

공주가 기쁜 나머지 그만 눈물을 글썽이는데, 처선이 다시 말했다.

"저는 이미 제 인생을 공주님의 오빠께 바친 사람입니다. 그러니 주인님께서 먼저 뜻을 이루시고 나면, 그때 공주님의 사람이 되겠습니다."

"아……."

공주는 그제야 깨달았다. 큰오빠가 큰 뜻을 품고 있다는 것을. 물론 그게 뭔지 자세히는 몰랐지만 최근의 행보로 미루어 보니 어렴풋이 짐작은 갔다. 다시 자기 자리를 찾으려는 것이 아닐까.

아버지나 작은오빠가 알면 자칫 큰일이 날까 두렵기는 하였으나, 공주는 큰오빠가 무슨 일을 도모하든 진심으로 지지하고 싶었다. 어머니인 황후 못지않게 큰오빠에게 애틋한 마음을 품고 있는 공주였으니까. 오빠와 함께해 주겠다는 처선이 고맙기까지 했다.

"기다려 주시겠습니까?"

"예, 기다리겠습니다."

초조한 듯이 묻는 처선에게, 공주는 진심을 다해 마음을 전했다.

"언제가 되어도 좋습니다. 늙어 죽기 전까지만 와 주시면 됩니다.

그러니 제 걱정은 마시고 오라버니 곁을 지켜 주세요."

나름 비장하게 말했는데 처선은 풋, 하고 웃었다.

"그렇게까지 오래 걸리지는 않을 것입니다. 주인님께서 그리 약속하셨으니까요."

"아, 네……."

"그러니 조금만 기다려 주십시오. 공주님을 위해서라도, 반드시 주인님이 하루빨리 뜻을 이루시도록 전력을 다해 돕겠습니다."

눈을 내리깔고, 공주는 수줍게 말했다.

"네, 김 내관님."

"그리 부르지 마십시오. 이제는 내관도 아니지 않습니까?"

짐짓 서운한 듯한 목소리에 공주는 조금 고민했다. 그러면 뭐라고 불러야 하나.

"그럼, 처선 씨……?"

조심스럽게 불러 보았지만 이번에도 처선은 고개를 저었다.

"공주님께만은 진짜 이름으로 불리고 싶습니다. 제 본명은 서현우라고 합니다."

처음으로 알게 된 연인의 이름을, 공주는 설레는 마음으로 가만히 중얼거렸다.

"……네, 현우 씨."

* * *

결혼식 애프터 파티도 끝나고 황후도 황궁으로 돌아갔다. 차에 타기 직전까지도 황후는 아쉬운 듯이 미소의 손을 꼭 잡고 있었다.

"곧 다시 보자꾸나."

황후를 배웅하고 나서 이제는 의윤과 미소가 신혼여행을 떠날 차례가 되었다. 한 가지 걱정이 있다면 미소를 무척이나 따르는 지호가 같이 가겠다고 울고불고 떼를 쓰면 어쩌나 하는 것이었는데, 놀랍게도 지호는 쿨하기 그지없었다.

연재에게 안겨 방긋방긋 웃으며 손을 흔드는 것이 아닌가?

"이모당 아빠, 앙영히 다녀오세요!"

너무 신기해서 대체 어떻게 한 거냐고 귓가에 대고 묻자 연재가 윙크를 날렸다.

"빠이빠이 잘하면 동생이 생겨서 올 거라고 했거든요!"

미소는 그만 얼굴이 확 붉어지고 말았다.

한복 차림의 신랑 신부가 나란히 차에 올라탈 때까지도 처선은 못내 걱정을 감추지 못했다.

"주인님, 정말로 제가 함께 안 가도 되겠습니까?"

의윤을 곁에서 모시게 된 지 어언 10년. 그 후로 여태껏 의윤과 하루 이상 떨어져 본 적이 없었던 것이다. 그러나 충신의 걱정이 무색하게도 의윤은 딱 잘라 대꾸했다.

"그래, 안 가도 되니까 너는 빠지거라."

"너무 차가우신 거 아닙니까? 제가 뭐 밤에 셋이 같이 자자는 것도 아니고, 온양 별궁에 남아돌아가는 방만 수십 개일 텐데요!"

처선이 발끈하자 의윤이 코웃음을 쳤다.

"앞으로 일주일 동안, 별궁에는 우리 둘 외에는 쥐새끼 한 마리 들이지 않을 것이다."

"어차피 계시는 동안 시중들어 줄 사람들은 있을 것 아닙니까?"

"필요 없다고 연락해서 이미 싹 다 비워 놓았다."

처선이 놀라 물었다.

"그러면 밥은 누가 합니까?"

의윤은 웃지도 않고 대답했다.

"내가 한다."

처선의 눈이 커졌다.

이윽고 붓글씨로 정갈하게 쓰인 '초보운전' 딱지를 붙인 파란 스포츠카가 모두의 배웅을 받으며 상큼하게 출발했다.

"잘 다녀오십시오!"

* * *

사랑하는 남자와 행복한 결혼식을 마치고 나서 단둘이 훌쩍 떠나는 여행처럼 즐거운 것이 세상에 또 있을까.

온양으로 향하는 내내 열린 창문으로 새어 들어오는 시원한 바람을 맞으며, 미소는 생각했다. 세상에 태어나서 오늘이 가장 행복한 날이라고. 이런 날을 맞이하려고 여태껏 힘든 나날을 견디며 살아온 게 아닐까, 하고.

차를 달려 온양 별궁에 도착했을 때는 이미 완전히 해가 져 있었다. 대강 짐을 내려놓자마자 두 사람은 별궁 전체를 돌아보았다.

지난번 황후의 회갑연 때는 앞마당 쪽만 봐서 잘 몰랐는데, 천천히 전체를 둘러보니 선혜 공주의 말대로 정말 아름다운 궁이었다. 서양식 저택인 이화원도 무척 아름다운 곳이었지만, 전통식으로 지어진 궁은 또 다른 매력이 있었다. 밤이라 은은한 달빛 같은 조명들이 여기저기 밝혀져 있어서 더욱더 아름다웠다.

앞으로 이곳에서 의윤과 일주일 동안 함께 지낼 생각을 하니 미소는 가슴이 설렜다.

별궁 맨 뒤쪽에는 새로 지은 아담한 한옥이 있었다. 이곳에 머무는 동안 두 사람이 묵을 곳이었다. 여기저기를 둘러보며 감탄하느라 여념이 없는 미소에게, 의윤이 불쑥 물었다.

"배는 고프지 않으냐?"

하루 종일 기분이 들떠 있어서일까. 이화원에서도 제대로 먹지 못하고 출발해서는 여태 아무것도 먹지 못했으니 거의 하루 종일 굶다시피 한 셈인데도, 전혀 배가 고프다는 생각이 들지 않았다.

"저는 괜찮아요. 전하는요?"

"나는 좀 먹어야겠구나."

그제야 미소는 퍼뜩 깨달았다. 내 정신 좀 봐, 저녁때도 훌쩍 지났는데 내가 배고프지 않다고 그만 신경도 안 쓰고 있었구나. 전하는 시장하실 텐데!

"조금만 기다리세요. 제가 부엌에 가서 금세 뭐라도 좀 만들어 올……."

그렇게 말하며 얼른 달려가려는데, 팔을 붙들렸다.

"괜찮다."

그렇게 말하며 의윤은 미소의 귀에 입술을 가져가 속삭였다.

"……먹고 싶은 것은 따로 있느니라."

무언가를 암시하듯, 한껏 낮아진 목소리. 흠칫 놀라 의윤을 쳐다본 미소는, 자신을 바라보는 그의 눈빛이 아까까지와는 다르다는 것을 느꼈다. 마치 먹잇감을 노리는 맹수 같은, 그런 눈빛!

가슴이 철렁하는 미소를 향해 의윤이 말했다.

"그간 내 공부한다고 얼마나 힘들었는지 아느냐?"

"무슨 공부요?"

대답 대신에 의윤이 미소를 번쩍 안아 들었다.

"자, 그럼 이제 배운 걸 써먹어 보자꾸나."

신부를 가볍게 안아 들고 신랑은 신방으로 향했다. 정갈하게 깔린 비단 금침 위에, 신랑이 신부를 조심스럽게 내려놓았다.

의윤이 옷고름에 가만히 손을 뻗자 신부가 흠칫 몸을 뒤로 뺐다.

"부, 불부터 꺼 주세요."

"그리하마."

별로 들어주고 싶지 않았지만 의윤은 순순히 몸을 일으켜 신부의 말에 따랐다. 그녀가 얼마나 긴장해 있는지 말하지 않아도 느껴졌기 때문에.

이윽고 전깃불이 꺼지자 이번에는 기다렸다는 듯이 열려 있는 창을 통해 환한 달빛이 밀려들어 왔다. 의윤은 조심스럽게 다가가 미소의 곁에 앉았다. 가만히 옷고름을 풀고 저고리를 벗기자 신부의 동그란 어깨가 달빛을 받아 하얗게 빛났다.

"창문도 닫아 주시면 안 돼요?"

떨리는 목소리로 부탁하는 미소의 말을, 의윤은 부드럽게 거절했다.

"그것까지는 안 된다."

"창피하단 말이에요."

"참아라. 대신에 내 너에게 좋은 것을 주마."

이 와중에도 미소는 귀가 솔깃한 모양이었다.

"조, 좋은 것이요?"

부끄러워 어쩔 줄 모르는 신부의 어깨에 입술을 가져가며, 의윤은 유혹하듯 속삭였다.

"그래. 대신에 너를 제대로 보게 해 주겠느냐?"

어린 신부의 얼굴에 고뇌가 떠올랐다. 수줍음과 호기심이 치열하게 싸우고 있는 모양이었다.

잠시 후, 미소는 눈을 꽉 감았다.

"……전하 뜻대로 하세요."

달콤한 허락의 말. 기다렸다는 듯이 단숨에 덮치고 싶은 욕심을 꾹 참고 의윤은 조심스럽게 신부의 치마끈을 풀었다. 한 번도 제대로 본 적이 없는 여자의 속옷을 어찌 풀어내야 할까 내심 고민이었는데, 정작 고민은 죄다 헛것이었다.

"속옷을…… 입지 않았구나?"

놀란 듯이 묻는 의윤에게, 눈을 꽉 감은 미소가 울먹이듯 대답했다.

"한복 입을 때는 원래 입는 거 아니라고 해서……."

달빛 아래서도 얼굴이 새빨개져 있는 것을 알 수 있었다.

신부야 부끄러워 죽을 지경인지 몰라도 이쪽이야 물론 감사할 따름이었다. 속치마까지 풀어 젖히자 이윽고 신부의 눈부신 몸이 눈앞에 드러났다. 창밖에 뜬 보름달처럼 둥글고, 따스하고, 또 환한 몸이.

"달님이 여기에도 내려와 계시는구나."

그렇게 중얼거리며 의윤은 신부의 하얀 살갗에 가만히 입술을 가져갔다.

"아!"

동시에 미소의 입술에서 달콤한 신음 소리가 흘러나왔다. 제 목소리에 깜짝 놀라 허둥지둥 입을 막으려는 미소의 손목을, 의윤이 재빨리 붙잡아 단단히 침대에 내리눌렀다.

보드라운 살결에 다시금 입술을 가져가며, 의윤이 짐짓 엄하게 말했다.

"듣기 좋으니 참지 말거라."

화신이 보내 준 '교육용 동영상'을 보고 미소는 그리 생각했었다. 이런 건 다 보는 사람의 흥분을 불러일으키기 위한 연기겠지, 하고. 그런데 실제로 제 입에서 그런 소리가 나올 줄은 꿈도 꾸지 못했다. 심지어 그 영상에서보다도 훨씬 더 야릇한 소리가!

"아앗, 아!"

제 입에서 흘러나오는 소리가 스스로도 무척 당황스러운데, 또 주어지는 달콤한 감각은 생전 처음 겪는 것이라 참으려 해도 도저히 참아지지가 않고. 입을 막으려 해도 이미 의윤에게 손목을 단단히 붙들려 있고. 이러지도 저러지도 못하고 미소는 울먹였다.

"잠깐만요. 잠깐만, 네?"

아무래도 이대로 가면 제가 이상해져 버릴 것 같았다. 잠깐만이라도 멈추고 쉬어 가길 바랐다. 하지만 의윤은 단칼에 거절했다.

"아직 시작도 안 했느니라."

의윤으로서는 단 1초도 멈출 수 없었다. 얼마나 이 순간만을 꿈꾸어 왔던가? 슬쩍 얼굴을 쳐다보자 신부는 눈을 꽉 감은 채 이를 꽉 악물고 있었다. 죽어도 소리를 내지 않겠다는 듯이.

순간 의윤의 안에서 승부 기질 같은 것이 발동했다. 어디 보자꾸나, 네가 어디까지 참는지.

신부의 몸에 계속해서 입을 맞추며 의윤은 조심스럽게 손을 아래로 미끄러뜨렸다. 애정을 담아 살며시 어루만지자 미소의 몸이 움찔하고 튀어 올랐다.

"아아……!"

동시에 입술에서 울먹이는 듯한 소리가 새어 나왔다.

세상의 그 어떤 아름다운 음악이 이토록 듣기 좋을까. 분명 미소를 일방적으로 사랑해 주고 있는 것은 제 쪽인데, 의윤 역시 참기 힘든 기쁨을 느끼고 있었다. 여기저기에 욕심껏 입 맞출 때마다 송이송이 붉은 꽃이 피어났다.

늘 모범생인 의윤이었다. 첫날밤을 준비할 때도 그저 신부를 즐겁게 해 주어야지, 하는 일념으로 열심히 공부했었다. 아, 저리 하면 여인이 기뻐 우는구나. 그러니 이리해 주어야지, 저리해 주어야지, 하고 머릿속에 잘 새겨 두었었다.

그러나 이제야 의윤은 깨닫고 있었다. 공부 따위는 애초에 필요 없었다는 것을. 정작 실전에 임하게 되자 미리 공부했던 것들 따위는 깨끗하게 날아가 버리고 말았다. 남은 것은 그저 진심으로 원하는 마음과 넘치는 애정뿐. 본능에 따라 자연스럽게 몸이 움직였고, 서투른 손길 하나하나에도 신부는 울먹일 정도로 기뻐해 주고 있었다.

"전하, 전하……!"

어느새 소리를 참는 것도 잊고 열에 들뜬 사람처럼 계속 저를 부르는 신부가 너무나 사랑스러워 입 맞추지 않을 수 없었다. 품에 안은 채 한참 동안 입 맞추고 있자 어느덧 신부의 떨림도 조금씩 잦아들어 갔다.

내가 너인지, 네가 나인지 모를 정도로 서로에게 달콤하게 녹아드는 순간. 이 완벽하도록 황홀한 순간에 더는 부끄러움도, 망설임도 있을 수 없었다.

"이제 너는 오로지 나만의 것이다."

기나긴 기다림 끝에 드디어 하나가 되는 순간, 의윤은 엄숙하게 맹세했다.

"……그리고 나 역시 너의 것이니라."

창밖의 달이 따스한 눈으로 신방 안을 살짝 훔쳐보고 있었다.

사랑을 나누고 난 후 미소는 한참 의윤의 품에 가만히 안겨 있었다. 물론 처음인 만큼 아픔도, 두려움도 있었지만 그보다도 기쁨과 충족감 쪽이 훨씬 더 컸다. 어릴 적부터 꿈꿔 왔던 나의 왕자님이 이제 진짜로 내 사람이 되었구나. 마치 꿈을 꾸고 있는 것 같았다.

"……전하."

가만히 부르자 의윤이 다정하게 미소를 바라보아 왔다.

"아까 주신다던 거, 주셔야지요."

"아, 그렇구나."

의윤이 몸을 일으켜 여행 가방에서 무언가를 꺼내 돌아왔다.

"자, 네 것이다."

좋은 것이라고 하니 반지나 목걸이 같은 것이 아닐까, 생각했는데 그가 내민 것은 엉뚱하게도 작은 스케치북이었다.

"이게 뭐예요?"

의윤이 침대 머리맡의 조명을 켜 주며 대답했다.

"열어 보거라."

고개를 갸웃거리며 스케치북을 펼친 미소의 눈이 이윽고 커졌다.

스케치북 안에는 다름 아닌 자신의 모습이 그려져 있었던 것이다. 핑크빛 원피스를 입고, 손에 들꽃을 꺾어 만든 꽃다발을 들고 조팝나무 꽃그늘 아래 동그마니 앉아 있는 모습. 바로 지난봄, 이화원 식구들이 모두 휴가를 떠나고 자신과 의윤 단둘이 이화원에 남아 있을 때 의윤이 그렸던 그림이었다.

보여 달라 조르는 미소에게 의윤은 끝내 그림을 보여 주지 않았었다. 정 보고 싶거든 첫날밤에 보여 주마, 하고 대답했을 뿐. 정작 자신은 그 후로 까맣게 잊고 있었는데, 의윤은 그 약속을 기억하고 그림을 가져온 것이었다.

잠시 그림을 바라보던 미소는 뒤늦게 발견했다. 그림 속 자신의 등에 새하얀 천사의 날개가 그려져 있는 것을.

"예쁘게 그려 주시는 거죠?"

자신이 물었을 때, 의윤이 무뚝뚝하게 대꾸했던 것이 기억났다.

"생긴 대로 그리고 있느니라."

"생긴 대로 그리신다더니, 웬 날개가 다 있네요?"

"내 눈에 보이는 대로 그렸을 뿐이니라."

신부의 이마에 가만히 입 맞추며, 의윤은 말했다.

"……지금도 내 눈에는 그리 보이는구나."

기어이 미소의 눈에 눈물이 핑 돌았다. 본의 아니게 고아 신세가 되어 평생토록 구박만 받고 살아온 나 같은 여자를, 이 사람은 날개 달린 천사로 보아 주고 있구나.

살면서 이토록 누군가에게 귀히 여김을 받은 적이 없었다. 그런데 하물며 그 사람이 앞으로 평생을 함께할 내 남편이라니. 감당하기 벅찰 정도로 밀려오는 행복한 마음에 그만 미소는 울고 말았다.

"전하……!"

갑자기 울음을 터뜨리는 신부를, 신랑이 놀란 듯이 허둥지둥 품에 안았다.

"울지 말아라. 이리 기쁜 날, 울어 쓰겠느냐."

다정하게 달래 주는 의윤의 품 안에서 미소는 마음껏 울고 또 울었다.

잠시 후, 신부의 울음을 그치게 만든 것은 창밖에서 들려온 엉뚱한 소리였다.

"애앵애앵 하는데 이거 소방차 소리 아니에요?"

"글쎄, 삐뽀삐뽀 하는 것이, 구급차가 아니냐?"

잠깐 들리다 말았으면 그냥 무시하고 말았을 텐데, 사이렌 소리는 계속해서 끊이지 않고 들려왔다. 의윤과 미소는 서로 얼굴을 쳐다보고는 약속이나 한 듯이 창가로 달려가 밖을 내다보았다. 별궁 자체가 조금 높은 곳에 지어져 있어서 창밖으로 시내가 한눈에 내려다보였다.

정답은 둘 다였다. 열 대도 훨씬 넘는 구급차와 소방차들이 요란하게 사이렌을 울리며 어디론가 일렬로 달려가고 있었다.

"무슨 일일까요?"

"어딘가 큰불이라도 난 것이 아니겠느냐?"

리모컨을 들어 TV를 켜자 마침 지역 방송국에서 [속보 : 산불]이라는 자막과 함께 뉴스가 흘러나오고 있는 중이었다.

-……현재까지 민가 20여 채가 전소되었고, 바람을 타고 계속 확대되는 중입니다. 주민 100여 명이 급히 인근 초등학교로 대피하고 있으며…….

뉴스를 들은 의윤은 안절부절못했다. 근처에서 이렇게 큰 재난이 벌어졌는데 넋 놓고 가만히 앉아만 있을 수는 없다. 그런데 지금은 신혼여행 중, 그것도 하필이면 첫날밤이 아닌가!

어찌해야 좋겠느냐고 물으려 고개를 돌리자 미소는 벌써 여행 가방을 열어젖히는 중이었다.

"뭐 하세요, 전하. 우리도 얼른 가 보아야지요."

가방에서 갈아입을 옷을 꺼내며 신부는 재촉했다.

"언젠가 전하의 백성이 될 사람들이잖아요?"

6. 환궁

산불이 일어난 현장으로 가 보아야 괜히 소화와 구조 작업에 방해만 될 것 같아서, 두 사람은 주민들이 대피해 있다는 초등학교로 향했다.

“감히 전하라 부르지 못함을 용서해 주십시오.”

의윤을 알아본 온양 시장이 공손히 고개를 숙였다.

“아닐세. 나야 이제 황족도 아닌데 당연하지 않은가.”

그렇게 시장을 안심시키고 나서 의윤은 물었다.

“그래, 다친 사람들은 얼마나 되는가?”

“다행히 제때 대피하여 큰 인명 피해는 없을 듯합니다만, 불길이 점점 번지는 바람에 계속해서 이재민이 늘어나고 있습니다. 현재 200명을 넘어섰고, 모두 이쪽으로 오게 되면 300명쯤 될 듯합니다.”

의윤은 저도 모르게 눈썹을 찌푸렸다. 분명 아까 뉴스에서 볼 때만 해도 100여 명이라 하였는데!

의윤이 시장과 이야기를 나누는 동안, 미소는 사람들이 대피해 있는 체육관 안을 둘러보았다. 때는 초여름이라 대부분 가벼운 여름옷 차림이었는데, 급하게 몸만 빠져나오다 보니 가재도구는커녕 이불 한 채 챙겨 나온 사람이 없었다.

아무리 초여름이라도 밤에는 춥다. 주변이 모두 산과 들이어서 더욱 그랬다. 대부분의 사람들이 추위에 떨고 있었다. 제 옷을 벗어서 어린아이들을 감싸 안고 있는 사람들도 여기저기 보였다. 집과 재산을 모두 잃은 충격에 통곡하는 사람들과 춥고 배고파 우는 어린아이들. 마치 전쟁 피난민 무리를 방불케 하는 처참한 광경이었다.

"사람들을 여기 두면 안 되겠어요. 너무 춥고 불편해요."

미소는 의윤에게 돌아가서 귓속말로 말했다.

"이곳 말고 어디 수용할 곳이 없는가?"

의윤이 묻자 시장이 고개를 저었다.

"이만한 인원을 한꺼번에 수용할 만한 곳은 없습니다. 그나마 여기가 최선입니다."

미소가 다시 말했다.

"여기는 난방 시설도, 이불도 없어요. 밥해 먹을 만한 곳도 아니고요. 가뜩이나 집을 잃은 사람들인데 이런 곳에 방치해 놓을 수 없어요."

"그럼 어떻게 해야 하겠느냐?"

"별궁이 있잖아요."

미소는 눈 하나 깜짝하지 않고 말했다.

"다행히 얼마 전에 황후 폐하 회갑연 때문에 확장 보수 공사를 해두었으니까 이 정도 인원은 충분히 수용할 수 있을 거예요. 거기라면 춥지도 않고, 주방이 있으니 따뜻한 밥도 지어 먹일 수 있고요."

놀란 것은 곁에서 듣고 있던 시장이었다. 시장은 사색이 되어 말했다.

"당치도 않은 말씀이십니다! 별궁 역시 법적으로 황궁에 속합니다. 황실의 허가 없이 민간인이 별궁에 들어갔다가는 자칫……."

"반역죄가 되겠지."

그쯤은 의윤도 잘 알고 있었다. 이화원이라면 얼마든지 받아들였겠지만 별궁은 문제가 달랐다. 자신이 황태자였다면 혹 모르겠지만 지금은 법적으로 자신 역시 이들과 다름없는 민간인이 아닌가.

황궁에 기별을 하여 허락을 구할까, 하고도 생각했지만 의윤은 금세 생각을 떨쳐 버렸다. 그 무엇보다 황실의 권위가 도전을 받는 것을 가장 질색하는 황제였다. 별궁의 담을 넘었다는 이유로 미성년자였던 처선을 가차 없이 반역죄로 엄벌하라 하셨던 분이다. 별궁에 일반 시민을 들이느니 모두 얼어 죽으라 하고도 남을 것이 틀림없었다.

"대역죄인이 되느니 차라리 추운 데서 좀 고생하는 것이 낫습니다. 날이 밝으면 어떻게든 방법을 강구할 테니 두 분께서는 너무 걱정하지 마십시오."

시장은 필사적이었지만 미소는 고개를 저었다.

"노약자들이 너무 많아요. 여기서는 하룻밤 지내기도 고통스러울 거예요."

잠시 생각에 잠겼던 의윤이 이윽고 결심한 듯이 고개를 들었다.

"모든 책임은 내가 지겠다. 지금 당장 가능한 모든 차량을 동원하여 이재민을 별궁으로 옮기도록 하라."

"예? 하지만……!"

어쩔 줄 모르는 시장에게서 시선을 돌려, 의윤은 저만치 서성이던 기자를 손짓으로 불렀다.

"그대는 어느 신문사에 소속된 기자인가?"

기자는 영문도 모르고 대답했다.

"제국일보 아산지국입니다."

"그래. 지금부터 내가 하는 말을 아침 신문에 실을 수 있겠는가?"

기자가 녹음기를 켰다.

"예. 말씀하시지요."

의윤은 말하기 시작했다.

"방금 황실에서 내게 직접 기별이 왔다. 자비로우신 황제 폐하께서, 이재민들을 위해 온양 별궁을 특별히 개방하시기로 결정하셨다는 내용이었다."

듣고 있던 미소의 눈이 커졌다. 그러나 의윤은 태연하게 말을 계속했다.

"또한 이번 재난으로 잃어버린 집과 재산은 책임지고 황실에서 보상해 줄 것이다. 그러니 이재민들은 아무 걱정 말고 폐하의 크나큰 은덕에 감사하도록 하라."

* * *

"이게 대체 무슨 소리란 말인가!"

황제가 신문을 집어 던졌다. 부들부들 떨리는 손가락으로 가리키는 신문 1면에는 대문짝만 한 헤드라인이 박혀 있었다.

[온양에 큰불…… 이재민에 유례없는 별궁 개방]

"유 그 녀석이 감히 황명을 빙자해서 이런 짓을 벌여?"

이토록 노한 황제의 모습은 황태자는 물론 30년 넘게 함께 살아온 황후조차도 드물게 보는 것이었다.

자신의 권위가 도전받는 것을 무엇보다 가장 질색하는 황제였다. 황제의 권력은 곧 위엄에서 나온다 생각했기에, 자신의 재위 기간 동안 황실과 황궁을 민간인들이 감히 넘볼 수조차 없는 성역으로 만들기 위해 무던히 애를 써 왔다.

그런데 황궁의 일종인 별궁에 민간인들을 들여놓다니. 그것도 제멋대로 황명을 꾸며 내서! 이거야말로 진짜배기 반역죄라 하지 않을 수 없었다.

"더는 두고 보시면 안 됩니다."

황태자 요가 말했다.

"감히 황명을 조작하다니 이미 대역죄입니다. 이번에도 그냥 넘어가시면 기고만장하여 황위를 노릴 것입니다. 반드시 반역죄로 엄히 다스리셔야 합니다."

반대하고 나선 것은 같은 자리에 있던 황후였다.

"네 어찌 그런 망발을 부리느냐! 반역죄라니, 네 형을 죽이란 말이냐?"

"그렇게까지 말씀드리지는 않았습니다. 당장 해외로 추방하여 평생토록 대한 제국에 다시는 발을 들이지 못하게 하셔야 한다는 것입니다."

"요야!"

황후가 비명을 지르듯 불렀으나 황태자는 눈썹 하나 까딱하지 않고 계속해서 부친을 설득하듯 말했다.

"그렇지 않아도 우매한 국민들 사이에 날로 인기가 높아만 가는 중입니다. 반역죄로 수감되었다가 풀려난 자들이, 구치소 앞에서 죄인을 전하라 칭하며 감히 만세까지 불렀다 하지 않습니까? 이대로 방치하시면 반드시 후환이 있을 것입니다."

황제가 생각에 잠긴 얼굴로 가만히 고개를 끄덕였다.

"그래…… 이대로 방치할 수는 없지."

남편의 말에 황후는 심장이 멈추는 듯한 기분을 느꼈다.

"저를 벌해 주십시오, 폐하!"

갑자기 황후가 마룻바닥에 쿵 하고 무릎을 꿇었다.

"어머니!"

"무슨 짓이오?"

황제와 황태자가 동시에 놀라 말했으나 황후는 개의치 않고 엎드려 이마를 조아렸다.

"애초에 고집을 부려 온양 별궁에 보내지를 말 것을, 모두 이 못난 어미의 탓입니다."

폐위된 황태자이니 유 역시 어디까지나 민간인이다. 그런데도 불구하고 황후의 간곡한 부탁에 못 이겨 황제가 마지못해 들어준 것이었다. 그렇게 보낸 별궁에서 그만 사달이 나다니. 황후는 통곡했다.

"그러니 부디 제게 벌을 내리십시오!"

남편이 가장 단호해지는 부분이 어디인지 잘 아는 황후였다. 회갑연에 유를 참석시키거나 별궁에 신혼여행을 보내는 사안과는 애초에 성질이 달랐다. 자신이 고집을 부려서 통할 일이 아닌 것이다. 그러니 엎드려 빌어라도 볼밖에.

"10년 동안 틀어박혀 근신하다 이제 겨우 제 짝을 찾은 불쌍한 자식입니다. 제발 굽어살펴 주십시오."

황후는 체면도 돌보지 않고 울며 애원했다. 그러나 아내의 처절한 애원을 황제는 한마디로 무시했다.

"모시고 나가라."

궁인들이 달려와 양쪽에서 팔짱을 끼고 황후를 일으켜 세웠다.

"폐하!"

애타게 부르는 황후에게서 시선을 돌리고, 황제는 누구에게랄 것도 없이 말했다.

"유에 대한 처분은 충분히 숙고한 후에 내리겠다. 누구도 내 결정에 대해 감히 왈가왈부하지 말아야 할 것이다."

황후의 가슴이 무너져 내렸다.

* * *

아무리 새로 증축한 별궁이라 해도 300여 명을 한꺼번에 수용하기는 빠듯했다. 어쩔 수 없이 의윤과 미소는 신방마저 내주고 침대조차 없는 좁디좁은 방으로 옮겨야 했다.

자그마치 300여 명의 인원이 머물게 되었지만 별궁의 분위기는 시끌벅적하기는커녕 한없이 침울하기만 했다. 사람들 대부분이 우울해져 있었던 것이다. 그야 하루아침에 집과 세간을 모두 잃었는데 어떻게 살맛이 나겠는가.

그런 가운데서 의윤과 미소는 이재민들을 격려하느라 무척 애를 썼다. 특히 미소의 활약은 눈부셨다. 혼이 반쯤 나가 있는 엄마들을 대신해서 어린아이들을 돌보기도 하고, 여자아이들을 모아 신나게 걸그룹 댄스도 가르치고 사람들을 지휘해서 매 끼니를 마련하기도 했다. 이재민 중에 된장, 김치 잘 담그는 사람들을 뽑아서 각종 체험 프로그램을 진행하기까지 했다.

“사람이 가만히 있으면 계속 기분이 가라앉아요. 뭐든지 바쁘게 일을 해야 딴생각을 안 하게 되거든요.”

미소의 말에 의윤도 가만히 있을 수는 없었다. 노인들을 모아 시조를 가르치고, 어린아이들에게는 천자문을 외우게 했다. 체면을 돌보지 않고 부엌에도 자주 걸음을 했다.

“아이구, 귀하신 분이 여기 들어오시면 안 됩니다!”

아낙네들이 펄쩍 뛰었지만 의윤은 아랑곳하지 않았다.

“모두들 일하는데 나 혼자 놀 수 있겠느냐. 뭐든지 도울 일이 있거든 시켜 다오.”

결국 부엌에서 쫓겨나기는 했지만, 뒤꼍에서 꿋꿋하게 서툰 솜씨로 감자를 깎는 모습은 진귀한 구경거리가 되었다. 한때 황태자이셨던 분이 아닌가!

그렇지 않아도 전국적으로 인기 상승 중이었던 의윤이다. 이재민들 사이에서는 곧 슈퍼스타가 되고 말았다. 특히 여성들에게는 유치원생부터 할머니들까지 연령 불문하고 인기가 폭발했다. 여기저기서 사진을 찍자는 요청이 쇄도했다.

"하나, 둘, 셋, 치즈!"

"어허, 치즈라니? 김치라 하도록 하여라."

특유의 근엄한 표정으로 순순히 촬영에 협조해 주는 의윤이었다.

두 사람의 노력 덕분에 처음에는 실의에 빠져 있었던 사람들의 표정도 시간이 갈수록 점점 밝아져 갔다. 어느덧 고궁 체험이라도 온 것처럼 즐거워하는 것이었다.

한편 언론의 취재도 잦았다. 온갖 방송국과 신문사의 카메라가 쉴 새 없이 들락거리는 것으로 봐서는 황실에서 전면 취재 허가를 내린 모양이었다.

"이왕 이렇게 된 일, 황제 폐하의 너그러운 처사를 전국에 보란 듯이 홍보할 셈이로구나."

의윤은 쓴웃음을 금치 못했다. 애초에 신문에다 대고 황제 폐하의 은덕이라고 떠들어 놓은 것은, 일단 그래 놓으면 아니라고 부정하지 못할 분이라는 것을 알고 있었기 때문이었다.

옛날, 처선이 자칫하면 반역죄로 처벌받을 뻔했을 때도 그랬었다.

"설마하니 자비로우신 폐하께서 그 어린 소년을 평생 감옥에서 늙어 죽게 내버려 두실 리 없으시겠지요. 폭군이나 할 법한 잔인한 짓을 자비로운 폐하께서 하실 리 만무하니 그 아이를 이만 사면하라 지시를 내려 보내겠습니다."

대신들이 모두 모인 앞에서 자신이 대놓고 그리 말했을 때, 황제는 차마 거절하지 못했었다. ……물론 단단히 후환이 있기는 했지만.

어쨌든 이번에도 일단 말부터 흘려 놓으면 부정하지 못할 것이라 생각하고 저지른 일이기는 하지만, 정작 황실 측에서 생각보다 훨씬 더 적극적으로 써먹는 것을 보자 왠지 마음이 씁쓸했다. 그렇지 않아도 국민들에게 인기가 없어 초조한 황제의 속내가 보이는 것 같아서.

내 거짓말이 아니라 황제 폐하께서 진짜로 내린 명령이었으면 좋았을 것을. 황제, 아니면 황후 폐하라도 직접 내려오셔서 이재민들의 손을 잡고 위로의 말씀 한마디 해 주셨더라면 사람들이 한층 기운을 냈을 것을. 사람들로 하여금 두려워하게 하여 억지로 따르게 만드는 것보다, 덕으로 감복하게 만들어 따르게 하는 것이 훨씬 나을 것을.

어찌하여 그 간단한 이치를 아버님께서는 모르시는 것일까, 하고 의윤은 마음속 깊이 안타깝게 여겼다.

어쨌든 여기까지는 대강 예상한 바였지만, 한 가지 의윤도 미처 예상하지 못한 부분이 있었다. 기자들이 이재민들을 돌보는 의윤과 미소의 모습도 거리낌 없이 카메라에 담고 있다는 것이었다.

즉 황실에서 막지 않았다는 뜻인데. 얼마 전까지 의윤의 모습이 비친 뉴스 영상마저 엄격히 금지시키고, 심지어 동영상을 유포한 자들을 반역죄로 잡아들이려 했던 것과는 사뭇 다른 태도여서 의윤은 의아하게 생각했다. 대체 황제 폐하께서는 무슨 생각이신 것일까, 은근히 겁도 났다.

그러나 걱정한다 해도 방법은 없었다. 이미 엎질러진 물, 의윤은 눈 딱 감고 눈앞의 이재민들을 돌보는 데 집중했다.

* * *

의윤과 미소가 모처럼 온 신혼여행을 이재민들과 함께 보내는 가운데 시간은 흘렀다. 일주일이 지나자 국가에서 미분양 아파트에 임시로 마련한 거처가 입주할 준비를 마치고, 사람들이 떠날 때가 되었다.

마지막 날 저녁, 별궁의 뜰에는 일제히 조명이 밝혀졌다. 국내외 귀빈들을 맞이하여 연회를 열기 위해 설치되었던 조명 시설이라 낮처럼 환하고도 아름답기 그지없었다.

"그동안 정말 감사했습니다. 저희 때문에 신혼여행도 제대로 즐기지 못하시고……."

불타 버린 마을 대표인 면장이 의윤을 향해 고개를 숙였다.

"전하와 비전하, 두 분의 크신 은혜를 저희 마을은 평생토록 잊지 않을 것입니다."

"전하라니? 나를 그리 부르면 아니 되네."

의윤이 얼굴을 굳혔으나 면장은 전혀 개의치 않는 것 같았다.

"다른 이들에게 물어보시지요. 당장 이 길로 잡혀가서 감옥에 갇히는 한이 있더라도 모두들 그리 부를 것입니다."

면장이 그렇지 않느냐고 묻듯 주위를 둘러보자 사람들이 기다렸다는 듯이 말했다.

"예, 전하. 그렇습니다."

"전하가 전하신데 전하라고 부르지 그러면 뭐라고 불러요?"

노인부터 여고생에 이르기까지 당연하다는 듯한 반응이었다.

이윽고 개중 머리가 하얗게 센, 수염이 긴 노인이 지팡이를 짚고 앞으로 나섰다. 옛날에 마을에서 훈장을 하셨다는 분으로, 현재 나이가 아흔 살이 넘은 분이셨다.

"……할아버님을 꼭 닮으셨습니다."

의윤의 얼굴을 가까이서 들여다보며 노인은 그리운 듯이 눈을 가늘게 떴다.

"저는 전하의 할아버님께서 황제가 되시던 때를 기억합니다."

"왜놈들에게서 광복이 된 직후가 아닌가."

"예. 살기는 무척 어려웠지만 온 나라가 희망으로 가득했었습니다. 전하의 할아버님께서 백성에게 희망을 주셨던 것이지요. 다 잘될 것이다, 그러니 모두들 황제인 당신을 믿고 따르라고 말입니다."

옛날 일을 떠올리는 노인의 주름투성이 눈에 어느덧 눈물이 고였다.

"오늘날 전하께서 실의에 빠진 저희를 격려해 주시는 모습이, 마치 그 시절의 황제 폐하를 다시 뵙는 듯하였습니다."

스스로 황위를 내려놓고 어디론가 훌쩍 떠나가셨던 할아버지. 지금은 생사조차 알 수 없는 그분이 떠올라, 의윤은 그만 목이 메어 아무 대답도 할 수 없었다.

"지금은 그때와는 비교할 수조차 없이 잘 살게 되었지마는, 백성에게 그런 희망이 없습니다. 그러니 부디 전하께서……."

의윤처럼 목이 메었던 것일까, 아니면 그에게 자칫 누가 될까 저어한 것일까. 노인 역시 더는 말을 잇지 못했다. 하지만 끝까지 말하지 않았다고 해서 알아듣지 못할 의윤이 아니었다.

"그래, 알겠네."

두 손을 내밀어 노인의 손을 꼭 잡고, 의윤은 고개를 크게 끄덕였다.

"……내 힘껏 그리하겠네."

마지막으로 청소까지 싹 마치고 나서 사람들은 마련된 버스를 타고 모두 임시 주택으로 떠났다. 늦었으니 하룻밤 더 묵고 가라고, 섭섭한 마음에 의윤과 미소가 만류했지만 모두들 들은 체도 않았다.

"이만하면 못 할 짓 많이 해 드렸습니다."

"이 이상 하루라도 더 신혼부부를 훼방 놓았다가는 천벌 받지요, 암요."

결국 사람들이 모두 떠나고 별궁에는 다시 의윤과 미소 두 사람만이 남겨졌다. 단둘이 되자 새삼스레 미안한 마음이 밀려와서, 의윤은 신부의 얼굴을 측은한 눈으로 바라보았다.

"그간 네가 고생이 많았다. 평생 한 번뿐인 신혼여행인데 이런 식으로 보내게 되어 면목이 없구나."

하지만 미소는 씩 웃더니 엉뚱한 소리를 했다.

"저 말이에요, 어릴 때 너무 구박받고 자라서 그런지 살짝 애정 결핍기가 있나 봐요. 힘은 들었지만 그렇게 많은 사람들이 저를 좋아하고 따라 주니까 엄청 행복한 거 있죠?"

진심으로 행복하다는 듯이 미소는 눈을 반짝거렸다.

"그래서 내 전에도 말했지 않으냐. 내가 황제가 되는 것보다도, 네가 황후가 되어 백성을 보듬는 모습을 꼭 보고 싶었다고."

"그러니까요. 저 이제 보니까 완전 그쪽에 재능 있는 거 같아요."

장난스럽게 웃는 미소의 뺨에 살짝 입 맞추고, 의윤은 엄숙하게 말했다.

"그 재능, 내 꼭 발휘하게 하여 주마."

그러더니 갑자기 미소를 번쩍 안아 들었다.

"엄마야!"

불시에 공격을 당하고 놀라 비명을 지르는 미소에게, 의윤이 속삭였다.

"아내가 애정 결핍이라는데, 남편인 내가 채워 주어야 하지 않겠느냐?"

미소의 가슴이 콩닥콩닥 뛰기 시작했다. 사실 첫날밤을 함께한 이후, 의윤을 보는 미소의 눈은 그전과는 좀 달라져 있었다. 저 의젓하고 단정한 분의 어디에 그런 남자다운 면이 숨어 있었을까?

이재민들이 별궁에서 지내는 동안에는 한 방을 쓰면서도 한 번도 서로를 가까이하지 못했다. 하루 종일 그들을 돌보느라 두 사람 다 피곤하기도 했거니와, 무엇보다 집도 재산도 다 잃은 사람들이 지척에 있는데 차마 그럴 수가 없었던 것이다.

그래서 새색시는 그날 밤의 일이 더욱더 한바탕 여름밤의 꿈처럼만 느껴졌다. 가끔씩은 남편의 잘생긴 모습을 훔쳐보며 괜히 설레기도 했다. 언제 다시 전하께 안길 수 있을까, 하고.

이번에는 나도 전하를 즐겁게 해 드려야지, 하고 제법 대담한 결심도 해 보았다. 첫날밤에는 너무 긴장해서 그저 가만히만 있었지만, 두 번째는 좀 달라야 하지 않겠는가?

설레는 마음으로 들어서는 신방. 그러나 미소를 이부자리에 내려놓더니, 의윤은 뜨겁게 안아 오는 대신 그녀의 얼굴을 내려다보며 한숨을 지었다.

"어쩌면 이 밤이 마지막일지도 모르겠구나."

"네?"

미소는 가슴이 철렁해서 몸을 일으켜 앉았다.

"황제 폐하께서 절대 그냥 넘어가지 않으실 것이다."

의윤의 말에 한숨이 섞여 있었다.

"내가 한 짓은 처선이의 일 때와 별다름이 없다. 황제 폐하를 면전에서 기만한 것이지. 그리고 그 일의 대가로 황제 폐하께서는……."

"전하를 죽이려 하셨죠."

의윤이 고개를 끄덕였다.

"이번에는 무슨 벌을 내리실지 모르겠구나. 게다가 나뿐만 아니라 분명 너도 함께일 것이다."

하지만 미소는 단호하게 말했다.

"무슨 일을 당하든 우리 둘이서라면 두려울 것 없잖아요."

죽어도 같이 죽고, 살아도 같이 살기로 맹세한 사이가 아닌가. 그것도 이제는 혼인하여 한 몸까지 되었다. 의윤과 함께라면, 미소는 그 무엇도 두렵지 않았다.

"내일 일은 내일 걱정해요, 우리."

그렇게 말하며, 미소는 유혹하듯 의윤의 목에 팔을 둘렀다.

"……지금은 그저 안아 주세요."

모든 고뇌를 떨쳐 버리듯 의윤이 뜨겁게 미소에게 입 맞추기 시작했다.

* * *

다음 날 아침, 서로의 품에 안겨 곤히 잠들어 있는 두 사람을 깨운 것은 밖에서 들려온 쩌렁쩌렁한 목소리였다.

"죄인 이의윤은 나와서 황명을 받들라."

의윤과 미소는 황망히 옷을 챙겨 입고 밖으로 나갔다. 언제 온 것인지, 앞뜰에 황제가 보낸 상선 내관이 경호원을 한 떼나 거느리고 서 있었다. 황명을 받들고 왔다면 황제가 온 거나 다름없다. 의윤과 미소는 나란히 상선의 앞에 무릎을 꿇었다.

"이의윤은 들으라."

상선은 근엄하기 그지없는 목소리로 황명이 적힌 종이를 읽기 시작했다.

의윤과 미소의 맞잡은 두 손에 꽉, 힘이 들어갔다. 하지만 다음 순간 들려온 말은 완전히 상상을 초월하는 것이었다.

"……2017년 X월 X일부로 모든 죄를 사면하고 복권시켜, 다시 황자로 삼는다."

의윤은 분명 자신이 잘못 들은 것이라고 생각했다. 사형까지는 아니라도 해외 추방 정도는 각오했었는데, 거꾸로 사면 복권이라니? 하지만 옆에 무릎을 꿇고 있는 미소를 슬쩍 쳐다보니 그녀 역시 눈을 크게 뜨고 놀란 듯이 자신을 바라보고 있었다. 그제야 두 사람은 자신들이 같은 것을 들었음을 깨달았다.

반응을 미리 예상했었던 것일까. 상선은 슬쩍 두 사람의 눈치를 보고 나서야 그 뒤를 계속해서 읽었다.

"황태자 책봉 전의 봉호였던 명친왕(明親王)으로 다시 공식 칭호를 삼으며, 이유라는 본이름 역시 다시 쓸 수 있도록 허락한다. 또한 명친왕 이유의 아내 윤미소 역시 명친왕비로 삼아 황족의 일원으로서 예우한다."

거기까지 말한 상선이 숨을 돌리느라 잠시 말을 멈췄다.

그 짧은 사이에 의윤의 머릿속에서는 수천 가지 생각이 오갔다. 이제는 떳떳하게 얼굴을 들고 살 수 있다는 안도감. 비록 황태자비는 아니지만, 미소를 귀한 신분으로 만들어 줄 수 있게 되었다는 기쁨. 그보다도 더 큰 것은 갑자기 황제가 왜 이러는 것일까, 하는 두려움과 의혹이었다.

그러나 이어진 상선의 말에 모든 잡념이 한 방에 날아갔다.

"명친왕 이유는 친왕비를 데리고 속히 환궁하도록 하라."

"예?"

의윤은 저도 모르게 되물었다. 환궁이라니?

상선이 종이에서 눈을 떼고 공손히 대답했다.

"황제 폐하께서는 황자가 있을 곳은 마땅히 황궁이라 말씀하셨습니다. 사흘의 말미를 주셨으니, 어서 이화원으로 돌아가셔서 환궁할 준비를 하셔야 합니다."

그냥 죄를 사하고 복위시키는 것이 아니라, 아예 황궁에 들어와 살라고? 의윤과 미소는 동시에 서로 얼굴을 마주 보았다.

* * *

"아버지께서 어떻게 이러실 수가 있습니까?"

황태자 요가 주먹을 불끈 쥔 채 황제를 향해 말했다. 물음이라기보다는 항의에 가까웠다.

"죄인을 반역죄로 엄히 다스리시기는커녕 복위를 시키고, 심지어 황궁으로까지 불러들이시겠다니요!"

한껏 격앙된 황태자와 달리 황제는 침착하기 그지없었다. 찻잔을 들어 천천히 마시고 내려놓으며 황제는 말했다.

"친구는 가까이에 두고, 적은 더 가까이에 두라 하였다. 그 이상도 이하도 아니니라."

"가까이 두어 무슨 이익이 있단 말입니까!"

기어이 요가 목소리를 높였다.

평소 아버지에게 무척이나 깍듯한 요였다. 아버지의 정치적 신념에 동조하는 바도 컸지만, 무엇보다 황태자였던 형을 밀어내고 자신을 황태자로 만들어 준 장본인이 아버지가 아닌가. 그래서 늘 황제의 말이라면 이의 없이 따르곤 했지만 이것만은 도저히 가만히 있을 수가 없었다. 형이 돌아온다지 않는가!

그렇지 않아도 유의 존재만으로도 늘 불안감에 시달리던 요다. 그런데 이제는 같은 황궁에까지 살아야 한다니!

"말씀해 보십시오, 아버지. 대체 우리에게 무슨 이익이 있단 말입니까?"

불안한 나머지 황태자는 반쯤 이성을 잃고 있었다.

"우리의 권력을 유지하는 데 도움이 된다. 황실의 평판이 위험한 수준까지 와 있음이 네 눈에는 보이지 않는단 말이냐?"

권력은 국민으로부터 나오는 법이다. 독재에 가까운 전제 정치를 펴고 있는 대한 제국 역시 결국은 다르지 않았다.

황궁과 별궁의 끊임없는 증축이나 각종 행사 등에 어마어마한 국가 예산을 쏟아붓고, 정책에 불만이라도 토로했다가는 황실 모욕죄로 잡아가고, 심지어 동영상 공유한 죄로 반역죄로 잡아들이고. 그런 실정(失政)이 계속되니 점점 황실의 인기는 떨어질 수밖에 없었다. 예전에는 자칫 잡혀갈까 두려워 아주 친한 사이, 혹은 가족들끼리 있을 때나 몰래 하던 황실 험담이, 이제는 거의 공공연한 화젯거리처럼 되어 있었다.

'들었어? 황후 회갑연에 그렇게 돈을 처들여 놓고 황제 생일 준비를 또 한다지?'

'담뱃값 또 오르겠구먼. 저놈의 황제 좀 누가 안 잡아가나, 원.'

황실 모욕죄로 아무리 잡아들여도 소용이 없고 오히려 역효과만

나서, 요즘은 당국에서도 손을 놓다시피 하고 있는 판국이었다. 전 국민을 감옥에 넣을 수는 없지 않은가!

“게다가 이제는 구심점까지 생겨 버렸다. 유의 인기가 점점 올라가는데, 자칫 녀석을 옹립하자고 반란이라도 일어나게 되면 어쩐단 말이냐?”

황제는 낮은 목소리로 황태자의 어리석음을 꾸짖었다.

“적으로 두고 점점 커 가는 것을 위험하게 방치하느니, 아예 다시 황실의 일원으로 만들어 버려서 녀석의 인기를 이용하는 것이 이득이 아니겠느냐?”

이해는 하겠다. 하지만 황태자의 입장에서는 여전히 받아들이기 힘들었다. 황자로 복권되었다가 나중에 황태자의 자리까지 노리게 되면?

“하지만 아버님…….”

“딱 거기까지니라.”

반론하려는 요의 말을 황제가 가로챘다.

“황태자는 어디까지나 너다. 다음 황제는 너란 말이다.”

어깨에 손을 얹고 아들의 눈을 들여다보며 황제는 말했다.

“유는 그저 네가 내 자리를 무사히 이어받게 만들기 위한 도구에 불과하다.”

아까와는 달리 회유하듯 부드러운 목소리였다.

“생각해 보아라. 황제의 자리가 흔들리면 황태자 역시 있을 수 없지 않겠느냐?”

요도 더는 이의를 제기할 수 없었다. 여전히 가슴속에서 끓어오르고 있는 불안감을 애써 억누르며 요는 고개를 숙였다.

"예, 아버님. 잘 알겠습니다."

* * *

황명을 전달받자마자 의윤과 미소는 곧장 이화원으로 돌아왔다. 그리고 한숨 돌릴 틈도 없이 정 여사와 처선과 함께 의논에 들어갔다. 놀랍게도 아침에 황명을 받은 일을 설명할 필요까지도 없었다.

"아침부터 신문이니 뉴스니 떠들썩했습니다."

[이유 전하, 명친왕으로 복위]

신문 1면의 기사를 보여 주는 처선에게, 의윤은 물었다.

"그래, 너는 황제 폐하께서 갑자기 왜 이러시는 것이라고 생각하느냐?"

"글쎄요, 물론 호의로 하시는 일은 아닐 것입니다마는."

처선이 말하자 정 여사 역시 동조했다.

"저도 그리 생각합니다. 아마도 주인님을 곁에 두고 손발을 묶어 두려는 것이 아닐까요?"

"내 생각도 그런 것 같구나. 이를 어찌해야 할지……."

의윤의 말에 미소가 정리하듯 말했다.

"고민할 것도 없어요. 어쨌든 황명이니 선택의 여지가 없는 거잖아요. 들어오라고 하시니 들어가기는 해야죠."

"그러면 이화원에서 일하는 사람들은 다 어쩐단 말이냐?"

"원래 모두 황궁의 궁인이었던 분들이잖아요. 모두 함께 데리고 들어가야죠."

"그게 가능하겠느냐?"

"황후 폐하를 통해서 부탁드려 봐야지요. 우리에게 이용 가치가 있으니 부르시는 거고, 그렇다면 그쯤은 들어주실 거예요."

의윤이 고개를 끄덕였다.

"그렇다면 연재와 지호도 함께 부탁드려야겠구나. 내가 입양한 아이들이니 내가 복위되면 그 아이들 역시 법적으로 황족의 일원이 아니냐."

하지만 미소가 반대하고 나섰다.

"아뇨. 받아 주실 것 같지도 않지만, 설령 받아 주신다 해도 데려가면 안 돼요."

"어째서?"

"황제 폐하께서 결코 좋은 의도로 부르시는 게 아니라는 건 우리 모두 알잖아요. 한 번 전하를 죽이려 하셨던 분이, 두 번은 못 하라는 법이 있나요?"

처선과 정 여사가 동조의 표시로 고개를 끄덕였다.

"우리는 지금 호랑이 소굴로 들어가는 거나 마찬가지예요. 절대 그 위험한 곳으로 아이들까지 데려갈 순 없어요."

의윤을 똑바로 바라보며 미소는 물었다.

"정말로 지호를 동생분 가까이에 둘 생각이세요?"

"아!"

미처 그 생각을 못 했구나. 의윤의 등골에 식은땀이 배어났다.

지호는 황태자 요가 궁녀인 수영을 건드려 낳은 아이가 아닌가. 그런데 지호를 바로 그 황태자가 있는 황궁으로 데려가다니 안 될 말이었다. 자칫 요가 눈치라도 챘다가는 그야말로 목숨이 위험하다.
"하마터면 큰일 낼 뻔했구나. 그럼 아이들은 어떻게 해야겠느냐?"
"일단 연재는 화신 언니께 부탁드려야지요."
"그럼 지호는?"
여기에는 미소도 대답할 수가 없었다. 이제 겨우 네 살배기인 어린 아이를 어떻게 한단 말인가. 입궁하라는 황명을 거역할 수도 없고, 그렇다고 데리고 들어가자니 위험하고.
그때 처선이 입을 열었다.
"친엄마에게 맡기는 것은 어떨까요?"
"수영이 말이냐? 그야 물론 친엄마가 맡는 것이 가장 좋다마는, 수영이가 어디 있는지 알 수가 없으니……."
"제가 알 수 있을 것 같습니다."
의윤이 놀란 눈으로 처선을 바라보았다.
"네가 수영이의 소재를 알고 있단 말이냐?"
처선이 고개를 저었다.
"정확히 말하면 제가 아는 것이 아니라, 아는 사람을 알고 있습니다."
"그게 누구냐?"
"선혜 공주님이십니다."
"아……!"
그제야 의윤은 납득했다. 원래 지호의 친엄마인 수영은 선혜 공주를 모시던 궁인이 아니었던가.
"주인님께서 신혼여행을 가 계시는 동안, 어쩌다 보니 공주 전하를 자주 뵈었습니다."

처선의 말에 정 여사가 짐짓 근엄한 얼굴로 덧붙였다.

"공주 전하께서 매일같이 이화원에 출근 도장을 찍으셨지요. 결혼식도 다 끝났는데 무슨 볼일이 그리 많으신지 모를 일입니다."

심각한 상황에도 불구하고 의윤과 미소의 얼굴에 잠시 옅은 미소가 번졌다. 조금 민망한 얼굴을 하면서도 처선은 계속해서 말했다.

"그러다 공주 전하께서 지금까지도 지호 도련님의 친엄마와 가끔씩 연락하고 계신다는 이야기를 들었습니다."

"그래, 어떻게 지낸다고 하더냐?"

"지방에 내려가 열심히 일하고 있었다고 합니다. 세월이 좀 지나서 황태자 전하께서 자신을 잊을 때가 되면 지호 도련님을 데려다 함께 살겠다고 말입니다."

"지금이 바로 그때일지도 모르겠구나. 지호가 올해 네 살이니, 벌써 황궁을 나온 지도 4년은 넘었지 않으냐."

의윤이 고개를 끄덕였다. 여태 친자식처럼 키워 온 아이를 하루아침에 보내자니 마음은 아팠지만, 지호의 안전을 위해서는 그게 최선이라는 생각이 들었다.

"그러면 처선이 너는 어서 선혜를 통해서 수영이에게 기별을 하도록 해라."

"예, 주인님."

처선이 대답했다. 이어서 의윤은 정 여사에게도 일렀다.

"보모도 어서 어머니께 연락하여, 이화원 사람들도 모두 함께 입궁할 수 있도록 황제 폐하의 허락을 얻어 주십사 부탁드리도록 하게."

"예, 주인님."

정 여사도 대답했다. 명령에 따르기 위해 서둘러 자리에서 일어나려는 두 사람을, 의윤이 붙잡았다.

"잠깐, 그 전에."

두 사람이 의아한 표정으로 도로 자리에 앉자 의윤이 물었다.

"정작 그대들의 의견은 묻지 않았구나. 나와 함께 환궁해 주겠는가?"

두 사람은 서로 얼굴을 쳐다보았다. 다음 순간, 두 사람의 입에서는 약속이나 한 듯이 똑같은 말이 흘러나왔다.

"예, 전하!"

황후에게서는 그날 저녁 안으로 금세 다시 기별이 왔다. 황제가 정 여사와 처선을 포함한 이화원 사람들 전원의 환궁을 허락했다는 것이었다.

-모든 준비는 어미가 다 해 두었으니 어서 빨리 입궁하거라.

쫓겨난 아들이 10년 만에 용서를 받고 집으로 돌아오는 셈이다. 전화를 통해 들려오는 황후의 목소리가 기쁨에 가득 차 있었다.

그로부터 사흘 동안 이화원은 눈코 뜰 새 없이 바빴다.

모두들 환궁 소식에 기뻐하는 분위기였다. 궁인, 즉 황궁 공무원이라는 것이 어디 쉬운 자리던가. 되기도 어렵지만 일단 되고 나면 한 집안의 광영이나 다름없었다. 단지 자신들이 모시던 황후가 큰아들인 의윤의 곁을 지켜 달라고 부탁했기 때문에 그 뜻을 받들어 이화원으로 왔던 것일 뿐, 황궁 공무원의 자리가 싫어서 나온 사람은 한 명도 없었다.

그런데 하물며 주인인 의윤이 복위되어 함께 황궁으로 돌아가게 되었으니 이 이상 기쁜 일이 있을 수 없었다. 모두들 신이 나서 콧노래를 부르며 짐을 싸는 마당이었다.

한편 사정 설명을 들은 연재의 첫 반응은 퍽 신선한 것이었다.

"와! 아빠가 친왕이면 나도 이제 공주인 거야?"

"법적으로는 그렇지."

의윤은 어렵게 말을 꺼냈다.

"너도 같이 황궁으로 들어갔으면 좋겠지만, 아무래도 위험할 것 같아서……."

연재는 도리어 눈을 둥그렇게 떴다.

"누가 황궁에서 살고 싶대? 됐어, 난 싫어. 그렇게 무서운 데 들어가서 숨도 못 쉬고 어떻게 살아? 차라리 영국 가서 엄마랑 사는 게 백번 낫지. 난 공주 된 걸로 충분하니까 걱정 마, 아빠. 영국 가서 코리안 프린세스라고 하면 인기 터질 각이잖아?"

짐짓 신이 난 듯이 말하는 연재를 보고 의윤은 목이 메었다. 자신이 미안해할까 봐, 서운한 마음을 애써 감추고 있다는 것을 왜 모르겠는가. 의윤은 팔을 벌려 연재를 꼭 끌어안았다.

"미안하다, 연재야."

"왜 그래, 아빠. 난 엄마랑 사는 거 완전 좋은데?"

"그래도, 그저 미안하다."

의윤의 목소리가 떨리는 것을 알아차린 것일까. 아무렇지 않은 척 버티던 연재도 기어이 눈물을 흘리고 말았다.

"아빠, 나 잊어버리면 안 돼."

연재는 울면서 말했다.

"방학 때 아빠 보러 와도 되는 거지? 그것까지 안 되는 건 아니지?"

"그럼, 누가 뭐래도 너는 내 딸인데."

의윤은 울음을 삼켰다. 언젠가 내가 황제가 되면 꼭 다시 부르마, 하는 말을 속으로 되뇌며.

연재보다도 더 걱정이 되는 것은 지호였는데, 놀랍게도 상상했던 것 이상으로 일이 잘 풀렸다.

선혜 공주를 통해 연락을 받고 이화원으로 달려온 수영은, 훌쩍 큰 지호를 보고 한참 동안이나 눈물만 글썽일 뿐 입을 열지 못했다. 차마 내가 엄마라고 나설 염치가 없었던 것이다.

그러나 말할 필요도 없었다. 저를 보고 말없이 눈물을 흘리는 처음 보는 아줌마가 누구인지, 영특한 아이는 본능적으로 눈치챈 모양이었다.

"엄마……?"

지호가 그렇게 부른 순간, 수영은 참았던 통곡을 터뜨렸다.

"그래, 지호야. 엄마야……!"

그대로 모자가 부둥켜안고 한참을 울었다.

"엄마, 엄마!"

겨우 네 살배기가 뭘 아는 것일까. 지호 역시 엄마에게 안겨 서럽게 울었다. 생전 처음 불러 보는 엄마, 라는 말을 수도 없이 되풀이하면서.

곁에서 지켜보고 있던 사람들도 함께 울었다. 선혜 공주도, 미소도, 처선과 정 여사, 그리고 화신과 연재도. 의윤마저도 눈물을 참느라 이를 악물어야 했다.

"그동안 지호를 잘 키워 주셔서 고맙습니다, 전하."

한참을 울고 나서 수영은 눈물을 닦고 의윤을 향해 고개를 숙였다.

"이제는 제가 엄마 노릇을 하겠습니다. 그러니 전하께서는 아무 걱정 마시고 마음껏 뜻을 펼치세요."

의윤은 깨달았다. 수영 역시 자신의 사정을 짐작하고 있다는 것을.

"그래, 내 꼭 그리하마."

애써 눈물을 삼키며, 의윤은 고개를 끄덕였다.

* * *

드디어 입궁하는 날이 되었다. 서서히 열리고 있는 거대한 황궁의 정문 앞에서, 의윤과 미소는 손을 꼭 잡은 채 서로를 마주 보았다.

과연 이 안에서 어떤 일들이 기다리고 있을까. 기대감보다는 불길한 예감이 앞서는 게 사실이었지만, 조금도 두렵지는 않았다.

이렇게, 둘이 함께 있으니까.

"가자꾸나."

"네, 전하."

손을 꼭 맞잡은 채 두 사람은 황궁 안으로 걸음을 옮겼다.

7. 황실의 마스코트

"어서 오너라."

정문까지 몸소 두 사람을 맞이하러 나온 황후가 아들을 안고 하염없이 기쁨의 눈물을 흘렸다.

"이제 집에 돌아왔으니 다시는 어디 가지 말고 어미 곁에 있거라."

지난 10년간, 어쩌면 당사자인 의윤보다도 더 마음고생을 한 것이 황후일지 몰랐다. 어머니의 눈물에 의윤 역시 눈시울이 뜨거워졌다.

"예, 어머니. 그리하겠습니다."

황후의 말이 아니더라도 이미 단단히 마음먹고 들어온 차였다. 어찌 된 연유로 다시 불러들였든 간에, 두 번 다시 쫓겨나듯 나가지는 않으리라고.

의윤을 부둥켜안고 한바탕 울고 난 황후가, 이번에는 며느리인 미소를 따뜻하게 안아 주었다.
“잘 왔느니라.”
아들의 환궁에 기분이 들떴는지, 황후는 빨개진 눈으로 농담까지 했다.
“신혼 초부터 갑자기 시집살이를 시키게 되어 비에게는 무척 미안하구나. 사가(私家)라면 이혼감이 아니더냐?”
주위에 있던 궁인들이 웃음을 터뜨렸지만, 정작 미소는 긴장한 얼굴로 대답했다.
“아는 것이 많지 않아 자칫 실수를 범할까 걱정입니다. 혹 제가 잘못을 하더라도 너그럽게 보아주시면 열심히 고쳐 나가겠습니다.”
어려서 부모를 잃은 탓에 가정 교육도 제대로 받지 못했고, 많이 배우지도 못했다. 게다가 나이까지 어린 자신이 예의와 법도가 엄격한 황궁에서 앞으로 잘해 나갈 수 있을지 미소는 무척 걱정이었다.
“별소리를 다 하는구나. 너 역시 내 딸이라 하지 않았느냐?”
부드럽게 꾸짖으며 황후는 미소의 손을 잡았다.
“모르는 것은 배우면 된다. 이 어미를 믿고 그저 마음 편히 있으면 되느니라.”
미소는 그제야 마음이 좀 놓였다. 그래도 황궁 안에 우리가 의지할 사람이 하나는 있구나.
황후의 곁에 있던 선혜 공주가 살며시 웃으며 말했다.
“언니께서는 워낙 영민한 분이십니다. 잘하실 거예요.”
미소는 그제야 긴장을 풀고 웃었다. 아니, 하나가 아니라 둘이구나.

비록 어떤 꿍꿍이속으로 불러들였는지 알 수 없어 불안하다 해도,

한편으로 10년 만의 환궁에 절로 마음이 들뜨는 것도 사실이었다. 의윤에게 있어서는 태어나서 어른이 될 때까지 쭉 자라 온 곳이 아닌가.

황태자 시절에 살던 동궁은 이미 요가 쓰고 있을 테니 자신은 어느 건물을 쓰게 될까 궁금했는데, 놀랍게도 거처라고 안내받은 곳은 옛날의 바로 그 동궁이었다.

"아니, 그러면 황태자 전하께서는 어디에 머물고 계시느냐?"

의윤 일행을 안내한 궁인이 대답했다.

"몇 년 전에 새로 지은 궁에 계십니다. 지금은 그곳을 동궁이라 부르고 있습니다."

미소가 옆에서 거들었다.

"이곳보다 훨씬 크고 화려한 건물이었어요."

미소는 지난번에 요가 불러들여서 황궁에 왔을 때 본 적이 있었던 것이다.

"여기도 멀쩡한데 무슨 궁을 또 지었단 말이냐."

의윤은 한숨을 감추지 못했다. 이런 식으로 세금을 써 대니 황실에 대한 국민 감정이 좋을 리가 있나.

어쨌든 어린 시절부터 살아왔던 정든 궁으로 돌아올 수 있게 되니 그 점은 나쁘지 않았다. 몇 년 동안 비어 있던 곳답지 않게 내외부가 모두 깔끔하게 청소되어 있었다. 가구나 침구 등의 살림살이 역시 모두 새것으로 바꾼 흔적이 역력했다. 특히 침실은 신혼 분위기가 물씬 나는 것이, 황후가 무척 신경 써서 준비해 둔 모양이었다.

이화원에서 데리고 온 궁인들은 곧바로 이삿짐 정리를 시작했다.

"여기 있어 봐야 일하는 데 방해만 될 테니 우리는 잠시 나가 있자꾸나."

분주하게 움직이는 사람들을 보며, 의윤이 말했다.

"내가 황궁 구경을 시켜 주마. 어떠냐?"

지난번에 황궁에 왔을 때는 구경이고 뭐고 할 겨를이 없었다. 미소는 두말없이 찬성했다.

"좋아요!"

신이 나서 얼른 손을 잡고 나가려는데 마침 내관 하나가 구(舊) 동궁 마당으로 들어섰다. 의윤은 그가 대전 내관임을 금세 알아보았다.

"무척 오랜만이구나. 그간 잘 지냈는가?"

"예, 친왕 전하. 환궁을 축하드립니다."

내관은 그렇게 대답하고 들고 있던 커다란 상자를 내밀었다.

"황제 폐하께서 이것을 두 분께 전해 드리라 하셨습니다."

"이게 무엇인가?"

"환궁하신 두 분 전하를 뵙기 위해 취재진이 들어와 있습니다. 단정하게 옷을 갈아입으시고 언론을 대하라는 폐하의 배려이십니다."

"취재진이라?"

"예, 기자들이 기다리고 있으니 어서 갈아입고 나오시지요."

대전 내관의 말투는 공손하였으나, 그 안에 들어 있는 내용은 강압적이었다. 권유가 아니라 명령인 것이다.

"그리하겠네."

그렇게 대꾸하고, 의윤은 상자를 받아 들고 미소를 도로 방으로 데리고 들어갔다. 상자 안에는 고운 빛깔의 한복이 들어 있었다.

"대충 짐작이 가네요, 왜 불러들이신 건지."

미소가 한복을 바라보며 중얼거렸다.

"우리를 황실 마스코트로 써먹으실 작정이신가 봐요."

"그런 것 같구나. ……과연 그게 전부인지는 모르겠다마는."

잠시 무거운 침묵이 흘렀다. 그 침묵을 깬 것은 미소의 발랄한 목소리였다.

"원하신다면 마스코트 노릇 좀 해 드리죠, 뭐."

그렇게 말하며 미소는 제 옷을 집어 들었다.

"우선은 모른 척 원하시는 대로 고분고분 따라 드려요. 황제 폐하께서 우리를 이용하실 생각이시라면, 우리는 그걸 역이용하면 되는 거예요."

의윤 역시 동감이었다.

"그래, 그래야겠지."

전투에 임하는 심정으로 두 사람은 옷을 갈아입었다.

황실의 일원을 직접 취재하는 것은 절대 흔한 기회가 아니었다. 그것도 성역이나 다름없는 황궁에까지 들어와서 취재해도 좋다는 허가가 나는 것은 더욱더 드문 일이었다.

게다가 그 상대가 명친왕 부부라면 최근 가장 핫한 인물들이 아닌가. 그렇지 않아도 인기 급상승 중이었는데, 신혼여행 중에 별궁을 선뜻 내주고 이재민들을 몸소 돌보는 장면이 뉴스를 통해 알려지는 바람에 인기가 대폭발했다. 현재 대한 제국에서 최고 인기인을 뽑자면 배우도, 가수도 아닌 바로 이 부부였다.

그 명친왕 부부를 황궁 내에서 직접 취재할 수 있다니!

이런 황금 같은 기회를 놓칠 기자는 대한 제국에 존재하지 않았다. 황궁의 앞뜰에는 온갖 언론사에서 나온 기자들이 구름 떼처럼 모여 이제나저제나 하고 친왕 부부를 기다리고 있었다.

이윽고 화사한 한복 차림으로 나온 부부를 향해, 모두들 신들린 듯이 셔터를 누르기 시작했다.

"친왕 전하, 환궁하신 소감이 어떠십니까?"

"비전하, 한 말씀 부탁드립니다!"

여기저기서 경쟁적으로 질문이 쏟아졌다.

"내 무슨 할 말이 있겠는가. 그저 지난날의 과오를 용서하고 다시금 받아들여 주신 황제 폐하의 넓은 아량에 감격할 뿐이니라."

"부족한 몸으로 황실의 일원이 되었으니, 앞으로 이 한 몸 바쳐 국민 여러분의 성원에 보답해야겠다는 생각뿐입니다."

명친왕 부부가 각자 질문에 대답했다.

"비전하께서는 새신부신데, 신혼여행을 이재민들과 함께 보내게 되어서 혹시 서운하지는 않으셨습니까?"

"천만에요. 오히려 그렇게나마 국민에게 봉사할 기회가 생겨 무척 기뻤습니다. 평생 기억에 남는 신혼여행이 될 것 같네요."

자리가 사람을 만든다고 했던가. 겨우 스물한 살의 어린 친왕비는 쏟아지는 질문에도 전혀 당황하지 않고 우아한 미소를 지으며 차분하게 대답하고 있었다.

그런 친왕비도, 짓궂은 질문에는 조금 당황한 얼굴을 했다.

"혹시나 허니문 베이비 소식은 없을까요?"

친왕비 대신에 근엄한 표정으로 대꾸한 것은 친왕이었다.

"노코멘트니라."

의외의 유머 감각에 여기저기서 웃음이 터져 나왔다.

한 시간 가까이나 질문에 응해 주었는데도 기자들은 만족하지 않았다. 결국은 부부가 황실 후원을 다정하게 산책하는 모습까지 카메라에 담은 후에야 기자들은 겨우 황궁을 떠났다.

"……아주 화보를 찍었네요."

주위가 조용해지고 나자 그제야 미소가 긴 한숨을 내쉬었다.

"가식을 너무 떨었더니 얼굴 근육이 다 아파요!"

내내 우아하게 미소를 띠고 있느라 광대뼈와 입가의 근육이 다 아파 올 지경이었다. 겉으로야 차분한 태도를 잃지 않으려 노력했지만, 난생처음으로 수많은 기자들을 대하면서 긴장이 되지 않았을 리 없다. 한순간에 긴장이 풀리자 다리가 후들거렸다.

휘청거리는 미소를, 의윤이 얼른 받아 안았다.

"자, 이리 기대거라."

그대로 의윤은 미소를 부축한 채 천천히 걷기 시작했다.

"앞으로도 이런 일이 수없이 많을 것이다."

미안하다고 사과하는 대신, 의윤은 말했다.

"힘들면 참지 말고 이렇게 내게 기대거라. 그렇게 우리 내내 함께 걸어가자꾸나."

지칠 대로 지친 마음에 온기가 번졌다. 이토록 아껴 주는 남편이 있는데, 이까짓 것쯤이야 백 번도 기꺼이 겪겠다. 든든한 남편에게 기대 걸으며 미소는 행복에 빠져들었다.

그러나 신혼부부의 행복한 순간도 오래가지 않았다. 문득 보니 황태자 요가 바로 몇 걸음 앞에 서 있는 것이 아닌가.

"황태자 전하."

의윤은 동생을 향해 고개를 공손히 숙였다. 이제는 죄인의 몸이 아니라 해도 어디까지나 동생은 황태자이니 예를 갖춰야 했다. 미소 역시 의윤을 따라 고개를 숙여 인사를 했다.

"황태자 전하를 뵙습니다."

그러나 요는 불쾌한 것이라도 본 듯 살짝 눈살을 찌푸렸을 뿐, 대꾸조차 하지 않고 그대로 의윤과 미소의 곁을 스쳐 지나갔다. 동생에게 노골적으로 무시당하고도 의윤은 기분 나빠하지 않았다. 그럴 줄 알았다는 듯이 살짝 고개를 절레절레 저을 뿐.

하지만 미소는 의윤과는 성격이 달랐다.

"도련님!"

황태자의 뒤에서 불러 세우자 황태자가 움찔하고 돌아섰다.

'설마 지금 나를 불렀나?' 하듯 황당하게 쳐다보는 표정에 대고 미소는 웃으며 말했다.

"비록 제가 황실의 법도에 대해서는 잘 모르지만, 형과 형수를 보고도 못 본 체 투명 인간 취급을 하는 게 예의는 아닐 것 같은데 말이에요."

황태자는 물론, 그의 곁에 있는 동궁 내관들까지 단체로 눈이 화등잔만 해졌지만 미소는 전혀 개의치 않았다.

"아무래도 우리 도련님께서도 빨리 장가를 가셔야 철이 드시겠네요."

말 한마디로 열두 살 위의 시동생을 철없는 아이 취급을 해 놓고, 어린 형수는 살포시 웃으며 말했다.

"그러면 이따 저녁 식사 때 뵙겠습니다, 황태자 전하."

제 할 말은 다 끝났다는 듯이 의윤의 팔짱을 끼고 등을 돌리는 미소의 뒤통수를, 황태자가 부들부들 떨며 노려보았다.

* * *

모든 채널의 오후 뉴스가 온통 이유의 환궁 소식으로 도배가 되어 있었다. 공중파는 물론이고 종편, 케이블, 심지어 연예 전문 채널까지도.

—오늘 전격 환궁하신 명친왕 이유 전하의 소식으로 뉴스 시작하겠습니다.

—화기애애했던 인터뷰 현장을 전해 드리겠습니다.

어디로 채널을 돌려도 죄다 명친왕, 명친왕, 명친왕 이야기뿐이었다.

그도 그럴 것이, 그간 언론도 이유 때문에 몸살을 하고 있었던 것이다. 국민들 사이에 인기 폭발이니 뭐든 내보내기만 하면 시청률 대박은 따 논 당상인데, 정작 황실에서 엄하게 금지하고 있는 통에 다룰 수가 없었으니까.

하지만 이제는 드디어 금기의 벽이 깨졌다. 언론은 마치 물 만난 물고기와도 같았다. 정규 편성까지 바꿔 가면서 뉴스에 질의응답 현장을 통째로 내보내는 것도 모자라서, 명친왕 부부가 손을 잡고 황궁 후원을 거니는 장면을 영상 화보식으로 만들어서 내보내기까지 하는 것이었다.

TV를 지켜보던 황태자는 더 이상 참지 못하고 리모컨을 집어 던져 버렸다.

“젠장!”

마치 불에 기름을 들이부은 격이었다. 가뜩이나 인기가 많아 골치였는데 이제는 대놓고 저렇게 띄워 주고 있으니, 앞으로 모든 국민들의 관심과 사랑이 저 부부에게만 쏠릴 것이 아닌가!

물론 명친왕 부부의 인기를 이용해서 황실의 이미지를 개선하려는 아버지 황제의 의도를 이해하지 못하는 바는 아니었다. 어느 정도 동감하는 부분도 있었다. 민심이 점점 위험한 방향으로 흘러가는 것을 그 역시 피부로 느끼고 있었으니까.

하지만 이 문제에 있어서만은, 아버지와 자신은 입장이 다르다고 요는 생각했다. 아버지는 이미 황제가 된 분이시지만 자신은 아직 예비 황제일 뿐이지 않은가. 자신이 황제가 되기 전에 유의 인기가 걷잡을 수 없이 높아지면, 여론에 밀려 결국 황태자가 바뀌게 될 수도 있지 않겠는가. 비록 황제는 절대 그럴 리 없다고 장담했지만, 한 번 바뀐 황태자의 자리가 두 번 바뀌지 않으라는 법은 없는 것이었다. 하물며 원래 황태자의 자리는 형의 것이 아니었던가!

요는 지독한 불안감을 느꼈다. 가만히 손 놓고 있을 수만은 없다, 어떻게든 해야 한다. TV 화면 속에서 서로를 바라보며 다정하게 웃는 부부의 모습을 노려보며 요는 마음속으로 뇌까렸다.

'내가 이대로 죽을 것 같은가? 어림도 없지.'

그날 저녁, 황제와 황후를 비롯한 가족들이 모두 중궁전에 모였다. 평소 식사는 궁마다 따로 하고 있었으나, 오늘 저녁에는 친왕 부부의 환궁을 축하하는 의미로 중궁전에서 특별히 상을 차렸던 것이다.

인원이 적다 보니 연회라고 부를 만한 규모까지는 아니었지만 음식의 수준은 말할 수 없이 훌륭했다. 그야말로 산해진미가 다 차려져 있었다. 아들과 며느리를 환영하는 황후의 정성이었다.

"그래, 거처는 마음에 드느냐? 선혜의 조언을 받아 꾸며 보았다마는."

"예, 어머님. 너무너무 마음에 듭니다."

"제가 언니 결혼식 준비하실 때 곁에서 돕지 않았나요? 그래서 언니의 취향은 제가 잘 알고 있답니다."

"다 좋은데 침대가 좀 작은 것 같더구나."

"어머나, 우리 오라버님은 센스도 없으셔라. 언니와 꼭 붙어 주무시라고 일부러 그리해 드린 거랍니다."

공주의 능청스러운 대답에 의윤이 웃었다.

"그런 데까지 생각이 미치는 것을 보니 우리 선혜도 다 컸다. 이제 슬슬 좋은 사람을 찾아 시집을 보내야겠구나."

"오라버니도 참!"

공주가 얼굴을 붉혔다. 황후와 공주, 그리고 의윤 부부가 화기애애하게 이야기를 나누는 동안 황제와 황태자는 묵묵히 수저만 움직이고 있었다.

"드릴 말씀이 있습니다."

황태자가 처음으로 입을 연 것은 식사가 거의 끝나 갈 때쯤이었다.

"무엇이냐?"

황제가 숟가락을 내려놓고 물었다. 황후를 비롯한 다른 사람들도 모두 황태자에게 시선을 집중했다.

"형수님께서 낮에 제게 이르시기를, 장가를 가야만 철이 들겠다 하셨습니다."

미소는 크게 당황하는 동시에 어이가 없었다. 아니 황태자란 사람이, 그것도 나이 서른셋이나 먹은 사람이 한 소리 들었다고 그걸 부모님한테 쪼르르 일러바쳐?

"아니, 저어, 그건……."

얼굴이 붉어진 미소가 더듬거리며 변명하려 하는데, 요가 이어서 말했다.

"형수님께서 진심으로 해 주신 조언을 제 어찌 흘려듣겠습니까? 그래서 저도 이제 슬슬 짝을 찾아 결혼을 할까 합니다."

갑작스러운 결혼 선언에 모두가 놀랐다. 한참 동안 침묵이 흐르는 가운데, 미소는 슬쩍 황제와 황후의 표정을 살폈다. 두 사람 다 눈이 커다래진 것이, 역시나 처음 듣는 이야기인 모양이었다.

잠시 후 어느 정도 평정을 찾은 황후가 물었다.

"그렇다면 마음에 둔 처자가 있다는 말이로구나?"

"없습니다."

황태자가 황당할 정도로 태연하게 대꾸하자 이번에는 황제가 물었다.

"상대도 없이 대체 어떻게 결혼을 하겠다는 것이냐?"

"황실의 전통대로 하면 되지 않겠습니까?"

"전통이라?"

"예. 전국에 간택령을 내려 주십시오."

미소는 제 귀를 의심했다. 간택령? 의윤 역시 놀란 눈으로 요를 바라보고 있었다.

"저어, 오라버님. 지금은 2017년입니다."

선혜 공주가 머뭇거리며 말했다. 큰오빠와는 달리 작은오빠는 무척 어려워하면서도 저렇게 말한 것을 보면, 그녀 역시 무척 당황한 모양이었다.

"그게 뭐 어떻다는 말이냐? 수백 년 동안 내려온 황실의 전통이다. 증조할아버지 대까지도 간택을 통해 혼인하시지 않았더냐?"

요의 입에서는 미리 준비한 듯이 말이 술술 흘러나왔다.

"간택을 통하지 않고 혼인한 것은 오로지 할아버지와 아버지뿐이시다. 내 대에서 전통을 부활시키지 못할 것이 무엇이냐?"

"아니, 아무리 그래도 요즘 세상에……."

황후도 당혹스러워하고 있는데, 황제가 불쑥 말했다.

"듣고 보니 나쁘지 않을 것도 같구나."

"폐하?"

"금혼령[4]만 내리지 않는다면 괜찮지 않겠소? 어차피 연애결혼을 할 게 아니라면 어느 집안의 처자든 선을 보아야 될 텐데, 그걸 한 번에 본다고 생각하면 될 것 아니오."

"그것도 그렇습니다만, 간택령 자체가 너무 시대착오적이 아니겠습니까?"

의윤이 조심스럽게 말한 순간 황제가 한껏 눈썹을 찌푸렸다.

"누가 네 의견을 물었더냐?"

순간 미소는 제 얼굴이 확 뜨거워지는 것을 느꼈다. 의윤에게 면박을 주고 나서 황제는 다시 말했다.

"국민들에게 황실의 전통을 보여 줄 수 있는 좋은 기회가 아닌가 한다. 우선 가례도감(嘉禮都監)[5]을 설치토록 하고, 요즘 실정에 맞추어 간택령을 내리겠다."

이미 결정했으니 아무도 반론을 제기하지 말라는 듯한 말투에 의윤은 숨이 콱 막혀 오는 것을 느꼈다. 옛날부터 그랬다. 밥상머리에서까지도 황제는 늘 황제였다. 단 한 번도, 아버지였던 적이 없었다.

---

4) 궁중에서 간택을 할 때 민간의 혼인을 금지하는 것

5) 왕실의 혼사에 관련한 일을 전담하기 위한 임시 기구

"그리고 친왕비."

며느리를 보고도 잘 왔다는 인사치레 한마디 없었던 황제가, 처음으로 미소를 향해 시선을 돌렸다.

"아무리 시동생이라 한들 요는 어디까지나 황태자다."

자상한 타이름도, 애정을 담은 꾸짖음도 아니다. 그저 금속처럼 한없이 무미건조하고 서늘하기만 한 목소리였다.

"두 번 다시는 황태자를 대함에 있어 오늘과 같은 무례함이 없어야 할 것이다."

타고난 천성이 대담한 미소였다. 어린 시절부터 계모와 언니들의 모진 구박에도 꿋꿋이 견디고 살아와서일까, 무슨 일에든 도망가기보다는 정면으로 맞서 싸우는 쪽을 택하는 성격이었다.

그러나 지금 이 순간, 별로 화난 것처럼 들리지도 않는 황제의 말 한마디에 저도 모르게 몸이 벌벌 떨려 오는 것이 느껴졌다. 압도적인 위압감. 이유조차 알 수 없는 두려움. 자신이 얼마나 무서운 곳에 들어왔는지 이제야 실감이 났다.

"황태자를 볼 때 나를 본 듯 공경하라. 알겠는가?"

하얗게 질린 며느리를 향해 대한 제국의 독재자는 다그치듯 물었다.

"예, 황제 폐하."

가까스로 대답하는 미소의 손을, 테이블 밑에서 의윤이 살며시 쥐었다.

* * *

중궁전에서의 불편하기 짝이 없는 식사를 마치고 의윤과 미소는 친왕궁으로 돌아왔다. 단둘이 되자마자 의윤은 미소를 품에 끌어안았다.

"많이 무서웠지? 이제 괜찮으니 안심하거라."

그제야 미소는 겨우 긴 한숨을 토해 냈다. 남편의 따스한 품에 안겨 위로를 받자 잔뜩 오그라들었던 심장에 이제 겨우 피가 도는 듯했다. 마음이 조금 진정되고 나니 이번에는 애틋함이 밀려왔다. 의윤의 얼굴을 두 손으로 감싸고 미소는 안타깝게 말했다.

"대체 전하께서는 저런 걸 어떻게 평생 견디고 사셨어요."

의윤이 쓴웃음을 지었다.

"어쩌겠느냐, 저이가 나를 낳은 아버지인 것을."

미소는 마음이 아팠다.

10년 전, 자신을 죽이려는 아버지에게 제발 목숨만 살려 달라고, 대신에 망나니 노릇을 할 테니 폐서인시켜 달라고 울며 빌었다는 의윤의 이야기가 솔직히 예전에는 잘 이해되지 않았었다. 그렇게 스스로 흙탕물을 뒤집어쓰지 말고 어떻게든 맞서 볼 수 없었던 것일까. 분명 자식을 죽이려는 것은 황제의 패륜이 분명한데, 지은 죄도 없이 꼭 그렇게 도망쳤어야 했을까.

하지만 직접 몸으로 겪어 보자 너무도 절실히 이해가 갔다. 겨우 꾸지람 한마디 들은 것으로도 온몸이 사시나무처럼 떨려 오는데, 죽음의 위협을 당한 의윤의 기분은 어땠을까. 얼마나 무서웠을까, 얼마나 두려웠을까.

진작 이해하지 못한 것이 미안해서 미소는 의윤의 뺨을 어루만지고 또 어루만졌다. 그런 미소의 손목을 살며시 잡고 의윤은 도리어 자기가 사과를 했다.

"얼마나 어렵게 얻은 사람인데, 결혼하자마자 신혼을 제대로 즐기지도 못하고 너를 이렇게 무서운 곳에 데리고 들어와 버렸구나."

후회와 미안함이 묻어나는 목소리였다.

"황궁이 어떤 곳인지, 들어오기 전에 네게 좀 더 제대로 설명했어야 하는데. 그러면 어떻게든 피할 방도를 생각해 볼 수도 있었을 텐데."

"아니, 알았어도 결국은 들어왔을 거예요."

미소는 고개를 저었다.

"우리뿐 아니에요. 대한 제국 오천만 국민들이 황제 폐하 밑에서 숨죽여 살고 있어요. 무섭다고 해서 우리가 맞서지 않으면, 그들 모두 언제까지나 이러고 살아야 할 거예요."

의윤에게, 그리고 스스로를 향해서 미소는 힘주어 말했다.

"그러니까 우리가 용기를 내요."

"……그래. 그러자꾸나."

서로의 마음을 다독이고 나서 부부는 TV를 켰다. 혹시 낮에 기자들이 촬영해 간 장면이 나오지 않을까 싶어서였는데, 켜자마자 기다렸다는 듯이 바로 그 장면이 흘러나왔다.

[명친왕 전하 부부의 단란한 한때]

손을 잡고 정답게 황궁 후원을 거니는 자신들의 모습을 한참 바라보다 이윽고 의윤이 중얼거렸다.

"TV에 이렇게 내 얼굴이 버젓이 나오는 걸 보니 신기하구나."

"그러게요, 10년 동안 볼드모트 취급이었는데."

"볼드모트가 뭐냐?"

"있어요, 이름 부르면 안 되는 사람."

"그래, 꼭 나 같구나."

의윤이 씁쓸하게 웃고는 말했다.

"이젠 이렇게 나올 수 있게 되었으니 일부러라도 많이 많이 나가야겠다. 그래야 국민들에게 나를 보여 줄 수 있지 않겠느냐."

"물론이죠. 다음 황제는 명친왕 전하여야 한다, 모두가 그렇게 생각하게 만들어야 해요. 여론이 압도적으로 그렇게 돌아가면 황제 폐하께서도 결국은 무시하지 못하실 거예요."

"그래."

의윤이 고개를 끄덕였다.

"예전에 나는 황제 폐하께서는 전혀 민심 따위는 안중에도 없는 분이신 줄만 알았다. 그런데 이제 보니 절대 그게 아니더구나."

민심이 의윤 쪽으로 흐르자 황제는 반역죄라는 무리수까지 두어 가며 국민들을 탄압하려 했다. 그게 뜻대로 되지 않자 이번에는 복위까지 시켜 가며 제 손으로 황실에 들여놓았다.

결국 독재자도 민심이 두려운 것이다.

"그렇죠. 그러니까 우리가 뜻을 이루려면 오로지 국민들의 마음을 얻는 수밖에 없어요."

의윤은 불안한 듯이 물었다.

"내가 어떻게 해야 그들의 마음을 얻을 수 있겠느냐?"

미소는 소리 내어 까르르 웃었다. 세상에 별 웃긴 소리를 다 듣는다는 듯이.

"뭘 고민하고 그러세요? 전하는 그냥 가만히만 계셔도, 그저 존재만으로도 사람의 마음을 끄시는 분인걸요."

남편이라서, 사랑하는 사람이라서 하는 말이 아니다. 황태자 시절부터 의윤은 그랬다. 별것 아닌 말 한마디, 대수롭지 않은 행동 하나 하나에도 유독 사람을 끄는 무언가가 있었다. 단순히 얼굴이 잘생겨서, 황태자여서 팬이 많았던 게 아니었다. 그랬다면 남녀노소 모두가 그를 사랑하지는 않았을 테지.

"괜히 과장할 필요 없어요. 잘 보이려고 꾸밀 필요도, 노력할 필요도 없고요. 그렇다면 그건 오히려 사람들을 속이는 일이 되는 거잖아요. 그러니까 있는 그대로의 모습을 사람들에게 보여 줘요, 우리."

"좋은 생각이다."

생긋 웃는 아내의 얼굴을 홀린 듯이 바라보던 의윤이, 갑자기 속삭이듯 말했다.

"……그러면 우선 나부터 좀 보자꾸나."

"네?"

갑자기 변한 의윤의 눈빛에 미소는 조금 당황했다.

"그 있는 그대로의 모습이란 것 말이다."

말과 동시에 옷고름을 향해 손이 불쑥 다가왔다. 그제야 의윤의 말뜻을 알아들은 미소가 기겁을 해서 비명을 질렀다.

"꺅!"

"쉿, 여기가 이화원인 줄 아느냐?"

의윤이 나지막이 꾸짖었다.

"한옥이란 것이 비록 아름다우나 방음은 바랄 것이 못 된다. 자칫 밖에 다 들린단 말이다."

"헙!"

미소가 허겁지겁 제 입을 손으로 가렸다.

“굳이 손으로 가릴 것 있나.”

그 손을 힘으로 떼어 놓고, 의윤이 미소의 입술에 제 입술을 가져가며 속삭였다.

“입이라면 내가 막아 주마.”

불을 꺼 달라, 아니 된다. 그러면 좀 어둡게라도 해 달라, 이만하면 차고 넘치게 어둡지 않으냐. 한바탕 달콤한 실랑이 끝에 신방의 조명은 보름밤 달빛만큼 줄어들었다.

“너무 그렇게 빤히 쳐다보지 마세요!”

“예쁜 것을 어찌하겠느냐? 자, 어디 여기도 예쁜지 보자.”

“엄마야!”

“이런, 더 예쁘구나. 내 입 맞춰 주마.”

“저, 전하!”

문틈 사이로 흘러나오는 정담이 점점 뜨거워졌다. 싸늘한 황궁의 분위기조차도, 신혼부부의 잠자리에서 풍겨 나오는 훈훈한 기운에 조금씩 물들어 갔다.

그렇게 차갑고도 따스한 황궁에서의 첫날밤이 깊어 가고 있었다.

* * *

황태자 요를 상대로 자신이 의윤의 여자인 것처럼 사기를 친 것이 들통난 후, 미소의 작은언니인 설희는 감옥에 갇힌 신세가 되었다. 죄목은 사기죄, 그리고 황실 모욕죄.

황태자가 직접 고소한 사안이고 보니 판결도 엄중하기 짝이 없었다. 자그마치 징역 15년이었다. 그뿐인가. 따로 민사로 손해 배상까지 하게 되어, 제가 물 쓰듯 탕진한 황태자의 돈을 고스란히 물어내게 되었다.

물론 설희 본인은 감옥에 갇혀 있으니 돈을 갚을 수 있을 리 만무. 얼마 되지도 않는 기간 동안 돈을 얼마나 물 쓰듯 썼는지, 집까지 팔았는데도 턱없이 모자라서 육십이 넘은 계모와 큰언니, 형부까지 온 가족이 다 달려들어 빚을 갚고 있었다. 가족 된 의리로 대신 갚고 있는 게 아니었다. 마지막 1원까지 갚기 전에는 모두들 정상적인 사회생활은 꿈도 꾸지 말라고 황궁에서 나온 내관이 호통을 치는 바람에 어쩔 수 없이 갚고 있는 것이지.

설희 본인은 감옥에 갇혀 있고, 나머지 가족들은 중노동에 시달리고. 큰언니가 낳은 아이들 셋은 좁아터진 월세방에서 방치당하다시피 생활하고 있는 비참한 상황이었다.

물론 이기심 덩어리인 설희에게, 밖에서 가족들이 고생하고 있는 것 따위는 안중에도 없었다. 오로지 망쳐 버린 제 인생만 억울하고 한스러울 뿐. 황실에 관련된 죄는 죄질이 워낙 나빠서 가석방도 안 되니 꼼짝없이 형기를 다 채워야 나갈 수 있는데, 만기 출소하면 나이가 40대 중반에 가깝지 않은가!

절망에 빠져 있던 설희를 한층 더 괴롭게 만든 것은 바로 미소의 소식이었다. 그 얄미운 계집애가 그예 폐위된 황태자와 결혼을 하더니, 세상에 이제는 그 폐위된 황태자가 복위되는 바람에 친왕비까지 됐다지 않은가!

감옥 안에서 뉴스를 들은 설희는 질투와 분노에 눈이 뒤집힐 지경이었다. 나는 이렇게 차디찬 감옥 안에 갇혀 젊은 날을 다 흘려보낼 판인데, 미소 그녀는 황실의 일원이 되어 이화원보다도 더 화려한 황궁에 살게 되다니!

그뿐인가. 계속해서 들려오는 소식에 더욱더 복장이 터졌다.

-오늘 명친왕비 전하께서 친히 보육원에 납시어 아이들을 돌보셨습니다.

-유소년 월드컵에서 쾌거를 거두고 돌아온 한국 대표 팀 선수들을 친왕 전하 부부께서 초대하시어 직접 차를 대접하시고 치하하셨습니다.

친왕 부부는 환궁한 후 자선과 봉사 활동은 물론이고, 그 외의 온갖 대외 활동에도 적극적으로 참여하고 있었다. 지금껏 폐쇄적이고 권위적이었던 황실의 일원답지 않은 파격적인 행보였다.

이런 두 사람에게 국민들이 친근감과 함께 큰 호감을 느끼는 것은 당연한 일이었다. 온 국민들 사이에 친왕 부부에 대한 찬사가 드높았다.

"나라 꼴이 이제 좀 제대로 돌아가려나 보네."

"그러게 말이야. 이런 분들이 나라를 다스렸으면 우리도 죄짓고 안 살았을걸."

같은 감방을 쓰는 죄수들까지 이런 얘기를 할 때마다 설희의 심사는 더욱더 뒤틀렸다. 이제는 제 인생이 이 꼴이 된 것도 다 미소의 탓인 것만 같았다. 정작 감옥에 갇힌 것은 모두 제 얕은 잔꾀가 실패한 결과인데, 또 자신을 감옥에 처넣은 사람은 바로 황태자인데. 엉뚱하게도 모든 원망의 화살은 다 미소에게로 향했다.

'애초에 미소 그년이 폐위된 황태자 따위와 얽히지 않았더라면 이런 일도 없었잖아!'

설희는 미소를 향해 찐득하고 검은 질투와 증오를 불태웠다. 물론 아무리 미워하고 저주한대도 실제로 뭘 어찌할 방법은 없었다. 미소는 황궁에 계시는 귀하신 몸이고, 자신은 감옥에 갇힌 몸이 아닌가!

이러지도 저러지도 못하고 그저 속만 태우던 설희에게 어느 날 접견자가 찾아왔다.

'대체 누구지? 엄마랑 언니도 코빼기도 안 비치는데.'

의아하게 생각하며 교도관에게 이끌려 접견실로 향했던 설희는, 자신을 기다리고 있는 사람을 보고 깜짝 놀라지 않을 수 없었다. 다름 아닌 황태자 요였던 것이다.

"앉거라."

황태자가 턱짓으로 가리킨 의자에, 설희는 사시나무처럼 떨면서 앉았다. 갑자기 왜 찾아오신 걸까. 설마 징역 정도로는 분이 안 풀리셔서, 끌고 가 죽이기라도 하시려고?

한때나마 연인 비슷한 사이였지만 그런 건 이미 아무 소용도 없었다. 그저 상대는 제 목숨 줄을 쥔 사람일 뿐이었다.

"어찌, 감옥 생활은 할 만하더냐?"

잔뜩 겁먹은 설희에게 황태자는 물었다. 마지막에 봤을 때 분노에 떨며 자신을 죽일 듯이 노려보던 것과는 달리, 의외로 그리 날카로운 목소리는 아니었다.

"앞으로 15년이라, 그리 짧은 세월은 아닐 것인데."

"제가 지은 죄이니 죗값은 달게 치러야지요."

마음에도 없는 설희의 대답에 황태자는 픽 웃었다.

"그래, 그러면 앞으로 15년 꽉 채워 감옥에서 푹 썩어 보거라."

조롱하는 듯한 말투에 발끈해서 저도 모르게 쳐다보는 눈에 힘이 팍 들어갔다. 물론 금세 스스로도 화들짝 놀라 얼른 눈을 내리깔기는 했지만.

"호오. 아직도 눈빛이 살아 있는 것을 보면 역시 너도 예사 계집은 아니구나."

무슨 생각을 했는지, 황태자는 오히려 흡족한 눈치였다.

"하기야 예사로운 계집이 황태자를 상대로 사기를 쳤을 리 없지."

대체 무슨 말을 하려고 이러는 걸까. 설희는 참지 못하고 물었다.

"죄송합니다만 황태자 전하. 제게 무슨 용건으로 오셨는지요?"

"네 감옥살이를 면해 줄까 싶어서 왔다."

"예?"

설희는 제 귀를 의심했다.

"단, 네가 내 부탁을 들어준다면 말이다."

황태자가 정색을 하며 설희를 향해 바싹 다가앉았다.

"그렇게만 해 준다면 지금 당장 감옥에서 풀어 줄 수 있다. 내게 갚아야 할 빚도 탕감해 주고 말이다."

설희의 눈이 튀어나올 듯이 커졌다.

"정말이십니까?"

"황태자의 몸으로 빈말을 할 성싶으냐?"

설희의 심장이 터질 듯이 두근거렸다. 더 생각할 여지도 없었다. 황태자가 뭘 시키든지 간에 해내야 한다. 그렇게만 되면 이 감옥에서 풀려나는 것은 물론, 빚을 갚을 필요도 없어지는데!

"그럼 황태자 전하. 제가 뭘 해야 하는 건가요?"

설희는 단단히 마음을 먹고 물었다. 이렇게 엄청난 조건을 제시할 정도면 이만저만 어려운 일이 아닐 거라고 생각하면서.

하지만 돌아온 황태자의 대답이 그녀를 한 번 더 놀라게 했다.

"친왕비를 모욕하는 것이다."

황태자는 목소리를 낮추어 말했다.

"그녀의 평판을 바닥에 떨어뜨리고, 이미지를 흙탕물에 빠뜨리고, 나아가서는 남편인 친왕의 얼굴에까지 먹칠을 하는 것이 내가 원하는 바다. 이미 내가 준비는 다 해 놓았으니 너는 거기 따라서 움직여 주기만 하면 된다."

설희는 도저히 제게 떨어진 이 행운을 믿을 수가 없었다. 미소를 망하게 만드는 일이라니, 아무 보상 없이도 기꺼이 발 벗고 나설 판이다. 그런데 그걸 이런 파격적인 조건까지 제시하면서 해 달라니!

"상대는 네 동생인데, 할 수 있겠느냐?"

심각하게 묻는 황태자를 향해 설희는 대답 대신에 웃음을 터뜨렸다. 갑자기 큰 소리로 웃는 설희를, 황태자가 뜨악한 눈으로 쳐다보았다.

한바탕 웃고 나서 설희는 자신 있게 말했다.

"……즐겁게 그리하겠습니다."

* * *

아침 식사 자리에서 처선이 수첩을 들고 오늘의 스케줄을 보고했다.

"낮에는 양주에 있는 보육원에 가시고, 저녁에는 소년소녀가장 돕기 자선 음악회에 참석하십니다. 그 사이에 인터뷰가 두 건 있고, 하나는 사진 촬영도 함께입니다."

"오늘은 그게 전부냐? 퍽 한가롭구나."

남들이 들으면 이게 한가로운 거냐고 놀라겠지만 의윤의 대답은 진심이었다. 황궁에 돌아온 지 어언 2주. 그동안 내내 스케줄이 톱 연예인 뺨치게 바빴던 것이다.

"그래, 얼마 전에 후원했던 소아암 센터 말이다. 모금은 잘되어 가고 있다고 하더냐?"

"아직 목표치에는 한참 모자란 것으로 알고 있습니다."

"그거 큰일이구나."

잠시 생각하고 나서 의윤은 말했다.

"재단에 기별을 해서 공익 광고를 하나 촬영하자고 하자. 내가 직접 출연해서 국민들에게 모금을 호소하겠다."

처선도 조금 놀란 모양이었다.

"전하께서 직접 광고에 출연하신단 말씀이십니까?"

"못 할 것이 무엇이냐? 한때 진심으로 연예계 진출할까 고민하던 몸이니라."

의윤은 농담처럼 말했지만 처선은 진지했다.

"황제 폐하께서 아시면 자칫 싫어하지 않으시겠습니까?"

"간여하지 않으실 것이다. 어차피 나를 이용해 황실의 이미지를 높이고자 하는 것이 황제 폐하의 바라시는 바 아니더냐?"

"그거야 그렇습니다마는……."

"혹 싫어하시면 그때 가서 다시 생각하면 되죠. 일일이 눈치 보면서 행동하고 싶지 않아요."

미소가 대신 대답하자 의윤이 고개를 끄덕였다. 비록 몸은 둘이나 마음은 하나인 두 사람이었다.

스케줄 브리핑을 끝낸 처선이, 갑자기 무슨 생각을 했는지 씨익 웃었다.

"……그런데 말입니다."

모 TV 프로그램 진행자가 빙의한 것 같은 말투로, 처선은 심각하게 말하기 시작했다.

"익명의 제보자에 의하면, 요즘 밤이면 밤마다 어디서 깨 볶는 소리가 나는 통에 잠을 이룰 수가 없다고 합니다마는. 이게 대체 무슨 소리일까요?"

어머, 소리 안 낸다고 엄청 노력했는데! 그만 얼굴이 빨개져서 고개를 푹 숙이는 미소와는 달리 역시 의윤은 나잇값을 했다. 씩 웃더니 즉각 마주 반격하는 것이었다.

"그런데, 그 깨 볶는 소리를 어찌 우리 김 내관은 못 듣고 그 익명의 제보자만 들었을꼬?"

의윤은 매우 궁금하다는 듯이 처선에게 되물었다.

"혹시나 김 내관은 밤마다 친왕궁을 몰래 빠져나가 엉뚱한 곳에 가 있었던 것은 아닌가?"

이번에는 처선이 얼굴을 붉힐 차례였다.

"아, 아닙니다, 전하!"

처선이 펄쩍 뛰자 정 여사, 아니 정 상궁까지 슬쩍 끼어들었다.

"황후 폐하께 듣자니 요즘 선혜 공주님께서 전에 없이 자꾸 늦잠을 주무시는 것이, 몸이 허한 게 아닌가 걱정하시더군요."

"허어, 그래? 그것이 혹 몸이 허한 게 아니라 밤마다 몰래 빠져나가 누굴 만나느라 그러한 것은 아니겠느냐?"

결국 두 사람의 협공에 처선도 백기를 들고 말았다.

"제가 잘못했습니다, 전하!"

결국 처선이 백기를 든 후에야 의윤은 겨우 놀리는 것을 멈췄다.

"조심하여라."

이윽고 의윤이 웃음기 가신 표정으로 일렀다.

"매일매일 보고 싶은 마음이야 충분히 이해하나, 황제 폐하께서 아셨다가는 자칫 큰 노여움을 살 것이다. 기회를 보아 내가 먼저 어머니께 말씀드리고, 그 후 어머니가 황제 폐하께 말씀드릴 것이니 그때까지는 자제하도록 해라."

"예, 전하. 명심하겠습니다."

주인을 놀리려 들었다가 본전도 못 건진 처선이 벌게진 얼굴로 식탁에 앉았다.

"자, 그럼 먹자꾸나."

모두들 쿡쿡 웃으며 화기애애한 분위기에서 숟가락을 드는데, 문득 켜 놓은 TV에서 흘러나오는 소리가 귀에 들어왔다.

-수억 원대의 빚을 진 채 하루하루 어렵게 살아가는 세 모녀의 집입니다.

고발 프로그램인지, 기자의 설명과 함께 카메라가 쓰레기장을 방불케 하는 집 안을 적나라하게 비추고 있었다.

-놀라운 사실은 이 세 모녀가 원래는 세 모녀가 아니었다는 것입니다. 원래는 네 모녀로, 막내딸이 하나 더 있었다고 합니다.

모자이크를 한 여자의 음성 변조한 목소리가 흘러나왔다.

-얼마 전에 그 애가 황궁에 들어갔어요.

—아, 막내따님이 황궁 공무원이 되셨나 보네요?

—아뇨, 명친왕비 전하요. 저희 막내딸이거든요.

미소의 손에서 숟가락이 굴러떨어졌다. TV에서 흘러나오는 계모의 음성 변조된 목소리가, 미소에게는 마치 공포 영화 속의 그것 같았다. 의윤은 물론 처선이나 정 상궁도 모두 얼굴이 굳어져서 숟가락을 쥔 채 TV 화면에 시선을 집중하고 있었다.

—넉넉지 못한 살림에 그 애 하나만은 제대로 가르치려고 뒷바라지하느라 모두들 어렵게 살았어요. 지금도 빚이 많아서 하루 벌어 하루 먹고사는 형편이에요.

카메라가 다시 집 안을 비췄다. 쓰레기장 뺨치게 더럽고 좁은 단칸방 안에서 어린아이들이 옹기종기 모여 놀고 있는 장면이 참혹하기 그지없었다.

—따님이 원망스럽진 않으시고요?

—아유, 원망은요! 저희는 그저 비전하께서 잘되신 것만으로도 기쁘지요.

계모가 손수건으로 눈물을 찍어 냈다.

—저흰 정말로 바라는 거 없어요. 이제 황실의 일원이 되셨으니 나라에 보탬이 되셨으면 하고 진심으로 바랄 뿐이에요.

이번에는 다른 여자가 카메라에 대고 구슬프게 말했다.

—그래도 동생 얼굴 한번 보고 싶기는 하네요. 황궁으로 들어간 후엔 통 연락이 안 돼서…….

역시 음성 변조와 모자이크가 되어 있었으나 말투와 실루엣으로 보아 둘째 언니 설희인 것이 뻔했다.

"……누구 짓이겠는가."

의윤의 목소리가 한껏 낮아져 있었다. 극도로 화가 났다는 뜻이었다.

"비전하께서는 이미 황실의 일원이십니다. 감히 비전하께 해가 되는 보도를 내보냈다는 것은 당연히 누군가의 허가가 있었다는 뜻이지요."

처선의 말을 정 상궁이 받았다.

"황제 폐하거나, 황태자 전하시겠지요."

의윤이 고개를 끄덕였다.

"그렇다면 요의 짓이겠지."

황제는 황실의 이미지를 쇄신하기 위해 자신들을 불러들였다. 그런 황제가, 일부러 친왕비의 얼굴에 먹칠을 하는 보도를 내보냈으리라고 보기는 힘들었다. 그렇다면 남는 것은 황태자일 수밖에.

이야기가 오가는 동안 미소는 한마디도 하지 못하고 그저 하얗게 질린 얼굴로 부들부들 떨고만 있었다. 마치 모든 것이 멈춰 버린 것처럼 아무것도 보이지도, 귀에 들어오지도 않았다. 그저 방금 TV에서 흘러나온 말들이, 단어 하나하나가 얼음조각이 되어 머릿속에서 태풍처럼 휘몰아치고 있었다.

내가 지금껏 어떻게 살았는데 내 뒷바라지 하느라 힘들었다는 소리를 할까. 나한테 어떻게 했는데, 그 입에서 내 얼굴 한번 보고 싶다는 소리가 나올 수 있을까. 치가 떨렸다. 가슴이 터질 것만 같았다. 사람이 억울해서 죽을 수도 있겠구나, 하는 생각이 들었다.

어릴 적부터 사랑받지 못해 애정에 굶주린 미소였다. 친왕비가 되고 나서 가장 좋은 점은 황궁에 살게 된 것도 아니요, 좋은 옷을 입고 귀한 음식을 먹으며 비싼 차를 타게 된 것도 아니었다.

나는 아무것도 아닌데, 그냥 스물한 살짜리 평범한 여자애일 뿐인데. 단지 친왕비라는 이유로 자신이 손만 잡아 주어도, 아니 하다못해 한 번 웃어 주기만 해도 사람들이 까무러칠 듯 기뻐하는 것을 보는 게 너무 좋았다. 그저 사람들에게서 사랑받는 게 좋아서, 매일매일 반복되는 바쁜 스케줄에도 기쁘게 임하고 있었는데.

그런데 이제 이 방송을 본 국민들이 자신을 어떻게 생각할 것인가. 집안 기둥뿌리 뽑아서 친왕비까지 되어 놓고는, 어렵게 사는 가족들을 나 몰라라 하는 천하의 패륜아!

너무나 충격을 받은 나머지 눈물조차 나지 않았다. 한참을 인형처럼 멍하니 앉아 있던 미소의 귀에 들어온 것은, 의윤의 목소리였다.

허리를 굽혀 눈높이를 맞추고, 그녀의 텅 빈 것 같은 눈을 들여다보며 의윤은 말했다.

"아무 걱정 할 것 없다. 내가 바로잡을 것이다."

확신에 찬 눈빛, 강하게 잡아 오는 손. 그제야 그저 캄캄하기만 했던 세상이 조금씩 눈에 들어오기 시작했다.

"나를 믿어라."

마지막으로 아내의 손을 힘 있게 꽉 쥐어 주고 난 후, 의윤은 몸을 일으켰다.

"가자, 처선아."

처선이 기다렸다는 듯이 따라 일어났다.

"예, 전하!"

환궁 후 의윤이 동궁을 찾는 것은 처음이었다. 황태자가 기거하는 동궁은 지금 의윤이 기거하고 있는 옛 동궁과는 비교할 수 없이 화려하고 규모가 컸다.

"아침 댓바람부터 형님께서 동궁에는 웬일이십니까?"

요는 놀란 기색 하나 없이 의윤을 맞았다. 이미 올 것을 뻔히 짐작하고 있었던 게 틀림없었다.

"……나를 건드렸어야지."

요를 쏘아보는 의윤의 눈이 이글이글 불타고 있었다. 상대가 동생이라도 늘 깍듯이 황태자 대접을 했던 공손한 태도는 이미 온데간데없었다.

"네 감히 내 아내를 해하려 들었단 말이냐?"

금방이라도 죽일 듯한 기세에, 보통 사람이라면 일단 겁부터 집어먹었을 것이다. 하지만 요는 역시 황태자였다.

"형님이 대놓고 내 자리를 빼앗으려 드는데, 그럼 내가 손 놓고 가만히 두고만 보고 있으리라 생각하셨던 겁니까?"

요의 눈에서도 불이 마주 뿜어져 나왔다.

"어림도 없습니다. 내가 어떻게 이 자리에 올라왔는데, 어떻게 얻어 낸 자리인데!"

"어리석은 것!"

의윤이 마주 외쳤다.

"민심이 점점 내게로 향하는 것이 그리 두려웠더냐? 그랬다면 너도 정정당당하게 네 진심을 국민께 보여서 사랑을 받도록 노력을 했어야지!"

가슴이 뜨끔해져 입을 다문 요를 향해, 이윽고 의윤이 안타까운 듯이 말했다.

"어찌 그럴 생각은 못 하고 이리 악독한 수부터 쓴단 말이냐. 나는 네 정적(政敵)이기 이전에 하나뿐인 네 형인 것을."

요는 코웃음을 쳤다. 국민에게 사랑받도록 노력하라고? 여태 안 해 본 줄 아는가? 다 해 보았다. 한동안 마음에도 없는 봉사 활동도 열심히 다녔고, 천한 것들에게도 애써 친절하게 웃어 보였다. 그런데도, 무슨 짓을 해도 형인 유의 반만큼의 인기조차 얻지 못하고 오늘날에 이르렀다.

요는 마음속에서 해묵은 감정이 다시 불길처럼 일어나는 것을 느꼈다. 어릴 적부터 뭘 하든, 아니 심지어 뭘 하지 않아도 자연스럽게 모두에게 사랑받았던 인간이 알 리가 있는가. 아무리 몸부림치고 노력해도 안 되는 사람의 마음을!

"그러면 이 동생에게 형 노릇을 좀 해 보시지요."

요는 비웃듯이 의윤에게 말했다.

"동생이 이렇게 황제가 되고 싶어 하지 않습니까. 그러니 형님께서 양보해 주시지요."

물론 들어줄 거라고 생각하지는 않았지만, 그래도 망설이는 빛 정도는 보일 줄 알았다.

"너는 그릇이 아니다."

하지만 의윤은 딱 잘라 고개를 저었다.

"황제의 그릇은 물론, 황태자의 그릇도 못 된다. 사사롭게는 네가 측은한 마음도 없지 않으나, 이 나라의 미래를 위해서라도 네가 그 자리에 있어서는 아니 되겠다."

측은하다는 말이 요의 자존심을 정통으로 건드렸다. 미안하다도 아니고, 불쌍하다? 제가 무엇인데 감히? 어디까지나 황태자는 나인 것을!

"어디 할 수 있으면 해 보시지요. 나라고 호락호락 빼앗기지는 않을 터이니!"

이를 악물고, 황태자는 형을 향해 으르렁거리듯 말했다.

"좋다."

심호흡을 하고, 의윤은 어깨를 펴고 동생을 마주 보았다.

"앞으로 너와 나는 단순히 정적에 불과하다."

스스로에게 다짐하듯 그는 못을 박았다.

"네 이미 나를 그리 대하는 모양이니, 앞으로 나도 너를 그리 알도록 하겠다."

"그러시지요."

"단, 비는 건드리지 않는 것이 좋을 것이다."

의윤이 경고했다.

"두 번 다시 그랬다가는 반드시 크게 후회하게 될 터이니."

아까처럼 화난 말투도, 그렇다고 목소리를 높이는 것도 아니었다. 단순히 사실을 전달하듯 무뚝뚝한 목소리에 오히려 요는 소름이 돋는 것을 느꼈다. 진실로 형에게는 그 계집이 소중한 것이로구나. ……어쩌면 황태자의 자리보다도 더.

"용건 끝나셨으면 이만 나가 보시지요."

의윤은 대꾸도 없이 방을 박차고 나갔다.

형이 나가고 나자 요는 하마터면 다리에 힘이 풀려 주저앉을 뻔했다. 황태자였던 형은, 어릴 때부터 그에게 있어서 늘 큰 산과 같이 느껴졌었다. 그토록 두려워했던 형과 맞서는 것이 그에게도 결코 쉬운 일은 아니었던 것이다.

그러나 요는 억지로 마음을 가다듬었다. 걱정할 것 없다. 겁먹을 것도 없다.

이제부터 시작하는 싸움에서, 승리자는 반드시 내가 되고 말 테니까!

8. 우리 미소한테 그러지 마세요

방송이 나간 직후 온 대한 제국이 발칵 뒤집혔다. 모두의 사랑을 한 몸에 받던 명친왕비가, 알고 보니 제 가족을 저버린 패륜아였다니! 빛이 강하면 그늘도 어두운 법이었다. 삽시간에 무섭게 치솟았던 인기는, 추락하는 것 또한 순식간이었다.

"세상에, 그렇게 착한 척 온갖 봉사 활동은 다 하고 다니더니 정작 자기 가족들은 그렇게 비참하게 살게 내버려 뒀단 말이야?"

"과거 세탁하고 싶었나 보지 뭐. 친왕비 되고 나서는 아예 코빼기도 못 봤다잖아?"

"사람의 탈을 쓰고 어쩌면 그럴 수가!"

여론이 무섭게 들끓었다.

그 와중에도 정작 스캔들의 주인공인 명친왕비, 미소는 아무 일도 없었다는 듯이 꿋꿋했다. 남편과 함께하는 행사는 물론이고 혼자서도 정해진 스케줄을 모두 소화해 나갔다.

"비전하, 무리하지 마시고 당분간 좀 편히 쉬시지요."

보다 못한 처선이 말렸으나 미소는 아랑곳하지 않았다.

"그런다고 달라질 게 없잖아요."

왜 슬프고 억울하지 않을까. 억울한 것으로만 따지면 지금 당장이라도 피를 토하고 쓰러질 것 같은 심정이었다. 하지만 미소는 도망치고 싶지도, 그렇다고 구차해지고 싶지도 않았다.

'사실 방송에 나와서 말했던 엄마는 계모예요. 학대를 당한 건 제 쪽이라고요.'

제 입으로 구구절절 해명을 하느니, 그저 묵묵히 제 자리를 지키면서 할 일을 다 하고 있으면 언젠가는 사람들도 진심을 알아주리라 생각했다.

무엇보다, 의윤이 약속하지 않았는가.

"아무 걱정 할 것 없다. 내가 바로잡을 것이다."

미소의 눈을 똑바로 들여다보며, 의윤은 말했었다.

"나를 믿어라."

남편이 한번 한 약속은 지키는 사람이라는 것을, 미소는 알고 있었다. 믿으라 하면 그저 믿으면 되는 것이었다.

하지만 미소가 아무리 굳게 마음을 먹어도, 그와 상관없이 여론은 날이 갈수록 점점 더 악화되어만 가고 있었다.

* * *

"그러면 정 상궁의 말이 사실이란 말이냐?"

"예, 황후 폐하."

황후의 말에 제조상궁이 대답했다.

"비전하의 친구, 지인, 하다못해 이웃들까지 만나 보았는데 모두 입을 모아 같은 말을 하고 있었습니다. 어릴 적부터 식모처럼 모진 구박을 받으며 자라 오셨다 합니다."

해당 방송이 나간 직후, 친왕비의 평판이 땅에 떨어졌음을 알고 황후는 어떻게든 해야겠다는 생각을 했다. 하지만 그 전에 그 방송의 내용이 사실인지, 아니면 거짓인지 확인할 필요가 있었다.

물론 명친왕을 지척에서 모시는 정 상궁은 새빨간 거짓말이라고 펄쩍 뛰었다.

"부모 잃은 비전하를 식모처럼 대해 온 자들입니다. 어찌 금수만도 못한 것들의 말에 귀를 기울이십니까?"

누구보다도 정 상궁을 신임하는 황후였지만, 정 상궁은 어디까지나 명친왕의 사람이니 미소의 편일 수밖에 없었다. 사안이 워낙 중대했기에 황후는 제조상궁을 내보내 은밀히 확인 절차를 거쳤던 것이다. 그런데 역시나 정 상궁의 말에 한 치 틀림도 없다지 않은가?

"감히 내 며느리를 모함하는 거짓 방송을 내보내다니, 어찌 이런 일이 있을 수 있는가!"

온화하고 신중한 황후도 목소리를 높이지 않을 수 없었다.

눈에 넣어도 아프지 않을 며느리다. 폐인이나 다름없던 내 자식을 이리 살려 놓은 아이다. 이제는 너도 내 자식이니라, 내 입으로 그리 말해 놓고 왜 진작 믿어 주질 못하고 확인까지 해야 했을꼬. 황후는 스스로가 원망스러웠다. 원망은 분노가 되고, 또 굳은 결심이 되었다. 내 며느리는 내가 지키리라!

"가자. 내 황제 폐하께 직접 말씀드려 반드시 저들로 하여금 경을 치게 만들 것이다!"

황후는 당장 중궁전을 박차고 나와 대전으로 향했다.

"황후가 대전에는 웬일이오?"

맞이하는 황제를 향해, 황후는 자리에 앉기도 전에 열변을 토하기 시작했다.

"친왕비는 이미 어엿한 황실의 일원입니다. 즉 친왕비를 모함했다는 것은, 지엄한 황실을 모욕한 중대한 범죄입니다. 폐하께서는 이대로 황실의 권위가 땅에 떨어지는 것을 가만히 두고 보실 생각은 아니시겠지요?"

황제의 분노를 부추기기 위해 황후는 일부러 황실의 권위를 운운했다. 남편이 가장 단호하고 잔인해지는 부분이 어디인지를 잘 알고 있었으니까.

"감히 이런 짓을 벌인 자들을 색출해 내어, 친왕비의 명예를 되찾고 황실의 권위를 바로 세우셔야 합니다!"

당연히 황제 역시 흥분해서 얼른 내관을 불러 그리하라 호통을 칠 줄 알았다. 그러나 황제는 도리어 피식 웃더니 말했다.

"황후도 참 둔하시구려. 그래, 이 대한 제국에 감히 친왕비를 모함하는 방송을 내보낼 수 있는 자가 과연 누구이리라 생각하시오?"

황제의 반문에 황후는 당황했다.

"폐하, 무슨 말씀이신지……."

"황제인 나라면 할 수 있지. 하지만 나는 하지 않았소. 물론 황후가 한 일도 아닐 것이고. 그러면 남는 사람은 누구이겠느냐 말이오?"

그제야 황후는 가슴이 철렁했다.

"그럼 설마…… 황태자가 하였단 말씀이십니까?"

황제는 침묵으로 대답을 대신했다. 황후는 당황해서 잠시 입을 다물고 서 있었다. 설마하니 요가 한 짓이리라고는 꿈에도 생각하지 못했던 것이다.

당황스러움이 가시자 이제야 자초지종이 이해가 갔다. 워낙 전부터 제 형인 유를 두려워하고 경계했던 요였다. 유가 복위되어 환궁까지 하는 바람에, 최근에 요의 심기가 매우 날카로워져 있다는 것을 황후 역시 느끼고 있었다. 그런데 이제 형의 평판이 너무나 높아지니 이런 짓을 벌인 것이 아니겠는가? 이 사건이 다름 아닌 형제간의 싸움이라는 것을, 뒤늦게 황후는 깨달았다.

"어찌 알고도 손 놓고 계셨단 말입니까!"

황후는 저도 모르게 황제를 책망했다.

"황제이기 이전에 어버이십니다. 형제간에 싸움이 일어나면 부모로서 야단을 쳐서 바로잡아야지요!"

"아니, 싸우게 둘 셈이오."

흥분한 황후와는 달리, 황제는 느긋하게 말했다.

"싸우고, 싸우고, 또 싸우다 보면 이기는 놈이 나오겠지."

"폐하!"

"어차피 황제는 둘이 될 수 없소. 하나만 골라야 한다면 둘 중 더 뛰어난 녀석으로 하는 것이 옳지 않겠소?"

자식들 간의 싸움을 방조하는 것도 모자라, 아예 조장하고 있는 남편을 보고 황후의 팔에 오소소 소름이 돋았다. 이제야 황제의 속내를 알 것 같았다.

"이러실 줄 알고 유를 다시 황궁으로 불러들이신 겁니까?"

"아니라고는 않겠소."

단순히 친왕비 부부를 이용해서 땅에 떨어진 황실의 인기를 높여 보려는 목적만이 아니었던 것이다. 오히려 진짜 목적은 따로 있었다.

두 아들을 서로 싸우게 만들어, 후계자를 고르려는 것!

황후는 가슴이 무너지는 것을 느꼈다. 큰아들이 폐위되는 것을 볼 때도 가슴이 아팠지만, 만일 작은아들이 또다시 자리를 빼앗기게 된다면 그것 역시 가슴 아픈 일이었다. 어찌 그런 일을 또 겪는단 말인가?

"둘 다 우리 자식들입니다. 아버지가 되어서 어찌 이리 잔인하실 수 있습니까!"

"아까 나더러 황제이기 이전에 어버이라 하셨소?"

피를 토하듯 말하는 황후에게, 황제가 물었다.

"아니, 틀렸소."

대답도 기다리지 않고, 황제는 고개를 저었다.

"나는 부모이기 이전에 황제요. 오천만 국민의 어버이란 말이오."

비정하기 짝이 없는 말에 황후는 온몸의 피가 싸늘하게 식는 것을 느꼈다.

미소의 손을 잡고 황후는 눈물만 흘렸다.

"미안하구나."

대전에서 물러 나와서는, 그길로 동궁까지 가서 황태자를 붙잡고 하소연도 해 보았다.

"형제간이 아니냐. 꼭 이렇게 싸워야 한단 말이냐?"

하지만 요는 눈썹도 까딱하지 않았다.

"그럼 저더러 가만히 앉아서 자리를 빼앗기란 말씀이십니까?"

궁지에 몰린 요의 마음도 이해하기에 야단조차 칠 수가 없었다. 결국 황후는 동궁에서도 아무 소득 없이 물러 나올 수밖에 없었다.

"아무 죄 없는 네가 이리 억울함을 당하는데, 어미가 되어서는 해 줄 것이 없구나."

하염없이 눈물을 흘리는 황후의 손을, 미소는 내내 꼭 붙잡고 있었다.

"저는 괜찮습니다, 어머님. 너무 마음 쓰지 마세요."

큰아들도, 작은아들도 황후에게 있어서는 똑같은 자식이라는 것을 미소 역시 이해했다. 그러니 누구 편도 들 수 없는 것이 당연하지 않은가.

물론 10년 전, 의윤이 폐위된 과정에 요가 깊숙이 개입되어 있음을 황후가 알게 되면 이야기는 달라질지 모른다. 사실대로 이야기하면 황후라는 든든한 지원군을 얻게 될 수도 있는 것이다. 하지만 미소는 끝내 입을 다물었다. 작은아들이 큰아들을 죽이려 들었음을 알면 그 어머니가 얼마나 마음이 아프겠는가?

"남의 말도 사흘이라 했습니다. 제가 열심히 하면 언젠가는 사람들도 알아줄 거예요."

오히려 꿋꿋하게 황후를 위로하는 미소였다.

* * *

여론이 나빠져도 미소는 굴하지 않고 대외 활동에 힘썼다. 무엇보다도 봉사 활동을 많이 다녔다. 자신을 필요로 해 주는 사람들을 만나는 것이 힘든 마음에 위안이 되었던 것이다.

오늘은 친왕궁 소속의 궁인들까지 데리고 단체로 양로원에 목욕 봉사를 갔다.

“자, 우리 할머니 이리 오세요. 제가 깨끗하게 해 드릴게요.”

씻겨 주려고 손을 내미는데 갑자기 한 할머니가 거칠게 소리를 지르며 미소의 손등을 찰싹 하고 때렸다.

“아이구, 됐으니께 집어쳐!”

깜짝 놀란 미소를 향해, 할머니는 날카롭게 말했다.

“부모도 형제도 나 몰라라 한 나쁜 년이 나 만지는 거 나는 싫여!”

순간 주위 분위기가 싸늘해졌다. 감히 황족에게 손찌검을 한 것도 모자라 이년 저년 하다니!

직원들이 어쩔 줄 몰라 하며 금세 할머니를 데리고 나갔다.

“비전하, 죄송합니다! 저 할머니가 치매기가 있으셔서 그런 것입니다.”

굳어져 버린 미소를 향해, 책임자로 보이는 사람이 허리를 굽혀 가며 사정했다.

“자식들한테 버림받은 분이십니다. 그래서 비전하께 저도 모르게 화풀이를 한 모양이니 그저 불쌍하게 여기시고…….”

할머니가 벌을 받을까 봐서인지, 아니면 양로원에 불이익이 있을까 봐 그런지 무척이나 필사적인 태도였다.

“괜찮아요. 문제 삼지 않을 테니 안심하세요.”

미소는 억지로 웃어 보였지만 물론 마음은 천 갈래 만 갈래로 찢어지고 있었다. 내가 언제 내 부모를 버리기라도 했단 말인가. 대체 내가 왜 이런 소리를 들어야 한단 말인가. 다른 것도 아니고, 사람 같지도 않은 그 인간들 때문에!

속에서 피눈물이 나는 것을 미소는 억지로 삼켰다. 보는 눈이 너무 많았다. 자신은 이제 스물한 살, 철부지 윤미소가 아니라 대한 제국 친왕의 비가 아닌가.

"자, 그럼 다음 분 오세요. 누구부터 예쁘게 해 드릴까요?"

애써 밝게 웃으며 미소는 계속해서 봉사 활동을 이어 갔다. 아까 그 할머니처럼 미소에게 대놓고 폭언을 하거나 손찌검을 하는 사람은 없었지만, 다들 노인이다 보니 생각은 비슷한 모양이었다. 아무리 친절하게 대하고 상냥하게 말동무를 해 주려고 해도, 돌아오는 것은 훈계조의 말이었다.

"부모에게 잘하셔야 합니다."

"사람이 사람 도리를 다해야 사람 아니겠습니까?"

주위에 있던 정 상궁을 비롯한 궁인들이 더는 못 참겠다는 표정으로 대신 나서려 했지만, 미소가 눈짓으로 제지했다.

"네, 할아버님. 잊지 않겠습니다."

웃는 얼굴로 봉사 활동을 마치는 데는 상상을 초월하는 인내력이 필요했다.

"다음에 또 찾아뵙겠습니다. 어르신들 모두 건강하세요."

그래도 끝내 잘 버티고 인사까지 하고 나오는데, 등 뒤에 날아와 꽂힌 숙덕거림이 기어이 미소를 울컥하게 만들었다.

"제 어미는 그렇게 팽개쳐 놓은 주제에 여기 와서는 할머니, 할아버지, 하면서 살살거리는 게 아주 구미호가 따로 없네그려."

"아니 할 말로다가 황태자가 폐위돼서 다행이지."

"그러게 말이야. 하마터면 저런 패륜아가 황태자비가 돼서 황후까지 될 뻔한 거 아녀?"

울지 않으리라. 미소가 이를 악물고 양로원을 나오는데, 문 앞에 한 대의 검은 차가 서 있었다. 바로 의윤의 차였다.

차에서 내린 처선이 문을 열어 주자마자 미소는 뛰어들듯 차에 올라탔다. 뒷좌석에 앉아 있던 의윤의 품에 와락 안기며 동시에 울음을 터뜨렸다.

"전하!"

"왜 그러느냐?"

당황한 의윤이 미소를 마주 안았다.

서럽고 또 서러웠다. 하루 종일 들은 어떤 말보다도, 마지막에 들은 한마디가 가장 날카롭게 미소의 가슴을 후벼 팠다. 나 때문에 전하께서 폐위되기를 잘했다는 말을 듣다니!

"죄송합니다, 전하. 저 때문에, 저 때문에……!"

무슨 일이 있었는지 대강 짐작한 것일까. 서럽게 우는 미소를, 의윤은 그저 말없이 안고 있어 주었다. 백 마디, 천 마디 위로보다도 남편의 따뜻한 품이 훨씬 더 위로가 되었다. 한참을 그렇게 울고 나자 조금 마음이 가라앉았다.

"일부러 저 데리러 와 주신 거예요?"

정 상궁이 전화해서 데리러 오라 귀띔한 것인 줄 알았는데 의윤은 고개를 저었다.

"아니, 너와 함께 갈 데가 있어서 왔느니라."

"어디요?"

"가 보면 안다."

그렇게 말하며, 의윤은 미소를 한 팔로 단단히 안은 채 운전사에게 일렀다.

"가자꾸나."

* * *

의윤이 환궁하고 난 후 늘 저기압이었던 요는 모처럼 기분이 좋아져 있었다.

설희 가족들의 인터뷰는 생각했던 것 이상으로 효과가 있었다. 형과 형수의 이미지가 타격을 입은 것은 물론이요, 저런 여자가 미래의 황후가 될 뻔했다니 큰일이라면서 은근히 요가 황태자가 된 것이 다행이라는 여론이 일어나고 있지 않은가?

어차피 현재 황태자는 자신이다. 의윤에게 있는 것이라고는 그저 민심뿐인데, 그게 사라지면 이빨 빠진 호랑이나 다름없다.

이미 황제가 가례도감을 설치하라고 명령을 내린 터였다. 명친왕 부부의 인기가 확 꺾여 버린 참에 자신도 얼른 혼인을 해서, 황태자비와 함께 그들의 자리를 대신하리라 생각하자 요는 한층 더 기분이 좋아졌다.

"아무래도 우리 도련님께서도 빨리 장가를 가셔야 철이 드시겠네요."

비록 비꼬는 말이긴 했지만, 결과적으로 좋은 아이디어를 준 미소가 고마울 지경이었다.

'황태자비를 들여 하루빨리 황태손이라도 생산하면 내 자리가 더욱 튼튼해지지 않겠는가?'

그렇게 생각하며 모처럼 흐뭇한 웃음을 짓고 있는데, 동궁 내관이 헐레벌떡 뛰어 들어왔다.

"황태자 전하!"

"무슨 일인가? 혹시 간택령을 내릴 준비라도 다 되었다던가?"

반색을 하는 요에게, 숨이 꼴딱꼴딱 넘어가는 내관은 대답하는 대신에 주위를 두리번거리더니 리모컨을 찾아 냉큼 TV를 켰다.

"보십시오!"

응접실 분위기로 편안하게 꾸며진 스튜디오가 화면에 비쳤다. 눈에 익은 얼굴의 진행자가 상기된 얼굴로 카메라를 향해 말했다.

–오늘 저희 토크 쇼에, 방송 사상 최초로 황족을 게스트로 모셨습니다.

설마, 하고 요가 생각하는 순간, 진행자가 자리에서 일어나며 박수를 쳤다.

–어서 오십시오. 명친왕 전하, 그리고 명친왕비 전하!

열렬한 박수와 함께, 단정하게 차려입은 의윤과 미소가 스튜디오로 들어서고 있었다.

* * *

생방송 30분 전, 방송국은 그야말로 흥분의 도가니에 휩싸여 있었다. 해당 방송국의 보도국 기자들은 물론, 소식을 귀신같이 접하고 헐레벌떡 달려온 다른 언론사의 기자들까지 수십 명의 기자들이 방송국 문 앞에서 진을 치고 있었다.

그러나 정작 오늘의 출연자인 미소는 대기실 안에서 바짝 얼어붙어 있는 중이었다.

"무척 아름다우십니다, 비전하."

"그러게요. 화면에 아주 예쁘게 나오실 것 같네요."

사람들의 칭찬도 귀에 들리지 않았다. 어찌나 긴장이 되는지, 그냥 가만히 앉아 있는데도 무릎이 덜덜 떨렸다. 카메라 앞에서 온 국민을 향해 얘기할 생각만 해도 심장이 오그라드는 느낌이 들었다.

황후 폐하 회갑연 때 무대에 올라가 춤추는 모습이 공중파를 탄 적이 있긴 했지만, 그건 본의 아니게 나가게 됐던 거지 방송 타려고 한 일이 아니었다. 물론 말 한마디 안 했었고. 그런데 이번엔 무려 토크쇼, 그것도 생방송이 아닌가. 평생 그 흔한 길거리 인터뷰 한 번 안 해 봤는데!

모두가 자신을 예쁘게 보아 주고 칭찬할 때라도 긴장이 됐을 텐데, 하물며 지금은 대부분의 사람들이 자신을 욕하고 있는 마당이었다. 대체 어떻게 해명을 해야 하나. 아니, 하면 누가 믿어 주기는 할까.

눈앞이 캄캄해져서 그저 떨기만 하고 있는데, 이윽고 간단한 분장을 마친 의윤이 다가왔다. 사람들을 모두 물러가게 하고 의윤은 의자에 앉아 있는 미소와 눈높이를 맞췄다.

"그 얘기를 하러 온 것이 아니다."

마치 미소의 마음을 꿰뚫어 본 듯, 그는 말했다.

"그러니까 굳이 하지 않아도 되느니라."

미소는 놀랐다. 갑자기 방송 출연을 하자고 해서, 그것도 토크 쇼라고 해서 당연히 소문에 대해 해명하러 나온 줄만 알았다.

"그러면요? 그럼 무슨 얘기를 하러 온 거예요?"

"너와 내가 결혼할 때까지의 이야기."

부드럽게 대답하며, 의윤은 미소의 이마를 살짝 쓰다듬었다.

"우리가 어떻게 만났고, 어떻게 사랑하게 되었는지. 또 어떻게 결혼했는지. 그 이야기를 국민께 있는 그대로 들려 드리자꾸나."

그런 얘기라면 좀 나을 것 같다. 하지만 미소는 여전히 불안했다.

"누가 그런 이야기에 관심이나 있을까요?"

의윤은 대답 대신에 크게 웃었다.

"두고 보아라."

웃음을 그친 의윤이, 정색을 하고 장담했다.

"오늘 시청률은 아마 역사에 남을 대기록이 될 것이다."

20여 년 전 드라마 '모래시계'가 방영될 당시, 방송 시간쯤 되면 거리가 한산해질 정도였다는 전설 같은 이야기가 있다. 그 장면이 바로 지금, 2017년의 대한 제국에서 재현되고 있었다.

사상 최초, 황실 직계 가족의 방송 출연!

가정에서도, 학교에서도, 관공서에서도, 하다못해 군대 내무반에서도. 모든 사람들이 열 일을 제쳐 놓고 TV 앞에 앉았다. 거리에 사람은커녕 차도 잘 없을 지경이었다.

물론 황궁도 예외는 아니었다. 친왕궁은 물론이고 중궁전에 동궁, 심지어 대전까지 모든 사람들이 TV 앞에 옹기종기 모여 있었다.

그렇게 전 국민이 지켜보고 있는 가운데, 드디어 역사적인 생방송은 시작되었다.

"국민의 한 사람으로서 두 분의 결혼을 진심으로 축하드립니다."

진행자는 역시 베테랑 방송인다웠다. 황족에 대한 예의를 깍듯이 지키면서도, 한편으로는 긴장을 풀어 주려고 애를 쓰는 것이 미소에게도 느껴졌다.

"친왕비 전하께서는 황후 폐하 회갑연에서 추신 축하 댄스 때문에, 네티즌 사이에서는 걸 그룹 데뷔조라는 소문도 돌았는데요."
진행자의 농담에 미소는 웃어 버렸다.
"저야 물론 영광인데 걸 그룹은 아무나 하나요."
긴장을 풀기 위한 몇 마디 농담이 오간 후 이윽고 본론에 들어갔다.
"자, 그럼 두 분이 처음 만나신 얘기부터 들어 볼까요?"
진행자의 질문에 의윤이 먼저 대답했다.
"아, 그것으로 말할 것 같으면 당시 우리 비가 가출 소녀였는데……."
미소는 가슴이 철렁해서 얼른 의윤의 팔을 잡아당겨 제지했다.
"전하!"
의윤이 시치미 뚝 떼고 미소를 쳐다보았다.
"왜 그러시오 비? 집을 나오셨으니 가출 소녀 맞지 않습니까."
"그때 처음 만난 게 아니잖아요?"
"아하, 그랬던가."
진행자가 웃으며 물었다.
"그러면 언제 처음 만나신 것입니까?"
"제가 열 살 때였어요. 저희 아버지 장례식이었죠."
이번에는 미소가 대답했다.
"어머니는 훨씬 어릴 때 먼저 돌아가셨으니까, 저로서는 부모님을 다 잃은 셈이었거든요. 정말 그때는 하늘이 무너지는 것 같았어요."
"거기에 친왕 전하께서 오셨단 말씀이십니까?"
"네. 오셔서 저를 위로해 주셨어요. 이걸 주시면서요."
미소는 목에 걸고 있던 펜던트를 살짝 옷 밖으로 꺼내 보여 주었다.

"힘내라고, 하지만 살면서 정 너무 힘들거든 이걸 가지고 찾아오라 하셨어요."

"드라마 같은 이야기네요. 그래서 정말 찾아가셨던 겁니까? 어른이 돼서?"

"아뇨. 그건……."

미소가 망설이자 의윤이 나섰다.

"그러니까 아까 말했지 않습니까? 가출 소녀가 돼서 찾아왔더라고."

"전하!"

얼굴이 빨개진 미소가 황급히 설명했다.

"제가 집을 나와야 되는 상황이 있었는데, 그때 저는 오갈 데도 없고 돈 한 푼 없었거든요. 그래서 어쩔 수 없이 입주 도우미 일자리를 찾았는데 그렇게 가게 된 게 마침 전하께서 머물고 계신 저택이었던 거예요."

* * *

토크 쇼를 보는 시청자들은 어리둥절했다.

"아니, 어릴 때 엄마가 돌아가셨다니. 그럼 방송에 나와서 울고불고했던 엄마라는 사람은 결국 계모란 말이야?"

"그런 얘긴 한마디도 없었는데."

"에이, 계모라고 다 나쁜 사람인가 뭐? 친딸처럼 애지중지 키우는 사람들도 많은데."

"그렇지. 근데 딸이 돈 한 푼 없이 집에서 나올 정도면 별로 좋은 엄마도 아니었던 거 같은데?"

"그건 그러네?"

정작 명친왕 부부는 소문에 대해서 한마디 언급도 하지 않았지만, 오가는 말에서 사람들도 조금씩 이상한 낌새를 채 가고 있었다.

* * *

언제 준비했는지, 제작진은 자료 화면으로 미소의 이화원 시절 사진까지 준비해 놓았다.

"그런데 왜 옷이 다 같은 옷입니까?"

사진마다 다 같은 메이드복을 입고 있는 것을 보고 진행자는 물었다.

"이화원에서 집사로 계시던 내관님께서 장난삼아 사 주신 옷인데, 제가 사실 옷이 별로 없었거든요. 그래서 늘 저 옷만 입고 지냈었답니다."

사진을 바라보는 미소의 얼굴에 절로 웃음이 감돌았다.

"친왕 전하께서는 비전하의 어떤 점에 반하셨습니까?"

"음, 우리 비가 독특한 매력이 있지요."

의윤이 시치미 뚝 떼고 대꾸했다.

"시끄럽고, 곧잘 대들고, 가끔 철이 좀 없고. 뭐 그런 점에 반한 것 같습니다."

더없이 점잖은 표정으로 그렇게 대답하는 바람에 미소는 또다시 당황했다. 아까도 가출 소녀 어쩌고 그러더니, 이 양반이 오늘따라 왜 이러실까?

물론 걸어온 싸움을 피할 미소가 아니었다.

"저는 전하의 초딩 같으신 점에 반했답니다."

어디까지나 겉으로는 우아한 미소를 지으며, 미소도 말했다.

"여러분은 잘 모르시겠지만, 전하께서 대외적 이미지가 이렇게 점잖으셔서 그렇지 실생활을 보면 동네 초딩이나 다름없어요. 글쎄 저를 놀라게 하시려고 일부러 제 침대에 개구리까지 잡아다 넣으셨지 뭐예요?"

이번에는 의윤이 당황할 차례였다. 그야 그의 이미지는 황태자 시절부터 점잖고 단정한 몸가짐의 모범생이었으니까.

"참, 케이크를 무척 좋아하세요. 특히 생크림 케이크라면 아주 사족을 못 쓰시는데 남들한테 먹는 거 들키면 부끄러우니까 몰래 숨어서 방에서 드신답니다."

곁에 앉은 의윤을 올려다보며, 미소는 해맑게 미소를 지었다.

"그렇죠, 전하?"

"어허, 비도 참, 농담을 퍽 잘하시오."

의윤이 농담으로 얼버무려 넘어가려 했지만 미소는 용서치 않았다.

"어머나 농담이라니요. 어제도 김 내관이 밖에 나갔다가 웬 상자를 보자기에 꽁꽁 싸서 들고 오던데, 그 안에 뭐가 들어 있었을까요?"

명친왕 부부의 예상치 않은 디스(diss)전에, 방청석에서는 쉼 없이 웃음이 터져 나왔다.

"비록 비가 이리 말을 하지만, 알고 보면 저의 오래된 팬입니다."

의윤이 애써 웃으며 말했다.

"우리 비가 글재주가 그리 뛰어납니다. 글쎄 초등학교 때 이미 나를 주인공으로 해서…… 억!"

말하다 말고 갑자기 의윤이 고통의 신음을 흘렸다. 미소에게 허벅지를 꼬집혔던 것이다.

"이러시기예요?"

의윤의 귀에 대고, 미소가 으르렁거렸다.

"너도 내가 초딩 같다고 먼저 말하지 않았느냐?"

어느새 카메라 앞인 것도 잊고 자연스럽게 옥신각신하고 있는 두 사람이었다. 티격태격하는 신혼부부의 모습을, 카메라는 하나하나 놓치지 않고 담고 있었다.

"두 분 전하를 이어 주신 오작교 같은 친구분이 있다고 하던데요."

이윽고 진행자가 그렇게 말했을 때, 미소는 설마 하고 생각했다.

"이 자리에 모셨습니다. 김민식 씨!"

그런데 진짜로 박수갈채와 함께 스튜디오에 민식이 들어서고 있지 않은가!

"민식아!"

깜짝 놀라 자리에서 벌떡 일어나는 미소에게, 민식이 씩 웃으며 인사를 했다.

"오랜만에 뵙습니다, 친왕비 전하!"

민식으로 말할 것 같으면 초등학교 때부터의 동창으로, 미소의 온갖 흑역사를 다 알고 있는 인물이다. 물론 민식이 자신에게 해가 될 말을 할 리는 없지만 미소는 괜히 마음이 불안했다.

민식이 와서 미소의 옆에 앉자 진행자가 다시 물었다.

"사전 인터뷰 하실 때 그러셨다죠? 두 분 전하 이어 주느라 중간에서 아주 고생이 많으셨다고."

순간 민식의 표정에 깊은 빡침이 어렸다.

“말도 마세요. 둘 다 완전 연애 고자들이라…… 헙!”

말하자마자 민식은 스스로 놀라 제 입을 틀어막았다. 뒤늦게 황실 모욕죄가 걱정된 것이었다. 하마터면 반역죄로 몰려서 죽을 뻔한 적도 있지 않은가?

“어머 죄송해요! 방금 한 말 편집해 주세요.”

“생방송이니라.”

의윤의 말에 민식은 울상이 되었다.

“맞다, 생방송이지. 저 잡혀가면 어떡하죠?”

의윤이 웃으며 민식을 안심시켰다.

“내가 허락한다. 오늘은 무슨 말을 해도 괜찮으니 편하게 하거라.”

무슨 생각을 했는지, 민식은 재차 확인까지 받으려 들었다.

“정말요? 저 하고 싶은 말 다 해도 안 잡아가는 거예요? 책임지실 수 있어요?”

“황실의 명예를 걸고 약속한다.”

의윤은 그렇게 장담했으나 미소는 속으로 슬슬 불안해졌다. 대체 얘가 무슨 말을 하려고 이러는 거야? 그러나 의외로 민식의 입에서는 그다지 위험한 말은 나오지 않았다.

“어릴 적부터 친왕비께서 친왕 전하 팬이셨던 게 맞아요. 저랑 둘이 같이 팬질하고 그랬었거든요. 제 꿈이 사실 전하랑 결혼하는 거였는데, 그래서 첨에는 배신감도 살짝 느꼈죠.”

“원래 두 분 결혼하실 때 부케를 제가 받기로 했었거든요? 근데 얘가, 아니 비전하께서 얼마나 힘이 좋으신지 저 멀리 던져 버리는 바람에 엉뚱하게 남자분이 받으셨어요.”

그저 두 사람의 연애와 결혼에 얽힌 에피소드 몇 가지를 재미있게 이야기할 뿐. 별생각 없이 한 말인가 보구나. 그렇게 생각하고 미소가 가슴을 쓸어내리는데, 진행자가 물었다.

"그런데 김민식 씨는 친왕비 전하와 언제부터 친하게 지내셨나요?"

"초등학교 때부터요."

민식이 기다렸다는 듯이 대답하더니, 엉뚱하게도 묻지도 않은 말을 시작했다.

"쟤네, 아니 비전하 가족들이 완전 신데렐라에 나오는 못돼 처먹은 엄마랑 언니들이랑 똑같거든요. 때리고 부려 먹고 구박하고 밥 굶기고요. 그래서 어려서부터 우리 집에 자주 도망 와서 자고 그랬었어요."

"민식아!"

당황한 미소가 민식을 붙잡고 말리려 했다. 여기가 지금 그런 얘기 하는 자리가 아닌데! 그러나 민식은 애초에 작정하고 나온 것 같았다.

"아 좀 놔 봐!"

미소의 손을 홱 뿌리치더니, 아예 진행자도 아닌 카메라에 대고 말하는 것이었다.

"아빠 돌아가시고, 열 살밖에 안 된 애를 그때부터 식모처럼 부려 먹은 인간들이에요. 어이없이 방송에다 대고 자기네가 뒷바라지해 주다가 기둥뿌리 뽑힌 것처럼 말하던데, 무슨 뒷바라지를 얼마나 대단하게 해 줬길래 공부도 잘하는 애를 대학도 안 보내 주는데요?"

목소리에 격렬한 울분이 섞여 있었다. 이제 보니 계모와 언니들의 거짓 방송 때문에 민식도 단단히 속이 상했던 모양이었다.

"국민 여러분 보고 계시죠? 다들 눈이 있으면 얘 손 좀 보세요."

갑자기 민식이 미소의 손을 붙잡아 카메라 앞에 들이밀었다. 미소가 화들짝 놀라 잡아 빼려고 했지만 민식은 꿈쩍도 하지 않았다.

"가까이서 좀 잡아 주세요."

카메라가 미소의 손을 클로즈업했다. 민식의 고운 손과, 미소의 거칠기 짝이 없는 손이 함께 화면에 잡혔다. 방청석 앞줄에서도 세상에, 하면서 한숨 섞인 탄식이 터져 나왔다.

"이게 어디 스물한 살짜리 아가씨 손이에요? 네?"

카메라에 대고 물으며 민식은 기어이 울먹였다.

"초등학교 때부터 혼자 온 집안 살림 다 하고 큰언니가 낳은 애 셋까지 얘가 다 키웠어요. 그래서 손이 이 지경이 된 거라고요."

"민식아, 그만해!"

"아 이 쪼다야, 말해 줄 때 좀 가만히나 있어!"

말리는 미소에게, 민식이 울면서 빽 소리를 질렀다.

"네가 나서서 말을 못 하니까 나라도 대신 해 주는 거잖아!"

민식은 결국 소리 내어 울음을 터뜨리고 말았다.

"미소 너무 불쌍하단 말이에요. 제발 우리 미소한테 그러지 마세요……!"

엉엉 우는 민식을 보는 미소의 눈에도 눈물이 어렸다. 하지만 자신까지 울면 안 될 것 같아서, 그저 이를 악물고 눈물을 참으며 민식의 어깨를 어루만질 뿐이었다.

"제가 사랑하는 사람입니다."

카메라를 바라보며 의윤은 조용히 말했다.

"그러니 국민 여러분께서도 부디 많이 사랑해 주셨으면 좋겠습니다."

* * *

의윤의 예언은 옳았다. 방송이 끝난 후 집계된 시청률은 자그마치 80프로대 초반으로, 역대 인기 드라마는 물론 역대 스포츠 중계 시청률 기록까지 단번에 깨 버렸던 것이다.

시청자들의 반응 역시 폭발적이었다. 뉴스는 물론, 온 인터넷 게시판이 다 방송 내용으로 격렬하게 불타올랐다.

[친왕비 전하 손 보고 기절하는 줄. 얼마나 물을 만졌으면 저 나이에 벌써 손이 저래?]

[우리 엄마 손인 줄 알았네.]

[아가씨 손을 저렇게 만들어 놓고 방송 나와서 피해자 코스프레를 해? 개뻔뻔하네.]

화면에 나온 친왕비의 손과, 친구의 안타까운 눈물이 사람들의 마음을 움직였다.

[아무리 먹고살기 바빠도 그렇지, 애들 키우는 집이 쓰레기장인 거 보고 이상하다 했네요.]

[치워 줄 식모가 없어져서 그 모양이었나 보네.]

네티즌들이 이렇게까지 일치단결한 적은 일찍이 없었다. 방송 내용에 속아 죄 없는 친왕비를 욕한 미안함까지 덧붙여, 사람들은 계모 가족에게 아낌없는 욕설로 돌려주었다. 이미 성난 네티즌 수사대에 의해 계모와 언니들의 신상까지 탈탈 털리고 있는 마당이었다.

[제가 명친왕비 전하랑 고등학교 동창인데요. 민식이라는 친구가 게스트로 나가서 한 말 다 사실이에요. 비전하 학교 다닐 때 맨날 집안일한다고 야자도 못 하고 수업 끝나자마자 집에 갔었고요. 조카들 아프면 학교도 밥 먹듯이 빠졌어요. 집에서 수학여행비도 안 내 줘서 수학여행도 못 갔었고…….]

미소의 친구가 인터넷 게시판에 쓴 장문의 글도 순식간에 여기저기로 퍼졌다.

"국민 여러분께서도 부디 많이 사랑해 주셨으면 좋겠습니다."

의윤이 바랐던 바는 그대로 이루어졌다.

명친왕비는 악의적인 거짓 방송이 나가기 전보다 한층 더, 국민들에게 사랑받는 존재가 되었던 것이다.

* * *

황궁 안에는 여기저기 크고 작은 연못들이 여럿 있었지만, 그중에서도 가장 아름다운 것은 바로 옛 동궁과 현재의 동궁 사이에 자리한 연못이었다.

마침 계절은 한여름, 한창 연꽃이 피어날 때. 연못 곁에 있는 정자에 앉아서 커다란 이파리 사이로 송이송이 곱게 피어난 연꽃을 바라보고 있으면 한여름 더위도 무섭지 않을 정도였다.

의윤과 미소는 모처럼 스케줄이 비는 틈을 타서 정자에 나와, 다과

와 함께 연꽃 구경을 즐기고 있었다.

"세상에나, 밤새 또 저렇게 많이 피었네요."

미소가 연꽃을 바라보며 감탄하고 있는데 문득 찰칵 소리가 났다. 돌아보니 의윤이 휴대폰으로 미소의 사진을 찍고 있었다.

"어머, 저렇게 연꽃이 예쁜데 연꽃 사진이나 찍으시지 않고. 제가 연꽃보다 더 예쁘셨어요?"

"안됐지만 그게 아니고."

살짝 애교 섞어 농담을 하자 의윤이 고개를 저었다.

"지호가 미소 이모 보고 싶다고, 사진 보내 달라 조른다는구나."

즐거웠던 기분이 금세 먹먹해졌다. 그래도 어디 의윤만 하겠는가. 미소는 슬쩍 의윤의 눈치를 보았다.

"전하도 지호 많이 보고 싶으시죠?"

"여부가 있겠느냐, 여태 내 자식처럼 키웠는데."

의윤이 한숨을 지으며 미소에게 휴대폰을 내밀었다.

"그래도 제 엄마 사랑 듬뿍 받고 행복하게 지내는 것 같아 다행이구나."

지호 엄마인 수영이 보내 준 사진이었다. 엄마와 같이 놀이공원에 놀러 갔는지, 회전목마를 탄 지호가 한 손에 커다란 뽀로로 풍선을 들고 무척 즐거워하고 있었다.

"언젠가는 마음 편히 만날 수 있는 날이 올 거예요."

미소는 그렇게 의윤을 위로했다. 지금은 지호가 보고 싶다고 섣불리 만나러 갈 수도 없었다. 수영이 황태자의 아이를 몰래 낳아 기르고 있다는 걸, 황태자 본인에게 들켰다가는 큰일이니까.

"그래, 그래야겠지."

의윤이 고개를 끄덕였다. 지호 얘기가 나온 김에 생각난 것이 있어서, 미소는 조금 망설이다 입을 열었다.

"사실은 어제 새엄마 집에 사람을 보냈어요."

"어째서?"

"그때 방송으로 보니까 사는 게 너무 어려워 보여서, 제가 좀 도와야겠다 싶어서요."

순간 의윤의 이마가 눈에 띄게 찌푸려졌다.

"착한 것도 그쯤 되면 병이니라. 어찌 너는 여태……!"

화를 내려는 의윤을, 미소가 재빨리 가로막았다.

"새엄마나 언니들은 어찌 되든 상관 안 해요. 하지만 조카들은 셋 다 제 손으로 키웠는걸요. 그런 쓰레기장 같은 집에 방치되다시피 해서 크는 걸 보고도 어떻게 모른 척하겠어요?"

그 말에 의윤도 표정을 조금 누그러뜨렸다.

"그도 그렇구나. 그래서 어찌 되었느냐?"

"사람을 보냈더니 이미 다른 데로 이사를 갔더라고요."

비좁은 단칸방을 떠나서 더 큰 집으로 이사를 갔더라는 보고를 받았다.

"거기도 그리 호사스러운 곳은 아니지만, 그래도 방송에 나온 것보다는 훨씬 살 만한 집이라고 하더라고요. 또 재정 상태를 조사해 보니 황태자 전하에게 진 빚도 모두 갚은 것으로 처리가 되어 있더래요."

"요가 그리해 준 모양이구나. 그 거짓 인터뷰를 한 대가로 말이다."

"그런 것 같아요."

미소가 씁쓸하게 고개를 끄덕였다.

"어쨌든 황태자 전하께서 저 대신 도운 셈이니 그냥 놔두기로 했어요. 집에 어른이 몇인데 그 정도만 되어도 일해서 먹고살 만하겠죠."

"그래."

황태자의 얘기가 나와서일까. 순식간에 무거운 침묵이 두 사람의 어깨를 짓눌렀다. 분위기를 바꾸느라 미소는 일부러 생글거리며 다른 얘기를 꺼냈다.

"참, 있잖아요, 전하. 방송할 때는 일부러 제 긴장 풀어 주시느라 시비 거셨던 거죠?"

"허어, 그걸 아는 사람이 그랬느냐?"

의윤도 장단을 맞춰 짐짓 화난 얼굴을 했다.

"전 국민이 보는 방송에 대고 케이크 귀신이라니, 망가진 내 이미지 어쩔 것이냐?"

"덕분에 케이크 조공 많이 들어오잖아요."

미소가 웃었다.

방송으로 인해 사람들의 오해가 말끔하게 씻겨 나간 것은 물론, 그 전보다 훨씬 더 팬이 많아졌다. 심지어 두 사람의 연애 이야기를 영화나 드라마로 만들고 싶다며 판권 문의까지 들어오는 마당이었다.

재미있는 점은 방송 다음 날부터, 팬들에 의해 황궁으로 엄청난 양의 케이크 선물이 쏟아지고 있다는 것이었다. 친왕궁 식구들끼리는 10분의 1도 채 못 먹을 정도로 어마어마한 양이었다.

"그래, 대전이랑 중궁전에도 좀 나누어 드렸느냐?"

"네. 동궁에도 갖다 드리라 했고요."

"동궁은 왜?"

순간 의윤이 못마땅하다는 듯이 이맛살을 찌푸렸다.

"시동생도 동생이잖아요."

미소는 장난스럽게 말했지만 의윤의 얼굴은 딱딱하기만 했다.

"그만두어라. 요는 나를 형으로, 물론 너를 형수로도 생각하지 않는다."

물론 그걸 모를 미소가 아니었다. 한숨이 절로 흘러나왔다.

"일이 자기 뜻대로 안 됐으니, 황태자 전하도 가만히 계시지 않겠죠?"

"그래. 어떻게든 또 뭔가를 하려 들겠지."

의윤의 얼굴에 괴로움이 어렸다.

"나라고 어찌 친동생과 다투고 싶겠느냐. 생각 같아서는 그래, 황제 그까짓 것 네가 하려무나, 하고 다 놓아 버리고 싶구나. 하지만 녀석이 황제가 되었다가는 자칫 지금보다 더한 세상이 올 터인데, 그걸 알면서 내 어떻게 물러날 수 있겠는가."

남편을 위로하듯 미소가 가까이 다가섰다.

"미안해할 필요 없어요. 황태자 전하 역시 물러날 생각 전혀 없으신걸요. 우리가 황궁에 들어오자마자 상대도 없으면서 갑자기 결혼을 하겠다고 나온 건, 대놓고 정면 승부를 하겠다는 거잖아요."

"그렇지."

의윤이 고개를 끄덕였다.

"가례도감이 설치 준비를 마쳤다지요?"

"곧 간택령이 내려질 것이다."

말하면서도 어이가 없는지, 의윤의 입술 사이에서 헛바람이 새어 나왔다.

"허 참, 2017년에 간택령이라니."

의윤은 시선을 돌려 연못을 바라보며 중얼거렸다.

"하다못해 황태자비라도 좀 마음씨 곱고 덕이 많은 이가 들어와서, 요로 하여금 자비로운 마음을 먹도록 감화시켜 주면 좋을 것을……."

어떻게든 동생과 싸우고 싶지 않은 의윤의 속내가 한숨과 함께 흘러나왔다.

미소 역시 의윤과 같은 생각을 하고 있었지만, 이유는 조금 달랐다. 황태자비가 들어오면 앞으로 자신과는 퍽 미묘한 관계가 된다. 일단 시동생의 부인이니 손아랫동서인 셈이지만, 또한 황태자비이니 윗사람이지 않은가. 게다가 남편끼리는 형제이면서 라이벌이고.

여러모로 가뜩이나 불편할 수밖에 없는 사이인데, 만에 하나 황태자비가 성격마저 나쁘다면 앞으로의 황궁 생활은 더욱더 힘들어질 것이 뻔했다.

"마음씨 고운 분이 황태자비가 되셨으면 좋겠네요."

제발 그랬으면 좋겠다고 미소는 빌었다. 국민을 위해서, 그리고 미소 자신을 위해서도.

9. 황태자비 공개 간택 (1)

바야흐로 대한 제국은 뜨겁게 타오르고 있었다. 무더위가 절정에 이르고 연일 열대야가 계속되는 날씨 탓이기도 했지만, 무엇보다도 사람들을 가장 뜨겁게 만든 것은 얼마 전부터 전파를 타기 시작한 15초짜리 짧은 TV 광고였다.

TV 광고에 황족이, 그것도 황태자가 직접 모습을 드러냈던 것이다!

더욱더 놀라운 것은 그 광고의 내용이었다. 광고가 전달하는 바를 간략히 정리해 보면 이러했다.

[황태자비 공개 간택]

1. 전국의 20세부터 35세 사이의 대한 제국 국적의 미혼 여성은

누구든 참여 가능

2. 학력, 지역, 경력, 인종, 집안 내력까지 모두 불문

3. 지금 바로 간택에 참여하세요!

물론 이런 내용을 황태자가 직접 제 입으로 줄줄 말했을 리는 없고, 성우와 자막이 대신했다. 정작 광고 속에서 황태자가 직접 한 말이라고는 오로지 이것뿐이었다.

카메라를 바라보며 부드러운 미소와 함께, 딱 한마디.

-기다리고 있습니다.

그러나 대한 제국을 발칵 뒤집어 놓는 데는 그걸로 충분했다. 비록 예전 황태자와는 달리 그다지 인기가 있는 편은 아니었지만, 어쨌든 대한 제국의 다음 황제가 되실 분이 아니신가. 게다가 다른 건 몰라도 황태자 전하, 비주얼 하나는 연예인도 울고 갈 정도로 뛰어나셨다.

누구든지 황후가 될 수 있다!

광고가 나간 이후 온 나라가 발칵 뒤집혔다. 조선 시대처럼 금혼령을 내린 것도 아닌데, 자연스럽게 결혼률이 감소할 정도로 뜨거운 반응이었다. 간택에 참여하겠다는 여성이 전국에서 구름 떼처럼 줄을 이었다. 여자 친구가 간택에 몰래 참여하는 바람에 싸우고 헤어지는 커플의 이야기는 하도 흔해서 이제는 화젯거리조차 되지 않았다.

[제국대학교 대나무숲 : 제 여자 친구가 글쎄 저 몰래 간택에 참여하려고 이력서를 냈습니다. 어떻게 이럴 수 있느냐고 따졌더니 오히려 저더러 부마 간택이라면 오빠는 참여 안 했을 거냐면서 적반하장

으로 나오더군요. 헤어져야 할까요?]

심지어 황태자비가 되겠다며 멀쩡한 남편에게 이혼을 요구하는 웃지 못할 사건까지 뉴스에 등장했다. 그야 이혼녀는 안 된다는 조건은 없었으니까!

어찌나 황태자비 간택으로 나라가 떠들썩한지, 그토록 뜨거웠던 명친왕 부부의 인기조차 한풀 기세가 꺾인 것처럼 느껴질 지경이었다. 그동안 연일 명친왕 부부의 소식을 전하느라 바빴던 뉴스도 요즘은 황태자 쪽을 훨씬 더 많이 다루고 있었다.

—황태자 전하께서는 오늘, 초간택 준비에 한창인 가례도감을 찾아 친히 당부하셨습니다. 황실에서 앞장서서 차별 없는 세상을 만들어 가야 한다며, 초간택 선발에 있어 절대 지원자의 집안이나 학력 등 스펙을 보지 말라고…….

황태자의 파격적인 행보에 국민들은 아낌없는 환호를 보냈다.

접수 기간 동안에 지원한 사람의 숫자는 총 60만 명에 달했다. 그중 초간택에 뽑히는 것은 오로지 30명. 자그마치 2만 대 1의 경쟁률이었다.

과연 초간택에 뽑히는 30명은 어떤 아가씨들이 될 것인가! 그 어떤 오디션 프로그램보다도 뜨거운 관심 속에서 접수 기간이 끝나고, 드디어 가례도감에서 초간택 심사에 들어갔다.

* * *

"어느 정도 호감은 가는 외모여야 하겠지요."

황태자가 말했다. 상대는 다름 아닌 어머니, 황후였다.

"나이는 너무 어려서는 안 되고, 또 저보다 많아도 별로 좋지 않을 것 같습니다. 그러니 스물다섯에서 서른 살 정도면 적당하지 않겠습니까?"

"옳은 말이로구나. 내 도제조[6]에게 그리 전하마."

황후가 고개를 끄덕였다.

"달리 또 전할 말은 없느냐?"

스펙을 보지 않겠다고 온 대한 제국에 다 광고는 해 놨지만, 황태자비를 뽑는 일인데 정말로 아무것도 안 볼 리가 있나. 그래서 황후가 황태자에게 와서 은밀히 묻고 있는 것이었다. 주로 어떤 점에 유의해서 초간택 심사를 해야겠느냐고.

"물론 본인이나 집안을 통틀어 황실 모욕죄 등의 결격 사유가 없는 사람이어야 하겠습니다."

"그리고 또?"

"그 외에는 모두 상관없다고, 그러니 미리 이야기한 것처럼 조건에 연연하지 말고 선발하라 전해 주십시오."

작은아들의 말에 황후는 낭패한 표정을 했다.

"아무리 그래도 황후 될 사람이 아니냐. 어찌 그렇게까지 조건을 안 볼 수가 있어?"

"특히 가문이나 재산은 절대로 보지 말라고 해 주십시오."

하지만 황태자는 마치 어머니의 말을 듣지 못했다는 듯이 계속해서 말했다.

"……솔직히 말하면, 가난하고 세력 없는 집안의 딸일수록 더욱 좋

---

6) 도감의 총책임자

습니다."

황후는 도저히 알 수가 없었다.

지금이 조선 시대라면야 이해하겠다. 그때는 당파 싸움도 심했고, 또 외척이 나라를 쥐고 흔드는 일도 비일비재했었으니까 일부러 세력 없는 집안의 딸을 맞이하고 싶어 할 수도 있지.

그러나 지금은 조선 시대와는 다르지 않은가. 대한 제국의 모든 권력은 오로지 황제 한 사람에게 있다. 외척이고 당파고 존재하지 않는다. 설령 존재한다 해도 힘이 없다. 황후인 자신의 집안 역시 원래부터 유명한 재력가의 가문이었지만 정치적으로는 아무 영향력도 가지지 못했다. 황제는 권력의 아주 작은 줄기일지언정 자신 외의 존재에게 쥐여 주려 하지 않았으니까.

그런데 황태자는 대체 왜 일부러 가난하고 세력 없는 집안의 딸을 원한단 말인가?

"대체 왜 그런 말을 하느냐. 가난한 것이 죄는 아니다마는, 그렇다고 꼭 가난한 집안의 딸이어야 한다는 법도 없지 않으냐?"

타이르듯 말하는 황후에게 황태자는 도리어 빙긋 웃어 보였다.

"장차 국모가 될 사람입니다. 가난해 본 사람이어야 가난한 자의 마음을 알지 않겠습니까."

"뜻은 매우 아름답다마는……."

황후는 말끝을 흐렸다. 정말 그렇다면야 칭찬할 일이지만, 왠지 그게 다가 아닌 것 같은 기분이 들었던 것이다. 꼭 뭔가 다른 이유가 있는 것만 같았다. 그러나 캐묻는다고 말해 줄 것 같지도 않았기 때문에 황후는 그쯤에서 포기했다.

"그러면 내 그런 점에 유의하여 초간택을 진행하라 전하도록 하마."

부디 아들의 말이 진심이기를. 진실로 성군이 되기 위해서, 그에 어울리는 황태자비감을 얻고자 저리 말하는 것이기를. 속으로 빌면서 동궁을 나서는 황후였다.

* * *

2주가 넘는 심사 끝에 겨우 초간택에 통과한 서른 명이 결정되었다.

비록 황태자는 매우 너그러운 조건만을 제시했으나, 오히려 그렇기 때문에 60만 명 중에서 이 서른 명을 뽑아내느라 가례도감의 직원들은 어마어마하게 고생을 했다. 결국 천신만고 끝에 뽑힌 서른 명의 아가씨들이 재간택에 참여하기 위해 입궁하였다.

재간택에서는 이 중 다섯 명의 아가씨가 뽑히게 되고, 마지막 삼간택에서 비로소 황태자비가 될 한 명이 결정된다. 마지막 삼간택에서 결정을 내리는 것은 바로 황태자 본인. 그 전에 서른 명 중에서 다섯 명을 골라내는 재간택은 황후를 비롯한 내명부가 할 일이었다.

재간택이 시작되는 당일.

똑같이 노란 저고리에 다홍치마를 입은 서른 명의 처녀들이 황궁의 너른 앞뜰에 줄을 맞춰 다소곳이 서 있었다. 비슷한 또래의 젊은 아가씨들끼리 모여 있으니 서로 잡담도 하고 수다도 떨 만하지만, 이곳은 지엄하기 그지없는 황궁인 데다 또한 서로가 모두 경쟁자들이기도 했다.

쥐 죽은 듯 주위가 조용한 가운데 이윽고 궁녀의 낭랑한 목소리가 울려 퍼졌다.

"황후 폐하께서 오셨습니다!"

저만치서 궁인들을 거느린 황후가 들어서고 있었다. 모두들 얼른 허리를 깊이 숙여 인사했다.

"황후 폐하를 뵙습니다."

황후는 자애로운 표정으로 미소를 지으며 처녀들을 바라보았다.

"그래, 황궁까지 오느라 수고들 많았구나."

그러더니 곁에 있던 명친왕비를 소개했다.

"우리 친왕비도 함께 너희를 보러 왔느니라. 모두들 친왕비에게 인사 올리거라."

황후의 말에, 처녀들보다 친왕비가 먼저 입을 열었다.

"안녕하세요. 윤미소라고 합니다. 이렇게 여러분을 만나게 되어 반갑습니다."

살짝 긴장한 듯한 목소리에 처녀들은 속으로 제각기 생각했다.

'아, 귀여운 분이셔라.'

'인사를 받으셔야 할 분이 도리어 우리에게 먼저 인사를 하시다니, 무척 겸손하시구나.'

대부분은 본래부터 친왕비에게 호감을 품고 있는 사람들이었다. 그야 워낙 전 국민의 스타였으니까.

"비전하를 뵙습니다."

어쨌든 다시 한 번 일제히 허리를 굽혀 친왕비에게 인사를 올렸는데, 문득 황후의 낭랑한 목소리가 울려 퍼졌다.

"잠깐. 그대는 왜 비에게 허리를 숙이지 않는고?"

모두들 가슴이 철렁했다. 황족에게는 당연히 허리를 숙여 인사하는 것이 예의인데, 어느 간 큰 처녀가? 저마다 놀란 눈으로 주위를 둘러

보고 있는데 어디선가 또랑또랑한 목소리가 들려왔다.

"저분이 친왕비이시기 때문입니다."

모두의 시선이 일제히 한 처녀에게로 쏠렸다. 30명 전원이 같은 옷을 입고 있는데도 불구하고 유독 눈에 띌 정도로 또렷한 이목구비를 가진, 뛰어나게 화려한 미모의 처녀였다.

"그걸 알면서 왜 허리 숙여 인사하지를 않고 고개만 까딱하느냐고 묻는 것이다."

황후의 목소리가 노기를 띠기 시작하는 것이 느껴져서 모두의 어깨가 절로 움츠러들었다. 그러나 정작 그 처녀는 조금도 주눅 들지 않고 똑바로 황후를 바라보며 대꾸했다.

"황태자비가 될 사람이 어떻게 친왕비를 향해 고개를 숙이겠습니까?"

순간 그 자리에 있던 모두가 제 귀를 의심했다. 대답한 처녀를 뺀 나머지 스물아홉 명의 처녀들도, 대답을 들은 당사자인 황후도, 궁인들도, 얼떨결에 모욕을 당하고 만 미소까지도.

잠시 후 정신을 차린 황후가 가소롭다는 듯이 말했다.

"방자하구나. 네가 황태자비가 될 자신이 있다 이 말이더냐?"

평소 늘 온화하고 자상했던 황후의 목소리가 서릿발처럼 날카로워져 있었다. 눈에 넣어도 아프지 않을 정도로 예뻐하는 며느리가 이 많은 사람들 앞에서 모욕을 당한 것이 아닌가!

그러나 처녀는 역시나 기죽지 않고 대꾸했다.

"자신하지는 못합니다."

"하면 어찌 친왕비에게 이리 방자하게 굴 수 있단 말이야!"

기어이 황후가 목소리를 높였다. 당장에라도 이년을 끌어내라, 하고 외칠 듯 험악한 기세에 모두들 간이 콩알만 해졌으나 정작 당사자는 눈 하나 깜짝하지 않았다.

"제가 아니라도 이 중 누군가는 반드시 황태자비가 될 것이 아닙니까?"

자기 주위의 다른 처녀들을 둘러보는 시늉을 하며 처녀는 말했다.

"그러니 실은 저뿐만 아니라 다른 이들도 고개를 숙여서는 안 되는 일이라 생각합니다."

갈수록 태산이다. 몇몇 마음 약한 처녀들은 얼굴이 하얗게 질리기도 했다.

"국본(國本)[7]이신 황태자 전하의 위엄에 관계되는 일입니다. 친왕비께 예를 갖추려다 자칫 황태자 전하께 실례를 범해서는 안 되지 않겠습니까?"

모두들 할 말을 잃고 말았다.

'대체 얼마나 대단한 집 딸이길래 저래?'

'미쳤나 봐. 뭐 잘못 먹은 거 아냐?'

그 와중에 속으로 재빠르게 계산기를 두드리는 아가씨도 있었다.

'어쨌든 한 사람은 탈락 확정이네.'

황후의 얼굴이 분노로 붉으락푸르락해졌다.

"친왕비는 고귀한 황실의 일원이다. 내 지금 당장 너를 황실 모욕죄로 엄히 다스리라 할 수도 있음을 모른다 하지는 않겠지?"

"하지만 만일 저 또한 황실의 일원이 된다면 그 죄는 성립하지 않겠지요."

황후를 똑바로 쳐다보며 처녀는 침착하게 말했다.

---

7) 태자나 세자 등을 이름

“그러니 제가 간택에 떨어지거든 그때 가서 죄를 물어 주십시오.”

황후는 이를 악물었다. 자신은 황후이자, 만일 간택이 된다면 또한 시어머니가 될 사람이기도 하다. 그런데 말끝마다 또박또박 말대답이라니, 이런 당돌한 계집을 보았나!

마음 같아서는 당장 호통을 쳐서 끌어내고 싶었지만, 영리하게도 황태자의 위엄을 핑계로 내세웠으니 명분이 애매했다. 게다가 이 간택에 온 나라의 관심이 다 쏠려 있는 마당에 초장부터 이렇게 불미스러운 일로 탈락시키기가 저어되기도 했다.

“좋다.”

생각 끝에 황후는 입을 열었다.

“단, 네가 간택에서 떨어지게 된다면 오늘의 책임은 져야 할 것이다. 결단코 그냥 넘어가지는 않을 것이야.”

경고에도 불구하고 처녀는 끝내 침착했다.

“제가 한 일에 대한 처분은 얼마든지 달게 받겠습니다.”

“어머니께 한 마디도 안 지고 그리 대들더란 말인가?”

요가 되묻자 50대 후반의 상궁이 대답했다.

“예. 제 눈으로 똑똑히 보았습니다, 황태자 전하.”

이 여인은 바로 황태자 요를 젖 먹여 키워 낸 보모 최 씨라는 사람으로, 현재 동궁의 최고상궁이자 부제조상궁[8]의 자리에 있기도 했다. 의윤의 보모인 정 상궁이 의윤을 위해서라면 물불 가리지 않듯, 최 상궁 역시 요를 위해 충성을 바치고 있었다.

“진노하신 황후 폐하를 향해, 친왕비에게 예를 갖추느라 국본이신

8) 궁녀 중에 둘째가는 지위

황태자 전하께 무례를 범할 수 없노라고 단호히 말하였습니다."
요는 탄복했다. 배짱이 있는 것도 그렇지만, 황후에게 대든 이유도 무척 마음에 들었다.
"이름이 뭐라던가?"
"번호는 8번, 이름은 유세연이라 합니다."
그렇게 말하며 최 상궁은 몰래 복사해 온 이력서를 꺼내 요에게 바쳤다.
"황립 제국 대학교 석사 출신에 외국계 회사 재직 중이라…… 머리가 꽤 좋은가 보군. 집안은 어떠하다던가?"
"사람을 시켜 대강 알아보았는데, 학력은 좋지만 집안은 보잘것없다 합니다. 부모가 모두 날품팔이를 해서 자식들을 키웠고, 대학은 본인이 일해서 돈을 벌어 졸업했답니다."
최 상궁이 줄줄 설명했다.
"여태도 부모는 막노동을 하면서 월세방에서 어렵게 사는 모양입니다."
요는 잠시 생각에 잠겼다.
"장차 국모가 될 사람입니다. 가난해 본 사람이어야 가난한 자의 마음을 알지 않겠습니까."
가난하고 세력 없는 집안의 여자일수록 좋다고 말한 이유를, 황후에게는 이렇게 둘러댔지만 그거야 물론 핑계에 불과했다. 진짜 이유는 물론 야심이 큰 여자를 원해서였다.
부잣집에서 온실 속 화초처럼 고이고이 자란 여자는 필요 없다. 가난한 집에서 잡초처럼 자란, 권력에 대한 강한 욕망이 있고 독기가 있는 여자가 필요했다. 그래야 형과 형수에게 맞서 내 자리를 지켜

내는 데 도움이 되지 않겠는가?

그런데 지금 최 상궁이 말한 이 여자는, 정확히 자신이 원하는 신붓감의 조건에 맞아 들었다. 황후에게 한 마디도 지지 않고 정면으로 맞섰다니 배짱이야 더 말할 것도 없겠고. 좋은 직장에 다니면 연봉도 꽤 높을 텐데 부모가 여태 월세방에서 산다는 것을 보니, 가족도 외면할 정도의 냉정함을 갖췄다는 뜻이고.

"미모도 무척 뛰어납니다. 서른 명 중에서도 단연 눈에 띌 정도였습니다."

"누가 아름다운 여인을 원한다던가?"

코웃음을 치면서도 속으로는 은근히 싫지 않았다. 이왕이면 다홍치마 아닌가.

모든 조건이 두루 마음에 들었지만 단 한 가지 걸리는 점이 있었다. 삼간택에서야 자신이 직접 선택한다지만 재간택은 내명부의 권한이다. 즉 황후의 눈 밖에 나면 재간택에서는 떨어질 수밖에 없는 것이다. 그걸 뻔히 알면서 대체 무슨 생각으로 황후에게 대든 것일까.

뭔가 생각이 있는 것인가, 아니면 단순히 무모한 객기인가. 만약에 후자라면 가치가 없다. 머리가 나쁜데 배짱만 두둑해 봐야 골칫거리일 뿐.

"……직접 확인해 봐야겠구나."

요가 중얼거렸다.

* * *

초간택을 통과한 서른 명은 황궁에서 2박 3일간 합숙을 하며 심층 면접을 받게 된다. 첫날에는 황후께 인사를 올리고 나서 궁인들의 안내를 받아 황궁을 한 바퀴 돌아보고 나자 하루가 다 갔다.

저녁에는 중궁전에서 특별히 마련한 상을 받았다. 비록 떨어지면 그대로 짐 싸서 돌아가야 하는 처지지만, 황궁 구경을 하고 궁중 요리를 대접받은 것만으로도 처녀들은 벌써 황족이나 된 것처럼 마음이 들떴다.

'꼭 간택에 뽑혀서 황태자비가 되고 싶어!'

처음보다도 훨씬 구체적인 욕망이 처녀들의 가슴속에서 불타올랐다. 그만큼 라이벌 의식도 점점 심해져 갔다. 대체 누가 다섯 명 안에 들어 삼간택에 올라갈 것인가, 하고 서로들 눈치 싸움을 하기도 했다. 누가 될지야 알 수 없으나 이미 탈락할 것이 확실한 사람은 있었다. 황후에게 대든 8번 처녀, 유세연.

서로서로 무척이나 경계하면서도 이 중에 누가 황태자비가 될지 알 수 없으니 결코 무례하게 굴 수는 없었다. 그 스트레스를 처녀들은 세연에게 쏟아 냈다.

"얼굴만 믿고 자기가 황태자비 될 줄 알았나 봐요, 어이없이."

"자기가 뭐라고 비전하께 인사를 안 드려?"

"덕분에 제일 먼저 집에 가겠네요. 멍청하긴."

들으라는 듯이 대놓고 비아냥거리는 처녀들도 있었다.

"잠시 가실 데가 있습니다. 저를 따라오시지요."

어디 소속인지 모를 궁녀가 숙소에 들어와 세연을 데리고 나가자 조롱은 한층 더했다.

"황후 폐하께서 따로 불러내서 야단치시려는 거 아냐?"

"황제 폐하일지도 모르죠."

"오늘 밤도 못 넘기고 짐 싸는 거 아닐까요?"

등 뒤에 조롱이 쏟아졌지만, 당사자인 세연은 마치 뉘 집 개가 짖느냐는 듯이 태연한 얼굴로 궁녀를 따라나섰다. 궁녀는 마치 누가 볼까 두렵다는 듯이 어둑어둑한 길만 골라 잰걸음으로 걸었다.

한 10분 정도 걸었을까. 문득 궁녀가 걸음을 멈췄다. 커다란 나무 아래 누군가가 서 있는 것이 희미하게 세연의 눈에 들어왔다. 마침 달도 구름 뒤로 숨어 있는 데다 나무 그늘까지 겹쳐 얼굴은 전혀 보이지 않았지만, 세연은 그 어둠 속에 누가 있을지 뻔히 짐작하고 있었다. 이미 궁녀를 따라 숙소를 나올 때부터.

칠흑 같은 어둠 속을 향해 고개를 숙이며, 세연은 미소를 지었다.

"황태자 전하를 뵙습니다."

* * *

다음 날, 서른 명 중에 다섯 명을 뽑는 재간택 절차가 본격적으로 시작되었다.

방식은 심층 면접. 면접관은 내명부의 수장인 황후를 위시하여 친왕비인 미소, 선혜 공주, 그리고 궁녀 중의 으뜸인 제조상궁과 그 다음가는 부제조상궁까지 모두 다섯이다. 이 다섯 명이 각각 한 명씩을 뽑아서 총 다섯 처녀를 마지막 삼간택에 올리는 것이다.

처녀는 총 서른 명이고 면접관은 다섯이니 각자가 여섯 명씩의 후보자를 만나 보아야 했다. 얼핏 그리 많은 숫자가 아닌 것 같지만, 자그마치 대한 제국의 황태자비가 될 사람을 선발하는 과정이었다. 결코 소홀함이 있을 수 없었기에, 한 명 한 명을 주의 깊게 면접하느라 시간과 체력이 어마어마하게 소요되었다.

하나하나 면접을 보면서 미소는 점점 고민에 휩싸여 갔다. 자그마치 2만 대 1의 경쟁률을 뚫고 올라온 재원(才媛)들이다. 하나같이 어디 한 군데 흠잡을 데 없이 아름답고 총명한 아가씨들이다 보니, 이중에 누구를 골라야 할지 도저히 알 수가 없었다.

황후나 상궁들같이 연배가 있는 분들이라면 자연히 사람 보는 눈도 있겠지만 미소는 이제 겨우 스물한 살이었다. 누구를 뽑기는커녕 자신이 이런 사람들의 면접을 보고 있다는 사실 자체가 미안해질 지경이었다.

"네 시동생의 안결 될 사람이니라. 부디 밝은 눈으로 살펴보아 주거라."

부족한 자신을 이런 어마어마한 일에 끼워 넣은 황후가 원망스럽기까지 했다.

이어지는 면접에 몸도 마음도 지칠 무렵, 미소가 맡은 마지막 후보자가 들어왔다. 12번, 이초혜. 하얀 피부에 동그란 얼굴, 살짝 아래로 향한 눈매가 무척 유순해 보이는 아가씨였다.

자기소개서가 포함된 이력서를 읽어 보고 미소는 조금 감탄했다. 대한 제국에서도 손꼽히는 대기업 가문의 손녀, 그것도 외동딸이었던 것이다. 그야말로 금지옥엽으로 귀하게 자란 아가씨가 아닌가.

"초혜 씨는 왜 황태자비가 되려고 하시는 거예요?"

다른 후보자들에게도 모두 같은 질문을 했지만 이번에는 진짜로 궁금했다.

"사실 황태자비라는 게 무척 어려운 자리잖아요. 초혜 씨라면 굳이 황태자비가 되지 않아도 얼마든지 좋은 사람 만나서 평생 편히 살 수 있을 것 같은데요."

의윤을 사랑했기 때문에 결혼했고, 그래서 여기까지 온 것을 후회하지는 않는다. 하지만 황궁 생활이, 또 친왕비라는 자리가 무척이나 버거운 것도 사실이었다. 만약에 자신이 이 아가씨라면 그냥 좋아하는 남자 만나 연애결혼해서 마음 편히 일반인으로 살았을 것 같은데.

"저어……."

미소보다 여섯 살이나 많은 아가씨는 수줍음을 무척 탔다. 금세 얼굴이 빨개지더니 조심스레 묻는 것이었다.

"비밀 지켜 주실 수 있나요?"

"네, 그렇게 할게요."

손가락까지 걸고도 아가씨는 한참 동안이나 망설인 끝에야 기어들어 가듯 겨우 말했다.

"사실은 제가…… 황태자 전하를 좋아하거든요."

미소는 속으로 조금 놀랐다.

앞에 다섯 아가씨에게도 똑같이 왜 황태자비가 되려 하느냐고 질문을 했는데, 모두들 비슷비슷한 대답이었다. 황태자를 잘 내조하여 대한 제국의 앞날에 보탬이 되고 싶다든가, 혹은 황후가 되어 이런저런 대외 활동을 해서 국민들에게 도움이 되고 싶다든가. 그러나 황태자를 좋아해서 지원했다는 사람은 이 아가씨가 처음이었다.

"황태자 전하를요?"

"네. 예전에 어떤 파티에서 잠시 뵌 적이 있는데, 그때 첫눈에……."

기어이 끝까지 말하지 못하고 부끄러워 두 손으로 얼굴을 감싸는 초혜가, 미소는 신기했다. 대체 그런 피도 눈물도 없는 인간의 어디가 좋아서 첫눈에 반했다는 걸까.

'하기야 뭐, 잠깐 만난 것뿐이라니까 인간성까지는 몰랐겠지. 게다가 얼굴이야 잘생겼으니까.'

미소는 그쯤에서 이해하고 넘어가기로 했다.

"그래서, 만약에 초혜 씨가 황태자비가 되면 뭘 하고 싶으신가요?"

이것 역시 다른 처녀들에게도 모두 했던 질문이었다. 그리고 이번에도 다른 처녀들에게서는 전혀 듣지 못했던 대답이 돌아왔다.

"전하를 행복하게 해 드리고 싶어요."

붉어진 얼굴로 초혜는 열심히 말했다.

"뉴스나 신문 같은 데서 보면 늘 어딘가 걱정이 많아 보이셨거든요. 웃고 있는 사진에서조차 그늘이 느껴지곤 했어요. 그게 뭔지는 모르겠지만, 제가 곁에서 웃게 해 드리고 싶다는 생각이 들었어요."

지쳤던 마음이 어느덧 포근해지는 느낌이 들었다. 초혜에게서 진심이 느껴졌다. 황태자비 자리를 욕심내는 것이 아니라 진심으로 황태자를 흠모하고, 그를 행복하게 해 주고 싶어 하는 마음이.

방금까지도 대체 누구를 뽑아야 할지 몰라 어지러웠던 머릿속이 환해지는 것 같은 기분이었다. 그래, 쉽게 생각하면 되지 않는가. 결혼이란 사랑하는 사람끼리의 만남인데, 그렇다면 황태자비에 가장 어울리는 사람이 누구겠는가.

비록 얄미운 시동생이지만, 이왕이면 그가 좋은 여자를 만나 행복했으면 하는 마음 정도는 미소에게도 있었다. 한편으로는 그런 생각도 들었다. 어쩌면 이런 여자에게 진심으로 사랑을 받으면 황태자도 좀 사람다워지려나, 하는 생각.

더 이상의 면접은 의미가 없다. 미소는 더 묻지 않고 초혜를 향해 웃어 보였다.

"수고하셨어요. 꼭 좋은 결과 있기를 바랄게요."

"언니, 언니!"

면접을 모두 마치고 나오자 선혜 공주가 미소를 숨넘어가게 불렀다. 공주 역시 마지막 면접까지 모두 마치고 나온 모양이었다.

"아, 공주 전하. 면접은 끝나셨어요?"

"예. 글쎄 제가 그 여자의 면접을 보았답니다."

"그 여자요?"

되묻다가 미소는 깨달았다. 아, 그 여자.

"어머니와 언니께 그리 무례하게 굴었다더니 역시나 보통내기가 아니더라고요!"

공주가 혀를 내둘렀다.

"황궁에 들어오면 뭘 할 생각이냐 물었더니, 대뜸 하는 소리가 황실의 기강을 바로잡겠다지 뭐예요. 엄연히 양위 폐하가 계신데, 자기가 어떻게 감히 황실의 기강을 운운하는지! 저런 여자가 황태자비가 되었다가는 정말 황궁 분위기 살벌해질 것 같아요."

생각만 해도 끔찍하다는 듯이 몸을 부르르 떤 선혜가, 이어서 미소를 안심시키듯 말했다.

"하지만 걱정하실 것 없어요. 제가 안 뽑으면 그만이니까요."

"공주 전하께서는 따로 작정하신 분이 계신가요?"

"다들 비슷비슷해서 고민이기는 한데, 누구를 뽑아도 그 여자보다는 낫겠지요."

그렇게 대답하고, 선혜가 되물었다.

"언니께서는 마음에 드시는 분이 계셨나요?"

“네. 황태자 전하를 좋아해서 지원했다는 분이 있더군요.”

“어머나, 작은 오라버님을요?”

공주도 놀란 눈치였다.

“황태자 전하를 행복하게 해 드리고 싶다고 하는데 진심이 느껴졌어요. 인상도 무척 좋으시고, 그분이라면 저와도 사이좋게 지낼 수 있을 것 같더군요.”

“그럼 저도 이왕이면 그분이 황태자비가 되셨으면 좋겠네요.”

선혜가 한숨을 지었다. 큰오빠와 작은오빠 사이의 갈등을 공주라고 왜 모르겠는가. 큰오빠와 훨씬 더 사이가 좋기는 하지만, 둘 다 오빠인데 누구 편을 들 수도 없으니 그저 안타까워하며 지켜보기만 하는 중이었다.

둘이서 잠시 그렇게 얘기를 나누고 있는 동안에 황후를 비롯한 다른 사람들도 하나씩 면접을 끝내고 돌아왔다. 상궁들까지 다섯 명이 모두 모이자 비로소 황후가 물었다.

“그래, 각자 마음에 작정들 하였거든 어디 하나씩 말해 보게.”

제일 먼저 선혜가 대답했다.

“저는 28번 처녀로 결정했습니다, 어머니.”

미소는 초혜의 번호를 말했다.

“저는 12번 처녀입니다.”

이어서 제조상궁도 말했다.

“39번 처녀가 가장 뛰어났습니다.”

마지막으로, 황후의 시선이 부제조상궁이자 황태자의 보모인 최 상궁에게 향했다.

“최 상궁은?”

최 상궁이 공손히 고개를 숙여 대답했다.

"저는 8번, 유세연 처녀가 황태자비에 적합하다 생각합니다."

* * *

"황태자 전하를 뵙습니다."

세연이 자신을 향해 그렇게 인사하는 바람에 요는 조금 놀랐다. 어두워서 상대의 얼굴은 눈 코 입도 분간이 안 갈 지경이다. 그러니 내 얼굴도 보이지 않을 텐데?

"나라는 것을 어찌 알아보았느냐?"

"부르실 줄 알고 기다리고 있었습니다."

어둠 속에서 들려오는 세연의 목소리는 희미한 웃음기를 띠고 있었다.

"부를 줄 알았다?"

"예. 황태자 전하께서 저를 필요로 하실 것이라 생각하였습니다."

"어째서 그렇게 생각하였느냐?"

"오늘 아침에 있었던 일을 전하께서도 전해 들으셨을 것이 아닙니까. 그러면 분명 저를 찾으실 것이라 생각하고 한 일입니다."

그러니까 애초에 내 눈에 띄려고 벌인 짓이란 말이지? 요는 감탄하면서도 겉으로는 짐짓 노한 목소리를 꾸며 냈다.

"어처구니가 없구나. 내 어머니와 형수님께 그리 방자하게 굴어 놓고, 어찌 내가 너를 필요로 할 것이라 생각하였다는 것이냐!"

"제게 숨기실 필요 없으십니다."

버럭 화를 냈는데도 세연의 목소리에는 조금도 두려워하는 기색이 없었다.

"저는 황태자 전하가 무엇을 원하시는지, 또 어떤 사람을 필요로 하시는지 잘 알고 있습니다. 그래서 처음부터 제가 그 사람이 되어 드릴 작정으로 간택에 참여한 것입니다."

"내가 무엇을 원하는지, 네가 알고 있다?"

"예, 전하."

그럼 말해 보거라, 하고 주문하기도 전에 세연은 말했다.

"전하께서는 명친왕 전하께 맞서 황태자의 자리를 지켜 내고 싶어 하십니다."

한 치도 틀림이 없는 정답에 요는 전율마저 느꼈다. 대체 이 여자는 어떻게 내 속내를 꿰뚫어 보았단 말인가!

"왜 그렇게 생각하였지?"

"명친왕 전하와 그 아내 되시는 분의 인기가 무섭게 올라가고 있습니다. 저런 분이 황제가 되셔야 하는데, 하는 말들이 제 귀에도 빈번히 들리는데 황태자 전하라고 모르실 리 없지 않겠습니까."

그래도 요는 오리발을 내밀어 보았다.

"물론 알고 있다. 하나 민심이 정 그렇다면 나도 어쩔 수 없지 않으냐. 국민이 원한다면 형님께 양보할밖에……."

"국민들이란 어리석기 짝이 없습니다. 개돼지들과 다름이 없지요."

세연은 거리낌 없이 험한 말을 입에 담았다.

"명친왕비에 대한 평판만 해도 보십시오. 언제는 그리 죽일 듯이 손가락질을 하다가, 하루아침에 다시 언제 그랬냐는 듯이 찬양들 하고 있지 않습니까? 그런 변덕스러운 민심 따위에 휘둘려 물러날 생각을 하실 정도로 어리석은 황태자 전하가 아니실 것이라 저는 믿습니다."

요는 진심으로 감동했다. 어쩌면 이리 내 마음에 쏙 들어왔다 나온 것 같단 말인가! 하는 말 한 마디 한 마디가 자신의 생각과 정확히 일치했다. 마치 가려운 데를 시원하게 긁어 주는 것 같은 느낌이었다.

"네 말이 맞다 치자. 하면 내가 어찌해야 하겠느냐?"

"맞서 싸워야지요."

1초의 망설임도 없이 세연은 대답했다.

"황태자 전하께서도 그리 생각하셨기에 황태자비를 맞이하려 하심이 아닙니까?"

"왜 그리 생각했는지가 궁금하구나."

"명친왕 전하께서 복위되시고 얼마 안 된 시점에 돌연 황태자비 간택령이 내려지고, 심지어 고귀하신 황태자 전하께서 직접 광고에까지 나오셨습니다. 절박하다는 뜻이지요. 대체 무엇이 국본이신 전하를 이리 절박하게 만들었겠습니까? 그쯤 알아채지 못하는 사람이 오히려 눈뜬장님인 것이지요."

이쯤 되면 더 숨길 필요도 없다. 황태자는 모든 무장을 해제했다.

"옳게 보았느니라."

어둠 속의 여인을 향해, 황태자는 비로소 제 속내를 털어놓았다.

"나는 궁지에 몰려 있다. 지금은 내가 황태자이지만, 이미 황태자가 한 번 바뀐 바 있으니 두 번 바뀌지 말라는 법도 없다. 아버지는 필요하다면 언제든 그리할 수 있는 분이시다."

"걱정 마십시오. 그래서 제가 오지 않았습니까?"

세연이 자신 있게 말했다.

"황태자 전하와 함께 맞서 싸울 것입니다. 그리하여 전하를 무사히 황제로 만들어 드리고, 저 역시 황후가 될 것입니다."

그 순간 구름 사이로 달이 얼굴을 드러냈다. 환한 달빛에 비친 세연의 얼굴을, 요는 처음으로 마주 보았다. 눈부시게 아름다운 얼굴에 한편으로 은은한 독기가 서려 있는 여인.

"그러니 우선 저를 황태자비로 만들어 주십시오."

마치 화려한 꽃무늬를 가진 독뱀 같은 여인의 얼굴을 바라보며, 요는 홀린 듯이 고개를 끄덕였다.

"그렇게 하마."

세연이 활짝 웃고는 속삭이듯 목소리를 낮추었다.

"……그 전에, 전하께 미리 한 가지 말씀드릴 것이 있습니다."

* * *

"저는 8번, 유세연 처녀가 황태자비에 적합하다 생각합니다."

최 상궁의 말에 그 자리에 있던 모두가 제 귀를 의심했다. 유세연이라면, 황궁에 들어온 첫날부터 미소에게 모욕을 주고 황후를 격노케 한 바로 그 처녀가 아닌가!

"무슨 망발인가, 최 상궁?"

황후의 목소리가 격앙되어 있었다.

"자네는 그 처녀의 면접을 보지도 않지 않았는가!"

"첫날부터 이미 마음에 작정해 둔 바입니다."

최 상궁이 침착하게 대답했다.

"면접을 본 처녀들 중에도 그 처녀만큼 마음에 드는 이가 없는데 어찌하겠습니까?"

황후는 기가 차다 못해 곧 뒷목을 잡을 듯한 표정을 했다.

"나와 친왕비에게 무례를 범한 것이 자네 마음에 쏙 들었다?"
"물론 윗전에게 대든 것은 옳지 못한 일입니다."
노기에 찬 황후를 진정시키려 하듯 최 상궁은 차근차근 설명했다.
"그러나 한편으로 생각하면, 감히 황후 폐하께 무례를 범하는 위험까지 감수할 정도로 황태자 전하를 생각한다는 뜻이 아닙니까. 나인을 뽑는 것이 아니라 황태자비를 뽑는 자리이기에, 과연 누가 황태자 전하께 도움이 될 사람인가, 오로지 그것만을 보았습니다."
"위아래도 모르는 자가 어찌 황태자비가 될 수가 있어!"
황후의 격노에도 불구하고 최 상궁은 고집을 꺾지 않았다.
"외람되오나 황후 폐하, 저는 황태자 전하의 보모입니다. 감히 어미의 마음으로 보았다 자신할 수 있습니다."
꾹 다문 황후의 입술이 파르르 떨렸다. 애써 노기를 가라앉히고 있는 것이었다. 감히 자신에게 정면으로 대든 처녀를 뽑겠다는 것에는 무척 화가 났으나, 최 상궁이 무엇보다 황태자를 생각하여 내린 결정이라는 데는 황후도 이의를 제기할 수 없었다.
황태자의 젖어미다. 낳아 준 어미인 자신만큼이나 황태자를 아끼는 이임에 틀림없었다. 아니, 어쩌면 자신보다 더할 수도 있었다. 자신에게는 황태자 말고도 두 명의 자녀가 더 있지만, 최 상궁에게는 오로지 황태자뿐이지 않은가.
게다가 최 상궁은 부제조상궁이자 앞으로 봉보부인(奉保夫人)[9]이 될 사람이었다. 그런 이가 노여움을 살 것도 각오하고 충심으로 하는 말을, 아무리 황후라도 일언지하에 무시해 버릴 수는 없었다.
"최 상궁의 말에도 일리가 있다 하지 않을 수 없구나."

9) 왕의 유모

생각 끝에 황후는 입을 열었다.

"그러니 일단 삼간택에는 올리도록 하지."

미소는 깜짝 놀랐다. 최 상궁이야 황태자의 편이니 그렇게 말할 수 있다 치고, 황후가 그 말을 받아들일 줄은 몰랐기 때문이다.

'어머님께서는 저런 사람이 진짜로 황태자비가 되면 어쩌려고 그러시지?'

물론 그렇게 생각했으나 황후의 결정이었다. 감히 자신이 끼어들어 이래라저래라 할 바가 아닌 것 같아서 미소는 입을 다물었다.

"어머니, 다시 생각해 주세요!"

대신에 선혜 공주가 당황하여 말했다.

"제가 면접 때 이야기를 나눠 보았더니 역시나 호락호락한 이가 아니었습니다. 만에 하나 그분이 작은 오라버님의 마음에 들어 황태자비라도 된다면 분명 황궁에 평지풍파가 일어날 것이에요."

"애초에 평지도 아니지 않습니까?"

되물은 것은 최 상궁이었다. 감히 공주와 황후의 대화에 끼어드는 것으로 보아 아예 작정을 한 것 같았다.

"동궁과 친왕궁 사이의 알력을 공주 전하께서도 모른다 하시지는 않겠지요. 이런 상황에서, 황태자 전하께 도움이 되실 만한 분을 황태자비로 세우는 것을 어찌 못 하게 하려 하십니까?"

"최 상궁, 공주 전하께 무례를 범하고 있습니다. 말씀을 삼가시오!"

제조상궁이 말리려 들었으나 최 상궁은 들은 체도 하지 않았다.

"호락호락한 이가 아니라 안 된다 하심은, 거꾸로 말하면 호락호락한 황태자비가 들어와야만 하겠다는 말씀이십니까? 그리하여 친왕 전하께 이익이 되도록 말입니까?"

공주를 향해 대놓고 묻는 것이었다. 너는 지금 큰오빠 편만 들겠다는 말이냐, 하고.

선혜 공주의 얼굴이 하얗게 질렸다. 미소 역시 심장이 마구 두근거렸다. 만약에 자신이 한마디라도 반대하는 말을 입 밖에 냈더라면 역시 같은 소리를 들었을 것이 아닌가!

"최 상궁, 그쯤 해 두라."

황후가 엄히 타일렀다.

"어차피 삼간택에 오른다 해도 황태자의 마음에 들지 않는다면 허사이겠지."

사람들을 둘러보며, 황후는 선언하듯 말했다.

"그러니 그 처녀를 삼간택에 올리도록 하겠네."

"분명 요가 그리하라 지시한 것이 틀림없다."

자초지종을 들은 의윤이 말했다.

"저도 그렇게 생각해요. 그러니까 최 상궁이 황후 폐하와 공주 전하께 대들어 가면서까지 끝까지 고집을 부렸겠지요."

미소가 길게 한숨을 내쉬었다.

"그렇다는 건, 삼간택은 하나 마나인 거잖아요."

삼간택에서 마지막 하나를 고르는 것은 당사자인 황태자의 몫이다. 황태자가 재간택에서 세연을 올리라고 지시했다면, 당연히 삼간택에 뽑히는 것도 세연이 될 것이 아닌가.

"황태자비가 될 사람이 어떻게 친왕비를 향해 고개를 숙이겠습니까?"

첫날, 고개를 똑바로 들고 그렇게 말하던 세연의 얼굴이 떠올라 소름이 끼쳤다.
"그분이 황태자비가 되면 우리가 많이 힘들어질 거예요."
"그러니까 요가 그 처녀를 고른 것이 아니겠느냐."
문득 의윤이 피식, 하고 씁쓸한 웃음을 흘렸다.
"생각해 보면 나도 속물이로구나. 동생이 혼인을 하는데 과연 어떤 이가 들어와야 내게 이득이 될까, 또는 손해가 될까 그것부터 계산하고 있다니."
"상황이 이러니 어쩔 수 없잖아요."
위로하듯 말했지만 미소 역시 안타까웠다.
"제가 면접 본 처녀들 중에 이초혜라는 아가씨가 있었는데, 황태자 전하를 무척 좋아하는 것 같았어요. 그분이 황태자비가 되시면, 어쩌면 황태자 전하도 행복해질 수 있을지 모른다고 생각했는데……."
"전하를 행복하게 해 드리고 싶어요."
그렇게 말하던 초혜의 빨개진 얼굴이 생각나서 절로 한숨이 나왔다. 초혜가 만만해 보여서가 아니라 진심으로 요를 위해서, 그녀가 황태자비로 뽑혔으면 좋겠다고 생각했는데. 현실은 세연이 황태자비가 될 것이 확실해 보이지 않는가.
"어쨌든, 이렇게 된 이상 우리도 마음의 준비를 해야겠구나."
의윤이 말했다.
"겨우 초간택에 통과해 놓고 벌써 황태자비라도 된 듯이 굴었다는데, 진짜 황태자비가 된 후에는 오죽하겠느냐. 나보다도 네가 마음고생을 많이 하게 되겠구나."
의윤이 걱정하는 것도 무리가 아니었다. 아무래도 내명부의 여인들끼리니, 의윤보다는 미소가 황태자비와 부딪칠 일이 더 많지 않겠는가.

의윤이 미소를 당겨 품에 안았다.

"내 힘껏 막아 주마."

그러나 오늘만은 남편의 따뜻한 품도 별로 위로가 되지 않았다.

* * *

다음 날 아침, 재간택 결과가 발표되었다. 삼간택에 올라갈 다섯 명의 이름을 듣고, 처녀들은 하나같이 놀람을 감추지 못했다. 당연히 떨어질 것이라 생각했던 사람이 버젓이 다섯 명 안에 들어가 있지 않은가!

놀라지 않는 것은 오로지 당사자인 세연뿐이었다.

한편 재간택 결과에 촉각을 곤두세우고 있던 언론 역시 난리가 났다. 어떻게 입수했는지, 다섯 처녀들의 사진과 학력, 집안 배경에 이르기까지 죄다 방송을 탔다. 그중에서도 가장 화제가 된 것은 바로 세연과 초혜였다. 세연은 극도로 가난한 집안이, 또 초혜는 반대로 재벌가의 손녀라 하여 스포트라이트가 집중되었다. 말 그대로 금수저와 흙수저의 대결이 아닌가!

삼간택 진행 기간은 일주일. 온 나라가 주목하는 가운데 재간택에서 떨어진 처녀들이 아쉬움을 안고 황궁을 떠나고, 드디어 삼간택이 시작되었다.

남은 다섯 명의 처녀들은 합숙하던 궁을 떠나, 일주일간 지낼 처소와 시중을 들어 줄 나인들까지 각각 따로 배정받았다. 이제 삼간택의 결정은 남편이 될 황태자가 직접 하는 것. 즉 앞으로 일주일간, 황태자가 직접 황태자비 후보들과 어울리며 신붓감을 고르는 것이었다.

당장 그날 저녁으로 황태자와의 식사가 예정되어 있었다. 황태자와의 첫 대면을 앞두고, 다섯 명의 처녀들은 모두 새 옷으로 갈아입고 단장하느라 여념이 없었다.

그런 가운데 미소는 은밀히 초혜의 처소를 찾았다.

"어머나, 비전하!"

여러 옷들이 쭉 걸린 옷걸이 앞에 서 있던 초혜가 화들짝 놀라며 미소를 반갑게 맞이했다.

"오늘 저녁에 입을 옷을 고르고 있는 모양이죠?"

"네. 황태자 전하께서 어떤 스타일을 좋아하실지 잘 모르겠어서……."

황태자를 만날 생각만 해도 떨리는지 초혜는 설렘을 감추지 못했다.

"혹시 비전하께서는 아시는 바가 없으신가요?"

그렇게 묻는 동안에도 계속 이 옷이 좋을까, 저 옷이 좋을까 고민하듯 옷에서 시선을 떼지 못하고 있는 초혜를 보고 미소는 마음이 아팠다. 어차피 아무짝에도 소용없는 고민인 것을.

"……너무 애쓰지 말아요."

안됐다는 마음에 저도 모르게 불쑥 말이 튀어나왔다. 초혜가 흠칫 놀라 미소의 얼굴을 쳐다보았다.

"네? 비전하, 무슨 말씀이신지……."

스스로도 아차 했지만 이미 입 밖으로 나온 말은 어쩔 수 없다. 미소는 한숨을 내쉬고 말했다.

"아마도 황태자 전하께서는 이미 마음에 정한 사람이 있으신 것 같아요."

초혜는 놀란 얼굴로 미소를 쳐다보다 한참 후에야 떨리는 목소리로 물었다.

"혹시…… 유세연 씨인가요?"

대답이 없는 것은 곧 그렇다는 뜻이었다. 알아들은 초혜가 중얼거렸다.

"황후 폐하께 대들고도 삼간택에 올라간 걸 보고, 왠지 그렇지 않을까 하는 생각은 했었는데…… 정말 그랬군요."

미소는 뭐라고 말해야 할지 알 수 없었다.

"황태자 전하께서 그분을 좋아하신다면 어쩔 수 없죠. 무척 아름다운 분이시기도 하고……."

금세라도 울 듯한 표정으로, 초혜는 애써 미소를 향해 웃어 보였다.

"알려 주셔서 고맙습니다, 비전하. 몰랐으면 괜히 헛꿈 꾸고 더 실망할 뻔했어요."

시작해 보기도 전에 꺾이고 만 짝사랑이 너무나 아파 보여서 빈말로라도 격려해 주고 싶었다. 아직 결과가 나오지 않았으니까 모르는 것 아니냐고. 일주일 동안 황태자가 마음을 바꿀 수도 있는 것 아니겠느냐고.

하지만 그렇지 않다는 것을 누구보다 미소가 잘 알고 있었다. 어차피 황태자는 사랑하는 여자가 아니라 제게 이익이 될 여자를 고르려는 것이다. 아마도 황후에게 대들고 친왕비인 자신을 모욕한 세연의 독기가 마음에 쏙 들었겠지.

'차라리 좀 독하기라도 했더라면…….'

곱게 자라 그런지 더없이 순하기만 해 보이는 초혜였다. 앞으로 일주일을 더 지낸다 해도 황태자의 마음이 초혜에게 향할 일은 없으리라. 안타까운 마음에, 미소는 초혜의 손을 꼭 잡고 위로했다.

"너무 상심하지 말아요. 초혜 씨라면 더 좋은 분을 만날 수 있을 거예요."

* * *

친왕궁에는 매일매일 많은 팬레터와 선물이 배달되었다. 모든 우편물은 의윤과 미소에게 건네기 전에 처선이 하나하나 직접 검토하고 있었다. 혹시라도 좋지 않은 내용이 쓰여 있다든지, 또는 위험한 것이라도 들어 있으면 큰일이니까.

오늘도 하나하나 우편물을 살펴보고 있는데, 그중 한 통의 편지에서 나온 사진이 처선의 눈길을 끌었다. 웨딩드레스를 입은 신부와 턱시도 차림의 신랑이 활짝 웃고 있었다. 아마도 결혼식에서 찍힌 사진 같았다.

"누가 웬 웨딩 사진을 보냈지?"

고개를 갸웃거리던 처선은 문득 사진 속의 신부가 어딘가 낯이 익다는 것을 느꼈다.

"가만있자, 어디서 본 것 같은데……?"

한참 뚫어져라 쳐다보던 처선의 눈이, 문득 튀어나올 듯이 커다래졌다. 신부는 바로 삼간택에 올라간 문제의 처녀, 세연이 아닌가!

처선에게서 사진을 건네받은 의윤과 미소 역시 경악을 감추지 못했다.

"누가 보낸 거죠?"

미소의 물음에 처선이 고개를 저었다.

"익명으로 온 편지입니다. 주소도, 이름도 없었습니다."

"사실일까요?"
"정확한 것은 전문가에게 맡겨 보아야 알겠습니다만, 얼핏 봤을 때 합성 사진 같지는 않습니다."
한참 만에야 의윤이 입을 열었다.
"만약에 이게 사실이라면 결혼 경력이 있다는 소리인데, 아무리 조건을 따지지 않았다고 하지만 무슨 수로 이혼녀가 초간택을 통과한 것인지 신기하구나."
"혼인 신고를 안 한 상태로 헤어진 게 아니겠습니까?"
처선의 말에 미소도 고개를 끄덕였다.
"요즘은 결혼하자마자 바로 혼인 신고를 하지 않는 경우도 많대요. 제 큰언니도 첫 아이 가지고 나서야 혼인 신고했다고 들었어요."
"어찌 됐든 이미 다른 남자와 결혼식까지 올렸다면 황태자비감으로는 실격 아니겠느냐."
"그렇죠. 알았다면 초간택에서 떨어졌을 거예요."
만약에 이게 사실이라면 세연을 떨어뜨리는 것은 식은 죽 먹기나 다름없었다. 하지만 마음 놓고 기뻐할 수가 없었다.
"대체 누가, 무슨 의도로 우리에게 이걸 보낸 걸까요?"
그 점이 가장 마음에 걸렸다.
"혹시 이 사진 속의 남편 되는 사람이 아니겠느냐?"
"혹은 친구일 수도 있지요. 뻔뻔하게 과거를 숨기고 황태자비가 되겠다는 게 눈꼴이 시었다든가, 뭐 그런 이유가 아니겠습니까?"
의윤과 처선은 그렇게 말했지만 미소는 아무래도 영 석연치 않았다.
"그러면 신문사나 방송국에 보내면 됐을 거 아니에요. 굳이 우리에게 보낸 이유가 있을 것 같은데……."

잠시 침묵이 흘렀다. 깊은 고민에 잠긴 두 사람을 보고 처선은 조금 답답해진 모양이었다.

"죄송하지만 지금은 누가 보냈는지를 고민할 때가 아닙니다. 일단 이 사실을 알려서 그 여자를 떨어뜨리는 게 먼저 아니겠습니까?"

"이혼이 죄인가요?"

갑자기 미소가 되묻는 바람에 처선이 당황한 얼굴을 했다.

"예?"

"저도 그분이 싫어요. 황태자비 안 됐으면 좋겠어요. 그런데 뭘 잘못한 것도 아니고, 그저 이혼녀라고 폭로해서 떨어뜨리는 게 과연 옳은 방법인지는 잘 모르겠어요. 지원 자격에 이혼녀는 안 된다는 조건이 있었던 것도 아닌데요."

의윤이 고개를 끄덕였다. 역시 미소와 같은 생각을 한 것이었다.

"나 역시 이혼녀인 화신과 결혼했다는 이유로 억울하게 뭇매를 맞았었다. 같은 짓을 다른 사람에게 하고 싶은 생각은 들지 않는구나."

"하지만 전하, 지금 수단 방법 가릴 때가 아니지 않습니까? 이대로 있으면 그 여자가 황태자비가 될 테고, 그러면 일이 이래저래 골치 아파질 게 뻔한데……."

하지만 의윤은 고개를 저었다.

"친왕비의 말이 옳다. 방송국에 보내면 빠를 것을 굳이 우리에게 보낸 이유가 있을 텐데, 섣불리 터뜨렸다가는 우리가 곤란해질 수도 있지 않느냐."

미소도 말했다.

"황태자비를 결정하는 건 어쨌든 황태자 전하의 몫이에요. 그야 유세연 씨 같은 사람이 황태자비가 되면 우리 입장이 곤란할 수 있겠지만, 그렇다고 우리가 간택 과정에 끼어들어서 그 사람을 떨어뜨리려든다면 그것도 비겁한 짓이에요.”

비겁해지고 싶지 않았다. 상대가 황태자든 황태자비든, 당당하게 맞서 싸우고 싶었다. 그렇지 않다면 이긴다 해도 무슨 의미가 있단 말인가.

“이해는 하겠습니다.”

처선이 땅이 꺼져라 한숨을 내쉬고는 말했다.

“하지만 황태자비라는 것을 빼고도, 여전히 동생의 배우자 되실 분이십니다. 동생이 속아서 결혼을 할 판인데 모른 체하실 셈입니까?”

그 말에는 의윤도 대답할 수 없었다.

“황실이 아니라 일반인이라 해도 동생이 이런 결혼을 하는 걸 알게 되면 가만히 있기 힘들 겁니다. 최소한 결혼할 당사자는 사실대로 알아야 할 것 아닙니까?”

“……그도 그렇구나.”

결국 의윤이 고개를 끄덕였다.

“우선 모두들 함구하고 있도록 하자. 조만간 내가 요를 만나 이야기해 보마.”

* * *

삼간택 진행 첫날, 동궁에서는 다섯 명의 처녀들과 황태자의 첫 만남이 있었다.

“모두들 이렇게 만나게 되어 반갑구나. 앞으로 일주일 동안 잘 부탁한다."

화려하고 웅장한 황태자궁의 위용과, 미소로 맞이하는 잘생긴 황태자. 처녀들은 가슴이 설레는 것을 느꼈다. 반드시 황태자비가 되고 말겠다는 다짐을 다시 한 번 새기기도 했다.

이윽고 황태자까지 모두 여섯 명을 위한 만찬이 시작되었다. 세연을 빼면 모두들 부유한 가정에서 자란 아가씨들이었으나, 그들조차도 내심 놀랄 정도로 호화로운 요리들이었다.

하지만 물론 식사에 관심을 가질 때가 아니었다. 지금 밥이 문제인가, 황태자비 자리가 눈앞인데!

"황태자 전하께서는 어떤 음식을 좋아하십니까?"

"평소에는 혼자 식사하시나요?"

"음식이 참 맛있습니다. 메뉴는 대전이나 중궁전과 같은 건가요?"

다른 처녀들이 식사는 먹는 둥 마는 둥 어떻게든 황태자와 한 마디라도 더 말을 섞어 보려고 애를 쓰는 가운데, 세연과 초혜 두 사람만은 묵묵히 식사에만 집중하고 있었다.

식사가 끝나 갈 때쯤 황태자가 불쑥 말했다.

"그런데, 듣자니 이 중에 감히 친왕비께 인사를 거부한 이가 있다던데 사실인가?"

황태자의 눈길이 살피듯 처녀들 하나하나를 훑었다.

몇몇 처녀들은 속으로 쾌재를 불렀다. 옳지, 한 사람 떨어지는구나! 가뜩이나 다섯 중에서도 가장 미모가 뛰어나서 눈엣가시처럼 느껴지던 세연이었다. 그런 짓을 해 놓고도 어떻게 재간택에 올라갔는지는 모르겠지만, 다행히도 황태자가 알았으니 이번에야말로 떨어질 것이 확실하지 않은가.

"대체 누구의 짓인가?"

그래도 제 입으로 냉큼 저 여자입니다, 하고 일러바칠 수는 없어서 처녀들은 일제히 눈짓으로만 힐끔힐끔 세연을 바라보았다.

"접니다."

세연은 침착하게 수저를 내려놓고 고개를 들어 황태자를 바라보았다. 유난히 서늘한 눈매를 가진 황태자의 시선이 똑바로 세연을 향했다. 옳지, 이제 곧 호통을 치시겠구나! 잔뜩 기대하던 처녀들은, 다음 순간 제 귀를 의심했다.

"……잘했느니라."

황태자의 입에서 흘러나온 것은 놀랍게도 칭찬의 말이었다.

"황태자비는 황태자와 한 몸이다. 황제 폐하와 황후 폐하를 제외하면, 세상천지 그 누구에게도 고개 숙일 필요가 없는 것이다."

황태자는 입에 침이 마르게 세연을 칭찬했다.

"친왕비가 아니라 친왕이라 해도 결국은 황태자의 신하가 될 몸에 불과한데, 그를 향해 고개를 숙이다니 어불성설이다. 그 정도의 각오도 없이 어찌 황태자비의 자리를 감당해 내겠느냐?"

심지어 다른 처녀들에게 하는 질책처럼 들리기까지 해서, 처녀들의 어깨가 절로 움츠러들었다.

그러나 정작 세연은 크게 기뻐하는 기색이 없었다.

"좋게 보아 주셔서 고맙습니다, 황태자 전하."

미소조차 짓지 않고 대꾸하는 모습이 도도해 보이기까지 했다.

이윽고 황태자가 식사를 마쳤다는 뜻으로 냅킨을 접어 탁자 위에 놓았다.

"저녁 바람이 선선하구나. 동궁의 후원이 무척 아름다우니 함께 나가서 좀 걸으려느냐?"

아무도 선뜻 네, 하고 대답하지 못했다. 황태자는 정확히 세연을 바라보며 묻고 있었으니까.

"네, 전하."

세연이 자리에서 일어나 황태자를 향해 손을 내밀었다. 그 손을 잡고, 황태자는 안내하듯 밖으로 이끌었다. 다른 처녀들에게는 잘 가라는 작별 인사조차 없이.

당사자인 처녀들뿐 아니라 식사 시중을 들던 궁인들까지, 그 자리에 있던 모두가 확실하게 깨달았다. ……누가 황태자비가 될 것인지를.

10. 황태자비 공개 간택 (2)

간택이라는 것은 기본적으로 내명부의 일이다. 그러므로 간택 기간 동안에 친왕비는 가급적 외출하지 말고 자리를 지키라는 황후의 당부가 있었다. 덕분에 의윤이 외부 행사에 참여하고 있는 동안, 미소는 자주 찾는 정자에 나와 모처럼 느긋하게 경치를 즐기고 있었다. 곁에는 정 상궁, 그리고 초혜도 함께였다.

비록 황태자비가 되는 것은 물 건너갔지만 미소는 인간적으로 초혜가 좋았다. 나이는 자신보다 많지만 말끝마다 비전하, 비전하 하면서 따르는 것이 마치 동생처럼 느껴지기도 했다.

"경치가 참 아름답네요."

연못 가득 탐스럽게 피어난 연꽃을 바라보며 초혜가 중얼거렸다.

"만약에 제가 황태자 전하의 눈에 들었더라면, 앞으로도 자주 이렇게 비전하와 경치 구경을 하면서 이야기를 나눌 수 있었을 텐데요."

말끝마다 아쉬움이 묻어났다. 미소 역시 안타까울 뿐이었다.

"그래, 어제 식사 후에 황태자 전하께서 세연 씨만 데리고 산책하러 나가셨다지요?"

초혜가 씁쓸하게 고개를 끄덕였다.

"네. 다행히 비전하께서 미리 귀띔해 주신 덕분에 저는 별로 충격받지는 않았어요."

"다른 이들은 실망이 컸나 보군요?"

"표정을 보니까 그랬던 것 같아요."

무슨 생각을 했는지, 갑자기 초혜가 피식 웃었다.

"그런데 오늘 아침에 다른 세 분은 모두 세연 씨의 처소를 찾아갔었대요."

"네? 어째서 그랬을까요?"

"제 시중을 들어 주시는 항아님 말씀으로는, 다들 세연 씨에게 아부하러 간 것 같다고 하더라고요."

미소는 감탄했다. 세상에나, 포기도 빠르지.

"이왕 자기들은 물 건너간 거, 일찌감치 황태자비 될 사람한테 줄이나 서겠다 이거군요?"

"그런 것 같아요."

고개를 끄덕이던 초혜가 갑자기 흠칫 놀라며 입을 다물었다. 뭔가 하고 돌아보니 저만치서 한 무리의 여자들이 걸어오고 있었다. 초혜를 뺀 나머지 네 처녀와 그들을 모시는 궁인들이었다.

"호랑이도 제 말 하면 온다더니."

혼잣말을 중얼거리며 미소는 그들을 바라보았다. 자세히 보니 아주

가관이었다. 도도한 표정을 한 세연을 중심으로, 나머지 세 처녀가 둘러싸고 재잘거리며 비위를 맞추는 듯한 분위기가 아닌가. 모르는 사람이 보면 마치 황태자비와 그를 모시는 나인들인 줄 알 지경이었다.

어이가 없어서 피식거리다 미소는 연못을 향해 고개를 돌려 버렸다. 인사고 알은체고 필요 없으니 빨리 지나가 줬으면, 하는 마음이었다. 연꽃 구경하는데 괜히 기분 잡치고 싶지 않으니까.

그래서 미소는 그들이 자신을 향해 가까이 다가오는 것도 미처 몰랐다. 세연이 다가와서 말을 걸 때까지.

"비전하."

고개를 돌리자 세연이 바로 곁에 와 있었다.

"무슨 일이신가요?"

차갑게 대꾸하는 미소에게, 세연이 살포시 웃으며 말했다.

"죄송하지만 자리를 좀 양보해 주시겠습니까?"

순간 잘못 들었나, 싶었다.

"뭐라고요?"

"이곳 정자에서 바라보는 경치가 황궁에서도 가장 아름답다 들었습니다. 그래서 일부러 구경하려고 여기까지 왔는데, 정자가 좁아 모두 함께 들어가기는 불편할 것 같아서요."

태연하게 대꾸하는 세연의 얼굴을, 미소는 입을 반쯤 벌린 채 바라보았다. 미소 역시 그리 호락호락한 성격은 아니었지만 이 경우는 너무 어이가 없어서 곧바로 할 말이 떠오르지 않았다.

"……그러니까 지금, 나더러 비켜라 이건가요?"

한참 후에야 미소는 겨우 되물었다.

"비키라니요. 그저 양보해 주십사 부탁드렸을 뿐입니다."

"그게 그 말 아닌가요?"

너무 화가 난 나머지 목소리가 떨렸지만, 세연은 웃어 보이기까지 했다.

"저희 중 몇은 이제 며칠 후면 황궁을 나가게 됩니다. 그러니 마음 넓으신 비전하께서 좀 양보해 주시지요. 원하시면 언제든 보실 수 있지 않으십니까?"

"못 합니다."

미소는 딱 잘라 말했다.

"나는 친왕 전하의 안사람입니다. 황제 폐하나 황후 폐하가 아닌 이상, 아무도 나에게 비켜나라 말할 수 없어요. 구경을 하고 싶거든 그쪽이 다른 곳으로 가도록 하세요."

미소가 버티자 세연도 슬슬 화가 나는 모양이었다.

"이제 보니 무척 생각이 짧으십니다. 며칠 후면 제게 고개를 숙이셔야 할 텐데도 이렇게 어리석게 구실 건가요?"

그러나 미소는 단호하게 대꾸했다.

"그건 그때 가서 생각할 일이지요."

진심이었다. 며칠 후에야 어찌 됐든 지금 당장은 물러서고 싶지 않았다.

"……멍청한 계집애."

세연의 입에서 흘러나온 말에, 미소는 흠칫했다. 놀라서 바라보자, 세연이 비웃듯 한쪽 입꼬리를 끌어 올리고 있었다.

"며칠 후면 어차피 꼬리 내릴 것이, 자존심만 세 가지곤."

"그쯤 해 두시오!"

성난 목소리로 꾸짖은 것은 정 상궁이었다.

"감히 누구를 향해 이리 무례하게 구는 것이오? 이분은 친왕비 전하시고, 아직 그쪽은 어디까지나 민간인 신분인 것을……."

정 상궁은 그 이상 말을 잇지 못했다. 짝! 세차게 부딪치는 소리와 함께 정 상궁의 고개가 한쪽으로 홱 돌아갔다.

"천한 것이 어디서 윗전들 말씀하시는데 끼어드느냐!"

정 상궁의 뺨을 후려치고 난 세연이 앙칼지게 소리쳤다.

순간적으로 모두가 얼어붙었다. 미소나 초혜는 물론, 주위에 있던 궁인들도 마찬가지였다. 세연의 뒤를 지키듯 둘러싸고 있던 처녀들조차 얼굴이 하얗게 질렸다.

천한 것이라니, 애초에 말이 안 된다. 정 상궁은 명친왕의 보모이자 또한 친왕궁의 최고상궁이기도 한 사람이었다. 나이도 육십이 가까운 상궁의 뺨에, 아직 간택조차 결정되지 않은 처녀가 손을 대다니!

"……!"

미소는 이를 악물었다. 생각보다 손이 먼저 움직였다. 미소에게 얻어맞은 세연의 하얀 뺨이 금세 붉게 물들었다. 한 손으로 뺨을 감싸고, 세연은 무서운 표정으로 미소를 흘겨보았다.

"감히 날 때리고도 네가 무사할 줄 알아?"

숫제 반말로 소리를 지르는 세연을 향해, 미소 역시 소리쳤다.

"그런 소리는 황태자비가 되고 나서 떠들어야지!"

정 상궁은 의윤의 어머니나 다름없는 사람이었다. 미소에게 있어서도 의윤을 만나게 해 준 은인 같은 분이시다. 그런 분이 제 면전에서 뺨을 맞았다는 것에 미소는 반쯤 눈이 돌아가 있었다.

"이러고도 네가 황태자비가 될 수 있을 줄 알아?"

막으려면 얼마든지 막을 수 있었다. 제 손에는 그 사진이 있지 않은가! 그 사진을 폭로하는 건 옳지 않다고, 그러니 함구하자고 의윤과 결정한 사실 따위는 이미 미소의 머릿속에서 저 멀리로 날아가 있었다. 이런 여자가 황태자비가 되면 안 된다. 절대 그렇게 둘 수 없다! 오로지 그 생각뿐이었다.

물론 미소가 제 약점을 쥐고 있다는 사실을 세연이 알 리 없을 것이었다. 부어오른 뺨을 어루만지며 세연은 오히려 기세등등하게 웃었다.

"황태자 전하께서 이미 나를 마음에 두셨음을 황궁의 모두가 다 알고 있는데, 친왕비 따위가 날 어찌하겠다고? 응?"

가소롭다는 듯이 피식거리는 세연을 향해, 미소는 힘주어 말했다.

"……두고 봐. 절대 너는 황태자비가 되지 못할 테니까!"

* * *

그날 저녁, 모든 방송에서 일제히 한 장의 사진을 보도했다. 바로 세연의 결혼사진이었다.

달랑 한 장의 사진에 온 대한 제국이 발칵 뒤집혔다. 유력한 황태자비 후보가 결혼 경력이 있는 여자라니! 가뜩이나 가십에 굶주려 있던 언론들은 앞을 다투어 보도에 열을 올렸다. 사진 한 장 가지고 아예 소설을 쓰는 프로그램도 여럿이었다.

-드레스 디자인으로 봤을 때 7, 8년쯤 전에 유행하던 스타일인데요. 꽤 어린 나이에 결혼을 했었던 모양이네요.

-배경이 특급 호텔의 웨딩 홀인 것을 보면 신랑 쪽이 꽤나 재력가였던 걸로 보입니다.

패널들을 앉혀 놓고 세연의 자격에 대해 갑론을박도 벌어졌다.

―황실에서는 이 사실에 대해 파악을 하고 있었을까요?

―물론 몰랐다고 봐야겠죠. 이제라도 알았으니 실격 처리가 되지 않을까요?

―하지만 지원 자격에 이혼녀는 안 된다는 조항도 없었으니 명분이 없지 않나요?

이미 의윤이 황태자였을 시절, 이혼녀인 화신을 황태자비로 들인 것 때문에 한바탕 난리가 난 적이 있었다. 그때 결혼해서 잘 살았다면 또 모르겠지만, 두 달 만에 이혼하고 그 후 황태자가 방탕하게 살다 폐위까지 된 전적이 있었으니 사람들의 시선이 고울 리 만무했다.

"어쩜 뻔뻔하게 이혼 사실을 숨기고 간택에 참여를 해?"

"저건 황태자비가 될 게 아니라 황실 모욕죄로 감옥 가야 되는 거 아냐?"

세연에 대한 안 좋은 여론이 마구 들끓었다. 그리고 성난 여론을 한 방에 잠잠하게 만들어 버린 것은, 바로 다음 날에 나온 당사자의 인터뷰였다.

화장기 없는 얼굴로 카메라 앞에 선 세연이 눈물을 글썽이며 말했다.

"어릴 때부터 집이 많이 가난했습니다. 그래서 제 힘으로 돈을 벌어 대학에 다녀야 했어요. 아르바이트란 아르바이트는 안 해 본 게 없는데, 그중에 호텔 웨딩 홀 홍보 모델도 있었어요."

그러면서 세연은 인쇄 광고물 하나를 펼쳐 보였다. 언론에 공개된 바로 그 사진을 비롯해서, 다른 사진들도 여럿 실려 있었다.

"이걸 누가 언론에 제보한 것 같은데, 그저 광고일 뿐이니 오해를 푸셨으면 좋겠습니다.”

카메라를 향해 세연은 눈물 어린 눈으로 의연하게 미소를 지어 보였다.

“부족한 제가 황태자비 후보에 올라 걱정하시는 분들이 많은 걸로 알고 있어요. 이유야 어찌 됐든 저 때문에 국민 여러분께 심려를 끼쳐 드려 정말 죄송하게 생각합니다. 결과는 어떻게 될지 모르겠지만, 끝까지 열심히 하겠습니다.”

* * *

여론은 한 방에 역전되었다. 세연을 응원하는 사람들이 폭발적으로 늘어난 것은 물론이고, 한편으로 대체 누가 악의를 품고 언론사에 이런 사진을 보냈는지 색출해 내서 처벌해야 한다는 목소리도 높아졌다. 물론 일반인들이야 누가 한 짓인지 짐작조차 할 리 없었으나, 황궁 안에서는 이미 확신을 굳히는 분위기였다.

“친왕비 전하 짓이라고?”

궁인들은 둘 이상만 모였다 하면 그 일에 대해 수군거리기 바빴다.

“초혜 아가씨 시중을 드는 나인이 봤는데, 비전하께서 세연 아가씨한테 대놓고 호통을 치셨대. 이러고도 네가 황태자비가 될 수 있을 줄 아느냐, 어디 두고 보라고.”

“어머나, 그럼 정말 비전하 짓이 맞나 보네!”

“맞지 그럼, 바로 그날 저녁에 터졌는데.”

그날 정자에서 있었던 일을 목격한 사람이 한둘이 아니었다. 모두들 미소에게 혐의를 돌리고 있었다.

"그럼 여차하면 터뜨리려고 미리 세연 아가씨 뒷조사를 해서 약점을 쥐고 있었단 말이야?"

"첫날 인사 안 했다고 벼르고 있었나 봐. 나이도 어린데 무서운 사람이네."

"애초에 왜 열두 살이나 많은 친왕 전하랑 결혼했겠어? 그만큼 야심이 컸던 거지."

소문은 돌고 돌아 눈덩이처럼 부풀었다. 원래 이화원에서 일하던 친왕궁 궁인들을 빼놓고는 미소에 대해서 아무것도 모르는 사람들이 대부분이었기에, 변호해 줄 사람도 없었다.

결국 세연이 나이 많은 상궁의 뺨을 때린 잘못은 온데간데없이 묻히고, 미소만 혼자 음흉하고 무서운 여자가 돼 버렸다. 그런 가운데서 미소는 중궁전의 부름을 받았다.

"게 앉거라."

자리에 앉자마자 미소는 황후가 뭐라고 하기도 전에 호소했다.

"제가 한 짓이 아니에요, 어머님."

이미 온 황궁이 다 자신을 의심하고 있다는 것은 잘 알고 있었다. 미소로서는 억울해 죽을 지경이었다.

세연의 약점을 쥐고 있었던 건 사실이다. 솔직히 터뜨리고 싶을 정도로 미웠던 것도 사실이다. 하지만 문제는 하지 않았다는 거였다.

"……두고 봐. 절대 너는 황태자비가 되지 못할 테니까!"

정 상궁의 뺨을 때리는 걸 보고 그 순간 눈이 돌아서 외쳤을 뿐, 실제로 그리하지는 않았다. 정확히 말하자면 그럴 겨를도 없었다. 바로 그날 저녁에 기사가 터졌으니까!

"누군가가 제게도 익명으로 그 사진을 보내왔습니다. 순간 너무 화가 나서 폭로하겠다는 뜻으로 말했던 건 사실이지만 절대 제가 터뜨린 것은 아니에요."

어찌나 억울한지 눈물이 다 났다.

"애써 말할 것 없다. 네가 결코 그럴 아이가 아님은 내 잘 알고 있느니라."

계속해서 변명하려는 미소의 말을 황후가 저지했다.

"정 상궁이 네 눈앞에서 빰을 맞았는데, 얼마나 속이 상했으면 그런 말을 했겠느냐? 내 네 심정을 백 번 천 번 이해한다."

오히려 위로하는 황후의 말에 미소는 결국 왈칵 눈물을 쏟고 말았다.

"어머님……!"

울음을 터뜨리는 미소의 어깨를, 황후가 다가앉아 부드럽게 어루만졌다.

"울지 말거라. 괜찮다. 내 너를 믿느니라."

미소의 눈물이 멎을 때까지 기다렸다가 황후는 타이르듯 말했다.

"그러나 앞으로는 더욱더 언행에 주의 또 주의해야 한다. 보는 눈도 많고, 떠드는 입은 더 많은 곳이 황궁이란다."

"예, 어머님. 명심하겠습니다."

"화가 났더라도 그 순간에는 그저 꾹 참고, 차라리 내게 와서 시시비비를 가려 달라 하면 좋았을 뻔했다. 보아라, 잘못을 저지른 것은 그쪽인데 결국 네가 다 뒤집어쓰지 않았느냐?"

황후가 한숨을 푹 쉬었다.

"그것이 이럴 줄 알고 네게 익명으로 먼저 사진을 보내 놓고, 일부러 사람들 보는 앞에서 네 화를 돋운 모양이다. 그러고 나서 제 손으로 방송국에 터뜨린 게 아니겠느냐?"

미소도 그럴 거라고 짐작하고 있었다. 애초에 세연이 정 상궁의 뺨을 때린 것도 흥분해서가 아니라 다 계산 끝에 한 짓인 것이다. 그 수에 넘어가서 세연이 원하는 대로 지껄여 버린 자신이 그저 원망스러울 뿐이었다. 어쩌면 그렇게 어리석었을까!

"제 손으로 그리 꾸며 놓고는 카메라 앞에서는 상처받은 척 눈물이 글썽하더구나. 여우도 보통 여우가 아닌 게야."

황후가 고개를 절레절레 저으며 탄식했다.

"사람의 탈을 쓴 여우가 황궁에 들어오게 생겼으니 이 일을 앞으로 어찌할꼬?"

그러고 있는데, 문득 문밖에서 목소리가 들렸다.

"황후 폐하, 모두들 모였습니다."

그때까지 한없이 부드럽기만 했던 황후의 표정이 순간적으로 싸늘하게 굳어졌다.

"나가자꾸나."

황후가 앞장서서 방을 나가는 바람에 미소는 영문도 모르고 황후를 따라나섰다.

밖으로 나간 미소는 깜짝 놀랐다. 어느새 모였는지, 중궁전 앞마당에 수많은 나인들이 줄지어 서 있었던 것이다. 나인들뿐 아니라 삼간택에 오른 다섯 처녀 역시 맨 앞에 서 있었다.

황후가 대청마루 위에 나와 서자 모두들 인사를 올렸다.

"황후 폐하와 비전하를 뵙습니다."

위엄 있는 표정으로 사람들을 한번 둘러보고, 황후는 말했다.

"유세연은 이리 앞으로 나서거라."

세연이 앞으로 나섰다.

“네가 친왕의 보모인 정 상궁의 빰을 때렸다는 것이 사실이더냐?”

매서운 추궁에도 불구하고 세연은 눈썹 하나 까딱하지 않고 대답했다.

“예, 그랬습니다.”

“어찌하여 그랬는고?”

“황실의 기강을 바로 세우려 했습니다.”

미리 대답을 준비라도 했던 것일까. 세연은 막힘없이 줄줄 이야기했다.

“저와 비전하가 이야기를 나누고 있는데 감히 끼어들어 제게 폭언을 하였습니다. 곧 황태자비가 될 제게 무례함은 물론이거니와, 자기의 윗전인 친왕비께도 예의가 아니지 않겠습니까? 그래서 제가 꾸짖으려다 보니 그리되었던 것입니다.”

그 자리에 있던 모두가 속으로 혀를 내둘렀다. 어쩌면 저렇게 황후폐하 앞에서 기도 하나 안 죽고 궤변을 늘어놓을까!

“네 어머니뻘이 될 만큼이나 나이 많은 이에게 손찌검을 해 놓고 아무렇지도 않단 말이냐?”

하지만 세연은 어디까지나 당당했다.

“여기는 황궁입니다. 기강을 바로잡는 데 나이가 무슨 상관이겠습니까?”

“네 말도 옳구나. 황실의 기강을 무엇보다 중히 생각해야지. 암, 그렇고말고.”

황후가 고개를 끄덕이고는 곁에 있던 지밀상궁에게 일렀다.

“가서 회초리를 가져오라. 내 손수 황실의 기강을 바로잡으리라!”

“예, 황후 폐하.”

지밀상궁이 어디론가 달려간 사이에, 황후가 세연을 향해 호통을 쳤다.

“무엇 하고 있느냐? 당장 이리 올라와서 종아리를 걷지 않고!”

“황후 폐하!”

그제야 안색이 변한 세연이 황급히 말했다.

“2017년입니다. 조선 시대도 아니고, 설마 진짜로 제 종아리를 때리시겠다는 건가요?”

“참으로 편리한 사고방식이로구나! 어미뻘 되는 이에게 손찌검을 할 때는 조선 시대 여대치게 황실의 기강 운운하더니, 네가 맞을 때가 되니 갑자기 2017년이냐?”

황후가 코웃음을 쳤다.

“상궁이 잘못을 저질렀거든 말로 타이를 일이지, 하물며 아직 황태자비로 봉해지지도 않은 것이 감히 친왕의 보모에게 손을 대?”

그사이 지밀상궁이 회초리를 가져왔다. 회초리를 건네받으며 황후는 매섭게 말했다.

“올라와서 종아리를 걷어라!”

세연이 입술을 깨물고는 마루 위에 올라서서 종아리를 걷었다.

“한 대 한 대 맞을 때마다 마음에 새기도록 하여라. 행여 네가 황태자비가 된다 하여도, 내명부의 어른은 어디까지나 황후인 나임이야.”

종아리를 걷은 세연의 앞에 정좌하여, 황후가 꾸짖었다.

“기강을 잡아도 내가 잡는 것이다. 두 번 다시 이런 방자한 짓을 하면 또 매로 다스릴 것이야!”

그렇게 꾸짖고 황후는 회초리를 들었다. 모두들 숨죽이고 회초리가 떨어지려는 것을 조마조마하게 바라보고 있는데, 갑자기 어디선가 다급한 고함 소리가 들려왔다.

"어머니!"

모두가 깜짝 놀랐다. 뛰다시피 중궁전 앞마당으로 들어서고 있는 것은 바로 황태자 요가 아닌가!

역시 깜짝 놀란 황후가 손을 내리는 것도 잊고 작은아들을 쳐다보았다. 한달음에 달려와 그 손에서 회초리를 빼앗아 들며, 황태자는 말했다.

"대체 이게 무슨 짓이십니까?"

잠시 당황한 얼굴을 했던 황후가, 곧 정신을 차리고 몸을 일으켜 말했다.

"내명부의 일이다. 네가 간섭할 일이 아니니 나가거라."

"잘못한 게 있거든 말로 하시면 될 것 아닙니까. 회초리라니, 지금이 조선 시대입니까?"

대놓고 세연의 역성을 드는 황태자를 보고, 황후도 감정이 폭발한 모양이었다.

"그러면 조용히 연꽃 구경 잘 하고 있던 친왕비에게 가서 자리를 비키라 시비를 건 것은? 또 나이 든 상궁의 뺨을 때린 것은 잘했단 말이냐?"

어머니가 언성을 높이는데도 황태자는 끄떡도 하지 않았다.

"잘했다 할 수는 없지만 그렇다고 못 할 짓을 한 것도 아니라 생각합니다. 곧 황태자비가 될 이가 아닙니까?"

"요야!"

"어머니께서 정 그리 화가 나시거든 좋습니다."
한술 더 떠서 요는 갑자기 제 종아리를 걷기까지 했다.
"제 아내 될 사람입니다. 저와 한 몸이나 다름없으니 대신 저를 때려 주십시오."
자식에게는 약하기 그지없는 황후였다. 황후는 그만 회초리를 내던지고 안타까움에 눈물을 글썽이고 말았다.
"제발 정신을 차리거라. 네가 그만 저것의 미색에 혹한 모양인데, 미모로 나라를 다스리는 것이 아니니라. 대체 저런 잔악한 성정으로 장차 어찌 국모가 되겠느냐?"
피를 토할 듯 절절한 말투였으나 황태자의 귀에는 들리지도 않는 것 같았다. 어머니의 말에는 대꾸도 하지 않고, 대신에 걱정이 돼서 죽겠다는 듯이 세연을 향해 묻는 것이었다.
"괜찮으냐? 많이 놀라지는 않았는가?"
세연이 떨리는 목소리로 대답했다.
"저는 괜찮습니다, 전하."
대답은 그렇게 해 놓고 세연은 쓰러질 듯이 휘청거리기까지 했다. 그런 세연을 요가 얼른 부축했다.
"이리, 내게 기대거라."
아까까지 기세등등하게 말대답을 하던 것과는 정반대의 연약한 모습에, 황후는 말 그대로 뒷목이 뻣뻣해져 오는 것을 느꼈다.
"황후 폐하!"
놀란 궁인들이 달려들어 비틀거리는 황후를 부축했다. 그러나 황태자는 어머니가 곧 쓰러질 것 같거나 말거나 거들떠보지도 않았다. 그저 세연만을 챙길 뿐.

"많이 놀랐겠구나. 나가서 바람이나 쐬면서 마음을 가라앉히도록 하자."

황후에게는 인사도 없이, 황태자는 손수 세연을 부축해서 중궁전을 나갔다.

* * *

"애초에 저것을 삼간택까지 올린 내가 어리석었음이야."

황후는 머리를 싸매고 드러누웠지만, 일은 황후의 뜻과는 전혀 상관없이 돌아갔다. 황후는 드러눕고 황제는 애초부터 간택은 내명부의 일이라며 손을 놓아 버린 상태에서, 세연은 말 그대로 황태자비가 된 듯이 행세했다.

그도 그럴 것이, 중궁전에 모든 나인들이 다 모여 있는 앞에서 황태자가 선언하지 않았는가. 곧 황태자비가 될 몸이 아니냐고, 자신과 한 몸이나 다름없다고.

모두가 세연을 황태자비처럼 받들어 모셨다. 벌써부터 세연의 눈치를 보느라 미소에게는 인사도 하는 둥 마는 둥 하는 궁인들도 있었다. 물론 삼간택이고 뭐고 더는 의미가 없었다. 정해진 절차가 있으니 나머지 네 처녀들도 아직 황궁 안에 머무르고는 있었으나, 초혜를 빼놓고는 모두들 경쟁할 생각은커녕 세연의 비위를 맞추느라 바빴다.

그런 분위기에서 삼간택 기간인 일주일이 지나고 어느덧 마지막 날이 되었다. 마지막 날 저녁, 황태자는 전국으로 생중계되는 카메라 앞에서 국민들을 향해 직접 자신이 누구를 선택했는지 알릴 예정이었다.

황태자와 예비 황태자비를 직접 보기 위해, 황궁 앞 광장에는 구름 떼 같은 인파가 모여들었다. 각자 응원하는 황태자비 후보의 사진이나 응원 문구가 들어간 피켓을 든 팬들도 눈에 띄었다.

—방금 황태자 전하와 삼간택에 오른 다섯 분께서 현장에 도착하셨습니다. 잠시 후 황태자 전하께서 몸소 결과를 발표하시게 되는데요…….

약간 흥분한 듯한 아나운서의 목소리를, 미소는 친왕궁에서 의윤과 함께 듣고 있었다.

"생중계라니, 아주 작정을 했구나."

의윤이 씁쓸하게 중얼거렸다.

"애초부터 그러려고 시작한 간택인걸요."

세연의 이름이 적힌 피켓을 든 팬들을 바라보며 미소가 말했다. 미운 것은 미운 것이고, 생각할수록 세연이라는 여자의 꾀가 감탄스러웠다. 웨딩 사진으로 자작극을 벌여서 앞으로 라이벌이 될 미소의 황궁에서의 입지를 좁게 만들고, 동시에 저렇게 자신을 지지하는 세력까지 만들지 않았는가.

드디어 황태자와 다섯 처녀가 광장에 마련된 단상 위에 올랐다.

—시청자 여러분, 오래 기다리셨습니다. 이제 곧…….

쾅! 별안간 굉음과 함께 아나운서의 말이 뚝 끊겼다.

"방금 무슨 소리가 들리지 않았느냐?"

"들렸어요. 뭐가 폭발하는 소리 같은데요?"

현장이 난리가 난 듯, 아나운서도 어딘가 사라지고 방송은 빈 화면만 내보내고 있었다. 대체 이게 무슨 일인가. 의윤과 미소가 당황해서 서로 한참 얼굴만 쳐다보고 있는데, 처선이 헐레벌떡 뛰어 들어왔다.

"대체 무슨 일이냐?"

"폭탄, 폭탄 테러입니다."

의윤의 물음에, 처선이 숨이 넘어갈 듯이 외쳤다.

"황태자 전하의 바로 곁에서 폭탄이 터졌답니다!"

의윤의 얼굴이 하얗게 질렸다. 그는 다급히 물었다.

"그러면 내 동생은? 응? 요는 어찌 되었는가?"

"황태자 전하께서는 무사하시다 합니다."

순간적으로 다리에 힘이 풀린 의윤이 소파에 털썩 주저앉았다.

"같이 있던 다른 사람들은 어떤가요?"

"현장 상황이 무척 혼란스럽습니다. 저도 자세히는 듣지 못했지만, 다행히 사망자는 없는 모양입니다."

"다친 사람은요?"

"그것도 아직 잘 모르겠습니다."

처선의 말이 귀에 들어오지도 않는 듯, 의윤은 중얼거렸다.

"다행이다. 요가 무사하다니 다행이야."

무릎이 덜덜 떨리고 있는 것이 보였다. 저런 동생이라도 진심으로 걱정스러웠구나, 하고 미소는 생각했다. 하지만 미소는 의윤과 달리 황태자에게 정을 품고 있지 않았다. 그래서 의윤보다는 좀 더 냉정하게 사태를 바라볼 수 있었다.

"황태자 전하는 무사하시다니 다행이고, 이제 큰일은 우리 쪽이네요."

"어째서?"

놀란 듯이 쳐다보는 의윤에게, 미소는 어두운 얼굴로 대답했다.

"황태자 암살을 기도한 사건이에요. 황태자 전하가 돌아가시면 가장 이득을 볼 사람이 과연 누구겠어요?"

의윤의 얼굴이 굳어졌다. 처선 역시 마찬가지였다. 뜻밖의 사고에 놀라고 경황이 없는 나머지 누구에게 혐의가 돌아갈 것인가, 거기까지는 미처 생각지 못했던 것이다.

"우리가 의심을 받게 될 거란 말이냐?"

"단순한 의심이 아니라, 정말로 우리가 관련이 있을 수도 있어요."

"그게 무슨 말도 안 되는……!"

"기억나지 않으세요? 전하를 황태자로 추대하겠다면서, 황태자 전하를 암살하자고 했던 사람들이 있었잖아요."

"아……!"

의윤의 입술에서 신음 같은 소리가 새어 나왔다.

"아닐 것이다. 그들이 한 짓이 아닐 것이야."

의윤은 부정하듯 고개를 저었다.

"분명 그들에게 내가 말하였다. 동생의 목숨까지 빼앗아 가며 황제가 되고 싶지 않다고, 비록 옳은 목적이라 하여도 그른 길로 가서는 아니 된다고. 그러자 그들도 내 뜻을 잘 알았다고, 어차피 내가 협조하지 않으면 소용없으니 계획은 포기하겠다고 하였단 말이다."

"대답만 그렇게 한 걸지도 모르잖아요?"

하지만 미소는 어디까지나 냉정했다.

"황태자 전하께서 잘못되시면 전하께서 싫어도 황태자가 되실 수밖에 없잖아요. 어쨌든 누구든지 황제가 되기는 해야 할 테니까."

부정할 수 없었다. 말을 잃은 의윤 대신에 처선이 무겁게 입을 뗐다.

"만에 하나 이것이 그들이 저지른 일이라면, 우리가 예전에 그들과 접촉한 적이 있었다는 것이 밝혀지는 순간 영락없이 암살 공모자로 몰리겠군요."

"물론이죠. 거절하고 연락을 끊었다고 말해도 절대 믿어 주지 않을 거예요."

의윤이 떨리는 목소리로 물었다.

"그럼 이 일을 어찌해야 하겠느냐?"

하지만 미소도, 처선도 그 질문에는 마땅한 해답을 내지 못했다.

"……그저 그들의 짓이 아니기만을 빌 수밖에요."

한숨을 지으며 미소는 중얼거렸다.

* * *

약 한 달 동안 대한 제국을 온통 들끓게 했던 황태자비 공개 간택.

그 마지막 삼간택 발표 현장에서, 발표 직전에 폭탄이 터졌다. 황태자와 황태자비 후보들이 서 있는 단상, 그 위에 놓인 강연대 안에 폭탄이 설치되어 있었던 것이다.

다행히도 황태자를 노린 폭탄 테러에서, 정작 황태자 본인은 털끝 하나 다치지 않고 무사했다. 폭발 순간, 초혜가 잽싸게 몸을 날려 황태자를 제 몸으로 감쌌던 것이다. 초혜는 등 쪽에 가벼운 부상을 입었고, 황태자는 멀쩡히 목숨을 건지게 되었다.

초혜 외에도 황태자와 가장 가까이 있던 황태자비 후보들 모두가 부상을 입었다. 그중에서도 황태자의 바로 옆에 있었던 세연의 부상이 가장 심각했다. 다행히 생명에는 지장이 없었지만, 온몸에 상처를 입은 것은 물론이고 한쪽 팔은 최악의 경우 절단해야 할 수도 있다고 했다.

"대체 어떤 놈이 이런 짓을 벌였단 말인가!"

황제의 분노는 어마어마했다. 황실의 권위에 도전하는 것을 가장 못 견뎌 하는 황제였다. 그런데 이것은 도전하는 정도가 아니라 숫제 황태자를 암살하려고 든 짓이 아닌가!

"어떤 놈의 짓인지 반드시 밝혀 내도록 하라!"

* * *

중상을 입고 병원에 입원해 있으면서도 세연의 기는 조금도 꺾이지 않았다. 아니, 오히려 전보다 더욱더 독기에 차서 펄펄 뛰는 지경이었다.

"내가 누구인 줄 알고 감히 건방지게!"

조금만 심기에 거슬려도 의사고 간호사고 없이 폭언을 퍼부으며 손찌검까지 서슴지 않는 바람에 모두가 기피하고 있었다.

패악은 황태자에게라고 예외가 아니었다.

"왜 그들이 잡혀갔다는 뉴스가 아직 나오지 않는 것입니까!"

문병하러 온 황태자를 향해 세연은 핏발 선 눈으로 다짜고짜 고함을 질렀다.

그나마 다행히 얼굴은 무사했지만 온몸에 흉터가 생겨 버렸다. 자칫하면 팔 하나를 절단해야 할 수도 있단다. 멀쩡했던 몸이 하루아침에 망가져 버린 데 대한 원망은 당연히 폭탄 테러를 저지른 범인에게 쏠렸다. 그리고 그 범인이 누구인지, 세연은 확신하고 있었다.

당연히 명친왕 부부, 그 연놈들이 아니겠는가!

“황제 폐하께 청해서, 당장 명친왕 부부를 비롯한 친왕궁 궁인 전원을 잡아들여 족쳐야 합니다. 어찌 손 놓고 보고만 계시는 것입니까?”

그러나 무슨 생각인지 황태자는 당장 움직이지 않고 있었다. 세연으로서는 복장이 터질 노릇이었다.

“말을 조심하거라. 누가 한 짓인지 아직 증거도 없지 않으냐?”

도리어 타이르듯 말하는 황태자에게, 세연은 또다시 빽 하고 소리를 질렀다.

“증거야 조사해 보면 나오겠지요!”

다음 순간 세연은 발작적으로 울음을 터뜨렸다.

“제 몸 하나 이리 됐다고 앙심을 품어 이러는 줄 아십니까?”

목 놓아 울며 세연은 호소했다.

“저들은 제가 아니라 황태자 전하의 목숨을 노린 것입니다. 이번에는 다행히 실패했지만, 이대로 놔뒀다간 또 하지 말라는 법이 없지 않습니까?”

“…….”

“반드시 저들의 죄를 낱낱이 밝히고, 자리를 굳건히 하셔야 합니다. 그렇지 않으면 자칫 황태자 전하의 목숨이 위험하다는 것을 왜 모르십니까?”

“그래, 내 무슨 뜻인지 잘 알겠다.”

달래듯 등을 어루만지는 황태자에게 기대, 세연은 하염없이 울었다.

“저들과 맞서 싸우셔야 합니다. 그러려면 황태자 전하의 곁에 반드시 제가 필요하다는 사실을 잊지는 않으셨겠지요?”

세연은 내심 불안했던 것이다. 자칫하면 영영 불편한 몸이 될 수도 있는데, 그러면 혹시 황태자가 자신을 탐탁지 않게 생각하게 될까 봐.

"여부가 있겠느냐. 울지 말아라."

황태자의 위로에 성난 마음도 조금은 가라앉았다. 그래, 그까짓 것 몸에 흉터 좀 남으면 어떤가. 팔 하나쯤 없으면 대수인가. 황태자 전하께서 내 편인데. 내가 황태자비가 되어서 열 배, 백 배로 복수해 줄 것인데!

"자, 자. 이제 그만 울고……."

황태자가 계속해서 세연을 달래고 있는데, 문득 노크 소리에 이어 병실 문이 살며시 열렸다. 들어오는 사람을 보고 세연의 눈물이 삽시간에 뚝 하고 멈췄다.

"몸은 좀 괜찮은가요?"

꽃바구니를 안고 들어오는 사람은 바로 명친왕비가 아닌가!

친왕비의 얼굴을 보는 순간 분노가 폭발하듯 치밀었다. 날 이 모양이 꼴로 만든 년! 세연은 대꾸 대신에 이를 악물고 주위를 둘러보았다. 마침 머리맡에 놓인 꽃병이 눈에 띄었다.

"……!"

다짜고짜 날아오는 꽃병을, 기겁을 한 미소가 재빨리 피했다. 꽃병은 그대로 미소를 아슬아슬하게 스치고 지나가 뒤에 있는 문에 맞아 쨍그랑 소리를 내며 산산이 깨졌다.

"이게 무슨 짓이죠?"

미소가 얼굴을 굳혔다.

"여기가 어디라고 감히 얼굴을 내밀어!"

곁에 황태자가 있거나 말거나 세연은 악을 썼다.

"왜, 사람을 이렇게 만들어 놓고 뒤가 켕겼나? 응?"

미소로서는 그저 어이가 없을 뿐이었다.

시어머니인 황후께서 같이 문병을 가자고 말씀하셨으니 오기는 왔다. 다른 처녀들의 병실에는 모두 들렀지만 세연에게만은 문병하고 싶지 않았다. 그러나 황후와 공주가 한발 먼저 절대로 세연의 병실에는 들어가지 않겠다고 딱 잘라 말해 버리는 바람에, 자신이라도 얼굴이나마 비쳐야 할 것 같아서 왔을 뿐이다. 어쨌든 미워도 황태자비가 될 사람인데, 황궁에 들어오기도 전에 따돌림당하는 신세를 만들 수는 없다고 생각해서.

그런데 면전에 대고 다짜고짜 꽃병을 던지다니!

"다른 사람들도 다쳤기 때문에 모두에게 문병을 온 것뿐이에요. 대체 무슨 소리를 하는 거죠?"

"네가 한 짓이잖아, 이 나쁜 년!"

미소도 화가 났다. 욕설이 문제가 아니라, 아예 자신을 범인으로 몰고 있지 않은가!

"그 말에 책임질 수 있나요?"

가만히 있어서는 안 될 것 같아서 미소는 곁에 서 있던 요를 향해 물었다.

"설마하니 황태자 전하께서도 이 말도 안 되는 소리를 믿으시는 건 아니겠죠?"

그러나 무슨 생각을 하는 것인지, 황태자는 아무 대답도 하지 않았다.

"감히 대한 제국 황태자의 목숨을 노린 죄, 목숨으로 갚아야 할 거야."

대신에 세연이 또다시 고함을 질렀다.

"어디 두고 봐. 너희들 모두 다 죽여 버릴 테니까!"

환자복 차림을 하고 악귀처럼 핏발 선 눈으로 악을 쓰는 세연의 모습에, 미소는 어느덧 등골이 싸늘해지는 것을 느꼈다.

세연이 미소를 향해 고래고래 소리를 지르고 있던 바로 그 시각, 황후는 초혜의 병실에 있었다.

"이리 고맙고 또 어여쁠 데가 있나!"

병상에 누운 초혜의 손을 꼭 잡고 황후는 눈물을 멈추지 못했다.

"고맙다, 고마워. 네가 목숨을 걸고 요를 감싸지 않았더라면 지금쯤 어찌 되었을지……!"

초혜가 힘없이 대답했다.

"별일도 아닙니다, 황후 폐하. 너무 그러시니 제가 민망합니다."

"별일이 아니라니?"

황후가 정색을 했다.

"비단 내 아들만 살려 낸 것이 아니다. 너는 국본을, 이 나라의 미래를 살렸느니라."

잡고 있는 초혜의 손을 연방 어루만지며 황후는 다짐했다.

"내 이 은혜를 잊지 않겠다. 반드시, 반드시 살면서 갚을 것이야."

초혜가 씁쓸하게 웃었다.

"너무 신경 쓰실 것 없습니다. 저는 그저 황태자 전하께서 마음에 드시는 배필을 맞이하셔서 내내 행복하시기만을 바랄 뿐이에요."

"무슨 소리냐? 일이 이리 되었는데 네가 아닌 다른 이를 황태자비로 삼는다? 안 될 소리!"

황후가 목소리를 높였지만 초혜는 슬픈 얼굴로 고개를 저었다.

"하지만 황태자 전하께서는 제게 관심이 없으십니다. 마음에 둔 다른 이가 있음을, 황후 폐하께서도 알고 계시지 않습니까."

"내 아들이 그렇게까지 생각 없는 녀석은 아니니라. 기다려 보거라."

그렇게 이르고 황후는 단단히 뭔가 결심한 표정으로 병실을 나갔다. 마침 맞은편 세연의 병실에서 나오고 있던 황태자에게, 황후는 다짜고짜 말했다.

"네가 지금 누구 덕분에 살아서 여기 있는지, 모르지 않으리라 믿는다."

"예, 어머니."

요가 대답했다.

"네가 누구를 마음에 작정하고 있는지 나도 모르는 바 아니다. 하나 내 마음에 작정한 며느리는 어디까지나 초혜 저 아이니라."

초혜의 병실을 눈짓으로 가리키며 황후는 말했다.

"저 아이가 제 목숨을 기꺼이 내던져 너를 살렸어. 그러고도 어찌 다른 이를 황태자비로 맞이하겠느냐? 다른 사람들도 도리가 아니라 생각할 것이다."

"……."

"친왕비도 이미 저 아이가 진실로 황태자비감이라며 강력히 추천한 바 있다. 네 형수가 비록 나이 어리나 심지가 깊고 지혜롭다는 것을 내 다시 한 번 알겠구나."

아무 대답이 없는 황태자에게, 황후는 으름장을 놓았다.

"다시 한 번 말하지만, 황태자비는 초혜다. 다른 처자는 그 누가 되었든 내 며느리로 받아들일 수 없으니 그리 알거라."
그제야 황태자는 입을 열었다.
"……그럼 제가 한번 이야기해 보겠습니다."
황태자는 어머니를 향해 고개를 숙여 보이고 초혜의 병실로 들어갔다.
"황태자 전하!"
들어서는 황태자를 보고, 초혜가 황급히 침대에서 몸을 일으키려 했다.
"일어날 것 없다."
그런 초혜를 만류하며, 황태자는 손을 등 뒤로 돌려 병실 문을 걸어 잠갔다.
"또한 더는 내게 숨길 것도 없다."
"전하, 무슨 말씀이신지……."
당황하는 초혜를 똑바로 쳐다보며 황태자는 딱 잘라 말했다.
"……알아야겠다. 네가 내게, 필요한 사람인지."

* * *

사건이 일어난 지 사흘 만에 황태자의 대국민 담화가 있었다. 이번에는 지난번과는 달리 보안이 철저한 황궁 안에서 비공개로 생중계가 진행되었다.
—국민 여러분께 심려를 끼쳐 드려 대단히 죄송합니다.
카메라 앞에 선 황태자가 전 국민을 향해 고개를 숙였다.
—보시다시피 저는 무사하며, 범인에 대해서는 경찰이 수사 중에

있습니다. 이는 황실과 국가에 대한 중대한 도전이며, 황실은 절대 이런 위협에 굴복하지 않을 것입니다. 누구의 짓이든 반드시 밝혀 내어 정의를 실현할 것을 굳게 약속드립니다.

바로 며칠 전에 죽을 뻔한 사람답지 않게 의연하고도 의젓한 태도였다.

—또한 이 자리에서 삼간택의 최종 결정한 바를 국민 여러분께 말씀드리려 합니다.

황태자의 입에서 그 말이 떨어지는 순간, TV 앞에 있던 전국의 시청자들이 숨을 죽였다.

—황태자비가 될 사람은 바로…….

심호흡을 하고, 황태자는 말했다.

—……이초혜 씨입니다.

11. 두 얼굴의 황태자비

황태자의 전격 발표 직후, 황궁은 기쁨에 휩싸였다. 특히나 황후의 기쁨은 하늘을 찌를 만한 것이었다.

"내 이럴 줄 알고 있었다. 결국에는 내 아들이 밝은 눈으로 사람을 볼 줄 알았고말고!"

궁인들도 쌍수를 들어 환영했다. 간택 과정에서 세연이 패악을 부리는 것을 모두가 본 마당이었다. 세연이 황태자비가 될 것이라는 생각에 미리부터 걱정하고 있었던 차였다. 나이 든 상궁의 뺨도 서슴없이 후려치는데 다른 사람들에게는 오죽하겠는가? 게다가 삼간택 결과가 발표되기도 전에 이미 황태자비 다 된 듯이 사람들을 거침없이 부려 먹고 안하무인으로 굴었으니 세연을 보는 눈이 고울 리 없었다.

그런데 그악스러운 세연이 아니라 유순하고 누구에게나 예의 바른 초혜가 황태자비가 된다니! 궁인들, 특히 앞으로 황태자비를 직접 모실 동궁 소속 궁인들은 춤이라도 출 분위기였다.

물론 친왕궁 역시 안도의 한숨을 내쉬고 있었다.

"요가 마음을 바꾸어 다행이구나."

어머니나 다름없는 정 상궁이 뺨을 맞은 것을 생각하면 여태 이가 갈리는 의윤이었다.

"그러게요. 초혜 씨라면 잘 지내 볼 수 있을 것 같아요."

미소 역시 기뻤다. 무엇보다 제 손으로 직접 삼간택에 올린 이가 아닌가.

간택 기간 동안 초혜는 자주 미소와 함께 담소를 나누며 시간을 보냈었다. 그때마다 초혜가 황태자비가 되지 못할 거라는 사실이 너무나 아쉬웠었다. 자리가 사람을 만든다고, 친왕비가 된 후로는 늘 의젓하게 행동하려고 노력하는 미소였다. 하지만 내심 왜 힘들고 외롭지 않겠는가. 아직 스물한 살, 사실은 친구들과 놀고 수다 떨 때가 제일 즐거운 아가씨인데.

제일 친한 친구인 민식조차 자주 만날 수 없는 미소에게, 초혜는 마치 좋은 친구처럼 느껴졌던 것이다.

"초혜 씨라면, 어쩌면 황태자 전하를 바꿔 놓을 수도 있을 거예요."

진심으로 그러기를 바라는 미소였다.

* * *

황태자비가 결정된 일로 떠들썩해진 것은 물론 황궁뿐만이 아니었다. 방송국도 앞다투어 초혜에 대한 내용을 방송했다. 초혜의 집안과 배경, 성장 과정을 다큐멘터리처럼 만들어서 내보내기도 했다. 무엇보다 황태자가 폭탄 테러 사건에서 살아남은 것은, 초혜가 목숨을 걸고 황태자를 감쌌기 때문이라는 것이 큰 화제가 되었다. 영화 같은 이야기에 대중은 열광했다.

"되셔야 될 분이 되셨구먼."

"그러게. 인상도 그 세연인가 하는 여자랑은 다르게 덕이 있어 보이는 게, 딱 황후감이시던데."

전 국민의 관심이 온통 황태자와 예비 황태자비에게 집중되었다. 간택 시작 전까지만 해도 그토록 인기였던 명친왕 부부에 대해서는 이제 거의 소식조차 듣기 힘들 지경이었다.

그런 가운데 부상이 비교적 가벼웠던 초혜가 퇴원하는 날이 되었다. 황태자 요는 직접 예비 신부인 초혜를 데리러 병원으로 갔다.

"……황태자 전하."

환자복을 벗고 화사한 평상복으로 갈아입은 초혜가 황태자를 보고는 수줍은 듯이 생긋 웃음을 지었다.

"그동안 고생이 많았소."

황태자의 말투는 벌써부터 황태자비를 대하는 그것처럼 격식을 차린 말투가 되어 있었다.

"자, 갑시다."

황태자가 내민 손을, 예비 황태자비는 살짝 얼굴을 붉히며 잡았다. 동행한 기자들이 그 장면을 경쟁적으로 카메라에 담았다. 황태자가 예비 신부의 손을 잡고 병원 복도를 지나는데, 문득 어디선가 찢어지는 듯한 고함 소리가 들려왔다.

"전하!"

쏟아지던 셔터 소리가 멈췄다. 기자들도, 황태자의 행차를 구경하러 몰려든 병원 관계자들과 환자들도, 물론 황태자와 예비 황태자비도 놀라서 소리가 들려온 쪽을 바라보았다.

시선이 집중된 곳, 복도 끝에 환자복 차림의 한 여자가 버티고 서 있었다. 놀랍게도 팔이 있어야 할 한쪽 소매가 텅 비어 있는 것처럼 축 늘어져 있었다.

"세연 씨……?"

초혜가 놀란 목소리로 중얼거렸다.

"어떻게 저한테 이러실 수가 있습니까. 저는 전하 때문에 이 모양이 꼴이 되었는데!"

허전한 한쪽 소매를 휘두르며 세연은 악에 받쳐 외쳤다.

"제가 얌전히 물러날 줄 아십니까!"

산발한 머리, 홀쭉해진 뺨. 붉게 충혈되어서는 이글이글 불타고 있는 눈. 그토록 아름답던 미모가 완전히 귀신의 형상처럼 되어 있었다. 보고 있던 사람들이 오싹해질 지경이었다.

황태자는 잠시 이맛살을 찌푸렸다. 그러나 곧 표정을 누그러뜨리더니, 침착하게 세연에게로 다가갔다.

"상심이 큰 모양이로구나."

위로하듯 다정한 목소리에 세연이 눈물을 글썽였다.

"전하 곁에는 제가 있어야 합니다. 전하께 꼭 필요한 사람이 누구인지 잊으셨단 말입니까?"

황태자는 세연에게만 들릴 정도로 목소리를 낮추어 말했다.

"그래, 너 같은 여자가 내게 꼭 필요했다. 너같이 똑똑하고, 또 독한 여자가."

"그걸 아시면서 어째서……!"

"그런데 말이다."

황태자가 허리를 굽혀 세연의 귀에 입술을 가져갔다.

"……저기 있는 저이가 너보다 백 배는 똑똑하고, 또 천 배는 독하구나."

눈짓으로 저만치 서 있는 초혜를 가리키며 황태자는 속삭였다. 저만치에 다소곳이 서 있는 초혜에게 세연의 경악한 시선이 머물렀다.

"그러니 얌전히 물러나려무나."

황태자의 목소리는 타이르듯 잔잔했다. 표정 역시 무척이나 부드러워서, 떨어져 있는 사람들의 눈에는 마치 좋은 말로 위로하고 있는 것처럼 보였다. 그러나 정작 세연의 귀에 흘러들어 오고 있는 내용은 정반대였다.

"그렇지 않으면 간택 과정에서 네가 했던 일들 하나하나에 황실 모욕죄를 적용해서, 감옥에 처넣어 평생토록 썩게 해 줄 것이니."

굳어 버린 세연의 귀에 속삭이고 나서 황태자는 허리를 폈다.

"그러면 부디 몸조심하거라."

이번에는 모두에게 들릴 정도의 목소리로 자상하게 타이르고, 황태자는 등을 돌렸다.

"갑시다."

다정하게 초혜의 손을 잡고 복도 저편으로 멀어지는 황태자의 등 뒤에서, 세연이 천천히 허물어지듯 주저앉았다.

* * *

초혜가 퇴원하자 본격적으로 혼사 준비가 시작되었다.

"대한 제국 황태자의 위상에 티끌만큼의 손색이 없도록 성대히 준비하라."

황제는 가례도감에 그렇게 지시했고, 황후도 이번만큼은 이의가 없었다. 그러나 정작 거기에 반대하고 나선 것은 잠시 인사차 입궁한 초혜 본인이었다.

"그렇지 않아도 경기가 좋지 않아 많은 국민들이 고통을 겪고 있습니다. 이런 상황에서 많은 세금을 들여 화려한 결혼식을 하고 싶지 않습니다. 부디 조촐하게 치를 수 있도록 해 주세요."

"무슨 소리냐, 네가 어떤 집안의 여식인데. 황실을 떠나서 네 친정에도 예의가 아니니라."

황후가 만류했으나 초혜는 완강했다.

"차라리 제가 일반인과 결혼했더라면 마음껏 화려하게 결혼식을 치렀을 수도 있습니다. 제 친정이 그만한 재력은 되니까요. 하지만 이건 국민의 혈세로 하는 일이 아닙니까? 절대 그럴 수 없어요."

결국 초혜의 고집에 황후가 지고 말았다.

"평생 한 번 있는 결혼식임에도 국민을 먼저 생각하다니, 과연 너야말로 국모의 그릇이구나."

황후가 감탄하며 칭찬을 아끼지 않자 초혜는 갑자기 곁에 있던 미소에게 공을 돌렸다.

"다 비전하께 배운 일입니다."

"제게요?"

미소가 놀라 되묻자 초혜는 부끄러운 듯이 말했다.

"비전하께서도 당시 친왕 전하께서 머무르시던 저택에서 몇 명만 모여 조촐하게 결혼식을 올리셨다는 이야기를 들었습니다."

"그랬지요."

"귀하신 분들께서 앞장서서 검약의 모범을 보이셨습니다. 얼마나 아름다운 일입니까? 저 역시 그를 본받고 싶었을 뿐입니다."

"그거야 그때는 친왕 전하께서도 폐위되어 계시던 시절이라 그랬을 뿐인데……."

미소가 민망해했지만 초혜는 아랑곳하지 않았다.

"비전하라면, 설사 친왕 전하께서 복위되신 후에 결혼식을 치렀더라도 분명 그리 소박하게 하셨을 것이 아닌가요?"

미소는 잠시 생각해 보았다. 아마도 그랬을 거라는 생각은 들었다.

"그랬을 것 같긴 하네요."

"그것 보세요!"

초혜가 방긋 웃었다.

"앞으로도 비전하의 아름다운 품성을 잘 본받아 배우겠습니다. 많이 가르쳐 주세요."

두 며느리의 훈훈한 모습을 보고, 황후는 흐뭇한 나머지 입을 다물 줄 몰랐다.

"분명 열성조[10]께서 도우셨음이야. 우리 황태자비 덕분에 을씨년스럽던 황궁에 이제는 훈풍이 불겠구나."

황후를 문안하고 나서 미소는 초혜와 함께 나란히 중궁전을 나왔다.

"저어, 비전하."

나오면서 초혜가 미소를 불렀다.

"말끝마다 그리 정중하게 부르실 것 없어요. 곧 제가 초혜 씨를 황

---

10) 선대왕들

태자비 전하라 부르며 모셔야 할 텐데요."

"그러면 저는 형님이라 불러도 될까요?"

"네?"

미소는 깜짝 놀라 걸음을 멈췄다.

"제게 손윗동서가 되는 분이시잖아요. 그러니 형님이라 부르고 싶습니다."

"하지만……."

초혜의 나이는 스물일곱이었다. 나보다 여섯 살이나 많은 황태자비에게 그리 불려도 되는 걸까. 대답을 망설이는 미소에게, 초혜는 열심히 말했다.

"비전하와 더 가까워지고 싶은 마음입니다. 형제끼리 사이가 좋지 않으니, 우리 여자들끼리 사이좋게 지내야 화해도 기대할 수 있지 않겠어요?"

미소는 내심 놀랐다. 말한 적도 없는데, 상황이 어떤지 눈치채고 있었구나. 아니면 벌써 황태자가 귀띔해 준 것일까? 순간 더럭 의심이 들었다. 혹시나 황태자에게 이야기를 듣고, 뭔가 다른 꿍꿍이가 생겨서 내게 이러는 것이나 아닐까.

저도 모르게 미소는 초혜의 얼굴을 빤히 쳐다보았다.

"그리 불러도 되지요?"

안타까운 듯한 눈동자에서 순수한 진심이 전해져 오는 것 같아서, 미소는 퍼뜩 자신이 부끄러워졌다.

"예. 그러면 그리하시지요."

그제야 초혜가 생긋 웃었다.

"앞으로 잘 부탁드립니다, 형님!"

* * *

의윤이 되물었다.

"초혜 씨가 대전에까지 문안을 드렸다고?"

"네, 중궁전에 문안드리기 전에 먼저 대전에 들러 황제 폐하를 뵙고 왔다 하더라고요."

"요와 함께 말이냐?"

"아뇨, 마침 황태자 전하께서는 기자들을 만날 일이 있어서 초혜 씨 혼자였어요."

미소의 설명에 의윤이 조금 이상한 얼굴을 했다.

"별일이 다 있군. 아직 결혼하기도 전인데 황후 폐하나 뵙지 황제 폐하를, 그것도 단독으로 뵐 일은 없을 텐데."

"예비 시아버님께 잘 보이고 싶었나 보지요."

미소가 웃었다.

"앞으로 저더러 형님이라고 부르겠다고 하더라고요. 겸손하기도 하고, 마음씨가 참 고운 분이에요. 어머님께서도 앞으로 황궁에 훈풍이 불겠다며 어찌나 기뻐하시는지."

"그래, 그랬으면 좋겠다만……."

중얼거리는 의윤의 말투가 왠지 이상하게 느껴졌다.

"왜 그러세요, 전하?"

"아니, 아무것도 아니다."

의윤은 고개를 저었다.

"두 형제분 사이가 좋지 않다는 걸 초혜 씨도 눈치채고 계시더라고요. 우리가 화해시켜야 한다고 말씀하시는데, 진심이 느껴졌어요."

"화해의 문제가 아니지 않으냐."

의윤이 한숨을 지었다.

동생이 미워서 사이가 나쁜 것이 아니다. 단지 요가 황제가 되면 지금이나 다름없는, 아니 어쩌면 지금보다 더한 독재 정치를 펼 것이기에 막고 싶을 뿐. 게다가 자신에게는 대한 제국을 전제 군주제가 아닌 입헌 군주제로 바꾸어, 국민에게 주권을 돌려주겠다는 원대한 목표가 있지 않은가.

"물론 잊지 않았어요. 하지만 만약에 초혜 씨로 인해 황태자 전하의 심경에 변화가 생긴다면, 언젠가는 황태자 전하도 설득시킬 수 있을지 모르잖아요?"

"그게 통할 녀석이었으면 이리 싸우려 결심하지도 않았다."

"시간은 많아요. 황제 폐하께서 아직 저렇게 건재하시니, 다음 황제가 등극하려면 앞으로 2, 30년은 족히 걸릴 거예요. 그동안 황태자 전하와 화해하고 가까워질 수 있다면, 대화를 통해서 생각을 바꾸려 노력해 볼 수도 있잖아요."

잠시 생각하던 의윤이 고개를 끄덕였다.

"……그도 그렇구나."

반드시 황제가 되겠다는 생각은 없었다. 아니, 사실 되지 않는 쪽이 편할 것 같다. 하물며 지금은 전처럼 죄인의 몸도 아닌데, 황제가 되어 골치 아프게 사느니 지금의 지위에 만족하며 사랑하는 미소와 오순도순 사는 것이 훨씬 행복할 것 같았다.

그러니 만약에 황태자인 동생이 생각만 고쳐먹어서 저 대신에 입헌 군주제를 시행해 주겠다고만 하면 군이 황제가 되려고 싸울 필요도 없는 것이 아닌가.

"그렇게만 되면 내가 요를 곁에서 잘 보필하여 모실 텐데……."
의윤이 그렇게 한숨을 지으며 중얼거릴 때였다. 갑자기 문이 벌컥 열리고, 한 떼의 사람들이 우르르 방으로 몰려들어 왔다. 바로 제복을 입은 황실 근위병들이었다.
"이게 무슨 짓인가?"
소스라치게 놀란 의윤이, 미소를 지키듯 한 팔로 껴안으며 엄히 꾸짖듯 말했다.
"황제 폐하의 명령이십니다. 두 분께서는 지금 당장 저희와 함께 가 주셔야겠습니다."
대장인 듯한 사람이 대답했다. 그가 황실 근위병 중에서도 대전을 지키는 자임을 의윤은 알아보았다.
"무슨 명령인가?"
"두 분을 조사하라는 명령이십니다."
"그러니까 무엇에 대한 조사를 말하는 것이냐!"
의윤이 기어이 목소리를 높이고 말았다. 상대는 민망한 듯 잠시 우물거리다, 곧 결심한 듯이 대답했다.
"……황태자 전하 암살 시도 건에 대해 혐의를 받고 계십니다."
의윤은 눈앞이 아찔해 오는 것을 느꼈다.

"글쎄 나는 모르는 일이라 하지 않았는가!"
하지만 조사관은 집요했다.
"자선 행사 참석을 핑계로, 친왕 전하께서 은밀히 범인과 접촉하였다는 제보가 있었습니다. 정말로 모르신단 말씀이십니까?"
"환궁한 후 내가 참석한 자선 행사만 수십 개에 달한다. 만에 하나 그렇게 만난 자들 중에 범인이 있었다 해도, 내가 누구인지 어떻게 알겠는가!"

의윤은 답답하기 그지없었다. 암살 제의를 받고도 거절한 몸인데, 이제 와서 무슨 모함이란 말인가!

"그래, 대체 그 범인이란 자가 누구라던가. 그걸 말해 줘야 나도 그런 자를 만난 적이 있는지 생각해 보지 않겠는가?"

하소연하다시피 말해도 보았지만 조사관은 그저 똑같은 말만을 되풀이할 뿐이었다.

"누구인지는 전하께서 더 잘 알고 계실 터입니다. 그러니 사실대로 말씀하시지요."

"모르는 일이라 하였느니!"

길어지는 조사에 몸과 마음이 점점 지쳐 갔다. 벌써 열 시간째, 식사도 제대로 하지 못한 채 계속 같은 질문만 강요받고 있지 않은가.

대체 누가 나를 모함한 것인가. 또 미소는 어떻게 되었을까.

의윤이 피로와 걱정에 점점 지쳐 가고 있을 때, 갑자기 벼락같은 고함 소리와 함께 조사실 문이 벌컥 열렸다.

"이게 무슨 짓들인가!"

들어온 것은 다름 아닌 황태자 요였다. 무서운 눈으로 조사관을 노려보며 황태자는 일갈했다.

"감히 내 형님께 이 무슨 무례한 짓이냐? 당장 풀어 드리지 못할까!"

* * *

"또한 더는 내게 숨길 것도 없다."

"전하, 무슨 말씀이신지……."

당황하는 초혜를 똑바로 쳐다보며 황태자는 딱 잘라 말했다.

"……알아야겠다. 네가 내게, 필요한 사람인지."

초혜의 얼굴에 갈등의 빛이 어리는 것을 황태자는 알아챘다. 마치 사실대로 말해야 하나, 말아야 하나 고민하는 것처럼.

고민할 필요가 없다는 것을 알게 해 주어야 했다.

"폭탄을 터뜨린 게 누군지 알고 있다."

굳어진 초혜의 얼굴에 대고 황태자는 차갑게 말했다.

"너는 폭탄이 터지기도 전에 나를 안고 몸을 날렸다. 불과 1, 2초 차이이기는 했으나, 분명 폭탄이 터지기 전의 일이었다."

"전하……."

"폭탄이 언제 어디서 터질 것인지, 미리 알고 있지 않았더라면 불가능한 일이지. 그럼 누구의 짓이겠느냐?"

이윽고 초혜가 길게 한숨을 내쉬며 중얼거렸다.

"정말 더는 숨길 필요도 없겠네요."

그와 동시에 당황한 듯한 기색이 표정에서 싹 사라졌다. 초혜는 어깨를 곧게 펴고, 고개를 들어 황태자의 눈을 똑바로 바라보았다. 방금까지의 심약하고 유순한 아가씨는 온데간데없었다. 눈앞에 있는 것은 당당하다 못해 심지어 오만함까지 느껴지는 여자였다.

순식간에 사람이 이리 달라 보일 수가 있단 말인가. 아니, 여태 이런 모습을 어떻게 완벽히 감추고 있을 수 있었단 말인가.

가면을 벗은 초혜의 모습에, 황태자는 소름이 돋는 것을 느꼈다.

"자칫 조금만 계산이 빗나갔더라도 나는 물론이고 너 역시 죽거나 중상을 입을 수 있었다. 너 같은 재벌가의 딸이, 그런 위험을 감수해

가면서까지 황태자비가 되어야 할 이유가 무엇이었느냐?"

황태자의 추궁에도 초혜는 담담하게 대꾸했다.

"황태자 전하께서 잘못된 선택을 하시는 것을 가만히 두고 볼 수 없었습니다."

"잘못된 선택이라?"

"그 여자는 황태자비감이 아니기 때문입니다."

황태자가 냉소를 지었다.

"뭔가 잘못 생각하는 모양인데, 나는 너 같은 부잣집 딸을 맞아들이기 위해 간택을 한 것이 아니니라. 내게 필요한 것은……."

"황태자의 자리를 함께 지켜 낼 사람이지요."

초혜가 황태자의 말허리를 잘라 냈다.

"그 여자는 그런 중대한 일을 감당할 수 있는 사람이 아니라는 말씀을 드리고 있는 것입니다."

자신이 형에게 황태자의 지위를 위협당하고 있다는 사실을, 세연이 그랬듯 초혜 역시 진작 꿰뚫어 보고 있었다는 뜻이다. 그거야 감탄해 줄 만하지만 그 정도로는 아직 부족했다.

"그러면 너는 적합하다는 것이냐?"

황태자는 비웃었다.

"내게는 권력에 굶주린 사람이 필요했다. 너같이 온실에서 자란 화초가 아니라 잡초처럼 모진 인생을 살아온, 그리하여 권력에 죽도록 목말라 있는 여자가 필요했단 말이다!"

하지만 초혜는 조금도 움찔하지 않았다.

"어째서 가진 자가 권력에 초연할 것이라고 생각하시는지 모르겠네요."

진심으로 궁금하다는 듯이, 초혜는 물었다.

"오히려 가진 자이기 때문에 더욱더 큰 권력을 원하는 법이 아니겠습니까?"

그 순간, 황태자는 벼락에라도 맞은 것 같은 전율과 함께 퍼뜩 깨달았다.

초혜의 말이 옳다. 어째서 가난하고 힘없는 자만이 권력에 굶주려 있을 것이라 생각했을까. 아흔아홉 마리 양을 가진 자가 한 마리 양을 가진 자의 것을 뺏고 싶어 하는 법인 것을. 오히려 권력을 더욱더 탐하는 것은, 이미 권력을 가진 자인 것을!

커다랗게 눈을 뜨고 있는 황태자를 향해, 초혜는 침착하게 말했다.

"황태자 전하만 해도 보세요. 설령 명친왕에게 밀려나서 황태자의 지위를 빼앗긴다 해도, 어디까지나 황자로서 평생토록 호의호식하고 편안히 사실 수 있지요. 그런데도 굳이 황제가 되시려고 이리 고군분투하고 계시지 않습니까?"

한 치도 틀림이 없는 말이었다. 충격에 빠져 있던 황태자는, 잠시 후 조금 정신을 가다듬고 물었다.

"즉 너 역시 권력을 원하여 황태자비가 되려 한다, 이것이냐?"

"황태자비가 아니라 황후가 되고 싶습니다."

초혜는 딱 잘라 말했다.

"그러려면 먼저 황제가 될 남자와 결혼해야겠지요."

담담하게 말하는 초혜에게서 은은한 독기가 풍겨 나왔다. 세연의 그것처럼 대놓고 풍기는, 숨이 막힐 것 같은 독기와는 전혀 달랐다.

기분 좋은 향기처럼 사람을 안심시켜 천천히 질식시키는 독기.

그래서 더욱더 지독하기 짝이 없는 독기.

세상 그 누구보다도 유순하게 생긴 얼굴로, 초혜는 물었다.

"저는 황후가 되고 싶어 하고, 전하께서는 황제가 되고 싶어 하십니다. 그거면 충분하지 않겠습니까?"

황태자는 깨달았다. 이 여자야말로 자신이 찾던 바로 그 여자임을.

"네 말이 옳다."

황태자는 깨끗하게 인정했다.

"그만 잘못된 선택을 할 뻔했구나. 미처 너를 알아보지 못한 내 실수이니라."

백기를 든 황태자에게, 초혜는 방긋 웃어 보였다.

"이제라도 제 손을 잡아 주시면 됩니다."

황태자는 손을 내밀었다. 마치 자신을 위해 태어난 것 같은 완벽한 반려의 손을 잡고, 그는 굳게 맹세했다.

"내 너를 황후로 만들어 주마."

이미 세연 따위는 안중에도 없었다.

폭탄 테러를 계획한 이유는 비단 세연을 죽이고, 초혜가 황태자를 살려 내서 황태자비가 되기 위한 것뿐만이 아니었다. 사실은 더 큰 목적이 있다고 초혜는 털어놓았다.

"황태자 전하를 암살하려 한 사건이에요. 황태자 전하가 돌아가시면 제일 큰 이득을 보는 게 과연 누구일까요?"

"아!"

요는 경악과 함께 또 한 번 전율했다. 도대체 이 여자의 교활함이란 어디까지인가! 물론 자신에게 이득이 되는 교활함은, 지혜로움보다도 더욱더 반가운 것이었다.

"정말 기발한 생각이다. 형님이 한 짓으로 만들면 되겠구나."

황태자의 마음이 들떴다. 그렇게만 되면 눈엣가시 같은 형을 영영 황궁에서 쫓아낼 수도, 아니 잘하면 아예 반역죄로 사형을 시켜 버릴 수도 있지 않겠는가! 요는 언제든 형의 목숨을 기꺼이 빼앗을 준비가 되어 있었다. 정 필요하다면 제 손으로 직접 할 수도 있었다.

"아니, 지금 당장은 안 돼요."

하지만 김빠지게도 초혜는 고개를 저었다.

"워낙 엄청난 사건입니다. 증거를 완벽하게 만들어 놓고 나서 엮어 넣어야지, 어설프게 뒤집어씌웠다가는 자칫 우리가 역으로 당할 수 있어요."

"없는 증거를 만들어 낸다…… 그게 가능하겠느냐?"

"뒷조사 중이에요. 털어 먼지 안 나는 사람은 없으니까, 뭔가 꼬투리를 잡아서 엮어야지요."

말하는 뉘앙스로 보아 초혜의 친정이 뒤에서 돕고 있는 듯했다. 하기야, 폭탄 테러라는 어마어마한 일을 꾸미려면 혼자서는 불가능한 일이었겠지.

"그러니 모든 것이 완벽하게 준비될 때까지 기다려야 해요."

"내 그리하겠느니라."

황태자가 승낙하자 초혜가 이어서 말했다.

"그러려면 우선 황제 폐하의 도움이 필요해요."

"과연 아버지가 내 편을 들어 주실지 모르겠구나."

황태자는 분한 표정을 했다.

"굳이 죄인을 사면까지 시켜 가며 황궁으로 다시 불러들이신 분이야. 어디까지나 다음 황제는 나이니 걱정하지 말라 하시지만, 당신께 필요하다면 언제든 다시 황태자를 바꿀 수도 있으신 분이다."
"그럼 우리가 그 필요를 충족시켜 드리면 되는 거죠."
초혜가 자신 있게 말했다.
"제가 직접 황제 폐하를 만나 뵙겠습니다."

* * *

아무리 며느리가 될 아이라고는 하지만 아직 정식으로 혼례를 올리기도 전이다. 그런데도 단둘이 뵙기를 청하다니 무척이나 당돌하다고, 황제는 생각했다.
"그래, 내게 독대를 청한 이유가 무엇이냐?"
그렇게 묻는 황제의 목소리는 호기심에 차 있었다.
"이제 곧 시아버님 되실 분이시니, 한 번쯤 흉금을 털어놓고 이야기를 나누고 싶었습니다."
초혜가 눈을 내리깔고 말했다. 태도는 공손했지만 말은 당돌하기 짝이 없었다. 생긴 것은 툭 건드리면 눈물을 쏟을 것처럼 생겨 가지고는, 보통내기가 아니로구나. 황제는 어이가 없다 못해 피식피식 웃음이 나올 지경이었다.
"감히 황제인 나와 흉금을 털어놓고 이야기하고 싶다?"
그러나 초혜는 주눅 드는 기색 하나 보이지 않았다.
"황제 폐하의 속내를 제가 짐작하기 때문입니다."
"속내라?"
"모순에 빠져 계시지요."
순간 초혜가 고개를 들어 황제를 똑바로 쳐다보았다.

"황제 폐하께서는 얼마 전부터 황실에 대한 민심이 험악하게 돌아가고 있음을 중대한 문제로 받아들이셨습니다. 그래서 어쩔 수 없이 친왕 전하를 복위시켜 황궁에까지 들이신 것 아닙니까?"

"그렇다 치고?"

"생각 같아서는 국민에게 인기가 높은 친왕 전하를 도로 황태자로 삼을까 싶기도 하시겠지요. 하지만 친왕 전하께 치명적인 결격 사유가 있어 선불리 그리하지는 못하시고, 관망하고 계신 것이라 생각합니다."

"친왕에게 치명적인 결격 사유라…… 왜 그리 생각하느냐?"

"그렇지 않았다면 애초에 그분이 폐위되지도 않았을 테니까요."

초혜가 미소를 지었다.

"난봉꾼에 망나니라 폐위되었다 하지만, 핑계에 불과하지 않습니까. 결국은 황제 폐하의 뜻을 거슬렀으니 쫓겨나신 것이지요. 그렇지 않습니까?"

"요가 네게 그런 이야기를 해 주더냐?"

"아직은 듣지 못했습니다. 그저 저 혼자 짐작한 것입니다."

표정을 보니 거짓말 같지는 않아서 황제는 속으로 감탄했다. 사정도 듣지 않고 꿰뚫어 보고 있지 않은가!

초혜가 진지한 얼굴을 했다.

"황태자 전하와 저는 황제 폐하의 뜻을 완벽히 이어받아 따를 것입니다. 또한 그토록 원하시는 명친왕 부부의 인기도 저희가 대신할 수 있습니다. 이미 서서히 그리되어 가는 중임을 폐하께서도 모르시지 않겠지요?"

그럴듯한 이야기라고 황제는 생각했다. 실제로 공개 간택 이후 명친왕 부부에게 집중되던 관심이 줄어들고, 대신에 황태자와 예비 황태자비가 화제의 중심에 있지 않은가.

"즉 이제 필요 없어진 카드는 버리셔도 된다는 뜻입니다."

그러나 황제는 쉬이 고개를 끄덕이지 않았다.

"죄를 사면하여 복위시킨 지 얼마 되지도 않았다. 어찌 그리 간단히 사람을 들였다 내쳤다를 반복하겠느냐? 황제가 그토록 변덕스러워서야, 국민들이 어찌 믿고 따르겠느냔 말이다."

황제가 짐짓 노한 목소리를 냈지만 초혜는 자신 있게 말했다.

"그 부분은 걱정 마십시오. 내치시더라도 아무도 불평할 수 없도록 일이 돌아갈 것입니다."

결국 황제도 귀가 솔깃해졌다.

친왕 부부를 황궁에 들인 것은 오로지 황실의 인기를 위해서였다. 그런데 황태자 부부가 그들의 인기를 대신할 수만 있다면, 친왕 부부의 이용 가치는 없어지는 것이나 마찬가지 아닌가. 그렇게 되면 아예 내쳐 버리는 것이 깔끔하기는 했다.

"그러려면 우선 폐하께서 저희를 도와주셔야 합니다."

결국 황제는 초혜가 던진 미끼를 물고 말았다.

"그래, 내가 어찌해 주어야 한단 말이냐?"

"일단 친왕 전하를 잡아들여 가볍게 조사하는 척만 해 주십시오."

초혜가 목소리를 낮추어 말했다.

"……황태자 암살 혐의로 말입니다."

* * *

"감히 내 형님께 이 무슨 무례한 짓이냐? 당장 풀어 드리지 못할까!"

갑자기 황태자가 들이닥쳐 노발대발하는 바람에 조사관은 적이 당황한 눈치였다.

"피해자는 나다. 죽을 뻔한 것은 나란 말이다. 당사자도 모르게 조사하는 법이 어디 있단 말이냐?"

"황태자 전하, 외람되오나 황제 폐하가 직접 지시하신 것이라……."

"아버지께는 내가 따로 아뢰겠다. 뒷감당은 모두 내가 할 테니, 당장 조사를 중단하고 형님과 형수님을 보내 드리도록 하라!"

강경한 황태자의 태도에, 조사관도 결국은 어쩔 수 없는 모양이었다.

"예, 전하."

"무엇 하고 있느냐, 어서 가서 형수님을 풀어 드리지 않고!"

닦달을 당하고, 조사관은 황급히 방을 나갔다.

"……어째서 내 역성을 드는 것이냐."

의자에 앉은 채, 의윤은 눈을 들어 조용히 동생을 바라보았다.

"나는 네 자리를 빼앗으려 들고 있다. 정말로 내가 한 짓일지도 모르지 않으냐?"

"아무리 그래도 형님이 저를 죽이려고까지 하실 분은 아니시지요."

황태자는 씁쓸한 웃음을 지었다.

"그걸 아는데 어찌 가만히 쳐다만 보고 있겠습니까?"

의윤에게 손을 내밀어 잡아 일으키며, 요는 조금 쑥스러운 듯이 말했다.

"아무리 사이가 나쁘기로서니, 제 형님이라는 것까지 잊지는 않았습니다."

의윤이 요를 물끄러미 쳐다보았다. 마치 표정에서 진심을 읽으려 하듯이. 한참 후 의윤은 중얼거리듯 말했다.

"……그래, 고맙구나."

복도로 나가자 지친 표정의 미소가 마침 옆방에서 풀려 나오고 있었다.

"전하!"

의윤의 얼굴을 보고, 미소는 순간적으로 다리에 힘이 풀려 휘청거렸다. 그런 미소를 의윤이 얼른 부축해서 제 품에 안았다.

"형수님께서도 고초가 많으셨습니다."

말없이 한참 동안 서로를 꽉 껴안고 있는 두 사람에게 요가 고개를 숙였다.

"뭔가 크게 오해가 있었던 것 같습니다. 아버지께는 제가 잘 말씀드려 놓을 테니 너무 걱정하지 마십시오."

"고맙다. 내 잊지 않겠다."

그렇게 인사하고, 의윤은 미소를 데리고 밖으로 나왔다.

"전하! 괜찮으십니까?"

두 사람을 보자마자 처선이 반색을 하며 달려왔다. 조사를 받고 있는 동안 계속 안절부절못하고 밖에서 기다린 모양이었다.

"우리는 괜찮다. 일단 궁으로 돌아가자꾸나."

그렇게 말하고 의윤은 미소에게 등을 돌려 댔다.

"자, 업히거라."

미소는 잠시 망설였다. 전하도 무척 힘드실 텐데. 하지만 지금은 시키는 대로 하는 것이 자신에게도, 또 그에게도 위안이 된다는 것을 알고 있었다.

미소를 들쳐 업고, 의윤은 친왕궁을 향해 걸음을 옮기기 시작했다.

"누가 제보를 했다더군요."

의윤의 등에 업힌 미소가 귓가에 속삭이듯 중얼거렸다.
"대체 누가 우리를 모함한 걸까요?"
"그거야 당연하지 않으냐. ……요가 한 짓이다."
"네?"
놀란 미소에게 의윤은 다시 말했다.
"연기가 더없이 어설프더구나. 제 손으로 우리를 모함해 놓고, 일부러 달려와 구해 주는 척 선심을 쓴 것이다."
"세상에……!"
미소는 충격에 빠졌다. 그렇지 않아도 의심을 받을 수 있다는 생각은 하고 있었지만, 당사자인 황태자가 뒤집어씌우려 했다니!
"그러면 왜 끝까지 뒤집어씌우지 않고 풀어 준 걸까요?"
"지켜보면 곧 알게 되겠지."
의윤이 목소리를 낮췄다.
"우선은 속아 넘어가는 척하고, 우리도 방책을 궁리하도록 하자."

* * *

국혼을 일주일 앞두고, 황태자는 예비 황태자비인 초혜와 함께 기자들을 만나 간담회를 가졌다. 마치 형이 복위되어 환궁한 첫날, 아내와 함께 기자들을 만난 것처럼.
간택 과정에서 사진이 수없이 보도가 되었고, 또 황태자의 손을 잡고 퇴원하는 장면이 뉴스에 나기도 했지만 초혜가 이렇게 정식으로 언론을 대하기는 오늘이 처음이었다.
"부족하지만 대한 제국의 황태자비로서 부끄러움이 없도록 노력하겠습니다."

어린 나이에도 불구하고 기자들 앞에서 하나도 기죽지 않고 강단을 보였던 미소와는 달리, 초혜는 무척이나 긴장하고 수줍어했다.

"좋아하는 음식이요? 음…… 이거 말해도 되나?"

망설이던 초혜는 결국 기자들의 부추김을 받고는 얼굴이 새빨개져서 말했다.

"저어, 치밥이라고…… 양념치킨 먹고 나서 남은 양념에 밥 비벼 먹는 거 좋아해요."

재벌가의 딸이자 예비 황태자비답지 않게 인간미 넘치는 모습이 기자들의 폭소를 불렀다.

"혼례식은 전통을 지키는 선에서 최대한 조촐하게 치를 예정이다. 최근 경기가 좋지 않은 것을 고려한 황태자비의 제안이었느니라."

황태자는 벌써부터 신부 자랑에 웃음꽃이 피었다.

"그래서 국내외 귀빈들을 많이 초대하지 않는 대신에, 소년소녀가장이나 독거노인 등 소외 계층의 국민들을 초대하기로 하였다. 이 역시 황태자비의 아이디어였고."

"전하!"

초혜가 민망한 얼굴로 말리듯 옷소매를 살짝 잡아당기자 황태자가 너스레를 떨었다.

"왜 그러시오, 없는 말을 한 것도 아니지 않소?"

시종일관 훈훈한 분위기에서 진행되던 간담회는, 그러나 막바지에 갑자기 튀어나온 질문에 잠시 싸늘한 분위기가 되어 버렸다.

"지난 폭탄 테러 사건의 배후에 명친왕 전하가 계시다는 소문이 있던데, 황태자 전하께서는 어떻게 생각하십니까?"

한 기자가 마치 목숨이 몇 개라도 되는 듯한 질문을 투척했던 것이다.

"당연히 알고 있다. 황실에서도 내부적으로 조사를 했으나, 물론 사실무근이었느니라."

질문한 기자를 노려보며 황태자는 딱 잘라 선언했다.

"말이 나온 김에 이 자리에서 확실히 해 두겠다. 내 형님께서는 결코 내 자리를 노리실 분이 아니시다. 나는 형님을 전적으로 신뢰하며, 앞으로 누구든 간에 이런 헛소문을 퍼뜨리는 자가 있거든 반드시 잡아들여 철저히 죄를 물을 것이다."

"결국 저 말을 하고 싶어서 기자들을 부른 거군요."

TV를 보고 있던 미소가 중얼거렸다.

"아마 미리 저런 질문을 하도록 기자한테 시킨 거겠죠?"

"당연하지. 그렇지 않았으면 질문하자마자 곧바로 황실 모욕죄로 끌려 나갔을 것이다."

의윤이 코웃음을 쳤다.

"형님은 절대로 내 자리를 노릴 사람이 아니다…… 꾀가 아주 제법이구나."

익명으로 제보가 들어왔다면서 사람을 끌고 가서 조사를 하고 난리를 치더니, 요가 들이닥쳐 풀어 주라고 호통을 친 후에는 아무 일도 없었던 것처럼 흐지부지되었다. 조사를 하라고 직접 명령했다던 황제 역시 조용하기만 했다. 진짜로 증거든 제보든 있었다면 이리 쉽게 넘어갈 일이 아니었을 텐데. 즉 처음부터 다 쇼였다는 뜻이다.

"애초에 이렇게 국민들 앞에서 대놓고 선수를 치기 위해서 그리하였던 것이겠지."

그렇게 뇌까리는 의윤의 목소리는 화가 났다기보다도 오히려 서글프게 들렸다. 왜 그렇지 않겠는가, 친동생이 자신을 거꾸러뜨리기 위해서 저렇게 머리를 굴리고 있는 게 뻔히 보이는데.

"있잖아요. 설마 초혜 씨도 황태자 전하와 같은 생각일까요?"

황태자의 시커먼 속내는 이미 뻔히 짐작하고 있는 바다. 그런데 과연 초혜도 같은 생각일까. 미소는 그게 궁금해서 견딜 수 없었다.

"요가 누구라고 별생각 없이 골랐겠느냐. 다 뜻이 맞으니까 원래 마음에 두었던 여자를 버리면서까지 저 처녀를 선택한 것이 아니겠느냐?"

의윤은 당연하다는 듯이 대답했지만, 미소는 아무래도 그렇게 생각하고 싶지 않았다. 그 마음씨 고운 초혜가 설마하니 황태자와 같은 생각이라니.

"초혜 씨가 목숨 걸고 자기를 살린 게 고마워서 선택한 걸 수도 있잖아요. 그러다가 초혜 씨가 자기를 진심으로 좋아하는 걸 알고 감동했는지도 모르죠."

도저히 초혜를 적이라고 생각하고 싶지 않아서 미소는 고집을 부리다시피 말했다.

"그래, 물론 그럴 수도 있지."

의윤이 위로하듯 말했지만, 목소리에는 별로 힘이 없었다.

* * *

미소의 결혼식 준비를 황후와 선혜 공주가 발 벗고 나서서 도운 것처럼, 이번 황태자의 결혼 준비에는 미소도 끼어서 이것저것 돕게 되었다. 하객 리스트를 체크하다가 그 안에서 삼간택에서 떨어진 처녀들의 이름을 발견하고 미소는 조금 놀랐다.

"이분들도 결혼식에 오시는 거예요?"

"네. 좀 우습지요? 자기가 결혼 못 하게 된 남자의 결혼식을 보러 오다니."

선혜 공주가 쿡쿡 웃으며 대답했다.

"본인들이 참석하고 싶다고 먼저 연락한 거예요. 그래서 초혜 언니께 여쭤봤더니 흔쾌히 초대하라 하셔서 그렇게 했죠 뭐."

그럴 만도 하다고 미소는 생각했다. 그 처녀들, 간택하는 동안 황궁에서 지내면서 무척 들떠 보였다. 아마도 결혼식 참석을 핑계로라도 다시 한 번 황궁에 들어와 보고 싶었겠지.

"한때 경쟁자였던 사람들이니 불편할 수도 있는데, 역시 초혜 언니는 착하디착하신 분이에요. 오라버님께서 초혜 언니를 선택하시기가 얼마나 다행인지!"

공주 역시 황후 못지않게 벌써부터 초혜를 무척 좋아하고 있었다. 그야 공주에게 있어서도 초혜는 작은오빠의 목숨을 살린 은인이니까.

어쨌든 공주의 말에 문득 생각나는 것이 있어서 미소는 리스트에 다시 시선을 가져갔다. 그리고 삼간택에 참가한 처녀들 중에서 한 사람의 이름만 빠져 있는 것을 깨달았다.

"그런데 세연 씨 이름은 없네요."

"그 여자를 왜 부르겠어요?"

이름만 들어도 치가 떨린다는 듯이, 선혜 공주가 말했다.

"황궁에서 그토록 어머니와 언니께 패악을 부린 것도 모자라서, 초혜 언니께서 퇴원하는 날까지 길을 막고 행패를 부린 여자를 왜 초대하겠어요.”

“하긴, 그 성격에 오라고 해도 거절했을 것 같긴 하네요.”

미소는 고개를 끄덕이고는 다시 물었다.

“그 여자, 퇴원은 했을까요?”

“나인들끼리 수군대는 얘기를 들으니 퇴원은 한 모양이에요. 그런데 몸이 그렇게 되는 바람에 결국 다니던 회사에서도 잘렸다고 하더라고요.”

엔간히도 세연이 싫었던 모양이다. 마음씨 착하기 짝이 없는 공주가, 불쌍하다는 기색조차 없이 말하고 있었다.

하지만 미소는 왠지 마음이 편치 못했다. 언론에서 대놓고 초혜를 금수저로, 세연을 흙수저로 부를 정도로 집이 가난하다 들었는데. 그런 여자가, 불편한 몸에다 직장까지 잃었으면 대체 어떻게 지내고 있을까.

태생부터 황실의 사람인 공주와 달리 미소는 세연과 같은 평민 출신이었다. 잘잘못을 떠나서, 황실의 일에 엮여서 결국 신세를 망치고만 세연이 마음에 걸릴 수밖에 없었다. 한번 그녀가 어떻게 지내는지 알아봐야겠다고 미소는 속으로 생각했다.

하객 리스트를 계속해서 훑어보며 미소는 말했다.

“생각보다 종친 어르신들이 많지 않네요.”

“네. 아버지도 그렇지만 어머니도 외동이시거든요. 그렇다고 옛날 황실처럼 후궁이 줄줄이 있는 것도 아니고요.”

공주가 한숨을 섞어 혼잣말처럼 중얼거렸다.

“나라의 경사인데 자칫 종친석이 썰렁할까 걱정이네요. 할아버지께서 오시면 좋을 텐데……."

말투에서 어딘가 미소는 이상한 느낌을 받았다. 할아버지라면 태상황 폐하를 이야기하는 것인데, 그분은 아들인 현재의 황제에게 양위하고 나서 감쪽같이 자취를 감춘 지 벌써 20년이 넘지 않았는가. 그런데 공주는 방금 '할아버지께서 계시면 좋을 텐데'가 아니라, '오시면 좋을 텐데'라고 말했다. 마치 그분의 생사 여부를 안다는 듯이!

"혹시 공주님께서는 태상황 폐하의 소식을 아시는 건가요?"

미소가 묻자 공주는 그제야 아, 하는 듯한 표정이 되었다.

"아 참, 언니는 모르시겠군요."

"몰라요. 물론 전하께서도 모르시고요. 살아 계신 건가요?"

공주는 조금 망설이다 고개를 끄덕였다.

"네, 건강히 지내고 계세요. 어디 계시다고 말씀드리기는 좀 어렵고요."

"세상에……!"

미소는 놀라움을 감추지 못했다. 올해 스물한 살인 미소에게, 전대 황제인 태상황 폐하는 마치 전설 속의 인물과도 같은 분이셨다. 이를테면 세종 대왕과도 같은 전설의 성군. 그런 분이 아직 살아 계시다니!

"어떻게 알게 되신 거예요?"

"아버지는 진작부터 알고 계셨나 보더라고요. 어머니께서는 최근에야 알게 되셨다면서, 제게만 살짝 귀띔해 주시더군요."

"그렇다면 정말로 와 주시면 좋을 텐데요. 국민들도 무척 놀라고 기뻐할 테고, 또 손자 되시는 분의 결혼식이잖아요."

미소의 말에 공주는 고개를 저었다.

"할아버지께서 원치 않으실 거예요. 그렇지 않아도 저 역시 할아버지를 뵙고 싶어서 한번 찾아가고 싶었는데, 어머니께서 말리셨어요. 가도 안 만나 주실 거라고요."

"그렇군요……."

그토록 성군으로 모든 국민의 추앙을 받으셨던 분이, 왜 하루아침에 황제의 자리를 버리고 이렇게 철저히 세상을 등지셨을까. 왜 전대 황제로서 아들을 돕거나 조언하는 역할조차 하지 않으시는 것일까. 아들이 이토록 독재 정치를 펴고 있으니 꾸짖거나 말릴 법도 한데.

여러 가지 의문이 머릿속에 떠올랐지만 미소는 입을 다물었다. 공주에게 묻는다고 그녀가 알 것 같지 않았기 때문에.

"그건 그렇고…… 오라버님의 결혼식이 끝나면 슬슬 어머니께 말씀드릴까 해요."

공주가 불쑥 말했다.

"네? 뭘 말씀이세요?"

"저랑 현우 씨, 아니 김 내관님 말이에요."

처선의 본명을 입에 담자마자 공주는 부끄러운 듯이 얼른 고쳐 말했다.

"부모님이 허락해 주실까 걱정이에요. 그때 되면 언니도 제 편 들어 주실 거죠?"

"당연하죠!"

처선이 공주의 부마가 된다면 그 이상 좋은 일이 없을 것이다. 상상만 해도 기뻐서, 미소는 오랜만에 함박웃음을 머금었다.

"제가 책임지고 편들어 드릴 테니까 걱정 마세요!"

* * *

기자 간담회에서 황태자가 밝힌 대로 국혼은 조촐한 규모로 이루어졌다. 오히려 황후의 회갑연보다도 훨씬 소박하게 치러 냈을 정도였다. 물론 소박하다는 것은 어디까지나 비용의 이야기이지, 화제성은 정반대였다. 국내는 물론이고 외신들까지 앞다투어 대한 제국 황태자의 결혼을 보도했다.

결혼식에 고관대작들 대신에 소외 계층을 하객으로 초대했다든가, 결혼식에서 절약한 예산을 전액 기부하기로 했다든가 하는 미담은 물론이고, 하다못해 황태자비가 신부 화장에 사용한 화장품의 브랜드까지 화제가 되었다. 결혼식 현장이 전국에 생중계된 것은 물론이었다.

국민들 대부분이 TV로 시청했지만, 혹시나 황태자와 황태자비의 그림자나마 볼 수 있을까 하는 생각에 무작정 황궁으로 향하는 사람들도 많았다.

결혼식이 끝난 후, 황태자는 새로 맞이한 황태자비와 함께 친히 황궁 정문 앞까지 나와서 구름 떼처럼 모여든 군중 앞에 나란히 섰다.

대한 제국 황태자의 정복을 차려입은 황태자와, 대례복인 홍원삼(紅圓衫)을 입고 대수머리를 한 황태자비. 눈부시게 아름다운 한 쌍이었다.

"황태자 전하 천세!"

"황태자비 전하 천세!"

구름 떼처럼 모여든 군중의 함성이 황궁 주위를 가득 메웠다.

* * *

결혼식이 끝난 후, 초혜는 정식으로 입궁하여 동궁의 안주인이 되었다. 입궁할 때는 친정에서 마련한 어마어마한 양의 선물과 함께였다.

"친정어머니께서 직접 마련하셨습니다. 새로 들어온 사람의 인사라 생각하시고 받아 주세요."

황실 가족들은 물론이고 상궁들부터 나인들, 내관들, 근위병들에 이르기까지 황궁 내의 모든 사람에게 크고 작은 선물이 주어졌다. 세상에 선물을 싫어하는 사람이 어디 있으랴. 텃세 심하고 말 많은 궁인들에게, 새 황태자비의 이런 태도는 마음에 쏙 드는 것이었다.

"우리한테까지 인사를 차리시다니, 황태자비 전하께서 아주 경우가 바른 분이신걸?"

"간택 진행하는 동안에도 품행이 유독 뛰어나셨잖아."

초혜의 칭찬을 하다 못해 엉뚱하게 미소에게 불꽃이 튀기도 했다.

"비전하는 들어올 때 떡 한 점 안 돌리셨는데."

"그러게, 비교된다."

물론 그런 수군거림이 미소의 귀에도 들어오지 않는 것이 아니었지만, 미소는 듣고도 모른 체했다. 기분이야 상했지만 입방아를 찧는 사람의 잘못이지 초혜의 잘못이 아니지 않은가.

황태자가 자신과 의윤에게 일부러 누명을 씌우고 풀어 준 척한 것을 뻔히 알면서도, 미소는 아직도 믿음을 버리지 않고 있었다. 황태자와는 달리 초혜는 좋은 사람일지도 모른다는 한 줄기 믿음.

그 믿음을 뒷받침하듯 초혜는 미소를 무척 따랐다. 깍듯이 형님이라 부르며 손윗동서 대접을 하는 것이었다.

"형님, 오늘 장애인 시설에 봉사를 가신다지요? 괜찮으시면 저도 함께 데려가 주세요."

"황태자비 전하께서요?"

"네. 전부터 형님께서 여기저기 봉사 활동 다니시는 게 참 멋져 보였어요. 그래서 제가 입궁하게 되면 꼭 형님과 함께하고 싶다는 생각을 했답니다."

미소는 조금 망설였다. 봉사를 자주 다니고는 있지만 쉬운 일이 아니었다. 기자들 대동하고 가서 애들 안고 사진이나 몇 장 찍고 돌아오는 그런 봉사가 아니니까.

초혜같이 귀하게 자란 아가씨가 과연 제대로 일할 수 있을까. 괜히 사람들 일하는 데 방해가 되는 게 아닐까. 영 미덥지 못했지만 가겠다는데 말릴 수도 없는 노릇이었다.

"예, 황태자비 전하. 그러면 함께 가시지요."

결국 미소는 고개를 끄덕이고 말았다.

결론부터 말하면 괜한 걱정이었다. 수수하게 차려입고 나온 황태자비는, 소매를 바짝 걷어붙이고 누구보다 열심히 일했다. 청소나 식사 준비를 돕는 것은 물론이고 험한 일도 마다하지 않았다.

"괜찮아요? 아프지는 않으신가요?"

지체 장애인의 욕창 때문에 덧난 상처를 직접 소독해 주고, 뇌성마비 장애인의 침을 닦아 주기도 하며 다정하게 말을 거는 모습을 보고 미소는 속으로 자신이 부끄러웠다. 내가 하마터면 저런 사람을 한순간이라도 의심할 뻔했구나.

어떻게 알고 왔는지 중간에 한 떼의 기자들이 들이닥쳤다. 대부분 미소가 아닌 황태자비에게 플래시 세례가 쏟아졌지만 하나도 서운하지 않았다. 어차피 관심을 받기 위해 하는 일이 아니지 않은가. 오히려 황태자비 전하께서 저렇게 열심히 하시는데 나라고 질 수 없다는 생각에, 미소도 평소보다 훨씬 더 열심히 봉사 활동을 했다.

몸은 힘들었지만 마음은 왠지 가벼웠다. 홀가분해진 마음으로 주어진 일을 모두 마친 미소는, 떠나기 전에 잠시 화장실에 들렀다가 문 앞에서 발걸음을 멈췄다.

초혜가 먼저 와서 손을 씻고 있었던 것이다.

"황태자비 전……."

수고 많으셨다고 말을 걸려다가 미소는 저도 모르게 입을 다물었다.

미소가 들어온 것도 모를 정도로, 초혜는 이를 악문 채 비누칠과 씻어 내기를 신경질적으로 끝없이 반복하고 있었다. ……마치 더러운 오물이라도 만진 사람처럼.

12. 공주님의 사랑의 도피

가을바람이 선선하게 불어오는 어느 날 저녁, 동궁에 황실 가족이 모두 모여 있었다. 황태자비인 초혜가 직접 상을 차렸다며 황제에 황후, 공주, 친왕 부부까지 모두 저녁 식사에 초대했던 것이다.

"세상에, 이 음식들을 정말로 황태자비가 손수 만들었단 말이냐?"

커다란 테이블이 꽉 차도록 차려진 음식들을 둘러보며 황후는 연신 감탄을 금치 못했다.

"저 혼자 한 것이 아니고 나인들이 많이 도와주었습니다."

초혜가 겸손하게 말했다.

"어차피 수라간의 일인 것을, 힘든데 괜한 고생을 하였구나."

황제의 무뚝뚝한 말에 황태자가 대신 대답했다.

"저도 굳이 그럴 것 없다 했는데, 시집을 왔으니 시부모님께 식사

한 번은 자기 손으로 차려 드리고 싶다고 이 사람이 고집을 부렸습니다."

"그랬어? 어쩌면 저렇게 하는 짓마다 하나하나 예쁠꼬!"

보기만 해도 예뻐 죽겠다는 듯이, 황후는 한껏 가늘어진 눈으로 둘째 며느리를 바라보았다.

"부족한 솜씨나마 열심히 준비해 보았으니 혹시 맛이 없어도 예쁘게 보아 주세요."

초혜가 부끄러운 듯이 말했다.

"힘들게 준비했다니까 어서 먹읍시다. 황후도 어서 드시오."

"예, 예. 먹어야지요. 누가 마련한 것인데요."

젓가락을 들며 황후는 말했다.

"제가 요즘 먹지 않아도 배가 부르지 뭡니까, 폐하. 든든한 두 아들에 이렇게 착하고 예쁜 두 며느리, 거기에 딸까지 있으니 자다가도 웃음이 날 지경이에요."

과연 초혜가 황궁에 들어온 후 황후는 얼굴에서 웃음이 가실 날이 없었다. 무엇보다 가장 기쁜 것은, 초혜와 결혼한 이후 황태자의 태도에도 변화가 보인다는 것이었다. 얼마 전 명친왕 부부가 폭탄 테러 사건에 연루되어 있다는 제보 때문에 조사를 받을 때, 당사자인 황태자가 펄쩍 뛰며 형님의 결백을 주장하지 않았던가? 두 아들이 사이가 좋지 않은 것 때문에 남몰래 마음고생을 하고 있던 황후에게 있어서 이토록 기쁜 일은 또 없었다.

그러니 자연히 며느리들, 특히 초혜가 예뻐 보일 수밖에.

"날은 완연한 가을날인데 황궁에는 따사로운 봄바람이 부는구나. 모두 너희들 덕분이니라. 앞으로도 둘이 자매처럼 사이좋게 지내도록 하거라."

미소와 초혜가 동시에 대답했다.

"예, 어머님."

대답은 그리 했지만 미소는 내심 마음이 편치 않았다. 장애인 시설에 봉사를 갔을 때 화장실에서 우연히 목격한 초혜의 모습이 도저히 머릿속에서 떠나지 않았던 것이다. 마치 더러운 오물이라도 만진 사람처럼 이를 악문 채 신경질적으로 끝없이 손을 씻어 내던 그 모습. 늘 웃으며 상냥하게 사람들을 대하던 초혜라고는 도저히 생각할 수 없던, 그 무섭게 굳어진 표정.

"형님, 이것 좀 드셔 보세요. 형님께서 흰 살 생선을 좋아하신다고 해서 준비해 봤어요."

직접 생선 살을 발라내서 접시에 놓아 주는 초혜를 보며 미소는 한층 더 마음이 복잡해졌다.

대체 내가 그날 본 건 뭐였을까. 그냥 단순히 깔끔을 떠는, 그런 게 아니었는데. 분명 제 눈으로 보고도 여태 믿기 힘들어서 차마 의윤에게도 아직 이야기하지 못하고 있었다.

미소의 복잡한 마음을 미처 눈치채지 못하고 다른 사람들은 화기애애하게 이야기를 나누고 있었다.

"그나저나 이제 요도 결혼을 했으니 다음은 우리 선혜 차례로구나."

의윤이 짐짓 짓궂은 표정으로 말했다.

"이제 슬슬 선혜도 시집을 보내야 하지 않겠습니까, 어머니?"

"선혜는 아직 스물한 살밖에 안 됐지 않느냐. 결혼은 좀 더 천천히 생각해도 되지."

황후가 웃으며 대답했지만 의윤은 굽히지 않았다.

"무슨 말씀이십니까, 우리 친왕비도 스물한 살인데. 옛날 같으면 벌써 애가 셋도 있을 나입니다. 그렇지 않으냐, 선혜야?"

"오라버님도 참!"

선혜 공주는 부끄러워 얼굴을 붉히면서도 싫다고는 하지 않았다. 오빠가 처선과의 사이를 슬슬 밝히게 해 주려고 일부러 꺼낸 말임을 잘 알고 있기 때문이었다.

"애기가 나와서 말이다마는."

언제나처럼 무뚝뚝하게 수저만 움직이고 있던 황제가 입을 연 것은 바로 그때였다.

"유의 말대로, 슬슬 선혜도 결혼을 시켜야 하겠다."

"옳은 생각이십니다. 그래서……."

의윤이 처선의 이야기를 꺼내려고 한 순간, 황제가 다시 말했다.

"혼처는 이미 정해 두었느니라. 날이 추워지기 전에 먼저 약혼을 하고, 내년 봄쯤 혼례식을 치를 예정이니 지금부터 서서히 준비를 시작하는 것이 좋겠다."

"예?"

모두가 놀라서 수저를 멈추고 황제를 쳐다보았다.

"아니, 폐하. 우리 선혜를 시집을 보낸다고요? 대체 누구에게 말씀이십니까?"

한참 만에야 황후가 입을 열었다. 돌아온 대답은 한층 더 충격적인 것이었다.

"일본 천황의 종손인 히데히토 친왕이오."

누군가가 숟가락을 떨어뜨렸다. 그릇에 부딪쳐 요란하게 쨍그랑 소리가 났는데도 아무도 신경 쓰지 않았다. 모두가 충격에 빠져 있었기 때문에.

"선혜를…… 일본 황실에 시집을 보낸단 말입니까?"

그렇게 묻는 황태자마저도 당황한 기색이 역력했으나, 황제는 마치 이미 정해진 일이라는 것처럼 태연하기만 했다.

"그렇다. 이미 작년에 일본을 방문하여 천황을 만났을 때 서로 의견 일치를 보았느니라."

"말도 안 됩니다."

처음으로 반발한 것은 의윤이었다.

"지금은 조선 시대가 아닙니다. 아무리 부모라 한들, 당사자의 의견도 묻지 않은 채 혼사를 결정할 수는 없는 법입니다."

"부모로서 결정한 것이 아니다. 황제로서 결정한 것이니 두말하지 말라."

황제가 불쾌함을 드러냈으나 의윤은 아랑곳하지 않았다.

"황제로서 결정하신 것이라면 더욱더 큰 문제입니다. 우리나라 공주가 일본 황실과 혼사를 맺다니, 국민감정은 어떻게 하실 생각이십니까?"

"해방이 된 지 이미 70년도 더 지났다. 언제까지 과거의 일에 얽매여 살아야 한단 말이냐?"

황제의 목소리에 노기가 섞이기 시작했다.

"이제는 지난 일은 흘려보내고, 두 나라가 함께 손잡고 미래를 향해 나아갈 때가 아니더냐? 공주는 한일 우호의 상징이 되는 것이다. 이보다 뜻깊은 결혼이 또 있겠느냐?"

여기에는 미소도 더 이상 참을 수가 없었다.

"외람되지만 황제 폐하, 함께 손잡고 미래를 향해 나아가는 것은 먼저 과거가 청산되고 난 후에 논할 일이라 생각합니다."

기어이 황제가 눈을 부라렸다.

"건방지구나. 시부모의 결정에 감히 왈가왈부하라고 누가 가르쳤더냐!"

방이 떠나갈 듯한 호통에 금방이라도 심장이 멎을 것 같은 기분이 들었다. 너무 무서워서 현기증이 다 일었지만 미소는 마음을 독하게 먹고 버텼다.

"저 역시 며느리로서 말씀드리는 것이 아닙니다. 국민의 한 사람으로서 말씀드리는 것입니다. 여태 제대로 된 사과도 받지 못한 채 망언이 되풀이되고 있고, 독도 문제도 여전한데 어떻게 지난 일이라고 함부로 흘려보낼 수 있겠습니까?"

황제는 대답 대신 날카로운 눈초리로 미소를 노려보았다. 분위기가 험악해지자 황후가 말리듯 끼어들었다.

"폐하, 어찌 그런 중요한 일을 어미인 저에게조차 상의하지 않고 결정하실 수가 있습니까? 우선 선혜의 의견도 들어 보고, 그런 후에 천천히 생각을……."

"저는 싫습니다."

딱 잘라 말한 것은 얼굴이 새하얗게 질린 선혜였다.

"제가 이기적인 건지도 모르겠지만, 일본 황실이고 역사고 그런 건 다음 문제예요. 저는 얼굴도 모르는 남자와 결혼하고 싶지 않아요. 제가 사랑하는 사람과 결혼해서 행복하게 살고 싶어요. 네? 아버지."

하지만 간곡한 딸의 말을 황제는 한마디로 잘라 버렸다.

"네 신랑감은 내가 이미 만나 보았다. 분명 너도 좋아하게 될 것이다."

"하지만 제게는 이미……!"

욱하는 표정으로 뭔가 말하려던 선혜가 갑자기 입을 다물었다. 옆에 앉아 있던 의윤이 몰래 제지시켰음을 미소는 눈치챘다.

여동생의 말문을 막아 놓고 의윤이 다시 말했다.

"저는 반대입니다. 어느 모로 보나 있을 수 없는 일입니다."

"누가 네게 반대할 권한을 주었더냐?"

냉소로 큰아들의 말을 무시해 버리고 황제는 가족들을 둘러보았다.

"나는 황제다. 찬성도, 반대도 필요치 않다."

마치 신하들에게 명령하는 듯한 말투였다.

"한 달 후, 신랑감이 우리나라에 올 것이다. 그때 선혜와 약혼까지 마치고 돌아갈 것이니, 그리 알고 준비하도록 하라."

"일단 울음을 그치고 생각해 보자꾸나, 선혜야."

"뭔가 방법이 있을 거예요, 네?"

의윤과 미소가 열심히 달랬으나 공주는 좀처럼 눈물을 그칠 줄 몰랐다.

"아버지가 저렇게까지 말씀하셨으니 끝난 거예요. 어떻게든 저를 일본에 시집보내고 마실 거라고요. 오라버님도 잘 아시잖아요?"

의윤은 대답하지 못했다. 공주의 말이 옳다는 것을 알기 때문에.

"그만 울어요."

결국 처선이 나섰다.

"내가 어떻게든 할 겁니다. 죽어도 당신을 다른 남자한테 보내지 않을 테니, 날 믿어요."

처선의 확신에 찬 말투에 공주도 결국은 울음을 멈췄다.

"제 얘기, 혹시 폐하께 말씀드리셨습니까?"

공주가 눈물을 훔치며 고개를 저었다.

"아뇨. 말하려고 했는데 오라버님이 옆에서 허벅지를 꼬집으셔서……."

처선이 의윤을 향해 고개를 숙였다.

"고맙습니다, 전하."

친아들인 의윤도 죽이려 했던 황제다. 만약에 선혜가 처선과의 사이를 사실대로 말했더라면 처선의 목숨 역시 위험해질 가능성이 충분했다. 그래서 말하지 못하게 막은 것이다.

"황제 폐하께는 얘기하지 않는 것으로 하자, 선혜야. 어차피 말해도 소용없고, 처선이만 곤란해질 거라는 걸 알지 않느냐."

그 정도로 얼버무려 두고 의윤은 처선을 향해 물었다.

"다음 달이면 상대가 약혼을 위해 한국에 온다고 하는구나. 그래, 어쩔 셈이냐?"

"그 전에 공주님을 보쌈해서 도망가야지요."

처선의 대답은 마치 미리 생각해 둔 것처럼 시원스러웠다.

"혹시나 이런 날이 있을까 싶어서 어느 정도 준비는 해 놓았습니다. 내관 주제에 황제 폐하의 막내 따님을 욕심내려면 이 정도 준비성은 있어야지요."

역시 김 내관님, 하고 미소는 속으로 감탄했다.

"좋은 생각이에요. 도망가서 결혼해 일단 아이라도 하나 낳으면, 그때는 황제 폐하도 어쩌실 수 없겠지요."

미소의 말에 의윤도 찬성했다.

“아이까지 낳지 않더라도, 다른 남자와 도망갔다면 일본 황실에서도 혼사를 포기하겠지. 썩 옳은 방법은 아니긴 하다만 지금은 그것밖에 길이 없는 것 같구나.”

이윽고 처선이 진지한 눈으로 공주를 바라보았다.

“나와 같이 가면 지금 같은 생활은 하기 힘들 겁니다. 당분간은 고생을 시키게 될지도 모르는데, 괜찮겠어요?”

공주가 팔을 벌려 처선의 목을 꼭 껴안았다.

“어디든지 현우 씨를 따라갈 거예요.”

눈물을 글썽이며, 공주는 말했다.

“그러니까 어디든 함께 데려가 주세요!”

* * *

그다음 날, 선혜는 황제를 찾아가 말했다.

“제 생각이 너무 짧았습니다. 아버지의 뜻에 따르겠어요.”

그렇게 황제를 안심시켜 놓고 뒤에서 준비가 착착 진행되었다. 의윤과 미소는 갖고 있던 현금을 몽땅 처선에게 건넸고, 그 사이에 처선은 미국으로 떠나는 비행기 편을 알아보았다.

공주는 공주대로 시녀들의 눈을 피해 가며 짐을 꾸리느라 바빴다. 이 일을 알고 있는 것은 오로지 의윤과 미소 부부와 당사자들, 그 외에는 정 여사뿐이었다.

황후에게 사실대로 말해야 하는가 하는 문제에 대해서는 여러 가지 의견이 오갔다. 괜히 남편과 딸 사이에서 비밀을 품고 가슴앓이를 하게 만들 필요가 없다, 그러므로 말하지 말자는 의견이 중론이었으나 공주는 생각이 달랐다.

"제가 말없이 도망친 걸 아시면 어머니가 무척 서운해하실 거예요."

하지만 의윤이 펄쩍 뛰고 반대했다.

"어머니는 거짓말이 서투르신 분이다. 아버지께 너희가 도망갈 거라고 고해바치지는 않으시겠지만, 자칫 행동에서 티가 날 수가 있다. 들켰다가는 도망이고 뭐고 다 물거품이 된단 말이다."

결국 공주도 수긍하고, 사실대로 말하는 대신 황후에게 미리 편지를 써 두고 떠나기로 결정했다. 대신에 공주는 초혜에게라도 말하고 싶어 했다.

"떠난다고 사실대로 말씀드리고 작별 인사라도 나누고 가고 싶어요. 두 분 다 제게는 똑같이 올케인데, 미소 언니께서는 사전에 다 알고 계셨던 것을 초혜 언니만 끝내 모르셨다면 얼마나 속상하시겠어요?"

"하지만 선혜야, 이런 일은 한 사람이라도 덜 아는 것이 좋다. 만약에 그 이야기가 요에게라도 들어가면 어쩌려느냐? 요는 분명 곧바로 황제 폐하께 고해바칠 것이다."

의윤이 말리자 공주는 못내 섭섭해했다.

"그러면 미소 언니께서 제 인사를 좀 전해 주세요. 미리 말씀드리지 못해 죄송하다고, 작은 오라버님과 행복하게 지내고 계시라고요."

그 순간 미소의 머릿속에 순간적으로 섬광이 스치고 지나갔다.

"걱정 마세요. 제가 꼭 전해 드릴게요."

미소는 힘주어 말했다.

* * *

저녁 무렵, 황궁 안쪽에서 나온 한 대의 차가 정문을 지키던 경비들에게 검문을 받기 위해 멈춰 섰다.

"친왕비와 단둘이 드라이브나 좀 하고 올까 한다. 너무 늦지 않게 돌아올 테니 그리들 알라."

운전석에 앉은 명친왕이 유리창을 내리고 점잖게 말했다.

"고생들 많으시네요."

옆에 앉은 친왕비도 방긋 웃으며 인사를 건넸다.

"그럼 두 분 전하, 조심해서 다녀오십시오."

경비병들은 별 의심 없이 길을 열었다. ……뒷좌석에서 몸을 한껏 웅크리고 숨어 있는 사람이 두 명 더 있다는 것도 까맣게 모르고.

시원하게 도로를 내달리던 차는 공항에서 조금 떨어진 곳까지 와서야 멈췄다.

"알아보는 눈이 있을까 두려우니 이쯤에서 그만 헤어져야겠구나."

차에서 짐 가방을 내리는 것까지 돕고 나서, 의윤이 말했다.

"조심해서 가거라."

기어이 처선은 눈물을 글썽이고 말았다.

"전하께 목숨을 바치겠다 굳게 맹세해 놓고 이렇게 곁을 떠나게 되어 죄송합니다."

늘 빙글빙글 웃고 있던 처선의 눈물을 보자 의윤도 울컥하지 않을 수 없었다.

"10년이나 곁에 붙어 있었으면 됐다. 슬슬 지겨우니 쓸데없는 생각 말고 가거라."

눈물을 꾹 참고, 의윤은 일부러 농담조로 말했다. 그러나 처선은 웃음기라고는 없는 표정으로 굳게 맹세했다.

"현우의 목숨은 공주님께 바치겠지만, 처선의 목숨은 여전히 전하의 것입니다. 그러니 만일 전하께 무슨 일이라도 생기면 곧바로 제가 달려오겠습니다."

목이 메어서 의윤은 대답 대신에 팔을 벌렸다. 두 사람은 서로를 말없이 꽉 끌어안았다. 주인과 신하의 관계를 떠난, 오랜 친구로서.

한편 선혜 공주는 이미 차 안에서부터 눈시울이 빨개져 있었다.

"오라버님과 언니께서 저희 때문에 아버지께 심하게 꾸중을 들으시겠지요."

"어쩔 수 있겠느냐. 그쯤이야 이미 각오한 바다."

포옹을 풀고 의윤이 빙긋 웃어 보였다.

처선과는 그야말로 생사고락을 함께한 사이다. 자신이 처선의 목숨을 살렸고, 처선 역시 지난 10년 동안 자신을 위해 몸 바쳐 일했다는 것을 누구나 안다. 처선이 여동생을 데리고 도망치는 것을 몰랐다고 발뺌을 한들 어차피 믿어 줄 사람은 아무도 없었다. 즉 애초에 불똥이 튈 것을 미소와 의윤 둘 다 각오하고 있었다.

"걱정하지 마세요. 기껏해야 도로 이화원으로 쫓겨나기밖에 더하겠어요?"

미소 역시 생글거리며 말했다. 물론 속으로는 울고 싶었다. 가족보다도 더 좋아하는 사람들을 이렇게 멀리 떠나보내게 되다니, 심지어 언제 다시 만날 수 있을지 기약조차 없다니. 하지만 자신이 눈물을 보이면 떠나는 두 사람의 마음이 편치 못할 것이기에 억지로 참고 있는 것이었다.

"참, 이건 결혼 선물이에요."

미소가 트렁크를 열고 꺼낸 상자를 보고, 공주는 놀라 말했다.

"언니, 이건……."

바로 미소가 결혼식을 마치고 신혼여행을 갈 때 입었던 한복이었다.

"입었던 거라 미안해요. 새로 맞춰 드릴까 하다가 시간도 부족하고, 또 한편으로는 제가 물려 드리는 데 의미도 있을 것 같아서."

"물론이에요. 하지만 이건 언니께도 무척 소중한 물건이잖아요?"

미소의 결혼 준비를 직접 도왔던 공주는 기억하고 있었다. 미소가 얼마나 고민한 끝에 고른 옷인지를.

"거기서도 웨딩드레스는 구할 수 있겠지만 한복은 맞추기 쉽지 않을 거 아녜요. 그래도 우리 대한 제국 공주님이신데 결혼할 때 한복은 입어 보셔야죠."

상자를 처선에게 건네고 미소는 너무나 좋아했던 동갑내기 시누이를 껴안았다.

"행복하셔야 돼요. 매일매일 기도할게요."

"언니……!"

결국 공주는 울음을 터뜨렸다. 하지만 서로 아쉬움을 나눌 시간조차도 그리 충분하지 않았다.

"자, 이제 어서 가 보거라. 비행기 놓치면 큰일 아니냐."

마지막으로 동생을 품에 꼭 안아 보고 의윤은 좀처럼 떨어지지 않는 작별의 말을 건넸다.

"네, 오라버님."

공주가 눈물을 훔쳤다.

"건강하십시오, 두 분 전하."

공주의 손을 잡고, 처선이 마지막 인사를 건넸다.

"부디 품으신 큰 뜻 모두 이루십시오."

자기 자신에게 다짐하듯, 의윤은 힘주어 고개를 끄덕였다.

"그래. 너희를 다시 만나기 위해서라도, 내 반드시 그리하마."

* * *

"예? 공주님이 친왕궁 김 내관님하고요?"

초혜는 놀라서 미소의 얼굴을 쳐다보았다.

"쉿, 누가 듣겠습니다!"

미소가 얼른 손가락을 입에 가져다 댔다.

"아까 작별 인사를 나누고 오는 길이니, 지금쯤 공항으로 향하시는 중일 거예요."

초혜의 심장이 마구 두방망이질 쳤다. 세상에 이게 웬일이란 말인가. 공주와 내관이 함께 도망을 치다니!

"황태자비 전하께 미처 작별 인사를 못 드리고 가신다고 공주 전하께서 무척 미안해하셨어요. 부디 황태자 전하와 함께 오래오래 행복하시길 빈다고 꼭 전해 달라고도 하셨고요."

미소는 진지하게 말하고 있었지만, 초혜는 공주가 전해 달라고 한 인사 따위는 안중에도 없었다.

'지금 공항에 가는 길이라고?'

그렇다면 지금 당장 사람을 보내면 늦지 않게 잡아 올 수 있다. 이거야말로 황제에게 점수를 딸 기회가 아니겠는가!

당장이라도 가서 고해바치고 싶어서 엉덩이가 들썩거리는데, 눈치 없는 친왕비는 좀처럼 초혜를 놓아줄 생각을 하지 않았다.

"황태자비 전하니까 말씀드리는 거예요. 비밀 꼭 지켜 주셔야 해요."

"당연하죠."

"어차피 금세 알게 되시겠지만, 그래도 저쪽에 무사히 도착할 때까지는 혹시나 모르니까요."

"그러네요."

멍청한 년이 말도 많지, 하고 초혜는 속으로 욕설을 내뱉었다. 하기야 멍청하니까 나한테 와서 이런 소리를 늘어놓고 있겠지만.

하지만 물론 겉으로는 내색하지 않았다.

"걱정이네요. 부디 아무 일 없이 출국하셔야 할 텐데!"

세상에서 가장 걱정스러운 듯이 대꾸하면서 초혜는 한편으로 머리를 굴렸다. 자아, 이를 어쩐다? 당장 황제 폐하에게 달려가서 고해바쳐야 하나, 하고 생각하다 초혜는 금세 고개를 저었다. 그러면 폐하께 점수야 따겠지만 자칫 제가 일러바쳤다는 것을 이 멍청한 계집애에게 들키고 말 것 아닌가.

사실 이미 황태자비도 된 마당에 들켜도 별로 상관이야 없었지만 아직은 가면을 쓴 채 평화를 좀 더 유지하는 게 이익이다 싶었다. 앞에서 웃고 있어야 등 뒤에서 칼 꽂기가 쉽지 않겠는가?

이미 여러 사건들을 통해 국민들에게 확고하게 호감으로 자리 잡은 친왕비였다. 그녀와 친하게 지내는 모습을 대중에게 보일수록 자신의 이미지에도 도움이 되었다. 미소의 봉사 활동에 이따금씩 따라만 다녀도, 언론에는 자신도 그녀와 똑같이 봉사 활동에 힘쓰고 있는 걸로 비춰졌다. 사실은 슬쩍 숟가락만 얹는 건데.

어쨌든 아직은 가면을 벗을 때가 아니라고 초혜는 생각했다.

'그럼 어쩌지?'

뒤이어 좋은 생각이 떠올랐다.

황제에게 이야기하면 그 성질에 일단 황궁이고 공항이고 죄다 발칵 뒤집어질 게 뻔했다. 그러니 먼저 황태자의 권한으로 황실 근위병을 몇 명 보내서 조용히 붙잡아 온 후에 황제에게 보고하는 김에 부탁하는 것이다. 황제가 미리 눈치채고 직접 잡아 온 것으로 해 달라고.

그러면 자신이 일러바쳤다는 것도 들키지 않고, 폐하께도 칭찬을 받을 것이 아닌가.

'두 마리 토끼를 다 잡을 수 있겠네?'

그렇게 생각하는 초혜에게, 미소는 다시 한 번 당부했다.

"반드시 비밀 지켜 주셔야 해요. 이렇게 부탁드릴게요."

* * *

인천 공항. 휴가 시즌도 아닌 데다 평일이어서 비교적 한산한 공항에 젊고 건장한 남자들 몇 명이 나타났다.

얼핏 보면 해외여행이라도 가는 것 같은 차림의 이 남자들의 정체는, 사실은 여행객이 아니라 바로 황실 근위대 대원들이었다. 공주가 내관과 함께 출국하는 것을 저지하라는 비밀 임무를 받고 급파된 것이었다.

저마다 여행 가방과 카트를 밀고 해당 항공사 카운터 앞을 어슬렁거리며 주변을 살폈지만, 탑승 수속 마감 시간이 다 되어 가도 정작 공주는 나타나지 않았다. 대원들의 얼굴에 점점 초조함이 어리기 시작했다.

잠시 후 누군가가 다급한 걸음으로 다가와서는, 골프 여행을 떠나는 아저씨로 위장 중인 근위대 대장의 귀에 대고 속삭였다.

"……정보가 틀렸습니다. 이미 어젯밤에 떠났답니다!"

* * *

요와 초혜가 부름을 받고 함께 편전에 들어서자마자 황제의 질문이 날아왔다.

"너희가 공항으로 황실 근위병들을 보냈다지?"

두 사람은 속으로 쾌재를 불렀다. 아, 칭찬하려고 부르셨구나!

"예, 아버지. 미리 말씀드리지 못해 죄송합니다. 사안이 워낙 급해서 먼저 조치하고 나중에 보고를 드릴 생각이었습니다."

황태자가 고개를 조아리고 겸손하게 대답했다.

"또한 최대한 조용하게 처리해야 했기에……."

하지만 황태자는 말을 끝맺지 못했다. 무언가가 날아와서 불시에 이마를 강타한 것이었다. 퍽! 둔탁한 소리와 함께 두꺼운 책이 바닥에 떨어졌다.

"이 멍청한 놈!"

아들에게 책을 내던진 황제가 자리를 박차고 일어나 고래고래 고함을 쳤다.

"듣자마자 보고를 했어야지, 누가 네 멋대로 처리를 하라고 했느냐!"

금세 부어오르기 시작하는 이마를 손으로 감싸고 황태자는 어안이 벙벙해서 황제를 쳐다보았다.

"아버지……?"

"선혜는 이미 어젯밤에 출국했단 말이다!"

"예?"

황태자가 당황한 표정으로 초혜를 쳐다보았다. 대체 이게 어찌 된 영문이냐는 듯이. 하지만 초혜 역시 당황스럽기는 마찬가지였다.

"아, 아닙니다. 분명히 오늘 아침 비행기라고 들었는데, 항공사에 예약 확인도 하였는데……."

"그러니까 예약만 해 놓고 정작 그 비행기에 안 탔다지 않아!"

황제가 벼락같이 소리쳤다. 이게 대체 어떻게 된 일일까. 혼란스러운 가운데서, 초혜는 필사적으로 생각했다. 답은 하나뿐이었다.

'명친왕비, 그 계집애가 날 속였어……?'

그러나 깨달았을 때는 이미 늦어 있었다. 황제의 진노는 그야말로 폭발하는 화산과도 같았다.

"아버지, 죄송합니다. 그러나 선혜가 이미 어젯밤에 떠났다면, 제가 알게 되자마자 아버지께 말씀드렸다 해도 이미 늦은 일이 아니었겠습니까."

황태자가 진정시키려 했지만 오히려 역효과만 났다.

"네가 곧바로 보고만 했어도 출입국 사실부터 확인하고 미국 경찰에 연락해서 협조를 구할 수 있었다. 비행기에서 내리자마자 그쪽 공항에서 붙잡을 수 있었단 말이다!"

황제는 더욱더 펄펄 뛰었다.

"그런데 네가 멋대로 황실 근위병을 공항까지 보내서, 하염없이 기다리게 만들어 시간을 허비하는 바람에 놓치고 말았다. 이 일을 어떻게 책임질 것이냐!"

황제로서는 복장이 터질 노릇이었다. 공주의 혼사는 이미 일왕과 직접 약속한 것인데, 내관과 몰래 도망을 치다니 이 일을 대체 어쩐단 말인가!

사실 황제는 공주의 혼사로 큰 그림을 그리고 있었다. 입으로는 한일 우호가 어쩌고저쩌고했지만 속셈은 다른 데 있었던 것이다. 일단 명친왕 부부의 인기를 이용해서 민심을 달래고 있기는 하지만, 점점 상황이 좋지 않은 방향으로 흘러가고 있는 것은 사실이었다.

무엇보다 위험한 것은 국민들의 민주주의에 대한 열망이었다. 황실에 대한 반감은 친왕이나 황태자의 인기로 어찌 잠재운다 해도 이 부분만은 어찌할 수가 없었다.

신문이나 방송만으로 바깥세상을 접하던 시절과는 달랐다. 인터넷이 발달하고 대부분의 사람들이 스마트폰을 사용하게 된 후로 점점 정보를 차단하기도 힘들고, 또 황실에 대한 불만이 퍼지는 것을 막기도 힘들어졌다.

[미국은 좋겠다, 대통령도 직접 뽑고.]

[일본이나 영국처럼 정치 지도자만 따로 있어도 얼마나 좋을까?]

요즘은 인터넷 게시판에서 이런 말이 예사로 오가는 판국이었다. 처음에야 황실 모욕죄로 잡아들였지만, 지금은 그조차 못 하고 있었다. 도대체가 한두 명이야 잡아들이지 않겠는가?

아랍권에서 일어난 민주주의 혁명도 결국 인터넷에서 퍼진 폭로

글이 기폭제가 되고, SNS를 통해 사람들이 모였던 것이다. 대한 제국에도 언제 혁명이 일어날지 모른다고 황제는 내심 불안감을 품고 있었다.

그러다 생각해 낸 것이 바로 일본 황실과의 혼사였다. 공주가 일본 황족에게 시집을 가면 일본은 한국에게 용서받았다는 명분을 얻게 되고, 자신으로서는 혹시나 비상사태가 일어났을 때 일본의 도움을 받을 수 있지 않겠는가.

물론 국민들도 좋아하지 않을 테고, 일제 강점기와 독립을 직접 겪은 아버지 태상황이 알면 펄쩍 뛰고 노할 일이었다. 무엇보다 당사자인 선혜도 울며 싫어했지만 황제는 전혀 개의치 않았다. 세상 무엇보다 가장 중요한 것은 자신의 권력이다. 그것만 지킬 수 있다면 부모도 배반할 수 있고 자식도 버릴 수 있었다. 그런데 요긴하게 써먹어야 할 공주가 도망가다니!

인터폴에다 범죄자로 수배를 할 수도 없는 노릇이었다. 일본 쪽에서 공주가 내관과 눈이 맞아 도망쳤다는 걸 알게 되면 혼사고 뭐고 다 물 건너가는 것 아니겠는가.

이러지도 못하고, 저러지도 못하고. 황제의 분노는 황태자 부부에게 거침없이 퍼부어졌다.

"천하에 멍청한 것 같으니. 너 같은 머저리가 어찌 장차 황제의 자리를 감당한단 말이냐!"

황태자는 입을 꾹 다문 채 황제의 폭언을 받아 내고 있었다. 담대하기 짝이 없는 초혜 역시 진노한 황제 앞에서는 내심 겁을 먹을 수밖에 없었다.

"저희의 생각이 짧았습니다, 아버님. 하지만 이 일은 친왕비 전하께서 제게 알려 준 것으로, 아마도 친왕 전하 부부께서 처음부터 탈출을 도운 것이라 생각됩니다."

조심스럽게 분노를 미소에게 돌려 보려 했지만 그것 역시 소용이 없었다.

"내가 그걸 모를 줄 알았더냐?"

황제는 노골적으로 초혜를 비웃었다.

"세상 혼자 똑똑한 척하더니 헛것이구나. 그것들이야 원래 한통속이었던 것이 뻔하니 별개로 치고, 알고도 막지 못한 너희의 어리석음을 탓하는 것이다!"

초혜의 얼굴이 시뻘겋게 물들었다.

"황태자라 하여 그리 멍청히 있어도 자연히 황제가 될 거라 생각하지 마라. 너희가 그 자리에 적합하지 못하다면, 언제든 자리의 주인은 바뀔 수도 있음이야!"

그동안 다음 황제는 너다, 걱정하지 말라고 누누이 말해 왔던 아버지가 손바닥 뒤집듯 말을 바꾼 것이었다. 충분히 그럴 수 있는 분이라고 내심 생각은 하고 있었지만, 진짜로 그 말을 들으니 요는 세상이 다 무너지는 것 같은 기분이 들었다.

"꼴도 보기 싫다. 썩 물러가거라!"

뒷걸음질로 편전을 물러 나오는 초혜의 다리가 후들후들 떨렸다. 자칫하면 넘어질 것 같아서, 밖으로 나오자마자 초혜는 얼른 황태자의 팔에 매달렸다. 그러나 남편은 부축해 주기는커녕 차갑게 초혜의 손을 뿌리쳤다.

"당신 때문에 나까지 이게 무슨 꼴이오?"

초혜는 놀라서 요를 바라보았다.

"먼저 출입국 관리 사무소에 확인을 해 보든지 했어야지, 형수님이 어떤 사람인데 곧이곧대로 믿어서 일을 이 지경으로 만들고!"

아버지에게 야단을 맞은 화풀이를, 황태자는 아내에게 하고 있었다.

"하지만 전하, 저는 어디까지나 전하를 위해……."

"시끄럽소. 오늘은 서재에서 잘 테니 그리 아시오!"

내뱉듯 말하고, 요는 초혜를 그대로 내팽개치고 발소리를 쿵쿵 울리며 혼자 저만치 가 버렸다. 뒤도 돌아보지 않은 채.

혼자 남은 초혜는 한참 동안 덩그러니 그 자리에 서 있었다. 어차피 사랑으로 한 결혼이 아닌 것이야 서로 마찬가지였다. 그는 황제가, 또 자신은 황후가 되기 위한 결혼. 하지만 남편에게 이리 냉대를 당하고 보니 비참한 마음이 드는 것은 어쩔 수 없었다.

그동안 남편이 다정하게 대해 주었던 것은 결국 그에게 도움이 되기 때문이었다. 도움이 되지 않는다고 판단한 순간, 황태자는 자신을 헌신짝 버리듯 버릴 것이다. ……세연에게 그랬듯이.

한참 동안 비참함에 떨고 있던 초혜는 문득 느껴지는 시선에 고개를 들었다. 언제 왔는지, 조금 떨어진 곳에 명친왕 부부가 서 있었다. 순간적으로 치밀어 오른 분노에 초혜는 그만 가면을 쓰는 것도 잊어버렸다.

다정하게 의윤의 팔짱을 끼고 선 미소를, 초혜는 핏발 선 눈으로 죽일 듯이 노려보았다.

그때였다. 피식, 하고 친왕비의 한쪽 입꼬리가 미세하게 올라간 것은.

지금…… 웃었어? 얼굴이 굳어진 초혜를 향해, 친왕비가 먼저 말을 걸었다.

"황태자비 전하께서 편전에는 웬일이신가요? 설마 황제 폐하께 혼이라도 나신 건 아니겠죠?"

표정으로 보아 알 수 있었다. 뻔히 다 알면서 묻고 있다는 사실을. 대답 대신에 초혜는 미소를 죽일 듯이 노려보았다. 도저히 믿을 수가 없었다. 어리고 멍청한 계집애라고 깔보고 있던 미소에게, 자신이 홀랑 속아 넘어가서 황제의 진노를 사고 말다니!

"혼나기는요, 폐하께서 공주 전하 일로 의논하실 것이 있다고 부르시기에."

잠시 후 초혜는 이를 악물고 간신히 억지웃음을 쥐어짜 냈다.

"형님이야말로 아무쪼록 조심하세요. 폐하의 진노가 어마어마하십니다."

일에 가담하지도 않은 나조차 이토록 봉변을 당했다. 너라고 무사할 줄 아느냐, 하는 경고였다.

"걱정해 주셔서 고맙습니다, 황태자비 전하."

미소 대신에 대꾸한 것은, 곁에 있던 그녀의 남편이었다.

"하지만 무슨 일이 있어도 이 사람은 제가 감싸 줄 터이니 신경 쓰실 것 없습니다."

보란 듯이 아내의 어깨를 감싸 안는 명친왕의 시선이 베일 듯 날카로웠다. 마치 내 여자를 건드리면 무사치 못할 줄 알라는 것처럼.

"설마하니 몰랐다고 발뺌하지는 않으렷다?"

"물론 알고 있었습니다."

황제의 호통에 명친왕은 당당하게 대답했다.

"어제저녁에 몰래 황궁을 빠져나오게 해서 공항까지 데려다준 것도 접니다."

심지어 묻지도 않은 말까지 하는 아들을 보고, 황제의 눈썹이 파르르 떨렸다.

"뻔뻔하기 그지없구나. 네 감히 황제를 기만하고도 무사할 줄 알았더냐?"

"각오하고 저지른 일이니 벌은 달게 받겠습니다. 다시 폐서인하시려거든 그리하시고, 이화원으로 쫓아내시려면 그렇게 하셔도 좋습니다."

명친왕은 어디까지나 태연했다.

"단지 이번에는 폐서인시키는 이유가 알려졌다가는 좀 곤란하시겠습니다."

이런 쳐 죽일 녀석, 하고 황제는 주먹을 꽉 쥐었다. 이 능구렁이 같은 놈이 내 입장을 훤히 꿰뚫어 보고 있지를 않은가!

감히 황제를 속였으니 폐서인을 백번 당해도 싸다. 하지만 왜 그렇게 된 것인지 이유를 밝힐 수가 없지 않은가. 공주가 내관과 눈이 맞아 도망치는 것을 도운 죄라고 어떻게 국민들에게 알리란 말인가? 즉, 속수무책인 것이다.

눈앞에서 기만을 당해 놓고도 아무 벌도 줄 수 없다니! 황제는 홧김에 아까 황태자에게 했듯이, 옆에 있던 책을 대뜸 집어 던졌다. 그러나 정통으로 얻어맞았던 황태자와 달리 명친왕은 어이쿠, 하더니 슬쩍 비켜서서 피하고 마는 것이 아닌가.

이놈이! 더욱더 화가 치밀어 안색까지 붉으락푸르락하는 황제를 향해, 이번에는 친왕비가 한 걸음 앞으로 나서서 용서를 빌었다.

"잘못했습니다, 황제 폐하. 하지만 결코 폐하를 기만하려는 생각에 벌인 일이 아닙니다. 공주 전하께서 너무나 상심하시기에 동생을 사랑하는 오빠의 마음으로 그리하였던 것입니다. 부디 용서해 주십시오, 황제 폐하."

물론 그런다고 황제의 성난 마음이 가라앉을 리는 없었다.

"조심해야 할 것이다."

경고하듯, 황제는 말했다.

"네 말대로 알려지면 곤란하니 일단 덮어는 둔다만, 결코 이번 일을 그냥 넘어가지는 않을 것이다. 어떻게든 대가를 치러야 할 것이야!"

친왕궁으로 돌아와서 미소는 의윤에게 살짝 핀잔을 주었다.

"아무리 벌주지 못하실 걸 알아도 그렇지, 폐하께 그렇게 대놓고 대들면 어떡해요?"

"나도 그만 화가 치밀지 뭐냐."

의윤이 한숨을 지었다.

"모두에게 축복을 받으며 행복하게 결혼해야 할 내 동생이, 무슨 죄라도 지은 사람처럼 야반도주를 해야 했다. 일을 이리 만든 것이 누구란 말이냐?"

생각만 해도 화가 난다는 듯이, 의윤은 고개를 절레절레 저으며 중얼거렸다.

"맙소사, 일본 황실과 혼사라니. 할아버지만 계셨던들……."

그 소리에 생각난 것이 있었다. 미소는 조금 망설이다 살짝 목소리를 낮추어 말했다.

"저어, 태상황 폐하 말씀인데요. 건강하게 잘 지내고 계시대요."

의윤이 화들짝 놀라며 미소를 쳐다보았다.

"뭐? 할아버님께서 살아 계신단 말이냐?"

"네. 공주 전하께 그렇게 들었어요."

"선혜가? 그래, 지금 어디 계신다고 하더냐? 응?"

의윤은 당장이라도 달려갈 기세였지만 미소는 고개를 저었다.

"계신 곳까지는 듣지 못했어요. 게다가 아마 찾아가도 만나 주지 않으실 거라고, 황후 폐하께서 그리 말씀하셨대요."

의윤은 무척 실망한 표정을 했다.

"하기야, 가망이 있었다면 선혜도 할아버지를 찾아가서 도움을 청했겠지……."

깊은 한숨을 내쉬는 의윤에게 미소가 말했다.

"어쨌든 이제부터는 정신 바짝 차려야 해요. 아까 보셨죠? 황태자비 전하 표정."

"보았고말고."

의윤이 진저리를 쳤다.

"짐작은 했지만, 눈빛이 아주 독하더구나. 어쩌면 요 그 녀석보다도 황태자비가 더 무서운 이일지도 모르겠다."

"제게 당한 걸 알았으니 절대 가만히 있지 않을 거예요."

두 사람이 이야기를 나누고 있는데 노크에 이어 정 상궁이 방에 들어왔다.

"그래, 어머니는 어쩌고 계신다던가?"

"충격이 크신 모양입니다. 식사도 거르셨답니다."

"왜 그렇지 않겠어요."

미소가 한숨을 지었다.

“이따 중궁전에 문안드리러 가 봐야겠네요. 미리 말씀드리지 못해 죄송하다고 사과도 드려야지요.”

의윤이 물었다.

“그래, 황궁 분위기는 어떤가? 벌써 소문이 퍼졌던가?”

“여부가 있겠습니까. 궁 안에서는 이미 모르는 자가 없습니다.”

“입단속들 단단히 시키겠군.”

“물론이지요. 그렇지 않아도 방금 우리 궁에도 대전 내관이 와서, 이 이야기가 황궁 담장 밖으로 새 나갔다가는 반드시 입 놀린 자를 색출해서 엄벌할 것이라며 한참 엄포를 놓고 갔습니다.”

의윤이 혀를 찼다.

“그렇게 해서 막아질 일이 아닌 것을.”

사람들의 입이란 억지로 틀어막는다 해서 막아지는 것이 아니다. 오히려 그럴수록 소문은 더 멀리까지 퍼지는 법. 여태 그런 당연한 이치조차 모르는 아버지가, 뭐든지 힘으로 해결하려 드는 아버지가 어떻게 보면 안타깝기까지 했다.

“그건 그렇고, 처선이가 없어졌으니 앞으로 보모의 일이 많아지겠군.”

의윤이 위로하듯 말했다.

“새 내관이 오기야 하겠지만 어떤 사람인지 알 수가 없으니, 보모가 당분간 고생 좀 해 주게.”

“혹시나 새로 올 사람에게 누군가가 손을 써 두었을지 몰라요. 그러니 새로 오시는 분 앞에서는 당분간 모두들 언행을 조심하도록 해요.”

미소도 말했다.

“예, 명심하겠습니다.”

고개를 숙여 보이고 정 상궁은 미소를 향해 보고했다.

“그리고 비전하. 말씀하신 유세연 씨 건에 대해 알아보았습니다.”

“아, 그랬죠. 어떻게 지내고 있다던가요?”

“직장도 잃고, 원래 살던 집의 전세금도 모두 날려서 쪽방에 사는 신세가 됐답니다. 하루하루 끼니 때우기도 어려울 지경이라고 합니다.”

미소는 놀랐다. 직장을 잃었다는 소문이야 선혜 공주를 통해 전해 들었지만 그렇게까지 비참하게 살고 있을 줄은 몰랐다.

“아니, 어쩌다가요? 회사도 꽤 좋은 곳에 다녔다고 들었는데.”

“병원비가 엄청나게 들었는데 전액 자기 돈으로 지불한 모양입니다.”

의윤의 눈치를 슬쩍 보고, 정 상궁이 말했다.

“황후 폐하께서 한 푼도 내 주지 말라고 명령하셨답니다. 당장 잡아다 가두지 않는 것만도 감지덕지하라 하시며…….”

황후로서는 그러실 만도 하다고 미소는 생각했다.

“자업자득이로구나.”

의윤은 대수롭지 않게 말했지만 미소는 아무래도 마음이 편치 못했다.

“몸도 성치 않은데 안됐군요. 일단 끼니 굶지 않게 생활비부터 지원해 주고, 적당한 원룸 같은 거 하나 찾아봐서 옮기도록 해 주세요.”

“예, 비전하.”

정작 뺨을 얻어맞았던 정 상궁은 담담하게 대답했지만, 오히려 의윤이 펄쩍 뛰었다.

“뭐? 그 여자를 돕자는 것이냐?”

“어쨌든 황실의 일에 엮여서 민간인이 피해를 입은 거잖아요. 돌봐줘야지요.”

“자업자득 아니냐!”

“자업자득이라기엔 폭탄은 그분 잘못이 아니지요.”

미소는 차분히 말했다.

“게다가 감정을 떠나서, 세연 씨도 어쨌든 우리 국민이에요. 장애인이 일자리를 잃고 굶고 있는데, 황제가 되겠다는 분이 그걸 알고도 외면하실 건가요?”

이쯤 되자 의윤도 더 반박할 말을 찾지 못했다.

“하여튼 착해 빠진 건지, 바보인 건지 원.”

혀를 차며, 의윤은 걱정스러운 듯이 미소의 머리를 쓰다듬었다.

“이리 물러 터져서야 어떻게 황태자비를 당해 내겠느냐?”

“걱정 마세요.”

애교를 부리는 강아지처럼 의윤의 손바닥에 머리를 비비며, 미소는 말했다.

“독한 사람한테는 저 역시 독해질 테니까요.”

* * *

“잘못했습니다, 어머니.”

미소와 의윤이 나란히 황후 앞에 무릎을 꿇었다. 하지만 황후는 도리어 고개를 저었다.

"아니다, 아니야. 어찌 너희 잘못이라 하겠느냐. 어서들 일어나거라."

두 사람을 일으켜 자리에 바로 앉히고 황후는 깊은 한숨을 내쉬었다.

"그렇지 않아도 나 역시 어떻게 폐하의 마음을 돌려 볼까 고민하고 있었다. 하다못해 네 할아버님께 도움을 청해 볼까도 생각 중이었느니라."

"선혜를 통해 이야기는 대강 전해 들었습니다. 할아버지께서 어디 계신지, 어머니께서는 알고 계신 것입니까?"

"그래. 하지만 찾아가도 만나 주시지 않을 것 같아 주저하고 있었단다. 이제 당신께서는 황제도 무엇도 아니라면서, 황실의 황 자 붙은 것도 보고 싶지 않다고 하신다더구나. 그러니 결국 방법은 이뿐이었던 게 아닌가 싶다. 내 입으로 차마 그리하라 못 하였던 일을, 너희가 위험을 무릅쓰고 나서서 도왔으니 오히려 장하구나."

황후는 시름이 담긴 눈으로 중얼거렸다.

"내 남편이시지만, 요즘 들어서는 자꾸만 그런 생각이 들지 무어냐. 애초에 이분은 황제의 그릇이 아니었던 것은 아닐까……."

"어머니!"

의윤과 미소가 화들짝 놀라자 황후는 씁쓸하게 웃었다.

"생각 같아서는 선황제께서 그리하셨듯이, 일찌감치 양위하고 물러나 시골에서 농사나 짓고 사는 것이 마음이 편할 것 같구나."

지칠 대로 지친 것 같은 말투에 두 사람은 마음이 아팠다.

"어머니……."

"그나저나 너희가 폐하의 진노를 샀으니 앞으로가 걱정이구나."
그렇게 말하며 황후는 아들과 며느리의 손을 끌어다 꼭 잡았다.
"걱정 말거라, 무슨 일이 있어도 내 힘껏 편들어 주마."

13. 밝혀지는 진실

공주의 가출 소동도 어느 정도 진정된 어느 날.

가을 햇살이 따스하게 내리쬐는 가운데, 늘 고요하기만 했던 황궁의 후원이 어린아이들의 재잘거리고 뛰노는 소리로 모처럼 활기를 띠었다. 황태자비가 친히 보육원 아이들을 초대해서 황궁 구경을 시켜 주고 있는 것이었다. 아이들뿐 아니라 기자들도 함께 들어와 있었다.

“어머, 참 귀엽구나. 몇 살이지?”

“우리 친구는 콧물이 나는구나? 이모가 닦아 줄게.”

카메라 앞에서 황태자비는 다정한 미소를 머금고 친히 아이들을 돌보았다. 사실 목적은 봉사 활동 따위가 아니라 이미지 메이킹에 있었다. 어린아이들과 어울리는 모습을 대중에게 보여 줌으로써 인기를 얻으려는 것. 그래서 일부러 보육원 아이들 중에서도 4, 5세 정도의 어린아이들만 골라서 초대한 것이다.

어쨌든 당초의 목적은 그랬는데, 현실은 생각과는 한참 달랐다.

“나 잡아 봐라!”

“우와아아아!”

그토록 화제의 중심인 황태자비건만, 어린아이들은 그녀에게 전혀 관심이 없었다. 황태자비는 본체만체하고, 제 세상이라도 만난 듯이 황궁의 너른 뜰에서 저희들끼리 천방지축 뛰어다니고 난리가 난 것이 아닌가?

‘내 이것들을 확!’

생각 같아서는 확 한 대 쥐어박고 싶었지만 물론 그럴 수도 없는 노릇이었다. 초혜는 억지로 웃음을 띠고 필사적으로 노력했다.

“자, 이리 와서 우리 같이 곰 세 마리 불러 볼까요?”

필살기로 동요와 함께 율동까지 시전해 보았지만 영 먹히지 않았다. 몇몇 아이가 따라 하기도 했지만 금세 흥미를 잃고 딴짓을 하는 것이었다.

이러면 생각했던 것 같은 그림이 안 나오는데! 초혜가 어쩔 줄 몰라 하고 있는데, 마침 저만치서 누군가가 산책을 하는지 느릿하게 다가오는 것이 보였다. 바로 정 상궁을 거느린 미소였다.

“아, 형님! 마침 잘 오셨습니다. 이리 오시지요.”

초혜는 얼른 목소리를 높여 반갑기 그지없다는 듯이 미소를 불렀다.

“아이들을 초대해서 같이 즐거운 시간을 보내고 있던 중이에요. 괜찮으시면 형님께서도 함께하시지요.”

미소는 웃으며 고개를 저었다.

“아닙니다, 황태자비 전하께서 주인공이신 자리인데 제가 끼어들어 방해할 순 없지요.”

다른 사람들이야 모르겠지만 초혜는 정확히 알아들었다. 미소가 자신의 목적을 정확히 꿰뚫어 보고 비꼬고 있다는 것을.

“방해라니요, 무슨 서운한 말씀이세요?”

일부러 못 알아들은 체하고 초혜는 특유의 순진한 웃음을 지었다.

“형님께서도 늘 저를 봉사 활동에 데려가 주시잖아요. 오늘은 제가 초대할 차례지요.”

물론 속으로는 다 계산이 있었다. 그나마 자신은 오늘을 위해 이틀 동안 동요도 배우고 율동도 익혔지만, 이제 겨우 스물한 살인 미소가 아이들을 제대로 다룰 줄 알 리 없지 않은가.

카메라 앞에서 단단히 망신을 줄 생각이었다. 아이들 앞에서 당황해서 쩔쩔매는 미소의 모습을, 전 국민에게 똑똑히 보여 주고 싶었다.

“정말 제가 끼어도 괜찮으시겠어요?”

미소는 다시 한 번 확인하듯 물었다.

“물론이죠. 자, 이리 오세요, 형님.”

초혜가 웃으며 그렇게 대답한 바로 다음 순간이었다.

“해적 놀이 할 사람 여기 붙어라!”

갑자기 미소가 엄지손가락을 들며 노래하듯 외치는 바람에 초혜는 흠칫 놀랐다. 귓가에 확 날아와 정확히 꽂히는, 높은 톤의 쾌활하고 맑은 목소리. 기자들은 물론 저마다 딴짓을 하고 있던 아이들까지, 한꺼번에 모든 시선이 미소에게 집중되었다.

“나 해적 놀이 할래!”

"나두, 나두!"

삽시간에 아이들이 모였다. 초혜가 어안이 벙벙해 있는 가운데, 미소는 능숙하게 아이들을 이끌어 커다란 나무 그늘 아래 동그랗게 앉히고 이야기를 시작했다.

"친구들 안녕? 스마일 언니예요!"

마치 유아들의 대통령, 캐리 언니를 연상시키는 목소리와 몸짓에 아이들은 입을 헤벌리고 빠져들었다.

"오늘은 스마일 언니가 친구들이랑 해적 놀이를 해 볼 거예요."

이게 아닌데, 하고 초혜가 생각했을 때는 이미 늦은 후였다. 모든 카메라가 일제히 미소를 향하고 있었다.

* * *

한동안 스마일 언니로 온 나라가 떠들썩했다.

분명 그 자리에는 황태자비도 있었지만, 정작 매스컴을 온통 장식한 것은 명친왕비가 아이들과 신나게 놀아 주는 장면이었다. 한동안 황태자비에게 밀려 관심도가 떨어졌던 친왕비는, 이 사건으로 국민들에게 스마일 언니라는 애칭을 획득하며 다시금 화려하게 인기 정상에 올랐다.

초혜는 분해서 금방이라도 앓아누울 지경이었다. 죽 쒀서 개 준다더니, 딱 그 짝이 아닌가. 내가 이러려고 황제 폐하께 직접 부탁드려서 아이들을 황궁에까지 들였단 말인가! 자괴감이 느껴졌다.

게다가 아이들이 미소와 노는 동안 초혜는 철저히 꿔다 논 보릿자루 취급을 당했다. 재벌가 손녀로 태어나 여태 공주님처럼 살아온 초혜로서는, 생전 처음으로 왕따가 된 기분을 느껴 본 사건이었다. 다름 아닌 바로 그 계집애 때문에!

미소를 향한 초혜의 증오는 날이 갈수록 더해졌다. 처음에는 그저 황후가 되기 위해 처리해야 할 존재 정도로 생각했지만, 지금은 윤미소라는 인간 자체가 미웠다. 하다못해 남편에게 사랑받는 것조차도 미워 죽을 지경이었다.

"당신 때문에 나까지 이게 무슨 꼴이오?"

제 남편인 황태자는 황제에게 야단을 맞았다고 매정하게 뿌리치고 갔는데, 명친왕은 정반대로 아내를 감싸고 나서지 않던가.

"무슨 일이 있어도 이 사람은 제가 감싸 줄 터이니 신경 쓰실 것 없습니다."

아내의 어깨를 안고 그렇게 말하던 명친왕의 얼굴을 떠올리자 뱃속이 다 뒤틀리는 것 같았다. 어쩌면 제 남편과 같은 얼굴로, 그렇게 다른 말을 할 수가 있을까!

꼴도 보기 싫다. 어떻게든 빨리 약점을 잡아서 이것들을 황궁에서 쫓아내 버려야겠다고 결심은 했는데, 문제는 그것도 여의치가 않았다. 약점을 잡으려면 곁에 사람을 붙여야 하는데, 그게 쉽지 않았던 것이다.

친왕궁은 말하자면 황궁 내의 섬과도 같은 곳이었다. 온 황궁 사람들에게 다 선물 공세를 해서 환심을 사 놓았으니, 대전이든 중궁전이든 어디든 제 손길이 미치지 못할 곳이 없는데 정작 중요한 친왕궁만은 난공불락이었다. 하다못해 잔심부름하는 나인 하나까지도 모두 이화원 시절부터 명친왕에게 충성을 다하는 자들이었던 것이다.

다행히 처선의 빈자리를 채우기 위해 파견된 새 내관을 매수하는데 성공은 했지만, 눈치를 채고 경계를 하는 것인지 며칠이 지나도 별 성과가 없었다.

속은 부글부글 끓는데 약점은 좀처럼 잡히지 않고! 하루하루 초혜가 스트레스에 시달리고 있을 때, 드디어 친왕궁 내관에게서 반가운 소식이 왔다. 뭔가 수상한 것을 목격했다는 것이었다.

"친왕께서 웬 어린아이와 영상 통화를 하고 계신 것을 제가 우연히 보았습니다. 글쎄 명친왕 전하를 아빠라고 부르지 뭡니까?"

내관은 무척 중요한 증거라도 잡았다는 듯이 목소리를 낮춰 가며 얘기했지만 초혜는 그만 김이 팍 새고 말았다. 난 또 뭐라고!

초혜는 코웃음을 치며 줄줄 외우듯 말했다.

"명친왕이 이화원에 있을 적에, 무료함을 달래느라 아이를 둘이나 입양해서 키웠답니다. 하나는 이혼한 전 부인이 데려온 딸이고, 하나는 누가 집 앞에 버려두고 간 업둥이고요."

그쯤이야 이미 한참 전에 뒷조사를 마친 터였다.

"황궁에 들어올 때 친엄마를 찾아서 도로 보냈다던데, 그 업둥이 아들이랑 통화를 하는 걸 본 거겠죠. 버려진 아이를 데려다 키운 게 무슨 약점이 되겠어요?"

약점은커녕 오히려 사람들이 알면 칭찬할 미담 아닌가. 초혜로서는 오히려 알려지지 않게 하고 싶을 지경이었다.

하지만 내관은 정색을 하고 펄쩍 뛰었다.

"업둥이라뇨? 절대 그럴 리 없습니다. 제가 이 두 눈으로 똑똑히 보았는데, 글쎄 아이 얼굴이 친왕 전하와 완전히 붕어빵이던데요?"

초혜의 귀가 번쩍 띄었다.

"뭐라고요……?"

* * *

“스마일 언니라, 아주 재미있더구나.”

황후의 말에 미소는 조금 놀랐다.

“어머님도 그걸 보셨어요?”

“당연하지. 대한 제국에 어디 그거 안 본 이가 있다더냐?”

황후의 곁에서 지밀상궁이 쿡쿡 웃으며 거들었다.

“요즘 사람들이 부르기를, 친왕비께서는 스마일 언니고 친왕께서는 리즌(Reason) 오빠라고 한답니다, 황후 폐하.”

“리즌 오빠는 또 무엇이냐?”

“명친왕 전하의 성함이 이유 전하 아니십니까?”

모두가 빵 터져서 한바탕 웃고 말았다.

“친왕비도 물론 잘했거니와, 황태자비도 아주 좋은 생각을 해냈느니라. 덕분에 아이들이 얼마나 즐거워했겠느냐?”

미소의 옆에 다소곳이 앉아 있던 초혜가 대답했다.

“모두 형님 덕분입니다. 저야 곁에서 감탄만 하고 있었는걸요.”

오히려 속으로 감탄한 것은 미소였다. 이미 자신에게 본색을 다 들킨 마당에 황후 앞이라고 아주 순한 양 노릇을 하고 있지 않은가? 세연이 여우였다면 저것은 구미호라고 미소는 생각했다.

물론 초혜의 그 강아지를 닮은 순한 눈매 속에 구미호가 들어앉아 있는 줄 꿈에도 모르는 황후는 마냥 흡족하기만 한 모양이었다.

“그런데 말이다. 너희가 아이들과 잘 놀아 주는 것을 보니 무척 기꺼우면서도 한편으로는 왠지 마음이 허전해지더구나. 저것들이 내 손주였으면 얼마나 좋을까, 하고 말이다.”

두 며느리를 번갈아 바라보며 황후는 말했다.

“그래서 말인데, 이제 슬슬 너희들도 아이를 가져야 하지 않겠느냐?”

“어머님도 참!”

미소는 민망함에 얼굴을 붉히고 말았다.

“두 분 전하 부부 모두 아직 신혼이 아닙니까. 때가 되면 자연히 생길 것입니다.”

지밀상궁이 웃으며 말했지만 황후는 무슨 소리냐는 듯이 고개를 저었다.

“요즘은 가만히 손 놓고 있으면 안 생기는 부부도 많다더구나. 그러니 노력을 해야지, 응?”

한술 더 떠 한탄까지 곁들이는 것이었다.

“날은 점점 싸늘해지는데, 선혜도 곁에 없으니 허전하기 그지없구나. 아이라도 있으면 하는 생각이 간절하지 뭐냐.”

“예, 어머님. 말씀 받들어 노력하도록 하겠습니다.”

초혜가 눈을 내리깔고 공손하게 말했다.

“그래, 그러면 내 조만간 좋은 소식 기대하마.”

황후의 당부를 듣고 나서야 미소와 초혜는 자리에서 일어났다. 나란히 중궁전을 물러 나오는데, 초혜가 불쑥 말을 꺼냈다.

“……형님은 좋으시겠습니다.”

“뭐가요?”

미소가 되묻자 초혜가 빙그레 웃었다.

“아무래도 손주를 안겨 드리는 건 형님께서 먼저이실 것 같아서 말입니다. 어머님께서 얼마나 기뻐하시겠어요?”

구미호에게 덕담을 들어 봤자 기쁘지도 않다. 미소는 퉁명스레 대꾸했다.

"그거야 누가 알겠습니까. 황태자비 전하께서 먼저이실지도 모르잖아요?"

하지만 초혜는 자신 있게 말했다.

"아닙니다. 분명 형님께서 먼저이실 거예요. 뭐하면 저와 내기하실까요?"

입가에 어린 웃음이 왠지 의미심장해 보여서 미소는 기분이 언짢아졌다. 대체 무슨 생각으로 이런 소리를 하는 거야?

"죄송하지만 저희는 아직 신혼을 더 즐기고 싶네요. 어머님께 노력하겠다고 말씀드린 것은 황태자비 전하시니 꼭 성공하시길 바랄게요."

더 말을 섞기도 싫어서 미소는 홱 돌아서 버렸다.

"그럼 이만 물러가 보겠습니다."

친왕궁으로 돌아오자마자 의윤이 무척이나 심각한 표정으로 미소의 손목을 끌고 방으로 들어갔다. 문을 꼭 잠그고 나서야 의윤은 목소리를 낮춰 말했다.

"지호 엄마에게서 연락이 왔었느니라. 누군가가 지호에 대해서 캐묻고 다닌다는구나."

"네?"

미소의 심장이 덜컥 내려앉았다.

"대체 누가요? 왜요!"

"모르겠다. 지호가 다니는 어린이집에 웬 양복 입은 사람이 찾아와서, 지호와 지호 엄마에 대해 꼬치꼬치 캐물었다는구나. 어린이집 선생의 말로는 왠지 정부 일 하는 사람 같았다더라."

미소의 얼굴이 흙빛이 되고 말았다.

"그럼 설마 황태자 전하께서 보낸 사람일까요?"

"아무래도 그렇다고 보는 게 옳겠지."

의윤이 심각한 표정으로 고개를 끄덕였다.

"어떻게 눈치챈 걸까요?"

혹시라도 황태자의 눈에 띌까 봐 황궁에 데리고 들어오지도 못하고 제 엄마에게 보내 숨겨 놓았는데 그걸 어떻게 알아냈단 말인가. 미소는 불안함에 가슴이 쿵쿵 뛰었다.

"그건 모르겠다만, 만약에 지호가 제 아들이라는 것을 요가 알게 되면 큰일이다."

"어떻게든 없애려 들겠지요."

황태자가 궁녀를 건드려서 아이를 낳았다는 사실이 알려지면 그에게는 큰 타격이 될 것이었다. 그러니 알려지기 전에 쥐도 새도 모르게 없애려 들 것이 뻔했다.

잠시 무거운 침묵이 흘렀다.

"……차라리 사실을 폭로해 버리면 지호가 제 자리를 찾을 수 있지 않을까, 생각도 든다마는."

의윤이 중얼거린 말에 미소는 펄쩍 뛰며 반대했다.

"황태자 전하의 자식이라는 게 밝혀지면 지호 엄마가 더 이상 지호를 키울 수 없게 될 거예요. 결국 애를 빼앗아 와서 황태자비 밑에서 키우게 할 텐데, 지호한테는 얼마나 큰 충격이겠어요?"

"딴은 그렇구나."

"게다가 황태자비가 아이라도 가져 봐요. 자기 아이한테 방해가 될 텐데, 그 독한 여자가 지호를 제거하려고 들지 않겠어요?"

물론 좋은 점도 있기는 있었다. 황태자가 궁녀를 건드려서 혼외 자식을 낳았다는 스캔들이 퍼지면, 황태자 입장에서는 치명적인 약점이 될 것이다. 그렇게 되면 자신들에게도 기회가 올지 모른다. 황태자의 자리를 되찾을 수 있는 기회가.

하지만 그러기에는 지호가 다칠 염려가 있었고, 미소는 그런 위험을 감수하고 싶지 않았다. 중요한 것은 의윤과 자신의 이익보다도 지호의 행복이 아닌가.

"그러니 어떻게든 지호를 숨겨야 해요."

"그래, 네 말이 옳구나. 선혜가 그토록 아끼고 걱정하던 이가 아니냐. 이젠 선혜도 없으니 우리가 지켜 주어야지."

고개를 끄덕이고, 미소는 말했다.

"당장 지호 엄마한테 연락해서 빨리 짐을 싸라고 얘기해 주세요. 저는 정 상궁에게 지호 엄마랑 지호가 안전하게 지낼 수 있는 곳을 알아보라고 할게요."

황태자의 보모 최 상궁이 말했다.

"어린이집에서 가져온 아이의 사진입니다."

최 상궁이 내민 지호의 사진을 보고 초혜는 눈을 크게 떴다. 세상에, 친왕궁 내관 말대로 정말 의윤과 붕어빵이 아닌가!

"옛말에 씨 도둑질은 못 한다더니 사실이군요."

초혜는 의기양양하게 웃었다. 누구든 이 사진을 보면 한 방에 이해할 것이 뻔했다.

"아이 엄마에 대해서는 좀 알아보았나요?"

"아직 조사 중입니다만, 지금까지 밝혀진 것으로는 원래 선혜 공주님을 모시던 나인이었답니다. 궁인들 말로는 명친왕이 황태자였던 시절부터 유난히 그 나인과 가까이 지냈다 합니다."

"그러다 폐위된 후에 몰래 이화원으로 불러들여 놀아났던 것이군요?"

"그렇지요. 아이도 이화원에서 숨어서 낳은 것일 테고요."

초혜는 기뻐서 춤이라도 추고 싶었다.

애초에 명친왕은 방탕한 행실 때문에 폐서인까지 당했던 사람이다. 그런데 폐서인되어 근신하고 있던 기간 중에, 황궁 나인을 불러들여 음탕하게 놀아나다 몰래 아이까지 낳았다는 게 알려지면 이번에야말로 끝장 아닌가!

"아마 친왕궁에서도 낌새를 알아챈 모양입니다. 오늘 아이가 어린이집에 등원하지 않았답니다. 집으로 사람을 보냈더니, 이사 준비를 하고 있더랍니다."

"이제 와서 숨기면 뭐 하나요? 이미 증거가 다 내 손에 있는데."

초혜가 코웃음을 쳤다. 멍청한 것들 같으니.

"DNA 검사 결과는 언제 나온다던가요?"

"오래 걸리지 않는다 했으니 곧 연락이 올 것입니다."

어린이집에서 가져온 지호의 칫솔과, 친왕궁 내관이 몰래 빼돌려낸 명친왕의 것을 함께 의뢰했던 것이다. 뭐, 누구나 아이 얼굴만 봐도 납득하겠지만 어쨌든 증거는 확실할수록 좋지 않은가.

"어쨌든 기사 터뜨릴 때까지 황태자 전하께는 일단 함구하세요. 깜짝 놀라게 해 드리고 싶으니까요."

초혜가 당부했다.

"예, 그리하겠습니다. 하루아침에 조카가 생긴 것을 아시면 황태자 전하께서 얼마나 기뻐하실지!"

최 상궁이 재미있다는 듯이 깔깔거렸다.

"암요, 기뻐하시겠지요."

얼마나 복덩어리 조카인가. 자신을 황제로 만들어 줄 조카인데!

'대단하구려. 어떻게 이런 일을 다 알아냈단 말이오?'

남편이 자신을 칭찬하고 기뻐할 것을 생각하면 마음이 설렜다.

그뿐이 아니었다. 이 기사가 터지고 나면 미소가 얼마나 충격을 받을 것인가. 업둥이인 줄 알았던 아이가 사실은 남편이 다른 여자에게서 낳은 아이라니! 그토록 눈꼴이 시렸던 두 사람도, 이제 사이가 영영 멀어질 것이라는 생각을 하니 입이 다물어지지 않을 지경이었다.

"친왕비 그 계집애, 똑똑한 척은 혼자 다 하더니 멍청하기 짝이 없네요."

초혜가 혼잣말처럼 미소를 비웃었다. 눈뜬장님이 따로 없지, 애 얼굴을 보고도 친아들인 줄 몰랐단 말이야?

"아, 결과가 나온 모양입니다."

최 상궁이 황태자비에게 양해를 구하고는 전화를 받았다. 몇 마디 나누고 금세 전화를 끊는 최 상궁에게, 초혜는 성급하게 물었다.

"어떻답니까?"

"틀림없는 친자 관계랍니다."

"그럼 이제 더 기다릴 것도 없겠군요."

강아지를 닮은 황태자비의 순한 얼굴에 잔인한 승리의 미소가 떠올랐다.

"미리 준비한 보도 자료를 모든 언론사에 뿌리세요!"

* * *

그날 저녁, 모든 언론사가 일제히 같은 뉴스를 내보냈다.

[명친왕 이유 전하, 혼외자 드러나다]

10년 만에 터진 대형 스캔들에, 대한 제국이 발칵 뒤집어졌다.
"뉴스 봤어?"
"당연히 봤지. DNA 검사도 벌써 다 했는데, 친자식이 맞다며?"
"검사가 다 무슨 소용이야, 애 얼굴만 봐도 딱 알겠던데."
"어쩜 뻔뻔하게 자기 친자식을 업둥이라고 입양하는 척했을까?"
모였다 하면 누구나 그 얘기였다.
"이럴 줄 알았다니까. 10년 전에도 그렇게 이 여자 저 여자 갈아 치우다 결국 폐위까지 된 사람이 어디 제 버릇 개 줬겠어?"
"요즘 이미지 좋아 보여서 그때는 무슨 오해가 있었던 건가 싶었는데, 역시나 사람 안 변하네."
10년 전 일까지 다시 거론되면서 의윤의 평판은 삽시간에 바닥에 떨어졌다.
"근데 친왕비는 이걸 알고 있었을까?"
"당연히 몰랐겠지. 다른 여자한테서 애까지 낳았다는 걸 알았으면 결혼을 했겠어? 나이도 많은 이혼남이랑."
"비전하만 불쌍하게 생겼네, 나이도 어린데."

엉뚱하게 미소에게 동정론까지 일고 있었다.

* * *

"어떻게 이런 일을 다 준비했단 말이오?"

황태자는 벌어진 입을 다물지 못했다.

"혼자서 자료 수집하랴, 증거 잡으랴 힘들었을 텐데 내게도 일러 주었으면 좋았을 것을."

초혜가 수줍게 말했다.

"전하를 기쁘게 해 드리고 싶었어요."

황태자가 좋아서라기보다 황후가 되고 싶은 욕심에 한 결혼이기는 했지만, 역시나 남편에게 냉대받는 것은 싫었다. 앞으로 평생 같이 살아야 할 남자인데. 게다가 황태자는 성격은 어떻든 간에 얼굴만은 연예인 빰치는 미모의 소유자가 아닌가. 이왕이면 남편에게 사랑받고 싶었다. 저 얄미운 명친왕비처럼.

다행히도 황태자는 좋아서 어쩔 줄을 몰랐다.

"하여튼 그대가 큰일을 해냈소. 이번에야말로 폐서인시켜서 해외 추방까지 할 수 있을 테니, 아버지도 좋아하실 것이오."

그렇지 않아도 친왕 부부가 공주를 몰래 빼돌린 사건 때문에 벼르고 있던 황제다. 이 사건을 빌미 삼아 아예 해외까지 내쫓아 버리면 두 번 다시 골칫거리가 될 일도 없으리라.

"참, 그런데 기사마다 아이 엄마에 대한 이야기가 빠져 있더구려. 그 점이 좀 아쉬운데, 알아낸 것은 없소?"

"원래는 황궁에서 일하던 궁녀라 합니다."

초혜의 대답에 요의 표정이 약간 변했다.

"궁녀라?"

"예. 명친왕이 눈치채고 빼돌렸는지, 아이와 함께 행방을 감추는 바람에 아직 자세한 것은 모릅니다만 곧 나타나겠지요. 나타나면 사실대로 밝히게 만들 것입니다."

초혜의 말에도 요는 무슨 생각을 하는지 대답이 없었다. 이상하게 생각한 황태자비가 물었다.

"전하, 뭔가 마음에 걸리시는 점이라도?"

"아, 아니오. 그저 얌전한 고양이 부뚜막에 먼저 올라가는구나, 하는 생각이 들어서."

요가 고개를 저으며 피식 웃었다.

형인 유는 어린 시절부터 몸가짐이 바르기로 유명했었다. 황후는 물론, 상궁들까지 형님을 본받아 배우라고 닦달을 하는 바람에 무척 짜증났던 기억이 있다. 그런데 그런 형이 나인과 놀아나서 혼외자까지 낳았다니 우스운 노릇이 아닌가.

물론 자신도 성인이 된 이후로 여태 여러 궁녀를 건드렸지만 한 번도 문제가 된 적은 없었다. 그때그때 뒤처리를 제대로 해 두었으니까.

'놀아나려면 제대로 놀아날 것이지, 궁녀에게서 자식까지 본단 말인가, 쯧쯧.'

어수룩한 형을 내심 비웃으며 요는 자리에서 일어났다.

"그럼 나는 이만 대전으로 가 보겠소."

"황제 폐하께요?"

"대신들이 단체로 황제 폐하를 뵙고 친왕을 폐서인하자고 주장하기로 했다는구려. 나도 가서 힘을 실어 줘야지."

요는 아버지 황제의 성격을 잘 알고 있었다. 여론이 이 지경인 마당에 폐서인이야 정해진 수순이나 마찬가지지만, 그래도 복권시켜 황궁에까지 불러들인 지 얼마 안 됐으니까 도로 내치기는 민망하실 것이다. 그러니 명분을 드려야 할 것이 아닌가. 조정 대신들이 들고일어나는 바람에 어쩔 수 없었다는.

"다녀오세요, 전하."

배웅하러 일어서는 황태자비의 이마에, 황태자가 살짝 입술을 갖다 댔다.

"정말 고맙소. 그대 덕분에 내가 뜻을 이루겠구려."

"고맙다니요."

초혜가 살포시 얼굴을 붉혔다.

"잊으셨습니까? 우리는 부부인걸요."

황태자를 내보내고 나서 황태자비도 궁을 나설 준비를 했다. 친왕궁에 갈 생각이었다. 제 남편이 업둥이랍시고 키우던 아이가 친자식인 걸 알았으니, 친왕비가 지금쯤 얼마나 비참한 기분에 빠져 있을까. 미소가 어떤 표정을 하고 있는지 제 눈으로 꼭 보고 싶었다.

달랑 나인 하나만 거느리고 친왕궁으로 향하던 초혜는, 이윽고 맞은편에서 누군가가 이쪽으로 오고 있는 것을 발견하고 놀라 걸음을 멈췄다. 바로 지금 만나러 가는 당사자가 아닌가!

초혜가 잠시 걸음을 멈춘 사이에 미소는 잰걸음으로 다가와 초혜의 앞에 우뚝 섰다.

"누구 작품이죠?"

한껏 굳어진 얼굴로, 미소는 다짜고짜 물었다.

"무슨 말씀이신지 모르겠네요, 형님."

"황태자 짓인지, 당신 짓인지, 아니면 둘 다인지를 묻는 거야."
목소리가 살벌했다. 초혜는 픽 웃으며 대꾸했다.
"저라면요?"
돌아온 것은 대답이 아니라 따귀였다. 철썩! 어찌나 세게 맞았는지 몸이 다 휘청거렸다. 아픈 것도 아픈 것이지만, 초혜는 자신이 맞았다는 사실 자체에 충격을 받았다.
"지금…… 날 때렸어?"
금수저 물고 태어나 고이고이 자라 황태자비까지 된 몸이다. 여태 손찌검은커녕 꿀밤 한 번 맞아 본 적이 없는데, 뺨을 맞다니!
"아이는 건드리지 말았어야지!"
미소가 소리를 질렀다.
"나하고 전하를 해치려는 건 좋아. 하지만 애 사진까지 뿌리지는 말았어야지! 그 애가 무슨 죄가 있다고 애를 건드려, 이 악마 같은 인간들!"
어찌나 화가 났는지, 꽉 쥔 주먹이 부들부들 떨리는 것이 보였다.
"……잘못 태어난 죄지."
초혜는 천천히 고개를 들었다. 찢어진 입가에서 피 맛이 났다.
"아비를 잘못 골라 태어난 죄."
죽일 것 같은 눈빛으로 미소를 노려보며 초혜는 씹어뱉듯 말했다.
"그 아이는 평생 얼굴도 못 들고 살게 될 거고, 너와 네 남편은 황궁에서 비참하게 쫓겨나서 대한 제국에는 두 번 다시 발도 못 붙이게 될 거야."
분노로 시뻘게진 미소의 얼굴에 대고 초혜는 빙그레 웃어 보였다.
"그래, 하루아침에 네 살짜리 아들이 생긴 기분이 어때?"

할 수 있는 한 가장 음습한 악의를 담아서, 초혜는 이죽거렸다.

"좋겠네, 아이 낳을 필요도 없이 엄마가 돼서. 너도 계모 밑에서 자랐다던데, 설마하니 애한테 나쁜 계모 노릇은 안 하겠지?"

이 말을 해 주고 싶어서 일부러 미소를 찾아가던 길이었다.

"그거 알아? 나중에 네가 아이를 낳더라도 그 아이는 결국 둘째일 뿐이라는 거."

마음껏 비꼬아 주었는데, 김새게도 왠지 미소는 별로 분해 보이지 않았다. 오히려 아까의 분노도 수그러든 듯, 가라앉은 눈동자로 초혜의 눈을 한참 바라보다가 불쑥 중얼거렸을 뿐.

"그 말, 그대로 모두 네게 돌려줄게."

그렇게 말하고 미소는 더 할 말도 없다는 듯이 돌아서서 가 버렸다.

뒤에 남겨진 초혜는 약간 당황했다. 이죽거리면 더 흥분해서 달려들 줄 알았는데 뭐지? 왠지 뭔가가 잘못된 것 같은 기분이 들었다. 그게 뭔지는 모르겠지만, 아무래도 무언가가…….

덩그러니 서 있는데, 보모인 최 상궁이 헐레벌떡 달려왔다.

"무슨 일인가요?"

"황태자비 전하, 연락이 왔습니다!"

한 손에 휴대폰을 든 최 상궁이, 숨도 채 가다듬지 못하고 헐떡거리며 말했다.

"연락이요? 누구한테서요?"

"황태자비 전하와 직접 이야기하고 싶답니다. 받아 보시지요."

초혜는 영문도 모르고 최 상궁에게서 휴대전화를 건네받았다.

"황태자비 이초혜입니다. 누구시죠?"

—김수영이라고 합니다. 지호 엄마 되는 사람이에요.

돌아온 대답에 초혜는 하마터면 휴대폰을 떨어뜨릴 뻔했다.

"그래, 제게 무슨 볼일이신가요?"

—황태자비 전하께서 제 뒷조사를 시켜서 기사를 터뜨리셨다는 거, 알고 있습니다.

초혜는 조금 긴장했다. 그러나 곧 특유의 차분하고 선한 말투로 지호 엄마를 달래기 시작했다.

"우선 놀라게 해 드려 미안합니다. 하지만 결코 나쁜 생각에 한 일은 아니에요. 그 아이도 어디까지나 당당한 황실의 자손인데, 어떻게든 세상에 알려야 제자리를 찾지 않을까 싶은 생각에……."

—저 역시 그렇게 생각합니다.

수영이 초혜의 말을 가로막았다.

—언제까지 죄지은 것도 없이 이렇게 숨어 살아야 하나, 하고 생각하고 있었던 중에 마침 기사가 터져서 차라리 잘됐다는 생각도 듭니다.

"그렇게 생각해 주시면 다행이고요. 뭔가 제가 도울 것이 없을까요?"

—황태자비 전하께서 도와주신다면 제가 감히 부탁드릴 것이 있습니다.

"뭐든지 말씀해 보세요."

—엄연한 자기 자식을 이렇게 죄인처럼 숨어 살게 만들고, 결국 손가락질까지 당하게 만든 아이 아버지가 너무나 밉습니다.

전화 저편에서 들려오는 목소리는 긴장한 듯 조금 떨리고 있었지만, 동시에 어떤 단호한 결심 같은 것이 느껴졌다.

—아이 아버지가 제게 한 짓을 온 세상에 알리고 싶습니다.
수영이 간절하게 말했다.
—그러니 제발 도와주세요, 황태자비 전하.

* * *

"사실대로 밝혀야 합니다."
정 상궁은 며칠째 강력하게 주장하고 있었다.
"저도 두 분만큼이나 지호를 아낍니다. 하지만 일이 이렇게 된 이상, 계속 뒤집어쓰고 갈 수는 없지 않겠습니까."
이화원에서 지호가 태어나던 순간부터 보아 왔다. 손자나 다름없는 아이인데 왜 아끼는 마음이 없겠는가? 하지만 정 상궁에게는 젖 먹여 키워 낸 의윤이 세상에서 가장 소중했다. 제 자식도 아닌 아이를 감싸다 또다시 나락으로 떨어지는 꼴을 가만히 보고 있을 수는 없었다.
"지금이라도 기자들을 불러 사실대로 밝히십시오. 그것만이 두 분이 사실 길입니다."
그러나 의윤과 미소는 어두운 얼굴로 고개를 젓기만 했다.
"그럴 수는 없네."
"황태자 전하의 아들이라는 게 알려지면 지호가 위험해져요. 황태자도 그렇지만, 황태자비는 백 번이라도 그럴 수 있는 사람이에요. 사고를 가장해서라도 죽일 거라고요."
이미 두 사람 사이에는 합의가 되어 있었다. 무엇보다 지호가 중요하다, 그러니 어떻게든 무덤까지 가져가자는.

"게다가 지호는 평생 전하를 아빠라고 부르면서 자라 왔어요. 이제 와서 황태자 전하를 아빠라고 하면 지호가 얼마나 충격을 받겠어요?"

물론 정 상궁으로서는 받아들일 수가 없었다.

"여론이 어찌 돌아가는지 모르십니까? 이대로 가면 이번에는 이화원으로 쫓겨나는 걸로 간단히 끝나지 않을 겁니다."

정 상궁의 목소리는 마치 피를 토하는 것 같았다

"누명은 10년 전에 당한 걸로도 족하지 않습니까. 전하는 억울하지도 않으십니까!"

의윤이 씁쓸하게 웃었다.

"억울할 게 뭐 있겠나. 나는 이미 그 아이를 내 자식으로 생각하고 있는데."

"전하의 자식이면 제 자식이기도 해요."

벌써 다 각오했다는 듯이 의연하기만 한 두 사람의 모습에, 답답한 나머지 기어이 정 상궁은 눈물을 터뜨리고 말았다.

"그 아이 때문에 여기서 주저앉으시면, 품으신 큰 뜻은 어찌한단 말입니까!"

의윤은 담담하게 대답했다.

"누군가를 희생시켜야 이룰 수 있는 뜻이라면 이루지 않는 편이 낫네. 요의 목숨을 빼앗자 할 때도 그리 대답하였는데, 하다못해 지호라면 더 생각할 것도 없지 않은가."

"두 분께서 정 그러시다면 어쩔 수 없지요."

정 상궁이 눈물을 훔쳤다.

"그저 늙은 것은 뜻에 따를 뿐입니다."

정 상궁이 물러가고 둘만 남게 되자, 의윤이 미소를 향해 사과했다.

“네게는 무척 미안하게 되었구나. 비록 황태자비는 아니지만, 너를 친왕비라도 만들어 줄 수 있어서 기뻤거늘.”

“무슨 말씀이세요?”

미소는 오히려 눈을 둥그렇게 떴다.

“덕분에 이제 자유가 될 판인데 감사 땡큐죠. 황궁 생활이라고 여기저기 눈치 봐야지, 친구도 마음대로 못 만나지, 파자마 입고 편의점도 못 가지, 하다못해 스트레스 쌓일 때 노래 크게 틀어 놓고 춤도 못 추지. 갑갑해 죽을 뻔했는데 폐서인해 주신다면 삼보일배 하면서 나가죠 뭐.”

“이번에는 단순히 이화원으로 쫓겨나는 것으로 끝나지 않을 것이다.”

“해외 추방이요? 이왕이면 미국으로 보내 줬으면 좋겠네요. 가면 김 내관님도 계시고, 공주님도 계실 텐데 가까이 살면 얼마나 좋아요.”

아무렇지도 않다는 듯이 말하고 있지만 물론 미소의 마음을 모를 의윤이 아니었다.

“아무 죄 없는 너까지 함께 돌을 맞게 해서 미안하다. 너를 꼭 황후로 만들어 주고 싶었는데…….”

미소를 품에 꼭 안고 중얼거리는 목소리가 어느덧 젖어 있었다.

“황제가 되실 분이라 결혼한 게 아니에요.”

미소의 목소리는 의연했다.

“제가 사랑한 건 친왕도, 황태자도, 황제도 아니에요. 바로 여기 계시는 당신이에요.”

고개를 들어 의윤의 눈을 바라보며, 미소는 힘주어 말했다.

"저는 친왕비가 아니어도 좋고, 해외 추방을 당해도 좋아요. ……전하만 곁에 계시다면요."

왈칵 눈시울이 뜨거워져서 의윤이 이를 악문 순간, 켜 놓은 TV에서 들려온 소리가 문득 귓가에 꽂혔다.

-……김수영이라고 하는 사람입니다.

어디서 많이 듣던 이름에 의윤과 미소는 약속한 듯이 TV를 바라보았다. 그리고 동시에 제 눈을 의심했다. 무척 초췌해 보이기는 했으나, 화면에 비치고 있는 사람은 분명 지호 엄마 수영이 아닌가!

며칠 사이 수없이 보도된 지호의 사진을 카메라 앞에 내보이며, 수영은 떨리는 목소리로 말했다.

-저는 오늘, 이 아이의 아버지에 대해서 국민 여러분께 진실을 말씀드리고 싶어 이 자리에 섰습니다.

황태자 요는 더없이 상쾌한 기분으로 황태자비 초혜와 함께 나란히 소파에 앉아 TV를 보고 있었다. 이제 곧 형이자 필생의 라이벌인 명친왕 이유가 전 국민 앞에서 확인 사살을 당할 참이었다. 이런 걸 요즘 말로 관 뚜껑에 못을 박는다 하던가?

"그간 숨어 살면서 쌓인 게 많았던 모양이에요. 꼭 사람들 앞에서 낱낱이 밝히고 싶다면서 저한테 도와 달라 통사정을 하더라고요."

초혜가 말했다.

아무래도 일반인이 기자 회견을 열기는 힘들었을 터다. 게다가 황제의 아들인 친왕을 저격하는 내용의 기자 회견이니까. 초혜에게서 얘기를 듣자마자 황태자는 곧바로 기자 회견을 주선했고, 대한 제국 모든 언론사 기자들이 모두 다 회견장에 모였다.

바야흐로 그 기자 회견이 시작되려는 참인 것이다. 황태자 부부로서는 팝콘이라도 먹으며 관전하고 싶은 기분이었다. 잠시 후 드디어 생방송이 시작되고, 수수한 차림의 여인이 요란한 플래시 세례를 받으며 등장했다. 그녀의 얼굴이 화면에 비친 순간 요는 저도 모르게 자세를 고쳐 앉았다.

가만있자, 어디서 본 것 같은 얼굴인데……?

곧이어 여자가 긴장한 듯한 얼굴로 카메라를 바라보며 입을 뗐다.

－저는 김수영이라고 하는 사람입니다.

떨리는 목소리에 요는 눈을 크게 떴다.

그래, 기억이 난다. 동생인 선혜를 모시던 중궁전 궁녀. 얼굴은 그리 미인이라고 하기 힘들었지만, 조용하고도 단정한 행동거지에 매력을 느껴서 잠시 가까이한 적이 있었다. 물론 다른 여자들처럼 얼마 안 가 싫증이 났고, 슬슬 황궁에서 쫓아내야겠다고 생각할 때쯤에는 마침 황후가 이화원으로 일하러 보내 버리는 바람에 그럴 필요가 없었다. 그 후 병을 얻어서 이화원에서도 퇴직했다는 얘기까지는 전해 들은 것 같은데…….

'형의 아이를 낳았다는 여자가 바로 이 여자였단 말인가?'

내가 건드렸던 여자를, 형도 건드렸다는 것인가. 요는 가슴속에서 서서히 검은 구름이 피어오르는 것을 느꼈다.

－저는 오늘, 이 아이의 아버지에 대해서 국민 여러분께 진실을 말씀드리고 싶어 이 자리에 섰습니다.

눈동자에 어려 있는 단호한 결심에 불길한 예감이 짙어졌다. 설마…….

수영은 심호흡을 하고 선언하듯 말했다.

—이 아이의 친아버지는 명친왕 이유 전하가 아니라, 바로 황태자인 이요 전하이십니다.

그 순간, 요의 시간이 정지했다.

＊ ＊ ＊

"이 아이의 친아버지는 명친왕 이유 전하가 아니라, 바로 황태자인 이요 전하이십니다."

순간 기자 회견장에는 찬물이라도 끼얹은 듯 정적이 흘렀다.

모두가 하나같이 제 귀를 의심하고 있었다. 내가 지금 제대로 들은 게 맞나? 그리고 서로 주위 사람의 얼굴을 쳐다보고 나서야 다른 사람들도 같은 생각을 하고 있다는 사실을 깨닫고, 경악의 신음을 흘렸다.

장내가 크게 술렁였다.

"지금부터 제가 황태자 전하의 아이를 낳게 된 경위를 말씀드리겠습니다."

화장기 없는 얼굴로 카메라 앞에 선 수영의 표정에서는 긴장감과 함께 단호함이 느껴졌다.

"저는 중궁전 소속 궁녀 출신으로, 원래 선혜 공주님을 모시던 사람입니다. 황궁에서 일하다 보니 가끔씩 황태자 전하를 뵐 기회가 있었습니다. 워낙 외모가 출중한 분이시라 속으로 동경하는 마음을 품었지만 감히 그 이상은 꿈꾸어 본 적이 없습니다. 그러던 어느 날, 전하께서 남의 눈을 피해 제 손을 잡으셨습니다. 전부터 저를 눈여겨보아 왔다 하시며, 황태자비가 되게 해 주겠다고 하셨습니다. 물론 그 말을 다 믿지는 않았지만, 그저 동경하던 전하께서 저를 보아 주시는 것만으로도 기뻐서 밤에 몰래몰래 중궁전을 빠져나가 전하를 뵙곤 했습니다."

미리 써 온 원고를 보고 읽는 것이 아니라, 지난 이야기를 털어놓듯 담담하게 말하는 그녀에게서 사람들은 진실함을 느꼈다.

"사실 몰래 만나는 사이가 되기 전부터 나인들끼리 쉬쉬하며 하는 얘기를 듣기는 했었습니다. 황태자 전하께서 몰래 나인들을 가까이하시고, 질리면 가차 없이 별궁으로 좌천시켜 보내거나 트집을 잡아서 퇴직을 시켜 버린다는 얘기였습니다. 물론 거짓일 거라 생각했습니다. ……제 친구가 직접 당하기 전까지는 말입니다."

문득 수영이 몸서리를 쳤다.

"함께 입궁한 동기인 서영이라는 친구가 있었습니다. 같이 교육을 받은 후 그 친구는 동궁에 배치되었는데, 비록 저와 소속은 달라졌지만 계속해서 둘도 없는 친구로 지냈습니다. 그 친구가 어느 날 제게 기쁜 얼굴로 비밀을 털어놓았던 것입니다. 사실은 황태자 전하와 몰래 사귀는 사이라고, 전하의 아이를 가졌다고 말입니다. 그날 밤에 전하께 임신 사실을 말씀드릴 거라고, 전하의 아이를 가졌으니 자신은 황태자비가 될 것이라 했습니다. 황태자 전하께서 저와 서영이를 동시에 만나고 있었다는 사실을 알고 무척 마음이 아팠지만, 내색하지 않고 축하한다고 말해 주었습니다."

수영은 심호흡을 하고 다음 말을 이었다.

"……그리고 그날 이후, 두 번 다시 서영이를 볼 수가 없었습니다."

순간 장내에 소리 없이 싸늘한 기운이 퍼졌다. 모두가 소름이 돋는 것을 느꼈다. 현장에 있던 기자들도, TV 앞의 시청자들도.

"서영이가 동궁에 있던 국보급 도자기를 훔쳐서 도망쳤다는 소문이 돌았습니다. 대체 일개 궁녀가 어떻게 황궁의 삼엄한 경비를 뚫고 도자기를 들고 나갈 수 있단 말입니까? 어떻게 된 일인지 진상을 아는 것은 저뿐이었지만, 차마 누구에게도 사실대로 말할 수가 없었습니다."

수영의 눈에 눈물이 어렸다.

"제가 전하의 아이를 가졌다는 걸 안 것은 그 후 얼마 안 되어서의 일이었습니다. 앞서 임신한 제 친구가 어떻게 되었는지 제 두 눈으로 똑똑히 보았기 때문에, 전하께는 임신 사실을 숨기고 오히려 월경을 하는 척 속였습니다. 그러고 나서 제가 모시던 선혜 공주님께 털어놓고 저와 아이를 살려 달라 매달렸습니다. 공주님께서는 황후 폐하께 부탁드려 저를 황실 소유 저택인 이화원으로 보내 주셨고, 당시 폐서인되어 민간인의 신분이셨던 명친왕 전하께서 흔쾌히 저를 받아 주신 것입니다. 이화원에 숨어서 아이를 낳자마자 저는 도망치듯 떠났습니다. 만에 하나 황태자 전하께서 혹시라도 저를 떠올리시고 다시 찾는 날에는, 저도 아이도 서영이와 같은 신세가 될 수밖에 없다는 걸 알기 때문이었습니다. 그렇게…… 제가 낳은 아이와 생이별을 할 수밖에 없었습니다."

수영의 눈에서 기어이 굵은 눈물방울이 주르륵 흘러내렸다.

"명친왕 전하께서는 제 아들을 업둥이라 둘러대고 정식으로 입양해서 여태 친아들처럼 잘 키워 주셨습니다. 그리고 복위되어 환궁하기 직전에 아들을 제게 도로 보내 주셨습니다. 황궁에 데리고 들어갔다가 자칫 황태자 전하의 눈에 띄면 아이가 위험해질 것이라고 걱정하시면서 말입니다. 또한 환궁한 이후로도 계속 저와 아이의 생활에 모자람이 없게 남몰래 돌보아 주셨습니다."

눈물로 범벅된 수영의 얼굴에 문득 분한 듯한 표정이 떠올랐다.

"그런 분께서 오늘날, 폐서인된 몸으로 방탕하게 놀아나 혼외자까지 낳았다고 누명을 쓰고 더러운 쓰레기라 손가락질을 받고 계십니다. 그러면서도 여태 내 자식이 아니다, 한마디 변명조차 않고 계십니다. 어째서이겠습니까? 저와 아들을 지키기 위해서 전하께서 희생하고 계시다는 것을 잘 알기에, 부끄러움을 무릅쓰고 이렇게 여러분 앞에 설 수밖에 없었습니다."

억지로 울음을 삼키며 수영은 카메라를 향해 고개를 숙였다.

"여기 모여 계신 기자 여러분께, 그리고 보고 계신 국민 여러분께 간절히 말씀드립니다. 명친왕 전하께서는 절대로 그런 파렴치한이 아닙니다. 저와 아이의 목숨을 살려 주신 생명의 은인입니다."

호소하는 목소리가 어찌나 간절한지 기자들 중 몇몇은 덩달아 눈시울이 뜨거워지기도 했다.

"또한 황제 폐하와 황후 폐하께도 감히 애원합니다. 저는 죽어도 좋습니다. 이렇게 전 국민이 보는 앞에서 황태자 전하의 명예를 더럽혔으니, 황실 모욕죄든 뭐든 달게 받겠습니다. 그러나 아이는 아무 죄도 없습니다. 게다가 엄연한 두 분의 손자입니다. 그러니 제발 아이만은 지켜 주십시오. 이렇게, 이렇게 빌겠습니다……!"

수영의 눈물에 장내가 한참 숙연해졌다.

"증거는 있습니까?"

분위기에 찬물을 끼얹듯 벌떡 일어나서 질문한 것은 친황태자 성향의 언론사 기자였다.

"이미 명친왕 전하와 아이의 사이에 친자 관계가 성립한다는 DNA

검사 결과가 다 보도된 상태인데요. 이것을 뒤집을 증거가 있느냐는 것입니다."

"그건…… 명친왕 전하와 황태자 전하께서 일란성 쌍둥이이기 때문에 DNA가 같아서 나온 결과일 뿐입니다."

수영이 조금 당황한 표정으로 대답했다. 하지만 기자는 가차 없이 말했다.

"알고 있습니다. 그러니까 명친왕 전하의 아이가 아니라 황태자 전하의 아이라는 다른 증거가 있느냐, 이거죠. 결국 증명할 방법이 없는 거 아닙니까?"

수영이 한참 말문이 막혀 있는데, 갑자기 누군가가 기자 회견장 구석에서 성큼성큼 걸어 나와 카메라 앞으로 나섰다.

"증명할 수 있습니다."

그렇게 말하는 여자의 얼굴을 보고, 모두가 놀랐다. 바로 선혜 공주가 아닌가! 기자들은 물론이고 수영 역시 전혀 몰랐던 듯, 눈이 화등잔만 해져 있었다.

"공주 전하……!"

수영에게 눈짓으로 인사를 건네고 나서, 선혜 공주는 수영을 살짝 뒤로 제치고 대신에 자신이 카메라 앞에 섰다.

"이 자리에 서기까지 무척 많은 고민을 했습니다. 제게는 두 분 다 소중한 오라버님이시기 때문에, 누구의 편도 들기 힘들었습니다."

이미 결심한 듯, 공주의 목소리는 차분했다.

"하지만 결국은 맺은 자가 풀어야 하는 법이라 생각했습니다. 하지도 않은 일로 누명을 쓰고 고통받는 큰 오라버님을 가만히 두고 볼 수만은 없었습니다."

모두가 쥐 죽은 듯 공주의 말에 귀를 기울였다.

"수영 언니는 어린 시절부터 저를 돌보아 주시던 나인이었습니다. 아이를 가질 당시에 수영 언니는 궁을 나간 적도 없고, 또한 당시 폐서인되어 있던 큰 오라버님이 입궁한 적도 당연히 없었습니다. 이는 당시의 근무 기록과 황궁 출입 기록에도 엄연히 나와 있는 사실입니다. 지호의 출생 기록과 대조하면 누가 아버지인지는 금세 알 수 있지요. 원하는 분이 계시다면 얼마든지 자료를 드릴 테니 기사로 내주세요."

공주는 미리 준비한 듯한 서류를 카메라 앞에 내보였다.

"아마 황실에서 보도를 막으려 할 것입니다. 그러나 저 역시 엄연한 황실의 일원으로서 여러분께 이렇게 부탁드립니다."

기자들을 향해, 그리고 보고 있는 시청자들을 향해 공주는 고개를 깊이 숙였다.

"제게는 조카이기도 한 아이의 일입니다. 부디 진실을 널리 알려주세요."

14. 명친왕 부부의 수난

“전하, 먼저 황후 폐하께 오셨다 고하고 나서 안으로 드셔야…….”

“썩 비키지 못할까!”

당황하는 중궁전 나인들을 뿌리치고, 황태자가 황후의 방문을 박차고 들어왔다.

“어떻게 제게 이러실 수가 있습니까!”

황태자는 완전히 눈이 돌아가 있었다.

“도망갔던 선혜가 버젓이 한국에 들어와 있습니다. 설마하니 어머니께서 도운 게 아니라 시치미 떼시는 건 아니겠지요?”

선혜 공주와 처선은 이미 수배령이 내려져 있는 상태였다. 정상적으로라면 입국하는 순간 붙잡혀서 그대로 황궁으로 끌려왔어야 옳다. 그런데 무사히 한국에 들어와서 기자 회견장에 나타났다는 것은, 황제나 황후가 도왔다는 말밖에 되지 않았다. 황제일 리는 없으니 황후가 아니겠는가?

"그래, 내가 하였느니라."

황후는 애초에 부정할 생각도 없어 보였다.

"선혜가 내게 연락해 왔더구나. 유가 억울하게 누명을 쓰는 꼴을 가만히 보고 있을 수만은 없다면서, 무사히 입국할 수 있게 도와 달라 하기에 내 그리해 주었다."

"그렇다고 황궁의 기록까지 넘겨주시다니, 제정신이십니까?"

황태자가 고래고래 고함을 질렀다.

"사실이 밝혀지면 제가 어찌 될지 뻔히 아셨을 것 아닙니까. 저는 자식도 아니란 말씀입니까!"

수치스러운 과거가 밝혀진 것만이 문제가 아니었다. 어머니와 여동생이 대놓고 형의 편을 들었다는 사실에 황태자는 분노하고 있었다.

"너도 내 자식, 그리고 유도 내 자식이다. 왜 고민하지 않았겠느냐?"

황후가 안타까운 듯이 말했다.

"하지만 한 자식이 저지른 일을 다른 자식이 뒤집어쓰는데 그걸 어찌 가만히 보고 있겠느냐. 너와 유의 입장이 반대였더라도 결국 어미는 이리하였을 것이다."

"어머니!"

"게다가 지호, 그 아이는 둘도 없는 내 손자다."

황후의 표정에 애틋함이 어렸다.

"당시 수영이 그 아이를 이화원으로 보낼 때, 선혜가 부탁해서 그리하였지만 설마하니 네 아이를 가져서일 거라고는 꿈에도 생각하지 못했다. 이제라도 알았으니 제 아비를 찾아 주어야지. 어찌 친부가 엄연히 있는데, 백부11)의 자식으로 살게 만들겠느냐?"

하지만 황후가 무슨 말을 해도 요의 귀에는 들어오지 않았다.

"다 끝났다, 요야."

연민과 애정, 그리고 깊은 슬픔이 담긴 눈으로 황후는 작은아들을 바라보았다.

"애초에 네게는 버거운 자리였느니라. 이제는 모두 내려놓고, 저지른 잘못을 반성하며 조용히 지내도록 하거라."

어림도 없지, 하고 황태자는 속으로 뇌까렸다.

"제가 그리 호락호락 물러날 것 같으십니까?"

어머니를 똑바로 노려보며 황태자는 코웃음을 쳤다.

"어림도 없지요. 두고 보십시오, 제가 어떻게 하는지!"

들어올 때처럼, 황태자는 난폭하게 황후의 방문을 박차고 나가 버렸다.

"요야……!"

안타깝게 부르는 어머니의 목소리는 들은 체도 않은 채.

* * *

기자 회견 직후 온 나라가 발칵 뒤집혔다. 분노한 사람들은 명친왕을 욕했던 것의 열 배로 황태자를 비난했다.

"세상에, 황태자가 그렇게 악독한 인간이었다니!"

"그 앞서 임신했다는 여자는 황태자가 쥐도 새도 모르게 없애 버렸

11) 큰아버지

다 이거잖아. 지금이라도 수사해야 되는 거 아냐?"

"명친왕 전하는 10년 전에 방탕하다고 폐위당했었잖아. 이건 그것보다 훨씬 더한 일인데 황태자 폐위시켜야 맞지, 안 그래?"

폐위 여론까지 들끓기 시작했다. 방송이야 황실의 눈치 때문에 단순히 기자 회견에서 나온 사실을 보도하는 정도에서 그쳤지만 실제 대중의 반응은 달랐다. 오프라인은 물론, 온라인에서도 모든 인터넷 커뮤니티와 SNS가 황태자를 성토하고 있었다. 더 이상 황실 모욕죄로 잡혀갈까 봐 눈치 보는 사람도 없었다.

[어디 전 국민을 다 구속해 보라지, 할 수 있으면.]

[국민이 다 쇠고랑 차면 세금은 누가 내나?]

이토록 반응이 격렬한 이유는, 단순히 황태자가 저지른 일이 나쁘기 때문만이 아니었다. 가만히 있으면 저런 인간이 대한 제국의 다음 황제가 된다! 뻔히 보이는 절망적인 미래가 사람들을 더욱더 분노하게 만들었다.

여론이 이 정도까지 험악해지니 황실도 속수무책이었다. 할 수 있는 거라고는 더 이상의 보도를 자제시키는 것뿐, 하지만 그 정도로는 어림도 없었다. 황태자에 대한 분노만큼이나, 친왕에 대한 긍정적인 여론도 거세게 일어났다.

"저 인간 폐위시키고 명친왕 전하께서 다시 황태자가 되시는 게 낫겠어."

"암, 물론이지. 이제 보니까 10년 전 일은 뭔가 오해가 있었던 게 분명해."

"세상이 다 욕하는데도 애 생각해서 입 꾹 다물고 혼자 뒤집어쓰고 있었던 거 봐. 저런 사람이 황제가 돼야지!"

당장이라도 황태자를 폐위하라는 시위라도 일어날 것같이 험악한 분위기에서, 의윤은 황제의 호출을 받았다.

"부르셨습니까, 황제 폐하."

공손히 허리를 숙이는 의윤을 한참 바라보다 황제는 불쑥 말했다.

"요를 폐하고 너를 다시 황태자로 삼으려 한다."

의윤은 침을 꿀꺽 삼켰다. 그동안 얼마나 꿈에도 기다려 왔던 말인가! 하지만 그는 또한 알고 있었다. 일이 이리 쉽게 흘러갈 리 없다는 것을.

역시나, 황제의 입에서는 예상했던 말이 흘러나왔다.

"……단, 조건이 있다."

아들을 똑바로 쏘아보며, 황제는 명령하듯 말했다.

"이 나라의 체제 자체를 바꾸겠다는 뜻은 버리거라."

의윤의 얼굴에 씁쓸한 미소가 떠올랐다. 아니나 다를까, 그 말씀이신가.

오래전부터 아버지가 못마땅하게 여겼던 자신의 꿈. 대한 제국의 정치 체제를, 지금의 전제 군주제에서 입헌 군주제로 바꾸는 것. 황제는 지금 의윤에게 그 꿈을 포기하라고 말하고 있었다.

의윤이 대답이 없자 황제는 어느 순간 목소리를 누그러뜨렸다.

"모진 아비라 원망하고 있겠지만, 짐은 아비이기 이전에 황제이니라. 조선 왕조 시절부터 자그마치 600년 넘게 이어 온 황실이다. 열성조께서 굽어보고 계시거늘, 어찌 황실의 역사가 네 대에서 끝나는 것을 지켜볼 수 있겠느냐?"

늘 듣던 명령조의 차가운 목소리가 아니라, 놀랍게도 설득하듯 부드러운 목소리였다. 황제가 자신을 향해 이런 식으로 말하는 것은 일찍이 황태자 시절에조차 들어 본 일이 없었다. 과연 궁지에 몰려 계시기는 하구나, 하고 의윤은 속으로 실소했다.

“너 역시 내 아들이다. 왜 아끼는 마음이 없겠느냐? 애초에 네가 그 일로 고집만 부리지 않았더라도 너와 이렇게까지 사이가 벌어지는 일은 없었을 텐데, 하고 늘 마음이 아팠다.”

이제 와서 아들이라니. 의윤의 가슴속에서 오래된 분노가 고개를 들었다. 세상에 어느 아버지가 의견이 다르다 해서 친아들을 죽이려 한단 말인가? 오히려 무섭게 고함을 치고 일방적으로 명령할 때보다도, 이렇게 아비니 아들이니 해 가며 마치 애정이 있는 양 하는 것이 더욱더 견디기 힘들었다. 이런 위선자가 내 아버지라니.

아들이 무슨 생각을 하는지도 전혀 눈치채지 못한 듯, 황제는 살살 꾀었다.

“딱 하나, 그 생각만 고쳐먹거라. 그러면 내 오늘 당장이라도 요를 폐하고 너를 황태자로 만들어 주마. 네가 원한다면 한 10년쯤 후에는 양위하고 물러날 생각도 있다.”

의윤이 계속 대답이 없자, 황제는 긍정적인 의미로 받아들인 모양이었다.

“아비 말을 듣겠느냐?”

기대에 찬 얼굴에 대고, 의윤은 드디어 입을 열었다.

“싫습니다.”

황제의 얼굴이 삽시간에 싹 굳어졌다.

“황태자의 자리를 마다하겠다는 것이냐?”

의윤은 조용히 대답했다.

"제가 황태자의 자리를 되찾고 싶어 한 이유는, 오로지 국민에게 주권을 돌려주겠다는 할아버지의 뜻을 계승하기 위함이었습니다. 그런데 그 뜻을 포기한다면 황태자 아니라 황제가 된들 무슨 소용이겠습니까. 저는 싫습니다."

이어서 의윤은 황제의 눈을 똑바로 바라보았다.

"또한 폐하께는 이제 선택의 여지가 없다는 것도 알고 있습니다."

황제의 눈이 커다래지는 것이 보였다.

"이미 요의 평판은 바닥에 떨어져 있습니다. 이미 제 행실을 빌미로 폐위하신 전적이 있는데, 요에게는 아무 징계도 없이 이대로 지나간다면 국민들이 가만히 있지 않을 것입니다. 그러면 저 말고 황제 폐하께 무슨 대안이 있겠습니까? 설마 전통을 그토록 중시하는 폐하께서 조선 황실 600년 역사에도 없었던 여황제를 세우실 리도 없지 않겠습니까?"

말끝마다 폐하, 폐하. 의윤은 이미 10년 전 황제의 손에 죽을 뻔한 이후부터 그를 아버지라 부르지 않고 있었다. 우습게도 그 사실을 황제는 이제야 깨달은 모양이었다. 의윤이 말할수록 점점 더 표정이 험악해져 갔다.

"그러니 결국 저를 황태자로 삼으실 수밖에 없으실 텐데, 제가 왜 뜻을 포기하겠습니까?"

"이놈이……!"

황제의 굳어진 턱이 분을 못 이겨 부들부들 떨렸다.

옛날 같았으면 눈썹만 치켜 올라가도 벌써 두려워 떨며 바짝 엎드려 용서를 구했겠지만, 지금은 하다못해 심장 박동조차 빨라지지 않을 정도로 아무렇지 않았다. 오히려 자신의 말에 부들부들 떨 정도로 화를 내는 황제가 작고 초라해 보이기까지 했다. 예전에는 그토록 크고 무서워 보였던 아버지인데.

"황실을 없애겠다는 것이 아닙니다. 황실은 그대로 존속하되, 단지 국민의 삶을 결정할 수 있는 권한만 그들에게 돌려주자는 것입니다. 황제 폐하께서 저보다 더 오래 사시지 않는 이상, 언젠가는 그리할 것이니 고민할 필요도 없으십니다."

부탁도 애원도 아닌 일방적인 통보를 마친 후 의윤은 고개를 숙였다.

"드릴 말씀은 모두 드렸습니다. 이만 물러가겠습니다."

허락도 없이 멋대로 돌아서서 나가는 아들의 뒷모습을 노려보며 황제는 으스러져라 주먹을 쥐었다.

"건방진 놈."

황제의 악문 잇새로 신음 같은 목소리가 흘러나왔다.

"네가 감히 내 머리 위로 기어올라……?"

* * *

"어디 이리, 할미에게 와 보려무나."

황후가 팔을 벌렸지만, 지호는 제 엄마의 치맛자락 뒤에 숨어서 한참 눈치만 보고 있었다.

"괜찮아, 지호야. 할머니한테 가 봐."

수영의 말을 듣고서야 지호는 쭈뼛거리며 황후에게 다가갔다.

"예쁘기도 하지, 내 새끼!"

지호를 와락 품에 껴안고, 황후가 눈물을 글썽였다.

이미 지난날 이화원에서 의윤과 미소의 결혼식이 있었을 때 황후는 지호를 본 적이 있었다. 솔직히 별로 보고 싶지도 않아 금세 눈을 돌렸었지만. 이화원에 틀어박혀 남의 자식을 둘이나 기르고 있는 아들의 팔자가 안타까운 나머지, 죄 없는 아이들도 고운 눈으로 볼 수가 없었던 것이다.

"진작 알아보지 못해 미안하구나. 이 눈 어두운 할미를 용서해 다오."

이제 보니 아들과 이렇게나 닮은 것을, 그때는 왜 미처 알아보지 못했을꼬. 미안하기도 하고, 또 한편으로는 어린 손자가 엄마 손에서 자라지 못한 것이 가슴이 아파서 황후는 지호를 안고 하염없이 눈물을 흘렸다.

한참 동안이나 지호를 껴안고 있던 황후가 이윽고 몸을 일으켜 수영을 바라보았다.

"얼굴이 많이 안되었구나. 그간 얼마나 고생이 많았느냐?"

원래 중궁전 궁녀였던 수영이다. 모시기는 공주를 모셨으나, 황후 역시 수영을 기억하지 못할 리 없었다.

"면목이 없습니다, 황후 폐하. 제게 얼마나 잘해 주셨는데, 은혜를 갚지는 못할망정 이런 식으로 배반하게 되어……."

수영은 황후의 얼굴조차 제대로 쳐다보지 못했다.

"아니다, 어찌 네 잘못이겠느냐? 다 자식을 잘못 가르친 내 허물이니라."

황후는 도리어 사과했다.

"이미 황태자비가 있으니 내 비록 너를 며느리로 삼지는 못하겠지만, 어디까지나 너는 내 손자의 어미이니라. 내 앞으로 너를 며느리나 진배없이 돌보아 줄 테니 마음 놓도록 하여라."

그제야 수영은 힘겹게 말을 꺼냈다.

"그렇다면 황후 폐하, 한 가지 부탁드리고 싶은 것이 있습니다."

"말해 보아라."

"지호는 어엿한 황실 자손입니다. 그러니 당연히 황궁에서 자라는 것이 옳다는 것도 알고 있습니다. 하지만 부디 아직은 데려가지 말아 주셨으면 합니다."

지호를 내려다보는 수영의 눈에 눈물이 어렸다.

"잠꼬대로도 엄마를 부르는 아입니다. 제가 화장실에라도 가면 금세 엄마, 엄마 하고 찾고 우는 아이입니다. 그러니 부디 조금만 더 클 때까지만 제가 키울 수 있게 해 주십시오."

"무슨 소리를 하는 것이냐."

황후가 수영의 손을 꼭 잡았다.

"태어나자마자 어미와 강제로 떨어진 불쌍한 것이 이제 겨우 어미 품에 돌아갔는데, 사람의 탈을 쓰고 어찌 또다시 떼어 놓겠느냐? 내 눈에 흙이 들어가지 않는 이상 그런 일은 없을 것이다."

"황후 폐하……!"

그제야 안심한 수영이 왈칵 눈물을 흘렸다. 수영의 어깨를 어루만져 위로해 놓고, 황후는 그제야 딸에 대해 물었다.

"그래, 혹 선혜는 어디로 갔는지 아느냐?"

"저도 모르겠습니다, 황후 폐하."

수영이 눈물을 훔치며 대답했다.

"기자 회견에서 저를 도와 말씀해 주시고 나서, 곧바로 어디론가

급히 떠나셨습니다."

"그래, 그래야 했겠지."

황후는 씁쓸하게 고개를 끄덕였다. 기자 회견장에 나타난 공주를 황궁에서 잡으러 갈 게 뻔하니 당연히 곧바로 몸을 피해야 하지 않았겠는가. 이해는 하면서도, 딸의 얼굴조차 보지 못한 것은 서운할 수밖에 없었다.

—어머니, 저 여기서 현우 씨와 결혼했어요.

한국에 들어올 수 있게 도와 달라고 전화로 연락을 해 왔을 때, 선혜는 그리 말하며 울었다.

—어머니께 인사시키지도 못하고 제멋대로 행동해서 정말 죄송해요. 아마 이번에 들어가도 어머니를 뵙지는 못할 거예요. 부디 불효녀를 용서해 주세요……!

"불효라니, 무슨 소리냐. 이 어미는 아무렇지 않으니 부디 행복하게 지내거라."

우는 딸을 애써 그리 다독였지만, 가슴이 찢어지는 것은 물론이었다. 내가 그저 보통 여인이었으면 얼마나 좋았을꼬, 하고 황후는 진심으로 바랐다.

그러면 고이 키운 딸을 저 좋다는 남자에게 시집보내고, 결혼식장에 앉아 옷고름으로 눈물 찍어 내는 친정 엄마가 될 수 있었을 텐데. 손자를 업어 주다 허리가 상해도, 재롱을 보며 아픈 줄도 잊는 늙은이가 될 수 있었을 텐데. 자식들 간에 아귀다툼하는 것도 볼 일 없고, 속으로 피눈물을 흘리며 누구 편에 서지 않아도 되었을 텐데.

"……황후 노릇도 지치는구나."

입 속으로 쓸쓸히 뇌까리는 황후였다.

* * *

이 사건으로 인해 가장 큰 피해를 입은 사람이라면, 황태자보다도 오히려 황태자비 초혜라고 할 수 있었다.

황후가 되겠다는 꿈이 와르르 무너진 것은 물론이거니와 남편의 결혼 전 방탕한 행실이 만천하에 드러나 함께 망신을 당하고, 거기에다 낳지도 않은 아들까지 생겨 버린 셈이 아닌가.

"그래, 하루아침에 네 살짜리 아들이 생긴 기분이 어때?"

"좋겠네, 아이 낳을 필요도 없이 엄마가 돼서."

그토록 미소를 비웃었는데, 세상에 그 아이가 내 남편의 아이라니! 초혜가 받은 충격은 이루 말할 수 없는 것이었다.

그뿐인가. 내가 잘못했다고 무릎 꿇고 빌어도 모자랄 황태자는 사건 이후 아예 초혜를 쳐다보려고도 하지 않았다. 입을 꾹 다문 채 며칠째 술독에만 빠져 있는 것이, 애초에 일을 벌인 초혜를 원망하고 있는 것이 뻔했다.

황태자에 대한 비난 여론은 점점 거세어져 가고, 남편은 술만 마시고 있고. 물론 이대로 무너질 초혜가 아니었다. 고심 끝에 초혜는 혼자서 황제를 찾아갔다.

"무슨 일이냐?"

반기지 않는 기색이 역력한 황제의 앞에, 초혜는 다짜고짜 무릎을 꿇었다.

"살려 주십시오, 아버님."

이마가 바닥에 닿도록 몸을 숙이고 초혜는 간절히 빌었다.

"아버님께서도 잘 아시지 않습니까. 명친왕은 아버님의 뜻을 따르

사람이 아닙니다. 아버님의 뜻을 받들 후계자는 오로지 황태자 전하뿐이십니다!"

황제가 기가 막힌다는 듯 코웃음을 쳤다.

"바깥사람은 방탕한 행실로 제 아이까지 만들어 놓고도 여태 몰랐고, 안사람은 그 아이가 누구 아이인 줄도 모르고 이용하려다가 역풍을 맞았다. 둘이서 일을 이 지경으로 만들어 놓고 나더러 무슨 수로 살려 달라는 말이냐?"

황제로서도 미치고 팔짝 뛸 노릇이었다. 아들이라곤 달랑 둘인데 한 녀석은 국민적 반감이 거세고, 그렇다고 다른 한 놈을 황태자로 삼았다간 장차 황실을 통째로 망하게 만들 판이고.

비록 황실 자체는 존속한다 하지만, 그런 황실 따위는 의미가 없다고 황제는 생각했다. 정치적 권력을 잃어버린 황제가 무슨 황제란 말인가? 그냥 허수아비지.

"저희를 살리지 못하시겠거든 저쪽을 죽이시면 될 일이 아닙니까."

초혜가 고개를 번쩍 들었다.

"저쪽을 죽이시면 자연히 저희가 살 것입니다!"

결연한 눈빛에 황제는 내심 놀랐다. 결혼 전에 초혜가 독대를 요청해 왔을 때도 생각했지만, 생긴 것과는 달리 대담하고 독한 여인이 아닐 수 없었다.

"국민들은 지금 당장이라도 황태자를 끌어내리고 명친왕을 추대할 기세다. 그런 명친왕을 나더러 무슨 명분으로 죽이라는 것이냐?"

"방법이 있습니다."

잠시 침묵이 흐른 끝에, 초혜는 결심한 듯이 말했다.

"……황태자비 간택의 마지막 발표 날, 폭탄을 터뜨린 사람을 알고 있습니다."

"뭣이? 그게 누구란 말이냐?"

"바로 접니다. 제 손으로 직접 소매 속에 숨겨 두었던 폭파 스위치를 눌렀습니다."

충격적인 고백에 어지간한 황제도 경악을 감추지 못했다.

"그러니까, 네가 황태자를 죽이려 했다는 것이냐?"

"물론 황태자 전하를 해하고자 한 일이 아닙니다. 이미 황태자 전하께서도 아시는 바입니다. 어쩔 수 없는 선택이었으니 죄는 나중에 물어 주십시오."

황제는 기가 막히다 못해 헛웃음이 나올 지경이었다. 살 만큼 살았지만, 이토록 겉과 속이 다른 인간이 있을 수가 있단 말인가.

하지만 초혜는 눈 하나 깜짝하지 않고 말을 이었다.

"증거들을 제가 가지고 있습니다. 그 증거를 친왕궁에 심어 놓고, 명친왕의 짓으로 돌려 반역죄로 다스리십시오. 명친왕이 반역죄로 사형당하면 황태자 전하께서 자리를 보전하실 수 있지 않겠습니까?"

방금 전에 초혜가 명친왕을 죽여 달라, 그래야 저희가 살 것이라고 말했을 때는 그저 끌어내려 달라는 뜻인 줄만 알았다. 그런데 이제 보니 정말 글자 그대로 죽이라는 얘기가 아닌가!

시아주버니를 죽여 달라고 태연히 말하는 초혜의 순하기 그지없는 동그란 얼굴을, 황제는 눈을 크게 뜨고 빤히 쳐다보았다.

"애초부터 친왕에게 뒤집어씌우고자 꾸민 일이냐?"

"아니라고는 하지 않겠습니다."

"그러면 왜 진작 하지 않고 여태 가만히 있었더냐?"

"완벽하게 옭아 넣을 준비를 한 후에 실행할 작정이었습니다. 사전에 저와 황태자 전하의 인기를 높여 둘 필요도 있었습니다."

지금 당장이라도 자기 자신이 반역죄로 끌려갈 수 있는데도 불구하고, 초혜는 전혀 두려운 기색이 없이 제 입으로 술술 털어놓고 있었다.

황제는 깨달았다. 며느리인 황태자비가 자신과 같은 종류의 인간이라는 것을. 그리고 상대 역시 그것을 꿰뚫어 보고 말하고 있다는 것을. 더는 가면을 쓸 필요가 없다고 생각한 황제는 드디어 초혜의 손을 잡았다.

"친왕궁에 증거를 심는 것이 문제구나. 친왕궁 궁인들은 모두 친왕의 심복이나 마찬가지인 자들인데, 누가 그 일을 하겠느냐?"

초혜의 얼굴에 미소가 떠올랐다.

"다행히도 새로 친왕궁에 배치된 내관이 저와 통하는 자이니 걱정하실 것 없습니다."

"여론이 어떠할지도 걱정이구나."

"황태자를 시해하려 한 사건입니다. 증거만 제대로라면 감히 누구도 불만을 제기하지 못할 것입니다. 혹여 불만을 품는 세력이 있다 해도 누르셔야지요."

"힘으로 제압하란 말이냐?"

예, 하고 초혜는 거침없이 고개를 끄덕였다.

"그러다가 부작용이라도 생기면?"

"명친왕이 폐위되었던 진짜 이유를 황태자 전하께 들었습니다. 입헌 군주제를 생각하고 있었기 때문이라지요?"

"그렇다."

"황실의 존망이 눈앞에 있습니다. 그걸 막기 위해서라면 어느 정도 위험은 감수하셔야 하지 않겠습니까?"

초혜의 말이 옳다고 황제는 생각했다. 며칠이 지나도 성난 여론이 가라앉을 기미가 없으니 어떻게든 조치를 해야 하는데, 황태자비가 말한 방법 외에는 도저히 해결책이 없어 보이지 않는가.

"좋다."

황제는 일말의 망설임조차 없이 자식을 죽이겠다는 결정을 내렸다.

"그러면 바삐 실행하도록 하라."

10년 전에 이미 했어야 하는 일이라고, 옅은 후회마저 느끼며.

* * *

한결 추워진 날씨에도 불구하고 동궁에는 한창 웃음꽃이 피어나고 있었다.

"세상에, 우리 지호가 그새 이렇게 많이 컸어!"

지호를 번쩍 안아 든 미소가 반가워서 어쩔 줄을 몰랐다.

"이모, 옥토넛 놀이 하자!"

"허어, 이젠 발음도 좋아졌구나. 예전에는 오초넌, 오초넌 해서 여러 사람 골탕을 먹이더니."

못 본 사이에 성큼 자란 지호를 보며 의윤 역시 흐뭇해했다.

"그래, 들어오는 데 문제는 없었느냐?"

"예. 황후 폐하께서 언제든 지호를 데리고 황궁에 들어와 두 분 전하를 뵈어도 좋다 하셨습니다."

"……요에게도 보일 셈이냐?"

지호의 귀에 들리지 않도록 의윤이 목소리를 낮추어 묻자 수영이 씁쓸하게 고개를 저었다.

"황태자 전하께서도 원하지 않으실 테고, 무엇보다 지호가 혼란을 느낄까 걱정입니다."

"그도 그렇겠구나."

어두운 얼굴로 한숨을 내쉬는 의윤에게, 수영이 넌지시 말을 꺼냈다.

"실은 전하, 염치없게도 부탁드릴 것이 있어 이렇게 찾아뵈었습니다."

"어디 말해 보거라."

"지호를 데리고 해외로 나가고 싶습니다."

의윤은 조금 놀라서 수영의 얼굴을 바라보았다.

"이미 지호의 얼굴과 이름까지 다 알려져 있는 상황입니다. 게다가 지호가 어떻게 태어났는지까지 사람들 앞에서 다 이야기한 마당에, 도저히 이 나라에서 자라게 할 수가 없습니다."

저만치서 미소와 놀고 있는 지호를 바라보며 수영은 말했다.

"황태자 전하의 아들이라 해도 어차피 적자 취급도 못 받을 바에야, 차라리 아무도 모르는 곳으로 가서 평범한 아이로 키우고 싶습니다."

엄마로서 자식의 장래를 걱정하는 수영의 마음을 의윤도 이해할 것 같았다. 하지만 현실적으로는 그리 쉬운 문제가 아니었다.

"네 마음은 알겠다마는, 지호는 현재로서는 오로지 하나뿐인 황제 폐하의 손자다. 그런 아이를 과연 외국에 내보내 키우도록 허락하실지 모르겠구나."

"어차피 친왕 전하께서도 곧 아이를 가지실 것이 아닙니까. 황태자 전하나 공주 전하도 마찬가지이시고요. 게다가……."

수영이 목소리를 낮추었다.

"황태자 전하께서는 곧 폐위되실 텐데, 그렇다면 그분의 아들인 지호 역시 어차피 민간인이 될 수밖에 더 있겠습니까?"

"쉿, 말을 조심하거라. 아직은 모르는 일이니라."

의윤이 주의를 주듯 말했으나, 수영은 자신 있게 말했다.

"이미 민심은 황태자 전하께 등을 돌렸습니다. 억지로 버틴다 해도 그 누구도 황태자로 여기지 않을 텐데, 황제 폐하도 결국은 별수 없으실 것입니다."

수영은 재차 간곡히 부탁했다.

"그러니 전하, 지호를 데리고 떠날 수 있게 도와주십시오. 황후 폐하께서도 이미 제가 키우도록 허락해 주셨으니 반대하지는 않으실 것입니다."

"……생각해 보자꾸나."

의윤이 고개를 끄덕였을 때였다. 갑자기 문밖에서 소란스러운 소리가 들려왔다.

"무슨 일이냐?"

밖으로 나가 묻자 얼굴이 허옇게 질린 정 상궁이 손으로 의윤의 서재를 가리켰다.

"저, 전하, 경찰들이……!"

놀란 의윤이 급히 서재로 향했다. 이미 열 명도 더 되어 보이는 경찰들이 한바탕 서재를 뒤집어 놓기 시작하고 있었다.

"여기는 황궁이다. 감히 누구의 지시를 받고 이런 짓을 벌이느냐?"

"수색 영장입니다."

우두머리인 듯한 남자가 의윤의 눈앞에 영장을 내보였다. 의윤은 한눈에 상대를 알아보았다. 예전에 이화원에 불시에 들이닥쳐서 온 집 안을 한바탕 뒤집어 놓았던, 바로 그자가 아닌가.

"또 금서를 찾는 것이냐?"

의윤이 호통을 쳤다.

"지난번에도 허탕을 치고 돌아가지 않았더냐. 심지어 이곳은 황궁인데, 만에 하나 내게 그런 물건이 있다손 치더라도 여기까지 가지고 들어왔으리라 생각하는 것이냐?"

상대는 대답 대신에 야릇한 미소를 떠올렸다. 왠지 모를 섬뜩한 느낌에 의윤의 가슴이 철렁 내려앉은 그 순간, 누군가가 소리쳤다.

"찾았습니다!"

의윤은 놀라서 소리가 난 쪽을 돌아보았다. 경찰 중의 한 사람이 자신의 책상 서랍에서 생전 처음 보는 물건을 꺼내 들고 의기양양해하고 있었다.

저게 대체 뭐란 말인가? 멍하니 바라보다, 의윤은 손목 언저리에 문득 차가운 감촉을 느꼈다. 놀라서 내려다보자 손목에 수갑이 채워져 있었다.

"그럼 가시지요, 전하."

경찰이 만족스럽게 웃었다.

* * *

—황태자비 공개 간택의 마지막 삼간택 발표일에 벌어졌던 폭탄 테러의 범인이, 바로 명친왕 부부인 것으로 밝혀졌습니다. 거처인 친왕

궁에서 폭파에 쓰인 스위치를 비롯한 다수의 증거가 발견되었으며…….

언론은 연일 보도에 열을 올렸다. 명친왕 부부가 나란히 수갑을 차고 경찰차에 타는 모습이 하루에도 수백 번씩 전파를 탔다.

—피의자 이유와 윤미소가, 황태자 이요 전하를 시해하여 자신들이 황권을 차지할 목적으로 범행을 계획한 정황을 포착했다고 검찰 관계자는 밝혔습니다. 또한…….

심지어 전하라 부르는 예우조차 생략하고 본명을 그대로 불러 댔다. 아직 재판을 받기도 전이건만 벌써 죄가 확정된 것처럼 굴고 있는 것이었다. 그러나 언론의 태도와는 달리 대부분의 국민들은 보도를 믿지 않았다.

"누명을 쓰신 게 틀림없어."

"황태자가 궁지에 몰리니까 그거 눈가림하려고 이러는 모양인데, 사람이 한 번 속지 두 번 속나?"

"세상에, 같은 자식인데 어떻게 이럴 수가 있어?"

"명친왕 전하만 불쌍하게 됐네."

오히려 의윤에 대한 동정 여론이 강하게 일어나기 시작했다. 그러나 여론과는 전혀 상관없이 일은 일사천리로 진행되었다. 그야 황명에 의한 것이니까.

검찰 조사에서 의윤은 한결같은 태도로 임했다.

"나는 하지 않았다."

"전혀 모르는 일이다."

그저 이 말만 되풀이할 뿐 적극적으로 자신을 변호하려고 하지는 않았다. 억울하지 않아서가 아니라, 어차피 소용이 없다는 것을 알았기 때문이었다.

황궁에 경찰이 들이닥쳤다. 생전 처음 보는 물건이 제 서재에서 나왔다. 이는 곧 아버지가 자신을 죽이려고 마음먹었다는 뜻이었다. 그리고 황제가 그리 마음먹은 이상, 의윤으로서는 할 수 있는 일이 없었다.

내가 너무 안일하게 생각했던 것이야, 하고 의윤은 뒤늦게 후회했다. 황태자의 과거 행실이 낱낱이 밝혀졌으니 이제 황제도 어쩔 수 없을 것이라고만 생각했다. 그런데 황태자를 폐위하는 대신에, 자신에게 이런 누명을 씌워 죽이려 할 줄은 꿈에도 몰랐다.

이미 10년 전에 한 차례 자신을 죽이려 들었던 아버지다. 한 번 있는 일은 두 번도 있을 수 있다는 생각을 왜 미처 하지 못했을까. 하긴 예상했다손 치더라도 사실 대처 방법이 없긴 마찬가지였겠지만.

어차피 살아날 방법은 없다. 의윤은 마음의 준비를 시작했다. 자신이 죽는 것은 아무렇지 않았다. 원래 권력 투쟁이란 것은 패한 쪽이 죽는 것이 아닌가. 오로지 마음이 아픈 것은, 그저 자신을 사랑한 죄밖에 없는 미소가 함께 죽게 된 것이었다. 부모를 잘못 만나 평생 고생만 하며 살아왔던 네가, 커서는 남편을 잘못 만나 어린 나이에 이리 죽게 되는구나. 그렇게 생각하면 마음이 찢어질 것 같았다.

"한 번만 아내를 만나게 해 다오."

검사에게 사정을 해 보았지만 물론 받아들여지지 않았다. 이대로 미소의 얼굴조차 보지 못한 채 죽게 되는 것인가. 의윤이 절망에 빠져 있을 때 황태자가 의윤을 찾아왔다.

"자백을 하시지요."

다짜고짜 하는 말에, 의윤은 코웃음을 쳤다.

"내가 한 일이 아니라는 것을 너도 알고 나도 안다. 그런데 무슨 자백을 하란 말이냐?"

"어쨌든지 형님이 하신 일이 될 것 아닙니까. 어차피 그리 될 일, 자백을 하시는 편이 국민들의 마음이나마 편하게 해 줄 수 있지 않겠습니까? 물론 어머니도 마찬가지고 말입니다."

야릇한 웃음을 짓는 동생의 얼굴을, 의윤은 물끄러미 바라보았다.

"내 동생이 아닌 줄은 진작 알았다마는, 이제 너는 사람조차 아니로구나."

친형을 죽이려 하면서 어떻게 감히 어머니를 들먹일 수 있단 말인가. 이제는 화가 나기보다 오히려 슬프기까지 했다. 분명 어릴 적부터 이런 인간은 아니었는데, 대체 무엇이 동생을 이렇게 만들었단 말인가. 권력이? 그 잘난 황태자의 자리가?

이제는 황제고 황태자고 뭐고 신물이 났다. 시켜 줘도 싫을 지경이었다. 차라리 이런저런 꼴 안 보고 깨끗이 세상을 뜨는 게 낫겠다는 생각마저 들었다.

"어림도 없으니 썩 물러가거라. 꼴도 보기 싫구나."

의윤이 고개까지 돌려 외면하는데도 요는 끈질겼다.

"물론 맨입으로 부탁드리는 것은 아닙니다. 형수님의 목숨을 살려 드리지요."

순간 의윤은 숨을 멈췄다.

"자백을 하십시오. 그러면 형수님만은 무기 징역으로 감형해 드릴 수 있습니다."

교활한 눈으로 의윤을 바라보며 요는 살살 꾀듯 말했다.

"형수님께서는 이제 겨우 스물한 살이십니다. 불쌍하지도 않으십니까?"

그런 요의 얼굴이, 의윤의 눈에는 마치 한 마리 뱀이 혀를 날름거리고 있는 것처럼 보였다.

"어렵지 않습니다. 그저 재판 때 단 한마디, 형님이 하신 일이라고만 말씀하시면……."

"거절하겠다."

끝까지 듣지도 않고 의윤이 딱 잘라 말하자 요는 놀란 얼굴을 했다. 당연히 의윤이 받아들일 거라고 생각했던 것이다.

"세상에 둘도 없는 잉꼬부부인 줄 알았는데 놀랍습니다. 그럼 형수님이 죽어도 좋다는 말씀이십니까?"

"우리는 부부다. 죽어도 함께 죽고, 살아도 함께 살겠다고 맹세한 사이란 말이다. 부부란 원래가 그러한 것이다. 하긴 너 따위가 알 리 없겠다마는."

노골적으로 황태자의 결혼을 비웃고, 의윤은 이어서 말했다.

"만일 미소가 죽고 내가 산다 한들, 사는 게 사는 것 같겠느냐? 미소 역시 마찬가지일 것이다."

왜 살리고 싶은 마음이 없겠는가. 진짜로 미소를 살릴 수만 있다면, 이까짓 목숨이야 백 번 천 번도 더 버릴 수 있었다.

그러나 요가 약속을 지킬 리 없다는 것을 의윤은 너무나 잘 알고 있었다. 자신이 먼저 사형당하고 나면 어떻게든 핑계를 대서 미소 역시 없애 버리고 말 터다. 만에 하나 약속을 지킨다 해도 어차피 감형 없는 무기 징역일 텐데, 평생 감옥에 갇혀 사느니 미소도 차라리 자신과 함께 죽는 편을 원할 거라고 의윤은 생각했다.

"어차피 전하 없이 살아 봐야 사는 것 같지도 않은걸요. 그러느니 그냥 함께 죽겠어요."

언젠가 제 입으로 그리 말했던 그녀가 아니었던가.

"그러면 함께 죽겠다, 이런 말씀이시지요?"

화난 얼굴로, 요는 확인하듯 재차 물었다.

"그렇다."

"뜻은 잘 알겠습니다. 그러면 원하시는 대로 해 드리지요."

비꼬듯 말하고, 요는 자리를 박차고 일어났다.

"……부탁이 있다."

의윤의 조용한 목소리에 요가 뒤돌아보았다.

"자백까지는 할 수 없으나, 반박은 하지 않고 깨끗이 죽겠다. 대신에 죽기 전에 마지막으로 한 번만 비를 만나게 해 다오."

물론 재판에서 만나게 되겠지만, 그때는 수갑 때문에 그녀를 안아 볼 수조차 없을 것이었다. 마지막으로 한 번만 사랑하는 아내를 품에 안아 보고 가고 싶은 마음에 의윤은 동생을 향해 고개까지 숙였다.

"형으로서 하는 마지막 부탁이다."

그런 의윤을 내려다보며 요는 어깨를 으쓱했다.

"형님도 참, 어차피 저승에서 다시 만나게 되실 것 아닙니까?"

굳어지는 형의 얼굴에 대고, 요는 상냥하게 웃었다.

"부디 저승에서나마 못다 한 사랑 꽃피우시기를 진심으로 빌겠습니다."

"어찌 자식이 죽는데 가만히 두고 보려 하십니까!"

피를 토하듯 절규하는 황후의 목소리는 쇳소리가 날 정도로 쉬어 있었다.

"난들 어쩌란 말이오? 떡하니 유의 서재에서 증거가 발견된 것을."

반대로 대꾸하는 황제의 목소리는 차디차기만 했다.

"분명 누군가가 모함을 하려 꾸민 짓이 틀림없습니다. 유가 그럴 사람이 아니라는 것을, 아버지가 되어서 왜 모르시는 것입니까!"

황제가 안색을 굳혔다.

"나는 아버지이기 이전에 황제요. 국본을 살해하려 한 중대한 범죄를, 아들이 한 짓이니까 묻어 두잔 말이오?"

어떤 말을 해도 소용없다는 것을 깨달은 황후는 태도를 바꾸어 매달리기 시작했다.

"차라리 저를 죽이십시오, 폐하. 제가 한 짓으로 하고 제발 우리 유는 살려 주십시오!"

"법이 판단할 일이오."

"재판이 다 무슨 소용입니까. 이 나라에서는 폐하가 곧 법이 아니십니까!"

황후는 곧 실성할 지경이었다. 아들이 죽게 생겼는데, 전혀 구하려 들지 않는 황제를 도저히 이해할 수가 없었다.

"제발 부탁입니다, 폐하. 저와 30년 넘게 부부로 살아온 정을 보아서라도, 제발 우리 유를 살려 주십시오. 제발, 제발!"

늘 단정했던 머리까지 흩뜨리고 미친 듯이 울부짖는 아내를, 황제는 끝내 외면했다.

"황후를 모시고 나가라."

황제는 단호하게 명령했다.

"재판이 끝날 때까지, 다시는 중궁전 밖으로 나서지 못하시게 하라."

대전 내관들의 손에 끌려 나가며, 황후는 핏발이 선 눈으로 뚫어져라 옥좌 위를 바라보았다. 거기에 앉아 있는 남자는 30년간 함께 살아온 남편도, 함께 자식을 낳은 부모도 아니었다.

그저 황제일 뿐.

* * *

의윤과 미소가 긴급 체포되어 끌려간 후, 정 상궁은 반쯤 정신을 놓다시피 한 상태였다. 하다못해 의윤을 망나니로 몰아 폐위시킬 적에도 경찰에 끌려가지는 않았었다. 심지어 반역죄라니, 이것이 가리키는 사실은 명확했다. 죽이겠다는 뜻!

이럴 때 처선이라도 곁에 있었으면 어떻게든 묘안을 생각해 낼 텐데, 늙은 자신의 머리로는 도저히 떠오르는 방법이라고는 없었다. 재판은 며칠 앞으로 다가왔는데 할 수 있는 일은 없고, 하루하루 미쳐가고 있을 때 연락이 왔다. 바로 세연에게서였다.

폭탄 테러 사건 때 한쪽 팔을 잃고, 황태자비에서도 떨어지고, 직장까지 잃은 후 생활이 어려워진 세연을, 그간 미소의 지시로 정 상궁이 돕고 있었던 것이다.

생활비가 떨어졌다든가 병원비 얘기일 것이라고 지레짐작한 정 상궁은 전화를 받지 않았다. 지금은 세연의 사정 따위를 살필 상황이 아니었으니까. 그런데 웬일인지 전화는 무척이나 끈질겼다.

"도대체가 제정신이란 말이오?"

결국 전화를 받고 만 정 상궁의 목소리는 차라리 울부짖음에 가까웠다.

"당신도 사람이라면, 비전하께서 이 정도 도와주셨는데 은혜는 알아야 할 것 아니오! 대체 지금 때가 어느 때라고 염치도 없이……!"

―아니요.

정 상궁의 말을 가로막고, 세연이 말했다.

―바로 그 일 때문에 연락드렸습니다.

* * *

아직은 11월이건만, 강원도의 산간 지역에는 벌써 한바탕 큰 눈이 내린 후였다.

가파르고 좁은 산길에는 눈이 두텁게 쌓여 있었다. 발목 위까지 푹푹 빠져드는 눈 속을, 처선은 아내인 선혜 공주의 손을 잡고 한 발짝 한 발짝 조심히 걸었다.

"자, 내가 밟은 자리만 골라서 디뎌요."

혹여 발이 젖을까 세심하게 살펴 주는 남편의 배려에, 산길을 오르느라 힘든 나머지 발그레하게 상기되어 있던 공주의 얼굴에 수줍은 미소가 번졌다.

"고마워요, 현우 씨."

공주의 손을 꼭 잡고 눈 덮인 산길을 조심조심 오르며, 처선은 재차 확인하듯 물었다.

"그런데 정말 이런 산속에 태상황 폐하께서 계시다는 말씀입니까?"

"네, 저는 그렇게 알고 있어요."

몇 번이나 같은 대답을 들어도 처선은 도저히 믿을 수가 없었다. 한때 대한 제국의 황제이셨던 분께서, 강원도 두메산골의 깊은 산속에서 심마니 노릇을 하며 살고 계신다니!

"인터넷은 그렇다 치고, 전기는 들어온답니까?"

"글쎄요, 아마 안 들어오지 않을까요?"

"맙소사. 그럼 먹을거리나 생필품은 어떻게 조달하신다는 겁니까?"

"혼자는 아니고, 내관 한 분이 함께 계신 걸로 알아요. 그분께서 가끔씩 산 아래로 내려가서 약초를 팔아 그 돈으로 이것저것 사서 올라가신다나 봐요. 할아버님은 약초 캐고 텃밭에 농사만 지으실 뿐, 전혀 산을 내려가지 않으시고요."

처선은 참지 못하고 장인의 흉을 보았다.

"정말이지 황제 폐하께서도 너무하신 분입니다. 부황께서 어디 계신지 알면 생활이라도 좀 도와주실 것이지, 약초를 캐서 연명하게 만드시다니!"

"도우려 하신 건지는 모르겠지만, 아버지께서 할아버님께 몇 번이나 사람을 보냈다가 문전박대만 실컷 당하고 돌아왔다고 하는 얘기를 어머니께 들었어요. 황실의 황 자 붙은 것도 진저리가 난다 하시며 끝내 얼굴조차 보여 주지 않으셨대요."

그렇게 말한 공주가 걱정스러운 듯이 물었다.

"만약에 우리도 안 만나 주시면 어쩌지요?"

친손녀라고는 하지만 사실 얼굴조차 기억이 나지 않는 분이셨다. 선황제께서 지금의 황제에게 양위하시고 홀연히 속세를 떠나셨을 때, 선혜는 갓 태어난 아기에 불과했으니까.

"어떻게든 만나 주시게 만들어야지요."

처선이 비장하게 말했다.

미국으로 도피해서 결혼식을 올리고 달콤한 신혼 생활을 즐기던 두 사람이, 황제에게 붙잡힐 위험을 무릅쓰고 국내에 들어온 것은 물론 의윤 때문이었다. 의윤이 궁녀를 건드려 사생아를 낳았다는 누명을 쓰고 있는데 어찌 모른 체할 수 있었겠는가?

다행히 의윤은 누명을 벗게 되었지만, 그 뒤에 더 큰일이 벌어진 것이었다. 이번에는 폭탄 테러의 범인으로 지목될 줄이야!

물론 처선은 황제가 의윤에게 누명을 씌워 죽이려 한다는 사실을 뻔히 눈치챘다. 그래서 생각다 못해 이렇게 공주와 함께 선황제를 찾아가고 있는 것이었다. 진짜로 그곳에 계실지, 계신다 해도 만나 주실지도 미지수였지만 도저히 이것 외에는 방법이 없었다.

"자, 서두릅시다."

눈발이 날리기 시작하는 가운데, 두 사람은 걸음을 재촉했다.

* * *

"이게 뭡니까?"

세연이 테이블 위에 꺼내 놓은 엄지손가락 한 마디만 한 크기의 물건을, 정 여사는 안경 너머로 뚫어져라 쳐다보았다. 물론 그것이 USB라는 것을 몰라서가 아니라 그 안에 무엇이 들어 있는지 묻는 것이었다.

"폭탄 테러의 범인이 누군지 찍혀 있는 증거 영상이에요."

돌아온 대답에 정 여사는 제 귀를 의심했다.

"이걸 어떻게 유세연 씨가……?"

세연이 어깨를 으쓱했다.

"회사도 잘리고 나니까 할 일이라곤 없더라고요. 그래서 셜록 홈스 노릇 좀 해 봤지요."

세연을 거리낌 없이 버리던 순간, 황태자는 그녀의 귓가에 이렇게 속삭였었다.

"저기 있는 저이가 너보다 백 배는 똑똑하고, 또 천 배는 독하구나. 그러니 얌전히 물러나려무나."

그때 황태자의 시선은 분명 저만치 서 있는 초혜를 향하고 있었다.

황태자에게서 버림을 받은 후, 세연은 천 번 만 번도 더 생각했다. 대체 저 강아지처럼 순해 빠지게 생긴 여자의 어디가 나보다 백 배는 똑똑하고 천 배는 독하다는 것이었을까.

똑똑하다는 것은 그렇다 쳐도, 독하다는 것은 도저히 이해가 가지 않았다. 도대체 무슨 짓을 했기에 황태자의 입에서 나보다 천 배나 독하다는 말까지 나왔을까. 어머니뻘 되는 나이 든 상궁의 뺨까지 후려친 나보다도.

고민 끝에 퍼뜩 생각이 미친 것은, 폭탄 테러 당시에 황태자를 살린 것이 바로 초혜라는 사실이었다. 당시 초혜가 잽싸게 몸을 날려 감싼 덕분에 황태자는 상처 하나 없이 멀쩡했고, 초혜도 가벼운 부상으로 끝날 수 있었다. 운동 신경이라고는 전혀 없어 보이는 여자가 어떻게 그런 일을 해낼 수 있었을까. 혹시 황태자가 독하다 한 것은, 그 사건을 뜻하는 것은 아니었을까……?

거기까지 가정한 세연은 어떻게든 증거를 찾으려 애썼다. 폭발 당시의 영상을 구하려 했지만, 이미 방송국에서 촬영한 자료나 근처에 설치되어 있던 CCTV 영상 등은 죄다 수사 목적이라며 경찰에서 철저히 압수해 간 후였다.

그러나 끈질기게 수소문한 끝에, 세연은 겨우 영상 하나를 입수할 수 있었다. 바로 폭발 현장에서 한참 떨어져 있던 곳의 차량에 설치된 블랙박스에 찍힌 영상이었다. 방송국이나 경호 차량이 아니라, 어쩌다 근처에 잠시 세워져 있던 민간 차량이어서 경찰에서도 미처 파악하지 못하고 빠뜨린 모양이었다. 정작 블랙박스의 주인조차 폭발 당시의 영상이 찍혀 있다는 것을 까맣게 모르고 있을 정도였다.

너무 멀리서 찍혔기 때문에 사람의 얼굴은커녕 복장조차 제대로 식별이 가지 않을 지경이었지만, 누군가가 몸을 날려 다른 사람을 감싸는 장면만은 충분히 알아볼 수 있었다. 그 영상으로, 세연은 비로소 범인이 누구라는 것을 확실히 알았다.

"이거면 충분히 증거가 될 거예요. 어떤 식으로 사용하시든지 그건 알아서 하실 일이고요."

"그래서 범인이 누구란 말입니까?"

"그 안에 다 들어 있어요. 보시면 자연히 알게 되실 거예요."

세연은 그렇게 대꾸하고, 용건은 다 끝났다는 듯이 자리를 털고 일어났다.

"한 가지만 물읍시다. 이걸 왜 내게 주는 것이오?"

세연의 얼굴을 올려다보며, 정 상궁이 물었다.

"혹시나 우리 비전하의 은혜에 감읍해서, 누명을 벗겨 드리고 싶은 것이오?"

이 악독하고 건방진 여자도 일말의 고마움은 느낄 줄 아는 것일까. 세연에게 뺨까지 맞은 적이 있는 정 상궁은 그것이 못내 궁금했다.

그러나 세연은 말도 안 된다는 듯이 피식 웃었다.

"제가 어디 그런 거 신경이나 쓸 사람 같아 보이시나요?"

웃음 끝에 세연은 문득 무서운 얼굴로 뇌까렸다.

"단지 복수하고 싶을 뿐이에요. 내 것을 빼앗고, 날 이 지경으로 만든 인간들에게."

돌아서서 저만치 사라질 때까지 그녀는 고맙다는 말 따위는 한마디도 하지 않았지만, 정 상궁은 어렴풋이 느낄 수 있었다. 이것이 저 여자 나름대로의 고마움의 표현이라는 것을.

우리 비전하께서 기어이 덕으로 사람을 움직여 놓으셨구나. 암, 그럴 만하지. 그럴 만하고말고. 뭉클한 마음에 정 상궁의 눈에 눈물이 어렸다.

전혀 생각지도 못했던 사람이 이렇게까지 해 주었으니 이제 이것을 세상에 알리는 것은 오로지 자신의 책임이었다. 온통 황실에 장악당한 언론에 제보를 하는 것은 자살행위나 다름없다. 인터넷에 퍼뜨리자니 컴맹에 가까운 몸으로서는 어디에 어떻게 올려야 할지조차 알 수 없었다.

'그렇다면…….'

정 상궁은 USB를 손에 꽉 쥐었다.

* * *

싸락눈이 간간이 날렸다. 눈 쌓인 마당에 처선과 선혜 공주 두 사람이 나란히 무릎을 꿇고 있었다. 얼마나 오래 꿇어앉아 있었을까. 무릎이 저렸다. 눈 때문에 젖은 다리는 차갑다 못해 아예 마비된 것처럼 느껴질 지경이었다.

"폐하, 제발 이야기만이라도 들어 주십시오!"

"할아버지, 제발 부탁이에요!"

두 사람의 간절한 목소리에도 불구하고, 꽉 닫힌 방문 안에서 들려오는 노인의 목소리는 완강하기만 했다.

"폐하라니, 글쎄 그런 사람은 여기 없다고 말하지 않았는가?"

"태상황 폐하!"

"태상황은 20년 전에 이미 죽었네. 이 늙은이는 20년 동안 이 산 밑으로는 내려가 본 적도 없는 사람이란 말일세. 그리 알고 썩 돌아들 가게!"

마당 한편에 서서 안절부절못하던 60대 초반의 남자가 다가와서 귀띔했다.

"아무리 버텨도 소용없을걸세. 헛고생 말고 이만 가게나."

아마도 선황을 모시던 선배 내관인 듯했지만 처선은 절대 물러날 수 없었다. 의윤과 미소가 곧 재판을 앞두고 있었다. 항소의 여지도 없이 1심만으로 결판이 나는 것이 반역죄다. 이렇게 초고속으로 재판을 진행한다면 사형 역시 빠르게 집행될 것이 뻔했다.

"폐하께서 손자 되시는 명친왕 이유 전하를 더없이 애지중지하셨다 들었습니다. 그분의 목숨이 경각에 달려 있는데 끝내 모른 체할 생각이십니까?"

이번에는 대답이 돌아오는 것이 조금 느렸지만, 역시나 차디찬 말이었다.

"……죄를 지었다면 마땅히 상응하는 벌을 받아야겠지. 이유는 이미 10년 전에 망나니짓을 하여 황실에 먹칠을 한 끝에 폐위된 바가 있는 자가 아닌가?"

"아닙니다! 전하께서는 누명을 쓰신 것입니다. 누명을 씌워 죽이려 했던 것이 누구인지나 아십니까?"

곁에 공주가 있어서 여태껏 하지 못했던 말을, 처선은 기어이 토해 내고 말았다.

"바로 황제 폐하이십니다!"

순간 공주의 얼굴에 경악이 스쳐 가는 것을 처선은 보았다.

사랑하는 아내이기에 여태 숨겨 왔다. 아무리 그래도 그녀에게는 아버지이기에, 아버지가 친오빠를 살해하려 했다는 것까지는 알게 하고 싶지 않았다. 하지만 이제는 방법이 없었다. 처선은 이를 악물고 말했다.

"이미 10년 전에, 황제 폐하께서는 한 번 전하를 살해하려 하셨습니다. 그 사실을 미리 알고, 전하께서 일부러 망나니짓을 하고 방탕하게 놀아나는 척을 하여 겨우 폐위당하는 것으로 죽음을 대신한 것입니다."

의윤을 곁에서 모시며 그 과정 하나하나를 제 눈으로 지켜보아 온 처선이다. 토해 내는 말 한 마디 한 마디에 절절한 원한과 울분이 서려 있었다.

"이제는 누명을 씌워 아예 부부를 다 죽이려 드시는데, 어찌 모른 척하려 하십니까!"

그러나 방 안에서는 여전히 대답이 없었다. 무슨 말을 해도 소용이 없는 것인가, 하고 처선이 피가 나도록 입술을 깨물었을 때였다.

문득 거짓말처럼 방문이 열리고 그 안에서 80세는 족히 넘어 보이는 노인이 모습을 드러냈다.

칠척장신에 넓은 어깨, 놀랍도록 꼿꼿한 자세의 노인.

수염도 눈썹도 머리칼도 모두 새하얀, 마치 신선을 연상시키는 노인.

바로 이분이 광명 태황제. 세종 대왕 이후 최고의 성군으로 불리며 지금까지도 칭송받는 분이셨다.

"안으로 들어오게."

태상황이 조용히 말했다.

"그래, 네가 바로 선혜로구나."

태상황은 손녀의 얼어붙은 손을 붙잡고 한참 동안이나 어루만졌다.

"지난번에 보았을 때는 아직 황태자비, 아니 황후의 품에 안겨 옹알이를 하고 있었는데…… 벌써 하가(下嫁)[12]하였다고?"

"예, 할아버지. 이이가 저의 남편입니다."

공주가 눈물을 글썽였다. 손녀의 손을 놓고, 태상황은 고개를 돌려 처선을 바라보았다.

"그러니까 10년 전 유가 파락호 짓을 하여 폐위되었던 일이, 모두 연극이었단 말인가?"

"예, 폐하. 황제 폐하께서 당시 황태자이셨던 전하를 사고를 가장하여 살해하려 하셨고, 제가 우연히 그것을 미리 알게 되어 전하께 알렸습니다. 전하께서 황제 폐하께 제발 목숨만 살려 달라 읍소하신 끝에, 일부러 망나니 노릇을 하여 폐위당하고 겨우 목숨만 건지신 것입니다."

태상황의 하얀 눈썹이 미세하게 떨렸다.

"황제는 대체 왜 친자식을 죽이려 들었다던가?"

---

12) 공주나 옹주가 귀족이나 신하에게로 시집가는 것

“전하께서는 할아버님이신 태상황 폐하께서 끝내 이루지 못한 뜻을 언젠가 자신이 이루겠다고 생각하고 계셨습니다. 입헌 군주제를 실시하겠다는 그 생각이, 결정적으로 폐하의 눈 밖에 났던 것입니다.”

곁에서 듣고 있던 선혜 공주의 얼굴이 새하얗게 질렸다. 그토록 품행이 단정했던 큰오빠가 하루아침에 그런 짓을 했을 때는 뭔가 사정이 있었을 것이라 생각은 했지만, 설마하니 아버지가 큰오빠를 죽이려 들었을 것이라고는 상상조차 못 했던 것이다.

이번에 큰오빠가 누명을 쓴 일도 어디까지나 작은오빠 혼자의 짓이라 생각하고 있던 공주였다. 배후에 아버지가 있었을 줄은 꿈에도 몰랐다.

“내 여태 유 그 녀석을 오해하고 있었구나.”

태상황이 하늘을 우러러보며 탄식했다.

“나 때문에 손자가 죽을 뻔한 줄도 모르고 여태……!”

목소리에 짙은 회한이 어려 있었다.

“그래, 지금은 또 무슨 누명을 썼다는 것인가?”

태상황의 물음에 곁에서 나이 든 내관이 덧붙여 설명했다.

“눈 때문에 마을에 내려간 지 꽤 오래되었네. 여기는 TV도 없고, 물론 신문도 오지 않으니 최근에 세상일이 어찌 돌아가고 있는지는 전혀 모르네.”

처선은 그간 있었던 일들에 대해 간략히 설명했다.

“곧 재판이 이루어질 것입니다. 결과는 보나마나 사형일 것이고, 그렇게 되면 일은 돌이킬 수가 없게 됩니다. 그러니 제발 도와주십시오, 폐하!”

처선의 간절한 애원에, 태상황은 비통한 얼굴로 중얼거렸다.

"다 이 늙은이의 죄야. 그때 그렇게 양위하고 물러나서는 안 되었던 것을, 그런 것도 자식이라고 그만……!"

두 사람으로서는 무슨 말인지 전혀 알 수 없었지만, 어쨌든 태상황이 과거에 양위했던 것을 후회하고 있다는 것만은 알 수 있었다.

"그래, 재판이 언제라고?"

"사흘 후입니다."

처선의 대답에 태상황은 고개를 깊숙이 끄덕였다.

"……어떻게든 해 보세."

* * *

영국, 런던.

"연재야, 일어나서 밥 먹고 학교 가야지."

식사 준비를 마치고 딸을 깨우는 화신의 목소리에는 기운이라곤 하나도 없었다. 며칠째 그랬듯 간밤에도 잠을 설친 것이었다. 한국에서 의윤과 미소가 곧 반역죄로 재판을 앞두고 있는데 자신으로서는 할 수 있는 일이 하나도 없지 않은가.

물론 의윤이 누명을 쓴 것이 틀림없다고 화신은 믿었다. 그러니 기사라도 써서 세상에 그의 무죄를 알리고 싶었지만, 증거가 없이는 기사를 쓸 수가 없다. 설령 쓴다 해도 데스크에서 통과시켜 주지도 않을 것이다.

평생의 동지나 다름없는 의윤이었다. 그런 그가, 부인과 함께 죽게 될 판인데 정작 자신은 할 수 있는 일이 없다. 화신은 지독한 무력감과 죄책감에 시달리고 있는 중이었다.

"연재야, 얼른 일어나라니까?"

힘없이 다시 재촉한 순간, 갑자기 딸의 방문이 벌컥 열렸다.

"엄마!"

여태 자고 있는 줄만 알았던 딸이 갑자기 안에서 튀어나오는 바람에 화신은 하마터면 기절할 뻔했다.

"빨리 와서 메일 좀 봐 봐! 빨리!"

"무슨 메일?"

연재가 숨도 안 쉬고 외쳤다.

"방금 보모 할머니한테서 전화가 왔어. 메일 보냈으니까 엄마한테 빨리 보여 주래!"

15. 황제 폐하 만세

의윤의 재판이 있기 이틀 전, 특종을 터뜨린 것은 영국 신문 '데일리 뉴스'였다.

[대한 제국 황위 계승 서열 2인자인 황자, 명친왕 이유가 황태자인 이요를 살해하려 했다는 혐의로 재판을 앞두고 있다. 그러나 이는 혼외자 스캔들을 일으켜 입지가 위태롭게 된 황태자 이요의 자작극으로 추정되며, 그 증거를 '데일리 뉴스'에서 단독 입수하였다.]

'데일리 뉴스'는 현재 대한 제국의 상황을 알리는 상세한 기사와 함께 증거도 제시했다. 바로 세연이 정 상궁을 통해 건넨 그 동영상이었다.

종이 신문에는 폭탄이 터지는 순간 이미 황태자는 예비 황태자비와 함께 저만치 몸을 피해 있었던 장면이 캡처되어 실렸고, 인터넷판 기사에는 아예 동영상이 첨부되어 있었다.

기사를 쓴 기자가 바로 IS에 피랍되었다가 살아 돌아온 것으로 유명한 종군 기자, 에이미 리라는 사실이 신빙성을 더하면서 기사는 금세 전 세계적인 이슈로 번졌다. 증거 동영상의 유튜브 조회 수가 단 하루 만에 1,500만 건을 돌파하고, '데일리 뉴스'를 인용한 기사들이 세계 각국의 언론사에서 터져 나왔다.

기사는 여기서 그치지 않았다.

후속 보도로 에이미 리는 자신이 바로 현재 재판을 앞두고 있는 명친왕 이유의 전 부인이라는 것을 밝혔다. 또한 10년 전에 이미 대한 제국의 황제가 친아들인 그를 살해하려 한 전적이 있다는 것과, 목숨을 살리기 위해 자신이 그와 위장 결혼을 했었던 경위까지 자세히 폭로했다.

전 세계가 대한 제국에서 벌어지고 있는 스캔들로 떠들썩한 와중에 조용한 것은, 오로지 당사국인 대한 제국뿐이었다. 대한 제국 내의 어떤 방송이나 신문도 해외에서 터져 나오고 있는 기사들을 다루지 않았다. 황실이 언론을 완벽하게 장악하고 있는 이상 불가능한 일이었다.

그러나 글로벌 시대에 해외에서 이 정도 화제가 되고 있는 일을 대한 제국 국민들만 모를 수는 없는 일이었다. 황실에서 부랴부랴 해외 사이트 접속을 차단하고 소식을 막으려 노력했지만 소용이 없었다.

심지어 대한 제국은 세계에서도 둘째가라면 서러운 인터넷 강국이 아닌가. 하루도 안 되어 기사 번역문과 동영상이 SNS를 통해 국민들 사이에 쫙 퍼졌다. 하다못해 노인들마저도 휴대폰 메신저로 소식을 공유하는 마당이었다.

[지인들에게 널리 퍼트려 주십시오. 영국 신문 '데일리 뉴스'의 기사를 번역한 것입니다. 기사를 쓴 기자 에이미 리는 바로 전 황태자비이신 이화신 님으로……]

핵폭탄 급의 충격이 국민들을 덮쳤다. 폭탄 테러 사건의 진범이 바로 황태자와 황태자비라는 사실도 그랬지만, 10년 전의 일의 진상이 밝혀진 것도 그에 못지않은 충격이었다.

"결국 10년 전에 폐위되셨던 일도 명친왕 전하 잘못이 아니었다 이거네?"

"살려고 그러셨다잖아. 그것도 모르고 전 국민이 욕했던 걸 생각하면 미안해 죽겠네."

"세상에, 또 누명을 쓰고 이번엔 죽게 생겼으니 우리 전하 불쌍해서 어째."

"덩달아 죽게 된 비전하는 어떻고? 그분은 나이도 어린데!"

사람들은 속았다는 배신감에 치를 떨었다. 배신감은 금세 분노로 번졌다. 이대로 있으면 억울한 사람이 죽게 되고, 진범이 장차 황제가 된다!

분노를 실제로 행동에 옮기는 사람들이 속속 생겨났다. 전국 각지에서 사람들이 피켓을 들고 황궁 앞으로 모여들기 시작했다.

지난날 민식이 반역죄로 잡혀 들어갔을 때, 의윤이 함께 구해 주었던 사람들.

두 사람이 봉사 활동을 다니며 만났던 장애인, 노인들.

의윤과 미소의 팬들.

특히 지난날 의윤과 미소가 신혼여행을 갔을 때 별궁에 묵게 했던 온양의 이재민들은 아예 마을 단위로 줄줄이 관광버스를 타고 상경했다.

부쩍 추워진 날씨에도 불구하고 수천 명의 사람들이 황궁 앞에 모여 시위를 벌였다. 말이 시위지, 절대 존엄인 황실을 상대로 하는 것이어서 감히 큰 소리로 외치는 사람도, 난폭한 짓을 하는 사람도 없었다. 모두가 질서를 지키며 평화롭게 구호가 적힌 피켓을 들고 있을 뿐이었다.

[폭탄 테러 사건의 공개수사를 촉구합니다]

[재판을 연기해 주십시오]

그럼에도 불구하고 이들에게 내려진 것은 뜻밖의 철퇴였다. 순식간에 시위대보다도 많은 경찰들이 몰려와서 하나하나 수갑을 채워 끌고 갔다. 시위에 참가한 사람들 모두를, 반역자에게 동조한 죄로 엄히 다스릴 것이라는 보도가 여기저기서 나왔다.

물론 재판이 연기되는 일 따위는 벌어지지 않았다.

* * *

"뭣이라?"

지밀상궁의 말에 황후의 얼굴이 하얗게 질렸다.

이미 황후는 황제의 명령으로 인해 중궁전에 구금되다시피 한 상태였다. 외부 소식은 모두 상궁들이 대신 전해 주고 있었다.

"그러니까…… 폭탄 테러 사건을 벌인 것이 바로 황태자비란 말이냐?"

"예, 황후 폐하. 증거 영상에 똑똑히 찍혀 있었습니다. 폭탄이 터지기 직전에 황태자비 전하께서 황태자 전하를 안고 몸을 날리신 것이 틀림없습니다."

충격을 받은 나머지 황후는 곧 쓰러질 지경이었다. 내 아들의 목숨을 살렸다고 그토록 어여삐 여겼던 며느리가, 그토록 착하고 순하다 생각했던 그 며느리가 사실은 폭탄 테러의 진범이었다니.

그렇다는 것은 황태자 역시 공범이라는 것인가. 알고도 제 형에게 뒤집어씌운 것인가! 금세라도 심장이 터져 나갈 것만 같아 가슴을 손으로 누르고 있는 황후에게, 지밀상궁이 조심스럽게 말을 꺼냈다.

"그리고 황후 폐하. 또 한 가지 아셔야 할 것이……."

"이번엔 또 뭐란 말이냐?"

차마 제 입으로는 말하기 힘들다는 듯이 지밀상궁은 종이를 건넸다.

"영국 신문에 난 기사의 번역문입니다."

황후는 떨리는 손으로 종이를 받아 들어 읽기 시작했다. 기사는 10년 전, 큰아들인 유가 폐위될 때의 상황을 다루고 있었다. 방금 받은 것보다 백 배는 더한 충격이 황후를 덮쳤다.

내 아들을 죽이려 한 사람이 바로…….

스륵, 황후의 손에서 종이가 미끄러져 떨어졌다. 동시에 정신을 잃고 힘없이 쓰러지는 황후를, 상궁이 놀라서 받아 안았다.

"황후 폐하! 황후 폐하! 거기 누구 없느냐!"

"입건된 자들이 벌써 2천 명이 넘습니다. 이래도 괜찮겠습니까?"

황제에게 묻는 황태자의 얼굴은 불안으로 가득 차 있었다.

초혜에게서 자신이 진범이라는 고백을 듣고 난 후, 증거가 될 만한 것들은 철저히 찾아서 인멸했다고 생각했는데. 국내도 아니고 해외에서 이런 기사가 터질 줄이야 누가 알았겠는가? 이미 국민들도 모두 진실을 알게 된 마당에, 자칫 폭동이라도 일어날까 봐 황태자는 그야말로 가시방석에 앉은 기분이었다.

"시위대가 무슨 난폭한 짓을 한 것도 아닌데 모두 잡아다 가두었으니, 자칫 반발이라도 일어날까 걱정입니다."

하지만 황제는 눈썹 하나 까딱하지 않았다.

"반발은 초기에 강경 진압하지 않으면 일이 커진다. 천안문 사태를 모르느냐?"

중국의 민주화 운동인 천안문 사태 때, 중국 정부는 탱크까지 동원해 강경 진압했다. 정부 측 집계로만도 사상자가 수만 명이 발생한 참혹한 사건이었다.

"시위대란 언제든지 폭도로 변할 수 있는 법이다. 자칫 그리되기 전에 막은 것이다."

확실히 효과가 있었다. 황궁 앞에 모인 시위대 전원을 입건하고, 이들 모두를 반역죄로 기소할 것이라고 기사를 내고 나니 더는 누구도 시위에 나설 엄두를 내지 못하는 분위기였다.

"딱 이틀만 버티면 된다."

자기 자신에게 다짐하듯 황제는 말했다.

"내일이면 재판이 이루어지고, 모레 곧바로 사형을 집행할 것이다. 그러고 나서 증거 동영상은 조작된 것이라고 반박 기사를 퍼뜨리면 된다. 게다가 기사를 쓴 전 황태자비는 두 번이나 이혼한 여자가 아니더냐? 과거의 행실을 문제 삼으면 기사의 신빙성에도 흠집을 낼 수 있을 것이다."

그러나 황태자는 여전히 불안을 떨치지 못했다.

"설마하니 저를 버리지는 않으시겠지요? 아버지."

자칫 황제가 지금이라도 자신을 성난 국민들에게 먹잇감으로 내어주고 혼자 살기를 도모할까 봐 겁이 났다. 그들 부자 사이의 신뢰란 겨우 그런 것이었다.

"너와 나는 한배를 탄 사이다."

황제가 잘라 말했다.

"이미 10년 전에 내가 유를 죽이려 하였던 것까지 밝혀진 이상, 너 혼자만의 문제가 아니란 말이다."

이미 황제에게 있어서 유는 자식이 아니었다. 저를 죽이면 내가 살고, 죽이지 못하면 내가 죽을, 정적이었다.

* * *

재판은 방청객 하나 없이 비공개로 이루어졌다.

"피고인들은 지금껏 수많은 대외 활동으로 황실의 위상을 드높이는 데 공헌하여 왔습니다. 이와 같은 정상을 참작하여, 부디 선처하여 주시기 바랍니다."

국선 변호인은 그야말로 변호를 하는 시늉만 했다. 무죄를 주장하는 것이 아니라, 아예 유죄로 못 박아 놓고 사형만은 면하게 해 달라는 식이었다. 피고인 의윤과 미소가 검찰 조사에서 한순간도 유죄를 인정하지 않았음에도 불구하고.

하지만 두 사람은 별로 실망하지도 않았다. 어차피 그럴 줄 알았기 때문에. 검사가 뭐라고 하든지, 변호인이 뭐라고 하든지 그것도 중요하지 않았다. 뭐라고 떠들든 결론은 정해져 있지 않은가.

재판이 진행되는 내내 의윤과 미소는 수갑을 찬 채 손을 꼭 잡고 있었다. 이야기를 나눌 수는 없었지만, 대신에 서로의 얼굴을 오래오래 마주 보았다. 이제 선고가 내려지고 나면 또다시 따로따로 끌려갈 것이다. 그러니 아마도 이것이 마지막 만남일 것이라 생각하면, 눈을 깜빡이는 순간조차도 아까웠다.

의윤의 마음을 가장 아프게 한 것은, 죽음을 앞두고도 미소가 조금도 두렵거나 슬픈 기색을 보이지 않는다는 것이었다. 의윤의 손을 꼭 잡고 그녀는 오히려 웃어 보였다. 저는 괜찮아요, 하고 말하듯.

서로에게 집중하고 있는 동안 어느덧 형식뿐인 재판은 끝나고, 드디어 판사가 선고를 내리는 순간이 왔다.

나이 지긋한 판사가 기나긴 판결문을 읽기 시작했다.

"피고인 명친왕 이유와 명친왕비 윤미소는, 2017년 X월 X일, 황궁 앞에서 이루어진 황태자비 공개 간택의 마지막 발표 현장에서 황태자 이요 전하의 시해를 시도하였습니다."

어차피 정해진 결론. 의윤과 미소는 판사의 말에 귀를 기울이지 않으려 애썼다. 그러느니 조금이라도 더, 한순간이라도 더 사랑하는 사람을 눈에 담고 싶었다.

"황제 폐하의 은덕으로 인하여 사면 복권되는 크나큰 은사를 받았음에도 불구하고, 그에 만족하지 못하고 황태자의 자리를 노려 시해하려 한 죄는 마땅히 용서받지 못할 것으로……."

슬슬 판결문도 끝나 가는 기미가 보였다. 입술을 움직여, 의윤은 사랑하는 아내에게 작별 인사를 건넸다.

'우리 저쪽에서 다시 만나자꾸나.'

미소가 대답 대신에 더욱더 힘주어 의윤의 손을 잡은 그 순간, 문득 판사의 말이 귀에 들어왔다.

"……그러나 본 재판이 이루어지기 직전에 영국 언론을 통해 본 사건에 대한 결정적인 증거가 폭로되었고, 아직 그 증거를 반박할 수 있는 증거가 나오지 않은 상태입니다."

의윤과 미소는 제 귀를 의심했다. 처음 듣는 이야기였기 때문이었다. 증거라고?

"또한 변호인은 해당 증거를 근거로 하여 피고인들의 무죄를 주장하여야 할 마땅한 의무가 있음에도 불구하고, 재판 과정에서 증거에 대해 언급조차 하지 않았으므로 피고인들이 헌법상 보장된 권리를 보호받았다고 볼 수 없습니다."

검사의 표정이 점점 이상하게 변해 가는 것이 눈에 들어왔다.

"이와 같은 사실과, 또한 법관으로서의 양심에 비추어, 주문과 같이 선고합니다."

짧은 침묵 후, 판사는 결심한 듯이 말했다.

"……주문. 피고인은 무죄."

* * *

그야말로 목숨을 건 판결이었다. 비공개 재판이었기에 하마터면 그대로 묻힐 뻔했지만, 한 기자의 역시 목숨을 건 보도로 인해 재판 결과가 세상에 알려지게 되었다. 공중파 방송국도, 메이저 신문도 아닌

한 이름 없는 인터넷 신문의 기사였다.

[하지만 재판 결과는 철저히 비밀에 부쳐졌고, 무죄 선고를 받은 명친왕 전하 부부 역시 풀려나지 못하고 있다. 또한 해당 판사는 재판 이후 계속 연락 두절 상태로, 황실의 보복 조치가 의심되고 있는 상황이며…….]

이 기사가 인터넷을 통해 일파만파 퍼져 나갔다. 목숨을 내던지다시피 하고 각자의 사명에 따른 판사와 기자의 용감한 행동에 자극을 받은 것은 바로 국민들이었다.

[진실을 위해 목숨을 건 자들을 지키자!]
[언제까지 비겁하게 살 것인가?]
[나가자, 황궁 앞 광장으로!]

황실에 반대하는 여론이 SNS를 통해 불길과 같이 일어났다. 이미 한바탕 시위대가 경찰에 끌려갔음에도 불구하고, 분노한 사람들은 개의치 않고 우르르 황궁 앞으로 뛰쳐나갔다.

"명친왕 전하 부부를 석방하라! 석방하라!"

"진범인 황태자와 황태자비를 구속하라! 구속하라!"

황궁 앞 광장에 구름 떼처럼 모인 시위대는 잔뜩 격앙되어 있었다. 개중에는 아예 쇠 파이프나 죽창 등 개인 무기를 소지하고 나온 사람들도 있었다. 이미 평화 시위를 했던 사람들이 모두 끌려가는 결과를 빚었기에, 좋은 말로 해 봤자 통하지 않을 것이라 생각했던 것이다.

만 명, 2만 명, 3만 명……. 끝없이 모여든 시위대는 이미 경찰 병력으로는 어떻게 해 볼 수조차 없는 규모가 되어 있었다.

"판사를 석방하라! 기자를 석방하라!"

성난 군중은 금세라도 황궁을 덮치기라도 할 것 같은 분위기였다.

이에 황제는 명령을 내렸다.

"군대를 동원하여 폭도를 진압하라."

놀란 대신들 중 몇몇이 목숨을 걸고 반대하고 나섰다.

"폐하, 명령을 거두어 주십시오. 수많은 사상자가 생길 것입니다."

"자칫하면 내전 상황으로 번질 수도 있습니다!"

그러나 황제는 개의치 않았다. 중국의 천안문 사태처럼, 러시아의 피의 일요일처럼 수만 명, 아니 수십 만 명이 죽더라도 상관없다.

시위는 단순히 명친왕의 무죄 주장을 넘어서서 점점 황실 자체를 규탄하는 쪽으로 번져 가고 있었다. 이미 명친왕 부부를 무죄 방면하고 진범인 황태자 부부를 처벌하는 걸로 마무리될 일이 아니게 된 것이다. 사태를 진압하지 못하면 자칫 황제인 자신이 위험해질 판이었다.

"시위대를 강제 해산시켜라. 해산하지 않거든 발포하여도 좋다."

황제의 명령에 군대가 동원되었다. 수십 대의 탱크를 앞세우고, 군인들이 황궁으로 진격하여 시위대와 정면으로 대치했다.

-시위대는 즉각 해산하라. 반복한다. 즉시 해산하라. 해산하지 않을 시 발포한다.

수십 차례의 경고 방송에도 불구하고 시위대는 끄덕도 하지 않았다. 결국 발포 명령이 떨어지고 말았다.

일반 시민들에게 총을 겨누자니 무척 괴로웠으나 결국 명령은 명령. 군인들은 일제히 총을 들어 시위대를 겨누었다. 시위대 역시 조금도 동요하는 기색 없이 군인들과 팽팽하게 맞섰다.

금방이라도 총알이 날아올 것 같은 일촉즉발의 순간.

갑자기 군중 속에서 삿갓을 쓰고 새하얀 두루마기를 입은 흰 수염의 노인이 의연히 걸어 나와서 군대와 시위대 사이에 우뚝 섰다. 노인이 삿갓을 벗자 군중 속에서 여기저기 놀라움의 탄성이 터져 나오기 시작했다.

노인이 누구인지를 알아본 것이었다.

"태상황 폐하……!"

알아본 사람은 알아본 사람대로, 또 몰랐던 사람은 몰랐던 사람대로 모두 경악을 금치 못했다.

20년 전, 황제의 자리를 당시 황태자였던 지금의 황제에게 물려주고 난 후 홀연히 사라져서 여태껏 소식이 없던 태상황이 아닌가. 대부분의 국민들이 벌써 돌아가셨으려니, 하고 생각하고 있었던 만큼 놀라움은 더욱더 컸다.

"저분이 전 황제 폐하야? 진짜?"

"나 교과서로만 봤는데, 대박!"

심각한 상황에서도 사람들은 흥분을 감추지 못했다. 젊은 사람들은 휴대폰을 꺼내 사진을 찍고, 나이 많은 사람들 몇몇은 엎드려 절을 하기도 했다.

술렁이는 군중을 감개가 어린 눈으로 잠시 훑어본 후, 태상황은 등을 돌려 시위대에게 총을 겨눈 군대를 마주했다.

"내 백성입니다."

조용한 목소리는 놀라울 정도로 멀리까지 울려 퍼졌다.

"이들을 쏘려거든 나를 먼저 쏘시오."
태상황은 가슴을 활짝 펴고 시위대와 군인들 사이를 막아섰다.
당황한 것은 군인들이었다. 발포 명령은 떨어졌는데, 선황제가 이렇게 떡하니 막아서고 있으니 쏠 수가 있나?
군인이라 해도 겨우 20대의 청년들이었다. 어릴 적부터 교과서에서 세종 대왕 이후 최고의 성군이라고 귀가 닳도록 배워 왔던 분이 바로 눈앞에 계신데, 거기다 대고 총질을 할 엄두가 나지 않았다. 세종 대왕이 눈앞에 살아 돌아왔다면 누가 감히 총을 쏠 수 있겠는가?
그렇지 않아도 무슨 외국에서 쳐들어온 적의 군대도 아닌 일반 시민, 그것도 대부분이 비무장 상태인 시민들을 향해 총을 쏘자니 마음이 죽도록 괴로운 차였다.
그 누구도 차마 총을 쏘지 못했다.
하나둘씩, 총신이 슬그머니 아래로 내려가고 있었다.

* * *

"뭣이? 아버지께서?"
황제가 자리를 박차고 벌떡 일어났다.
"예, 폐하. 시위대를 쏘려거든 당신을 먼저 쏘라고 하시면서……."
상선이 떨리는 목소리로 아뢰었다.
"이럴 수가……!"
황제의 얼굴이 하얗게 질렸다.
양위한 직후, 머리 깎고 절에 들어가듯 완전히 속세를 버린 아버지였다. 자신이 황위에 오른 지 얼마 안 됐을 적에는 국민적 반대가 예상되는 일이 있을 때마다 아버지에게 사람을 보내곤 했었다. 제발 국민에게 한 말씀만 해 주십사고, 힘을 실어 달라고.

그러나 아버지는 요지부동이었다. 단 한 번도 아들인 황제의 부탁에 응한 적이 없음은 물론, 아예 산 밑으로도 내려올 생각을 하지 않았다. 그래서 평생 저렇게 살다 돌아가시려니 하고 생각했다. 자신이 통치하는 데 도움은 주지 않으시겠지만 그렇다고 방해가 될 일도 없겠구나, 하고.

그 후로는 아예 돌아가신 분인 셈 치고 전혀 계산에도 넣지 않고 있었는데, 대체 이게 무슨 일이란 말인가. 하루아침에 홀연히 나타나 시위대와 군대 사이를 가로막다니!

“병사들도 차마 쏘지를 못해서, 일단 발포 명령은 중지한 상태랍니다. 어떻게 할까요?”

상선이 눈치를 보며 물었다.

생각 같아서는 그냥 쏘아 버려라, 하고 내뱉고 싶었다. 앞길이 구만리인 친자식도 죽이겠다 마음먹은 마당에, 살 만큼 사신 양반을 죽이지 못할 건 또 무엇이란 말인가?

그러나 황제는 선뜻 명령을 내리지 못했다. 분한 일이지만, 자신이 등극한 지 20년이 넘게 지났는데도 여태 국민들은 전 황제를 그리워하고 있었다.

‘선황제 시절은 진짜 살기 좋았지.’

‘암, 그때는 먹고사는 건 지금만 못했어도 희망이라는 게 있었거든.’

그 시절을 겪어 본 사람들은 이런 말을 예사로 하곤 했다. 당시를 살아 보지 못한 세대들은 또 그들대로, 부모 세대에게 이야기를 듣고 커 왔기 때문에 역시나 존경하는 마음이 컸다. 그런 분을 죽거나 다치게 했다가는 사태가 감당하지 못할 방향으로 흘러갈지 모른다. 자칫 성난 군중이 폭도로 변신하여 황궁을 덮치면 어쩐단 말인가?

황제는 차마 다시금 발포 명령을 내리라 말할 수 없었다.

“쏘지 말고 끌어내서 황궁으로 모셔라.”

고심 끝에 황제는 명령했다.

“절대로 털끝 하나 다치지 않으시게 해야 한다.”

* * *

그러나 황제에게 있어서는 안타깝게도, 이것 역시 생각대로는 되지 않았다. 이상한 낌새를 눈치챈 사람들이 일제히 달려들어 삽시간에 태상황의 주위를 겹겹이 에워싸 버렸던 것이다.

“폐하의 털끝 하나 건드리지 못할 것이다!”

“어림없다!”

그야말로 인(人)의 장벽이었다. 열 겹, 스무 겹. 사람들에게 호위를 받듯 빽빽이 둘러싸인 가운데, 태상황은 광장 가운데 설치된 무대에 떠밀리듯 올랐다.

아까까지 사람들이 번갈아 올라가서 시위 구호를 선창하던 간이 무대였다.

“황제의 백성 된 자는 모두 듣도록 하시오.”

이윽고 마이크를 통해 나오는 목소리가 광장 전체에 울려 퍼졌다. 시위대뿐 아니라 군인들, 경찰들도 저도 모르게 귀를 기울였다.

"20년 전, 나는 지금의 황제인 태(泰)에게 양위하고 깊은 산으로 들어갔습니다."

사람들은 깜짝 놀랐다. 한때 황제이셨던 분께서 일반인들을 향해 존대를 하다니! 그러나 바로 다음에 이어진 말에 비하면 별로 놀랄 일도 아니었다.

"당시 황태자였던 태가 아비인 나를 살해하려는 계획을 꾸몄음을 알았기 때문입니다."

군중 사이에서 놀라움이 퍼졌다. 친자식인 명친왕을 죽이려 했던 것도 놀라운데, 심지어 친아버지까지 죽이려 했단 말인가!

"태는 내가 나라를 다스리는 방식을 탐탁하게 생각하지 않았습니다. 스스로가 황제가 되어, 빨리 자신의 정치를 하고 싶어 하였지요."

팔십이 넘은 전 황제의 부드럽고 공손한 말투에서는, 한때 황제였던 사람으로서의 위압감은 전혀 느껴지지 않았다. 말투만 보면 그냥 평범한 노인이나 다름없었다. 그럼에도 불구하고 태상황의 말에는 모두가 자연스럽게 주목하고 따르게 만드는 힘이 있었다.

"그러나 아비인 내가 언제 졸하여[13] 자신이 등극하게 될지 알 수 없으므로, 매우 초조해하는 것이 눈에 보였습니다. 그러다 그만 몇몇 신하들과 공모하여 나를 시해하려는 계획까지 세우고 만 것입니다. 반역죄로 다스려야 마땅하였으나, 차마 둘도 없는 자식에게 그리할 수 없었습니다. 옥좌를 두고 자식과 아귀다툼하고 싶지도 않았습니다. 자식이 그렇게나 갖고 싶다는데, 주어 버리자고 생각하고 양위했던 것입니다. 어차피 언젠가 내가 죽으면 태가 황제가 될 것이니, 조금 일찍 물려준다 해서 크게 다를 것도 없으리라 생각하였습니다."

---

13) 죽음의 완곡한 표현

20년 전의 일을 말하는 태상황의 목소리는, 마치 어제 일인 것처럼 괴롭게 느껴졌다.

"그것이 잘못된 판단이었음을, 자식 하나를 감싸려다 수천만 백성을 괴롭게 만들었음을, 내 이제야 뼈저리게 알겠습니다."

20년 전, 멀쩡히 잘 다스리고 있던 황제가 하루아침에 양위하고 사라졌던 속사정이 이제야 세상에 알려지는 순간이었다.

"지금 누명을 쓰고 붙잡혀 있는 내 손자인 명친왕 이유는 어릴 적부터 이 할아비와 닮은 점이 많았습니다. 그가 폐위까지 당할 정도로 제 아비의 눈 밖에 났던 것은, 바로 할아비가 못다 이룬 뜻을 마저 이루겠다는 포부를 가졌기 때문입니다."

광장을 메운 사람들을 바라보며, 태상황은 폭탄과도 같은 한마디를 내뱉었다.

"바로 대한 제국을 입헌 군주제로 만들겠다는 뜻입니다."

넓디넓은 광장이 쥐 죽은 듯이 조용해졌다.

입헌 군주제라면, 황제가 권력을 내려놓는다는 뜻이 아닌가.

주권을 국민들에게 돌려주겠다는 것 아닌가!

그러나 모두들 얼떨떨하기만 했다. 조선 왕조가 생겨나기 훨씬 전부터 대대로 왕이 다스려 오던 이 나라에 민주주의라니. 도대체 그게 가능하기나 한 것인가.

그간 민주주의 국가들을 보며 부러워해 온 것은 사실이었다. 자기들 손으로 대표자를 뽑고, 하고 싶은 말 다 하고 살 수 있으니 얼마나 좋을까.

그러나 그것이 자신들에게 이루어질 수 있다고는 감히 상상조차 하기 힘들었던 것이다. 왕이나 황제가 다스리는 것이 너무나 당연한 것이었으니까. 민주주의는 다른 세상의 일이라고만 생각하며 살아왔으니까!

"명친왕은 구금된 상태고, 나는 이미 황제의 자리에서 물러난 사람입니다. 그러니 여러분이 스스로 싸워야 합니다. 단순히 명친왕의 석방을 위해서가 아니라, 여러분의 손으로 주권을 황제에게서 빼앗아 오기 위해 싸워야 합니다."

어안이 벙벙해져 있는 군중을 향해 태상황은 독려하듯 말했다.

"바로 오늘, 바로 여기서 여러분은 황제에 맞서 싸울 것입니다."

사방이 고요한 가운데, 갑자기 누군가가 주먹을 부르쥐고 태상황의 말에 호응하듯 고함을 질렀다.

"와아아!"

듣는 사람의 피를 끓어오르게 하는 소리였다.

함성은 빠르게 전염되었다. 금세 주변으로 번지고, 곧이어 온 광장을 가득 메웠다.

"와아아아아아아!"

생전 처음 품어 보는 민주주의에 대한 강렬한 열망이 사람들의 핏줄을 꽉 채웠다. 광장이 떠나가도록, 목이 터져 나가도록, 사람들은 격렬하게 부르짖었다.

"마지막으로 이 늙은이가 부탁 하나 드릴까 합니다."

그토록 시끌벅적했던 광장이 말 한마디에 삽시간에 조용해졌다.

"나는 한때 황제였던 사람입니다. 황제란 억조창생의 어버이라 하지요. 즉 여기 있는 국민 여러분 하나하나가 내게는 사랑하는 자식과도 같습니다."

태상황의 눈빛이 시위대에게, 군대에게, 그리고 저만치 있는 경찰들에게 하나하나 머물렀다.

“부모로서 가장 괴로운 일은 자식들끼리 서로 싸우는 것을 보는 것이지요. 부디 이 늙은이를 보아서라도 서로 싸우지 말아 주십시오.”

시위대 중 무기를 가졌던 사람들이 하나둘씩 슬그머니 발밑에 무기를 떨어뜨리기 시작했다. 군인들도 들고 있는 총이 부끄러운 듯 손을 내렸다. 그 광경을 바라보며 태상황은 말을 이었다.

“나는 황제였기 때문에, 황제 된 자가 무엇을 가장 두려워하는지 알고 있습니다. ……무기도, 군대도 아닌, 바로 국민 그 자체입니다.”

태상황은 고개를 돌려 잠시 황궁을 바라보았다.

“무기는 필요 없습니다. 그저 최대한 많은 사람들이 나와서 한마음으로 뜻을 외치면 그것으로 족합니다. 누구 하나 다치지 않고, 또 죽지 않고도 해낼 수 있는 일입니다.”

끝으로 태상황은 등을 돌려 저만치 눈앞에 있는 황궁을 마주 바라보았다.

“그간 분에 넘치는 자리를 억지로 지키느라 애썼다.”

20년 동안 얼굴도 보지 못한 외아들을 향해, 태상황은 애틋하게 말했다.

“……이제 그만 내려오너라.”

태상황의 연설을 계기로 시위의 방향은 확 달라졌다.

단순히 명친왕 부부의 석방과 진범인 황태자 부부를 처벌해 달라고 외치던 것이, 이제는 황제의 퇴위와 민주주의 국가로의 전환까지 함께 외치게 되었다.

"황제는 퇴위하라! 퇴위하라!"

"민주주의 실현하라! 실현하라!"

점점 더 많은 사람들이 황궁 앞으로 모여들었다. 학생들은 교복을 입고, 직장인들은 양복 차림으로, 엄마들은 아이를 업고, 노인들은 지팡이를 짚고 나왔다.

10만 명, 50만 명, 100만 명…… 이제는 추산하기조차 힘들 정도의 규모로 번졌다.

그러면서도 이 수많은 사람들 중 누구 하나 과격한 행동을 하는 사람이 없었다. 황궁에 쳐들어가 황제를 때려죽이자는 사람도, 황궁 앞을 막아선 군인이나 경찰에게 달려드는 사람도 없었다. 그저 모두가 평화롭게 질서를 지키며 구호를 외치고 피켓을 흔들 뿐.

시간이 갈수록 점점 늘어난 인파는 이제 황궁 앞 광장을 다 채우고도 남아서, 아예 황궁 전체를 둘러싸게 되어 버렸다. 포위된 형국이 되고 만 황제는 그야말로 독 안에 든 쥐 신세나 다름없었다.

이제는 군대를 동원하여 밀어 버리기도 늦었다. 이미 군인들도 총을 내던지고 대부분 시위대에 참가해서 함께 구호를 부르짖고 있는 상황이었다.

"황제는 퇴위하라! 퇴위하라!"

군중이 부르짖는 구호가 넓디넓은 황궁의 뜰을 지나 대전에 있는 황제의 귀까지 들렸다.

일이 이 지경이 되어서도 황제는 물러날 생각은 손톱만치도 들지 않았다. 이 자리가 어떤 자리인데 호락호락 물러난단 말인가. 아버지에 자식까지 죽일 생각을 하면서까지 얻어 낸 자리가 아닌가. 나를 죽이지 않고는 이 자리에서 끌어내지 못하리라!

황제는 일부러 대한 제국 황제의 정복으로 갈아입기까지 하고 옥좌를 지켰다.

"상선, 상선은 어디 있느냐?"

언제부터인가 상선이 모습을 보이지 않았다. 신경질적으로 부르자 겨우 젊은 내관 하나가 나타나서 민망한 표정을 했다.

"폐하, 송구하오나 상선 어른께서는 이미 궁을 나가셨습니다."

"뭐? 내 명령도 없이 어딜 갔단 말이냐?"

"그것이, 다른 내관 선배들과 함께 시위대에 참가하신 줄로……."

황제는 어이가 없었다.

"대체 내관들이 궁을 무단이탈하는데 경비병들은 뭘 하고 있었단 말이냐!"

"그들도 대부분 지난밤에 황궁을 빠져나가 시위대에 가담하였습니다."

갈수록 태산이었다.

황제는 자신의 몰락이 가까이 다가와 있음을 깨달았다. 황실 근위대조차 자리를 비운 지금, 만약에 저 군중이 황궁을 덮친다면 속수무책이다.

궁지에 몰리자 떠오르는 것은 오로지 황후뿐이었다. 자신과 달리 늘 온화하고 자상하여 국민에게 사랑받았던 국모. 황후라면 어떻게든 이 상황을 빠져나갈 방도가 있지 않을까, 하는 생각이 들었다. 국민도 황후의 말이라면 들을 것 같았다. 이제라도 황후를 앞세워서 입헌군주제로 전환하겠다고 공포하면, 허울뿐이나마 황제의 자리는 지킬 수 있지 않을까.

"중궁전으로 가자."

달랑 신입 내관 하나를 앞세우고, 황제는 떨리는 다리를 움직여 제 손으로 중궁전에 가둬 둔 황후에게로 향했다. 가는 길에는 나인 하나, 내관 한 명 눈에 띄지 않았다.

"황제는 물러나라! 물러나라!"

황궁 바깥에서는 우레와 같은 함성 소리가 끊임없이 들려왔다.

저 외치는 사람들 안에 내관도, 나인들도, 황궁 경비대도 있겠지. 반역자들! 황제는 아예 귀를 틀어막은 채 중궁전으로 바삐 걸음을 옮겼다.

"중전! 중전!"

외쳐 불러도 황후는 대답이 없었다. 대신에 하얗게 질린 얼굴로 황제를 맞이한 것은 바로 황태자였다.

"황후는? 네 어미는 어디 갔단 말이냐?"

"아침 일찍 중궁전 상궁들과 함께 궁을 나가셨다 합니다."

"어디로!"

"할아버지의 곁으로 가셨답니다."

황제의 얼굴이 굳어졌다. 아버지의 곁이라면 시위대가 아닌가!

황태자는 기어이 소리 내어 울음을 터뜨렸다.

"어머니뿐 아닙니다. 선혜도 거기 있다 합니다!"

황태자비 역시 아침에 일어나니 이미 곁에 없었다. 남편인 자신을 버리고 어디론가 도망친 모양이었다. 황제를 여기까지 모시고 온 젊은 내관 역시 어느샌가 보이지 않았다.

텅 빈 중궁전에, 아니 황궁 전체에 오로지 황제와 황태자 둘뿐이었다.

허물어지듯 주저앉는 황제의 귀에 또다시 외침 소리가 들려왔다.

"황제는 물러나라, 물러나라, 물러나라!"

우렁우렁한 그 소리가, 황제의 귀에는 마치 하늘의 명령처럼 들렸다.

"……다 끝났구나."

황제는 중얼거렸다.

* * *

그날 저녁, 대한 제국 역사상 가장 놀라운 뉴스가 전국에 전해졌다.

[황제 폐하, 황태자 전하, 동시 퇴위 선언]

[명친왕 이유 전하, 황위 자동 승계]

* * *

모든 채널이 일제히 뉴스를 전하고, 신문은 호외를 발행했다.

헌법상 황제에게 불의의 사고가 생기는 등 직무 수행이 불가한 상황이 발생하면, 자동으로 그다음 황위 계승자가 황위를 물려받게 된다. 이 경우, 황제와 황태자가 동시에 퇴위하였으므로 자동으로 남은 황자인 명친왕이 황제가 되는 것이었다.

재판에서 무죄 판결을 받고도 불법 구금되어 있던 명친왕 부부는 그 즉시 풀려났다.

"황제 폐하, 갈아입으시지요."

교도관이 공손히 내민 옷은 바로 대한 제국 황제의 정복이었다.

"전하!"

바깥으로 나오자 저만치서 미소가 달려와 의윤의 품에 와락 안겼다.

"어허, 전하라니. 이제는 폐하라 불러야지?"

애써 농담으로 대답하는 의윤의 목소리 역시 떨리고 있었다.

"전하, 전하……!"

의윤에게 꼭 안겨 미소는 그동안 참고 참았던 울음을 터뜨렸다.

황제가 되고 황후가 된 기쁨은 다음 문제였다. 죽음의 공포에서 풀려났다는 사실만으로도 눈물이 걷잡을 수 없이 쏟아졌다. 펑펑 우는 미소를, 의윤이 꼭 안고 함께 눈물을 흘렸다. 저승에서나 다시 만날 수 있을 줄 알았던 아내를 이렇게 다시 품에 안아 볼 수 있는 것만 해도 이미 온 세상을 다 얻은 것만 같았다.

드디어 황제가 된 지금, 의윤은 새삼 깨닫고 있었다. 세상 무엇보다도, 그토록 꿈꾸었던 황제의 자리보다도 이 여자가 훨씬 더 소중하다는 것을.

"이제 그만 울자꾸나."

한참 후, 의윤은 미소를 안았던 팔을 풀고 소맷자락으로 손수 눈물을 닦아 주었다.

"우리 백성들이 기다리고 있지 않으냐."

감옥에서 나오자마자 새 황제와 황후는 준비된 차에 타고 황궁으로 향했다. 그러나 황궁 앞에서 환영 인파로 변신한 시위대에게 가로막히고 말았다. 수십만에 달하는 사람들이 황제와 황후가 탄 차를 둘러싸고 열렬히 환영했다.

"황제 폐하 만세!"

"황후 폐하 만세!"

도저히 앞으로 나아갈 수가 없을 지경이었다.

"안 되겠구나. 내려서 사람들에게 한마디 해야겠다."

새 황제의 명령에 놀란 것은 경호원들이었다.

"안 됩니다. 이런 상황에서는 도저히 황제 폐하의 안위를 보장할 수가 없습니다!"

그러나 의윤은 아랑곳하지 않았다.

"나를 황제로 만들어 준 것이 바로 저들이다. 나를 해칠 리 없지 않으냐?"

결국 의윤과 미소는 차에서 내렸다.

"와아아아!"

새 황제와 황후가 차에서 내리자 군중이 열렬한 환호를 터뜨렸다. 전 황제는 단 한 번도 이렇게 일반인들에게 가까이 간 적이 없었다. 하물며 경호원 몇 명만 대동하고 수십만 군중 속에 뛰어들다니, 예전 같으면 상상조차 할 수 없는 일이었다.

황제와 황후의 얼굴을 가까이서 보고 감격에 눈물을 흘리는 사람도 여럿이었다.

"황제 폐하!"

"황후 폐하!"

모두들 황제와 황후에게 조금이라도 가까이 가려고 애썼다. 그러면서도 철저히 질서를 지켜서, 서로 밀치거나 넘어져서 밟고 밟히는 등의 사고는 전혀 벌어지지 않았다. 위험해질 만하면 스스로 조심하고 서로 배려하고, 넘어진 사람에게는 손을 내밀었다. 이 수많은 인파가 모여서 시위를 하면서도 사망자는커녕 부상자 하나 내지 않은 사람들이었다.

여기저기서 사람들이 황제와 황후를 향해 손을 뻗었다.

"고생 많이 하셨습니다."

"많이 추우시죠?"

의윤과 미소는 한 사람이라도 더 많이 손을 잡아 주고 인사를 나누려 애썼다. 몇십 미터 떨어지지도 않은 광장 가운데 있는 무대까지 가는 데 한 시간 이상이 걸렸다. 두 사람이 겨우 무대에 오르는 데 성공했을 때는 머리가 흐트러지고 옷이 다 구겨져 있는 상태였다.

"와아아아아!"

뜨거운 환호성이 광장을 메웠다. 한참이 지나도 가라앉을 줄 모르는 환호에, 의윤은 마이크를 잡고도 좀처럼 이야기를 시작할 수가 없었다.

"추운 날씨에 고생들이 많았습니다."

드디어 나온 새 황제의 첫마디에 사람들은 일제히 울컥했다. 11월, 예년보다 일찍 찾아온 추위 때문에 시위를 하는 내내 얼마나 고생을 했던가?

"어릴 적에 할아버지께서 내게 해 주신 이야기가 있었습니다."

조용히 울려 퍼지는 황제의 목소리에 수십만 인파가 쥐 죽은 듯이 귀를 기울였다. 대기하고 있던 방송 카메라들도 모두 황제의 얼굴을 클로즈업했다.

"역사를 돌아보면 성군보다 오히려 암군[14]이 많았다며, 단 한 사

14) 어리석은 임금

람이 수천만 백성의 운명을 좌지우지하는 것에 점점 회의가 든다 하셨습니다. 백성이 주권을 가진다 하여 나라가 늘 옳은 방향으로 굴러가지는 않겠지만, 최소한 누구든 자기 손으로 자신의 앞날을 결정할 수 있는 자유는 있어야 하는 것이 아니겠느냐고 말입니다. 나는 그때부터 꿈꾸었습니다. 언젠가 내가 황제가 되면, 반드시 입헌 군주제를 선포하겠다고 말입니다."

사람들의 가슴이 벅차올랐다. 드디어 이 나라에 민주주의가 실현되는 것인가!

헌법상 대한 제국의 모든 정치적, 군사적 권한은 오로지 황제 한 사람에게 있는 것. 이제 황제의 말 한마디에 나라의 운명이 바뀔 순간이었다.

모두가 한마음으로 숨죽여 황제의 입만 바라보고 있었다. 하지만 황제의 입에서 흘러나온 말은 기대와는 전혀 다른 것이었다.

"……그러나 이렇게 황제가 되고 보니 생각이 바뀌었습니다."

군중이 당황해서 술렁였다.

"내 손으로 돌려주기도 전에, 여러분은 여러분의 손으로 독재자를 무너뜨렸습니다. 이런 국민에게 과연 황제라는 것이 필요한가 하는 생각이 듭니다."

모두가 귀를 의심하는 가운데, 새 황제는 결심한 듯 말했다.

"황실의 운명을 여러분에게 맡기겠습니다."

상상조차 할 수 없었던 말이 황제의 입에서 흘러나오고 있었다.

"국민 투표를 실시하겠습니다. 투표 결과 만일 국민이 황제는 더 이상 필요 없다고 생각한다면, 대한 제국 황실은 해산합니다. 나 역시 황제의 자리를 내려놓고 일반인으로 돌아가겠습니다."

사람들은 어안이 벙벙했다. 추운 날씨에 열심히 민주주의를 외쳤지만 단지 입헌 군주제를 바랐던 것이지, 설마하니 600년 넘게 이어 온 조선 황실 자체를 없애자는 생각까지는 해 본 적도 없었던 것이다. 그런데 새 황제 스스로가 황제의 자리를 내려놓겠다 말할 줄이야.

"하지만 결과가 나오기 전까지는 아직 황제이므로, 그다음 명령을 내리겠습니다."

충격에 얼떨떨해져 있는 사람들을 향해, 젊은 황제는 웃으며 말을 이었다.

"새 나라를 만들기 위해서는 새 헌법이 필요합니다. 헌법을 만들려면 여러분이 뽑은 대표자가 있어야겠지요. 그러니 가장 먼저 국회 의원 선거를 실시하도록 하겠습니다. 황실의 존속을 묻는 국민 투표는 이 선거의 투표와 함께 진행합니다."

황제가 된 후 첫 명령을, 새 황제는 엄숙하게 입 밖에 냈다.

"오늘부터 바로, 선거 준비를 시작하도록 하십시오."

* * *

국민 투표 결과가 나올 때까지 즉위식 준비는 미루라고 새 황제는 명령을 내렸다.

일단 골칫거리인 것은 전 황제와 황태자의 처리에 대한 것이었다. 헌법상 황족은 어떤 죄에도 처벌받지 않게 되어 있다. 아예 사법권의 범위 밖에 있는 것이다. 단 예외는 황족이 황실에 반역을 꾀했을 때뿐인데, 의윤이 폭탄 테러 사건으로 구속이 된 것도 바로 이 때문이었다. 황태자의 목숨을 해하려 한 사건이기 때문에.

즉 전 황제와 황태자에게 죄를 물을 방법이 없었다. 있다면 오로지 현 황제인 의윤이 직접 명령하는 것뿐이었는데, 이 부분이 의윤을 괴롭혔다.

비록 자신을 죽이려 했던 아버지와 동생이지만, 의윤은 이들과는 천성부터가 달랐다. 제 손으로 직접 이들을 벌하라 명령을 내려야 한다는 것이 너무도 괴로웠다. 그렇다고 죄지은 자들을 벌하지 않은 채 그냥 넘어갈 수도 없었다.

고심 끝에 의윤은 법의 심판에 맡기기로 했다. 낡은 법이 아니라, 국민들이 뽑은 대표자들의 손으로 만들어질 새 법의 심판에. 결국 새 법이 만들어지고 재판을 받기 전까지, 전 황제와 황태자는 비어 있는 이화원에서 구금 상태로 지내게 되었다.

이제 문제는 어머니인 전 황후의 거취였다.

"괜찮으시다면 전처럼 중궁전에서 계속 지내셔도 됩니다."

황제가 된 아들의 말에, 전 황후는 고개를 저었다.

"아니다. 이제 나는 황후도 아니거니와, 죄인 된 몸으로 어찌 황궁에 머물겠느냐. 나도 이화원으로 가겠다."

"어머니 잘못이 아니지 않습니까."

"부부는 한 몸이다. 폐하께서 잘못을 저지르실 때 막지 못한 것도 내 잘못이니라."

그렇게 말하고 전 황후는 씁쓸하게 웃었다.

"비록 죄인이지만 결국은 내 남편이고 내 자식이다. 모든 것을 잃었는데, 나라도 그들 곁에 있어야 하지 않겠느냐."

어머니의 완강한 뜻을 의윤도 결국 꺾을 수 없었다.

"가끔 찾아뵙겠습니다. 황제가 아니라, 아들로서 말입니다."

마지막으로 인사를 건네는 아들을, 전 황제는 끝내 고개를 돌려 쳐다보지도 않은 채 말없이 이화원으로 떠났다.

"이제는 떠나지 마시고 제 곁에서 도와주십시오, 할아버지."

의윤이 간곡하게 부탁했지만 태상황은 고개를 저었다.

"자식을 잘못 키워 나라를 망하게 만들 뻔한 죄인이 어찌 황제의 곁에 머물겠느냐?"

"하지만 할아버지……."

"어차피 이제는 황제가 있을지 없을지도 모르게 된 마당이다. 만일 황제로 남는다 해도 이미 나랏일은 네 소관이 아니지 않겠느냐. 그리되면 시간이 많이 남을 테니, 이 할아비를 보러 가끔 놀러 오려무나. 내 산에서 기다리고 있으마."

이렇게 태상황마저 원래 지내던 거처로 돌아가는 것으로, 대한 제국을 흔들어 놓은 희대의 사건은 일단락되었다.

한편 시위 때문에 황궁이 혼란한 틈을 타서 도망 나와 해외로 피신했던 황태자비는 그 후 얼마 안 되어 붙잡혀서 국내로 송환되었다. 송환되자마자 그녀의 변호인단이 내민 것은 바로 이혼 소장이었다. 이혼하면 민간인의 신분이 되는 것을 이용하여, 황태자와 함께 저지른 죄에서 최대한 몸을 빼겠다는 의사의 표현이었다.

황태자는 별 이의를 제기하지 않고 이혼에 합의했고, 덕분에 초혜는 일단 황태자와 함께 이화원에 구금되는 신세를 면하고 재판 전까지 자유의 몸이 되었다. 재판 역시 국내 최고의 로펌에서 꾸려진 초호화 변호인단을 이용하여, 최대한 적은 형량을 받게 될 것이라는 언론의 예상이 이어졌다.

일견 똑똑한 처신이었으나, 초혜와 그녀의 친정이 미처 생각하지 못한 부분이 있었다. 바로 성난 국민들이었다.

"이혼만 하면 죄가 없어지나?"

"황제도 벌을 받게 생겼는데 제가 뭐라고 혼자서 몸을 빼려고 해?"

"세상에서 제일 착한 척하더니 폭탄은 정작 제 손으로 터뜨리고, 구미호 같으니."

성난 국민들은 해당 그룹 계열사 전체의 불매 운동을 벌였고, 재판을 받기도 전에 그룹 전체가 휘청거릴 정도로 큰 타격으로 이어졌다. 주가는 하락하고, 매출은 떨어지고, 투자자들은 너도나도 손을 뗐다.

그룹 전체 부도까지 예상되는 상황에 결국 친정도 초혜를 포기했다. 친정에서 버림받은 초혜는 변호인 하나 선임하지 못하고 국선 변호인만으로 재판을 기다리는 처량한 신세가 되고 말았다.

새 황제와 황후는 각각 대전과 중궁전에 자리를 잡았다. 그리고 빈 동궁에는 공주와 부마가 들어와 살게 되었다. 원래 결혼 전에 공주는 중궁전에서 황후와 함께 살았는데, 이제는 결혼한 몸이 되었으니 따로 살림을 나는 것이 편하지 않겠느냐는 황제의 배려였다.

"어차피 곧 나가야 할지 모르는데, 그때까지만이라도 마음 편히 지내야 하지 않겠느냐."

의윤은 웃으며 농담을 했지만 이 말에는 속뜻이 숨어 있었다.

새 황제가 황실에 대한 보도에 어떤 제한도 두지 않겠다고 선언한 이후, 모든 언론이 저마다 자유롭게 기사를 쓰고 있었다.

[600년을 이어 온 황실을 어떻게 하루아침에 없앨 수 있는가?]

[영국의 사례에서 보듯, 황실의 존속은 국가 이미지에도 도움이 된다.]

이렇게 찬성 여론이 있는가 하면, 물론 반대 의견도 있었다.

[허울만 남은 황실을 유지해 봤자 국민의 혈세가 낭비될 뿐이다.]
[언젠가 또다시 권력을 꿈꾸는 황제가 나오지 않으리라고 누가 장담할 수 있는가?]

이미 여론은 양쪽으로 갈라져 팽팽하게 대립하고 있는 상태였다.
의윤은 국민 투표 결과가 찬성 쪽으로 날 것이라 생각하지 않았다. 이미 독재자 밑에서 20년간 갖은 고생을 다 한 국민들이 아닌가. 황실이란 게 세금만 낭비했지 해 주는 게 뭐냐는 불평이 자자한 것도 잘 알고 있었다. 아무리 정치권력을 내려놓고 상징으로만 남는다 해도, 국민들이 굳이 황실을 존속시키고 싶어 할 거라는 생각이 들지 않았다.
"잘한 일인지 모르겠구나."
마음의 괴로움을, 그는 황후를 비롯한 주위 사람들에게 털어놓았다. 비록 신념에 따라 행동하였지만 한편으로는 무척 마음이 괴로운 것도 사실이었다.
"조선 왕조 시절부터 자그마치 600년 넘게 이어 온 황실이다. 열성조께서 굽어보고 계시거늘, 어찌 황실의 역사가 네 대에서 끝내는 것을 지켜볼 수 있겠느냐?"
아버지 황제의 말도 틀린 것이 아니었다. 자칫 조선 황실 600년의 역사가 자신의 대에서 끝날 수도 있는 상황에, 죄책감을 느끼지 않을 수 없었다.

"잘하신 것입니다, 폐하."

하지만 처선은 자신 있게 말했다.

"신의 한 수입니다. 자신들의 손으로 직접 선택하였으니, 이제 국민들은 황실을 더욱더 존경하고 사랑할 것입니다."

누구보다도 신임하는 처선의 말이었으나 의윤은 좀처럼 믿을 수가 없었다.

"20년간 독재를 겪고도, 과연 그렇겠느냐?"

마치 천하에 쓸데없는 걱정이라는 듯이 처선은 웃었다.

"현명한 국민들입니다. 국민들에게 맡기시지요."

* * *

뒷수습에 여기저기 혼란스러운 가운데서도 선거 준비는 착착 이루어져, 전 황제가 물러난 지 한 달 만에 드디어 전국에서 투표가 실시되었다.

자신들의 손으로 대표자를 뽑는 사상 첫 선거. 곧 죽게 생긴 환자와 같은 부득이한 사정이 아닌 다음에는, 선거권을 가진 국민들이라면 누구나 투표에 참여했다. 이른 아침, 채 투표가 개시되기도 전에 각 투표소마다 기나긴 줄이 생겼다.

황제와 황후 역시 나란히 팔짱을 끼고 나와 시민들 틈에 끼어 줄을 서서 투표에 참여했다. 투표소에는 국회 의원 선거 투표함과 함께 황실 존속 여부를 묻는 투표함이 나란히 놓여 있었다.

"지금 기분이 어떠십니까?"

기자의 질문에, 투표를 마치고 나온 황제는 솔직하게 대답했다.

"많이 떨리는군요."

반대로 젊은 황후의 대답은 쾌활하기 그지없었다.

"초등학교 반장 선거 때 제 이름 적어 냈던 기분이네요!"

개표가 시작되기 직전에 발표된 최종 투표율은 무려 95퍼센트에 달했다. 전 국민이 손에 땀을 쥐고 국영 방송국 채널에서 나오는 개표 방송을 지켜보고 있는 가운데, 여기저기서 하나씩 당선자가 확정되기 시작했다.

그러나 온 국민의 관심은 정작 자기 지역의 국회 의원이 누가 되었는가 하는 것보다 과연 황실이 존속하게 되는가 하는 데에 쏠려 있었다. 이 투표 결과에 따라 대한 제국은 공화국이 될 수도, 입헌 군주국이 될 수도 있는 것이다.

기다리고 기다리던 자막이 화면에 뜬 것은 새벽 2시경이었다.

[속보 : 국민 투표 결과 확정, 곧 발표]

늦게까지 잠 못 이루고 TV 앞을 지키고 있던 국민들이 숨을 죽이고 지켜보는 가운데, 아나운서에게 쪽지가 전해졌다.

잠시 후, 아나운서는 감격에 떨리는 목소리로 결과를 전했다.

—……황제 폐하 만세.

아나운서가 목멘 소리로 국민 투표의 결과를 알린 그 순간, 늦은 새벽 시간임에도 불구하고 전국에서 우레와 같은 환성이 터져 나왔다.

"와아아아아!"

마치 월드컵 결승전에서 한국 팀이 한 골 넣었을 때와 같은 분위기였다.

물론 그 시각, 의윤과 미소 역시 잠 못 자고 TV 앞을 지키고 있었다. 공주와 부마도 함께.

–전체 투표율 95퍼센트, 이 중에서 찬성률은 80퍼센트입니다.

이어지는 아나운서의 발표를 들은 의윤의 눈에서 뜨거운 눈물이 흘러내렸다.

"……."

제 손으로 황실의 존속을 국민에게 맡겨 놓고 나서도 얼마나 속앓이를 했던가.

600년 황실의 역사가 자신의 대에서 끝나게 될까 봐.

너 따위는 애초에 존재할 필요조차 없었다, 하고 국민들에게 확인받는 꼴이 될까 봐.

그런데 결과가 무려 찬성률 80퍼센트란다. 투표에 참여하지 않은 숫자까지 따져도 무려 전체 국민의 75퍼센트 이상이 황실의 존속에 찬성한 것이었다.

"오라버님!"

공주 역시 감격한 나머지 울음을 터뜨렸다. 내색만 하지 않았을 뿐 황제와 똑같은 마음고생을 하고 있었던 것이다. 껴안고 우는 남매를 바라보며 황후와 부마도 조용히 눈시울을 붉혔다. 그들 역시 무척 감격하였으나 태생부터 황실 자손이었던 남매와는 그 정도가 다를 것이었다.

한바탕 울고 나서야 황제는 고개를 들었다.

"경축드립니다, 황제 폐하."

황후가 다정하게 말했다.

"이제 국민에게 정식으로 인정받은 황제가 되셨으니 한 말씀 하시지요?"

황제가 눈물을 훔치고는 말했다.

"즉위식을 준비해야지. 아주 성대하게 말이오!"

16. 황궁의 사랑싸움

즉위식은 아직 국민 투표의 열기가 가시기 전인 일주일 후에 열렸다. 정확히 말하자면 성대하게 치러진 것은 즉위식이 아니라 그 후에 열린 축제였다.

원래대로라면 대한 제국 황제의 즉위식이니 각국 대사들과 해외에서 온 귀빈, 축하 사절들을 모시고 축하 파티를 열어야 할 것이었지만 이번에는 달랐다. 황궁 안에서 간단히 즉위식 예를 치른 후, 황제는 황궁 앞 광장을 정식으로 개방하여 그곳에서 국민들과 함께 축제를 열었다.

국민이라면 누구나 축제에 참여할 수 있었다. 12월 중순, 추운 날씨에도 불구하고 시위할 때만큼이나 많은 사람들이 광장에 모였다.

"내 아버지는 위엄과 억압으로 나라를 다스렸습니다. 하지만 나는 국민 여러분에게 사랑받는 황제가 되고 싶습니다."

광장에 몸소 모습을 나타낸 황제가 대국민 인사를 했다.

"사랑받아 마땅한 황실이 되기 위해 노력하겠습니다. 국민 여러분의 많은 성원을 바랍니다."

군중은 만세 소리로 뜨겁게 화답했다.

"황제 폐하 만세! 만세! 만세!"

드디어 축제가 시작되었다. 혹시 모를 사고를 방지하기 위하여 술은 한 방울도 제공되지 않았지만 분위기만은 뜨거웠다. 자신들의 손으로 독재자를 몰아내고 새 황제를 세운 기쁨에 사람들은 한껏 취했다.

여기저기 설치된 푸드 트럭에서 공짜 음식과 음료가 무한대로 제공되고, 무대에서는 흥겨운 음악이 울려 퍼졌다. 한창 대세라는 걸 그룹들은 물론, 빌보드를 뜨겁게 만든 보이 그룹, 한류의 중심인 가수들까지 총출동해서 축하 공연을 벌였다.

황제와 황후는 광장 한편에 설치된 단상 위에 앉아 축제를 구경하며, 사람들이 저마다 건네는 인사에 미소로 화답했다.

"스마일 언니 사랑해요!"

여고생의 뜬금없는 사랑 고백에 황후는 윙크를 날렸다.

"폐하, 조공 왔습니다!"

팬클럽에서 선물을 전달하자 황제는 근엄하게 손가락을 움직여 미니 하트를 그려 보였다.

축하 공연이 진행되는 도중에 많은 사람들이 황제와 황후에게 다가와 축하 인사를 건넸다. 이번에 새로 뽑힌 국회 의원들과 해외 귀빈들, 각국 대사들을 비롯한 유명인들이었다.

"축하드립니다, 폐하."

개중에는 연예인들도 여럿 있었지만 그 와중에도 미소를 깜짝 놀라게 만든 사람이 있었으니, 바로 배우 정윤하였다.

"두 분 폐하, 축하드립니다."

웃으며 인사를 건네는 정윤하의 얼굴을 보고, 미소는 그만 대답하는 것도 잊어버렸다.

어린 시절부터 평생토록 황제의 팬이었던 미소다. 가수고 배우고 간에 세상에서 우리 전하가 제일 잘생겼다고 생각했고, 그 믿음은 그의 아내가 된 지금까지도 변함이 없었다. 그런데 태어나서 처음으로 남편보다 잘생긴 남자를 본 것이었다. TV에서 볼 때는 그냥 잘생겼네, 하고만 생각했는데 실제로 보니까 눈이 부실 지경이 아닌가.

"……."

황후가 대꾸도 없이 빤히 쳐다보자 상대도 조금 당황한 모양이었다.

"제 얼굴에 뭐라도 묻었습니까, 황후 폐하?"

정윤하가 민망한 듯이 묻자 황후는 그제야 머뭇거리며 대답했다.

"아, 네. 잘생김이 묻어서……."

주위에서 왁자하게 웃음이 터져 나왔다. 정윤하도 웃으며 손을 내밀었다.

"만나 뵙게 되어 영광입니다, 황후 폐하."

팬 서비스 정신을 발휘한 그는 황후의 손을 잡아 살며시 손등에 입술까지 가져갔다.

"어머나!"

수줍은 소녀처럼 빨개지는 황후의 얼굴에 웃지 않는 자가 없었다.

아니, 단 한 사람 웃지 않고 있는 자가 있었으니, 바로 곁에 앉은 황제 폐하셨다.

* * *

"……이러저러한 일 끝에 최근에는 드라마 '위험한 신혼부부'로 악역 변신에도 성공한, 한마디로 말해 국민 배우라 할 수 있겠습니다."

황제 앞에서 정윤하에 대한 보고서를 한바탕 읽고 난 처선이, 한숨을 푹 쉬며 말했다.

"그런데 폐하. 저도 이제 나름 부마인데, 꼭 이렇게 저를 내관처럼 부려 먹으셔야 하겠습니까?"

하지만 황제는 들은 체도 하지 않았다.

"부마라고 가만히 앉아 놀고먹을 셈이냐? 뭐라도 해야 할 것 아니냐. 황실 예산을 확 줄였으니 내 비서 노릇은 앞으로도 네가 직접 하거라."

"예, 예. 황명인데 따라야지요."

자못 못마땅한 척 입술을 비쭉였지만 물론 장난이었다. 황제의 비서 노릇을 할 사람을 대전 내관 중에서 뽑는다는 소리에, 펄쩍 뛰며 내가 있는데 무슨 소리냐고 나선 것은 바로 처선 자신이었으니까.

"그나저나 국민 배우를 어떻게 이긴다?"

자못 진지하게 고민하기 시작하는 황제를 보고 처선이 혀를 찼다.

"하여튼 폐하도 참. 연예인한테 잠시 혹할 수도 있는 거지 뭐 그렇게 질투가 심하십니까? 게다가 상대는 유부남인데요."

하지만 황제는 펄쩍 뛰었다.

"어허, 그렇게 얕볼 것이 아니다. 황후의 팬심이 어디 보통 팬심이더냐? 황후는 평생 내 팬으로 살다가 결국 나하고 결혼까지 한 인물이 아니더냐!"

그렇다. 대한 제국 최고의 성공한 덕후가 바로 황후라 할 수 있지 않은가? 평생 자신밖에 몰랐던 황후가 다른 남자를 반한 눈으로 쳐다보는 것 자체를, 황제는 참을 수가 없었다.

"글쎄 어젯밤에도 그자가 나오는 드라마를 종일 다시 보기 하고 있지 뭐냐?"

분하기 짝이 없었다. 어젯밤에 중궁전에 갔더니 글쎄 드라마에 정신이 팔려 가지고는 폐하 먼저 주무세요, 하면서 눈길도 안 주는 게 아닌가. 이제야 이런저런 골치 아픈 일이 정리되고, 드디어 제대로 된 신혼을 즐길 참인데!

결국 의윤은 밤늦게까지 미소가 오기를 기다리다 그만 혼자 잠들어 버렸던 것이다.

"……치욕의 밤이었느니라."

지난밤을 떠올리며 의윤이 치를 떨었다.

"어떻게든 황후에게 그자보다 내가 멋있다는 걸 보여 줘야 할 텐데!"

"좀 힘들 것 같은데요. 저도 그때 곁에서 봤는데, 남자가 봐도 반할 만하던데요, 뭐."

거침없는 팩트 폭행에 의윤이 매제를 노려보았다.

"너는 대체 누구 편이냐?"

그제야 처선이 씩 웃었다.

"배우를 미모로 이기기는 힘드니까, 다른 매력을 어필하시는 게 어떨까요?"

"다른 매력?"

"폐하의 가장 큰 무기라면 역시 고전미가 아니겠습니까?"

처선이 황제의 귓가에 입술을 가져갔다.

"……허어!"

얘기를 듣는 황제의 눈이 점점 커졌다.

남편의 이야기를 들은 공주가 어이없는 표정을 했다.

"그래서 폐하께서 정말로 그리한다 하시던가요?"

"예. 나는 농담이었는데 다큐로 받아들이시더군요. 은근히 순진해서 귀여우십니다."

처선이 쿡쿡 웃었다.

"하여튼 현우 씨도 참, 짓궂으세요."

곱게 눈을 흘기는 공주를 향해 처선이 팔을 벌렸다.

"어쨌든 폐하의 일은 폐하께서 알아서 하시게 놔두고, 우리는 이만 잡시다."

은근한 유혹이었으나, 공주는 왠지 남편의 팔을 피해 몸을 뒤로 뺐다.

"미안하지만 당분간은 따로 주무셔야겠습니다."

"아니 왜 갑자기 소박을 주시는 겁니까?"

당황한 처선이 묻자 공주가 수줍게 웃었다.

"올 것이 계속 오지 않아서 검사를 해 봤더니……."

그녀가 내민 것은 바로 두 줄이 선명하게 그어져 있는 흰색 막대기였다.

"이게 설마…… 그런 뜻입니까?"

눈치를 챈 처선이 더듬거리며 묻자 공주가 고개를 끄덕였다.

"네. 아기를 가졌어요."

다음 순간, 처선이 감격에 차서 공주를 끌어안았다.

"고맙습니다. 고맙습니다……."

울먹이는 목소리에 공주도 가슴이 뭉클했다. 부모 없이 할머니 손에서 자란 남편이 아닌가. 이제 할머니 외에도 자신의 핏줄이 생긴다는 사실에 그가 얼마나 감격하고 있는지, 말하지 않아도 알 것 같았다.

그러나 감동적인 순간은 그리 오래가지 않았다.

"내 당장 폐하께 자랑하러 가야겠습니다!"

야밤에 궁을 박차고 나가려는 처선을 말리느라 진땀을 뺀 선혜 공주였다.

* * *

"으하하하, 내가 바로 조선의 낙하산이다!"

겨울 방학을 이용해서 잠시 입궁한 민식은 입이 귀까지 걸려 있었다.

"나 지난 학기 학고 맞았는데 세상에나 내가 중궁전 나인이 되다니! 이래서 친구는 잘 두고 봐야 한다니까."

"뭐라는 거야, 견습 나인 주제에. 진짜 궁녀 되고 싶으면 대학 졸업하고 정식으로 국가 고시 쳐서 들어와."

황후가 가차 없이 찬물을 끼얹었다.

"야, 그래도 너무한다! 우리 사이에 그까짓 궁녀 자리 하나 못 주냐?"

"노량진에 황시생들이 들으면 이번엔 황후 퇴위하라고 시위하겠다.

황궁 공무원 경쟁률이 몇 대 몇인지나 알아?"
"칫. 그래도 방학 때마다 이렇게 불러는 줄 거지?"
"너 하는 거 봐서."
민식은 아예 방학 내내 미소 곁에서 지내다 갈 셈으로 짐을 싸 들고 들어온 참이었다. 미소는 민식을 위해 중궁전에 방까지 하나 내주었다. 오랜만에 만난 친구 사이에 수다는 끝이 없었다.
"내가 즉위식 잔치 때 정윤하 실물 봤거든? 와, 왜 정윤하, 정윤하 하는지 알겠더라."
민식이 어이없는 표정을 했다.
"정윤하 잘생긴 거 이제 알았냐?"
"아니, 알긴 알았는데 그 정도인 줄은 몰랐지. 나 요즘 정윤하 나온 옛날 드라마들 몰아 보느라고 계속 밤새우고 난리 났다?"
미소가 눈을 빛내며 리모컨을 찾아 들었다.
"마침 잘됐다. 너도 같이 보자."
"이런 한심한 것. 황후 퇴위 운동은 내가 해야겠다!"
미소의 손에서 리모컨을 빼앗아 들며, 민식이 구박했다.
"너는 황후가 돼 가지고 밤새 할 일이 드라마 보는 것밖에 없냐?"
"그럼 뭘 하라고?"
"어서 후사를 보셔서 국민의 성원에 답하셔야지요, 중전마마!"
민식이 소파에서 벌떡 일어나 재촉했다.
"빨리 일어나. 황제 폐하한테 가자."
"안 되는데, 이따 정윤하 드라마 본방 사수해야 되는데……."
"리모컨으로 맞으면 아픈가 안 아픈가 한번 시험해 볼래 너?"
결국 철없는 황후는 친구의 손에 이끌려 대전으로 향하는 신세가 되고 말았다.

대전 내관이 헐레벌떡 들어와서 외쳤다.

"오십니다, 폐하!"

"오, 그래?"

황제는 얼른 미리 준비했던 피리를 꺼내 들고 재빨리 대전의 대청마루로 나가 앉았다.

이래 봬도 어릴 적부터 황태자로서 엘리트 교육을 받아 온 몸이다. 황제가 될 몸이니 전통 학문뿐만 아니라 전통 예술에 대해서도 알아야 한다며, 거문고에 피리에 춤까지 배웠다. 그중에서도 특히 피리는 당시에 명인으로 유명했던 무형 문화재 선생을 모셔 직접 사사받은 것이었다.

달빛이 호젓하게 비치는 황궁의 밤에, 조용하고도 고운 피리 소리가 울려 퍼지기 시작했다.

황제는 단정한 자세로 그림같이 앉아 피리를 불었다. 제가 생각해도 썩 그럴듯한 분위기에 자신감이 절로 상승했다. 이 모습을 보면 그 어떤 여인이라도 반하지 않을 수 없으리라!

두근거리며 기다리는 가운데, 드디어 황후가 모습을 나타냈다.

"폐하……?"

황제를 본 황후의 눈이 놀란 듯이 커다래졌다.

옳지, 나한테 반했구나! 황제가 신이 나서 혼신의 기교를 다해 피리 소리를 높인 그 순간, 황후가 어처구니없다는 듯이 말했다.

"밤에 피리 불면 뱀 나와요!"

황후의 말에 황제는 뒤통수를 뭔가로 세게 얻어맞은 듯한 충격을 받았다. 어머나 멋져라, 하고 황홀한 눈으로 보지는 못할망정, 뭐, 뭐가 나와……?

얼음이 되어 버린 황제에게, 황후는 재차 물었다.

"야밤에 왜 이러고 나와 계시는 거예요? 추워 죽겠는데."

너한테 멋있게 보이려고. 차마 그렇게는 말하지 못하고, 황제는 얼버무렸다.

"겨울밤이 워낙 길지 않으냐. 모처럼 쓸쓸한 분위기를 좀 즐겨 볼까 해서……."

사실은 그런 뜻이었다. 나 지금 외로우니까 같이 있어 줘.

"아, 그러셨어요? 혼자 외로움을 즐기시는데 하마터면 제가 방해할 뻔했네요."

하지만 야속한 황후는 오히려 잘됐다는 듯이 반색을 했다.

"그럼 폐하, 분위기 많이 즐기세요. 저는 이만 물러가 보겠습니다!"

"아니, 잠깐. 그런 것이 아니고……!"

당황한 황제가 황급히 붙잡으려 했으나 황후는 이미 등을 돌려 뛰다시피 중궁전으로 향하고 있었다.

"빨리 가자, 민식아! 드라마 시작하겠어!"

대동하고 온 견습 나인, 민식의 팔을 잡아끌면서.

* * *

다음 날, 저기압 상태인 황제에게 입이 귀에 걸리다 못해 찢어지다시피 한 처선이 달려와서 기쁜 소식을 전했다.

"뭐야? 선혜가?"

"예, 폐하. 아까 함께 황실 주치의에게 가서 확인도 받았습니다. 6주 되었답니다."

처선은 연방 좋아서 싱글벙글 웃음을 감추지 못했다.

"정말 잘되었구나!"

동생 부부의 경사에 의윤 역시 무척 기뻤다.

"축하한다. 내 임부에게 뭐가 좋은지 알아보아서 꼼꼼히 챙기라고 지시해야겠구나."

"감사합니다, 폐하."

인사를 하고 나서야 처선은 의윤의 눈치를 슬쩍 보았다.

"그런데 폐하. 폐하께서도 슬슬 후사를 고려하셔야 하지 않겠습니까?"

"나는 글렀느니라. 글쎄 어젯밤에……."

의윤이 한숨을 푹 내쉬고 어제 일을 일러바쳤다.

"아니, 그래서 드라마 보겠다고 도로 중궁전으로 가 버리셨단 말씀입니까?"

처선이 어이없어했다.

"그래. 요즘은 밤마다 그자가 출연하는 드라마에 푹 빠져 가지고 내 쪽은 쳐다도 안 보는데 이래서야 무슨 후사를 보겠느냐? 하늘을 봐야 별을 따지 않겠느냐?"

황제는 체통도 잊고 애절하게 하소연을 했다. 그만큼 서러웠던 것이다. 정윤하 따위, 생각 같아서는 방송국에 압력 넣어서 출연 금지 시키고 싶다!

잠시 생각에 잠겨 있던 처선이 씨익 웃었다.

"고전미가 안 먹혔다니 현대미로 승부를 보셔야겠군요."

"그게 무슨 뜻이냐?"

"폐하 피아노 칠 줄 아시지 않습니까? 피아노 치는 남자를 싫어하는 여자는 세상에 없거든요."

처선이 자신 있게 말했다.

"피아노라…… 손 놓은 지가 오래라 괜찮을지 모르겠구나."

의윤은 망설였다. 황태자 시절에는 동궁에 피아노가 있었기 때문에 자주 쳤지만, 이화원으로 간 이후로는 전혀 손대지 않았던 것이다.

"좀 서투르시면 어떻습니까? 중요한 건 분위기지요."

의윤은 생각해 보았다. 어려운 건 다 잊어버려서 자신 없지만 그래도 소나티네 정도는 아직 칠 수 있을 것 같다.

"알았다. 그러면 어서 준비하거라."

이리하여 멋진 그랜드 피아노가 중궁전 거실에 놓이게 되었다. 대전이 아니라 중궁전에 갖다 놓은 이유는, 보통 의윤과 미소 둘 다 식사나 잠자리는 중궁전에서 할 때가 많기 때문이었다.

중궁전으로 향하기 전에 의윤은 일부러 옷까지 갈아입었다. 역시 피아노 칠 때는 흰 셔츠에 검정 슬랙스가 제격 아니겠는가.

만반의 준비를 모두 갖추고 중궁전에 도착했는데, 이게 웬일인가. 벌써 안에서 피아노 소리가 들려오고 있는 게 아닌가? 놀라서 급히 들어가 보니 민식이 한창 열정적으로 연주하는 중이었다. 그것도 쇼팽 소나타 중에서도 어렵기로 유명한 3번을!

마치 조성진 빙의한 것 같은 연주였다. 중궁전 내관이고 상궁이고 나인들이고 할 것 없이 죄다 피아노를 빙 둘러싸고 입을 딱 벌린 채 바라보고 있었다.

연주가 끝나자 열렬한 박수갈채가 쏟아졌다.

"아니 민식 양은 어쩌면 그렇게 피아노를 잘 치세요?"

"제가 사실 피아노 전공이거든요, 헤헤."

빗발치는 칭찬에 부끄러운 듯이 웃던 민식이, 문득 사람들 뒤에서 멍하니 서 있는 의윤을 발견했다.

"어머나, 황제 폐하!"

다른 사람들도 황제를 알아보고 얼른 허리를 숙여 인사를 올렸다. 모두들 민식의 연주에 정신이 팔려서 황제가 온 줄도 여태 모르고 있었던 것이다.

"폐하 오셨어요?"

미소가 생글거리며 의윤을 맞이했다.

"민식이 피아노 완전 잘 치죠? 그쵸?"

"그, 그러게나 말이오. 내 깜짝 놀랐구려, 허허, 허허허."

더듬거리며 억지웃음을 지어 보이는 황제에게, 황후가 불쑥 물었다.

"그런데 갑자기 피아노는 왜 보내신 거예요?"

"음? 그, 그게……."

의윤은 차마 사실대로 말하지 못하고 어물거렸다.

"저야 젓가락 행진곡밖에 못 치는 사람이고…… 아, 혹시 폐하께서 치시려고요?"

"아니오!"

의윤은 말 그대로 펄쩍 뛰었다. 방금 이런 엄청난 연주를 보고 난 참인데, 그 앞에서 어떻게 떠듬떠듬 소나티네를 치란 말인가. 멋있게 보이기는커녕 웃음거리나 안 되면 다행이다.

"피아노라니? 나는 그런 것 칠 줄 모르오. 암, 모르고말고."

혹시나 저더러 치라고 할까 봐 황제는 필사적으로 발뺌을 했다. 그러나 뜻밖의 곳에서 태클이 들어왔다.

"아니 폐하, 옛날에 동궁에서는 자주 치시지 않았습니까?"

바로 중궁전 나인들 중에, 황태자 시절 의윤을 모셨던 사람이 있었던 것이다.

"정말요?"

황후의 질문에 나이 지긋한 나인은 웃으며 대답했다.

"예, 어릴 적부터 치셨답니다. 저희들도 무척 즐겨 들었었는걸요."

순간 황후의 눈빛이 번쩍, 하고 빛났다.

"그럼 한번 들어 봐야겠네요."

황제가 불길한 예감에 몸서리친 그 순간. 황후는 주먹을 들어 절도 있게 흔들며 외치기 시작했다.

"폐하! 폐하!"

다른 사람들도 금세 동참해서 외쳤다.

"폐하! 폐하! 폐하! 폐하!"

열렬한 부추김에 의윤은 뒷걸음질 치기 시작했다. 내가 죽어도 피아노를 칠쏘냐!

"재미있게들 노시오. 어흠, 그럼 나는 바빠서 이만."

도망치듯 중궁전을 나오는 의윤의 등골에 식은땀이 촉촉하게 배어났다.

* * *

피아노까지 실패하고 나자 황제는 잔뜩 부아가 났다. 이건 뭐 하는 일마다 되는 게 없어! 하지만 물론 이 정도로 포기할 사람은 아니었다. 이래 봬도 대한 제국 황제 아닌가?

"됐다. 이제 네 조언은 필요 없으니 내가 알아서 할 터이다!"

처선에게 그렇게 선언한 의윤은 인터넷을 뒤지기 시작했다.

초록창과 한참 씨름한 결과 알아낸 것은, 대부분의 여자들이 운전하는 남자의 모습을 좋아한다는 것이었다. 그것도 뒤를 보면서 한 손으로 핸들을 돌려 후진하는 모습이 그렇게 멋있다나?

옳다구나. 의윤은 즉시 미소를 불러냈다.

"드라이브요? 어디 가시게요?"

"글쎄 어디랄 게 있겠느냐. 그냥 되는 대로 달리는 것이지."

의윤은 매력적인 웃음을 띠며 황후를 옆에 태웠다. 자, 이제 나의 멋진 모습을 봐라!

하지만 황제 본인조차도 한 가지 깜빡한 것이 있었으니, 그의 운전 솜씨는 천하에 둘째가라면 서럽도록 서투른 것이었다. 황자로 태어나 황태자로 자라 황제가 된 사람인데 제 손으로 운전할 일이 뭐 그리 많이 있었겠는가?

이화원에 자진해서 틀어박혀 있던 10년 동안은 아예 운전할 일이 전혀 없었다. 미소를 만난 이후 면허를 다시 따서 몇 번 운전하기는 했지만, 환궁하게 되니 역시나 직접 운전할 일이 거의 없어서 장롱면허 상태였다. 그런 상태에서 다짜고짜 고난도의 한 손으로 핸들 돌리며 후진하기를 시전한 결과는 참혹했다.

"폐하!"

미소의 비명에 아차 했을 때는 이미 차 뒤쪽이 중궁전 벽을 확 들이받아 버린 후였다.

"괜찮으냐?"

당황해서 묻자 미소가 허옇게 질린 얼굴로 중얼거렸다.

"괜찮은 것 같아요."

다행히 큰 사고는 아니었지만, 황제와 황후의 사고 소식에 황궁 여기저기서 여러 사람들이 급히 달려왔다.

"괜찮으십니까? 다친 데는 없으십니까?"

두 사람이 무사하다는 것을 확인하고 나자 이번에는 일제히 구박이 쏟아졌다.

"아니, 어쩌자고 손수 운전대를 잡으십니까? 운전사는 뒀다 뭐 하시려고요!"

보모 정 상궁이 타박했다.

"황실 예산도 많이 줄였는데 수리하려면 큰일이군요."

처선에 이어 공주도 한마디 했다.

"문화재 훼손이에요, 오라버님. 조심하셨어야지요."

하다못해 정신을 차린 황후까지도 황제를 탓했다.

"그러게 왜 그렇게 핸들을 심하게 꺾고 그러세요? 넓은 마당에 피할 게 뭐 있다고."

너한테 보여 주려고 일부러 그랬다고는 차마 말 못 하고, 드디어 황제의 안에서 서러움이 폭발하고 말았다.

한껏 비뚤어진 황제가 조용히 말했다.

"다들 물러가거라. 나 혼자 있고 싶구나."

* * *

그로부터 한동안 황후는 황제의 모습을 볼 수 없었다.

처음에는 황제가 중궁전을 찾지 않아도 그냥 일이 바쁘셔서 그러려니 했다. 민식이랑 놀고 같이 드라마 보는 데만도 정신이 없었으니까. 그러나 사흘째가 되자 황후도 슬슬 이상한 낌새를 채지 않을 수 없었다. 원래는 아무리 바빠도 아침저녁으로는 무조건 얼굴을 보고, 다른 건 몰라도 잠은 꼭 같이 자야 하는 분이신데.

며칠 전 사고 때문이지 싶어서 미소는 뒤늦게 후회했다. 실수로 그런 걸 가지고 내가 너무 뭐라고 했나? 미안한 마음에 간식으로 떡볶이까지 손수 해 들고 대전으로 찾아갔는데, 내관이 민망한 얼굴로 앞을 막아섰다.

"저어, 황후 폐하. 죄송하지만 들어가실 수 없습니다."

"뭐라고요?"

"황제 폐하께서 지금은 황후 폐하의 얼굴을 보고 싶지 않다고…… 일단은 중궁전으로 돌아가 계시는 게 좋겠습니다."

미소는 충격을 받았다. 남편 얼굴조차 못 보고 쫓겨나다니! 하지만 더 우겨 봤자 불쌍한 내관만 중간에서 곤란해질 것 같았다.

"알았어요. 그럼 시간 나시거든 중궁전으로 와 달라고 해 주세요. 이것도 전해 주시고요."

결국 떡볶이 그릇만 넘겨주고 돌아서서 터덜터덜 대전을 나오는데, 마침 들어오던 처선과 마주쳤다.

"어, 황후 폐하! 폐하를 뵙고 나오시는 길입니까?"

"아뇨, 못 뵈었어요."

미소가 시무룩하게 고개를 저었다.

"아니, 안에 안 계십니까?"

"계세요. 그런데 제 얼굴 보고 싶지 않다면서 돌려보내라고 하셨다네요."

"이런, 폐하께서 생각보다 많이 삐치신 모양이군요."

처선이 빙글빙글 웃었다.

"폐하도 너무하신 거 아니에요? 그냥 운전 조심하시라는 뜻에서 한마디 한 것뿐인데, 그거 가지고 사흘 동안이나 중궁전에도 안 오시고. 아니, 찾아가도 안 만나 주는 건 대체 뭔데요?"

미소가 때는 이때다 싶어서 일러바쳤지만 웬일로 처선은 냉정했다.

"아시다시피 제가 웬만한 일에는 황후 폐하 편을 드는데, 이번에는 황제 폐하 쪽이 불쌍하십니다."

"네? 제가 뭘 잘못했는데요?"

영문을 모르는 미소는 그저 억울하기만 했다. 아니 내가 뭘 어쨌다고!

"그거야 제 입으로 어떻게 말씀드리겠습니까. 폐하께 직접 들으셔야죠."

"아니 저한테 서운하신 게 있으면 있다고 그냥 말씀을 하시면 될 거 아니에요?"

"어릴 적부터 울기라도 하면 선황께 눈물이 쏙 들어가도록 혼이 나곤 하셨던 분입니다. 제왕이 될 자가 그렇게 약한 감정을 막 드러내면 안 된다고 말입니다."

처선이 달래듯 말했다.

"게다가 지금은 황제가 아니십니까. 내가 이래서 속상하다, 하고 속마음을 솔직히 털어놓기가 쉽지 않으시겠지요."

"그럼 어쩌죠?"

고민하는 미소에게, 처선이 슬쩍 말했다.

"제가 한번 폐하께 술이라도 먹여 볼까요?"
"소용없어요. 소주 두 잔에 기절하셨던 분이라고요."
예전에 이화원에서 삼겹살 구워 먹을 때를 떠올리며 대꾸하자 처선이 혀를 찼다.
"가뜩이나 술 약하신 분한테 다짜고짜 소주를 드리니까 그렇지요. 또 압니까? 살짝 맥주 같은 거 드시게 하면 술술 말이 나오실지."
그 말에 결국 미소도 귀가 솔깃해졌다.
"그래 주시겠어요?"
처선이 자신 있게 말했다.
"맡겨만 주십시오!"

대전 내관이 미소를 부르러 온 것은 그날 밤이었다.
"황제 폐하께서 찾으십니다. 가시지요."
그렇게 말하는 내관은 어딘가 무척 당황스러워 보였다.
"아까 부마께서 오셔서 함께 한잔하셨습니다."
"많이 취하셨어요? 설마 쓰러져 계신 건가요?"
"그건 아닙니다. 아닌데 그게 좀……."
"좀 뭔데요?"
"……일단 가 보면 아실 것입니다."
대체 뭔데 이럴까. 미소는 반은 불안한 마음, 또 반은 호기심에 차서 내관의 뒤를 따랐다. 이윽고 대전에 있는 황제의 침실에 도착한 미소는 내관을 물러가게 하고 살짝 노크를 했다.
"폐하, 저 왔습니다."
기다리고 있었던 듯 문은 금세 열렸다. 한없이 멀쩡해 보이는 얼굴로 의윤이 미소를 맞이했다.

"왔어?"

황제의 첫마디가 조금 낯설게 느껴졌다. 왔느냐, 도 아니고 왔소, 도 아니고 왔어? 라니.

"네, 폐하. 저를 찾으신다기에 달려왔습니다. 그런데 무슨 일로……."

그다음 말은 밖으로 나오지 못했다. 의윤이 번개같이 미소의 입술을 훔쳤던 것이다. 깜짝 놀라서 눈이 커다래져 있는 미소에게, 잠시 후 입술을 뗀 의윤이 낮은 목소리로 속삭였다.

"남편이 아내를 찾는데, 이유가 필요해?"

미소는 어안이 벙벙했다. 대체 뭐지, 이 말투는? 하고 생각하는데, 다음 순간 의윤이 미소의 손목을 잡고 방 안으로 확 끌어당겼다.

곧이어 손을 뒤로 돌려 문을 걸어 잠그는 의윤을 보고 미소는 저도 모르게 긴장했다. 물론 상대가 남편인데 문을 잠근다 해서 딱히 긴장할 이유는 없었지만 왠지 지금은 그가 무척 낯설게 느껴졌던 것이다.

"폐하……?"

가까이 다가오는 황제를 보고 황후는 한 걸음씩 뒷걸음질 쳤다. 아무리 황제의 침실이라 해도 한없이 넓은 것은 아니다. 얼마 못 가서 등이 벽에 부딪쳤고, 그대로 미소는 의윤과 벽 사이에 꼼짝없이 갇히고 말았다.

숨도 제대로 쉬지 못한 채 벽에 바짝 붙어 서서 고개를 돌려 시선을 피하는 미소를, 의윤은 한참 말없이 내려다보고 있었다.

"내가 무서워?"

솔직히 말해 지금은 조금 무섭다. 미소는 정신없이 고개를 끄덕였다.

"저, 적응 안 돼요. 그러니까 그냥 하던 대로 하세요, 네?"

"싫은데."

의윤이 씩 웃었다. 웃음조차도 평소의 부드럽고 점잖은 그것이 아니라, 무척 짓궂으면서도 위험한 미소였다.

"자, 늦었으니까 우리 자자."

의윤이 미소를 번쩍 안아 들어 침대로 옮겼다.

"폐하, 잠깐만요!"

마음의 준비가 안 됐다. 당황한 미소가 얼른 몸을 일으키려 했지만 역부족이었다. 의윤이 금세 미소의 몸 위로 덮쳐 오며 목덜미에 입술을 묻었다.

"쉿, 얌전히 있어, 응?"

동시에 가슴께를 파고드는 손길에 저절로 몸이 굳어졌다. 물론 의윤이 아무리 점잖다 해도 침대에서까지 예의 차리는 남자는 아니었지만, 이렇게 막무가내로 굴었던 적은 한 번도 없었다. 싫다기보다 상대가 사랑하는 남편이 아니라 꼭 다른 남자인 것같이 느껴져서 미소는 도저히 견딜 수가 없었다.

"이러지 마세요!"

저도 모르게 미소는 소리를 지르며 의윤을 확 밀어내 버렸다. 순간 의윤의 얼굴에 상처받은 표정이 떠올랐다. 내심 아차 싶었지만 이미 늦은 일이었다.

의윤은 말없이 몸을 일으켜 침대가에 걸터앉았다.

"그, 그러게 갑자기 왜 이러시는 거예요. 사람 놀라게."

따라서 몸을 일으켜 앉으며, 미소는 떨리는 목소리로 말했다.

"……넌 이런 걸 좋아하지 않느냐."

평소대로 돌아간 말투로, 고개를 숙이고 중얼거리는 얼굴이 조금 쓸쓸해 보였다.

이런 게 뭔지도 모르겠고 왜 이러는지도 모르겠다. 그저 알 수 있는 것은 왠지 단순한 술주정은 아닌 거 같다는 것이었다. 그러고 보니 요즘 계속 하는 짓마다 이상하시다. 야밤에 나와서 피리를 불지를 않나, 뜬금없이 중궁전에 피아노를 갖다 놓지를 않나, 운전도 서툰 사람이 굳이 핸들을 잡았다 사고를 내지를 않나.

“저어, 폐하. 요즘 무슨 일 있으세요?”

미소는 조심스레 물었다.

“내가 너를 얼마나 사랑하는지 아느냐?”

황제의 입술에서 불쑥 튀어나온 것은 엉뚱하게도 사랑 고백이었다. 이 타이밍에서 왜 이런 말씀을 하시나, 하고 의아하게 생각하면서도 미소는 대답했다.

“알죠, 당연히. 저도 폐하를 사랑하는걸요.”

하지만 황제는 고개를 저었다.

“네가 생각하는 그 정도가 아니다. 가끔은 이렇게까지 좋아해도 되나, 싶을 때가 있구나.”

지금껏 의윤에게서 사랑한다는 말은 여러 번 들었다. 그러나 그 말이 이렇게 안타깝게 들린 적은 한 번도 없었다.

“감옥에 갇혀 사형 선고만 기다리고 있을 때, 내 소원은 풀려나서 목숨을 건지는 게 아니라 마지막으로 네 얼굴을 보는 거였다.”

“폐하…….”

“나는 황제다. 아무리 전에 비해 황제의 역할이 줄었다고는 하지만, 그래도 낮에는 대전을 지켜야 하지. 그런데 사실은 어떤지 아느냐?”

스스로가 한심하다는 듯 황제는 엷게 웃었다.

"오늘은 무슨 핑계를 대서 중궁전에 가 볼까, 아니면 무슨 핑계를 대서 부르면 네가 와 줄까. 몸은 대전에 앉아 있으면서도 하루 종일 그렇게 네 생각만 하고 있지."

웃음기 걷힌 얼굴로, 황제는 쓸쓸히 중얼거렸다.

"……내가 좋아하는 것의 반, 아니 또 그 반만큼이라도 나를 좋아해 줬으면 좋겠구나."

* * *

"어제 폐하, 술 안 드셨는데요?"

처선이 어깨를 으쓱하며 말하는 바람에 미소는 크게 당황했다.

"아니, 대전 내관님 말씀으로는 두 분이 같이 술 드셨다고 하던데요?"

"제가 맥주 들고 가기는 했는데 폐하는 한 방울도 안 드셨습니다."

미소는 도저히 믿을 수가 없었다.

"그러니까 그게 술주정이 아니라고요?"

"물론이죠. 술을 안 드셨는데 어디서 술주정이 나오겠습니까?"

"그럼 말투는 갑자기 왜 이상해지셨던 건데요?"

"나름 연구하신 거죠. 왜 요즘 황후 폐하께서 열심히 보시는 드라마 있지 않습니까? 그걸 열심히 보시더니 저한테 그러시더군요. 내가 저렇게 말하면 어떨 것 같으냐, 하고."

"아……!"

그러고 보니 말투가 요즘 드라마 속에서 배우 정윤하가 연기하고 있는 캐릭터와 비슷하긴 했다. 하는 행동도.

"근데 왜 폐하께서 정윤하 흉내를 내시는데요?"

"그야 황후께서 좋아하시니까요."

그제야 미소는 어제 의윤의 행동과 말투가 평소와는 사뭇 달랐던 이유를 깨달았다.

"……넌 이런 걸 좋아하지 않느냐."

그게 그런 뜻이었구나.

"아니, 제가 정윤하 좋아하는 거야 그냥 연예인 좋아하는 거죠. 그게 뭐라고 드라마 보면서 따라 하시기까지……."

"폐하는 그게 부러우셨나 보지요."

처선이 한숨을 내쉬었다.

"스스로 황제라는 자각이 있으시니 차마 표현을 못 할 뿐이지, 질투가 많으신 분입니다. 기억 안 나십니까? 예전에 민식 양 이름만 듣고도 황후께서 남자 만나러 가는 줄 알고 안절부절못하시지 않았습니까."

"참 그랬죠. 제가 요즘 폐하께 너무 소홀했나 봐요."

슬그머니 미안해지는 미소에게, 처선이 불쑥 물었다.

"혹시 일인지하 만인지상(一人之下萬人之上)이라고 아십니까?"

"예. 영의정을 이르는 말이잖아요."

"틀렸습니다. 지금은 폐하가 바로 일인지하 만인지상이십니다."

처선이 딱 잘라 말했다.

"만인의 위에 계시는 분이지만, 한편으로는 어떻게든 황후 폐하의 관심 한번 얻어 보려고 별별 짓을 다 하는 가엾은 남자일 뿐이지요."

"예?"

“요즘 폐하께 관심을 얼마나 두셨습니까? 낮에는 민식 양이랑 노느라 정신없으시고, 밤에는 또 드라마 보신다고 폐하는 아예 소박 주다시피 하시지 않았습니까?”

이화원 시절부터 늘 미소에게는 부드럽고 친절했던 처선이다. 그의 말 한 마디 한 마디에 가시가 느껴져서 미소는 몸 둘 바를 몰랐다.

“그러니 폐하께서 어떻게든 눈길 좀 받아 보려고 저러시지 않습니까. 멋있게 보이고 싶어서 야밤에 나가서 피리 부시고, 중궁전에 피아노 들이시고, 한 손으로 운전하다 사고 내시고.”

듣고 보니 입이 열 개라도 할 말이 없었다. 내가 폐하를 저렇게 만들었구나. 지존이신 분이 일인지하 만인지상이란 소리까지 들을 정도로.

“제가 정말 잘못했네요.”

순순히 잘못을 인정하자 처선이 그제야 빙그레 웃었다.

“잘못한 거 아셨으면, 폐하께 선물을 하나 하십시오.”

“무슨 선물이요?”

“폐하가 죽도록 갖고 싶어 하시는 게 하나 있거든요.”

미소는 고개를 갸웃거렸다. 아무리 정치적 권력을 내려놓았다 해도 황제는 황제다. 대대로 내려오는 황실 소유 재산만도 어마어마했다. 하다못해 폐위되어 이화원에 있을 때조차도 생활에는 전혀 어려움이 없을 정도였다. 갖고 싶으면 뭐든 가질 수 있는 분이, 뭘 그렇게 죽도록 갖고 싶어 하신단 말인가.

“그게 뭔데요?”

처선이 미소의 귓가에 입술을 가져가 속삭인 말에 미소의 얼굴이 확 빨개졌다.

"어머나!"

"황후 폐하께서야 아직 나이 어리시니 별생각이 없으시겠지만, 황제 폐하는 다르시지 않습니까. 서른셋이면 충분히 자기 아이를 갖고 싶어 할 때도 됐지요."

그러고 보니 한숨을 짓던 의윤의 모습이 얼핏 떠올랐다.

"이제 우리 지호도 자주 못 보게 되겠구나."

지호 엄마는 지호를 외국에서 키울 수 있게 허락해 달라고 의윤에게 부탁했었다. 지금은 황제의 허락하에 화신의 도움을 받아 영국으로 떠날 준비를 하는 중이었다.

친자식처럼 키운 연재에 이어 지호까지 한국을 떠나게 되었으니 의윤의 마음이 그 얼마나 허전할까. 자신도 물론 서운하지만, 직접 키운 의윤의 마음은 비할 바가 아닐 텐데.

그런데 나는 그런 폐하의 마음을 다독여 드리기는커녕……. 뒤늦게 자신의 행동을 되돌아보자 미안한 마음에 눈물이 날 것 같았다.

물론, 가만히 앉아서 미안하다고 눈물만 짜고 있을 성격은 아니었지만.

* * *

헌정 사상 첫 국회, 즉 제헌 국회(制憲國會)의 첫 회기가 시작되었다. 첫 회의에는 새로 선출된 국회 의원 전원이 모두 참석했고, 그 앞에서 황제인 의윤이 직접 연설을 했다.

"이제 대한 제국의 미래는 내가 아닌 여러분에게 달렸습니다. 앞으로 국민의 한 사람으로서 여러분을 응원하고 또 지켜보겠습니다."

연설을 마치고 돌아오는 길에 의윤은 착잡한 마음으로 창밖을 바라보고 있었다. 이제 권력은 완전히 자신의 손을 떠났다. 옳은 일이라고 생각하지만, 물론 후회하지도 않지만. 그래도 인간인 이상 허전한 마음까지는 어쩔 수 없었다.

마음이 허전하자 황후가 견딜 수 없이 보고 싶어졌다. 곁에 앉아서 웃는 얼굴만 보아도 세상이 다 내 것 같을 것 같은데. 하지만 차마 보러 갈 용기가 나지 않았다.

"이러지 마세요!"

어젯밤에 미소가 그렇게 외치며 자신을 밀어내던 것이 계속 떠올랐다. 갑자기 이상하게 구니까 무리도 아니었으리라 생각하면서도 입맛이 썼다. ……그저 네게 다가가고 싶은 것뿐인데, 나는 자꾸 바보같이 헛발질만 하는구나.

하염없이 생각에 빠져 있느라, 의윤은 이윽고 황궁에 도착한 차가 대전이 아닌 엉뚱한 방향으로 향하는 것도 일찌감치 눈치채지 못했다. 알아챘을 때는 이미 차가 중궁전에 들어서고 있었다.

"아니, 왜 대전으로 가지 않고?"

놀라서 기사에게 묻자 옆에 앉아 있던 처선이 대신 대답했다.

"얼굴에 황후 폐하가 보고 싶으시다고 쓰여 있길래 제가 그리하라 했습니다."

의윤은 끙, 하고 신음을 내뱉었다. 뭐라고 사과를 해야 할까, 고민하며 차창을 내려 밖을 내다보는데 이상하게도 분위기가 왠지 무척 부산했다. 중궁전 앞뜰에 각종 가구와 짐 따위가 잔뜩 쌓여 있고, 사람들이 분주히 오가며 짐을 안으로 옮기고 있는 것이었다. 마치 누가 이사라도 오는 것 같은 분위기였다.

"옷장은 제 옷장 옆에 나란히 놓아 주시면 돼요."

"침대는 두 개씩 필요 없으니 하나는 처분해 주세요. 이게 더 크니까 제 침대를 치우고 이 침대를 들이는 게 좋겠네요."

부산한 가운데 황후가 서서 직접 이것저것 지시를 내리고 있었다. 놀란 황제는 얼른 차에서 내려 물었다.

"이게 다 뭐요?"

"어머나 폐하! 벌써 다녀오셨어요?"

황후가 반갑게 웃으며 황제를 맞이했다.

"국회 연설은 잘 하셨어요? 짐 옮긴다고 정신이 없어서 미처 중계도 못 봤네요."

"잘 끝내고 왔소. 그런데 이건 다 뭐란 말이오?"

"폐하 짐이에요. 대전에서 옮겨 왔어요."

"내 짐을? 어째서?"

"앞으로 여기서 저랑 함께 살아요. 중궁전에서 먹고 자고, 일하실 때만 대전으로 출근하시면 돼요. 회사 출근하는 것처럼 말이에요."

무척 자연스러운 대답에 의윤은 당황했다.

아무리 부부라도, 가족이라도 생활 공간은 엄격히 분리하는 것이 궁중 법도였다. 황제는 대전에, 황후는 중궁전에, 황태자는 동궁에. 황궁에서 태어나 자라 온 의윤의 사고 체계 안에서는 그것이 당연한 일이었고, 바꾸겠다는 생각조차 해 본 적이 없었던 것이다.

"왜요, 혹시 폐하는 저랑 같이 사는 게 싫으세요?"

황후의 물음에 황제는 더듬거리며 대답했다.

"아니, 그런 건 아니오. 하지만 어디까지나 엄연히 전통이라는 게 있는데 그걸 어찌 하루아침에……."

하지만 황후는 딱 잘라 말했다.

“전통은 계승해야 할 것이고 악습은 폐해야 할 것이지요. 부부가 따로 떨어져 생활하는 게 과연 전통일까요, 악습일까요?”

“그건…….”

“어차피 지금은 밤마다 어느 후궁의 침소에 들 것인지 골라야 되는 시대도 아니잖아요. 그러니 당연히 부부가 함께 살아야지요. 대한 제국도 통째로 바꿔 버리신 폐하께서 이 정도에 망설이실 이유가 있나요?”

그래도 의윤은 선뜻 고개를 끄덕이지 못했다.

조금이라도 황후의 곁에 더 가까이 있고 싶은 마음이야 왜 없겠는가. 생각 같아서는 이쪽에서 짐 싸서 쳐들어오고 싶은 심정이다. 하지만 황후의 말대로 이미 너무나 많은 것을 바꾸었기에, 그래서 더 주저할 수밖에 없었다. 이래도 되는 것일까. 내가 황제가 되었다 해서, 수백 년을 이어 온 궁중 법도마저 이렇게 한순간에 바꿔 버려도 괜찮은 것일까.

망설이는 의윤의 마음을 결정적으로 바꿔 놓은 것은 황후의 한마디였다. 수줍은 듯이 황제의 얼굴을 살짝 올려다보며, 황후는 애교스럽게 말했다.

“저 폐하랑 같이 살고 싶단 말이에요. 네?”

머리보다도 심장이 먼저 반응했다. 쿵! 그걸로 게임 끝이었다.

“황후 뜻대로 합시다.”

의윤은 정신없이 고개를 끄덕이고 있었다.

“폐하께서 이사 오신 기념으로 신경 써서 준비했어요.”

저녁 식사 자리에서 황후는 말했다.

확실히 신경을 많이 쓴 식탁이었다. 뭔가 메뉴가 평소 먹던 것들과는 많이 다르긴 했지만. 복분자 주스에 장어구이라니, 구성도 좀 이상하지 않은가? 어쨌든 맛은 좋았기 때문에 의윤은 별 의심 없이 먹었다.

"장어구이가 무척 맛있구나. 너도 한입 먹어 보아라."

주위에 사람이 있을 때는 황후의 체면을 생각해서 말을 높이지만, 단둘이 있을 때는 이화원 시절과 다름없이 편하게 말하는 황제였다.

"자. 아, 하거라."

손수 장어구이를 한 점 집어 먹여 주려 했는데 황후는 고개를 저었다.

"폐하 많이 드세요. 폐하 거니까요."

"음식에 네 것 내 것이 어디 있단 말이냐?"

"이건 꼭 폐하께 올리라고 동궁에서 직접 보내 준 거란 말이에요."

어딘가 이상한 저녁 식사가 끝나고, 황후는 손수 황제의 넥타이를 풀어 주며 말했다.

"그럼 폐하, 씻고 오세요. 저는 먼저 방에 가 있을게요."

"벌써 들어가자는 것이냐? 아직 초저녁인데."

"아, 제가 뭘 좀 만들 게 있어서요. 괜찮으면 폐하께서 좀 도와주시겠어요?"

"만든다? 무엇을 말이냐?"

황후가 황제의 귀에 입술을 가져가서 속삭였다.

"……아기요."

황제는 제 귀를 의심했다. 방금 내가 제대로 들은 게 맞나?

황후는 나이 어린 새 신부답게 수줍음을 많이 타는 편이어서, 대부분 이쪽에서 먼저 어르고 꼬드기고 공을 들여야 비로소 불타는 밤을 보낼 수 있을 때가 많았다. 그런데 초저녁부터 이 무슨 노골적인 멘트란 말인가?

"잊었을까 싶어서 하는 말인데, 아기는 황새가 물어다 주는 게 아니니라. 잠자리에 들어서 부부간의 일을 하여야만……."

혹시나 싶어 말하자 미소는 의윤의 옷깃을 애교스럽게 잡아당기며 고운 눈으로 살짝 흘겨보았다.

"아이 참, 그러니까 같이 만들자고 말씀드리잖아요. 안 도와주실 거예요?"

그 순간 의윤은 몸 깊은 곳에서부터 뜨거운 기운 한 줄기가 뻗쳐오르는 것을 느꼈다. 그 기운은 금세 구석구석까지 퍼져 나가서 온몸을 후끈 달아오르게 했다.

"맡겨만 두거라."

딱 잘라 말하고 황제는 황후를 번쩍 안아 들었다.

넓디넓은 중궁전, 하지만 침실로 향하는 길에는 나인이고 내관이고 간에 개미 새끼 한 마리 눈에 띄지 않았다. 마치 그들을 위해 자리를 피해 준 것처럼.

황제는 이제야 깨달았다. 이 모든 것이 사전에 다 계획된 것이렷다? 그렇다는 것은 아까 저녁 식사 때 나온 복분자 주스니 장어구이니 하는 메뉴도 우연은 아닐 것이었다.

이윽고 침실에 다다라 문부터 단단히 걸어 잠그고, 황제는 황후의 허리에 팔을 감았다.

"이제 보니 네가 나를 무척 우습게 보았구나?"

이마를 맞대고 눈을 들여다보며 짐짓 화난 듯 속삭이자 황후가 흠칫 놀랐다.

"네?"

"복분자에 장어라니, 어디 내가 그런 보양식에나 기대야 할 사람이더냐?"

당황하는 황후에게, 황제는 겁을 주었다.

"이는 마치 불타는 장작에 기름을 들이부은 격이니, 그 후환은 오늘 밤 네가 오롯이 감당해야 할 것이다."

"아닙니다, 폐하! 그게 제가 마련한 것이 아니라……."

황급히 변명을 하려 드는 황후의 입술을, 황제가 날쌔게 제 입술로 덮었다. 그대로 뜨겁게 입맞춤을 하며 침대로 쓰러졌다.

평소 같으면 불부터 꺼 달라는 둥, 부끄럽다는 둥 하며 한참 튕기고 몸을 뺐을 황후가, 오늘은 웬일인지 무척이나 협조적이었다. 불도 끄지 않은 채 옷을 벗기는데도 얼굴만 빨개져 있을 뿐, 황제가 하는 대로 고분고분 몸을 맡기고 있지 않은가?

물론 나야 고맙지. 눈으로, 입술로, 소담한 살갗을 욕심껏 맛보며 황제는 속삭였다.

"갑자기 아기라니, 무슨 바람이 분 것이지?"

흘러나오려는 신음을 억지로 참느라 고운 입술을 꾹 다물고 있던 황후가 그제야 입을 열었다.

"폐하께 새 가족을 만들어 드리고 싶어서요."

순간 황제는 가슴이 덜컥 내려앉았다. 미소가 헤아리고 있었구나, 내 마음을.

부모에 쌍둥이 동생까지 모두 곁을 떠났다. 비록 아버지와 동생과는 사이가 최악이었다고 하지만 한꺼번에 가족을 셋이나 잃은 마음이 허전하지 않을 리 없었다. 그뿐인가. 친자식처럼 키워 온 아이들 역시 하나는 이미 외국에 있고, 남은 하나도 곧 떠날 준비를 하고 있지 않은가. 어쩌면 최근 들어 황후의 관심에 목말라 엉뚱한 짓을 할 정도로 집착하게 된 것은 허전한 마음 때문이었는지도 몰랐다.

물끄러미 내려다보는 황제에게 손을 뻗어, 황후는 그의 뺨을 가만히 어루만졌다.

"폐하를 닮은 아이를 낳을 거예요."

그 순간 황제의 마음속에서 강렬한 감정이 샘솟았다. 방금까지의 욕망보다도 오히려 훨씬 더 생생한 욕심이었다.

내 피와 살을 받아 태어난 진짜 내 자식을 갖고 싶다.

나 자신보다 더 사랑하는, 이 여자의 몸에서 태어난 내 자식을!

"부디 그리해 다오."

간절한 바람을 담아, 황제는 황후에게 입술을 가져가며 속삭였다.

"……이왕이면 너를 닮은 아이였으면 좋겠구나."

17. 가족

새 나라를 세우기 위해서는 먼저 과거 청산이 필요하다는 데에 국회의원들은 뜻을 모았다. 따라서 국회에서 무엇보다도 가장 먼저 만들어 통과시킨 것은 황족 사법 처리에 대한 특별법이었다. 그동안 아예 치외 법권이었던 황족을 법으로 심판할 수 있게 만든 것이었다.

특별법이 만들어지자 곧이어 재판이 시작되었다. 전 황제는 내란을 일으킨 죄로, 그리고 황후와 황태자는 그에 동조한 혐의로 기소되었다. 황태자에게는 내연녀였던 궁녀를 살해했다는 혐의가 따로 추가되었으나, 수사 과정에서 당사자인 궁녀가 멀쩡히 생존해 있음이 드러났기 때문에 그 혐의만은 벗게 되었다.

한 달 동안 진행된 재판 끝에 국민 배심원단이 내린 결과는 이러했다.

전 황제와 황후, 황태자 세 명 모두 황족 신분 박탈.

전 황제, 무기 징역.

전 황후와 황태자, 각각 징역 10년.

"단, 징역은 감옥이 아닌 이화원에 구금하는 것으로 대신합니다."

배심원단의 대표는 법정에서 그렇게 말했다.

"이것이 600년 동안 대한 제국을 이끌어 온 황실에 대한, 그리고 새 세상을 열어 주신 황제 폐하께 대한 우리 국민의 최선의 예우입니다."

"그래도 다행이구나. 이화원에 계시게 되면 고생은 덜하실 테니."

의윤은 애써 안도한 척을 했지만 그의 진짜 속마음을 모를 미소가 아니었다. 자기 손으로 부모와 동생을 이렇게 만든 셈인데 왜 마음이 착잡하지 않겠는가.

"이나마 폐하를 보아서 관대하게 내린 결정이에요. 죄책감 느끼실 필요 없어요."

"……그래."

고개를 끄덕이기는 했지만 의윤의 마음은 끝없이 무겁기만 했다.

감옥살이보다야 낫기는 하겠지만, 전에 자신이 이화원에 있을 때와는 상황이 다르다. 어디까지나 징역을 사는 몸이니 그때처럼 사람을 여럿 부리며 편히 살 수 있는 것이 아니지 않은가.

동생인 요 역시 그의 마음을 끝없이 착잡하게 했다. 이미 마음에서 버린 지 오래인 아버지와는 달랐다. 아버지와 공모해서 자신에게 못 할 짓을 한 것은 마찬가지였지만, 동생에게서는 완전히 정을 끊어 낼 수가 없었다.

원래가 쌍둥이로 태어난 형제다. 어린 시절에는 그 누구보다도 가까운 사이였다. 어릴 적의 요는 이렇지 않았다. 자신과 달리 천성이 차가운 데가 있기는 하지만, 결코 악독하지는 않았다. 황궁 후원에서 어미를 잃고 둥지에서 떨어진 새를 주워 함께 돌보던 기억이 여태 생생했다.

재판 과정을 지켜보면서 한 가지, 의윤이 안도한 점이 있었다. 지호 엄마인 수영은 요가 제 아이를 임신한 궁녀를 몰래 빼돌려 죽였다고 기자 회견에서 폭로했지만, 수사 결과 사실과는 다름이 드러났던 것이다.

사실 요는 궁녀에게서 임신 사실을 듣고, 남의 눈에 띄기 전에 피신시켜 몰래 낳게 하려 했던 것이었다. 아버지인 황제가 알게 되면 아이가 무사하지 못할까 봐, 도자기를 훔쳐 달아났다는 거짓 소문을 퍼뜨려서.

단지 아이는 안타깝게도 중간에 유산되는 바람에 태어나지 못했지만, 어쨌든 요는 제 행동에 책임을 지려 했던 것이다. 분명 수없이 잘못을 저질렀지만 최소한 제 자식을 죽이려 할 정도로 악독한 인간은 아니었다.

그 사실을 알게 된 후부터 의윤의 동생에 대한 안타까움은 더욱 커졌다. 요가 형인 자신을 죽일 생각까지 할 정도로 독해진 것은 비뚤어진 승부욕과 열등감, 그리고 무엇보다 황제인 아버지의 부추김 때문이었을 것이라는 생각이었다.

아버지 같은 아버지가 없었더라면, 나 같은 형이 없었더라면 그 녀석도 이렇게 인생을 망치지는 않았을 것이 아닌가.

"10년. 10년이라……."

어머니와 동생에 대한 안타까움에서 좀처럼 헤어나지 못하는 황제에게, 곁에 앉은 황후가 짐짓 서운한 얼굴을 했다.

"그렇게 슬퍼만 하고 계시면 제가 할 말을 못 하잖아요."

"할 말?"

그제야 황제는 황후를 향해 시선을 돌렸다.

"네."

배시시, 황후가 장난꾸러기 같은 미소를 지었다.

"제가 아기를 가졌답니다."

뭐……? 놀라서 쳐다보는 황제의 손을 잡아 배에 가져가며, 황후는 말했다.

"들리지 않으세요? 우리 아기가 말하고 있네요. 아빠, 슬퍼하지 마세요, 하고 말이에요."

의윤은 칠흑같이 캄캄한 동굴 안에 한 줄기 빛이 비쳐 드는 것을 느꼈다. 절망이 있으면 희망도 있다. 이 아이가 그에게는 그런 뜻이었다.

"오냐, 슬퍼하지 않으마."

아직은 그저 날씬하기만 한 배를 어루만지며, 황제는 목멘 소리로 속삭였다.

"내 좋은 아비가 될 테니, 걱정 말고 편히 있다가 때가 되면 건강히 나오너라."

자식을 죽이려 하고, 권력의 도구로 이용하려 했던 그런 아버지는 결코 되지 않겠다.

황제의 눈에서 기어이 뜨거운 눈물이 흘렀다. 그런 남편의 머리칼을 황후가 다정하게 쓰다듬고 있었다.

* * *

이화원에 구금된 후부터 전 황제는, 아내인 전 황후를 제외한 그 누구와도 만나지 않고 방에만 틀어박혀 있었다.

“이왕 이리된 것, 앞으로 어떻게 살아가야 할지 함께 생각해야 하지 않겠습니까.”

하다못해 아들인 요가 뵙기를 청해도 문을 열어 주지 않았다.

“시끄럽다. 물러가거라.”

그런 과정 끝에 요는 뼈저리게 깨달았다. 자신은 그저 아버지의 권력 유지를 위한 도구에 불과했다는 것을.

아니, 예전에도 물론 알고는 있었다. 하지만 단순히 머리로 알고 있었을 때와, 실제로 쓸모가 없어진 도구 취급을 받을 때의 느낌은 전혀 달랐다. 이용 가치가 없다면 자식도 아니란 말인가. 그렇다면 대체 나는 무엇을 위해 여기까지 왔는가, 하는 생각이 들었다.

이화원 밖으로는 한 발짝도 나갈 수 없는 몸. TV와 신문, 인터넷 등을 통해 접하는 세상은, 바로 얼마 전까지 자신이 황태자로 있었을 때와는 사뭇 다른 세상이었다.

새 나라에 대한 희망으로 온 나라가 활기에 차 있었다. 보도는 자유로웠고, 주가는 연일 최고가를 경신하고 있었으며, 사람들의 얼굴에는 생기가 넘쳐흘렀다. 새 세상을 열어 준 황제에게, 국민들은 한없는 존경과 애정을 쏟았다. 황후가 임신했다는 소식 하나로 하루 종일 온 방송이 떠들썩할 지경이었다.

내가 황제가 되었더라면 어땠을까.

내가 만든 세상이, 과연 지금의 이 세상보다 좋은 세상이었을까.

이제야 요는 자신이 걸어온 길을 뒤돌아보고 있었다. 돌아 봤자 온통 후회뿐이었지만.

비록 평생 구금당해야 하는 아버지와는 달리 자신은 10년 후면 나갈 수 있게 되지만, 나간대도 별 뾰족한 수가 있는 것도 아니었다. 그나마 이 안에서야 끼니 걱정은 않겠지만 오히려 나가면 당장 먹고살 궁리부터 해야 할 것이었다. 이제는 황족의 지위도 박탈당했으니까.

그러나 평생 황제가 되는 것 외에는 생각해 본 적도 없는 몸으로, 대체 뭘 할 수 있단 말인가? 뒤돌아보면 후회, 앞을 바라보면 절망. 몸이 갇힌 것보다 마음이 갇힌 괴로움이 훨씬 더 심했다.

그렇게 요가 이화원에서 하루하루를 절망 속에 보내고 있는 가운데 어느 날 손님이 찾아왔다.

물론 죄인들이 갇혀 있는 곳에 아무나 드나들 수 있을 리 없을 터. 손님은 다름 아닌 지호의 엄마, 수영이었다.

"폐하께 부탁드려 특별히 온 거예요."

요의 얼굴을 바라보는 눈빛에서는 미움도, 원망도 느껴지지 않았다. 한없이 담담하기만 한 수영의 태도에 오히려 요는 자신이 움츠러드는 것을 느꼈다.

"내, 내게 무슨 볼일이냐?"

도둑이 제 발 저린다 하였던가. 괜히 목소리가 떨려 나왔다.

"이제 곧 지호와 함께 영국으로 떠나요. 아이에 대해 너무 많이 알려져서, 이 나라에서 계속 키울 수는 없을 것 같아서요."

요의 심장이 내려앉았다.

'그렇다면 떠나기 전에, 친아버지인 나를 만나게 해 주려고……?'

내 자식이라니, 사실 한번 보고 싶기도 했다. 신문에서 아이의 사진을 보기는 했지만 실제로 만나 본 적은 없었으니까. 이미 황태자비에게도 이혼당했고, 앞으로도 결혼을 바라기는 힘든 몸이니 아마도 그 아이가 자신에게는 유일한 자식이 될 것이 아닌가.

하지만 한편으로는 아이의 얼굴을 볼 낯이 없기도 했다. 잠시 복잡한 기분에 빠진 요에게, 수영의 다음 말이 찬물을 끼얹었다.

"떠나기 전에 지호의 출생에 대해 확실하게 정리하러 왔어요. 이제 폐하께서도 친자식을 갖게 되셨으니 더 이상 그분께 폐 끼치고 싶지 않아서요."

그렇게 말하며 수영은 가방에서 종이를 꺼내어 내밀었다.

"여기, 지호를 친자로 인지한다는 서류예요."

아, 그런 거였나. 하기야 나 같은 아비에게 굳이 아이를 보여 주러 올 리가 없겠지. 요는 쓴웃음을 지으며 펜을 들었다.

"아이는?"

"황후 폐하와 함께 있어요. 떠나기 전에 지호를 보고 싶다 하셔서 겸사겸사 온 거예요."

그렇다는 것은 그 아이도 여기 와 있다는 것이렷다. 한 번쯤, 얼굴만이라도 보고 싶은 욕심이 불쑥 일어났지만 아무리 요라 해도 그 욕심을 입 밖에 낼 염치는 없었다.

"다 내 잘못이다. 네게 면목이 없구나."

펜을 내려놓으며, 요는 부인도, 연인도 아니었던 제 자식의 어머니를 향해 고개를 숙였다.

"원망하지는 않아요. 제게 지호를 주신 분도 전하니까요."

수영이 그렇게 대답한 순간이었다.

"엄마아!"

갑자기 쾌활한 아이의 목소리와 함께 문이 벌컥 열렸다.

수영도, 요도 당황해서 굳어져 버린 가운데 지호가 눈을 둥그렇게 떴다.

"어, 아빠……?"

의윤과 닮은 요를 보고 하는 소리였다. 하지만 금세 상대가 아빠가 아니라는 것을 깨달은 아이는 호기심에 찬 눈동자로 요를 빤히 쳐다보았다.

"엄마, 이 아저씨 누구야?"

"응, 저기…… 엄마랑 아는 삼촌이야."

수영은 얼른 요가 사인한 서류를 가방에 넣어 챙기고 지호를 번쩍 안아 들었다.

"자, 우리 지호 착하지. 할머니한테 가자!"

안겨서 방을 나가며, 엄마의 어깨 너머로 지호가 이상하다는 듯이 요를 쳐다보았다.

멀리 떠나기 전에 딱 하룻밤만 손자를 곁에 재워 보내고 싶다는 어머니 황후의 눈물 어린 부탁으로, 지호 엄마와 지호는 오늘 밤 이화원에 묵기로 했다. 그러나 저녁도 따로 먹는 바람에 요가 지호를 마주치는 일은 더 이상 없었다.

그날 밤 요는 잠을 제대로 이루지 못했다. 실제로 본 아이는 사진으로 보았을 때보다도 훨씬 더 자신을 닮아 있었다.

"아빠?"

비록 형인 의윤과 착각해서 부른 것이라고는 하지만, 아이의 입에서 나온 그 한마디가 요의 심장에 제대로 박혀 들었다. 생전 처음 들은 아빠라는 말은, 그의 전 생애를 흔들어 놓을 정도의 힘을 품고 있었다.

눈을 감아도 아이의 얼굴이 아른거렸다. 아빠라 부르는 목소리가 귀에 선했다. 금방이라도 달려가서 아이를 한번 안아 보기라도 하고 싶었지만 죄책감이 발목을 잡았다.

내 자식에게 나는 대체 무슨 짓을 했던가. 큰아버지의 자식으로 자라게 만든 것도 모자라 그 아이를 형을 무너뜨리기 위한 도구로 이용하려 하지 않았던가? 그 일만 아니었던들 지호가 이렇게 도망치듯이 나라를 떠나지 않아도 되었을 것이 아닌가.

차마 아이의 앞에 나설 수 없는 죄책감과, 제 피를 이은 자식에 대한 본능적인 이끌림 사이에서 요는 밤새 몸부림쳤다.

결국 밤을 꼬박 새우고 나서 요는 착잡한 마음에 아침 일찍 정원으로 산책을 나갔다. 며칠 전 내린 눈이 녹아 군데군데 희게 얼룩져 있는 정원 가운데 웬 잠옷 바람의 어린아이가 동그마니 서 있는 것이 문득 눈에 띄었다. 바로 밤새 그토록 그를 괴롭게 만든 지호였다.

놀란 요가 얼른 몸을 숨기려 했으나 때는 이미 늦어 있었다. 아이는 반갑게 소리를 지르며 달려왔다.

"아저씨! 같이 눈사람 만들어요!"

얼마나 오래 밖에 나와 있었던 걸까. 추운 날씨에 얇은 잠옷 바람을 한 아이는 코와 귀가 새빨갛게 얼어 있었다. 요는 허겁지겁 제 겉옷부터 벗어 아이를 감싸 주었다.

"왜 이른 아침부터 밖에 나와 있는 것이냐? 더 자지 않고."

"눈사람 만들려고요."

아이가 눈 덮인 정원을 가리켰다.

"같이 만들어요, 아저씨!"

하지만 눈이 내린 것은 벌써 며칠 전. 이미 대부분 녹아 버려서 도저히 눈사람을 만들 수 있는 상황이 아니었다.

"지금은 거의 다 녹아서 힘들겠구나. 다음에 눈이 내리면 그때 만들자꾸나."

"안 되는데, 꼭 오늘 만들어야 되는데……."

아이는 금세 시무룩한 표정이 되었다.

"이제 두 밤 자면 다른 나라에 이사 가는데요, 엄마가 거기는 눈이 잘 안 온대요. 그럼 눈사람도 못 만들잖아요."

요의 가슴이 소리 없이 내려앉았다. 아, 그랬구나. 그래서 이 아이는 아침부터 나와서…….

"근데 아저씨는 왜 우리 아빠랑 똑같이 생겼어요?"

아이는 호기심 어린 까만 눈동자로 요의 얼굴을 올려다보았다. 요는 그만 말문이 막혀 버렸다. 대체 뭐라고 대답해야 할지 모르겠어서 우물쭈물거리고 있는데, 지호가 다시 물었다.

"우리 아빠랑 친해요?"

"음? 그, 그래. 친하지."

요는 엉겁결에 고개를 끄덕여 버렸다.

"와, 아저씨는 좋겠다. 우리 아빠랑 자주 만날 수 있잖아요."

지호는 순수하게 부럽다는 듯이 말했다.

"저는 이제 다른 나라에 가면 아빠랑 잘 못 만나거든요. 나도 아빠랑 같이 살고 싶은데……."

시무룩한 아이의 중얼거림이 요의 가슴에 커다란 가시처럼 박혔다.

새삼스럽게 요는 자신의 죄의 무게를 느꼈다. 자식에게 아비 노릇을 못 해 준 것도 모자라서, 심지어 아빠라고 알고 있는 사람을 빼앗기까지 한 거나 마찬가지가 아닌가.

아이는 좋아하는 아빠를 두고 왜 자기가 먼 나라에 가서 살아야 하는지 이해하지 못하고, 슬퍼하고 있었다. 자신이 저지른 죄 때문에 고통받는 어린 자식의 모습. 요는 생전 처음으로 가슴이 미어진다는 표현이 무슨 뜻인지 이해했다.

"그런데요, 저는 왜 아빠랑 같이 살면 안 되는 거예요?"

어린아이의 눈에 금세 그렁그렁 눈물이 맺혔다. 요는 차가운 땅바닥 위에 털썩, 무릎을 꿇고 우는 아이를 끌어안았다.

잘못했다. 다 이 아비의 죄이니라. 내 살면서 평생 갚겠다.

입 속에서 수많은 말들이 맴도는데, 결국 이 한마디밖에 할 수 없었다.

"울지 마라. 울지 말거라……."

어제 스치듯 한 번 봤을 뿐인, 말 그대로 낯선 아저씨일 뿐인데도 지호는 요를 경계하기는커녕 더욱더 품에 파고들었다. 꼬옥 힘주어 마주 껴안아 오는 작은 손에 가슴이 터질 것 같았다.

단순히 내가 형을 닮아서일까. 아니면 이 아이도 혹시 내게 무언가를 느끼는 것일까. 부디 후자였으면 좋겠다고, 요는 간절히 바랐다.

평생 처음으로 친자식을 품에 안아 본 꿈결 같은 순간. 하지만 그 순간도 그리 오래가지 못했다.

"지호야! 지호야!"

어디선가 외쳐 부르는 목소리가 들려와서, 요는 죄라도 지은 사람처럼 소스라치며 아이를 품에서 떼어 놓았다. 곧이어 지호 엄마, 수영이 나타났다. 잠옷 바람에 헝클어진 머리로 보아 자다 깼는데 아이가 없어져서 놀라 뛰쳐나온 모양이었다.

수영이 한달음에 달려와 아이를 꼭 끌어안았다.

"말도 않고 막 나와서 돌아다니면 어떡하니? 어디 갔는지 한참 찾았잖아! 할머니도 얼마나 놀라셨는지 알아? 응?"

아이를 몇 마디 꾸짖던 수영이 문득 요를 보고 놀란 얼굴을 했다. 아이에게만 정신이 팔려서 여태 요가 곁에 있었는지도 몰랐던 모양이었다.

왜 지호와 같이 있는 거냐고 캐묻는 듯한 눈빛에, 요는 민망해졌다.

"눈사람 만들러 나왔다더구나. 감기 들겠다, 얼른 안으로 데려가거라."

변명하듯 말하고, 요는 뒤돌아섰다. 그의 발걸음이 향하는 곳은 저택 건물이 아니라 반대쪽이었다. 정원에는 햇빛이 잘 들어 눈이 거의 다 녹아 버렸지만, 숲 쪽이라면 아직 쌓여 있지 않을까 하는 생각이었다.

"엄마가 거기는 눈이 잘 안 온대요. 그럼 눈사람도 못 만드니깐……."

태어나서 여태껏 아무것도 해 주지 못한 자식. 그 아이에게, 하다못해 마지막으로 뭐라도 해 주고 싶었다.

잠시 후면 지호는 이화원을 떠난다. 급한 마음에 어느새 발걸음이 뛰고 있었다.

이윽고 다다른 숲에는 생각대로 아직 나무 그늘마다 눈이 쌓여 있었다. 장갑조차 끼지 않은 맨손이 벌겋게 얼어붙는 것도 모르고, 요는 정신없이 눈을 긁어모으기 시작했다.

"할머니, 안녕히 계세요."
"그래, 그래. 가서도 씩씩하게 잘 놀거라. 엄마 말씀 잘 듣고."
인사를 나누고 나서도 어머니 황후는 좀처럼 지호를 품에서 놓지 못했다.
"불쌍한 내 새끼, 말도 통하지 않는 타국에 가서 얼마나 고생일꼬!"
눈물을 글썽이는 어머니 황후를 수영이 위로했다.
"너무 걱정 마십시오, 황후 폐하. 다행히 연재 아가씨 옆집에 살게 되었으니 지호도 금세 적응할 것입니다."
"그래, 누나 곁이라니 그나마 마음이 놓이는구나."
눈물을 훔친 어머니 황후가 힐끗 2층을 쳐다보았다. 요의 방이 있는 곳이었다.
"떠나기 전에 한 번은 인사를 하게 해야 하지 않겠느냐?"
지호에게는 들리지 않게 어머니 황후는 목소리를 낮추어 수영에게 말했다.
"친아비가 누구인지는 지호도 알아야지."
하지만 수영은 단호히 고개를 저었다.
"아닙니다, 황후 폐하. 아직은 아이가 혼란스러울 거예요. 나중에 좀 더 크거든 말해 줄까 합니다."
"그래, 그렇겠지."
서운한 얼굴을 하면서도 어머니 황후는 고개를 끄덕였다.

“그럼 잘 가거라. 내 이곳에 갇힌 몸이라 나가서 배웅하지 못하는구나.”

미리 준비된 자동차에 수영은 지호를 데리고 몸을 실었다.

“부디 건강하십시오, 황후 폐하.”

“오냐. 조심해서 가거라.”

수영 모자가 탄 차가 저만치 멀어질 때까지, 전 황후는 그 자리에 선 채 바라보고 있었다.

“……그 아저씨 있잖아, 꼭 우리 아빠 같아.”

차가 저택을 빠져나가는 동안, 지호가 불쑥 말했다.

“응?”

지호가 요를 말하고 있다는 것을 안 수영은 당황해서 대답했다.

“아, 그래. 얼굴이 아빠랑 좀 닮았지?”

하지만 아이는 무슨 생각을 했는지 고개를 저었다.

“아니, 얼굴 말고…….”

얼굴이 아니면 뭐가 아빠 같다는 것일까. 수영의 가슴이 철렁한 순간, 갑자기 지호가 창밖을 바라보더니 탄성을 질렀다.

“우와!”

내다보니 이화원의 정문, 나가는 길 바로 옆에 눈사람 둘이 나란히 서 있었다.

나뭇가지로 웃는 얼굴을 새겨 놓은 커다란 눈사람.

그 옆에 다정하게 서 있는 꼬마 눈사람.

“아빠랑 아들인가 봐!”

차창 밖으로 멀어지는 눈사람을, 지호는 고개를 돌려 오래오래 바라보았다.

* * *

며칠 후, 이화원에 또다시 손님이 찾아왔다. 이번에는 황제 본인, 그리고 황후였다.

몇 달 사이 10년은 훌쩍 늙어 버린 듯한 어머니의 모습에 황제는 충격을 받았다.

"면목이 없습니다. 이 불효자가 그만……."

눈물을 글썽이는 큰아들을, 어머니는 팔을 벌려 얼싸안았다.

"그런 소리 말아라. 너는 응당 해야 할 일을 했느니라."

아들의 넓은 등을 어루만지며 전 황후는 떨리는 목소리로 말했다.

"내 아들이 옳은 세상을 열었다. 어미로서 얼마나 자랑스러운지 모른단다."

한참 후에야 어머니 황후는 아들을 안았던 팔을 풀고 이번에는 며느리를 껴안았다.

"네가 회임을 하였다지? 장하다. 장하고말고!"

"진작 찾아뵙고 직접 말씀드리지 못해 죄송해요, 어머니."

대답하는 새 황후의 목소리도 젖어 들고 있었다.

고아 신세나 다름없는 자신을 흔쾌히 며느리로 받아들여 주시고, 며느리도 자식이니 앞으로 어머니라 부르라 하셨던 분이시다. 미소가 친왕비가 된 후 친정을 내팽개친 패륜녀라고 모함을 받아 손가락질 당할 때, 가장 크게 화를 냈던 것이 바로 어머니 황후셨다. 황태자비 후보였던 세연의 과거를 방송에 제보한 장본인이 바로 미소라고 온 황궁이 다 의심할 때도, 오로지 시어머니인 황후만은 믿어 주셨다.

그렇게도 고마운 분이자 사랑하는 남편의 어머니이신 분이, 이제는 죄인의 몸이 되어 저택에 갇혀 계시다. 슬프고도 죄송한 마음에 미소는 어머니 황후를 안고 한참 울었다.

"그래, 아이는 몇 달이나 되었더냐?"

"이제 곧 4개월에 접어듭니다."

"아직 멀었구나. 임신 초기에는 자칫 큰일 날 수 있으니 조심 또 조심하여야 한다."

"예, 어머님."

이윽고 울음을 그친 두 여자가 나란히 손을 잡고 앉아 다정하게 담소를 나누는 모습을, 황제는 물끄러미 바라보고 있었다.

"……폐하."

문득 등 뒤에서 부르는 목소리에 의윤은 흠칫 놀라서 돌아보았다. 언제 왔는지, 동생 요가 이쪽을 향해 고개를 숙이고 있지 않은가.

의윤은 조금 놀랐다. 애초에 아버지와 동생은 만나지 못할 거라고 생각하고 왔던 것이다. 아버지는 방에만 틀어박혀 있다고 들었고, 동생은 황제가 된 자신을 만나고 싶어 할 리 없었으니까.

그런데 예상과는 달리 요가 제 쪽에서 먼저 와서는 폐하라 부르고 있지 않은가.

"황제 폐하께 인사드립니다."

깍듯이 인사를 올리며 고개를 숙이는 동생을 보고 황제는 또다시 죄책감을 느꼈다. 네가 그토록 원하던 이 자리를, 결국은 내가 빼앗아 가졌구나.

"그래, 잘 지냈느냐."

"폐하 덕에 죄인의 몸에도 불구하고 편히 지내고 있어 송구할 뿐입니다."

요는 형수인 황후를 향해서도 정중히 인사를 건넸다.
“황후 폐하께서 회임하셨다는 뉴스를 보았습니다. 축하드립니다.”
“……고맙습니다.”
미소가 어색하게 마주 고개를 숙였다. 황후에게 인사를 하고 나서, 요는 다시 황제를 바라보았다.
“폐하. 잠시 드릴 말씀이 있는데 괜찮으시겠습니까?”
내게 할 말이라니? 의아해하면서도 황제는 고개를 끄덕였다.
“네 방으로 가자꾸나.”
의윤은 요와 함께 2층으로 올라갔다.
“예전에 내가 쓰던 방이로구나.”
요의 방에 들어서서 의윤이 눈을 가늘게 뜨고 주위를 둘러보았다. 그사이 수많은 일이 있었기 때문일까. 실제로는 이 방을 떠난 지 채 1년도 되지 않았는데, 아주 오랜만에 온 듯한 기분이 들었다.
“세상일이 돌고 돌아서 다 돌아온다더니 사실인가 봅니다.”
요가 씁쓸하게 말했다.
“제가 형님을 이 저택에 10년 동안 가두었는데, 이제는 제가 10년 동안 여기 갇혀 있게 생겼으니 말입니다.”
“네가 가둔 것이 아니라 내 스스로 나오지 않은 것이니라.”
고개를 젓고 황제는 물었다.
“그래, 내게 할 말이라는 것이 무엇이냐?”
다음 순간, 요가 갑자기 바닥에 무릎을 꿇는 바람에 의윤은 깜짝 놀랐다.
“부탁이 있습니다, 형님. ……제게 일을 하게 해 주십시오.”
“일?”

당황한 황제를 향해, 요는 간절히 말했다.

"앞으로 10년 동안 저는 이 저택을 벗어나지 못합니다. 10년이라는 긴 세월을, 그저 헛되이 보내며 밥만 축내고 싶지 않습니다."

"……."

"그러니 무슨 일이라도 좋습니다. 시켜 주시는 일이라면 뭐든 열심히 하겠습니다."

오만하기 그지없던 요다. 갑자기 태도가 180도 바뀌어서 깍듯이 황제 대접을 하고, 거기다 일까지 시켜 달라니 솔직히 말해 대체 무슨 꿍꿍이인가 하는 생각이 먼저 들었다.

"너답지 않구나. 대체 무슨 일이 있었던 것이냐?"

그것부터 알아야겠다는 생각에 황제는 물었다.

"며칠 전에 지호가 왔었습니다."

알고 있다. 수영이 지호의 출생 문제를 바로잡겠다며 이화원에 들어가 요를 만나게 해 달라고 직접 부탁해 왔었으니까.

"내가 지호를 친자식으로 여긴다는 것을 너도 알지 않느냐. 그대로 두어도 관계없느니라."

의윤은 그렇게 말했지만 수영은 완강했다.

"이대로 지호를 폐하의 장자로 두면 새로 태어나는 폐하의 친자식에게 폐가 됩니다. 후계자 문제는 어찌하실 생각이십니까? 이미 온 세상이 다 누구의 아들인지 뻔히 아는 마당인데, 이참에 바로잡고 싶습니다."

일리가 있는 말이었기 때문에 결국 의윤도 찬성했던 것이다.

"그래, 지호는 만나 보았느냐?"

"예. 법적으로도 이제 제 아들이 되었으나, 차마 내가 네 진짜 아비라 말할 수 없었습니다."

요의 목소리가 떨리고 있어서 의윤은 내심 놀랐다.

"지금까지 저지른 죄는 아무리 속죄해도 갚을 길 없다는 것을 잘 알고 있습니다. 하지만 지금이라도, 이제부터라도 자식에게 부끄럽지 않은 아비가 되고 싶습니다."

요는 간절히 말했다.

"형님께 그리 못 할 짓 하여 놓고 이런 부탁을 드린다는 것이 염치없는 일인 줄 저도 잘 알고 있습니다. 하지만 언젠가 지호를 다시 만났을 때, 내가 네 아비니라, 하고 떳떳이 말할 수 있는 사람이 되고 싶습니다."

무릎을 꿇은 동생을 황제는 물끄러미 내려다보았다. 자존심 강한 요가 제 앞에 무릎을 꿇고 이리 말할 적에는 얼마나 큰 결심이 필요했을지 황제도 충분히 짐작할 수 있었다.

"부디 도와주십시오, 형님 폐하!"

의윤은 손을 내밀었다.

"일어나거라."

손수 요의 팔을 잡아 일으키고 의윤은 말했다.

"내 잘 알아들었다. 네가 이 안에서 할 수 있는 일이 있는지 한번 생각해 보도록 하마."

흔쾌한 승낙에 요는 기뻐하기보다도 얼떨떨한 표정이 되었다. 부탁하면서도 설마하니 들어주리라고는 기대하지 않았던 모양이다.

"저는 형님의 자리를 빼앗았고, 죽이려고까지 하였습니다."

이를 악물고, 요는 오히려 반항하듯 말했다.

"그런데 어째서 형님께서는 이토록 너그럽게……!"

"용서했다고는 하지 않았다."

황제는 조용히 말했다.

"나도 감정이 있는 사람이니라. 어찌 하루아침에 지난 일이 다 잊어지겠느냐?"

"……."

"단지 나 역시 아비 된 자로서 자식에 대한 네 마음을 이해하는 것뿐이다. 게다가 그 아이는 내 손으로 키워 낸 내 자식이기도 하지 않으냐?"

요의 어깨에 손을 얹고 황제는 고개를 끄덕였다.

"잘 생각했다. 이제라도 지호에게 부끄럽지 않은 아비가 되거라."

동생의 어깨를 툭툭 두드리고 나서 황제는 돌아섰다.

"……누가 알겠느냐."

문밖을 나서기 직전, 황제가 중얼거린 말이 요의 귀에 날아와 꽂혔다.

"그러다 보면 형제끼리 술 한잔 할 수 있는 날도 올지."

방문이 닫히고, 기어이 전 황태자는 고개를 푹 숙여 버리고 말았다.

"형님……!"

방금 황제가, 아니 형이 두드려 준 어깨가 소리 없이 물결쳤다.

* * *

비록 정치에서는 물러났지만, 각종 공식 행사와 봉사 활동 등으로 매일같이 바쁜 나날을 보내던 황제와 황후였다. 그러나 황후의 몸

상태가 약간 불안정하다며, 출산할 때까지는 활동을 자제하는 것이 좋겠다는 의사의 조언을 받고 두 사람은 외부 스케줄을 전면 중단했다.

수상한 것은 이때부터였다. 외부 활동을 일체 중단하신 두 분께서, 이번에는 아예 중궁전에 틀어박혀 버렸던 것이다. 하루 종일 방에 틀어박힌 채 나올 생각을 않으셨다. 가끔씩은 식사마저 방으로 가져와 달라 분부하실 정도였다. 황제 폐하께서는 가끔씩 업무를 보러 대전에 출근하시기도 했지만, 가셨다가도 일만 딱 끝마치시고 부리나케 중궁전으로 돌아와서 또 방에 틀어박히셨다.

도대체 두 분께서 매일같이 뭘 하시는가! 그것이 요즘 황궁 사람들의 가장 큰 의문거리였다.

"아니 대체 두 분이서 방에 틀어박혀 종일 뭘 하신답니까?"

말 많고 소문 좋아하기로는 둘째가라면 서러운 곳이 황궁이다. 두 사람 이상만 모였다 하면 다 그 얘기였다.

"그야 뻔한 거 아닌가요. 신혼부부 둘이 방에서 뭘 하겠습니까?"

은근슬쩍 19금을 상상하는 자도 있었지만 그다지 설득력은 없었다.

"생각을 해 보세요. 애초에 의사 선생이 황후 폐하께 몸조심을 하시라고 당부하는 바람에 외출을 자제하게 된 것인데, 그럴 리가 있나요?"

"그러게. 그럼 대체 뭘 하시는 걸까요?"

이거야말로 세기의 미스터리다. 알아내려고 여러 사람이 시도해 보았다. 청하지도 않은 간식거리를 핑계 삼아 슬쩍 방에 들어가려고 시도한 나인도 있었고, 문에 귀를 대고 한참 엿들은 내관도 있었다. 하지만 그 누구도 뜻한 바를 이루지 못했다. 워낙 두 분의 방어가 철통 같았던 것이다.

황제와 황후가 함께 계실 때 방에 출입할 수 있는 것은 오로지 공주와 부마뿐. 그러나 그 두 분도 입에 지퍼를 채우기는 마찬가지였다.

"제발 부마께서 힌트라도 좀 주십시오. 모두들 궁금해서 다 죽어가는 형편입니다, 예?"

붙잡고 하소연을 하는 후배 내관에게, 처선은 핀잔을 주었다.

"때가 되면 다 알게 될 것인데 뭘 그리 알고 싶어 몸살을 하는가?"

"그 때가 도대체 언제란 말입니까?"

"황후 폐하께서 출산하는 날일세!"

그렇게 두 분께서는 봄이 오고 여름이 가고, 가을이 지나 출산일이 다가올 때까지 방에서 두문불출하다시피 지내셨다.

* * *

날이 잔뜩 흐려 첫눈이 올 것이라는 예보가 있었던 초겨울의 어느 날, 드디어 황후의 진통이 시작되었다.

"여기는 황후 폐하께서 입원해 계시는 제국대병원 앞입니다."

병원 앞에 취재진과 수천 명의 국민들이 구름 떼같이 모여서 장사진을 이뤘다. 여기저기 카메라 앞에서 기자와 리포터들이 소식을 전하느라 바빴다.

"과연 태어날 아기가 황자일지, 공주일지, 온 국민의 관심이 주목되고 있는 현장입니다."

그 시각, 병실에 계신 황후께서는 목이 터져라 고래고래 비명을 지르고 있었다.

"꺄악! 너무 아파! 아프다고요! 으아악, 나 죽는다!"

애초에 병원에 올 때의 결심은 그러했다. 주위에 의료진도 있고 하니 웬만하면 황후답게 체통을 지키면서 우아하게 낳아야지!

그런데 이게 웬걸. 겪어 보니 상상의 범위를 아득히 뛰어넘는 고통이 아닌가! 물론 아플 거라고 생각이야 했지만 이 정도일 줄은 상상도 못 했다. 세상 사람 다 그렇게 태어났으니 견딜 만하게 아프겠지 하고 생각했었는데.

두 달 먼저 예쁜 아들을 낳은 시누이, 선혜 공주는 아이의 위치가 좋지 않아서 진통이 오기 전에 제왕 절개로 낳았다. 그래서 공주에게서도 이야기를 제대로 듣지 못했던 것이다.

세상에 이렇게 아플 수가 있을까. 아파도 너무 아파서 어이가 없을 지경이었다. 물론 체통이고 우아함이고 다 까먹어 버렸다. 10톤짜리 트럭이 배 위를 깔아뭉개고 지나가는데 무슨 놈의 체통을 차릴 겨를이 있단 말인가?

"엄마아아아아!"

눈물 콧물 다 흘리며 진통을 겪는 황후 곁에서, 황제는 어쩔 줄을 모르고 발만 동동 구르고 있었다.

"이를 어찌하면 좋단 말인가! 많이 아프시오? 응?"

대답 대신에 황후는 비명을 지르며 다짜고짜 황제의 머리카락을 쥐어뜯어 버렸다.

"아아아아악!"

아픈 와중에도 어린 황후는 무척 억울했던 것이다. 애는 같이 만들었는데 왜 나만 아파!

기겁을 한 것은 곁에 있던 의사와 간호사, 그리고 친구 민식이었다. 아무리 황후라도 그렇지, 황제 폐하의 머리카락을!

"미소야 정신 차려! 아무리 아파도 이건 아니지!"

민식이 황급히 떼어 내려 했으나 황제는 아픔을 참으며 손을 내저었다.

"놔, 놔두거라. 이래서 황후가 조금이라도 덜 아프다면야…… 으헉!"

결국 지존께서 머리털을 쥐어뜯기는 진풍경이 벌어졌다.

"황후 폐하, 조금만 더 힘을 주십시오!"

"아아아아아악!"

"으윽!"

그렇게 황제와 황후 두 분께서 사이좋게 한바탕 진통을 겪고 나서야 겨우 아기 울음소리가 터져 나왔다. 발그레한 볼을 가진, 토실토실하고 건강한 여자아이였다.

"황후 폐하께서 건강한 공주님을 출산하셨습니다!"

기자들을 통해 기쁜 소식이 전국에 알려지고, 병원 앞에 모여 있던 사람들은 병원이 떠나가라 만세를 불렀다.

"황제 폐하 만세!"

"황후 폐하 만세!"

잠시 후, 저 높은 곳에서 창문이 열렸다. 추운 날씨에 여태 병원 밖에서 기다리고 있던 사람들을 위해 황제와 황후가 모습을 드러낸 것이었다.

왠지 머리카락이 산발이 된 채로 아기를 안고 있는 황제와, 얼굴이 퉁퉁 부어 있는 환자복 차림의 황후. 두 분 다 몰골은 말씀이 아니었지만 얼굴에 어린 웃음만은 그지없이 행복해 보였다.

"대한 제국 만세!"

또 한 번 만세 소리가 쩌렁쩌렁 울려 퍼졌다.

방금 아이를 낳은 산모와 아이가 오래 찬바람을 쐴 수 없었다. 잠시 군중의 환호에 화답하던 황제와 황후는 금세 모습을 감추고, 사람들은 저마다 아쉬운 얼굴로 발걸음을 돌리기 시작했다. 그들의 발걸음을 멈추게 한 것은 어디선가 나타난 커다란 탑차 여러 대였다.

"아니 저게 다 뭐지?"

사람들이 호기심 어린 눈으로 쳐다보는 가운데 운전사들이 내려서 탑차의 문을 열며 외쳤다.

"황제 폐하께서 국민 여러분께 드리는 출산 기념 선물입니다! 모두들 하나씩 받아 가세요!"

탑차 앞마다 사람들이 얼른 줄을 서기 시작했다. 한 사람당 하나씩 나누어 주는 것은 다름 아닌 한 권의 만화책이었다.

[만화 조선왕조실록 1]

제목 아래 적혀 있는 작가의 이름을 보고 놀라지 않는 사람이 없었다.

[글 : 황후 윤미소 / 그림 : 황제 이유]

* * *

태어난 공주의 이름은 정의(正義)가 되었다. 황제가 직접 지어 준 이름이었다.

"그래, 책은 잘 나가고 있는가? 어이구, 우리 정의 착하지."

공주를 품에 안고 어르며 황제가 물었다.

"계속해서 요청이 들어오고 있습니다. 인쇄소를 몇 군데나 돌려도 공급을 따라갈 수가 없는 실정입니다. 자, 우리 선우 끄윽 해야지?"

방금 젖을 먹은 아들 선우를 안고 등을 토닥여 트림을 시키며, 처선이 대답했다. 선우라는 이름은 어머니인 선혜와, 아버지인 처선의 본명인 현우에서 한 글자씩을 따와서 지은 것이었다.

"비용은 모두 황실 예산으로 충당할 것이다. 돈이 얼마가 들더라도 상관없으니 필요한 만큼 충분히 공급하라."

황제가 분부했다.

임신 기간 내내 황제와 황후가 방에 틀어박혀 비밀리에 열심히 작업해서 만든 책이었다. 우선 병원 앞에 몰려든 사람들에게 수천 권을 선물한 것을 시작으로, 각 지방 자치 단체와 도서관, 학교 등 모든 공공 기관에 무료로 배포하고 있는 것이었다. 이는 국민에게 주는 공주의 탄생 기념 선물이기도 했지만, 한편으로는 황제의 강력한 의지를 표명하는 것이기도 했다.

바로 그동안 잃어버렸던 역사를 되돌려 놓겠다는 것.

전 황제의 역사 왜곡 정책이 시작된 지 어언 20년. 지금은 제대로 된 역사서 하나 남아 있지 않을 정도였다. 반쪽이 되어 버린 역사를, 이제 본격적으로 복원하려는 것이다.

물론 황제와 황후가 직접 쓰고 그린 만화책에는 고스란히 들어 있었다. 하나도 더하지도 빼지도 않은, 있는 그대로의 진짜 역사가.

"뒤를 이어 그릴 사람들은 다 구했는가?"

“예. 이미 웹툰 작가들이 역사학자들과 함께 팀을 짜서 작업에 들어갔습니다. 올해 안으로 2권, 잘하면 3권까지도 나올 수 있을 것 같다고 합니다.”

생각 같아서는 그 뒤도 모두 직접 그려 내고 싶었지만 그는 황제였다. 공주도 돌봐야 하고 하니 1권 이후의 작업은 아예 전문가들에게 맡긴 것이었다. 그래도 황후와 둘이서 시작한 작업이니만큼 작품에 대한 애정만은 여전히 뜨거웠다. 여태 황제가 작품의 진행을 일일이 챙길 정도로.

“반드시 인터넷 연재도 병행하도록 하여라. 그래야 한 사람이라도 더 보겠지.”

“그렇지 않아도 곧 네이버 웹툰에 연재될 예정입니다.”

그렇게 대답하고 처선은 다시 물었다.

“그런데 폐하. 만화뿐 아니라 책으로도 펴낼 것이라 하지 않으셨습니까. 그 책의 집필은 누구에게 맡길 생각이십니까?”

“내 이미 마음에 작정해 둔 사람이 있느니라.”

황제가 대답했다.

“의욕이 대단하니 잘해 낼 것이다. ……어이쿠!”

황제가 갑자기 당황한 목소리를 냈다. 가슴께에 뜨뜻한 감촉이 느껴진 것이었다.

“이 녀석, 쉬야를 했구나. 어디 보자, 아비가 갈아 주마.”

소파에 눕히고 서투른 솜씨로 기저귀를 갈아 주려는데, 맙소사. 차고 있던 기저귀를 벗기자마자 공주께서 또다시 쉬야를 하시는 것이 아닌가? 그 바람에 황제의 손이 그만 흠뻑 젖어 버렸다.

“이런!”

당황하는 황제를 보고, 두 달 먼저 아버지가 된 처선이 혀를 쯧쯧 찼다.

“그러게 밑장 빼기를 하셔야지요.”

“밑장 빼기가 뭐냐?”

“기저귀를 그대로 채워 놓은 채로 새 기저귀를 엉덩이 밑에 깔아 준비해 놓고, 찼던 기저귀를 잽싸게 빼내면서 동시에 새 기저귀로 착 감싸 주는 기술입니다. 자, 보시지요.”

선우를 눕혀 놓고 시범을 보이는 부마를 보고, 황제가 감탄했다.

“허어, 타짜가 따로 없도다!”

사이좋게 육아 팁을 교환하는 초보 아버지들이었다.

* * *

정의 공주가 태어난 지도 어느덧 백일. 황궁에서는 조촐한 백일잔치가 열렸다. 잔치에 참석하기 위해 입궁한 민식이, 무슨 일인지 굉장히 열 받은 얼굴로 스마트폰을 들여다보고 있었다.

“뭘 그렇게 열심히 보고 있어?”

황후가 어깨 너머로 들여다보며 묻자 민식은 화들짝 놀란 듯이 얼른 휴대폰을 숨겨 버렸다.

“아, 아무것도 아니야!”

하지만 미소는 이미 얼핏 보고 만 후였다. 황후 면상이 어쩌고저쩌고하고 쓰여 있는 문장을.

“누가 또 인터넷에서 내 욕 하는구나?”

“미소 너도 알고 있었어?”

민식이 놀란 듯이 물었다.

"그럼 알지, 나도 눈이 있는데."

의윤이 새 황제로 등극한 이후, 황실에 대한 언급이 전면 자유화되었다. 황실 모욕죄라는 것 자체가 폐지되었기 때문에, 언론들은 물론이고 일반인들도 얼마든지 황실에 대한 자신의 의견을 자유롭게 이야기할 수 있게 되었다.

문제는 이 자유를 나쁜 쪽으로 누리는 자들도 있다는 것이었다.

황실 존속 여부를 묻는 국민 투표에서도 볼 수 있듯, 대부분의 국민들이 새 황제와 황후를 전적으로 믿고 사랑했다. 하지만 천 명, 만 명이 좋아한다 해도 한 명의 안티는 있는 법. 아무리 인기 있는 연예인이라도 안티가 있는 마당에 황제와 황후라고 예외가 될 수는 없었다.

특히나 황제보다도 일반인 출신인 황후 쪽이 악플러들의 공격 대상이 되고 있었다.

미소도 처음에는 상처를 받았다. 하지만 화가 난다 해서 어떻게 할 수 있는 것도 아니었기 때문에 요즘은 아예 인터넷은 안 보는 쪽으로 하고 있었다. 악플이 무서워 아예 컴퓨터는 만지지도 않는다는 연예인들의 마음을 알 것 같았다.

"이거 옛날 같으면 능지처참 각 아니냐? 어?"

"됐으니까 보지 마. 나도 신경 안 쓰니까."

"그냥 이것들 싹 다 고소 먹여 버리면 안 돼? 황실 모욕죄는 폐지됐어도 명예 훼손죄로는 걸 수 있을 거 아냐!"

펄펄 뛰는 민식을, 오히려 미소가 달랬다.

"나는 황후잖아. 어떻게 국민을 고소하겠니."

"국민이라고 아무 말 대잔치 해도 되는 거야?"

"자, 그만 화내고 얼른 가자. 우리 정의 백일 한복 입은 거 봐야지!"

미소가 민식의 손을 잡아끌었다.

* * *

백일잔치가 끝나고, 그날 밤. 모처럼 정의를 보모에게 맡겨 재우고, 미소는 일찌감치 목욕을 마치고 몸단장을 했다.

임신 기간 중은 물론이고 아이를 낳고 나서도 의윤은 여태 미소를 가까이하지 않고 있었다. 초산에 무척 고생한 그녀의 몸을 걱정해서였다. 그러나 이제는 백일이 지나고 몸도 거의 다 회복되었다. 젊디젊은 황후인데 그간 왜 남편이 그립지 않았겠는가?

오늘이야말로 드디어! 황후는 속으로 그리 결심하고 있었다. 그래서 일부러 향수도 뿌리고 예쁜 속옷도 입었는데, 왠지 황제는 노트북 앞에 앉아서 뭔가에 골몰하고 있었다.

"폐하, 이만 씻고 오시라니까요."

"알았다, 알았어."

미소가 몇 번이나 재촉한 후에야 겨우 의윤은 노트북을 덮고 욕실로 향했다. 대체 날 곁에 두고 뭘 그렇게 열심히 보신담? 호기심이 들어서 황후는 슬그머니 노트북을 열어 보았다.

황제가 보고 있던 것은 정의 공주가 백일을 맞이했다는 인터넷 기사였다. 한복에 귀엽게 조바위를 쓴 공주와 자신, 그리고 황제 셋이서 찍은 가족사진이 함께 실려 있었다. 웃음을 머금고 기사를 읽던 황후의 시선이, 기사 아래 달린 댓글에 멎었다.

[남자 잘 물어서 신분 상승한 김치녀 대표가 바로 황후지.]
[애 낳고 자기 관리 못해서 살찐 거 봤냐? 걸으면 쿵쾅쿵쾅 소리 날 듯.]

악플에 심장이 쿵 하고 내려앉았다. 폐하께서 이걸 보고 계셨던 건가, 하는 생각에 왠지 민망한 기분이 드는데, 문득 그 댓글 아래에 달린 답글이 눈에 띄었다.

[황후와 결혼할 때, 황제는 하다못해 황자도 아니고 죄를 지어 폐서인된 일반인이었다. 인과 관계는 알고 나서 떠들도록 해라.]
[황제가 그렇게 황후를 예뻐하신다더라. 남편이 좋다는데 너희가 무슨 상관인가?]

자세히 보니 다름 아닌 의윤의 아이디로 달린 리플이었다. 타자도 서투르신 황제 폐하께서, 독수리 타법으로 한 자 한 자 써 넣었을 그 말들. 노트북 화면을 멍하니 쳐다보는 황후의 눈시울이 뜨거워졌다. 악플에 상처받았던 마음이 스르르 아물어 가는 느낌이 들었다.
잠시 후 샤워를 마친 황제가 침실로 돌아왔다.
"혹시 그거 아세요?"
샤워 가운 차림의 황제의 목에 팔을 감고 눈을 들여다보며, 황후는 말했다.
"저는 폐하가 세상에서 제일 좋습니다."

뜬금없는 사랑 고백에, 황제 폐하께서는 조금 놀란 얼굴이 되었다.
"갑자기 무슨 소리냐?"
"정윤하고 뭐고 다 소용없습니다. 세상에서 가장 멋있는 분은 폐하이십니다."
흠흠, 하고 황제는 조금 민망한 듯이 헛기침을 했다.
"말이야 무척 기쁘지만 조심하거라. 너무 귀엽게 굴면 확 잡아먹을지 모른다?"
그러나 황후는 겁을 먹기는커녕 오히려 대담하게 나왔다.
"얼마든지 잡아먹혀 드리지요."
제 손으로 슬립 끈을 내리는 황후를 보고 황제는 눈이 둥그레졌다.
"벌써 백일이나 되었습니다. 산후 조리도 이만하면 차고 넘칩니다."
황후는 유혹하듯 말했다.
"그리웠습니다, 폐하."
임신과 출산을 겪으며 한층 더 풍만하고 아름다워진 아내의 몸에, 황제는 침을 꿀꺽 삼켰다.
말은 더 이상 필요치 않았다.
"……낙장불입이니라."
황제가 황후를 안아 침대에 쓰러뜨렸다. 곧이어 침실 안에 뜨겁고 달콤한 기운이 몰아치기 시작했다.

* * *

그다음 날부터, 황궁에는 또 다른 미스터리가 생겨났다.
황제 폐하께서 또다시 밤낮없이 중궁전 황후의 방에 틀어박혀 버리신 게 아닌가!

"두 분이서 또 만화 그리시나?"

"그건 다른 만화가들이 이어서 그리고 있다 하지 않았나요?"

"그러게. 그럼 대체 뭘 하시는 것이지?"

지난번에 틀렸던 답이, 이번에는 정답이라는 것은 아무도 몰랐다.

18. 그 후

세월은 쏜살같이 흘러, 어느덧 정의 공주가 초등학교에 입학할 나이가 되었다. 그사이에 황제와 황후 사이에는 아이가 하나 더 태어났다. 정의 공주보다 세 살 아래, 예친왕(睿親王)이라는 봉호를 받은 황자 선(善)이었다.

공주의 입학을 축하하기 위해 황궁에서는 작은 파티를 열었다. 이 파티에는 멀리 영국에서 온 연재와 연재 엄마 화신, 그리고 지호와 지호 엄마 수영도 참석했다.

"아빠아아아!"

이제는 스물셋, 어엿한 대학생이 된 연재가 저만치 달려와서 황제의 품에 와락 안겼다.

"아빠 나 안 보고 싶었어? 응?"

"보고 싶었다, 녀석."

연재를 안고 등을 두들겨 주며 의윤이 웃었다. 다 큰 아가씨가 되었어도 여전히 황제 앞에서는 응석을 부리는 연재와는 달리, 이제 겨우 열두 살이 된 지호는 나이에 비해 무척이나 어른스러웠다.

"잘 지내셨어요, 아빠?"

"그래. 볼 때마다 쑥쑥 크는구나."

황제는 흡족한 듯이 눈을 가늘게 뜨고 지호를 바라보았다.

"오랜만에 뵙습니다, 황후 폐하."

화신의 손을 꼭 잡고 황후가 반가워했다.

"세상에, 언니는 어쩌면 하나도 변함이 없으세요!"

이제는 40대 중반이 된 화신은 여전히 기자로서 일선에서 활약하고 있었다. 연재와 지호는 방학 때마다 귀국해서 황궁을 찾곤 했지만, 화신은 워낙 바빠서 자주 오지 못하기 때문에 몇 년 만에 보는 얼굴이었다.

"어서 오세요, 수영 언니!"

이제는 세 아이의 어머니가 된 선혜 공주가 지호 엄마인 수영을 껴안았다.

"요즘은 어떻게 지내시나요? 꽃집은 잘되시고요?"

"예. 공주 전하께서 걱정해 주신 덕분에 잘되고 있습니다."

수영은 영국에서 플로리스트 공부를 해서, 지금은 작은 꽃집을 운영하며 지호를 키우고 있었다.

"그래, 혹시 남자 친구는 없으시고요?"

처녀 시절엔 그토록 부끄럼을 탔던 공주가, 아이를 셋이나 낳은 지금은 넉살도 꽤나 늘었다.

"이제 지호도 어느 정도 컸으니, 언니도 좋은 남자 만나서 결혼하셔야지요."

공주의 말에 오히려 수영이 얼굴을 붉혔다.

"공주님도 참!"

"어머나, 언니 얼굴 붉어지시는 것 좀 봐! 혹시 누구 마음에 두신 분이라도 있는 거예요? 어디 제게만 말씀해 보세요, 네?"

공주가 눈을 반짝이며 캐물었지만 수영은 조용히 웃기만 할 뿐 끝내 대답하지 않았다.

"연재 누나!"

"어디, 우리 선이 많이 컸나 볼까?"

좋아서 어쩔 줄 모르는 다섯 살배기 황자를, 연재가 웃으며 번쩍 안아 들었다.

"엄마 닮아서 그런지 키도 크고 정말 예쁘네요."

이제는 은퇴하여 봉보부인으로서 여생을 편안히 보내고 있는 정 상궁이 연재를 보며 감탄했다.

"그러게 말입니다. 모델 하면 딱 좋겠는데, 엄마 따라서 기자가 되겠다니 아깝지요."

두 살배기 막내를 업은 처선이 맞장구를 쳤다.

오랜만에 만난 반가운 사람들. 중궁전의 넓은 응접실은 떠들썩한 분위기로 가득 찼다. 모두들 맛있는 음식을 먹으며 그동안 쌓인 이야기를 나누기 바빴다.

"근데 아빠, 이세윤이 누구야?"

연재가 물었다.

"아빠가 매년 보내 주는 그 조선왕조실록 책 있잖아. 작가 이름으로 찾아보니까 아무 정보도 안 나오더라고. 아빠는 누군지 알지 않아?"

황제가 웃었다.

"그런 사람이 있느니라."

소설 형식으로 쓰인 '조선왕조실록'은 1년에 한 권씩, 지금까지 총 일곱 권이 나와 있는 베스트셀러였다. 황제가 직접 기획에 감수까지 한 책이라는 사실이 알려지면서 첫 권부터 폭발적인 인기를 끌었지만, 정작 글을 쓴 이세윤이라는 사람은 베일에 싸여 있었다.

책에 나오는 조선 황실에 대한 지식이 놀랍도록 자세하고, 또한 작가의 이름이 황제가 폐서인되었을 시절 사용하던 이름인 이의윤과 비슷하다는 이유로 아마도 황제 본인일 것이라고 추측하는 사람들도 있었지만 확실한 것은 아무도 몰랐다.

"진짜 아빠가 쓴 거야? 응?"

"선이랑 놀아 주기도 바쁜데 내가 그런 걸 쓸 시간이 있겠느냐?"

화기애애한 가운데, 정작 오늘 파티의 주인공인 정의 공주가 시무룩해 있는 것을 지호는 눈치챘다.

"왜 안 먹어, 정의야. 어디가 아프니?"

정의 공주가 고개를 저으며 한숨을 푹 내쉬었다.

"아니, 인생에 고민이 많아서. 오빠가 좀 들어 줄래?"

여덟 살짜리의 심각한 말에, 열두 살짜리 오빠는 웃지 않았다.

"그러지 뭐."

어른들이 담소를 나누는 데 정신이 팔려 있는 사이에, 지호는 공주의 손을 붙잡고 조용한 방으로 향했다.

"자, 고민이 뭔데?"

무릎에 손을 짚고 눈높이를 맞추어 묻는 오빠의 말에 어린 공주는 불쑥 대꾸했다.

"나 황제 되고 싶어."

"응?"

지호는 조금 당황했다.

"아빠가 엄마 고생한다고 이제 아기 더 안 낳을 거라고 하셨거든. 그랬더니 사람들이 선이를 황태자로 책봉하자고 다들 난리야."

정의 공주는 무척이나 억울해 보였다.

"근데 내가 누나잖아. 왜 내가 아니라 선이가 황태자가 되는 거야? 영국은 여자도 왕이 될 수 있는데 왜 우리나라에서는 여자가 황제가 될 수 없는 거냐고."

영국의 사례까지 들먹이는 걸 보면 꽤나 깊이 고민한 모양이었다.

"나도 황제 되고 싶어. 아빠처럼 좋은 황제가 되고 싶단 말이야."

"아빠한테 이 얘기, 했니?"

"아니, 아직."

고개를 젓는 공주에게, 지호는 말했다.

"그럼 네 생각을 솔직하게 말씀드려 봐. 황제가 되고 싶다고."

"말씀드리면 뭐 해. 조선 황실은 한 번도 여자가 왕이나 황제가 된 적이 없다던데?"

지호는 씨익 웃었다.

"생각해 봐. 아빠는 수백 년, 아니 수천 년 동안 왕이 다스려 왔던 나라를 한 번에 국민들이 다스리는 나라로 바꿔 버리신 분이야. 그런데 여자는 황제가 될 수 없다는 것쯤 못 바꾸실까?"

정의 공주의 눈망울에 희망이 어렸다.

"아빠가 그렇게 해 주실까……?"

"난 그렇게 생각해. 아빠는 절대로 네가 여자애라서 황제가 될 수 없다고 하실 분이 아니야."

그렇게 말하고, 지호는 덧붙였다.

"하지만 네가 누나라고 해서 널 황제로 만들지도 않으실 거야. 아마 너하고 선이 중에 누가 더 좋은 황제가 될 수 있는지 지켜보고 결정하시겠지."

지호가 자신 있게 말하는 이유가 있었다. 작년 방학에 한국에 왔을 때, 얼핏 황제와 황후가 이야기하는 것을 주워들었던 것이다.

"슬슬 황태자 책봉을 해야 하지 않겠어요? 국민들도 원하고 있는데."

그때, 황후의 말에 황제는 이렇게 대답했었다.

"글쎄, 아직은 둘 다 어리니 지켜보고 천천히 결정합시다."

마치 큰딸인 공주도 다음 황제로 삼을 수 있다는 듯한 말투여서, 지호는 내심 놀랐었다.

정의 공주가 작은 주먹을 불끈 쥐었다.

"좋았어. 공부 열심히 해서, 나도 좋은 황제가 될 수 있다는 걸 아빠한테 보여 줄 거야!"

"잘 생각했어."

지호가 웃으며 공주의 머리를 쓱쓱 쓰다듬어 준 그때였다. 문득 방문이 열리고 황제께서 들어오셨다.

"어디 갔나 했더니 둘이 여기 있었구나."

의윤은 웃으며 두 아이를 바라보았다.

"그래, 둘이서 무슨 비밀 이야기를 하였는고?"

"아무것도 아니에요, 아빠!"

정의 공주가 급히 말했다. 지호에게 비밀 지켜 달라는 듯이 눈짓을 하면서.

"그냥 영국 생활 얘기하고 있었어요."

지호도 웃으며 장단을 맞춰 주었다.

"그런데 정의야, 연재 언니가 찾더구나. 너 주려고 인형 사 왔다던데?"

"인형? 아싸!"

정의 공주가 좋아라하며 쏜살같이 방을 달려 나갔다.

단둘이 되자 황제가 다가와서 지호 곁에 앉았다.

"……지호야."

망설이듯 부르는 목소리만 듣고도, 지호는 황제가 무슨 말을 하려는 것인지 눈치챘다.

"알고 있어요."

괜히 아빠를 힘들게 하고 싶지 않아서 지호는 제가 먼저 말을 꺼냈다.

"이화원에 계신 그분이 제 친아버지시죠?"

황제가 놀란 눈으로 지호를 바라보았다.

"인터넷에서 옛날 기사를 찾아봤어요, 엄마 몰래."

영국으로 떠나기 전, 눈사람을 만들어 주었던 그 아저씨. 그때 잠깐 만난 것이 전부였지만 왠지 지호는 그 눈사람이 잊히지 않았다.

그 후로도 아저씨는 지호에게 자주 책이나 선물과 함께 안부를 묻는 편지를 보내오곤 했다. 어릴 때는 그저 한국에서 선물이 오면 좋기만 했지만, 한 살 한 살 나이를 먹어 갈수록 지호도 뭔가 이상한 낌새를 차리기 시작했다. 딱 한 번, 그것도 잠깐 본 것이 전부인 아저씨가 왜 자꾸만 편지니 선물이니 보내오는 것일까. 설마 나와 무슨 관계라도 있는 것일까.

다른 요인들도 지호의 의문을 부추겼다. 분명 제 아빠는 황제인데, 황후는 제 엄마가 아니라 미소 이모였다. 한국에서 동생이 태어났다는데, 그 아이가 아빠의 첫아이란다. 동생들은 공주이고 친왕인데, 자신은 그저 지호일 뿐이었다.

누가 가르쳐 주지 않아도 점점 지호는 깨달아 갔다. 자신이 황제의 친자식이 아니라는 사실을. 이미 속으로 확신하고 있는 상태에서 마지막 확인차 기사를 찾아본 거였다. 그래서 자신의 출생에 대해 자세히 다룬 기사 내용을 읽고도 크게 충격은 받지 않았다. 역시 그랬구나, 하고 생각했을 뿐.

"미안하구나."

"아빠가 왜 미안해요. 아빤 친아빠 대신 절 키워 주신 분인데요."

어쩔 줄 몰라 하며 사과하는 황제에게 지호는 오히려 웃어 보였다.

"그래도 나는 한순간도 너를 내 자식이 아니라 생각해 본 적이 없느니라."

"알아요, 아빠."

알기 때문에 길게 슬퍼하지 않았다.

"이화원에 있는 이도 너를 무척 그리워하고 있느니라."

황제는 조심스럽게 말했다.

"그것도 알아요."

아저씨가 늘 보내오는 편지. 어떻게 지내느냐, 아픈 데는 없느냐. 늘 같은 내용의, 일견 무뚝뚝해 보이는 그 편지 안에 들어 있는 관심과 애정을 지호라고 느끼지 못할 리 없었다.

“저한테는 두 아빠가 있다고 생각하기로 했어요. 키워 주신 아빠랑, 낳아 주신 아빠요.”

황제를 바라보며 지호는 웃었다.

“저는 행운이라고 생각해요. 아빠가 없는 아이도 있는데, 저는 둘이나 있으니까요.”

지호를 바라보는 황제의 눈에 눈물이 어렸다. 어쩌면 이렇게 어른스러울까. 대견하면서도 한편으로는 마음이 쓰라렸다. 나이에 비해 어른스러운 아이는 그만큼 많은 아픔을 겪었다는 것이 아닌가.

어느새 훌쩍 커 버린 아들을 품에 안고 황제는 목멘 소리로 중얼거렸다.

“그래. 두 아비 다 너를 사랑하느니라. 부디 그것만은 잊지 말아 다오.”

* * *

처음에는 단 하루도 견디지 못할 것 같았던 이화원에서의 감금 생활도 벌써 7년째로 접어들었다.

그사이 요의 심경에도 많은 변화가 있었다.

매일같이 책을 읽고, 글을 쓰는 나날은 단조로웠지만 무척 평화로웠다. 언제 형이 내 자리를 노릴까, 언제 아버지가 무슨 트집을 잡아 꾸짖으실까, 늘 전전긍긍했던 황태자 시절보다도 오히려 지금이 훨씬 행복하다는 생각이 들었다. 그래서인지 밖에 나가지 못하는 것도 크게 괴롭지는 않았다.

아버지인 전 황제도 지금은 어느 정도 마음의 평정을 되찾아, 어머니인 황후와 두 분이서 넓은 정원을 가꾸고 돌보는 것으로 소일거리를 삼고 있었다.

"미안하구나."

얼마 전에는 처음으로 아버지에게 사과의 말도 들었다.

"다 지난 일입니다. 괘념치 마십시오."

그것이 요가 한 대답이었다.

아직도 아버지의 행동은 이해가 가지 않지만, 다 잊고 용서할 마음도 들지 않았지만, 그렇다고 계속해서 미워하고 싶지도 않았다. 그러기에는 이미 아버지 역시 황제도 무엇도 아닌, 그저 초라하고 힘 빠진 노인에 불과했기에.

여러모로 나쁘지 않은 생활이었다. 단 한 가지, 아들을 만날 수 없다는 것만 빼면.

지난번에 온 편지에서 지호는 그렇게 쓰고 있었다.

[보내 주신 책은 이번에도 잘 읽었어요. 다음 권이 나오면 바로 보내 주세요.]

바로 요가 이세윤이라는 이름으로 쓰고 있는 책, 조선왕조실록에 대한 이야기였다.

책은 열 권짜리로 작정하고 있었다. 마지막 권이 나올 때쯤이면, 자신의 감금 생활도 끝난다. 그때가 되면 지호를 만나서 당당히 말할 수 있을까. 내가 네 진짜 아버지란다. 너를 위해 이 책을 썼단다, 하고.

지호를 떠올리며 요는 기운을 내서 컴퓨터 앞에 앉았다. 요즘 글이 막혀서 좀처럼 써지지 않지만, 아들이 보고 싶다니 써야지 않겠는가.

그러나 채 몇 줄도 쓰기 전에 노크 소리에 이어 문이 열렸다.

"바쁘지 않으면 좀 나와 보겠느냐?"

왠지 즐거운 듯한 어머니의 표정을 보고 요는 자동으로 반색을 했다.

"영국에서 편지가 왔군요?"

얼른 주시지 않고, 하며 황급히 일어나 밖으로 나가려던 요는 걸음을 멈췄다. 복도에 누군가가 와 있었다. 수영, 그리고 그 옆에 서 있는 것은…….

"깜짝 놀라셨죠?"

어느새 훌쩍 큰 소년이 웃으며 요를 향해 인사했다.

"지호야!"

요의 눈시울이 왈칵 뜨거워졌다.

"보고 싶었어요, 아저씨."

자신을 꼭 닮은 얼굴로 햇살같이 환하게 웃는 아들을, 요는 품에 꽉 끌어안았다.

"그래. ……나도 보고 싶었느니라."

해 질 무렵, 요는 수영과 둘이서 천천히 정원을 거닐었다.

"지호가 알고 있다고?"

요는 놀라서 걸음을 멈췄다.

"네. 말해 주지도 않았는데 제 손으로 옛날 기사를 찾아보고 안 모양이에요."

“그래, 지호는 어떻게 생각하더냐? 그러니까…… 나에 대해서 말이다.”

긴장감에 목소리가 떨렸다. 기사를 보았다니, 나를 천하의 악당으로 여기고 있지 않을까.

“글쎄요, 거기까지는 얘기해 보지 않아서 잘 모르겠지만…….”

수영이 미소를 지었다.

“황제 폐하께 이화원에 가서 전하를 뵙고 싶다고 부탁드린 건 지호였어요.”

그렇다면…… 목이 메는 요에게, 문득 수영이 물었다.

“3년 후에 이화원을 나오게 되면, 전하께서는 어디로 가실 생각이신가요?”

“글쎄, 아직은 생각해 보지 않았구나.”

“혹시 가실 곳이 없다면 영국으로 오셔도 괜찮아요.”

놀라운 말에 요는 제 귀를 의심했다.

“가게가 잘돼서 좀 넓은 집으로 이사했거든요. 방도 여러 개 있고…… 그때쯤이면 지호가 한창 사춘기일 테니, 아빠가 필요할 것 같아서요.”

요는 놀라서 눈도 깜빡이지 못한 채 수영을 쳐다보았다.

“물론 전하께서 불편하시다면 그만두시고요.”

“아, 아니다. 그럴 리가 있겠느냐!”

요는 황급히 더듬거리며 말했다.

“하지만 나 같은 사람이, 어떻게 감히…….”

“그거 아세요?”

수영은 고개를 조금 숙인 채 중얼거렸다.

"……전하께서는 그저 한때 장난이셨겠지만, 그때 저는 전하를 진심으로 사모했었답니다."

그렇게 말하고 수영은 민망한 듯이 걸음을 재촉해서 저만치 가 버렸다. 저만치 멀어지는 수영의 뒷모습을 바라보는 요의 눈에, 어느덧 눈물이 차오르고 있었다.

* * *

"아빠, 엄마, 학교 다녀오겠습니다!"

책가방을 멘 정의 공주가 씩씩하게 차를 타고 학교에 간 후, 황제와 황후도 미리 챙겨 둔 짐 가방을 들고 중궁전 마당으로 나섰다. 큰딸을 학교 갈 나이까지 잘 키워 낸 기념으로 단둘이서 여행을 떠나기로 한 것이었다.

"우리 선이, 연재 누나하고 민식 이모하고 잘 놀고 있거라. 알았지?"

황제의 말에 연재의 품에 안긴 예친왕이 착하게 손을 흔들었다.

"엄마 아빠, 다녀오세요!"

자그마치 4수 끝에 드디어 올해 황궁 공무원 시험에 합격하여 당당히 중궁전 나인이 된 민식이 큰소리를 뻥뻥 쳤다.

"걱정 놓으시고 맘 편히 다녀오세요. 이 엘리트 나인이 있지 않습니까?"

이윽고 운전사가 중궁전 앞마당에 차를 대령하자 뒤 유리창에 황제가 손수 붓글씨로 쓴 종이를 조심스럽게 붙였다.

[초보운전]

"그런데 어째 폐하께서는 세월이 아무리 지나도 계속 초보 운전이십니까?"

보고 있던 처선이 웃으며 놀리자 황제가 눈을 흘겼다.

"평소에 운전할 일이라곤 없는데 그럼 어쩌란 말이냐?"

이윽고 짐이 실리고 황제와 황후가 차에 올라탔다. 수십 번의 전진, 또 수십 번의 후진. 앞으로 갔다, 뒤로 갔다를 수없이 반복한 끝에 겨우 차는 나가는 방향을 제대로 잡았다.

"잘 다녀오십시오!"

배웅하러 나온 황궁 가족들이 손을 흔드는 가운데, 초보 운전 딱지를 붙인 파란 스포츠카가 바람을 가르며 달려 나갔다.

* * *

그로부터 30년 후, 대한 제국에는 첫 여황제가 등극하게 된다.

역사는 늘 되풀이되는 법.

이번에는 국민들의 손으로 뽑은 대표인 수상이 독재 정치를 펼치고, 독재에 항거하는 국민들의 구심점이 되어 나라를 다시 한 번 바로 세운 것이 바로 이 여황제였다.

처음으로 대한 제국에 민주주의 세상을 열었던 황제 이유는 딸과 함께 조선 황실의 가장 위대한 황제 중 한 사람으로 길이 남게 된다.

그리고 또 한 가지, 황제가 후세 사람들의 입에 오르내린 까닭이 있었으니, 바로 황후와의 금슬 때문이었다.

후일 재치 있는 역사가는 자신의 책에 이렇게 적었다.

[황제 이유는 대한 제국 황실 역사상 최고의 사랑꾼으로도 유명했다. 황후를 무척 사랑하여, 평생 그녀가 없이는 수라조차 들지 않았으며…….]

그러나 이것은 아직 머나먼 훗날의 이야기.

바로 지금, 그들은 그 누구보다도 행복한 순간을 살아가고 있는 중이었다.

"내 운전 실력이 어떠하냐, 개똥아?"

"짱이십니다, 전하!"

– 전하와 나, END

작가 후기

안녕하세요, 박수정입니다.

이 책, '전하와 나'는 저의 세 번째 네이버 웹소설 연재 작품이자 통산 스무 번째 작품입니다. 즐거우셨는지요?

이미 글을 다 읽고 나신 독자님들은 느끼셨겠지만, 사실 애초에 이 이야기를 시작한 것은 로맨스의 대주제인 사랑 이야기보다도 오히려 정치 이야기를 하고 싶어서였습니다. 과연 어떤 사람이 국가의 지도자에 적합한가, 하는 것과 그 올바른 자질을 가진 지도자가 만들어 나가는 세상에 대해 그려 보고 싶었습니다.

어디까지나 로맨스의 틀에서 크게 벗어나지 않는 선에서, 또 웹소설인 만큼 너무 어렵지 않게 이야기를 풀어 가며 주제를 전달하는 것이 쉽지만은 않았습니다. 그러나 이야기를 다 완성하고 돌아보는 지금, 나름대로는 이게 최선이 아니었는가 하는 생각이 듭니다. 후반부의 궁중암투물(비록 후궁은 없습니다만) 부분에서도 나름의 재미를 드리려 노력했는데 어떠셨는지 모르겠습니다.

데뷔 후 지금까지 써 온 스무 작품 중에서 전자책으로만 냈던 중편 세 작품과 종이책 '플리즈 비 마인'을 빼놓고, 나머지는 모두 다 무료든 유료든 연재를 거쳤습니다. 그런데 이 작품은 지금껏 해 왔던 그 어느 연재보다도 훨씬 더 힘들었던 기억이 남습니다.

강의와 연재를 병행하느라 힘들기도 했고, 본의 아니게 거의 매일 연재를 해야 하는 상황이 되어 버리기도 했고, 그런 와중에 여기저기 몸이 자꾸만 아팠고, 비축분이 전혀 없이 실시간 연재로 진행하는 바람에 더 힘들기도 했습니다. 연재를 시작한 2월부터 집필을 끝낸 8월 초까지 거의 반년 정도는 인간의 삶이 아니었다고 해도 과언이 아닙니다.

그런 와중에서도 이 연재를 무사히 끝낼 수 있었던 것은 오로지 독자 여러분의 애정 어린 격려와 독촉 덕분이었습니다. 정말 매일같이 그만두고 싶고, 도망치고 싶고, 아침에 눈 뜨기조차 무서운 상황에서 오로지 실시간으로 유료 연재 따라와 주시는 독자 여러분들을 바라보며 이 악물고 버텼습니다.

물론 독자 여러분께는 늘 감사한 마음이지만 특히나 이번 '전하와 나'의 독자분들께는 그 어느 때보다도 고마운 마음이 한층 더합니다. 정말 진심으로, 가식 없이 여러분 아니었으면 끝내지도 못했을 작품입니다.

쓸 때는 정말 너무 힘들게 썼지만, 종이책 작업하면서 다시 읽어 보니까 그래도 주어진 상황하에서는 최선을 다하지 않았나 하는 생각이 듭니다. 특히 의윤과 미소 두 주인공 각자의 개인적인 서사에 애정이 많았는데, 그 부분을 충분히 풀어낼 수 있었던 것 같아서 다행입니다. 이 두 사람을 행복하게 해 줄 수 있어서, 그리고 뜻한 바를 끝내 이루게 해 줄 수 있어서 저 역시도 무척 행복합니다. 그리고 의윤, 쓸 때는 너무 힘들어서 솔직히 잘 몰랐는데 다시 보니까 무척 멋있었구나, 너……. 아니 황제 폐하.

참고로 작품 후반에 등장하는 배우 정윤하는 물론 전작 웹소설 '위험한 신혼부부'의 남자 주인공입니다. 혹시 아직 읽지 않으신 분은 함께 읽어 주시면 감사하겠습니다.

8월 초에 원고를 마무리하면서 아, 올해는 모처럼 웹소설 원고를 빨리 털었으니 하반기에는 이것도 하고 저것도 해야지, 하고 마음먹었던 것 같은데 정작 연재가 너무 힘들었던 탓인지 일이 손에 잘 잡히지 않았습니다. 결국 별 성과도 없이 어영부영 지내다 11월이 돼버려서 지금부터라도 정신 바짝 차리고 일해야지, 하고 다짐하는 중입니다.

내년 1, 2월쯤에는 신작 종이책으로, 그리고 3, 4월쯤에는 네이버 웹소설 신작으로 또다시 여러분을 만나 뵙는 것이 현재의 목표입니다. 이 작가가 과연 계획대로 일을 했나, 하고 눈여겨봐 주시는 것도 재미있을 것 같습니다.

또한 내년에는 제 작품이 줄줄이 웹툰화되어 인사드릴 것 같습니다. 제일 먼저 제작에 들어갔던 '신사의 은밀한 취향'은 빠르면 올해 안에 연재를 시작할 것 같고, 그 외에도 '미로', '반짝반짝', '크고 아름다워' 등이 모두 웹툰으로 제작 중에 있습니다.

물론 저는 원작자일 뿐 웹툰화 과정에는 거의 간여하지 않습니다만, 그래도 사랑하는 제 자식들임에는 분명하므로 무척 기대되는 마음입니다. 부디 여러분께서도 많은 사랑 부탁드립니다.

도서 출판 동아의 박성면 대표님과 이춘이 이사님, 그리고 정의진 팀장님께 가장 먼저 감사의 말씀을 전합니다. 동아와는 원래 '봉 사감과 러브레터', '신사의 은밀한 취향' 때부터의 인연입니다. 사실 '전하와 나'는 연재를 너무 힘들게 끝냈다 보니 지쳐서 원래 종이책을 내지 않고 그냥 웹 연재로만 둘까 생각도 했었는데, 동아 측에서 적극적으로 의욕을 보여 주신 덕분에 이렇게 종이책으로 탄생하게 되었습니다. 앞으로도 웹툰이나 애장판 등 여러 가지 작업들로 신세를 지게 될 텐데, 계속해서 잘 부탁드립니다.

제 네이버 웹소설 담당자, 박소이 님께도 감사를 드립니다. 세 작품, 무려 300편에 육박하는 작업을 함께해 오면서 서로 우여곡절도 많았습니다마는 이번만큼 죄송했던 적은 없었습니다. 거의 일일 연재 수준으로 진행하다 보니 담당자님이 그만큼 중간에서 펑크 안 내느라 고생해 주셨습니다. 다음번에는 뭐가 어찌 됐든 간에 절대 원고 수급으로는 폐를 끼치지 않겠다, 이 자리를 빌려 다짐합니다.

또한 이 작품의 네이버 연재 삽화가인 '율피' 님께도 깊은 감사를 드립니다. 사실 한복도 많이 들어가고 등장인물도 많아서 쉬운 작업이 아니셨을 텐데, 너무나 프로답게 해 주셨습니다. 여담이지만 캐릭터 이미지를 누구누구라고 예를 들어 설명해 드리면 얼마나 잘 그려 주시는지, 댓글에 그 인물이 바로 누구를 닮았다는 반응이 여러 번

나왔습니다. 제가 신경 쓸 필요조차 없을 정도로 완벽하게 해 주신 덕분에 내내 묻어 가듯 편안하게 작업할 수 있었습니다. 늘 느끼지만 제가 삽화가 복이 많은 것 같습니다. 다음에도 함께 일할 기회가 있으면 부디 잘 부탁드립니다.

사랑하는 남편과 아들 준수에게도 깊은 감사를 전합니다. 다섯 살 준수가 얼마 전에 살쪄서 우울해하는 엄마에게 해 준 한마디, '엄마는 지금도 날씬하고 예뻐요. 내가 보기에는요.'라는 말. 제가 눈감는 순간까지 잊지 않겠습니다.

쓰면 쓸수록 어려운 것이 글인 것 같습니다. 한 작품 한 작품 끝낼 때마다 과연 내가 다음 작품을 할 수 있을까, 혹시 이게 끝이 아닐까, 라는 불안감에 꼬박꼬박 시달립니다. 10년 넘게 활동하면서 거의 매번 그런 과정을 거쳐서 어느덧 스무 작품이나 해 왔는데, 이번에는 그 어느 때보다도 더 그런 심정입니다.

지금 이 순간, 저의 가장 큰 소원이자 목표는 대박을 내는 것도 아니고 스타 작가가 되는 것도 아닙니다. 오로지 다음 작품에서 또다시 여러분을 만나는 것. 그리고 그 작품으로 여러분께 작은 즐거움이나마 드리는 것. 그것만 이룰 수 있다면 더 이상 바랄 것이 없겠습니다.

늘 작가 후기는 다음 작품에서 만나자는 말로 끝을 맺곤 했는데 지금은 그 말조차 하기가 참 어렵습니다. 부디 다음 작품에서 또 여러분께 인사드릴 수 있기를 기도합니다.

독자 여러분, 늘 감사하고 사랑합니다.

– 2017년 11월, 박수정